U0567244

复旦中文学科建设丛书

魏晋南北朝文学卷

六朝风采追寻

杨明 编选

商务印书馆
创于1897 The Commercial Press

图书在版编目(CIP)数据

六朝风采远追寻/杨明编选.—北京:商务印书馆,2017
(复旦中文学科建设丛书·魏晋南北朝文学卷)
ISBN 978-7-100-15490-1

Ⅰ.①六… Ⅱ.①杨… Ⅲ.①古典文学研究-中国-魏晋南北朝时代-文集 Ⅳ.①I206.2-53

中国版本图书馆CIP数据核字(2017)第273954号

六朝风采远追寻
复旦中文学科建设丛书·魏晋南北朝文学卷
杨 明 编选

商 务 印 书 馆 出 版
(北京王府井大街36号 邮政编码100710)
商 务 印 书 馆 发 行
苏州市越洋印刷有限公司印刷
ISBN 978-7-100-15490-1

2017年11月第1版 开本710×1000 1/16
2017年11月第1次印刷 印张28.75
定价:80.00元

前言

复旦大学中文学科的开始，追溯起来，应当至1917年国文科的建立，迄今一百年；而中国语言文学系作为系科，则成立于1925年。1950年代之后，汇聚学界各路精英，复旦中文成为中国语言文学教学和研究的重镇，始终处于海内外中文学科的最前列。1980年代以来，复旦中文陆续形成了中国语言文学研究所（1981年）、古籍整理研究所（1983年）、出土文献与古文字研究中心（2005年）、中华古籍保护研究院（2014年）等新的教学研究建制，学科体制更形多元、完整，教研力量更为充实、提升。

百年以来，复旦中文潜心教学，名师辈出，桃李芬芳；追求真知，研究精粹，引领学术。复旦中文的前辈大师们在诸多学科领域及方向上，做出过开创性的贡献，他们在学问博通的基础上，勇于开辟及突进，推展了知识的领域，转移一时之风气，而又以海纳百川的气度，相互之间尊重包容，"横看成岭侧成峰"，造成复旦中文阔大的学术格局和崇高的学术境界。一代代复旦中文的后学们，承续前贤的精神，持续努力，成绩斐然，始终追求站位学术前沿，希望承而能创，以光大学术为究竟目标。

值此复旦中文百年之际，我们编纂本丛书，意在疏理并展现复旦中文传统之中具有领先性及特色，而又承传有序的学科领域及学术方向。其中的文字，有些已进入学术史，堪称经典；有些则印记了积极努力的探索，或许还有后续生长的空间。

回顾既往，更多是为了将来。我们愿以此为基石，勉力前行。

陈引驰

2017年10月12日

出 版 说 明

本书系为庆祝“复旦大学中文学科百年”所策划的丛书《复旦中文学科建设丛书》之一种。该丛书是一套反映复旦中文百年学术传统、源流，旨在突出复旦中文学科特色、学术贡献的学术论文编选集。由于所收文章时间跨度大，所涉学科门类众多，作者语言表述、行文习惯亦各不相同，因此本馆在编辑过程中，除进行基本的文字和体例校订外，原则上不作改动，以保持文稿原貌。部分文章则经作者本人修订后收入。特此说明。

编辑部

2017 年 11 月

目　　录

魏晋时代的文艺思潮

刘大杰

一、文学理论的建设

我在上面说过，儒家的人生哲学，是以修身与人格为基础，所以他们看重行为，远在言语与辞章之上。孔子说："始吾于人也，听其言而信其行。今吾于人也，听其言而观其行。"又说："辞达而已矣。"这些话都是说明言语辞章的华而不实，容易掩蔽高贵的道德。到了儒教独尊的汉代，孔子的这种观念，作为学术批评、人生批评的正统理论。道家的思想，富于玄妙与神秘的成分，他们的脑里，都有一个理想的世界，寄托他们的灵魂。这种世界非出于人力创造的现实，乃出于脑力理想的构成，借以表现的，或出于言语，或出于辞章。言语者趋于清谈，辞章者尊重文艺。屈原的《离骚》，在有道家思想的淮南王的眼里，立刻发现其价值的重大，批评它说："《国风》好色而不淫，《小雅》怨悱而不乱，若《离骚》者，可谓兼之矣。蝉蜕浊秽之中，浮游尘埃之外，皭然泥而不滓，推此志虽与日月争光可也。"这批评就在现在看来，也还是相当确切的。所谓"蝉蜕浊秽之中，浮游尘埃之外"，正是道家的心境。到了班固，站在儒家的立场，对于屈原以及淮南王的评论，都加以非难。他用儒家的德行论，说屈原露才扬己，不善于为人；几次责难怀王，不善于为臣。前者是失德，后者是不忠。一个失德、不忠的人，他的辞章，就是再美丽，也是不足观的了。他同时又责备作者在《离骚》内，增损古代帝王的事实，不合于正道。并且还滥用许多荒谬虚无的神话典故，都是违反先圣先贤的经典。因此他得着结论，“淮王谓之兼风雅而与日月争光”是不对的了。在他的理论里，我们可以看出两个要点：（一）在估量作品的艺术的价值之前，应该先审查作者的品行。（二）好的作品应该是现实的，不是浪漫的。应该合于先圣的伦理观念，不应该只是个人情感的表现。因此，我们可以知道儒、道二家对于文艺的观察的态度，根本是相反的。道家是以艺术批评为基础，儒家是以伦理道德为标准。

到了王逸，他一面觉得《离骚》确实是一篇很有价值的作品，同时又不能反对班固的议论。他只好用《诗序》解《诗经》的办法，把儒学的理论，装进到《离骚》内面去，于是《离骚》的价值就提高了。他说：

> 夫《离骚》之文，依托五经以立义焉。“帝高阳之苗裔”，则“厥初生民，时惟姜嫄”也。“纫秋兰以为佩”，则“将翱将翔，佩玉琼琚”也。“夕揽洲之宿莽”，则《易》“潜龙勿用”也。“驷玉虬而乘鹥”，则“时乘六龙以御天”也。“就重华而陈词”，则《尚书》“咎繇之谋谟”也。“登昆仑而涉流沙”，则《禹贡》之“敷土”也。故智弥盛者其言博，才益多者其识远。屈原之词，诚博远矣。自终没以来，名儒博达之士，著词造赋，莫不拟则其仪表，祖式其模范，取其要妙，窃其华藻，所谓金相玉质，百世无匹，名垂罔极，永不刊灭者矣。（《离骚章句叙》）

这样加以解释，则《离骚》在思想上合于忠孝君臣之道，而其行文造句，无不适合于经典的源流了。经过了儒家伦理化的工作以后，再给它以“百世无匹，名垂罔极”的赞语，也就无人反对了。《诗经》儒化于前，《离骚》儒化于后，于是这两种纯文学的诗篇，都关在儒家的铁笼里了。

王充虽是儒家，他的思想，却带有很浓厚的道家色彩。因此他一方面承认儒家的伦理，同时他又尊重文学的价值。他觉得儒家所讲的德行，只能见之于行为，若要传之于后世，必赖于文章。诸子的学说，比不上儒家的思想，他们能传于后世而不消灭者，就是因为他们有其可传的文章在，可知文章与道德是平行的、并重的，不能有所轻重。他深深地痛恨那些皓首穷经的学究，自己没有一点思想，又写不出好的文章来，只是集徒解经而已。他在《书解篇》说："著作者为文儒，说经者为世儒。……世儒当时虽尊，不遭文儒之书，其迹不传。"又在《超奇篇》说："能说一经者为儒生，博览古今者为通人，采掇传书以上书奏记者为文人，能精思著文连结篇章者为鸿儒。儒生过俗人，通人胜儒生，文人逾通人，鸿儒逾文人。"在这里他很明显的表示著作的儒家要比解经的儒生高明得多。儒家要从事著作，文章不尊重不研究是不行的。并且文章有"载人之行传人之名"的用处，还有"善人愿载，思勉为善；邪人恶载，力自禁裁"的伟大力量，所以"极笔墨之力"，能"定善恶之质"，文章本身有这么大的效果，有这么大的价值，这如何可以轻视呢？他这些理论的归结，虽说没有离开儒学的范围，但他对于文学本身的价值已经很尊重，不是扬雄那种雕虫篆刻壮夫不为的态度了。这时候文学虽还不能从儒学的桎梏中完全脱离出来，但它已具有分离的觉悟与准备，只在等待着机会的到来了。

从建安到魏晋，是儒学最衰微的时代。新兴的思想家们，对于儒家和儒学，有的加以幽默的嘲笑，有的加以正面的攻击，还有的在行为上表现种种的破坏礼法的放浪行动，好像是要故意扫儒家的面子似的。当日的儒家虽偶有一两人发发议论，但大势已去，不仅没有反攻的力量，连保守也是没有办法的了。因此道家、佛学以及道教的各种思想，占领了全学术界。文学也就乘着这个解放自由的好机会，同儒学宣告独立了。由汉代的伦理主义，变为魏晋的个人主义，再变为南朝时代的唯美主义了。从这一点讲来，魏晋时代在文学史上，是有着重大的意义的。

对于这个文学独立运动首先发动的人，大家都知道是曹丕。他虽是做了皇帝，但他那种旷达的性格，锐敏的情感，天赋的聪明，使他在文艺上发生了极大的兴趣。他认为人命利禄都是过眼的云烟，只有文艺才有永久存在的生命。在他那篇有名的《典论·论文》内，发表了许多对于文学可贵的见解。他首先叙述了对于建安七子的作品的品评，在这些品评里，完全脱了儒家的伦理观念，只以气势与个性为标准。其次，他对于文学的对象，有离开六艺而注重纯文学的倾向。他说："夫文本同而末异。盖奏议宜雅，书论宜理，铭诔尚实，诗赋欲丽。"奏议、书论是散文，铭诔、诗赋是韵文。宜雅宜理尚实欲丽，说得虽是简单，但由此也可看出他对于文体的性质分辨得很清楚，而下的字眼也是非常确切的。在这里看不见宗经原道的意思，也没有班固那套正统的伦理观念，脱尽了儒学的桎梏，自由自在地说几句干净话，这一点是非常可贵的。在后面虽有"西伯幽而演《易》，周旦显而制《礼》"，这只是著作可以传世的证明，与宗经原道没有什么关系。其三，他觉得文学的本身有他独立存在的生命，他的价值和用处，都非常重大。他说："盖文章经国之大业，不朽之盛事，年寿有时而尽，荣乐止乎一身。二者必至之常期，未若文章之无穷。是以古之作者，寄身于翰墨，见意于篇籍，不假良史之辞，不托飞驰之势，而声名自传于后。"在这些话里，已经有艺术至上主义的倾向，对于纯文学的发展，是要给予以重大的影响的。

自曹丕开了论文的风气，继续着这种工作的人就多了。曹植的《与杨德祖书》，应玚的《文质论》，刘桢也发表过论文的意见，可知论文在这时已成一种风气。不过这些没有什么新颖的理论，略而不谈，现在我们的眼光，不能不转到晋朝陆机的《文赋》上面去。《文心雕龙·序志篇》评论《典论·论文》密而不周，这话是不错的，但在陆机的《文赋》内，把这缺陷大部分给他补偿了。那篇文章因为出自赋体，读时有一点令人感着迷离，抓不住要点似的。只要稍稍细心，他的中心思想还是可以看得清楚。

（一）内容形式的两全　汉儒对于文章的观念，着重内容，所以贵重义理。陆机觉得文章的内容虽是可贵，但其形式的美丽，也不可忽略。他说："理扶质以立干，文主修以结繁。"又说："辞程才以效技，意司契而为匠。"又说："其会意也尚巧，其遣言也贵妍，暨音声之迭代，若五色之相宣。"他不仅主张用意修辞要尚妍巧，就是在声音方面，也要给以音乐的美感的。他这种思想，可以看作齐梁时代声律论的先声。

（二）好的文学作品一定要有情绪的感应　文学纵有美丽的形式，若无真实的情感，作品仍是没有活跃的生命。如应制的诗赋、应酬的寿序之类，我们看了觉得枯燥无味，就是这个原因。故他说："遵四时以叹逝，瞻万物而思纷，悲落叶于劲秋，喜柔条于芳春。……慨投篇而援笔，聊宣之乎斯文。"因时节事物的刺激，都可以使人生出情感，生出艺术创作的冲动性。到这时候援笔作文，一定可以达到如他说的"思风发于胸臆，言泉流于唇齿，文徽徽以溢目，音泠泠而盈耳"的境地了。这就是《诗序》中所说的"情动于中而形于言"的意思。若心中并无哀乐之情感，而强于歌咏，则其情状必如他所说的"六情底滞，志往神留，兀若枯木，豁若涸流"的困境了。

（三）想象力为文学重要的生命　文学虽贵于现实的取材，而必得经过想象力的组织与锻炼，始能达到艺术的成就。若专靠经验实感，其结果难免平凡与薄弱。故他说："其始也皆收视反听，耽思傍讯，精骛八极，心游万仞。其致也，情瞳蒙而弥鲜，物昭晰而互进。倾群言之沥液，漱六艺之芳润，浮天渊以安流，濯下泉而潜浸。于是沈辞怫悦，若游鱼衔钩而出重渊之深；浮藻联翩，若翰鸟缨缴而坠曾云之峻。"又说："罄澄心以凝思，眇众虑而为言。笼天地于形内，挫万物于笔端。"他在这里告诉我们，丰富的想象力，可以"精骛八极，心游万仞"，可以笼天地，挫万物，伟大的作家，没有不依赖这种想象的。

（四）反模拟　文学的有永久生命，因为它在表现方面有它独创的个性。抄袭模拟的东西，无论你的技巧怎样高明，难免是优孟衣冠，终无永久存在的价值，不能为人所重视。陆机也注意到这一点，他说："虽杼轴于予怀，怵他人之我先。苟伤廉而愆义，亦虽爱而必捐。"又说："收百世之阙文，采千载之遗韵，谢朝华于已披，启夕秀于未振。"所谓谢已披之华，启未振之秀，就是要发古人之所未发，言前人之所未言。若一味抄袭模拟，那就有点伤廉愆义了。

陆机提出来的这几点，都是文学上的基本问题。他完全离开儒家伦理观念的束缚，从纯文学的观点，发出许多可贵的议论。他这种思想，对于当代文学发展的影响，自然是很大的。于是大家都承认文学是一种独立的艺术，专门论文的著述，和文集编纂的著作，也就一天天多起来了。李充的《翰林论》，挚虞的

《文章流别志论》与《文章流别集》这一类的书，一定是很贵重的文献，可惜这些书都已散失，流传下来的一鳞半爪，没有什么大的意义了。

陆机的文学思想，我们可以看作文学建设的理论。但对于传统的儒家文学观，加以破坏和攻击的，是称为道教徒的葛洪。葛洪因为有道士的臭味，一向被人轻视，但他在魏晋文学的批评史上，却有重要的地位。他虽是道教徒，但他同时又是一个学者，对于老庄的哲学了解很深，他能以老子的自然论与庄子的进化论，应用到文学观念方面去，所以他的见解，击破了儒家的传统观念，而发出清新自由的理论了。

（一）德行文章并无本末之分 儒家的传统观念，把德行看为根本，文章是枝末。文章再做得好，也只是骋辞耀藻，无补救于得失。所以儒家把文学看作是玩物丧志的小道，没有什么意义的，葛洪却大胆地推翻了这种理论。他说："文章之与德行，犹十尺之与一丈，谓之余事，未之前闻。夫上天之所以垂象，唐、虞之所以为称。大人虎炳，君子豹蔚。昌、旦定圣谥于一字，仲尼从周之郁，莫非文也。……且夫本不必皆珍，末不必悉薄。譬若锦绣之因素地，珠玉之居蚌石。云雨生于肤寸，江河始于咫尺尔，则文章虽为德行之弟，未可呼为余事也。"（《尚博篇》）文章与德行，正如一个半斤，一个八两，有什么轻重之分。天地万物各有其文彩，也各有其用处。若以日月之光的实用，而轻视其文彩，这观念自然是错误的。人有德行，正如日月之有光明；有文学，正如日月之有文彩，我们怎可有本末之分。即有本末之分，本不必皆珍，末不必悉薄，也不能作为轻重的标准。并且他还进一步说："德行为有事，优劣易见。文章微妙，其体难识。夫易见者粗也，难识者精也。夫唯粗也，故铨衡有定焉，夫唯精也，故品藻难一焉。"（《尚博篇》）德行见于行为，大半是出于做作，容易讨好。文学出于表现，大半由于天才，其术难精。故德行粗浅，而文学精深。由这点看来，文学的艰苦微妙，反在德行之上了。他这种议论，确实是大胆的革命的，他把儒家作为命根的德行看作是粗浅的东西，历来不敢动摇的德本文末的观念，也被他推倒了。这种思想，不在老庄学说极盛儒学衰微的晋代，是决不会产生的。

（二）文学是进化的 儒家向来还有一个传统观念，认为什么东西，都是今不如古，养成一种自卑的复古的心理。称圣人必曰周、孔，称帝王必曰尧、舜，称文章必讲《尚书》，称诗必道《三百篇》，他们的理由，是“古之著书者，才大思深，故其文隐而难晓。今人意浅力近，故露而意见。以此易见比彼难晓，犹沟浍之方江河，蚁垤之与嵩岱矣。”这种理由，葛洪觉得是大错的。他在《钧世篇》说：“盖往古之士，匪鬼匪神，其形器虽冶铄于畴曩，其精神布在乎方策。情见乎辞，指归可得。”他首先要破坏对于古人那种盲目崇拜的心理。古人并不是鬼也不是神，他也同我们一样，是一个平凡的人。他们的作品精神，我们还可以见其情意，可以看出其真形实状。这种民主的解放的精神，是非常可贵的。至于说古文隐而难晓，今文露而易见，这并不是古文优于今文的标准，反是今文优于古文的证据。文章的用处，是以情感人，愈能通俗化，它的力量就愈大。若都像古文的隐而难晓，那文章等于无用了。并且古文的隐而难晓只是时代变迁语言杂乱的原故，与才大思深绝无关系。今文的浅显美丽，正是文学进化的结果，既不是今人的才疏也不是力浅。故他说：“古书之多隐，未必昔人故欲难晓，或世异语变，或方言不同，经荒历乱，埋藏积久，简编朽绝，亡失者多；或杂续残缺，或脱去章句，是以难知似若至深耳。”又说：“且夫古者事事醇素，今则莫不雕饰，时移世改，理自然也。”他用时代的变迁，说到文学的进化，用言语不同，章句残缺，古事醇素，今事雕饰种种合理的见解，来说明今古文章不同的原因。这种观念，既合进化论的科学原理，其论点又非常正确，比起儒家那种盲目的拜古主义来，真不知道要高明多少倍了。

他根据这种文学进化论的原则，断定今文不仅不劣于古文，反要比古文富丽华彩。他说：

> 夫《尚书》者政事之集也。然未若近代之优文诏策、军书、奏议之清富赡丽也。《毛诗》者华彩之辞也，然不及《上林》《羽猎》《二京》《三都》之汪涉博富也。……其于古人所作为神，今世所著为贱。贵远贱近，有自来矣。故新剑以诈刻加价，弊方以伪题见宝也。是以古书虽质朴，而俗儒谓之堕

> 于天也。今文虽金玉，而常人同之于瓦砾也。(《钧世篇》)

庸人俗士，自己不敢主张，只凭耳闻不用眼力，于是演出凡古皆神无今不劣的可笑可怜的见解了。葛洪骂那些人为俗儒，实在是对的。他接着又说：

> 若夫论宫室，而奚斯《路寝》之颂，何如王生之赋《灵光》乎？同说游猎，而《叔畋》《卢铨》之诗，何如相如之言《上林》乎？并美祭祀，而《清庙》《云汉》之辞，何如郭氏《南郊》之艳乎？等称征伐，而《出车》《六月》之作，何如陈琳《武军》之壮乎？则举条可以觉焉。近者夏侯宽、潘安仁并作补亡诗，《白华》《由庚》《南陔》《华黍》之属，诸硕儒高才之赏文者，咸谓古诗三百，未有足以偶二贤之作也。且夫古者事事醇素，今则莫不雕饰，时移世异，理自然也，至于罽锦丽而且坚，未可谓之减于蓑衣，辎軿妍而又牢，未可谓之不及椎车也。……若舟车之代步涉，文墨之改结绳，诸后作而善于前事，其功业相次千万者，不可复缕举也。世人皆知今之快于曩矣，何以独文章不及古耶？(同上)

他这种一步进一步的论断，使得那些俗儒，是无法反攻的。现在许多卫道的先生们，爱用电灯电话，一提起白话文学就深恶痛绝，望见洋装书就头痛，在一千多年前的葛洪看来，不是要大笑人类思想的不长进吗？

葛洪因为是思想家，在他的眼里，比起文学来，他是较为重视哲学的。所以当他把文哲二者同时并论的时候，他说过诗赋细文、子书深博的话。就二者性质上的比较，这评语并不苛刻。这些话一点无损于他的独特的文学见解，一点不显出矛盾的弊病。他在魏晋的文学批评界，对于儒家的文学观，下了激烈的总攻击，击破了儒家两个最坚固的堡垒——一个是德本文末，一个是贵古贱今。而得出“德行粗浅文艺精深”，文学依着进化的原则，“今胜于古”的两个最大胆最新奇的结论。在文学思想方面讲起来，陆机的理论属于纯文学的建设，葛洪是对于旧观念的破坏，但在那种新旧思潮交替的时代，葛洪的工作与价值，是较为重要的。同时我们可以知道，魏晋的文学，能完全脱离儒家的桎梏，向个人主义，自由主义方面发展，是有其学术思想的背景与原因，决不是一种偶然的现象。到了南朝，大批论文的专书出现，唯美主义的产生，这只是魏晋思想的进化，一点没有什么可惊奇可责备的了。

二、时代生活的反映

文学是社会生活与社会意识的反映。能够把那时代的生活意识用文学的形式，用艺术的手法表现得愈是真切，其作品的生命愈是活跃，其力量愈是伟大。所以在某种意义上，文学作品是可以看作文化的历史的，文学家也可以看为历史家。建安、魏晋时代的社会生活的动摇，农村的破产，商人的奢侈，富豪的剥削，战争的痛苦，外兵的侵入，政治的混乱黑暗，阶级制度的严格，这种种情形，我在上面都略略谈过，现在也无须详说了。然而这种社会现象，一反映到文学作品里，那种如画的情境，比起历史的记载来，要真切得多动人得多了。

蔡琰的《悲愤诗》，是一篇五百四十字的五言叙事诗。这种诗体，在建安时代已经成熟了。有人怀疑这首诗不是蔡琰所作。关于作者问题，我不应该在这里讨论。但是我们断定它是建安曹魏时代的作品，大概是没有什么疑问的。在这篇诗里，作者叙述在董卓称兵作乱的时候，匈奴乘机进来，掳去了不少的中国人，蔡琰也在内。她在匈奴住了十二年，生了两个儿子，后来曹操设法把她接回来，她到家一看，那已经是人亡家破景象全非的悲惨的情景。她到这时候，已经没有再活下去的勇气了。

在这篇诗里，作者有几段动人的描写：

（一）外兵对于汉人的虐待　“平土人脆弱，来兵皆胡羌。猎野围城邑，所向邑破亡。斩截无孑遗，尸骸相撑拒。马边悬男头，马后载妇女。长驱入西关，回路险且阻。还顾邈冥冥，肝脾为烂腐。所略有万计，不得令屯聚。或有骨肉俱，欲言不敢语。失意几微间，辄言毙降虏。要当以亭刃，我曹不活汝。岂复惜性命，不堪其詈骂。或便加捶杖，毒痛参并下。旦则号泣行，夜则悲吟坐。欲死不能得，欲生无一可。彼苍者何辜，乃遭此厄祸。”君权衰落，军阀作乱，外兵乘机而入，屠杀掳掠，结果吃苦的还是无辜的小百姓。马边男头，马后妇女，把那游牧民族的本色，表现得很是真切。

（二）理智感情的冲突 蔡琰在国外十二年，思乡怀国的情绪是时时袭着她的心灵的。但一等到有回国的机会，对于她那两个亲生的儿子，又舍不得离开，在这里产生出理智和感情的激烈冲突。“儿前抱我颈，问母欲何之。人言母当去，岂复有还时。阿母常仁恻，今何更不慈。我尚未成人，奈何不顾思。见此崩五内，恍惚生狂痴。号泣手抚摩，当发复回疑。……去去割情恋，遄征日遐迈。悠悠三千里，何时复交会。念我出腹子，胸臆为摧败。”在这胡儿的问话，既是天真，又是悲苦。世界上只有爱情是超越民族国家的界限的。但是蔡琰在那时不能不忍着哀伤，用理智用公义去克制私人的情感。她心灵中那种激烈的矛盾的冲突，比她当年被掳时候所受的痛苦，不知道要深切多少倍了。

（三）回家以后的情景 离开爱儿，回到本家，那情形是如何的呢？“既至家人尽，又复无中外。城郭为山林，庭宇生荆艾。白骨不知谁，纵横莫覆盖。出门无人声，豺狼号且吠。”十二年回来，家乡的情状变成了荒凉世界，房屋成了森林，满眼都是暴露的尸骨，四无人声，只听见豺狼的号吠。这不是一幅建安时代北方社会的写实图画吗？这不是一张战乱以后的农村现象的照片吗？在这里，有军阀的作乱，有胡人的掳杀，有胡汉人种的混乱，有社会现象的描写。读了这种文学作品，留给我们的印象，比一部正史给我们的是更要生动更要有力的了。像这种作品，除了文学本身的价值以外，是还有历史的价值的。

再如曹操的《蒿里行》、曹植的《送应氏》、王粲的《七哀诗》、陈琳的《饮马长城窟》诸诗，都是反映当日离乱生活的好作品。“铠甲生虮虱，万姓以死亡。白骨露于野，千里无鸡鸣。生民百遗一，念之断人肠。”（《蒿里行》）像曹操那样的好汉，眼看了这种凄惨的情境，也不得不发生深深的叹息了。曹植的“洛阳何寂寞，宫室尽烧焚。垣墙皆顿擗，荆棘上参天。不见旧耆老，但睹新少年。侧足无行径，荒畴不复田。游子久不归，不识陌与阡。中野何萧条，千里无人烟”（《送应氏》），王粲的“出门无所见，白骨蔽平原。路有饥妇人，抱子弃草间。顾闻号泣声，挥泪独不还。未知身死处，何能两相完。驱马策之去，不忍听此言”（《七哀诗》），陈琳的“长城何连连，连连三千里。边城多健少，内舍多寡妇。作书与内舍，便嫁莫留住。善事新姑嫜，时时念我故夫子”（《饮马长城窟》），在这些诗句里所给我们的印象，无异于一卷建安时代的社会影片。在那里有颓垣败壁的城市，有荒凉寒乱的田园，有抛儿弃女的饥妇，有惨不忍闻的哭声，有在家守着的寡妇，有在边塞作苦工的良民。因这些影片，使我们清楚地看见了当日的社会生活状态和下层民众悲苦的心情：

太岳如市，人死如林，持金易粟，贵于黄金。（《拾遗记》）

虽有千黄金，无如我斗粟。斗粟自可饱，千金何所直。（同上）

这些童谣，才真是民众的呼声。有了钱还买不到粟米，无钱的只有抛儿弃女易子而食的路了。壮丁健卒，都征去打仗筑城，于是田园变成沙漠，房屋里也生长树木了。在这种悲惨的时代，在这种动摇的社会，儒家的伦理观念，怎么不失去力量，新的思想新的宗教当然是要代之而起了。

其次，我们必得注意的，是《孔雀东南飞》那篇长诗。这篇诗的时代，有人说是建安，有人说是六朝，我想把它看为魏晋时代的作品，是非常合宜的。这是一篇表现家庭问题的悲剧，人物个性的描写，事件的组织，文字的素朴，对话的生动，使它在中国叙事诗的历史上，占了最高的地位。最重要的它提出了一个婚姻自由的问题，这问题在中国过去不知道苦了多少男女，一直到最近十几年，才告解决。

在这诗里，有两点我们要注意：（一）兰芝的被遣，不是因她本身才德的缺陷，实因她门第卑贱的原因。魏晋时代，是阶级制度最严、门第观念最发达的时候。富贵二字，在魏晋人的眼里，分辨得很清楚。贵人可以富，但富人不一定可以贵。因此有许多富豪，情愿赔本去弄个官做，好夸耀乡里，以与贵人交接来往为无上的光荣。这种故事，在当日的史书里，我们是可以时常看见的。看兰芝出嫁的时候，带去了那么多的嫁妆，她家里恐怕是一个富户或是商家，但门第一定很微贱，在社会上没有什么地位。由兰芝的哥哥那么想同官家攀亲的一点看来，这种推想似乎很靠得住。焦家却不同，门第很高，年青的儿子已在衙门内做官，前途是无限的。所以他的母亲不满意这种婚姻，非叫儿子媳妇离开不可。她这种观念，在她劝慰她儿子的那几句话里，表现得很明显："汝是大家子，仕宦于台阁。慎勿为妇死，贵贱情何薄。东家有贤女，窈窕艳城郭。阿母为汝求，便复在旦夕。"所谓"大家"，所谓"台阁"，所谓"贵贱情何薄"，等等，便是这悲剧的基础。

（二）魏晋时代，旧礼教旧道德的权威已日趋崩坏，青年男女都在要求解放自由的生活，对于家长的专制，不能像从前那样俯首帖耳地服从了。男女的心里，都怀着个人主义的觉醒，对于自己应走的路，有所考虑有所决定了。兰芝虽被迫回家，但她反对再嫁，仲卿虽被迫离婚，但他拒绝再娶。双方家长的命令，已经不能指挥当日觉醒的男女了。"不自由，毋宁死"，仲卿与兰芝最后的结果，算是实践了这伟大的格言。

《孔雀东南飞》的作者，处理这家庭的悲剧的时候，他是以这门第观念与自由斗争的精神为其基础，而引到无可避免的悲剧的路上去的。因此，在这诗里，他表现了当日的社会意识与生活状态，而增高其作品的价值，成为写实的名篇了。

三、个人主义的浪漫文学

像《悲愤诗》《孔雀东南飞》那样带有社会性的民间作品，毕竟是少数，要作为魏晋文学的代表的，还是那些出于文人手笔的个人主义的作品。那些作品是以当日流行的道家道教、佛教思想为根底，离开现实的世俗，充分地表现出一种超然的浪漫情绪。由这些作品，很明显地映出当代智识阶级的心理意识。他们把老庄的无为遁世，道教的神仙，佛教的厌世，各种思想一齐揉杂起来，再借着古代许多神话传说为材料，描出各种各样的玄虚世界。于是昆仑、蓬莱，成了他们歌咏的仙境，宓妃成了神女，人面兽身的西王母变成了观世音，王乔、羡门、赤松子、河上公这些仙人逸士，都成为他们最高的人生理想了。《山海经》《穆天子传》成为文学材料的源泉，郭璞也得用汉儒解经的工夫来加以注解了；以儒家名世的皇甫谧，也写起《高士传》来了；陶渊明也以读《山海经》为题材而作诗了；《招隐》《游仙》成为当代最流行的诗题了。我们可以说，魏晋的文学，是完全建筑在当日的哲学思想与宗教思想的基础上的。这种哲学、宗教思想的构成，又以当日的政治现象与民生状况为基础。关于这方面的解说，我在前面曾有较详的叙述，此地只得从略了。我在这里想把他们的作品列举几首，使读者可以得着更明显的印象。

（一）老庄的哲理思想：

大道虽夷，见几者寡。任意无非，适物无可。古来绕绕，委曲如琐。百虑何为，至要在我。寄愁天上，埋忧地下。叛散五经，灭弃风雅。百家杂碎，请用从火。抗志山西，游心海左。元气为舟，微风为柁。敖翔太清，纵意容冶。（《仲长统》）

绝智弃学，游心于玄默。绝智弃学，游心于玄默。遇过而悔，当不自得。垂钓一壑，所乐一国。被发行歌，和者四塞。歌以言之，游心于玄默。（嵇康《秋胡行》之六）

详观凌世务，屯险多忧虑。施报更相市，大道匿不舒。夷路值枳棘，安步得焉如。权智相倾夺，名位不可居。鸾凤避罻罗，远托仑昆墟。庄周悼灵龟，越稷嗟王舆。至人存诸己，隐璞乐玄虚。功名何足殉，乃欲列简书。所好亮若兹，杨氏叹交衢。去去从所志，致谢道不俱。（嵇康《答二郭》之三）

这种作品不知道有多少。最显著的如曹植的《玄畅赋》《释愁赋》《髑髅说》，嵇康的《秋胡行》《酒会诗》《答二郭》《与阮德如》《述志诗》。阮籍、郭璞的诗，几乎全部是道家的哲理与神仙隐士的思想织成的。再如在张华、孙楚、陆机、石崇他们的诗篇里，也时时露出道家的言语来。到了孙绰、许询，再加以佛理，诗就更枯淡无味了。《诗品》说："永嘉时贵黄老，稍尚虚谈，于时篇什，理过其辞，淡乎寡味。爰及江表，微波尚传。孙绰、许询、桓、庾诸公诗，皆平典似《道德论》。"

《文心雕龙·明诗篇》说："自中朝贵玄，江左称盛。诗必柱下之旨归，赋乃漆园之义疏。"檀道鸾《续晋阳秋》也说："正始中何晏、王弼好庄老玄胜之谈，而俗遂贵焉。至过江佛理尤盛。故郭璞五言，始会合道家之言而韵之。询及太原孙绰转相祖尚，又加以三世之辞，而《诗》《骚》之体尽矣。"这些批评都相当确切，不过道家诗文，并非起于郭璞，从仲长统开始，曹植、阮籍、嵇康以及西晋的文人，都写了不少的《道德论》式的作品。到了东晋，如孙绰、许询之流才性较差，所作无论诗赋，都变为道经与偈语，真是理过其辞淡乎寡味了。

（二）高蹈的游仙思想：

乘跻追术士，远之蓬莱山。灵液飞素波，兰桂上参天。玄豹游其下，翔鹍戏其巅。乘风忽登举，仿佛见众仙。（曹植《升天行》）

危冠切浮云，长剑出天外。细故何足虑，高度跨一世。非子为我御，逍遥游荒裔。顾谢西王母，吾将从此逝。岂与蓬户士，弹琴诵言誓。（阮籍《咏怀》之五十八）

游仙聚灵族，高会层城阿。长风万里举，庆云郁嵯峨。宓妃兴洛浦，王韩起太华。北征瑶台女，南要湘川娥。肃肃霄驾动，翩翩翠盖罗。羽旗栖琼鸾，玉衡吐鸣和。太容挥高弦，洪崖发清歌。献酬既已周，轻举乘紫霞。总辔扶桑枝，濯足汤谷波。清辉溢天门，垂庆惠皇家。（陆机《前缓声歌》）

青青陵上松，亭亭高山柏。光色冬夏茂，根底无雕落。吉士怀贞心，悟物思远托。扬志玄云际，流目瞩岩石。羡昔王子乔，友道发伊洛。迢递陵峻岳，连翩御飞鹤。抗迹遗万里，岂恋生民乐。长怀慕仙类，眩然心绵邈。（何劭《游仙诗》）

京华游侠窟，山林隐遁栖。朱门何足荣，未若托蓬莱。临源挹清波，陵冈掇丹荑。灵溪可潜盘，安事登云梯。漆园有傲吏，莱氏有逸妻。进则保龙见，退则触藩羝。高蹈风尘外，长揖谢夷齐。（郭璞《游仙诗》）

这例的诗实在多得无法详举。就是在曹操的《气出唱》《精列》《陌上桑》《秋胡行》诸诗里，已充满了仙道的典故。阮籍的《咏怀诗》，到处都是王乔、羡门、赤松、河上的字眼。曹植有《洛神赋》《仙人篇》《游仙篇》《远游篇》。王粲、陈琳都有《神女赋》，张华、张协、成公绥、何劭、郭璞都有《游仙诗》。庾阐、帛道猷都有《采药诗》。在这些作品里，他们采用古代的神仙传说和一切奇异神秘的材料，造成一个美丽空虚的仙界。由这种艺术的象征的暗示性，一面作者可以寄托自己苦闷的灵魂，同时又可引导读者走入那种神奇的太虚幻境。

（三）避世的隐逸思想：

杖策招隐士，荒涂横古今。岩穴无结构，丘中有鸣琴。白云停阴冈，丹葩曜阳林。石泉漱琼瑶，纤鳞或浮沉。非必丝与竹，山水有清音。何事待啸歌，灌木自悲吟。秋菊兼糇粮，幽兰间重襟。踌躇足力烦，聊欲投吾簪。（左思《招隐》）

仰视碧天际，俯瞰渌水滨。寥阒无涯观，寓目理自陈。大矣造化工，万殊莫不均。群籁虽参差，适我无非新。（王羲之《兰亭集诗》）

少无适俗韵，性本爱丘山。误落尘网中，一去三十年。羁鸟恋旧林，池鱼思故渊。开荒南野际，守拙归园田。方宅十余亩，草屋八九间。榆柳荫后园，桃李罗堂前。暧暧远人村，依依墟里烟。狗吠深巷中，鸡鸣桑树巅。户庭无尘杂，虚室有余闲。久在樊笼里，复得返自然。（陶潜《归园田居》之一）

再如陆云有《逸民赋》《逸民箴》。阮瑀、陆机、张载、闾丘冲都有《招隐诗》。这一类作品，在魏晋文学中是最上等的最优秀的作品，哲理诗过于枯淡，游仙诗过于玄虚，只有这种文学看去似乎枯淡，却又丰腴；看去似乎玄虚，却又实在。在这些作品里，脱离了现世的尘俗，表现一个合乎人情味的境界。这一个境界，不像仙界那么神秘玄妙，是一个人人能走得到能体会得到的自然境界。在那里有美丽的画意，有浓厚的诗情，一切都显示着纯洁，一切都表现着自然。我们读了陶诗和他的《归去来辞》《五柳先生传》《桃花源记》诸作，会感到自己的污浊的身心，投在深山的清泉里洗了一个澡那样清凉的心境的罢。

（四）现世的快乐思想：

驱车上东门，遥望郭北墓。白杨何萧萧，松柏夹广路。下有陈死人，杳杳即长暮。潜寐黄泉下，千载永不寤。浩浩阴阳移，年命如朝露。人生忽如寄，寿无金石固。万岁更相送，贤圣莫能度。服食求神仙，多为药所误。不如饮美酒，被服纨与素。(《古诗十九首》之一)

生年不满百，常怀千岁忧。昼短苦夜长，何不秉烛游。为乐当及时，何能待来兹。愚者爱惜费，但为后世嗤。仙人王子乔，难可与等期。(同上)

这两首诗，看其反对服食采药求仙的语意，一定出于道教思想流行以后。大概是建安、曹魏时代的作品。

对酒当歌，人生几何？譬如朝露，去日苦多。慨当以慷，忧思难忘。何以解忧，惟有杜康。(曹操《短歌行》)

盛固有衰不疑，长夜冥冥无期。何不驰驱及时，聊乐永日自怡，赍此遗情何之。人生居世为安，岂若及时为欢。世道多故万端，忧虑纷错交颜，老行及之长叹。(陆机《董桃行》)

蒲萄四时芳醇，琉璃千钟旧宾。夜饮舞迟销烛，朝醒弦促催人。春风秋月恒好，欢醉日月言新。(陆机《饮酒乐》)

人生无根蒂，飘如陌上尘。分散逐风转，此已非常身。落地为兄弟，何必骨肉亲。得欢当作乐，斗酒聚比邻。盛年不重来，一日难再晨。及时当勉励，岁月不待人。(陶潜《杂诗》)

昔闻长者言，掩耳每不喜。奈何五十年，忽已亲此事。求我盛年欢，一毫无复意。去去复欲远，此生岂再值。倾家时作乐，竟此岁月驶。有子不留金，何用身后置。(同上)

诗人的心境，时时刻刻是矛盾的、争斗的，就在这种苦闷冲突的情感里，产生艺术。他们有时要谈空虚的哲理，有时又要追求玄妙的神仙，有时又感到那些境界过于空虚，还不如饮酒作乐及时求欢。于是这种现世的快乐思想，在魏晋的文学里，呈现着浓厚的色彩。我们看看阮籍、刘伶的生活，看看《杨朱篇》内的思想，同这种作品，正是一致的情调。

由上面这几点看来魏晋文学是离开社会的现实，趋于个人的理想的路上而发展着的。当日的文人，与其说他们住于现实的世界中，不如说是住于虚构的想象的神秘的世界中。他们几乎全都是空想家，他们的生活，几乎变成梦幻一般的玄虚，梦幻一般的美丽了。就在这梦幻的玄虚中，他们的灵魂有了寄托，得到满足，他们同现实便愈离愈远了。他们的心境，渐渐由积极变为消极，由愤慨变为玄默，由避人变为避世，最后入于陶渊明的净化了。但由这种文学作品所反映出来的社会意识，与当日流行的哲学思想、宗教观念，完全是一致的。无论文学、哲学，都同样是老庄和佛、道二教的思想磨成粉末再加以水分的调和而成的一种结晶品。这种结晶品，又一定要在有魏晋那种时代环境的冰箱里，才可以凝固，才可以完成。所以在尝试这种食品之前，对于那只特殊情形的冰箱和各种各样的原料，在前面的几章里，都加以较详的分析了。

四、小说书画的新倾向

反映当代那种哲学思想、宗教观念的文学作品，不仅诗赋是如此，在当日的小说内，也是非常明显。所谓魏晋特盛的神怪小说，就是以那种思想观念为基础而发展起来的。如托名东方朔的《神异经》《十洲记》，托名班固的《汉武帝故事》《汉武帝内传》，托名郭宪的《洞冥记》，托名刘歆的《西京杂记》，都是魏晋人的作品。再如魏文帝的《列异传》，张华的《博物志》，干宝的《搜神记》，荀氏的《灵鬼志》，戴祚的《甄异录》，祖冲之的《述异记》，陶潜的《搜神后记》诸书，虽有存亡，虽有后人的增删，然而他们的基本意识是一致的。无论出于文人，或是出于教徒，无不言神仙道术及远方怪异之事。在那些书名上，便已充分地表现了作品的内容和思想。《穆天子传》《山海经》和许多古书内的怪人、怪兽、怪山川、怪草木，到了魏晋，都加了铺张的描写，有的加以聪明的灵性，有的加以美丽的面貌了。西王母在《山海经》内是一个怪物：

西海之南，流河之滨，赤水之后，黑水之前，有大山，名曰昆仑之丘。有神，人面虎身，有文有尾，皆白处之。其下有弱水之渊环之，其外有炎火之

山，投物辄然。有人戴胜，虎齿有豹尾，穴处，名曰西王母，此山万物尽有。（《大荒西经》）

这种人兽合成穴居野处的怪物，是很可怕的。但到了《汉武帝故事》《汉武帝内传》内，西王母变成人人爱的仙姑美女了：

到夜二更之后，忽见西南如白云起，郁然直来，径趋宫廷，须臾转近。闻云中箫鼓之声，人马之响。半食顷，王母至也。县投殿前，有似鸟集。或驾龙虎，或乘白麟，或乘白鹤，或乘轩车，或乘天马，群仙数千，光耀庭宇。既至，从官不复知所在，唯见王母乘紫云之辇，驾九色斑龙。别有五十天仙。……王母唯扶二侍女上殿。侍女年可十六七，服青绫之袿，容眸流盼，神姿清发，真美人也。王母上殿，东向坐，著黄金褡褟，文采鲜明，光仪淑穆，带灵飞大绶，腰佩分景之剑，头上太华髻，戴太真晨婴之冠，履玄璚凤文之舄，视之可年三十许，修短得中，天姿掩蔼，容颜绝世，真灵人也。（《汉武帝故事》）

到了魏晋，王母穿起了文化的衣冠，戴了珠宝的首饰，成了天姿掩蔼、容颜绝世的仙女，比起上面所表现的那种人面兽身的怪物来，真有天地之差了。这种作品对于神仙宣传的力量，远在《抱朴子》以上。这种美丽的文字，若有其事的描写，会使读者精神恍惚，忘却现实，而沉迷于这种玄虚的仙境的罢。

神仙以外，写鬼的很多。且举《列异传》一条：

南阳宗定伯年少时，夜行逢鬼，问曰：谁？鬼曰：鬼也。鬼曰：卿复谁？定伯欺之，言：我亦鬼也。鬼问：欲至何所？答曰：欲至宛市。鬼言：我亦欲至宛市。共行数里，鬼言：步行大亟，可共迭相担也。定伯曰：大善。鬼便先担定伯数里，鬼言：卿大重，将非鬼也？定伯复言：我新死，故重耳。定伯因复担鬼，鬼略无重。如是再三。定伯复言：我新死，不知鬼悉何畏忌？鬼曰：唯不喜人唾。……行欲至宛市，定伯便担鬼至头上，急持之。鬼大呼，声咋咋，索下。不复听之，径至宛市中著地，化为一羊，便卖之。恐其变化，乃唾之，得钱千五百。（《法苑珠林》六）

再看《搜神记》中的一条：

汉下邳周式，尝至东海，道逢一吏，持一卷书，求寄载。行十余里，谓式曰：吾暂有所过，留书寄君船中，慎勿发之。去后，式盗发视，书皆诸死人录，下条有式名。须臾吏还，式犹视书。吏怒曰：故以相告，而忽视之。式叩头流血。良久，吏曰：感卿远相载，此书不可除卿名，今日已去，还家三年不出门，可得度也，勿道见吾书。式还，不出已二年余，家皆怪之。邻人卒亡，父怒使往吊之，式不得已，适出门，便见此吏。吏曰：吾令汝三年勿出门，而今出门，知复奈何？吾求不见连累为鞭杖，今已见汝，可复奈何？后三日中，当相取也。……至三日日中，果见来取，便死。(卷五)

或是谈神仙，或是说鬼怪，或是叙述奇异的山川草木，无不是以魏晋当日流行的那种玄虚思想为基础。在诗赋方面，所表现的，偏重于哲理与人生观，在小说里，可以看出道、佛二教的宗教观念与迷信色彩，是占满了民众的头脑了。魏晋的哲学家信奉自然观的宇宙学说，反对神鬼存在与善恶报应，但到了小说家，把哲学思想民、众信仰一齐糅杂起来，在小说里，大量地表现出来了。

反映这种思潮的，不仅是文学，就是当日的图画，也是如此。汉晋的画，我们现在虽无法看见，但在史书的记载里，我们还可考见其内容，和由那些内容所反映出来的意识。汉代的图画，史书告诉我们壁画居多，其内容或为历代帝王及忠臣烈士的肖像，或为孔子及七十二门徒的肖像。在这里有两点我们必得注意：(一)因其题材可以知道汉画是儒家伦理观念的表现，是封建社会对于帝王圣贤的崇拜。(二)因其为墙壁的装饰品，可以知道图画还未能成为一种独立的艺术。但到了魏晋，无论题材作用，都改变了。其改变与文学的变动是一致的步调。那便是由伦理的趋于个人的，由现实的趋于玄虚的，由实用的而趋于艺术的了。由古人的记载，留下了许多画目。在那些名目里，他们的画材，我们可以分为三大类：

(一) 神仙释道　吴曹不兴之《赤龙图》，晋张墨之《维摩诘变相图》，顾恺之的《列仙图》《三天女像》《八国分舍利图》，史道硕的《周穆王八骏图》，夏侯瞻的

《楚人祀鬼图》，戴逵的《五天罗汉图》，明帝的《洛神赋图》等。

（二）高人隐士 魏高贵乡公的《盗跖图》，嵇康的《巢由洗耳图》，杨修的《严君平卖卜图》，顾恺的《谢安像》，戴逵的《嵇阮图》等。

（三）山水 魏高贵乡公的《黄河流势图》，晋夏侯瞻的《吴山图》，戴逵的《吴中溪山邑居图》，戴勃的《九州名山图》等。

由这些题材同汉代的帝王圣贤的肖像比较起来，画风的改变，不是极明显的事吗？由释道神仙、高人隐士以及山水风景这些材料看来，魏晋的画同当代的脱离现实追模玄虚的个人主义的哲学思潮是取一致的步调了。画与文学，无论内容或精神，也完全调和起来了。

其次，是中国的画，到了魏晋，渐渐地脱离了汉代的装饰的实用的意味，而走向独立的艺术的地位了。正如魏晋时代有专门讨论文章的文字一样，在画界如顾恺之之流，也有评画论画的文字了。他们对于用笔用墨设色及位置等等，都提出来加以细密的注意，汉代从未顾到的阴影法、远近法，到了魏晋也为一般人所研究讨论了。较之纯以线条为主纯以装饰为用的汉画，魏晋的画自然是进步得多了。林风眠评顾恺之的《女史箴图》说："衣饰皆用曲线描写，生动的体态，确能充分地表现出来。"(《重新估定中国绘画的价值》)李朴园也说："中国绘画到了魏晋时代，已经不拘于装饰的单纯的笨拙的趣味，已随着经济条件的专门化而深刻化了。"(《中国艺术史》)由这些话，可以知道汉代与魏晋的画，有很明显的差异。而这差异，是以当代政治状况、哲学思想、经济条件与宗教观念为其基础的。因为这些基础，文化界的各方面，都向着解放自由的路上走，各自建立各自的新生命，不仅文学、绘画是如此，就是书法，也是遵循一致的路线发展的。我们只要看看由汉隶、楷书变到王羲之父子那样如行云流水般的行草，那种解放自由的精神，活跃的个人主义的情感与生命，真是再明显也没有了。

这样看来，魏晋的文化思想，可以说是旧的破坏时代，同时又是一个新的建立时代。无论哲学、文艺、宗教、人生观各方面，都脱离了旧时代的桎梏，活跃而又自由地发展着新的生命。这些新生命，都是后代文化思想的重要种子，在这个时代，从某种意义上说，是有着文艺复兴的意味的。不过在正统派如韩愈、苏轼之流，却看作是中国学术界的黑暗时代。文艺复兴也好，黑暗时代也好，我们用着个人主义与浪漫精神去观察魏晋时代的文化思想界的全体，是没有什么错误的罢。

本文原为作者《魏晋思想论》之第六章，原书写定于1939年，
此据上海古籍出版社1998年版录入。

关于魏晋南北朝文学的评价

章培恒

在建国以来的古典文学研究领域内，对于魏晋南北朝——特别是西晋以后——的文学，一般评价较低。在一部很流行的《中国文学史》中，曾作过这样的论断："魏末的多数作品"，"已经不如建安作家那样富有现实性"，"但杰出的人物如嵇、阮还保持着建安的传统，仍能较密地结合现实。到了西晋，虽然建安的余音尚在，风力却大大削弱，多数作家已偏重形式和技巧"。"从西晋建立到东晋灭亡的一百多年间，虽然产生了左思、刘琨、郭璞、陶渊明等杰出和优秀的诗人，但形式主义和玄言诗的逆流却长期泛滥。"因而，这部文学史把晋代作为"创作方面处于形式主义逆流统治的时代"。至于南朝的文学，这部文学史则认为，虽然在艺术性上有所提高，但"很少反映民生疾苦，也缺乏进步的理想。当时的诗歌或文章，反映生活的面，比起魏、晋来都显得狭窄"。换言之，魏晋南北朝的文学，从其思想内容来说，是日益退步。这种评价大同小异地存在于建国以来的几部最流行的文学史中；在相当长的时期内，这几乎是作为定论，被大家所公认的。本文对此提出一些不同的看法，以期引起讨论。

一

从上引的文字可以看出：正始文学之所以不如建安，乃是因其"不如建安作家那样富有现实性”；阮籍、嵇康之所以在正始时期是杰出的作家，则是因其“仍能较密地结合现实”；而南朝文学之所以更差，是因其“反映生活的面，比起魏、晋来都显得狭窄”。可见对魏晋南北朝文学的这种评价，实际是以如下观念为前提的：文学必须“富有现实性”。而所谓现实性，显然又是指反映民生疾苦、揭露政治的黑暗之类，这从上述论断所由出的《文学史》对建安文学和嵇、阮的分析中可以看得相当清楚。

这不能不使人想起那个一度曾经很流行的公式：一部文学史就是现实主义与反现实主义斗争的历史。尽管这个公式后来不再公开提了，但它其实仍严重地束缚着人们的思想，人们仍自觉或不自觉地把“现实主义”①作为衡量文学的首要标准。当然，作为对于这一公式的修正，作品如果不是“现实主义”的，只要能表现“进步的理想”也行；不过基本要求还是“现实主义”，因为向古代作家要求“进步的理想”，在大多数场合是不现实的。就以上引的那部文学史来说，虽然也说到南朝文学“缺乏进步的理想”，但对整个魏晋南北朝文学的评价，显然是以“现实主义”为基点的。

但是，以这样的所谓“现实主义”来要求古代的文学，来批判甚或否定魏晋南北朝的文学，似乎并不是现代人的创造。唐代白居易在《与元九书》中早就说过：

> ……圣人知其然，因其言，经之以六义……故闻“元首明，股肱良”之歌，则知虞道昌矣；闻五子洛汭之歌，则知夏政荒矣。言者无罪，闻者足戒，言者闻者莫不两尽其心焉。……
>
> 晋、宋已还，得者盖寡。以康乐之奥博，多溺于山水；以渊明之高古，偏放于田园。江、鲍之流，又狭于此。如梁鸿《五噫》之例者，百无一二焉。于时六义寖微矣，陵夷矣。
>
> 至于梁、陈间，率不过嘲风雪、弄花草而已。噫！风雪花草之物，《三百

① 为了跟原来意义上的现实主义相区别，故打上引号。

篇》中岂舍之乎？顾所用何如耳。设如“北风其凉”，假风以刺威虐也；“雨雪霏霏”，因雪以愍征役也；“棠棣之华”，感华以讽兄弟也；“采采芣苢”，美草以乐有子也。皆兴发于此而义归于彼。反是者可乎哉？然则“余霞散成绮，澄江静如练”“离花先委露，别叶乍辞风”之什，丽则丽矣，吾不知其所讽焉。故仆所谓嘲风雪、弄花草而已。于时六义尽去矣。①

尽管白居易标举的是儒家诗论的“六义”——特别是其中的风、雅、比、兴，但对晋、宋以还的文学的评价却跟现在我们的文学史中的评价颇为接近。例如，现在之所以说晋代“多数作家已偏重形式和技巧”，也无非是因其“如梁鸿《五噫》之例者，百无一二焉”；现在说梁、陈文学“很少反映民生疾苦”，这跟白居易之因梁、陈文学没有“刺威虐”“愍征役”之类内容而加以否定，似无太大区别；现在对于“余霞散成绮，澄江静如练”之类诗句，虽在艺术性上也加以肯定，但总因其思想性不高而把它们作为二等品，这跟白居易所说的“丽则丽矣，吾不知其所讽焉”，似也一脉相通；白居易认为晋、宋文学已大不如前，梁、陈更糟，现在也是这种看法。自然，现在对陶渊明的评价比白居易对他的评价高，但评价的基准似也仍有相通之处，都是从政治性、现实性出发，不过白居易看到的是其“偏放田园”的一面，是以评价偏低，现在则强调其反抗黑暗的政治现实的一面，评价也就随之提高而已。

然而，白居易的上述观点也不是他的首创。梁代裴子野的《雕虫论》就从“古者四始六义②，总而为诗。既形四方之气，且彰君子之志。劝美惩恶，王化本焉”的观念出发，批评《楚辞》以来的作者为“思存枝叶”，指斥宋以来的诗人，“罔不摈落六义，吟咏情性”“无被于管弦，非止乎礼义。深心主卉木，远致极风云。其兴浮，其志弱”③。隋初李谔更曾上书隋文帝，抨击“江左、齐、梁”的文学，谓其“遗理存异，寻虚逐微”“连篇累牍，不出月露之形；积案盈箱，唯是风云之状”“以傲诞为清虚，以缘情为勋绩”，以致“文笔日繁，其政日乱”。至于李谔之所以对

① 顾学颉点校《白居易集》卷四十五，中华书局 1979 年版，第 960—961 页。

② 原作“六艺”，“艺”当为“义”之误。

③ 严可均辑校《全上古三代秦汉三国六朝文·全梁文》卷五十三，中华书局 1958 年版，第 3262 页。

江左、齐、梁的文学如此深恶痛绝，是因他以为“古先哲王之化民也，必变其视听，防其嗜欲，塞其邪放之心，示以淳和之路”①，而那种文学则跟这一原则相违背。换言之，裴子野、李谔早就从儒家思想出发，根据文学必须成为政教的辅助工具的观点，对魏晋南北朝——特别是晋代以来——的文学施以挞伐，白居易只是继承了他们的理论，并作了进一步的说明。

在这里我们就看到了一个颇有兴味的现象：现实主义本是西方文艺理论中的概念，但当这一概念输入中国后，在具体的理解中，却很容易地跟传统的儒家文学观结合起来了。所以，当研究者以“现实主义”的标准来评价魏晋南北朝文学时，跟以儒家文学观为标准的裴子野、李谔、白居易他们得出了大致相同的结论。从这里也就可以看出儒家思想（或者说中国的传统思想）确有巨大的同化力——使外来事物与自己同化的力量。

二

现在我们来进一步看一看：对魏晋南北朝文学作上述评价的出发点是否能够成立？

首先，文学是现实的反映，这当然是马克思主义的观点。文学应尽可能正确、深刻地反映社会生活，这要求当然也不错。但社会是由人组成的，离开了人、人的思想感情，也就谈不上社会生活。所以，即使作品所写的是社会生活中很重要的矛盾斗争，但如果其中没有真实的人的思想感情，绝不能算是对社会生活的正确、深刻的反映。倒过来说，如果作品没有以真实的形式直接描绘社会的矛盾斗争，仅仅表现了人的某种感情或情绪（甚至采取了虚幻、荒诞的形式），但只要表现得深刻，而且这种感情或情绪在那个社会里具有相当的普遍性或体现了社会的某种进展，仍应视为对社会生活的正确、深刻的反映。而现在

① 李谔《上书正文体》，见《全上古三代秦汉三国六朝文·全隋文》卷二十，第4134—4135页。

在否定或批判魏晋南北朝文学时，却恰恰忽略了当时文学所表现的感情和情绪的意义。

其次，文学作品的反映现实，并不是像镜子那样地冷漠的反映，而是渗透着作者的认识、评价和感情。当然，作为社会意识，作者的认识、评价和感情是由社会存在所决定的，但读者在阅读作品时，与其说是被作品描写的人物和事件所感动，毋宁说是被渗透在作品里的作者的主观精神所激动。换言之，如果没有作者的真知灼见、真实而强烈的爱憎，作品至多只能是某种消遣品，绝不能使读者的心灵受到震荡，从而获得提高。然而，正如恩格斯所说："每一种新的进步都必然表现为对某一神圣事物的亵渎，表现为对陈旧的、日渐衰亡的，但为习惯所崇奉的秩序的叛逆。"①要使读者心灵受到震荡，作者也必须亵渎神圣的事物，反抗为习惯所崇奉的、走向衰亡的秩序。因此，从文学发展的角度来说，当我们考察一个时期的文学时，必须注意这方面的总的倾向：作家是在勇敢地冲破旧的束缚，力图按照自己的认识、评价和感情来写作呢，还是在神圣事物、旧的秩序面前不敢越雷池一步，力图使自己的认识、评价和感情与之相适应？如果是前者，那么，即使这个时期的文学本身并没有大的成就，但却已经给后来的文学开辟了新的道路，为其取得大的成就奠定了基础，因而在文学史上仍应给予高的评价。而现在在批判魏、晋南北朝文学时，恰恰没有顾及这一方面。

第三，文学是创造美的。这不仅仅是指作品的所谓艺术性而言，而是思想内容和艺术成就的结合，而且首先在于思想内容。一个时期的文学，如果不能创造出新的美，不能在审美意识上有较大的更新，很难说她有多少成绩；反之，即使还不成熟，甚至还有不少弱点，仍应给以热情的肯定。而在现今对魏晋南北朝文学的评价中，这一点也没有受到重视。

总之，我认为单以"现实主义"为标准来衡量魏晋南北朝文学的价值是不妥

---

① 恩格斯《路德维希·费尔巴哈和德国古典哲学的终结》，《马克思恩格斯全集》卷二十一，人民出版社1965年版，第330页。

的，而必须从上述三个方面对之作全面的考察。——顺便提一下：对魏晋南北朝文学在艺术技巧上的进步也是应该注意的，但在这方面我跟现在流行的几部文学史之间没有多少不同的意见，此处就不再赘述了。

三

在魏晋南北朝文学（本文主要讲魏晋、南朝文学）里，最值得注目的一点，是自我意识的加强；这实际上意味着对个人的价值的新的认识。

在古代的儒家典籍里，虽然也存在着对于人的肯定，现在的研究者还有把这作为人本思想的；但其所肯定的，实是作为群体的人，而不是作为个体的人。就总体来说，个体的人是没有地位的，人的自我遭到严重的压抑。当然，儒家思想是黄河流域的文化的产物，与长江流域的文化有所不同。所以，在先秦的文学里，既有像《离骚》那样宣称“亦余心之所善兮，虽九死其犹未悔”，表现了鲜明的自我意识的作品，也有像《诗经·郑风·将仲子》那样的诗：“将仲子兮，无逾我里，无折我树杞。岂敢爱之？畏我父母。仲可怀也；父母之言，亦可畏也。”（这是全诗的第一章。第二、三章与此大同小异，“畏我父母”分别作“畏我诸兄”，“畏人之多言”）。受着“父母”“诸兄”和“人之多言”的严重压抑的这个女子，其自我意识已极其淡薄，虽然也爱着仲子，却反而站在“父母”“诸兄”和“人”的一边，恳求他不要再继续追求，尽管在这样的恳求中似乎也包含着一些哀思。比起牛峤《菩萨蛮》中“须作一生拚，尽君今日欢”①、李煜《菩萨蛮》中“奴为出来难，教郎恣意怜”②的女子来，自我意识的强弱不言而喻。而尤其值得注意的是：即使在先秦，像屈原那样的作品也是特异的存在，正如鲁迅先生所说：屈原之后的宋玉等人，“盖掇其哀愁，猎其华艳，而‘九死未悔’之概失矣”③。到了汉代，随

① 张璋、黄畬编《全唐五代词》卷五《五代词》，上海古籍出版社 1986 年版，第 591 页。

② 张璋、黄畬编《全唐五代词》卷四《五代词》，第 471 页。

③ 鲁迅《汉文学史纲要》第四篇，《鲁迅全集》卷十，人民文学出版社 1973 年版，第 546 页。

着武帝的独尊儒家，黄河流域的文化占了统治地位，文学中自我意识的薄弱也就更其明显（自然，司马迁是例外，不过他是在武帝以前的景帝时代出生的，而且其父亲是黄老一派，他所接受的不单是儒家文化）。这种现象直到东汉末期才开始改变。而将这一改变巩固下来并使之获得进一步发展的，则是魏晋南北朝的文学。

在这方面首先需要提出来的，是对于个性的尊重。

在这以前的文学，许多都重在政、教（连汉代的大赋也可归入这一类），也有一些对于人生的感慨，例如《古诗十九首》，但都并无尊重个性的要求。提出这一要求，实从这时期的文学开始。嵇康在《与山巨源绝交书》中说："性有所不堪，真不可强。""人之相知，贵识其天性，因而济之。"①陶渊明的《饮酒》之九："深感父老言，禀气寡所谐。纡辔诚可学，违己讵非迷！"②嵇康要求在人际关系中不要损害对方的"天性"——个性，而要加以成全；陶渊明则认为违背自己所禀之气——个性——是很大的错误。可以说，尊重个性已被作为一种重要的原则来强调。

而且，这种思想并不限于嵇康、陶渊明这样的杰出人物；在许多作家的作品里都可以见到类似的表现，尽管还没有达到如此的高度。例如谢灵运的《游赤石进帆海诗》："矜名道不足，适己物可忽。"③谢惠连《秋怀》诗："未知古人心，且从性所玩。"④何逊《答高博士诗》："为宴得快性，安闲聊鼓腹。"⑤（这大概是他入仕以前的诗）又《西州直示同员诗》："暂将收饮啄，得得任心神。"⑥（这是他出仕后感到个性的束缚，企图辞职还乡，恢复个性自由的诗）这些都在不同程度上显示出对个性的尊重，与嵇康、陶渊明的上述思想相通。

也正因此，尊重个性的要求或愿望在魏晋南北朝文学里并不是孤立的现

---

① 《嵇中散集》卷二，《四部丛刊》影印明嘉靖刊本。

② 逯钦立校注《陶渊明集》卷三，中华书局1979年版，第92页。

③ 逯钦立辑校《先秦汉魏晋南北朝诗·宋诗》卷二，中华书局1983年版，第1162页。

④ 逯钦立辑校《先秦汉魏晋南北朝诗·宋诗》卷四，第1194页。

⑤ 《先秦汉魏晋南北朝诗·梁诗》卷九，第1701页。

⑥ 《先秦汉魏晋南北朝诗·梁诗》卷九，第1702页。

象，至少是一种颇有影响的倾向。到了唐代，李白在《梦游天姥吟留别》中写道："安能摧眉折腰事权贵，使我不得开心颜。"[1]这在今天博得我们的一致称赞，誉为对封建秩序的不可驯服的轻视。这种赞誉固然是对的，但按其实际，正是魏晋南北朝文学里尊重个性的倾向的合乎逻辑的发展。换言之，上述倾向的形成，乃是魏晋南北朝文学在我国文学史上的重大贡献。

与此相联系的，需要提出来的另一点，是在一定程度上对于违背"礼"——传统道德观念——的个人欲望的肯定。因为，既然要尊重个性，当然也就要使那与个性结合着的个人欲望得到满足；而在封建社会里，许多这样的欲望又是与传统的道德观念相冲突的。如果把文学作为辅助政教的工具，自然要站在道德的立场来否定这些欲望；如果站在尊重个性的立场，则至少会在一定程度上加以肯定。

在先秦两汉时期，从肯定这种欲望出发的作品是很少见的。不但《楚辞》中主要是政治性的和用于祭祀的歌，《诗经》中的恋歌也不多。而且这些恋歌在当时恐怕是习俗所容许的，在其产生的时期并不具有违反道德的性质；等收到《诗经》里去以后，又很快被解释成跟儒家道德相一致了。至于汉武帝独尊儒家以后，这样的作品在汉代更其看不到了。但在魏晋南北朝文学里，这却并不是罕见的例外。诗歌里对于越礼的行为的赞扬（例如颜延之《五君咏》中对阮籍的"越礼自惊众"[2]的赞美）固然跟玄学有关，但也有不少是跟玄学无关的。记得我在另一篇文章里曾经说过，谢朓《秋夜诗》的"秋夜促织鸣，南邻捣衣急。思君隔九重，夜夜空伫立。……谁能长分居，秋尽冬复及"[3]，跟明代小说《蒋兴哥重会珍珠衫》的基本思想具有相通之处，都承认了欲望对于人的不可抗拒的巨大力量。而这种承认本身就是对于人在欲望与道德关系问题上的一种宽容态度：既然欲望是不可抗拒的，那么为此而违反道德也是可以谅解的了。

不过，这类内容的作品在诗歌里虽有相当的数量，而最能使人一目了然的

---

① 王琦注《李太白全集》卷十五，中华书局 1977 年版，第 708 页。

② 见《六臣注文选》卷二十一，《四部丛刊》影印宋刊本。

③ 《谢宣城诗集》卷三，《四部丛刊》影印明依宋抄本。

却在小说里。先引《世说新语·排调》一则如下：

> 王浑与妇钟氏共坐，见武子从庭过。浑欣然谓妇曰："生儿如此，足慰人意。"妇笑曰："若使新妇得配参军，生儿故可不啻如此。"①

"新妇"是王浑妻子的自称，"参军"指王浑的弟弟王沦；武子则是王浑夫妇的儿子。所以，王浑妻子的回答是："如果我能跟你弟弟结婚，生出来的儿子还要好！"对于这条记载，清末的李慈铭有过如下的评论："案，闺房之内，夫妇之私，事有难言，人无由测，然未有显对其夫，欲配其叔者。此即倡家荡妇，市里淫姏，尚亦惭于出言，赧其颜频；岂有京陵盛阀，太傅名家，夫人以礼著称，乃复出斯秽语？齐东妄言，何足取也！"②这位王夫人虽未必"欲配其叔"，但在潜意识里存在着对其叔的爱慕，大概是确实的；对其丈夫大概也未必满意。她敢于把这一切直接向其丈夫表露，当然违背封建道德。这件事是否"齐东妄言"，可姑置不论；重要的是：《世说新语》的作者在记载此事时，显然并没有把王夫人作为"荡妇""淫姏"看待，对她的回答倒是视为雅谑的，所以记入了"排调"类。在这里再一次显示了当时文学在欲望与道德的关系上的新的态度。——在这里说一句题外的话：当时"以礼著称"的名门大族的妇女所能够说（至少是被士大夫视为可能说），而且被作为雅谑的话，到了清末却成为"即倡家荡妇，市里淫姏，尚亦惭于出言，赧其颜频"，这恐怕是一种悲剧。

如果说上一则故事还比较隐晦，那就再看几则显豁的。但为了节省篇幅，不再照录原文。

> 王道平少时，私与同村少女唐文榆誓为夫妇。后道平被差征伐，九年不归。文榆父母见女长成，即聘与刘祥为妻。女不肯，而被迫出嫁。经三年，忽忽不乐，常思道平，忿怨之深，悒悒而死。死经三年，平还家。邻人引往墓所。平悲号哽咽，三呼女名，绕墓悲苦，不能自止。女魂自墓出，谓平：

① 刘义庆著、刘孝标注、余嘉锡笺疏《世说新语笺疏》卷下之下，上海古籍出版社1983年版，第788页。

② 转引自上书第789页。

"日夕忆君,结恨致死。然妾身未损,可以再生,还为夫妇。且速开冢,破棺出我。"女遂活,与道平为夫妇,寿一百三十岁。"实谓精诚贯于天地,而获感应如此。"(《搜神记》)

有富人子,见一女子美丽,卖胡粉于市。爱之,无由自达,日往市粉。积渐久,女深疑之,问曰:"君买此粉,将欲何施?"答曰:"意相爱乐,不敢自达,然恒欲相见,故假此以观姿耳。"女怅然有感,遂相许以私。其夜,女果到。男不胜其悦,把臂曰:"宿愿始伸于此。"欢踊遂死。女惶惧遁去。既而父母侦得之,因以诉官。女曰:"妾岂复吝死?乞一临尸尽哀!"县令许焉。径往抚之恸哭,曰:"不幸致此!若死魂而灵,复何恨哉!"男豁然更生,遂为夫妇。(《幽明录》)

巨鹿庞阿美容仪,同郡石氏女曾内睹阿,心悦之。其魂遂往诣阿。阿妻极妒,见之,而不知其魂也,缚送石家。石父察知为女魂,乃曰:"天下遂有如此奇事!夫精情所感,灵神为之冥著。"既而女誓心不嫁。经年,阿妻忽得邪病,医药无征。阿乃授币石氏女为妻。(《幽明录》)

唐文榆与王道平私下誓为夫妇,这根据当时的观念当然是不道德的;而在遵照父母之命正式嫁给刘祥之后,仍苦念昔日的情人,因而致死,既得复生,索性抛掉正式丈夫,干脆跟了王道平,当然更是不道德的。卖胡粉女子与富人子私通,石氏女的灵魂私奔庞阿,按照当时的观念同样是不道德和无耻的。作品里的人物都在个人欲望的支配下违背了道德,但作者对这些人物却显然都是同情甚至称赞的。在上引第一、二则故事里,主人公为情而死,为情而生,第一则故事的作者还强调其"精诚贯于天地",这都很容易使人想起汤显祖的《牡丹亭》及汤氏为该剧所写的《题词》:"情不知所起,一往而深。生者可以死,死可以生。生而不可与死,死而不可复生者,皆非情之至也。"①至于第三则故事,则又很容易使人想起唐人传奇《离魂记》;但所谓"精情所感,灵神为之冥著",亦与上引汤显祖

① 汤显祖《牡丹亭记题词》,徐朔方笺校《汤显祖诗文集》卷三十三,上海古籍出版社 1982 年版,第 1093 页。

之语相通。总之，这些故事不但在个人欲望与道德的冲突中站到了欲望的一边，而且已经成为后代进一步肯定欲望的文学的先声。——我认为男女之情也是个人欲望的一部分。

这两点——对个性的尊重和在一定程度上对于违背传统道德的个人欲望的肯定——都意味着自我意识的加强和对个人价值的新的认识。

四

由于自我意识的加强，魏晋南北朝文学又形成了若干新的特色。

首先，是文学与哲理的结合。

至少从阮籍开始，魏晋南北朝的许多作品渗透着悲观的哲学思想；阮籍的《咏怀诗》则是把文学与哲学结合起来的最早的典型。这些都已有学者作过阐述，此处可不赘论。我想着重指出的是：这种悲观哲学实际上是以个人为本位的结果，也即自我意识加强的结果。

人生短促，这本来是大家都知道的。但如果把个体融化在群体之中，那么，个体的生命虽然结束了，群体的生命与事业却是长存的，这样，个体也就得到了很大的慰藉，不致流入悲观绝望。正因儒家思想是强调群体的，所以，孔子看到逝水，虽然也发生过“逝者如斯夫”的感慨，但却绝不悲观，仍然不知老之将至，精进不已。在儒家思想指导或控制下的文学，同样不会染上悲观色彩。但如以个人为本位，就有可能得出相反的结论：

> 一日复一朝，一昏复一晨。容色改平常，精神自飘沦。临觞多哀楚，思我故时人。对酒不能言，凄怆怀酸辛。愿耕东皋阳，谁与守其真？愁苦在一时，高行伤微身。曲直何所为？龙蛇为我邻。[1]

诗人在这里只是为自己的生命即将结束而悲哀，至于群体的存在却不在他考虑

---

① 阮籍《咏怀诗》其六十四，《阮籍集》，上海古籍出版社 1978 年版，第 122 页。

的范围之内。他并未从群体的存在感到丝毫安慰，也并不觉得自己对群体负有任何责任。所以，面对着自己的即将结束的生命，他只意识到“曲直何所为”“高行伤微身”。除了自己以外，一切都是没有意义的，而自己又是转瞬就要消灭的，于是不得不感到彻底的虚无。——当然，作为挽救，那时的作者也追求神仙，不过，那在他们自己也只是一种虚幻的安慰。

可以这样说：自我意识的加强使个体不再成为群体的工具或附属品，而追求个体自己的价值；但短促的、昙花一现的个体自身的价值又在哪里呢？这不能不使他们感到深沉的悲哀。因此，他们不仅在文学中倾诉这种悲哀（上引阮籍《咏怀诗》自“一日复一朝”至“凄怆怀酸辛”即是其倾诉悲哀的部分），而且还希望从中获得解脱（上引诗中的“曲直何所为？龙蛇为我邻”等句就属于解脱的部分）。由于这类解脱其实是只能从哲学中获得的，文学（这里主要指诗歌）与哲学也就很自然地结合起来了。在正始时期开始了这样的结合以后，除阮籍的作品外，还形成了玄言诗。后者在艺术上是不成功的，故有“理过其辞，淡乎寡味”①之讥。也就是说，诗和哲理没有结合好。但接下来的山水诗就结合得比较好了；陶渊明的田园诗中也不乏这样的作品。

昏旦变气候，山水含清晖。清晖能娱人，游子憺忘归。出谷日尚早，入舟阳已微。林壑敛暝色，云霞收夕霏。芰荷迭映蔚，蒲稗相因依。披拂趋南径，愉悦偃东扉。虑澹物自轻，意惬理无违。寄言摄生客，试用此道推。②

少无适俗韵，性本爱丘山。误落尘网中，一去三十年。羁鸟恋旧林，池鱼思故渊。开荒南野际，守拙归园田。方宅十余亩，草屋八九间。榆柳荫后檐，桃李罗堂前。暧暧远人村，依依墟里烟。狗吠深巷中，鸡鸣桑树巅。户庭无尘杂，虚室有余闲。久在樊笼里，复得返自然。③

前一首诗写薄暮的美好景色。薄暮本来是会引起人的种种哀愁的，“夕阳

---

① 钟嵘《诗品·序》，陈廷杰注《诗品注》，人民文学出版社1980年版，第1页。

② 谢灵运《石壁精舍还湖中作诗》，《先秦汉魏晋南北朝诗·宋诗》卷二，第1165页。

③ 陶渊明《归园田居五首》之一，《陶渊明集》卷二，第40页。

无限好，只是近黄昏"的诗句就包含着无限的惆怅；但这里的"林壑敛暝色，云霞收夕霏"等等却只使人感到宁静甚至温柔。为什么会这样？不仅在于景物本身，而且在于诗人的主观。由于诗人的"虑澹"①，他就不会受外界的影响而产生日暮之感；这样他就达到了情意惬畅，从而符合了至理。不过，归根到底，"虑澹"也是山水的赐予，所谓"清晖能娱人，游子澹忘归"；"虑澹"之"澹"也即"澹忘归"之"澹"。所以，这首诗的意思是：顺应个人的意愿就是至理，而个体的短促的生命则应从自然界获得最终的寄托。跟美好的自然界融为一体，就会达到"虑澹"的最高境界，惬意地度过从昼到夜的转化；而人的一生——从生到死的转化——也是应该这样度过的吧！最后的"寄言摄生客，试用此道推"，就是画龙点睛之笔。

后一首诗写普通的农村的景色。这里没有任何特别的东西，既没有精雕细琢，也没有雄浑壮伟，但在通体上都显示出一种自然的美。这也就是陶渊明追求的哲学境界。陈寅恪先生在《陶渊明之思想与清谈之关系》中说：魏晋士大夫有主张自然及主张名教两派，而陶渊明"之创解乃一种新自然说"，"新自然说之要旨在委运任化"②。原来，陶渊明同样深感生命短促的悲哀，所谓"适见在世中，奄去靡归期。奚觉无一人，亲识岂相思？但余平生物，举目情凄洏"③。所以，只能以"甚念伤吾生，正宜委运去。纵浪大化中，不喜亦不惧。应尽便须尽，无复独多虑"④的人生态度来寻求解脱。而因为是委运任化，当然不追求特异，不必也不应该像谢灵运那样地去寻求高山大川，只要有一个身心不受束缚的地方就是他的安身立命之处。诗的最后两句——"久在樊笼里，复得返自然"——就正体现了他的这种"新自然说"。

也正因此，这些诗其实都含有哲理，都可说是诗与哲学的结合。而在我国

① 据《文选》李善注引《淮南子》，此为"澹然无虑"之意。见《六臣注文选》卷二十二。

② 陈寅恪《金明馆丛稿初编》，上海古籍出版社 1980 年版，第 197、202 页。

③ 陶渊明《形影神·形赠影》，《陶渊明集》卷二，第 35—36 页。

④ 陶渊明《形影神·神释》，《陶渊明集》卷二，第 37 页。

文学史上，这种倾向就是从魏晋南北朝文学开始的。

那么，这条道路对不对呢？我们可以认为他们的哲学是不深刻的、错误的，但是，使文学脱离简单的“饥者歌其食，劳者歌其事”或就事论事地反映某些社会现象的传统，引导读者在更高一个层次上进行思考，我想这应该是一种进步。其实，李白的《梦游天姥吟留别》这样的诗即可视为这种传统的继续；现代派艺术之包含哲理则是殊途同归。

其次，是关于美的创造。

由于自我意识的加强，文学的社会使命感减弱了。文学的创作首先不是为了满足社会的需要——政治、教化的需要，而是为了满足自己，获得心灵上的快感。不要说萧纲、萧绎这样的作家，就是著名的文学批评家钟嵘，也力图抽掉文学的社会、政治作用。儒家诗论所强调的六义，钟嵘只承认三义，而且把这三义都仅仅作为艺术手法来解释（参见《诗品·序》），就正说明了这一点。至于萧绎，更公开提出：“吟咏风谣，流连哀思者谓之文。”“文者，惟须绮縠纷披，宫徵靡曼，唇吻遒会，情灵摇荡。”①他所强调的只是文学的美。

因此，创造美就成了文学的首要任务。而美的创造绝不只是用字、骈俪、声律等问题，首先是内容的问题；也即必须以内容和形式的结合来形成美的意境。

于是，写自然景色的美、歌舞的美、人体的美等等，就成为一时的风尚。遭人诟病的宫体诗，就是这样一种致力于创造美的文学。

宫体诗中确有一些写得不好的作品，以不美为美的作品，但绝不应该一笔抹煞。以常被作为色情文学来引用的萧纲的《咏内人昼眠》为例：

> 北窗聊就枕，南檐日未斜。攀钩落绮障，插捩举琵琶。梦笑开娇靥，眠鬟压落花。簟文生玉腕，香汗浸红纱。夫婿恒相伴，莫误是倡家。②

在这里他力图真切地写出一个青年女性的睡态的美；描写的重点是“梦笑”以下

---

① 萧绎《金楼子·立言下》，清《知不足斋丛书》本。

② 徐陵编、吴兆宜注《玉台新咏笺注》卷七，中华书局1985年版，第314页。

四句。就描写的真切性来说，超过了以前作品中的类似的段落。例如曹植的《洛神赋》："秾纤得中，修短合度。肩若削成，腰如约素。延颈秀项，皓质呈露……"[①]虽然很具体，但显然是作者的夸张，不可能给读者以亲切感，从而也就不可能造成美的印象。而萧纲的这四句却比较真切地传达了一种美的印象，因而是一种进步。至于所谓色情的成分，实在很难感觉到。在这里顺便提一下，李商隐的"小怜玉体横陈夜"，应算是相当露骨的描写，但现代研究者似无人斥为黄色，不知何以对萧纲此诗如此苛责？

总之，魏晋南北朝文学致力于美的创造，这比起以前的文学之强调功利性，实是一种进步，尽管他们在这方面没有取得突出的成功，而且还具有明显的局限，例如忽视甚或排斥了悲剧的美。

第三，是在创作中强化作家的主观能动作用。

随着自我意识的加强，作家对于自己的喜怒哀乐有了更敏锐和强烈的感受。因而在表现时，不再满足于素朴地抒发感情，而是要尽可能地以种种艺术手段来突出这种感情，使之具有更尖锐的形式。把陆机的《赴洛道中作》和托名为苏武的"结发为夫妻"比较一下，就可以看出。

> 总辔登长路，呜咽辞密亲。借问子何之，世网婴我身。永叹遵北渚，遗思结南津。行行遂已远，野途旷无人。山泽纷纡余，林薄杳阡眠。虎啸深谷底，鸡鸣高树巅。哀风中夜流，孤兽更我前。悲情触物感，沉思郁缠绵。伫立望故乡，顾影凄自怜。[②]

> 结发为夫妻，恩爱两不疑。欢娱在今夕，嬿婉及良时。征夫怀往路，起视夜何其。参辰皆已没，去去从此辞。行役在战场，相见未有期。握手一长叹，泪为生别滋。努力爱春花，莫忘欢乐时。生当复来归，死当长相思。[③]

后一首写新婚夫妇的远别，而且丈夫是去上战场，生死未卜，很可能就是永别！

---

① 《曹子建集》卷三，《四部丛刊》影印明活字本。

② 陆机《赴洛道中作》之一，《先秦汉魏晋南北朝诗·晋诗》卷五，第684页。

③ 苏武诗，《六臣注文选》卷二十九《诗四首》之三，《四部丛刊》影印宋刊本。

这种分离真可说惊心动魄。但诗的前面一大半只是平铺直叙地写离别的过程，很难引起读者的感动。最后四句是丈夫对妻子的叮嘱，这才以感情的朴素和深切打动了读者的心；但读者仍然很难具体地感受到这位丈夫（也即作者）的痛苦。前一首写陆机的赴洛。有人怀疑此行有什么难言之痛，但实际情况恐非如此，不过是赴洛求取功名而已。当然，他内心可能有矛盾，也可能对故乡和亲人有深切的怀恋，但无论如何总比后一首诗中的分别要好得多。而他一开始就以“呜咽辞密亲”的诗句制造出一种悲痛的氛围，再以“永叹”“遗思”写其途中的哀愁，以荒凉可怖的景色烘托他的孤独、凄惨，总之，以其最大的努力来强化自己的感情，所以，读者对于他的痛苦倒反而能获得比较确切的感受。

也是随着自我意识的加强，作者在描写客观事物时，已经不满足于机械的罗列或照搬，也不满足于简单地给客观事物涂上一层感情色彩，而是着重写作者的感受。不仅是主观与客观的有机结合，而且主观起着统率的作用。例如谢朓的“余霞散成绮，澄江静如练”，当然是一种很美的境界。但它的美，与其说在客观事物本身，还不如说在于谢朓的丰富的想像力：读者是在这种想像力的带领下才感受到余霞和澄江之美的。

我想，以上的这三点——文学与哲学的结合、致力于美的创造、加强创作中的主观作用——都是重要的原则性问题。

五

现在，可以回过头来回答我在本文第一节中所提出的几个问题了。

第一，从文学反映现实的角度来说，我们从魏晋南北朝的文学中可以理解到：这是一个比较重视个人的价值、人的自我意识显然较前加强的时代。也正因此，当时的文学是把握了时代的脉搏的，绝不能以所谓反映生活面窄、很少反映民生疾苦之类的理由加以贬低。

第二，当时文学中的新倾向——强调自我意识（包括尊重个性和在一定程度上肯定与传统道德相反的个人欲望)——是一种勇敢地冲破旧的束缚、推动文学前进的倾向,应予充分肯定。如从社会思潮的角度去看,也可说是一种进步的理想。

第三,当时的文学确在致力于创造新的美,而且具有相当的(虽然并不是很突出的)成绩,在几个重要的原则性问题上以自己的实践为后代的文学开辟了道路。

在对上述三个问题作了这样的回答以后,有必要再对自我意识、个性、个人欲望作一些补充说明。《共产党宣言》说:“代替那存在着阶级和阶级对立的资产阶级旧社会的,将是这样一个联合体,在那里,每个人的自由发展是一切人的自由发展的条件。”①后来,朱泽培·卡内帕请恩格斯为《新纪元》杂志写一句题词,这题词要能简明地表达出未来时代——社会主义——的基本思想,并与但丁的“一些人统治,而另一些人受苦”之语相对。对此,恩格斯在给朱泽培·卡内帕的信中说:除了上引《共产党宣言》中的话以外,没有找到什么合适的话②。可见“每个人的自由发展是一切人的自由发展的条件”实是一种很重要的思想。而既然说到“每个人的自由发展”,自然离不开个性、个人欲望和自我意识。再有,马克思、恩格斯的《神圣家族》说:“并不需要多大的聪明就可以看出,关于人性本善和人们智力平等,关于经验、习惯、教育的万能,关于外部环境对人的影响,关于工业的重大意义,关于享乐的合理性等等的唯物主义学说,同共产主义和社会主义之间有着必然的联系。既然人是从感性世界和感性世界中的经验中汲取自己的一切知识、感觉等等,那就必须这样安排周围的世界,使人在其中能认识和领会真正合乎人性的东西,使他能认识到自己是人。既然正确理解的利益是整个道德的基础,那就必须使个别人的私人利益符合于全人类的利益。既然从唯物主义意义上来说人是不自由的,就是说,既然人不是由于有逃避某

---

① 见《马克思恩格斯选集》卷一,人民出版社1973年版,第273页。

② 见《马克思恩格斯全集》卷三十九,人民出版社1974年版,第189页。

种事物的消极力量,而是由于有表现本身的真正个性的积极力量才得到自由,那就不应当惩罚个别人的犯罪行为,而应当消灭犯罪行为的反社会的根源,并使每个人都有必要的社会活动场所来显露他的重要的生命力。”①在这里可以进一步看到马、恩对个性、自我意识和个人欲望的态度。这也是本文论述这些问题的出发点。

最后需要说明的是:由于文章的性质,魏晋南北朝文学和作家的局限性问题在本文中无法论及;但在本文第三节中论述由于自我意识的加强而带来的后果时(如悲观哲学、文学使命感削弱等),乃是结合魏晋南北朝作家的局限性来考虑问题的。就他们来说,必然得到这样的结果;但并不意味着任何人在加强自我意识时都只能得到这样的结果。

原载《复旦学报(社会科学版)》1987 年第 1 期

① 马克思、恩格斯《神圣家族》,人民出版社 1958 年版,第 166—167 页。

传叙文学底自觉

朱东润

从黄初元年曹丕即位到泰始元年司马炎即位为止，这短短的四十五年之中，史家称为三国时代。这是建安时代底延长，然而究竟有些不同。严羽《沧浪诗话》分建安、黄初为二体，曾经受过后人底抨击，但是建安、黄初中间，确有一些区别。把这一点看清，才是文学史家或批评家底识力。在传叙文学方面，到了三国时代，同样也起了波澜。

本来到了建安时代，传叙文学已经受到了时代底推动，逐渐展开；黄初以后，当然只是这种形势底扩大。但是波浪来了。在建安时代或其前，传叙文学固然是不断地产生，但是我们不容易看到传叙文学家。除开自叙那一类的文字以外，纵使我们还能指出几部书或几篇底作者，但是他们底写作是不经意的，甚至是不觉的。赵岐建立了中国传叙文学底理论，但是他底《三辅决录》止是一部极简略的记载；《英雄记》不能说没有价值，但是这部书底作者、时代，以及原来面目，都不能确定。到了三国时代，一切都不同了。狠多的篇幅都有切实的作者可指，而且我们也可断言，在他们写作的时候，都有一番的经意。所以从建安到黄初，不妨认为这时期的作者，从不觉走上了自觉。

怎样会有这样的变化呢？这是文学乃至一切艺术必然的过程。《诗》三百篇就是如此。《鹿鸣》《文王》《清庙》《臣工》，是西周初年的作品，都没有姓名可指；到了“吉甫作诵，穆如清风”(《烝民》)。“家父作诵，以究王讻。”(《节南山》)作者，时代，及作诗的目标，始显然可见。西汉时代的五言诗，止是一种徒歌，但是到了建安时代，面目便大异。整个的汉代，公府画狠发展，直到吴人曹不兴，才算有成名的画家。书法也是如此。秦碑固然狠古，但是指为李斯所书，乃是后人底错误。碑中也言隗状、杨樛诸人，为什么定是李斯呢？真真以书法得名，乃是东汉末年的蔡邕。可知从不觉走上自觉，正是文学或一切艺术必然的过程。传叙文学当然也如此，而这个自觉的时期，恰恰在三国时代。

三国时代的传叙文学，确有作者可指的如次：

魏文帝《典论自叙》

魏文帝《海内士品录》二卷（见《唐书・经籍志》。按《隋书・经籍志》作《海内士品》一卷，不著撰人。）

魏文帝《列异传》三卷（见《隋书・经籍志》。）

魏明帝《海内先贤传》四卷（见《唐书・经籍志》。按《隋书・经籍志》作魏明帝时撰。）

高贵乡公《自叙》（见《魏志・三少帝纪》注。）

周斐《汝南先贤传》五卷（见《隋书・经籍志》。）

苏林《陈留耆旧传》一卷（见《隋书・经籍志》。按诸书引作《广旧传》。）

王基《东莱耆旧传》一卷（见《隋书・经籍志》。）

刘艾《汉灵献二帝纪》三卷（见《唐书・经籍志》。按《隋书・经籍志》作《汉灵献二帝纪》三卷，汉侍中刘芳撰，残缺，梁有六卷。又诸书引作《献帝传》。）

嵇康《圣贤高士传赞》三卷（见《隋书・经籍志》。）

管辰《管辂传》三卷（见《隋书・经籍志》。）

曹植《列女传颂》一卷（见《隋书・经籍志》。）

缪袭《列女传赞》一卷（见《隋书・经籍志》。）

钟会《母传》（见《魏志・钟会传》注。）

梁宽《庞娥亲传》（见《魏志・庞淯传》注引皇甫谧《列女传》。）

李氏《汉魏先贤行状》三卷（见《唐书・经籍志》。按《隋书・经籍志》作《先贤集》三卷，不著撰人。李氏疑魏时人，附记于此。以上魏。）

张胜《桂阳先贤书赞》一卷(见《隋书·经籍志》。按“书”当作“画”。)

谢承《会稽先贤传》七卷(见《隋书·经籍志》。)

陆胤《广州先贤传》七卷(见《唐书·经籍志》。)

陆凯《吴先贤传》四卷(见《隋书·经籍志》。)

徐整《豫章烈士传》三卷(见《隋书·经籍志》。)

徐整《豫章旧志》八卷(见《唐书·经籍志》。按《豫章烈士传》疑即出《旧志》,分立篇目,另入杂传类。以上吴。)

诸书以外,尚有作家可记者。《曹瞒传》一卷,《隋书·经籍志》不著录,见《唐书·经籍志》;《魏志·武帝纪》注屡引此书,称为吴人所作,此其一。《魏志·王昶传》注引《任嘏别传》:“嘏卒后,故吏东郡程威、赵国刘固、河东上官崇,录其事行及所著书。”此其二。《魏志·刘放传》注引《孙资别传》,又称“资之别传出自其家”。此其三。《蜀志》卷十五附《常播传》:“年五十余卒,书于《旧德传》。”虽无作者可考,而其书具在。此其四。《魏志·荀攸传》:“公达前后凡画奇策十二,唯繇钟繇知之,繇撰集未就。会薨,故世不得尽闻也。”其书未成,不在此数。至如步骘所上诸葛瑾等十一人行状,尤在例外。

就魏、蜀、吴三国分别立论,在传叙文学的成就,魏居第一,吴居第二,蜀居第三。本来魏居中原,承两汉文化中心底余资,加以三祖陈王底倡导,地广人众的凭藉,当然处在领导的地位。蜀地的开化实在吴地之前,但是从西汉到东汉,整个的中国文化,开始由西北转到东南的趋向:在吴蜀文化的发展方面,即从传叙文学一节而论,同样可以看到。以后这个趋势,也是不断地加强而显著。所以吴居蜀前,正是一件可以理解的事。

这一个时代里,有三部篇幅较长的传叙:(一)《献帝传》,(二)《曹瞒传》,(三)《管辂传》。第一部底作者,为献帝侍从之臣;第二部底传主,是当时最伟大的人物;第三部底传主,虽然不甚重要,但是作者为其亲弟,当然知道最详密。所以三部书都可以成为伟大的撰述。

《献帝传》作者刘艾,官为汉侍中。《后汉书·献帝纪》,兴平元年七月“帝使侍御史侯汶出太仓米豆，为饥人作糜粥，经日而死者无降。帝疑赋恤有虚，乃亲于御坐前量试作糜，乃知非实。使侍中刘艾出让有司，于是尚书令以下皆诣省阁谢”。此事亦见《献帝传》，而更详密，大致史家所本，即出刘艾此书。刘艾为天子近臣，至迟当始于是年。兴平二年献帝幸陕，夜度河，刘艾亦与其间，见《献帝传》。传中所记，直至魏明帝青龙二年八月山阳公薨，适孙康嗣立为止。所以刘艾与献帝发生亲切的关系，至少经过了四十一年，这是传叙家不易得的遭遇。

刘艾又作《灵帝纪》，《三国志注》及《后汉书注》所引尚存六则，语甚简略。《献帝传》见于《魏志注》《后汉书注》《续汉书·礼仪志》注、《文选注》及《御览》者，尚可得两万字，可算相当地详备。原书或称《汉帝传》，或称《献帝纪》。姚振宗言：“按《初学记》引称《汉帝传》，似是刘艾之本名，至魏明帝青龙二年山阳公薨之后，乃更名《献帝传》，入晋以后，与《灵帝纪》合为一帙，乃定名曰《灵献二帝纪》。”（《隋书经籍志考证》）。这是揣测之辞，但是我们无从得到更可信的解释。最奇的是裴松之注《三国志》向以详慎赡博得名，可是有时称纪（《魏志·武帝纪》注），有时称记（《魏志·董卓传》注），有时称传（《魏志·袁绍传》注）。《后汉书注》也是有时称纪（《董卓传》注），有时称传（同卷）。这一定因为两个名称同样地熟习，所以引用的时候，常常不加抉择。至于纪、记之异，更属传写之讹，无须置论。

献帝不是雄才大略的君主，但是不能不算是英明有为的嗣君，不幸嗣位之初，便遇到董卓专政，卓死以后，续遇李傕、郭汜，再待李、郭败亡以后，又遇到曹操，从此迁都许昌，实际度俘虏底生活。然而即在这个生活之中，也还有几度的波澜：建安五年，车骑将军董承等受密诏诛曹操，事泄被杀；十八年，曹操杀伏皇后及二皇子；二十三年，少府耿纪、丞相司直韦晃起兵诛曹操，不克被杀；建安二十五年三月，改元延康，十月禅位，这是名义上的转变，然而究竟是一种转变。以后的问题便不是统治权的问题，而是生存的问题了。在杀任城王、杀甄皇后的魏文帝手里苟全性命，不是一件平常的事，但是总算因应有方，直到明帝年间克终天年。这样的人物，这样的生活，恰巧作传的刘艾又和献帝有长时期的亲切关系，我们应当看到一部动人的传叙，但是我们所得的止是失望。

这个失望，不是因为刘艾没有正视现实的勇气。例如《魏志·明帝纪》注引《献帝传》：

〔秦〕朗父名宜禄，为吕布使，诣袁术，术妻以汉宗室女，其前妻杜氏留下邳。布之被围，关羽累请于太祖，求以杜氏为妻，太祖疑其有色。及城陷，太祖见之，乃自纳之。宜禄归降，以为铚长。及刘备走小沛，张飞随之，过谓宜禄曰："人娶汝妻而为之长，乃蚩蚩若是耶？随我去乎？"宜禄从之数里，悔欲还，飞杀之。朗随母氏畜于公宫，太祖甚爱之，每坐席，谓宾客曰："世有人爱假子如孤者乎？"

曹操这样的私生活都可以写，还有什么必须忌讳的呢？同样地也不是因为刘艾没有活泼动人的笔致，例如《魏志·董卓传》注引《献帝记》：

初，议者欲令天子浮河东下，太尉杨彪曰："臣弘农人，从此以东有三十六滩，非万乘所当从也。"刘艾曰："臣前为陕令，知其危险，有师犹有倾覆，况今无师！太尉谋是也。"乃止。及当北渡，使李乐具船。天子步行趋河岸，岸高不得下，董承等谋欲以马羁相续，以系帝腰。时中宫仆伏德扶中宫，一手持十匹绢。乃取德绢，连续为辇。行军校尉尚弘多力，令弘居前负帝，乃得下登船。其余不得渡者甚众，复遣船收诸不得渡者，皆争攀船，船中人以刀栎断其指，舟中之指可掬。

这一节除了最后六字直抄《左传》，使人憎厌以外，其余不能不算生动。《献帝传》底使人失望，多分是因为作者只知作史，不知作传的缘故。传里最着力的篇幅，裴松之征引得最详细的地方，便是在献帝下册禅位以后，左中郎将李伏上表，魏王不许，以后又是若干人表请，若干次不许，最后还是尚书令桓阶奏称已经择定十月二十九日，登坛受命，而终以"令曰可"三字。文件共是三十八篇，约八千字，止完成魏文帝底一套既定的计划。其实即使作史，一切和事实无关的空文，都应加以剪裁。王莽篡位，上书者四十八万七千五百七十二人，倘使一一具录，《汉书》亦复不成《汉书》。刘艾不知此义，因此所看到的止是字句底填塞，反不如《魏氏春秋》所言"帝升坛礼毕，顾谓群臣曰：'舜禹之事，吾知之矣！'"（《魏志·文帝纪》注引）十八字写尽当时的情实，和魏文底心境。

所以《献帝传》底价值，不是传叙文学的价值，而是史的价值；即就史的价值而论，也不是史才史学史识的价值，而止是若干形同具文的史料的价值。

《曹瞒传》便是一部和《献帝传》大不相同的著作。这部书《隋书·经籍志》不著录，但是备见裴松之《魏志注》，书底真伪没有问题。所怪者松之称吴人作《曹瞒传》（《魏志·武帝纪》注）。吴人是谁呢？不得而知。《唐书·经籍志》沿松之之说，也没有交代。书中直斥曹操底酷虐变诈，固然不像曹魏的著作，但是吴人底著作，称曹操为太祖，也不近情。魏元帝咸熙元年五月，追命舞阳宣文侯为晋宣王，次年十二月禅位于晋。传称司马懿为司马宣王，那么这部书便像是咸熙以后的作品。姚振宗言："愚案传名《曹瞒》，又系吴人所作，其言操少好飞鹰走狗，游荡无度，又佻易无威重，好音乐，及遣华歆入宫收伏后事，语皆质直，不为魏讳。故《世说注》《文选注》所引皆称操名，惟《魏志》注多称太祖，自系裴松之所改，非吴人原本。"（《隋书经籍志考证》）但是裴松之是宋人，中隔两朝，为何要改？纵使牵强附会，称《武帝纪》注为行文之便，改曹操为太祖，但是改司马懿为宣王，理由何在？倘使我们假定《曹瞒传》为咸熙禅代以后的著作，便可以解答这两个问题，然而裴松之"吴人作"三字，又不容许我们作如此的假定。所以这一部书底作者，始终是一个谜。

《曹瞒传》底作者，虽然不能确定，但是对于传主底个性，写得非常活跃，尤其对于他底一切小动作、小节目，都给予狠仔细的描写。在这一点方面，有些接近现代传叙文学的意味，为古代中国文学里所罕见。例如次：

> 太祖为人，佻易无威重，好音乐，倡优在侧，常以日达夕。被服轻绡，身自佩小鞶囊，以盛手巾细物，时或冠帢帽以见宾客。每与人谈论，戏弄言诵，尽无所隐。及欢悦大笑，至以头没杯案中，肴膳皆沾污巾帻，其轻易如此。然持法峻刻，诸将有计画胜出己者，随以法诛之，及故人旧怨，亦皆无余。其所刑杀，辄对之垂涕嗟痛之，终无所活。初，袁忠为沛相，尝欲以法治太祖，沛国桓邵亦轻之，及在兖州，陈留边让言议颇轻太祖。太祖杀让，

族其家。忠、邵俱避难交州，太祖遣使就太守士燮，尽族之。桓邵得出首，拜谢于庭中。太祖谓曰："跪可解死耶?"遂杀之。常出军，行经麦中，令士卒无败麦，犯者死。骑士皆下马持麦以相付。于是太祖马腾入麦中。敕主簿议罪，主簿对以《春秋》之义，罚不加于尊。太祖曰："制法而自犯之，何以率下？然孤为军师，不可自杀，请自刑。"因援剑割发以置地。又有幸姬尝从昼寝，枕之卧，告之曰："须臾觉我。"姬见太祖卧安，未即寤，及自觉，棒杀之。常讨贼，廪谷不足，私谓主者曰："如何?"主者曰："可以小斛以足之。"太祖曰："善。"后军中言太祖欺众，太祖谓主者曰："特当借君死以厌众，不然事不解。"乃斩之，取首题徇曰："行小斛，盗官谷，斩之军门。"其酷虐变诈，皆此之类也。(《魏志·武帝纪》注引《曹瞒传》)

然以史实考之，往往与《曹瞒传》不相合。传称袁忠为沛相，常欲以法治曹操。考袁忠为沛相，为初平中事(《后汉书·袁闳传》)。中平六年，曹操起兵于己吾，次年初平元年，行奋武将军事，自后常在兵间，何缘袁忠以区区之沛相，妄图以法相治，此不可解之一。袁忠南投交阯，献帝都许，征为卫尉，未到卒，有《后汉书》可征，而《曹瞒传》称为士燮所杀，误也。传又称桓邵拜谢庭中事，是时客交阯者沛国桓晔，一名严，为凶人所讼，死于合浦狱(《后汉书》卷六十七《桓鸾传》)。与桓邵事亦异。

《曹瞒传》记曹操攻马超事："时公军每渡渭，辄为超骑所冲突，营不得立，地又多沙，不可筑垒。娄子伯说公曰：'今天寒，可起沙为城，以水灌之，可一夜而就。'公从之，乃多作缣囊以运水，夜渡兵作城。比明城立，由是公军尽得渡渭。"(《魏志·武帝纪》注引《曹瞒传》)曹操渡渭攻马超，为建安十六年九月事。今渭水平原，十二月间温度常在零度左右，纵使古今气候有异，无缘于九月间有灌水筑城、一夜冰结之事。此不可解之二。

最甚者则有华歆破壁牵伏皇后之说。《曹瞒传》云："公遣华歆勒兵入宫收后，后闭户匿壁中，歆坏户发壁，牵后出。帝时与御史大夫郗虑坐，后被发徒跣过，执帝手曰：'不能复相活耶?'帝曰：'我亦不自知命在何时也!'帝谓虑曰：'郗公，天下宁有是乎？’遂将后杀之，完及宗族死者数百人(《魏志·武帝纪》注引)。杀伏皇后为曹操酷虐之一大事，然华歆破壁之说，不见《魏志》，其事原不可信。范晔作《后汉书》，始云："又以尚书令华歆为郗虑副，勒兵入宫收后，闭户藏壁中。歆就牵后出，时帝在外殿，引虑于坐，后被发徒跣行，泣过诀曰：‘不能复相活耶？’帝曰：‘我亦不知命在何时！’顾谓虑曰：‘郗公，天下宁有是邪？’遂将后下暴室，以幽崩。所生二皇子，皆酖杀之。"(《后汉书·伏皇后纪》)范书所载，大致本《曹瞒传》。尚书令之称，当出其书，为后人节引者所略。以操之暴横，破壁牵后，原在意中，即以献帝、伏后对语论，《魏志·武纪》言："汉皇后伏氏，坐昔与父故屯骑校尉完书云：‘帝以董承被诛怨恨公。’辞甚丑恶。"斯时献帝正在栗栗自危之中，故有不知命在何时之说，情景亦甚逼真。伏完已死，故《魏志》但言伏后兄弟伏法，而不及完。《曹瞒传》言完及宗族死者数百人，此则死刑加于身后，尤为荒诞。

以情理论，华歆未必与闻此事。华峤《谱叙》言："文帝受禅，朝臣三公以下，并受爵位，歆以形色忤时，徙为司徒而不进爵。魏文帝久不怿，以问尚书令陈群曰：‘我应天受禅，百辟群后，莫不人人悦喜，形于声色，而相国及公独有不怡者，何也？’群起离席长跪曰：‘臣与相国曾臣汉朝，心虽悦喜，义形其色，亦惧陛下实应且憎。’"(《魏志·华歆传》注引)《谱叙》之书，出于华歆之孙，岂能必为信史，然以人情言之，汉魏禅代，与魏晋禅代，其事原属一致，华峤为晋秘书监、尚书，岂有故意夸其祖父眷恋故主之思，以取疑于新朝之理。所以这是近于事实的记载。证以魏文践阼以后，太尉钟繇由东武亭侯进封崇高乡侯，司空王朗进封乐平乡侯，而华歆由相国徙为司徒，安乐乡侯如故，则华峤所言形色忤时之说，殆可置信。这样的人，居然坏户发壁，这是不能使人理解的事。

再以尚书令之称考之。《魏志·华歆传》称歆"代荀彧为尚书令，太祖征孙权，表歆为军师"。荀彧卒于建安十七年(《魏志·荀彧传》)，其后征孙权在建安十九年七月(《魏志·武帝纪》)，所以华歆为尚书令，始于建安十七年而终于建安十九年七月。《后汉书·献帝纪》："二十二年夏六月，丞相军师华歆为御史大夫。"则至斯时犹为丞相军师，且不为尚书令可知。又考《魏志·武帝纪》，建安十八年五月建魏国，十一月初置尚书侍中六卿。《魏志·荀攸传》称“魏国初建，为尚书令”，又言“从征孙权，道薨”。《徐奕传》称“魏国既建，为尚书，复典选举，迁尚书令”。以下接言太祖征汉中，以奕为中尉。征汉中事在建安二十年三月（《魏志·武帝纪》）。斯知荀攸为魏尚书令，始于建安十八年十一月，终于次年七月，其后徐奕为魏尚书令，直至建安二十年三月。杀伏后事在建安十九年十一月，其时华歆既非汉尚书令，而魏尚书令又别有其人。所以范书所根据的《曹瞒传》如有一部分可信，则勒兵入宫为郗虑之副者，或为魏尚书令徐奕，或为并非华歆之汉尚书令（名不可考）。皆与华歆无涉。

华歆、王朗都是当时的名士，《曹瞒传》底作者因为不了解名士底作用，以至陷于这样的错误。当时的名士都负有天下盛名，这便是所谓“公才”（《魏志·崔琰传》）、“廊庙器”（《蜀志·许靖传赞》）。实际上不一定有经世之才，所以华歆、王朗尽管身负盛名，而一遇孙策，止得幅巾奉迎，束身归命。第一个知道利用名士者，是曹操，表征二人，全是曹操底策略。以后用邴原，征管宁，也出于同样的心理。刘备不十分了解这个作用，有一许靖而不能知，法正说以“天下有获虚誉而无其实者，许靖是也。然今主公始创大业，天下之人，不可户说，靖之浮称，播流四海，若其不礼，天下之人以是谓主公为贱贤也。宜加敬重，以眩远近，追昔燕王之待郭隗”（《蜀志·法正传》）。“宜加敬重，以眩远近”，这是利用名士底真义。孙权把华歆、王朗送出以后，止得任用顾雍、步骘，总算维持江东底体面。但是大批的名士都在曹魏，文帝以华歆为司徒，王朗为司空，钟繇为太尉，谓左右曰：“此三公者，乃一代之伟人也，后世殆难继矣。”（《魏志·钟繇传》）正是最得意的言论。他们底责任，在为新朝收拾人望，以后华歆、王朗、陈纪、陈群这一辈人，对许靖、诸葛亮屡次与书招降，算是尽了最大的努力。他们官高而权不重，贪恋富贵，然而也不屈身污贱。曹操、曹丕决不愿意以此相屈，因为这样不但会使华歆、王朗失去名士底价值，同时也使曹氏父子丧失利用底意义。所以能够了解曹操、华歆底时代的人，决不会相信华歆有坏户发壁的故事。就在这一点上，我们不妨假定《曹瞒传》底完成，已在魏末的时候。

《曹瞒传》底注重传主个性，为中国传叙文学所罕见，然而因此更使我们抱憾记载底失实。要希望一部繁重的传叙，没有任何的错误，这是一种过望，但是在一卷以内，发现许多违反事实的记载，便会降低传叙文学底价值。

《管辂传》二卷，作者是管辂之弟管辰。管辂底声誉引起管辰的欣羡，这一部书当然可以成为有名的作品。但是裴松之说："前长广太守陈承祐口受城门校尉华长骏语云：'昔其父为清河太守时，召辂作吏，骏与少小，后以乡里，遂加恩意，常与同载周旋，具知其事，云诸要验三倍于传。辰既短才，又年县小，又多在田舍，故益不详。'"（《魏志·管辂传》注）又说："案辂自说云：'本命在寅'，则建安十五年生也，至正始九年，应三十九，而传云三十六；以正元三年卒，应四十七，传云四十八，皆为不相应也。"（同上）今《魏志》注备载管辰是传，姚振宗云："案《魏志·传》注载辰是传特多，似全录其文，并其序亦载之。"（《隋书经籍志考证》）

《管辂传》底作法，大体遵照《史记·仓公列传》和汉魏之间的《郭林宗别传》《华佗别传》，重在医方之验，知人之验，以及占卜之验。因此所重是事而不是人，而且只是断片的事迹而不是连续的记载。清人撰《四库总目提要》，认为究厥本原，则《晏子春秋》是即家传。《管辂传》有些和《晏子春秋》相像，其实只是传叙文学初期的形态。

但是《管辂传》究竟进步了。对于管辂的总叙，能使我们看出一个不凡的人物。

> 辂年八九岁，便喜仰视星辰，得人辄问其名，夜不能寐，父母尝禁之，犹不可止。自言家鸡野鹄，犹尚知时，况于人乎？与邻比儿共戏土壤中，辄画地作天文及日月星辰。每答言说事，语皆不常。宿学耆人，不能折之，皆知其当有大异之才。及成人，果明《周易》。仰观风角占相之道，无不精微。体性宽大，多所含受，憎己不仇，爱己不褒，每欲以德报怨。尝谓忠孝信义，人之根本，不可不厚，廉介细直，士之浮饰，不足为务也。自言："知我者稀，

则我贵矣，安能断江汉之流，为激石之清。乐与季主论道，不欲与渔父同舟，此吾志也。”其事父母孝，笃兄弟，顺爱士友，皆仁爱发中，终无所阙。臧否之士，晚亦服焉。（《魏志·管辂传》注引《管辂别传》）

这里活泼地把管辂底见地写出来，“臧否之士”一句，隐藏了许多时人底褒贬。从管辂那种不为激石之清，不重廉介细直的主张看来，我们也隐隐看到管辂底影子。这正是作者抒写的本领。裴松之认为短才，完全是另外一个方向的批评。

清谈之风，虽盛于晋，其实正始之中，即已开始。《管辂传》便有几段详细的记载，我们可以看到当时的风尚，这是此传对于历史的价值。例如次：

琅邪太守单子春雅有材度，闻辂一黉之俊，欲得见，辂父即遣辂造之。大会宾客百余人，坐上有能言之士。辂问子春：“府君名士，加有雄贵之姿，辂既年少，胆未坚刚，若欲相观，惧失精神，请先饮三升清酒，然后言之。”子春大喜，便酌三升清酒，独使饮之。酒尽之后，问子春：“今欲与辂为对者，若府君四座之士耶？”子春曰：“吾自欲与卿旗鼓相当。”辂言：“始读《诗》《论》《易本》，学问微浅，未能上引圣人之道，陈秦、汉之事，但欲论金、木、水、火、土鬼神之情耳。”子春言：“此最难者，而卿以为易耶！”于是唱大论之端，遂经于阴阳，文采葩流，枝叶横生，少引圣籍，多发天然。子春及众士，互共攻劫，论难锋起，而辂人人答对，言皆有余，至日向暮，酒食不行。子春语众人曰：“此年少盛有材气，听其言论，正似司马犬子游猎之赋，何其磊落雄壮！英神以茂，必能明天文、地理变化之数，不徒有言也。”（《魏志·管辂传》注引《管辂传》）

诸葛原，字景春，亦学士，好卜筮，数与辂共射覆，不能穷之。景春与辂有荣辱之分，因辂饯之，大有高谭之客，诸人多闻其善卜仰观，不知其有大异之才。于是先与辂共论圣人著作之原，又叙五帝、三王受命之符。辂解景春微旨，遂开张战地，示以不固，藏匿孤虚，以待来攻。景春奔北，军师摧衄，自言：“吾睹卿旌旗，城池已坏也。其欲战之士，于此鸣鼓角，举云梯，弓弩大起，牙旗雨集。然后登城曜威，开门受敌，上论五帝，如江如汉，下论三王，如翮如翰。其应者若春华之俱发，其攻者若秋风之落叶，听者眩惑，不达其义，言者收声，莫不心服。虽白起之坑赵卒，项羽之塞濉水，无以尚之。于时客皆欲面缚衔璧，求束手于军鼓之下，辂犹总干山立，未便许之。同前。

魏国别传很多，用不到在此列举，约略可论者则有《任嘏别传》及钟会《母张夫人传》。

《任嘏别传》见《魏志·王昶传》注，下笔狠细致。如言“家贫卖鱼，会官税鱼，鱼贵数倍，嘏取直如常。又与人共买生口，各雇八匹，后生口家来赎，时价直六十匹，共买者欲随时价取赎，嘏自取本价八匹，共买者惭，亦还取本价。比居者擅耕嘏地数十亩种之，人以语嘏，嘏曰：‘我自以借之耳。’耕者闻之，惭谢还地”。这一种不嫌琐屑的写法，正和《司马徽别传》类似。本来汉魏之间，原有这样的风气。《庐江七贤传》陈翼葬长安书生魏少公事，《列异传》鲍子都葬长安书生事，《益部耆旧传》王忳葬京师书生事，都记书生有银十饼，卖银一饼以葬，余着死者棺中，因祝死者魂灵有知，当令其家知其在此，最后果为其家所知，因致重谢云云。下笔也是同样地细致。《七贤传》等所载，大致原是一事，所以内容大体相同。范晔《后汉书·王忳传》完全根据《益部耆旧传》，却忘去了以前还有几个不同而类似的传说。

钟会为其母作传，见《魏志·钟会传》注。后汉末年已经有妇女底别传，如《荀采传》，见《御览》卷八七；《蔡琰别传》，见《御览》卷四三二及其他诸卷。钟会《母张夫人传》是一篇完整的篇幅，合《魏志》注所引两则观之，其中并没有显然的缺略。所载钟繇诸妾争宠倾轧，阴森可怖之状，跃然纸上。如云：

贵妾孙氏，摄嫡专家，心害其贤，数谗毁，无所不至。孙氏辨博有智巧，言足以饰非成过，然竟不能伤也。及妊娠，愈更嫉妒，乃置药食中。夫人中食，觉而吐之，瞑眩者数日。或曰：“何不向公言之？”答曰：“嫡庶相害，破家危国，古今以为鉴诫。假如公信我，众谁能明其事？彼以心度我，谓我必言，固将先我；事由彼发，顾不快耶？”遂称疾不见。孙氏果谓成侯曰：“妾欲其得男，故饮以得男之药，反谓毒之！”成侯曰：“得男药佳事，暗于食中与人，非人情也。”遂讯侍者，具服。孙氏由是得罪出。成侯问夫人：“何能不言？”夫人言其故，成侯大惊，益以此贤之。

魏代底传叙文学，纵然还没有什么伟大的作品，无疑地已经走上发展的途径。不幸就在这个时期，传叙文学发生了病态，这便是传叙家底有意作伪。传叙文学和一般文学不同的方面，就是在叙述上尽管采取各种文学的形态，但是对于所记的事实，却断断不容有丝毫的作伪。文学的形态是外表，忠实的叙述是内容，等到内容方面发生问题，事态就严重了。所谓内容方面的问题，便是真伪的问题。这里也有几种的分别。有的是传主底作伪，例如公孙弘位居三公而为布被，食不重味；刘虞冠敝不改，而妻妾服罗纨，盛绮饰。在这种情形之下，传叙家能够直指其伪，这便是传叙的忠实。有的是传主底作伪，例如汉高祖为项羽发丧，哭之而去，而《史记》直记其事，和其他诸传所记高祖暴抗的故事（例如《周昌传》《佞幸列传》）相形，适成为刻意的讽刺。倘使作者不明此义，只是将伪作真，以讹传讹，这便降低了传叙底价值，但是究竟和有意作伪显然不同。最下的便是传叙家底作伪，把传主底真相隐藏了，只是故意捏造，叙述坏事的固为谤书，叙述好事的也成秽史。传叙文学成为空文，这便是最大的损害，而这种作伪的风气，在魏代始盛。

我们的时代，对于历史上正统的观念，已经转变了，曹氏代汉、司马氏代魏的故事，本来用不到过分的重视，但是这四五十年中，矫诈攘夺成为当时的风气，于是上焉者容悦取巧，下焉者机巧变诈。影响所至，及于一般的人生，更及于传叙文学。当时的传叙里，作伪底形迹最显著者：（一）《桓阶别传》，（二）《孙资别传》。

《桓阶别传》见《北堂书钞》卷六十九及《太平御览》诸卷，清陈运溶《麓山精舍丛书》有辑本。从辑本里所看到的，桓阶一则德怀远人（《御览》卷二六二）。次则清俭异常，如云：“阶在郡时，俸尽食酱酹，上闻之，数戏之曰：‘卿家酱颇得成不耶？’诏曰：‘昔子文清俭，朝不谋夕，而有脯粮之秩；宣子守约，箪食鱼飧，而有加粱之赐。岂况光光大魏，富有四海，栋宇大臣，而有蔬食，非吾所以礼贤之意也。其赐射鹿师二人，并给媒。'"(同上)又云："文帝尝幸其第，见诸子无裈，文帝拊手笑曰：'长者子无裈！'乃抱与同乘。是日拜二子为郎，使黄门赍衣三十囊赐曰：'卿儿能趋，可以裈矣。'"(《御览》卷四八五)其实桓阶只是一个参与机密的私人。第一个为曹操画篡夺之策的，便是他。《曹瞒传》言"桓阶劝王正位，夏侯惇以为宜先灭蜀，蜀亡则吴服，二方既定，然后遵舜禹之轨。王从之。及至王薨，惇追恨前言，发病卒"(《魏志·武帝纪》注引)。这是桓阶自结于曹操的一着。曹操欲立曹植为世子，"阶数陈文帝德优齿长，宜为储副，公规密谏，前后恳至。"见《魏志·桓阶传》。阶之子嘉尚升迁亭公主，正是二人结合底内幕。其后禅代之际，屡次领衔劝进的就是桓阶。卒时，文帝自临省视，谓曰："吾方托六尺之孤，寄天下之命于卿。"(《魏志·桓阶传》)这是真相，也可见文帝之时，华歆等人只是充位之臣，国家之重，所托反在桓阶。至于桓阶底清俭，更是笑谈。《御览》卷六八九引《襄阳耆旧记》："王昌字公伯，为东平相、散骑常侍，早卒，妇是任城王曹子大女。弟式字公仪，为度辽将军长史，妇是尚书令桓阶女。昌母聪明有典教，二妇入门，皆令变服下车，不得逾侈。后阶子嘉尚魏主，欲金缕衣见式妇，嘉止之曰：'其妪严，固不听善耳。不须持往，犯人家法。'"《曹瞒传》底完成，在《桓阶别传》之后，《襄阳耆旧记》更远在其后，从史料底先后论，当然不如《桓阶别传》。但是《别传》所叙，以桓阶为主体，《曹瞒传》及《襄阳耆旧记》所叙，只是侧面的投射，一个有意，一个无意，因此反觉可靠，而《桓阶别传》底作伪，更加显著了。

其次便是《孙资别传》。文帝黄初之初，改秘书为中书，以刘放为中书监，孙资为中书令，中书成为君主底亲近，这是大权由尚书转到中书的张本。文帝、明帝两朝，刘放、孙资大权在握。《世语》言："放、资久典机要，献(夏侯献)、肇(曹肇)心内不平，禁中有鸡栖树，二人相谓：'此亦久矣，岂能复几！'指谓放、资。"这是当时的情实。明帝寝疾，便成为夏侯献、曹肇和刘放、孙资争权的时机。《魏志·明帝纪》称："帝寝疾，欲以燕王宇为大将军，及领军将军夏侯献、武卫将军曹爽、屯骑校尉曹肇、骁骑将军秦朗共辅政。宇性恭良，陈诚固辞。帝引见放、资，入卧内，谓曰：‘燕王正尔为？’放、资对曰：‘燕王实自知不堪大任故耳！’帝曰：‘曹爽可代宇否？’放、资因赞成之，又深陈宜速召太尉司马宣王，以纲维王室。”这是当时的内幕。放、资底计画，第一步是引曹爽以倒燕王，第二步是引司马懿以佐曹爽。完成了削弱宗室以后，接下便是司马懿推翻曹爽政权，从此以后，逐步走上魏晋禅代的途径，一切只是由于放、资二人把持中书的一念之私。陈寿评二人云：“刘放文翰，孙资勤慎，并管喉舌，权阁当时，雅亮非体，是故讥谀之声，每过其实矣。”陈寿身居晋代，所言仅能如此，其实这种微词，透露时人对于放、资二人的议论。但是《孙资别传》就不是这样了。明帝临危，问孙资以谁可用者。《别传》称孙资言：“至于重大之任，能有所维纲者，宜以圣意简择，如平、勃、金、霍、刘章等一二人，渐树其威重，使相镇固，于事为善。”明帝问：“今日可参平、勃，侔金、霍，双刘章者，其谁哉？”孙资止说：“又所简择，当得陛下所亲，当得陛下所信，诚非愚臣之所能识别。”这便是推避责任。《别传》着此数语，正显出作者为孙资洗刷的用意。所以裴松之说：“案本传(《魏志·刘放传》)。及诸书并云：‘放、资称赞曹爽，劝召宣王，魏室之亡，祸基于此。’资之《别传》，出自其家，欲以是言掩其大失，然恐负国之玷，终莫能磨也。”这便判定《孙资别传》底价值。

魏代的总传，可考者为《列异传》《海内先贤传》《先贤行状》及《圣贤高士传》。

《列异传》三卷，《隋书·经籍志》题魏文帝作。《魏志·蒋济传》注引《列异传》一则，首言“济为领军”，案蒋济为领军将军，在齐王芳时，不应文帝时即有此称。所以姚振宗说：“案《唐·经籍志》有《列异传》三卷，张华撰，《艺文志》小说家有张华《列异传》一卷，意张华续文帝书而后人合之。”(《隋书经籍志考证》)这是一部接近小说的作品，所以《新唐书·艺文志》索性归入小说类，今不置议。

《海内先贤传》四卷，《隋志》题魏明帝时作。《世说新语注》及《御览》所引诸条，皆汉魏间人事。《御览》卷九二二引《先贤传》云：“周不疑，曹公欲以为议郎，不就。时有白雀瑞，不疑已作颂，援纸笔立令复作，操奇异之。”倘如《唐书·经籍志》所云，为魏明帝撰，似不应有曹公、曹操之称，仍以《隋志》所题为宜。

两《唐志》有《海内先贤行状》三卷，李氏撰。《三国志注》《后汉书注》屡引《先贤行状》，疑即此书。李氏不知何时人，以《行状》所载皆汉魏间事，疑为魏时人。钟皓、陈登、王烈、田畴、审配诸状，皆洋洋千余言，不类其他诸总传之琐碎，对于诸人亦有个性底描写，所以实在是一部佳作。曹操北征袁谭，辛毗归操，审配为袁尚守邺，城破，《行状》云：

> 是日生缚配，将诣帐下，辛毗等逆以马鞭击其头，骂之曰："奴，汝今日真死矣！"配顾曰："狗辈，正由汝曹破我冀州，恨不得杀汝也！且汝今日能杀生我耶？"有顷，公引见，谓配："知谁开卿城门？"配曰："不知也。"曰："自卿文荣耳！"审配侄。配曰："小儿不足用，乃至此。"公复谓曰："曩日孤之行围，何弩之多也！"配曰："恨其少耳。"公曰："卿忠于袁氏父子，亦自不得不尔也。"有意欲活之，配既无挠辞，而辛毗等号哭不已，乃杀之。初，冀州人张子谦先降，素与配不善，笑谓配曰："正南，卿竟何如我？"配厉声曰："汝为降虏，审配为忠臣，虽死，岂若汝生耶？"临行刑，叱持兵者令北向，曰："我君在北。"（《魏志·袁绍传》注引《先贤行状》）

嵇康《圣贤高士传赞》三卷，是一部极享盛名而没有价值的著作。《魏志·王粲传》注载康兄喜为《康传》云："撰录上古以来圣贤隐逸遁心遗名者，集为《传赞》，自混沌至于管宁，凡百一十有九人，盖求之于宇宙之内，而发之乎千载之外者矣，故世人莫得而名焉。"所谓百一十九人者，正如刘敳、刘讦所言："昔嵇康所赞，缺一自拟。"（《南史·隐逸傅》）《史记》有《自序》，《汉书》有《叙传》，但是嵇康却以空白自标流品，正是极端聪明的办法。嵇康底人品，当然可以引起后人底敬慕，但是人品是人品，作品是作品，不能因为人品底高超，便认为作品的高超。

然而这本书在魏晋以后，确曾享尽一世的浮慕。当时人人想做高士，《高士传》便成为爱不忍释的珍玩。王子猷、子敬兄弟共赏《高士传》人及赞，子敬赏井丹高洁，子猷云："未若长卿慢世。"（见《世说·品藻篇》）其后子猷作桓冲骑兵参军，桓冲问其所事，子猷答以"不知何署，时见牵马来，似是马曹"。桓问："官有几马。"答以"不问马，何由知其数"。桓又问："马比死多少？"复答："未知生，焉知死。”(见《世说·简傲篇》)子猷比子敬又高一层,切实做到了慢世,其实只是一个高傲的白痴,在平时是一个寄生的废物,在战时更是一个误国的奸蠹。这种人正是《高士传》所陶冶的人才。桓温读《高士传》至于陵仲子,便掷玄曰:“谁能作此溪刻自处。”(见《世说·豪爽篇》注引皇甫谧《高士传》于陵仲子事)桓温是一个磊落的英雄,但是英雄不常见,所以《高士传》仍为极享盛名的著作。

从传叙文学底立场论嵇康《高士传》没有价值,因为这和刘向《列女传》一样,也是“不出胸臆,非由机杼”。《列女传》总算还是摭集经传所记,纵使荒谬如“夏姬再为夫人,三为王后”这类的记载,幸亏夏姬尚有其人,只是一个记载失实。嵇康《高士传》便更差了。传中所载诸人如子州支父、石户之农、许由、善卷、卞随、务光,都是子虚无有之类,已经奇了,更奇的则如刘知幾《史通·杂说》所言:

> 嵇康撰《高士传》,取《庄子》《楚辞》二渔父事,合成一篇。夫以国史之寓言,骚人之假说,而定为实录,斯已谬矣;况此二渔父者,较年则前后别时,论地则南北殊壤,而辄并之为一,岂非惑哉!苟如是,则苏代所言双擒蚌鹬,伍胥所遇渡水芦中,斯并渔父善事,亦可同归一录,何止揄袂缁帷之林,濯缨沧浪之水,若斯而已也!
>
> 庄周著书,以寓言为主。嵇康述《高士传》,多引其虚辞,至若神有混沌,编诸首录。苟以此为实,则其流甚多,至如龟鳖竞长,蚿蛇相怜,莺鸠笑而后言,鲋鱼忿以作色,向使康撰《幽明录》《齐谐记》,并可引为真事矣。夫识理如此,何为而薄周孔哉!

蜀汉的传叙,可见的不多,诸书所引,有《赵云别传》《费祎别传》《蒲元传》《李先生传》。《蒲元传》记蒲元为诸葛亮造刀三千口事,《李先生传》则神仙家,另见。

《赵云别传》见《蜀志·赵云传》注,颇详密,记云不纳赵范嫂樊氏,及成都下后,不受城中屋舍及城外桑田事,皆有意致。其他如记街亭败后,诸葛亮问邓芝云:“亮曰:‘街亭军退,兵将不复相录,箕谷军退,兵将初不相失,何故?’芝答曰:‘云身自断后,军资什物,略无所弃,兵将无缘相失。’云有军资余绢,亮使分赐将士。云曰:‘军事无利,何为有赐?其物请悉入赤岸府库,须十月为冬赐。’亮大善之。”这里也看出大将底风度。《费祎别传》见《蜀志·费祎传》注及《御览》，如云：“于时军国多事，公务烦猥，祎识悟过人，每省读书记，举目暂视，已究其意旨，其速数倍于人，终亦不忘。常以朝晡听事，其间接纳宾客，饮食嬉戏，加之博弈，每尽人之欢，事亦不废。董允代祎为尚书令，欲敩祎之所行，旬日之中，事多愆滞。允乃叹曰：‘人才力相悬，若此甚远，此非吾之所及也。听事终日，犹有不暇尔。’”(《蜀志·费祎传》注)这里也看到一个精力绝伦的人。不过即使这几篇都是蜀汉时撰，我们仍不能不感觉蜀汉传叙文学底贫乏。

吴国便是一个注重史传的国家，孙权末年命太史令丁孚、部中项峻始撰《吴书》。孙亮时，更差韦曜、周昭、薛莹、梁广、华核访求往事。孙皓时，薛莹为左国史，华核为右国史(见《吴志·薛综传》)。私家撰述则有谢承撰《后汉书》百余卷(见《吴志·谢夫人传》)。其他如《史通·杂说》云：“交阯远居南裔，越裳之俗，既而士燮裁书，则磊落英才，粲然盈瞩。”引节士燮底撰述，大致还是郡书一类。

吴国诸人别传具在者，有《虞翻别传》《陆绩别传》《诸葛恪别传》《孟宗别传》《胡综别传》《车浚别传》《楼承先别传》《葛仙公传》。葛仙公为神仙家，别见。诸葛恪是一个非常机敏的人，《别传》所记，跃然纸上。如云：

> 权尝飨蜀使费祎，先逆敕群臣：“使至，伏食勿起。”祎至，权为辍食，而群下不起。祎嘲之曰：“凤凰来翔，骐驎吐哺。驴骡无知，伏食如故。”恪答曰：“爰植梧桐，以待凤凰。有何燕雀，自称来翔。何不弹射，使还故乡？”祎停食饼，索笔作《麦赋》，恪亦请笔作《磨赋》，咸称善焉。权尝问恪：“顷何以自娱而更肥泽？”恪对曰：“臣闻富润屋，德润身，臣非敢自娱，修己而已。”又问：“卿何如滕胤？”恪答曰：“登阶蹑履，臣不如胤；回筹转策，胤不如臣。”恪尝献权马，先鐫其耳，范慎时在坐，嘲恪曰：“马虽大畜，禀气于天，今残其耳，岂不伤仁？”恪答曰：“母之于女，恩爱至矣，穿耳附珠，何伤于仁？”太子尝嘲恪：“诸葛元逊可食马矢。”恪曰：“愿太子食鸡卵。”权曰：“人令卿食马矢，卿使人食鸡卵，何也？”恪曰：“所出同耳。”权大笑。(《吴志·诸葛恪传》注引《诸葛恪别传》)

这类的故事和《费祎别传》所记“孙权每别酌好酒以饮祎，视其已醉，然后问以国事，并论当世之务，辞难累至。祎辄辞以醉，退而撰次所问，事事条答，无所遗失”（《蜀志·费祎传》注），以及《江表传》所记诸葛恪难张昭事（见《吴志·诸葛恪传》注）皆相应，一则见孙权底权术，二则见诸葛恪底机警。

吴时总传六种，除士燮所录，未见征引外，皆见诸书所引。所记如：

> 胡滕部南阳从事，遇大驾南巡，求索总猥。滕表曰：“天子无外，乘舆所幸，便为京师。臣请荆州刺史比司隶，臣比都官从事。”帝奇其才，悉许之。大将军西曹掾亡马，召滕，因作都官鹄头板召，百官敬服。（《御览》卷六〇六引《桂阳先贤书赞》）

> 徐征字君求，苍梧荔浦人。少有方直之行，不挠之节，颇览书传，尤明律令。延熹五年，征为中部督邮。时唐衡恃豪贵，京师号为唐独语，遣宾客至苍梧，颇不拘法度。征便收客郡市，髡笞，乃白太守。太守大怒，收征送狱。主簿守阁白：“此人无故卖买，既侵百姓，污辱妇女。徐征上念明政，据刑申耻，今便治郡，无复爪牙之吏。后督邮当徒跣行，奉诸贵戚宾客耳。”太守答：“知征为是，迫不得已。”（《御览》卷二五二引《广州先贤传》）

这些撰录往事，残碎不完的篇幅，虽然还流露一点个性，但是狠难看出比后汉时代的总传有什么进步的地方。

本文为作者《八代传叙文学述论》之第五章，原书写定于1942年，复旦大学出版社2006年出版。

试论魏晋南北朝新传记的崛起

李祥年

在中国古代传记文学发展史上一度光辉灿烂的史传创作，到了六朝时期，已经走向江河日下的一途。而一种新的传记形式却开始悄悄崛起，史传之外的各种人物传记写作逐渐繁荣，并开始在中国古代传记文学的发展中担负起主导的作用。这就是“杂传”。

正史以外的传记创作在汉代已经初见端倪，如刘向、班固等都曾于此有所撰述：

《汉书·楚元王传附刘向传》：“向以为王教由内及外，自近者始。故采取《诗》《书》所载贤妃贞妇，兴国显家可法则、及孽嬖乱亡者，序次为《列女传》，凡八篇，以戒天子。及采传记行事，著《新序》《说苑》，凡五十篇奏之。”

《后汉书·班彪列传附班固传》：“固又撰功臣、平林、新市、公孙述事，作列传，载记二十八篇，奏之，帝乃复使终成前所著书。”

然而，此时的大部分传记之作，或者采自《诗》《书》，或者仅述帝王言语诏策①，在内容及形式上并不脱官方传记之规范，因此它们并无突出的传记文学意义。

① 《汉书·艺文志》“诸子略儒家类”有《高祖传》十三篇，其注曰：“与大臣述古语及诏策也。”又有《孝文传》十一篇，亦注曰：“文帝所称及诏策。”

"杂传"的真正兴旺发达，是在魏晋南北朝时期。在这一时期，儒家学说的统治基础已经在社会大动荡、大变革的时代风暴中遭到了猛烈的冲击。曹魏时代，曹操尚刑名，曹丕尚通达，都不重儒学和儒家所极力鼓吹与维护的传统道德规范。统治者的大力提倡及利禄引诱，使得东汉以来的士风为之大变。其后老庄玄学盛行，佛、道各家亦日见繁盛，知识分子专务清谈放纵，蔑视儒家礼法，鄙薄仁义节行，其风弥漫后代。魏代鱼豢《魏略·儒宗传序》中言及："从初平（汉献帝年号）之元至建安之末，天下分崩，人怀苟且，纲纪既衰，儒学尤盛。"①晋代干宝亦在《晋纪总论》中感慨时风："风俗淫僻，耻尚失所。学者以庄老为宗而黜六经，谈者以虚薄为辩而贱名检，行身者以放浊为通而狭节信，进仕者以苟得为贵而鄙居正，当官者以望空为高而笑勤恪。"②在这样的社会背景及思想背景之下，魏晋时代的学者文人们的著述得以最终挣脱了儒家经学的桎梏，走上了独立发展的道路。史学著述开始出现了史学家们"亦各其志，而体制不经"③的局面，其创作数量也大为增加，不光是秉承司马迁、班固的正史写作日见繁盛，更有各家不同体制的历史著作，纷呈迭出，形成了我国古代史学著述的一个高峰时期。《隋书·经籍志》曾将这些历史著述按不同类别分为"正史""古史""杂史""霸史""起居注""旧事"等十三类，所收书目计八百一十七部，一万三千二百六十四卷（通计亡书合八百七十四部，一万六千五百五十八卷）。以上统计中的著述，绝大多数是魏晋南北朝时人的写作。

杂传正是和史学的发达一起到来的。《隋书·经籍志》曾讲到"杂传"在汉代以后的发展以及逐渐繁荣的情况："武帝从董仲舒之言，始举贤良文学。天下计书，先上太史，善恶之事，靡不毕集。司马迁、班固撰而成之，股肱辅弼之臣，扶义俶傥之士，皆有记录。而操行高洁，不涉于世者，《史记》独传夷、齐；《汉书》但述杨王孙之俦，其余皆略而不说。又汉时，阮仓作《列仙图》，刘向典校经籍，

①② 据严可均辑《全上古三代秦汉三国六朝文》转引。

③ 见《隋书·经籍志》。

始作《列仙》《列士》《列女》之传，皆因其志向，率尔而作，不在正史。后汉光武，始诏南阳，撰作风俗，故沛、三辅有耆旧节士之序，鲁、庐江有名德先贤之赞，郡国之书，由是而作。魏文帝又作《列异》，以序鬼物奇怪之事；嵇康作《高士传》，以叙后贤之风。因其事类，相继而作者甚众，名目转广，而又杂以虚诞怪妄之说。推其本源，盖亦史官之末事也。载笔之士，删采其要焉。鲁、沛、三辅，序赞并亡，后之作者，亦多零失，今取其见存，部而类之，谓之杂传。”

尽管是在“后之作者，亦多零失，今取见存，部而类之”的情况下所作的统计，但我们从《隋志》史部杂传类所收书目来看，魏晋及南北朝杂传的面貌还是相当可观的。《隋志》史部杂传类共计收书二百一十七部，一千二百八十六卷，(加计亡书合二百一十九部，一千五百三卷)。而同一史部正史类收书六十七部，古史类三十四部，杂史类七十二部，霸史类二十七部，共计二百部，可见杂传类所收书目比其总和还要多。另外清人章宗源还据古书所记补出杂传类书目一百八十四种，姚振宗《隋书经籍志考证》又补出三十五种，那么这一时期仅“杂传”类目下的传记著作便有四百三十八种，至少三千卷以上了。当然实际数目可能还远不止这些，但这已能充分反映当时史传之外的传记创作的规模。

魏晋南北朝时期的杂传创作，不仅数量繁多，在内容上也是极为丰富的。波澜起伏、风云变幻的时代生活为传记作家们扩大了写作视野。我们仅从《隋志》杂传类下的书目来作一粗略的归分，便可以看出这一时期传记作者所选择的传主有“先贤”“耆旧”“逸民”“高士”“忠臣”“良吏”“列女”“孝子”“高僧”“幼童”等等，甚至还有“神仙”“灵鬼”“冤魂”之类，已可谓是天上人间，无所不包，远远超出了正史纪传的内容规范。现存下来的这一时期的杂传作品，也充分展示了它们在内容方面的巨大的历史容量。在传记作家们的笔下，我们不光可以看到三国时期那一大批慷慨激烈、急功好名的志士仁人；还可以看到魏晋时代形貌各异的知识分子，以及六朝时期扈扬喧腾的世家大族，隐情山水的高士逸民，皈依佛门的僧侣尼众和不同地区的先贤耆旧等等。这些传记作品组成了一幅绚丽多彩的历史长卷，对于后人了解魏晋南北朝时代，具有极其重要的认识意义。

在人物传记的形式上，这一时期的杂传创作同样呈现了缤纷多样的面貌。它让人们看到有仿照史传中人物类传的形式而将类似的人物结成一集者，如《列女传》《高士传》《高僧传》等；也有将同一地区的各代人物集中立传者，如《汝南先贤传》《陈留耆旧传》等；有如《献帝传》那样列举一朝史事，人物众多，载述详备的长篇巨制；也有像《曹瞒传》这样轻灵生动，声貌毕肖的人物小传。这一时期的杂传创作在体例上也体现了多样化的特点，除了传统的正传以外，另有诸如“内传”“别传”“家传”“行状”“士品”“录”“志”“赞序”等等不同的体裁，如果我们将这一时期已经大量涌现而《隋志》尚未著录的“碑”“诔”“叙”“颂”等传记性质的作品亦统计进去，则这一时期的传记体裁，将更为丰富。

这一时期人物传记的作者队伍亦相应有了显著的扩大。从《隋志》所载录以及所存杂传的作者来看，这里既有帝王君侯，也有高士逸民；有显宦大儒，也有文士小吏；有子弟亲朋，也有僧道人物，传记作者的社会层面较之以往大大地拓展了。

魏晋南北朝的杂传创作在其内容、形式以及作者队伍等方面所发生的上述巨大变化，正体现了一种深蕴其中的传记创作观念的变革，而这一观念的变革在中国古代传记文学的发展进程中有着极其重大的意义。

中国自汉代以来，随着汉武帝亲自提倡儒学，以及“罢黜百家，独尊儒术”的学术政策的确立，儒家登上了“独尊”的地位，儒家学说成为官方法定的正统学说，儒家的几部代表作《诗》《书》《礼》《易》《春秋》被尊奉为“经典”了。随着“经”的成立，对经典的阐述诠释亦成为一种专门的学问，“经学”由此开始并日渐兴盛。尽管当时儒生与黄老刑名学者之间也常有激烈争论，“经学”本身在汉代也经历了不同阶段上的变化，但无可否认，儒家“经学”统治了整个汉代的学术文化，并给各个不同的学术门类打下了深刻的烙印。传记的写作自然也不例外，在著述思想上，传记写作一直未能最终挣脱儒家“经学”的束缚。前人讲到“传”或“传记”，往往总是和“经”或“经学”联系在一起。如：《尔雅》释“传”为“博识经意，传示后人也”。刘歆《让太常博士书》：“往者缀学之士不思废绝之阙，苟因陋就寡，分文析字，烦言碎辞，学者罢老且不能究其一艺。信口说而背传记，是末师而非往古。”班固《汉书·艺文志》：“丘明……论本事而作传，明夫子不以空言说经也。”这里都认为“传”或“传记”是对儒家经典或其思想的一种阐释发明。历史家笔下的传记创作与经学家所讲的“传记”在内容及形式上固然有所不同，然而，在其创作的精神实质上，史传与释经之传是有着鲜明的一致性的，史传作者也往往把阐发“经意”看作是自己著述的最高责任。有关这一点，我们只要看看汉代史传的代表作家司马迁在其《史记》的写作中，是怎样坚决地以儒家经典的继承人与阐释者的身份自居，便可以明了了。司马迁在《史记·太史公自序》中明言：

> 先人有言，自周公卒五百年而有孔子，孔子卒后至于今五百岁。有能昭明世，正《易传》，继《春秋》，本《诗》《书》《礼》《乐》之际？意在斯乎！意在斯乎！小子何敢让焉。

司马迁虽然也讲过要在自己的著述中“通古今之变，成一家之言”①，但这只是太史公对自己所想要达到的某种学术境界的表述，其著述的最终目的则还是通过对人与事的传述而阐发以儒家思想为支柱的道德伦理观念。而这正是包括经学家在内的汉代人观念中“传记”所应发挥的作用。这种“释经意识”普遍地存在于汉代以来的传记，尤其是正史传记的创作中。这也是史传创作未能继《史记》《汉书》之后走向更大繁荣的一个重要原因。

这种传记创作中强烈的“释经意识”，也影响了以史传为主导的中国古代传记作为一个独立学术门类的成立。在班固《汉书·艺文志》对各学术门类所作的分类中，“六艺”“诸子”“诗赋”“兵书”“术数”“方技”作为不同的著述门类均已

① 见司马迁《报任安书》。

独立成“略”，而包括《左传》《战国策》以及太史公司马迁一百三十篇史传创作在内的历史著作，无论作为史学还是作为传记文学，都未能确立自己的独立地位，而只是附于“六艺略”中的“春秋家”之内。这里，史传创作本身数量的贫乏固然是一个原因，但更主要的原因恐怕还是因为在班固看来，《史记》等著作与儒家经典有着一脉相承的精神实质吧。就是班固本人，在写作《汉书》的时候，不是也要自我标榜“旁贯五经，上下通洽”[①]的吗？

汉代以后的史传创作，作为被统治阶级控制最为严密的一种文化实践，在其精神实质上，依然没有超出“释经”的藩篱，那种借助人与事的载录以阐述及宣扬封建正统观念的倾向一直是史传创作最显著的特点之一。因此它不能也不可能为中国古代传记文学谋得一席独立的地位。

到了魏晋南北朝时代，随着意识形态领域里以儒家思想为基础的传统伦理教条的被冲决，人们在传记创作方面的观念也产生了质的飞跃。前面所述及的魏晋杂传在内容、形式以及作者队伍等方面所发生的根本性的变化，正生动地反映出在魏晋南北朝时代，“传记”已经不再仅是经学家“释经”的工具，也不再仅是少数史家借助人事来诠释正统的道德伦理，从而为统治阶级政治利益服务的手段，它已成更大多数人通过叙录旧事和传记人物来表达其个人“志尚”的一种途径或方式，儒家“经学”已经再也不能笼罩它的面貌，它作为一种独立的著述门类的地位已经日益鲜明。因此，在魏晋以后的目录学分类中，随着“史”与“经”的分道扬镳，“传记”的独立地位便也最终确立了。魏代的目录分类，史部典籍已从“经部”分出。《隋书・经籍志》载魏秘书监荀勖著《新簿》，将群书分为甲、乙、丙、丁四部，史传列于丙部。阮孝绪《七录序》又载至东晋穆帝时，大著作郎李充校理图书，编制了《晋元帝四部书目》，又将史部从丙部上升为乙部，仅次于甲部五经了。到了阮孝绪本人著《七录》时，“记传”已和“经典”地位相侔，并列为“录”了。在《七录》“记传录”下，史部著述被分为：国史、注历、旧事、职官、

---

① 见《汉书・叙传》。

仪典、法制、伪史、杂传、鬼神、土地、谱状、簿录计十二类。阮氏的这一分类，为后来的《隋志》所本。在这里，“杂传”第一次被用作传记类名[①]，同时，它所代表的各种不同形式的传记文学创作亦第一次作为一项独立的著述门类，取得了与“国史”同等的地位。

人物传记创作作为一个独立的著述门类的确立，可以被视作中国古代传记文学发展史上一个极有意义的标志，它标志着中国古代传记文学创作又揭开了崭新的一页。在这以前，传记或是作为释经的工具，或是作为载录史事的手段，一直未能找到其自身的独立地位。因此它们在传记观念上往往多偏重宣教释道，用具体的人事来宣扬封建社会的正统观念；传写人生、塑造人物往往并不被放在第一位；而且，它们也并未能形成为一种独立的写作文体，只是作为史书的一部分而存在，因此在发挥传记文学自身功用、实现自身价值方面存在很大的局限性。特别到魏晋以后，这样的正史传记便已无法担负推动中国古代传记文学向前发展的使命。而杂传这一传记形式应时而盛。虽然它也无法最终摆脱传统意识的束缚，并无可避免地也要被打上特定时代里各种封建思想的烙印，但是，它更大程度上突破了传统的传记观念的局限，不仅在传写对象、写作形式以及作者队伍等方面都体现出以往传记所不可比拟的丰富性和多样性，而且，它终于作为一种独立的学术门类而开始体现其价值，因此它们能够较之史传创作更好地发挥其传记文学功能。这些形式多样，内容丰富的传记创作，不仅启肇了中国古代传记文学创作新时代的来临，其本身亦构成了魏晋南北朝时期人物传记写作的主流，并对后代的传记文学以及其他样式的文学创作产生了重要的影响。这便是魏晋南北朝杂传创作的意义所在，同时也是我们今天了解与研究中国古代传记文学发展史的一项重要课题。

---

① 在阮孝绪之前，刘宋秘书丞王俭亦曾以“杂传”为典籍类名，《隋志》：“元徽元年，秘书丞王俭又造《目录》，大凡一万五千七百四卷，俭又别撰《七志》：一曰经典志，纪六艺、小学、史记、杂传。”然王俭《七志》显然因袭刘歆的《七略》体例，故其列于“经典志”的“杂传”当和《汉志》所录“《杂传》四篇”一样，属儒家经传范畴内的著作。

最后附带一提，西方学者认为迟至二十世纪初，传记文学才开始作为一种独立的文学样式在中国出现，而且是由于受到了西方的影响。[①]魏晋南北朝时期形式多样的杂传创作，证明了西方学者的上述看法至少是有失片面的。

原载《学术月刊》1988年第4期

① 《新大英百科全书》第二卷“传记文学”条：“在中国，迟至近代，由于沿袭司马迁、班固‘史传’的传统，传记一直是历史著述和学者潜心钻研治国术的附庸或副产品。……直到二十世纪初，传记文学在中国才开始作为一种独立的样式出现（这显然是受西方影响的结果），当时梁启超写了几本传记（包括一本孔夫子传），其后有胡适循其前辈，为将传记写作提高到一种艺术样式而有所著述。”

《东汉三国时期的谈论》引论

刘季高

本书撰写的目的，是把沉埋了一千七百余年的东汉、三国时期的“谈论”给发掘出来。

一、“谈论”的确实存在

魏晋的“清谈”（清言），人所共知，而东汉的“谈论”（“论议”），则似乎从未有人道及。

清谈是逃避现实的，而“谈论”则是进入现实的。东汉中期以后，一般从事“谈论”的名士，以当时的标准来讲，大都有高尚的人格，广博的学问，杰出的才能，并且是或多或少地关心人民的疾苦的。他们可以不怕报复，不计安危，与当时祸国殃民的宦官们斗，虽破家亡身，亦在所不顾，如李膺、张俭等。他们在黄巾起义的影响下，甚至想废掉荒唐已极的汉帝，另建新朝，如阎忠、张玄等。他们不疲倦地奖拔后进，作育人才，如荀淑、郭泰、许劭等。他们“可以托六尺之孤，可以寄百里之命”，如张纮、诸葛亮等。他们可以“运筹帷幄之中，决胜千里之外”，如荀彧、郭嘉、周瑜等。他们可以对山川形胜、边塞道路，了如指掌，如张纮、田畴等。他们可以不应征聘，功成不受赏，视爵禄如敝屣，如申屠蟠、庞公、田畴等。他们可以一口气分门列举乡土古今名贤数十人，一一加以精当的品题，如虞翻、朱育等。他们可以舞刀抡矛，走及奔马，如沈友、虞翻等。

“清谈”对当代的政治，起了极坏的消极影响。①其惟一可称述之处，是在语言方面，进一步对散文及诗歌作了有益的贡献。而“谈论”则自东汉中期迄魏末（一世纪末——三世纪中叶），一百五六十年的长时间内，对中国的经学、史学、天文、地理、政略、兵谋，都起了不同程度的阐发及推进作用。而对于文学的影响，仅仅是其余事。但就文学而言，却是划时代的影响。

然而一千七百多年来，人们只知道“清谈”。而对于“谈论”，不但不知道它的内容，连它的名称，似乎也很陌生。原因何在？无从深究。现在要从长期沉埋中，把它发掘出来，则首先得确定它的存在，这就需要请历史作证明。

（一）《后汉书》卷九八《郭泰传》②：

博通坟籍，善**谈论**，美音制。

（二）《后汉书》卷九八《谢甄传》：

与陈留边让善**谈论**，俱有盛名，每共候林宗，未尝不连日达夜。

（三）《后汉书》卷八三《申屠蟠传》：

博贯五经，兼明图纬。……太尉黄琼卒……四方名豪会帐下者六七千人，互相**谈论**，莫有及蟠者。

（四）陈寿《益部耆旧传》：

董扶……发辞抗**论**，益部少双，故号曰致止。言人莫能当，所至而**谈**止也。③

（五）《襄阳记》：

习祯有风流，善**谈论**，名亚庞统，而在马良之右。④

（六）《蜀志》卷十《刘琰传》：

---

① 《晋书》卷九八《桓温传》：“遂使神州陆沈，百年丘墟，王夷甫诸人，不得不任其责。”

② 本书所引《后汉书》，系清武英殿本。该本“列传”置于三十卷“志”之后，因此每卷列传的序数，较之中华书局1965年标点本，要多出三十卷。如“卷九八《郭泰传》”，标点本为“卷六八”。其余以此类推。

③ 《蜀志》卷一《刘焉传》注引。

④ 《蜀志》卷十五《杨戏传·季汉辅臣赞》注引。

鲁国人也。先主在豫州，辟为从事。……有风流，善**谈论**。

（七）《吴志》：

李肃善**论议**，臧否得中，甄奇录异，荐述后进，题目品藻，曲有条贯。[1]

（八）《荀粲传》：

诸兄并以儒术**论议**，而粲独好言道。[2]

（九）《魏志》卷廿一《应璩传》：

子贞少以才闻，能**谈论**。

谈论而至于“连日达夜”，决非一般闲谈或聊天。人数多至“六七千人，互相‘谈论’，莫有及蟠者”，“发辞抗论，益部少双”。必其“谈论”之内容——材料、识见及形式——辞藻、音节、气势，有大过人者，这才会“人莫能当”，“所至而谈止”。以此可推定：“谈论”是专名而非泛称。

“臧否人物”，给以“题目品藻”，及有关儒术的研讨，正是“谈论”的重要组成部分。以此可推定：“论议”是“谈论”的别称。

总上九例及推断，证明“谈论”确实存在于汉魏时期，无可怀疑之处，完全可以把它肯定下来。

二、“谈论”的发生和发展过程

“谈论”起于何时？它是突然产生，还是由什么转化而来？

天下无任何突然产生之事物，“谈论”大致是由儒家各学派之间的“论难”转化而来。到底起于何时，亦得由史料来解答，不能随便乱猜或假定。

（一）儒家的“论难”，可以上推到战国时期的孟轲，一部《孟子》，几乎全是孟轲和人辩论的记录。

---

① 《吴志》卷七《步骘传》注引。

② 《魏志》卷十《荀彧传》注引。

（二）卫宏《诏定古文官书序》：

秦既焚书，患苦天下不从所改更法。而诸生到者拜为郎，前后七百人。乃密令冬种瓜于骊谷中温处。瓜实成，诏博士诸生说之，人人不同。乃命就视之，为伏机。诸生贤儒皆至焉，方相难不决。因发机从上填之以土，皆压，终乃无声。①

这一条故事性很强，既批判了秦皇，也挖苦了儒生的好“论难”。

（三）《后汉书》卷一〇九上《戴凭传》：

习京氏易……正旦朝贺。……（光武）帝令群臣能说经者，更相难诘，义有不通，辄夺其席以益通者。凭遂重坐五十余席。

（四）《后汉书》卷一〇九下《张玄传》：

少习颜氏春秋，兼通数家学……迁陈仓县丞。……时右扶风琅邪徐业……闻玄诸生，试引见之，与语，大惊，遂请上堂，难问极日。

（五）《后汉书》卷五五《鲁丕传》：

为当世名儒。……永元二年，迁东郡太守……数荐达幽隐名士。

《续汉书》：

荐王龚等。②

《后汉书》卷八三《王龚传》：

……迁汝南太守……好才爱士，引进郡人黄宪、陈蕃（袁阆）等。……龚深疾宦官专权，志在匡正。

永元十一年……和帝因朝会召见诸儒，（鲁）丕与侍中贾逵、尚书令黄香等相难数事，帝善丕说。……丕因上疏曰：臣闻说经者，传先师之言，非从己出，不得相让，相让则道不明，若规矩权衡之不可枉也。难者必明其据，说者务立其义，浮华无用之言不陈于前。……览诗人之旨意，察雅颂之

① 《前汉书》卷八八《儒林传》注引。
② 《后汉书》卷五五《鲁丕传》注引。

终始，明舜、禹、皋陶之相戒，显周公、箕子之所陈，观乎人文，化成天下。陛下既广纳謇謇，以开四聪，无令刍荛以言得罪。

从上述前四条来看，儒家各学派之间的“论难”，可谓源远流长，大较言之，可分为二种：一种是私人之间，二人或二人以上的论难。一种是在朝堂上，当着帝王的面，两个人或两个人以上的“论难”，或者由帝王召集的有数十人参加的规模较大的“论难”会。这两种“论难”，当然是前一种多而普遍①，后一种少而特殊。但其影响，则后一种较大。尤其是光武帝所出的新花样，把“论难”变成竞技的性质，“论难”之优胜者，可以获得名誉及地位。这必然会在士大夫阶层产生一种影响，使“论难”有从内容到形式获得进一步发展或转化的可能。

第五条鲁丕“荐王龚”，王龚又“引进郡人黄宪、陈蕃、袁阆等”。“龚深疾宦官，志在匡正”云云。黄、袁并是当时从事“谈论”的名士。陈本身是名士，后来由于他的地位，又是名士们的“护法”，而“深疾宦官”，又是当时从事“谈论”的名士们思想上的共同点。从中可以看出名儒与名士之间，“论难”与“谈论”之间，在人事关系及思想倾向上，是有着密切联系的。

鲁丕的奏章，有几点值得注意：

（一）把为什么要“论难”，怎样进行“论难”，都作了明确的说明。②

（二）从专门说经，逐步走向对国政有所论列，在当时客观形势的发展下，似乎是一种必然的趋势。

（三）“浮华”（或作“浮丽”）一词，在这里似乎是首次出现③，在同书里，另外还在几处地方出现：

《后汉书》卷六二《樊准传》：

---

① 《后汉书》卷一〇九下《儒林传》：“若乃经生所处（注：经生谓博士也），不远百里之路。精庐暂建，赢粮动有千百。其耆名高义，开门授徒者，编牒不下万人。”由此可见各地区儒生之多。有儒生的地方，即有论难。

② “难者必明其据，说者务明其义。”驳斥对方，一定要提出根据。申说己见，一定要讲清道理。这是给“论难”下的定义。

③ 鲁丕这道奏章，上于和帝永元十一年（99）。

> 邓太后临朝，儒学陵替。准乃上疏曰：……今学者益少，远方尤甚。博士倚席不讲，儒者竞论**浮丽**，忘謇謇之忠，习诶诶之辞。

《后汉书》卷五《安帝纪》：

> 延光元年(122)，诏……举……清白爱利……有益于人者。……刺史举所部，郡国太守相举墨绶[①]……勿取**浮华**。

《后汉书》卷一〇九上《儒林列传》：

> 本初元年(146)，梁太后诏曰：大将军下至六百石，悉遣子就学。……自是游学增盛，至三万余生。然章句渐疏，而多以**浮华**相尚，儒者之风盖衰矣。

《后汉书》卷一〇〇《孔融传》：

> ……郗虑承望风旨，以微法奏免融官。……操致书激厉融曰：……又知二君，群小所构。孤为人臣，进不能风化海内，退不能建德和人；然抚养战士，杀身为国，破**浮华**交会之徒，计有余矣。

在《鲁丕传》《樊准传》《安帝纪》《儒林列传》里出现的“浮华”一词，似乎不是一般的贬词，而是实有所指。指的是什么？在上列各该条里，都很难找到解答。幸而《孔融传》里有其指斥的对象。曹操那封信的结尾处，是指桑骂槐的威胁性语言。所以这里的“浮华”指的是什么？可以从孔融身上获得解答。

孔融为汉末的大名士，是人所共知的。汉末的名士，是很少不能“谈论”的。也可以说，因为能“谈论”，才够得上做名士，孔融当然不会例外。

《续汉书》：

> 融……与平原陶丘洪、陈留边让，并以俊秀，为后进冠盖。融持论经理，不及让等，而逸才宏博过之。[②]

《九州春秋》：

---

① 注：“墨绶，令长之属也。”

② 《魏志》卷一《孔融传》注引。

……及高谈教令，盈溢官曹，辞气温雅，可玩而诵。……自春至夏，城小寇众，流矢雨集，然融凭几安坐，读书**论议**自若[①]。

"持论经理，不及让等，而逸才宏博过之"，是说孔融的"谈论"，条理性稍差，但内容丰富；"辞气温雅，可玩而诵"，是对他的"谈论"所使用的语言和气度的赞美；"城小寇众，流矢雨集，然融凭几安坐，读书'论议'自若"，当死生呼吸之际，还照旧"谈论"，是孔融不但是名士也是谈士的最好说明。据此，曹操与孔融书里所谓的"浮华"，指的应该是"谈论"。"浮华交会之徒"，化作口语，即一伙成群结党的谈士。表面是指斥挑拨孔郗二人关系的"群小"，实际骂的是孔融一伙谈士。这么一来，《鲁丕传》《樊准传》《安帝纪》《儒林列传》里的"浮华"或"浮丽"，指的是什么，均可迎刃而解，指的是"谈论"（"论议"）无疑了。"浮华"一词，既得到明确的解释，前面所引的几条史料，就都能用事实来说明问题了。

"浮华无用之言，不陈于前。"鲁丕站在当时正统儒生的立场，诋"谈论"为"浮华无用"，可勿予置理。要在他说明了一个一直被埋没了的重要历史事实——最迟在汉和帝时期（89—105），或者还要早一些，"论难"已部分转化为"谈论"，或"谈论"已从"论难"里面派生出来了。

"博士倚席不讲"，因为他们所讲的，人家已不要听。"儒者竞论浮丽"，儒生们抢着从事于"谈论"。"习诐诐之辞"，诐诐，巧言也。儒生们不但抢着从事于"谈论"，而且要求谈得动人听闻。这在当时樊准一派人看来，便是不忠于汉王室的行为。樊准的这道奏疏，是邓太后临朝后所上（邓后于和帝元兴元年临朝），说的正是和帝时（最少是末年）已然的情况，而不是邓后临朝后才发生的情况。樊准的奏疏上距前条鲁丕的奏疏（永元十一年），最多不过七八年的时间，似乎"谈论"已不再是处于初步转化阶段，而是进一步发展了。

安帝是和帝的承嗣子，他做了十九年皇帝（107—125）。其实前十四年，是他的承嗣母邓太后在做；后五年，才真是他做。延光元年（122），便是他亲政的

① 《魏志》卷一《孔融传》注引。

第二年。“浮华”一词，由臣僚的奏疏，进入帝王的诏书，不惜以不予提升来相压制，说明这时“谈论”之风已进展到使统治者害怕的地步。《儒林列传》说：在安帝时期，太学“学舍颓敝，鞠为园蔬，牧儿荛竖，至于薪刈其下”。可能是由于他厌恶“浮华”，迁怒太学所致。他的被他废黜过的太子，后来在宦官帮助下，才能继承帝位的顺帝（126—144），却反其道而行之，“乃更修黉宇”，并“开拓房屋”，“凡所造构，二百四十房、千八百五十室”①。不管他是因为听了大臣的劝告，还是对他父亲不满的一种发泄，总之，他做了一件有益的事——给“谈论”提供了进一步开展的场所。

质帝本初元年（146），是梁太后临朝的第三年，上距邓太后临朝以前的和帝时期（89—105），已是半个世纪左右。也就是“谈论”已存在了将近五十年或五十年以上，达到了相当成熟的阶段。太学的房舍扩展，太学生的人数增至三万以上，这就为谈论之风的扩大，创造了更有利的条件。“多以浮华相尚”，说明“谈论”并没有被政治压力压下去，而是蔚成风气了。

上引四条史料——《后汉书·鲁丕传》《樊准传》《安帝纪》《儒林列传》——确凿地说明了“谈论”的发展过程。现在要探查一下“谈论”的内容是些什么了。而要探查它的内容，还得先探讨一下它所以发生发展的原因，及时代背景所给予它的影响。

三、“谈论”所以发生、发展的原因及其时代背景

在两汉大一统的局面下，在轮廓和现在差不多的辽阔的版图上，在三百年相对稳定的长时间内②，随着经济力量的高涨与军事力量的扩张，学术沿循着它本身的发展规律，在统治者的政治力量的推动下，亦在蓬勃发展。京师太学的

① 《后汉书》卷一〇九上《儒林列传》，又卷七八《翟酺传》。

② 新莽之末，从新市平林兵起到公孙述败死（23—36），不过十四年，中国复归一统。

生徒以万数。地方则私家开门授徒，负笈从师者不远千里，门生著录成千上万者，比比皆是。不但儒学广泛流传，分支愈细。其他附属于儒学的阴阳术数之学，亦同样有所发展。学者欲出人头地，仅仅是通晓五经还不够，必须“博览古今，兼明图纬”，或风星（风，风角。星，星算）不可。其尤杰出者，则政术、兵谋，亦在通晓之列。而“谈论”则是他们的一种口头发表方式，所谓“不言谁能知之”。而“言之无文，行而不远”，能言矣，还得讲究言的艺术。这大概就是“谈论”被指责为“刁诐诐之辞”，及被戴上一顶“浮华”帽子的由来。

东汉王朝从和帝（89—105）到王朝结束（219），一共是九代。其中三代是婴儿或幼童为帝，每代只有一年，可以不算。[①]末代的献帝（190—220）是傀儡，也可以不算，实际是五代。[②]而这五代，也差不多都是短命的皇帝。其中最多的才活到三十六岁，少的二十七岁就死。这对他们的皇后来讲，既是可悲，又是可喜。皇帝死得早，太子当然年纪小（如果不是太小，事前还可捏造题目，废长立幼。如果绝了后，那就更好办，选一个年幼的嗣君，好让自己长期抓权），她们就可以“得意”地登上太后的宝座，临朝听政。而太后临朝，必然是内靠宦官，外靠外戚。太后一死，或小皇帝长大，又必然是靠平素和他亲近的太监把专权的娘舅除掉。这样几个循环往复，宦官的权势愈来愈膨胀。而靠太后牌头的外戚，则好比凌霄花，不管他怎样枝叶繁茂，所寄生的乔木一倒，就必然归于消灭。东汉王朝，在他们的拉锯式折磨下，便不可避免地逐步滑向下坡路。

东汉外戚中最坏的一个是梁冀。他是梁太后之兄，靠其两妹之权宠（一是梁太后，一是桓帝的梁皇后），跨顺帝、桓帝两朝，专权近二十年之久，贪横不法，作恶多端。可是搞掉他的那一小撮太监就更为凶恶。他们人数多，不但本身作恶，而且“兄弟姻戚皆宰州临郡”，搜括百姓，“虐遍天下，民不堪命，起为盗贼”。[③]这已到了桓帝在位的后半截时期。桓帝是个荒唐鬼，他三娶皇后，后宫宫女有

---

① 殇帝（106）、冲帝（145）、质帝（146）。

② 和帝（89—105）、安帝（107—125）、顺帝（126—144）、桓帝（147—167）、灵帝（168—189）。

③ 见《后汉书》卷一〇八《单超传》。

五六千人，可是他最后还是绝了后代。他的承嗣子灵帝，就更妙了。他的老子好色成狂，他却爱财若命，挖空心思，大置其皇帝私产。凡属新官上任，都得按其品级，缴纳一笔买官钱，多的达数千万。这些钱最后当然还是从老百姓身上取偿。这两位宝贝皇帝，除了满足其卑劣的欲望和特殊的嗜好外，其他一切，几乎任凭太监们胡作非为。在桓帝时期，太监们的代表是“五侯”。灵帝则把这数字翻了一番，成为“十常侍”。还公然叫嚷：“张常侍（让）是我父，赵常侍（忠）是我母。”他的确很天真，说出了心里话。其实东汉从和帝起，那些脆弱的纨绔皇帝，谁不是这样想呢？

这一长达百年之久，使广大人民日益处于水深火热之中的恶劣政治形势，不可能不给“谈论”涂上时代的色彩。随着时代背景的不断变迁，“谈论”（“论议”）的内容在其影响下，不可能不有所反映、有所变化。

四、“谈论”的三个阶段

“谈论（“论议”）的时限，大致可分为三个阶段：

第一阶段是和帝、安帝、顺帝时期（89—146）；

第二阶段是桓帝、灵帝时期（147—189）；

第三阶段是献帝及魏、蜀、吴时期（190—280）。

《东汉三国时期的谈论》，上海古籍出版社 1999 年版

魏晋南北朝文学对于商人的表现

邵毅平

魏晋南北朝时期战乱频仍，整个中国处于分裂状态，汉帝国的繁华已如明日黄花，随风而逝。然而，随着六朝对于长江流域的开发，江南地区却出现了前所未有的繁荣景象。尤其是在长江中下游一带，随着沿江贸易的发展，出现了一批港口城市，盛开出市井生活之花。这是这个时期出现的新的现象，为中国历史增添了新的生机。

正因如此，尽管这个时期的主流文学，乃是一种沙龙的文学，一种集团的文学，一种贵族的文学，一种唯美的文学，但是在主流文学之外的若干领域，如乐府诗歌和志怪小说等中，却前所未有地出现了关于商人生活的丰富表现，其作品的数量和表现的范围都比前代有所增加和扩大，表现出对于先秦文学和汉代文学的莫大进步。因此，在本文中，我们要把我们的视线，主要集中于当时的非主流文学，同时当然也会兼顾主流文学。

一、乐 府 诗 歌

当南朝的贵族文人们定期聚集在权势者的客厅或庭园里，品尝着美酒佳肴，歌唱着美丽的自然、性感的女人和无常的人生时，在长江中下游的港口城市，随着城市生活的发展，却盛开出了美丽的市井文学之花。那些出身低微的少男少女们，用短小轻倩的低吟浅唱，歌唱着他们那毫无造作的心弦的颤动，那如江水般波动起伏的恋情；也歌唱着包括经商在内的市井生活，那世俗然而醉人的人生场景。这些歌曲中包括著名的“吴声”（流行于长江下游地区）和“西曲”（流行于长江中游地区）。这些歌曲后来甚至也传入了贵族的沙龙和君主的宫廷，引起了他们的仿作的热情和保存的愿望。

在这种民间风格的歌曲里，有一些是与商人生活有关的，其中甚至还有商人自己创作的歌曲。如产生于南朝的《三洲歌》，据《乐府诗集》卷四八引《唐书·乐志》说，“《三洲》，商人歌也”，又引《古今乐录》说，“《三洲歌》者，商客数游巴陵三江口往还，因共作此歌”，则乃是来往于长江的商人们，为了表现他们的生活与感情，而自己创作出来的歌曲。他们歌唱了与情人离别的苦恼，却照例采用了对方的口气：

送欢板桥弯，相待三山头。遥见千幅帆，知是逐风流。

风流不暂停，三山隐行舟。愿作比目鱼，随欢千里游。

湘东酃醁酒，广州龙头铛。玉樽金镂碗，与郎双杯行。①

在那些帆樯林立的港湾，商人们喝着美酒，听他们心爱的女人唱着这样的歌曲，心里感到了无比的快活；或者他们告别情人以后，望着渐渐远去的港湾，自己唱着这样的歌曲，心里充满了无限的忧伤。它们使我们感受到了一种原始的活力，一种市井生活的强有力的脉动，一种世俗恋情的粗野而醉人的芬芳。这是见于史料记载的第一种商人创作的歌曲，在中国文学表现商人的历史上具有重要意义。

这样的歌曲传入了宫廷和沙龙，也引起了君主和贵族的喜爱，成为宫廷音乐中的保留曲目。《乐府诗集》卷四八引《古今乐录》又说：

其旧辞云：“啼将别共来。”梁天监十一年，武帝于乐寿殿道义竟，留十大德法师设乐，敕人人有问，引经奉答。次问法云：“闻法师善解音律，此歌

① 《乐府诗集》卷四八。

何如?”法云奉答:“天乐绝妙,非肤浅所闻。愚谓古辞过质,未审可改以不?”敕云:“如法师语音。”法云曰:“应欢会而有别离,‘啼将别’可改为‘欢将乐’。”故歌歌和云:“三洲断江口,水从窈窕河傍流。欢将乐共来,长相思。”旧舞十六人,梁八人。

从这段记载可以看出,梁武帝于宫廷设乐,曲目中竟有此商人歌;他还很关心法师的反应,因为法师“善解音律”;法师则赞为“天乐绝妙”,且措手修改“古辞”(从上下文来看,所改应为歌词的合唱部分);“古辞过质”云云,正体现了其民歌特色;而修改后的歌词,添了些吉利色彩,反映了宫廷的要求。由此可见,在当时的宫廷和沙龙里,这样的商人歌是如何的受欢迎。

与此同时,也出现了如下这种陈后主的仿作:

春江聊一望,细草遍长洲。沙汀时起伏,画舸屡淹留。①

这里的表现无疑更具贵族气和书卷气,而失去了原来的那种野性和活力;我们也无法想象君主能理解商人的感情,他们之间的距离乃是那么的遥远。不过这里引起我们注意的是,一种原本是商人所唱的歌曲,竟然引起了当时君主仿作的热情。这大概是因为其中的那种特别的魅力,乃是前代和当代的主流文学中所从未有过的。

同样产生于南朝的《长干曲》,恐怕和《三洲歌》一样,也是表现商人生活的歌曲。从其古辞“逆浪故相邀,菱舟不怕摇。妾家扬子住,便弄广陵潮”②来看,好像看不出与商人生活有什么特别的关系。然而长干一带,原本是商贾云集之地,而后来唐代的同题诗歌,又大抵是吟咏与商人有关的内容的,因此我们觉得,《长干曲》亦应是表现商人生活的歌曲。

南朝时不仅商人自己创作歌曲,而且别人也为他们创作歌曲。这个“别人”甚至包括君主,这反映了商人生活的引人注目。齐武帝所制的《估客乐》,便是

---

① 《乐府诗集》卷四八。

② 《乐府诗集》卷七二。

这样一种诗歌，其主题亦是吟咏商人生活的。关于它的产生缘起，《乐府诗集》卷四八引《古今乐录》说：

> 《估客乐》者，齐武帝之所制也。帝布衣时，尝游樊、邓。登祚以后，追忆往事而作歌。使乐府令刘瑶管弦被之教习，卒遂无成。有人启释宝月善解音律，帝使奏之。旬日之中，便就谐和。敕歌者常重为感忆之声，犹行于世。宝月又上两曲。帝数乘龙舟，游五城江中放观，以红越布为帆，绿丝为帆纤，鍮石为篙足。篙榜者悉著郁林布，作淡黄袴，列开，使江中衣，出。五城，殿犹在。齐舞十六人，梁八人。

又引《唐书·乐志》说，“梁改其名为《商旅行》”。樊、邓一带处长江中游，当时商业非常发达。齐武帝布衣时曾到过那儿，对那儿的情形留下了深刻印象，对于商人的生活也羡慕不已，因而贵为君主以后，回忆起来仍是津津有味。从他后来的所作所为来看，他当时所感兴趣于商人的，乃是他们水上生活的乐趣；他以君主随心所欲的奢侈作派，对此作了在我们后人看来颇为滑稽的模仿（也许也开了后来隋炀帝类似行为的先河）。他所作的歌辞，其实也没有具体涉及商人的生活，只是提到了往事和自己的心情：

> 昔经樊邓役，阻潮梅根渚。感忆追往事，意满辞不叙。①

不过，尽管他的歌辞没有具体吟咏商人生活，尽管他的模仿行为显得滑稽可笑，但是作为一个贵为君主的人，却念念不忘自己见过的商人生活，为此而创作了《估客乐》这样的歌曲，这本身就令我们觉得兴味盎然。而且再考虑到，这可以说是中国诗歌史上，更进一步说是中国文学史上，第一种专以商人为吟咏对象的作品，则其意义就更不容忽视了。这说明在当时的社会里，商人的势力和商业的繁荣，都已达到了一个相当的程度，促使人们注意到它们的存在，并把它们表现到文学作品里来。这是一个具有历史意义的变化。

《估客乐》所经常表现的主题，在一开始还是和《三洲歌》等一样，主要是商

① 《乐府诗集》卷四八。

人的离别和商妇的思念。这也许是当人们开始表现商人生活时，商人们的流动性生活，以及因此而引起的离别的频繁，以及心理上的微妙变化，首先引起他们的注意之故。如释宝月之作云：

郎作十里行，侬作九里送。拔侬头上钗，与郎资路用。

有信数寄书，无信心相忆。莫作瓶落井，一去无消息。

大艑珂峨头，何处发扬州？借问艑上郎，见侬所欢不？

初发扬州时，船出平津泊。五两如竹林，何处相寻博？①

我们猜想其中的女主角应是商妇，而不露面的男主角则应是商人。当时释宝月以这样的内容来作《估客乐》，也许本身也是受到了商人之歌的影响，因为商人自己歌唱的大抵也是同样的内容。

当然，《估客乐》的主题并不仅限于商人的离别和商妇的思念，在后来的文人们手里它被作了各种各样的利用，从而显示了它在表现商人生活方面的相当大的潜力。在陈后主的同题之作中，着重表现了商人们不辞旅途艰苦、成群结伴出外经商的情景：

三江结俦侣，万里不辞遥。恒随鹢首舫，屡逐鸡鸣潮。②

在庾信的类似之作《贾客词》中，可以看到对于商船启航情景的直接描写：

五两开船头，长樯发新浦。悬知岸上人，遥振江中鼓。③

后来唐代张籍在其《贾客乐》中，曾表现过与此类似的场面，可以认为是受到了庾信此诗的影响。诸如此类对于商人生活的描写，同样是这时乐府诗歌中的新东西。

由《三洲歌》和《估客乐》等容易联想到，南朝时以商人为吟咏对象的乐府诗歌，也许比我们现在所知道的要多得多。因为在当时的像“吴声”“西曲”之类的乐府诗歌中，有很多都是表现与上述诗歌相似的内容的，如离别、思念和水上生活等等。过去我们不清楚其中的主角是谁，倘联系《三洲歌》和《估客乐》等来考虑，则恐怕其中的男主角有不少应是商人，表现的有不少也应是商人的生活和

---

①②③ 《乐府诗集》卷四八。

心理。尤其是像“吴声”“西曲”之类的歌曲，大都产生于长江中下游沿岸的港口城市，这一事实也更支持了我们的上述猜想。如果我们的想法有点道理，则所谓的“吴声”“西曲”等乐府诗歌，在相当程度上，竟是以长江的沿江贸易为背景，以长江沿岸的港口城市为舞台，以商人为主要吟咏对象，而表现他们的生活和心理的诗歌了吧？

这种诗歌虽然与当时的主流文学不甚相关，却是一股相当重要的潜流。尤其是它对后来的文学，如唐五代的诗歌，具有相当强烈的影响。在唐五代的诗歌里，我们可以看到许多具有类似主题的作品。而在其前面的汉代乐府诗歌中，虽然也出现了《孤儿行》这样的作品，表现了经商生活的辛苦，或有一些主人公身份不明的乐府诗歌，表现了行旅生活的无奈，但它们毕竟只是凤毛麟角，无论在数量上还是在质量上，都不能与南朝的乐府诗歌相比。

二、志怪小说

对于商人及其生活具有兴趣的，初不限于当时的乐府诗歌。在当时极为流行的志怪小说等中，也开始出现了与商人有关的表现。尽管其数量和质量都不能和后代相比，但是比起前代来毕竟呈现出了进步。而且从表现力来说，志怪小说也似超过了同时的乐府诗歌。尽管志怪小说常常采用超自然的表现方式，但是透过其超自然表现方式的外衣，我们仍能体察到作者对于商人的兴趣与关心，而这在前代的叙事文学中是很难看到的。同时，这时的志怪小说对于商人的表现，从题材到手法等各个方面，都影响及于后来唐五代的文言小说。

然而，并不是所有的志怪小说都表现了对于商人的兴趣的。在这方面，比较突出的是晋干宝的《搜神记》和宋刘义庆的《幽明录》。现在所能看到的与商人有关的志怪故事，大抵出于这两部志怪小说集。但考虑到当时的志怪小说后来佚失的较多，因此不能认为这就是历史的本来面貌。

在晋干宝的《搜神记》里，有二则故事与商人有关，那就是《费季》和《焦湖庙巫》。前者表现了商人生活的令人不安的性质：

> 吴人费季，客贾数年。时道多劫，妻常忧之。季与同辈旅宿庐山下，各相问去家几时。季曰："吾去家已数年。临来，与妻别，就求金钗以行，欲观其志，当与吾否耳。得钗，仍以著户楣上。临发忘道。此钗故当在户上也。"尔夕，妻梦季曰："吾行遇盗，死已二年。若不信吾言，吾取汝钗，遂不以行，留在户楣上，可往取之。"妻觉，揣钗得之。家遂发丧。后一年余，季行来归还。①

这个故事的超自然色彩，表现在商人妻的那个梦上：是谁在那里恶作剧，托了这样一个谎梦给她？然而除此之外，这个故事所表现的，却是一个与乐府诗歌相似的主题，那就是商人的离别与商妇的思念。不过由于是用小说形式来表现的，因而全无乐府诗歌中的那种诗意，而只有赤裸裸的散文性事实。客商生活的不安定性给商人本人和他的家庭所造成的种种不利影响，在这个故事中被表露无遗。而对我们来说更为重要的是，透过这个故事的冷酷的叙事性外表，作者向我们传达了他事实上对于商人的关注和同情。这种对于商人的关注和同情，开了后来的叙事文学这类传统的先河，却是前代文学中所看不到的。因而这篇故事尽管看似平凡，却可以说蕴含有一种新的精神。

干宝对于商人的关注和同情的触角，还伸向了商人内心世界的一些其他方面。比如在《焦湖庙巫》故事中，他描写了一个商人的梦中奇遇，在梦中他实现了缔姻高门的美梦，醒来却发现不过是大梦一场：

> 焦湖庙有一柏枕，或名玉枕，有小坼。时单父县人杨林为贾客，至庙祈求。庙巫谓曰："君欲好婚否？"林曰："幸甚！"巫即遣林近枕边，因入坼中。遂见朱门琼室，有赵太尉在其中，即嫁女与林，生六子，皆为秘书郎。历数十年，并无思乡之志。忽如梦觉，犹在枕傍。林怆然久之。②

---

① 《太平广记》卷三一六。

② 《太平寰宇记》卷一二六。

这个故事就像是一个神话原型，引发了后来无数的同类故事。那些同类故事青出于蓝，都比《焦湖庙巫》有名和热闹得多（如《枕中记》《南柯太守传》《樱桃青衣》等），因而《焦湖庙巫》反而湮没无闻了。然而值得注意的是，《焦湖庙巫》的主人公原是一个商人，《焦湖庙巫》所表现的也是商人的幻想：他们希望通过缔姻士族高门的“好婚”，来改变自己受人忽视的社会地位和处境。这样的故事出现在南朝，正是当时崇尚门第的社会风气的曲折反映，也透露出当时商人社会地位低下和处境不利的实情。进而言之，不仅在当时的社会里，而且也在此后的社会里，商人的社会地位和处境大致变化不大，因此杨林式的“好婚”的美梦，便也就从南朝文学里一直做到了清代文学里（如《儒林外史》等）；而《焦湖庙巫》故事所反映的士商关系的主题，也开了后来同类主题的先河，在后来的文学中一直受到各种表现。从这个意义上来说，《焦湖庙巫》故事和后来的黄粱梦故事是相当不同的，它所表现的是商人的内心世界的一个侧面。我们可以从中体察到作者对于商人的社会地位和处境的敏锐观察，以及对于商人的内心世界的深入了解。

在宋刘义庆的《幽明录》里，这种关注和同情商人的新的精神，要表现得更为充分一些。在这部志怪小说集中，共有《买粉儿》《冯法》和《陈仙》等三个故事，与商人或商人生活有关。其中的《冯法》与《陈仙》二故事，分别从不同的侧面，表现了商人生活的令人不安的性质。先看《冯法》：

> 晋建武中，剡县冯法作贾，夕宿荻塘。见一女子，着缞服，白皙，形状短小，求寄载。明旦，船欲发，云：“暂上取行资。”既去，法失绢一匹。女抱二束刍置船中。如此十上，失十绢。法疑非人，乃缚两足。女云：“君绢在前草中。”化形作大白鹭。烹食之，肉不甚美。①

再看《陈仙》：

> 吴时，陈仙以商贾为事。驱驴行，忽过一空宅，广厦朱门，都不见人。

① 《太平广记》卷四六二。

仙牵驴入宿。至夜，闻有语声：“小人无畏，敢见行灾！”便有一人，径到仙前，叱之曰：“汝敢辄入官舍！”时笼月暧昧，见其面上黡深，目无瞳子，唇褰齿露，手执黄丝。仙即奔走后村，具说事状。父老云：“旧有恶鬼。”明日，看所见屋宅处，并高坟深埏。①

这两篇故事都使用了超自然的手法，来酝酿扑朔迷离的恐怖氛围；但是透过其荒诞不经的情节，我们却可以体会到商人对于旅途的恐惧心理：那投宿的旅店也许暗藏着可怕的机关，那搭载的行人也许包藏着不良的祸心。而促使作者去表现商人的这种恐惧心理的，也自是那种关注和同情商人的精神。诸如此类的表现，在后来的唐五代文言小说中，可以说成了一个常见的主题，而《幽明录》则开了他们的先河。

《买粉儿》是《幽明录》中最有趣的故事之一，作者在此表现出他对商人阶层的爱情生活的关注与欣赏。它描写了一个少年与一个卖粉商女的刻骨铭心的爱情，最终爱情的力量战胜了死亡的阴影：

有人家甚富，止有一男，宠恣过常。游市，见一女子美丽，卖胡粉，爱之。无由自达，乃托买粉，日往市，得粉便去，初无所言。积渐久，女深疑之。明日复来，问曰：“君买此粉，将欲何施？”答曰：“意相爱乐，不敢自达；然恒欲相见，故假此以观姿耳。”女怅然有感，遂相许以私，克以明夕。其夜，安寝堂屋，以俟女来。薄暮果到。男不胜其悦，把臂曰：“宿愿始伸于此！”欢踊遂死。女惶惧不知所以，因遁去，明还粉店。至食时，父母怪男不起，往视，已死矣。当就殡敛，发箧笥中，见百余裹胡粉，大小一积。其母曰：“杀我儿者，必此粉也！”入市遍买胡粉。次此女，比之，手迹如先。遂执问女曰：“何杀我儿？”女闻呜咽，具以实陈。父母不信，遂以诉官。女曰：“妾岂复吝死？乞一临尸尽哀。”县令许焉。径往，抚之恸哭曰：“不幸致此！

① 《太平广记》卷三一七。

若死魂而灵,复何恨哉!”男豁然更生,具说情状。遂为夫妇,子孙繁茂。[①]

南朝志怪小说中甚少人间恋爱的浪漫故事,而大都为幽明相恋的浪漫故事,而此其为一个显著的例外(唯其有一个死而复生的情节,所以才被作者看作是幽明故事),却是以一个卖粉商女作为女主角的,这颇使人感到意味深长。高门之女在出嫁之前,大抵是“养在深闺人未识”的,只有商女才会为生计而抛头露面,从而有机会成为最初的表现人间恋爱的传奇故事的女主角。而且这个卖粉商女的性格也很可爱,在那个少年的一往情深的爱情面前,她的反应是那么的自然而大胆,显示了一种只有市井女子才会有的青春活力。而男主角后来的死而复生,也正象征了这种青春活力的胜利。这个故事是如此的富于浪漫性与传奇性,以至后来也一直受到各代文人的喜爱,不断被改写和改编为各种戏曲与小说。在南宋皇都风月主人的《绿窗新话》里,它被改写为《郭华买脂慕粉郎》故事,男主角也一变而为一“家富好学,求名不达,遂负贩为商”的商人;元代曾瑞卿的《王月英元夜留鞋记》杂剧等戏曲,内容即依《绿窗新话》的这个故事;明冯梦龙《情史类略》卷十《买粉儿》、卷三《扇肆女》故事,其情节更接近《幽明录》,唯后者中女主角所业则改为卖扇(可参看拙著《中国文学中的商人世界》[②]第三章第二节第一项的相关介绍)。但不管有多少改动,这个商女的浪漫故事,在后来的一千多年里,一直广为流传,受到文人和读者的喜爱。而这一切,都得归因于《幽明录》的作者,他对于商人的爱情生活有所观察,对于商人的情感世界有所把握,并且能以高明而热情的写作技巧和态度来表现之。

三、文人诗歌

当乐府诗歌和志怪小说已经开始正面表现商人的时候(尽管这种表现还是

① 《太平广记》卷二七四。

② 复旦大学出版社 2016 年第三版。

有限度的和刚刚起步的），作为主流文学的文人诗文却大致保持着沉默，基本上看不到对于商人的正面表现。当我们考虑到当时主流文学的性质，以及其作者的身份和地位时，这一点也就并不显得奇怪了。

先看诗歌。当时，略微涉及商人的文人诗歌也不是没有，只不过和乐府诗歌的正面表现商人的生活和感情不同，文人诗歌主要是表现了文人对于商人的态度和看法，因此二者并不处在同一个层次上。不过，由于这些略微涉及商人的文人诗歌比起前代诗歌来，已经透露了文人们对于商人的态度和想法，因而也许仍有略加注意的必要。尤其是其中所反映的一些基本观点，可以说已开了后代文学中类似看法的先河。

像此前的汉代诗人一样，魏晋南北朝诗人大体上也不甚注意商人。而当他们中的个别人对商人略加注意的时候，其态度也是各种各样的。比如说在宋何承天的《巫山高篇》里（这是一首乐府诗歌，但它与那些民间风格的乐府诗歌不同，我们把它看作是文人观点的反映），便表现了文人对于商人的同情态度：

> 巫山高，三峡峻。青壁千寻，深谷万仞。崇岩冠灵，林冥冥。山禽夜响，晨猿相和鸣。洪波迅澓，载逝载停。凄凄商旅之客，怀苦情……①

在此前的同题或同类诗歌中，并没有人注意到“商旅之客”的“凄凄”“苦情”（曹操《步出夏门行》的“逆旅整设，以通贾商”，以君主的口吻提出设想，要为往来商贾提供方便，其视角自然与此不同），因而这可以说表明了作者对于商人有了某种程度的观察，并且在观察时还持有了一定程度的同情（虽然这种观察和同情并非此诗的主要内容）。这样的观察和同情的出现，也许同样不是偶然的，而是南朝长江流域沿江贸易发达的反映。很多商人活跃在长江流域，也许在险峻的地段吃尽了苦头。这样的现实偶然进入了诗人的视野，便在诸如此类的诗歌中获得了表现。在后来唐五代的诗歌中，随着人道主义精神的高涨，对商人的危险表示同情的诗歌大量出现，此诗可以说已开了他们的先河。

---

① 《乐府诗集》卷十九。

庾信也许是当时对商人有过观察的少数诗人之一。在上文我们已经介绍过他对商船起航情形的描写，那种描写看起来是相当冷静而不带感情的。不过从他下面这首《对酒歌》（这也是一首乐府诗歌）可以看出，他之所以关注到商人，其实未必不是因为对于商人的奢侈生活有所羡慕，尽管他本人的生活其实一直甚为优裕：

> 春水望桃花，春洲藉芳杜。琴从绿珠借，酒就文君取。牵马向渭桥，日曝山头脯。山简接䍦倒，王戎如意舞。筝鸣金谷园，笛韵平阳坞。人生一百年，欢笑唯三五。何处觅钱刀？求为洛阳贾！①

促使诗人去羡慕商人的生活的，是那种享乐主义的人生观。商人能够赚得大量金钱，因而能够过奢侈的生活，从而使短促无常的人生显得较为欢乐而有意义，这就是诗人羡慕商人的理由。这种羡慕态度产生于南北朝时期，也并不让人觉得特别意外。因为当时的人生观的主流，便可以说是享乐主义的。只是有意思的是，连庾信这么一个出身贵族、生活一直很优裕的人，也竟然羡慕起商人的生活来，这颇使人感到意味深长。或许近世商人对于贵族的优胜，早已萌芽于贵族尚是全盛的时代了吧？不过不管怎么说，庾信对于商人的这种羡慕态度，特别是在后来商人势力全盛的时代，曾引起过很多文人的共鸣，庾信也开了他们的先河。

鲍照也许也曾留心过商人。他有一首《卖玉器者诗》（并序），注意到了一个卖玉器的商人，以及他的一次不成功的买卖。其序云："见卖玉器者，或人欲买，疑其是珉，不肯成市。聊作此诗，以戏买者。"②当然作者写此诗的目的，并不是要表现那个商人，而只是要借那个商人的遭际，来浇自己胸中的块垒；不过值得注意的是，他在表现自己的感怀时，借用了商人的经商行为作为道具，这暗示了他对商人已有所注意。不过，尽管他在这首诗里对商人还算友善，但是在另一首诗里，他却对商人提出了严厉的批评，那就是《观圃人艺植诗》：

---

① 《乐府诗集》卷二七。

② 《先秦汉魏晋南北朝诗》宋诗卷九。

> 善贾笑蚕渔，巧宦贱农牧。远养遍关市，深利穷海陆。乘轺实金羁，当垆信珠服。居无逸身伎，安得坐粱肉？徒承属生幸，政缓吏平睦。春畦及耘艺，秋场早芟筑。泽阅既繁高，山营又登熟。抱锸垅上餐，结茅野中宿。空识己尚淳，宁知俗翻覆。[①]

其中将商人的生活与农民的生活作了对比，指出了二者间劳逸贫富的不均，肯定了农民的生活方式，非难了商人的生活方式。就其基本观点而言，自是传统的重农轻商观念的反映。不过这也许是第一首表现这种观点的诗歌，在后来的诗歌中它曾得到过很多共鸣。此诗还有一点也颇值得注意，那就是诗人尽管不是农民，但是在非难商人的时候，却很乐意和农民认同，以农民的生活作为自己理想的参照物。后来的很多诗人，在批评商人的生活时，也具有类似的倾向。这里面自有一种“田园牧歌”的心理在作怪，不过另外一种心理也不容否认，那就是文人之所以喜欢与农民认同，还是因为他们也往往像农民一样，不善于通过经商行为来致富。“居无逸身伎，安得坐粱肉”云云，正是这种心理的写照吧？因此他们之愿意为农民说话，其实也无非是想借农民来代自己宣泄。我们实在不必信以为真，以为文人更愿意过农民的生活（除了个别老实人如陶渊明之外）。然而，“空识己尚淳，宁知俗翻覆”云云，正说明了一般的社会现实几乎总是更倾向于商人阶层，而不甚重视农民或一般士人的。

而在曹植那里，比较的对象虽为上古隐士，但欲借此彰显商人的不是，其批评态度则毫无二致：“巢许蔑四海，商贾争一钱！”[②]文人的眼里有的只是“四海”，当然看不起“争一钱”的商贾。

从当时文人诗歌的全体来看，即使是略微涉及商人的诗歌，也只有以上这寥寥几篇，更不要说是正面表现商人的诗歌了。因而不能认为在当时的文人诗歌中，表现商人生活已经形成了某种气候。不过倘和前代诗歌相比，则当然可

① 《先秦汉魏晋南北朝诗》宋诗卷九。

② 《先秦汉魏晋南北朝诗》魏诗卷六引乐府断句。

以说仍是有进步的。尤其是其中所表现的对于商人的几种态度，可以认为已经开了后来诗歌的先河。

四、散　文

再看散文（这里的散文取广义的概念，包括骈文和辞赋）。与当时的文人诗歌相比，在表现商人方面，魏晋南北朝的散文并不更为出色。虽然在魏晋南北朝时期，散文也有了巨大的发展，尤其是在骈文领域，但是在表现商人方面，相对于前代散文而言，此时期的散文却并无多少进展，没有取得相应的成绩。具体来说，一是此时期的散文同样很少涉及商人，与此时期散文的巨大数量不成比例；二是那些偶尔涉及商人的散文，多属于实用性的文体，而非审美性的文体，所以同样很少见对于商人的文学性表现；三是那些实用性的散文即使涉及了商人，如王彪之的《整市教》①、傅玄的《检商贾》②、梁简文帝的《移市教》③等，其态度和立场也以消极的居多，而很少表示理解或同情的。总之，在表现商人方面，魏晋南北朝散文与当时的文人诗歌情况相似，远比不上当时的乐府诗歌和志怪小说。

不过尽管如此，如果仔细观察的话，微妙的变化也不是完全没有。比如在承袭汉代京都题材大赋而来的左思的《三都赋》里，便可以看到对于市场的更为生动细腻的描写，显示出作者对于市场的更为浓厚的兴趣，而这在当时的其他文体里是看不到的。下面我们就来看一下其中描写三国都城中市场交易和商人生活的段落：

> 亚以少城，接乎其西。市廛所会，万商之渊。列隧百重，罗肆巨千。贿货山积，纤丽星繁。都人士女，袨服靓妆。贾贸墆鬻，舛错纵横。异物崛

① 《全晋文》卷二一。

② 《全晋文》卷四七。

③ 《全梁文》卷九。

诡,奇于八方。布有橦华,面有桄榔。邛杖传节于大夏之邑,蒟酱流味于番禺之乡。舆辇杂沓,冠带混并。累毂叠迹,叛衍相倾。喧哗鼎沸,则哤聒宇宙;嚣尘张天,则埃壒曜灵。阛阓之里,伎巧之家,百室离房,机杼相和。贝锦斐成,濯色江波,黄润比筒,籯金所过。侈侈隆富,卓郑埒名。公擅山川,货殖私庭。藏镪巨万,釽摫兼呈。亦以财雄,翕习边城。三蜀之豪,时来时往。养交都邑,结俦附党。剧谈戏论,扼腕抵掌。出则连骑,归从百两。(《蜀都赋》)①

于是乐只衎而欢饫无匮,都辇殷而四奥来暨。水浮陆行,方舟结驷,唱棹转毂,昧旦永日。开市朝而并纳,横阛阓而流溢。混品物而同廛,并都鄙而为一。士女伫眙,商贾骈坒。纻衣絺服,杂沓傱萃。轻舆按辔以经隧,楼船举颿而过肆。果布辐凑而常然,致远流离与珂珹。緐贿纷纭,器用万端。金镒磊砢,珠琲阑干。桃笙象簟,韬于筒中。蕉葛升越,弱于罗纨。泾𧮫宩𦏱,交贸相竞。喧哗喤呷,芬葩荫映。挥袖风飘,而红尘昼昏;流汗霡霂,而中逵泥泞。富中之甿,货殖之选,乘时射利,财丰巨万。竞其区宇,则并疆兼巷;矜其宴居,则珠服玉馔。(《吴都赋》)②

廓三市而开廛,籍平逵而九达。班列肆以兼罗,设阛阓以襟带。济有无之常偏,距日中而毕会。抗旗亭之峣嶭,侈所覜之博大。百隧毂击,连轸万贯。凭轼捶马,袖幕纷半。壹八方而混同,极风采之异观。质剂平而交易,刀布贸而无算。财以工化,贿以商通。难得之货,此则弗容。器周用而长务,物背窳而就攻。不鬻邪而豫贾,著驯风之醇酞。白藏之藏,富有无堤。同赈大内,控引世资。賨幏积墆,琛币充牣。关石之所和钧,财赋之所底慎。燕弧盈库而委劲,冀马填厩而驵骏。(《魏都赋》)③

以之与张衡《西京赋》中的类似描写相比,可以看出既有承袭张衡的地方,如描

① 《文选》卷四。

② 《文选》卷五。

③ 《文选》卷六。

写的顺序、结构和语气等，也有比张衡“踵事增华”的地方，如描写所花篇幅和力气有所加大，对于货物的品种、市场的氛围、商人的奢华，描写更富于细节的真实性和临场感。尤其是《吴都赋》的“水浮陆行，方舟结驷，唱櫂转毂，昧旦永日”，“轻舆按辔以经隧，楼船举驭而过肆”等，写出了江南水乡市场的临水特点，让人联想到后来宋人的《清明上河图》，透露了六朝江南开始繁华的新鲜气息。

不过，《三都赋》中上述这种对于市场的描写，仍不过是汉代京都题材大赋的延续，可以说还是以“承上”为主；而更具有“启下”意义的，则是这时期出现的专以市场为题材的辞赋，或类似题材的其他体裁的文章，如成粲的《平乐市赋》、成公绥的《市长箴》等。它们好像是聚焦于京都题材辞赋中的市场，将之从附庸地位独立出来，发展为一种新的题材，从而形成为一类新的文章。这类文章并没有完整地留存下来，但即使从其断章残简中，我们也还是能够感受到一丝新鲜气息。先看成粲的《平乐市赋》：

> 惟市之由兴，自帝炎之所创。聚财货以利用，盖私事之莫尚。尔乃巷列千所，罗居百族，街衢相望，连栋接屋。则能目语额瞬，动颏塞鼻。谈智于尺寸之间，窥窬于分毫之利。①

想来应该是利用辞赋的铺陈特点，尽可能详细地描写市场的方方面面。这样的文章是前代没有过的。再看成公绥的《市长箴》：

> 贸迁有无，市朝有处。人以攸资，货以攸叙。交易而退，各得其所。曹参相齐，清净以义。奸不可扰，顾托有寄。市臣掌肆，敢告执事。②

“市长”就是市场管理员。对市长感兴趣，也就是对市场感兴趣，因而可以看作是市场题材辞赋的衍生物。这样的文章也是前代从未有过的。

这类专以市场为题材的文章，直接引出了后来唐代的类似作品，如刘禹锡的《观市》、李远的《日中为市赋》、罗隐的《市赋》等（它们都有完整的留存）。虽

---

① 《全晋文》卷八六。

② 《全晋文》卷五九。

然前者的深度不及唐代作品，但它们的共同特点是对于市场有浓厚兴趣。这显示了商品经济在中世的不断发展，以及文人们对市场的关心度的提高。市场已受到了文人们独立的关注，被认为具有独立的描写价值。当然，它们还谈不上是对于商人的直接表现，但是作为对于商人的直接表现的背景，它们的存在和发展仍是值得注意的。

而从左思的《三都赋》对于汉代京都题材辞赋的“承上”，到成粲的《平乐市赋》等对于唐代同类题材文章的“启下”，正说明了魏晋南北朝文学在表现商人方面的桥梁作用。

不过总的说来，魏晋南北朝文人诗文对于商人的表现，远不及当时的乐府诗歌和志怪小说。这表明了作为主流文学的诗文领域，暂时还不会向商人阶层全面开放。北魏贾思勰的《齐民要术》历载有利于国计民生的行业，“起自耕农，终于醯醢，资生之业，靡不毕书”，却独独把商业排除在外，“舍本逐末，贤哲所非，日富岁贫，饥寒之渐，故商贾之事，阙而不录”①。这正是当时文人对于商业的典型态度，也是当时诗文回避商人的极好象征。

如上所述，魏晋南北朝文学对于商人的表现，比起前代文学来已经有了相当的进步。在当时的乐府诗歌和志怪小说中，都已出现了若干正面表现商人的作品，表现了商人的生活与情感，他们的恐惧和梦想；这类作品的数量比前代有所增加，其表现范围也比前代有所扩大；尤其是在相当多的方面，已开了后代文学的先河。然而即使有了相当的进展，倘就整个当时的文学而言，有关商人的表现还谈不上什么重要比重，离主流文学也相距遥远，而且大致上被主流文学湮没不显。

原载《上海大学学报》第 11 卷第 5 期（2004 年 9 月）；续有修订；
此据《中国文学中的商人世界》第三版（复旦大学出版社 2016 年版）收入。

① 《齐民要术序》，《全后魏文》卷三九。

魏晋南北朝赋的忧思精神

吴兆路

东汉后期,作为一代文学正宗的大赋,已渐渐失去其赖以存在的社会基础,而逐步为"体物写志"(《文心雕龙·诠赋》)、"叙物以言情"(刘熙载《艺概·赋概》)的抒情小赋所取代。抒情小赋与汉代大赋的区别,不只是体现在篇幅的长短方面,更表现为内容方面的显著异趋。汉大赋多"为文而造情"(《文心雕龙·情采》),歌功颂德、"润色鸿业"(班固《两都赋序》);魏晋南北朝赋所表现的内容,则离开了京殿帝苑、游猎娱宴,转向丰富的人世生活和广阔的社会自然。它们充满了赋家的忧思哀叹。

一、恨圣时之不遇,悼民生之多艰

东汉末年,尤其是建安以后,社会陷入空前的动荡不安。先是三国争雄,嗣有"八王之乱"和"五胡乱华",东晋和南朝偏安江左,皇室迭代又如走马灯一般……整个魏晋南北朝,充满动乱、流徙、兵燹和屠戮。对现实的失望和对民生疾苦的忧伤,构成了魏晋南北朝赋的一大主题。应玚的《愍骥赋》感叹:"愍良骥之不遇兮,何屯否之弘多。"庾信的《哀江南赋》说道:"民枕倚于墙壁,路交横于豺虎。"这是一幅多么凄残的景象。其序亦云:时逢"山岳崩颓""春秋迭代"之际,"天意人事,可以凄怆伤心者矣!"潘岳在《寡妇赋》中也言道:"斯生民之至艰，而荼毒之极哀。”

束皙有一篇《劝农赋》，表现了对社会下层农民的同情，对贪污官吏的憎恨。赋中写道：

> 惟百里之置吏，各区别而异曹。考治民之贱职，美莫当乎劝农。专一里之权，擅百家之势。及至青幡禁乎游惰，田赋度乎顷亩，与夺在己；良薄决口，受饶在于肥脯，得力在于美酒。……定一以为十。拘五以为二，盖由热啖纡其腹，而杜康咥其胃。

美酒佳肴，可以把坏说成好；杜康热啖，可以“定一以为十”。这便是“劝农”小吏的嘴脸！他们“专一里之权，擅百家之势”，为所欲为，欺压百姓。农民不仅受到经济方面的敲诈勒索，同时也受到精神方面的摧残和奴役。

这都是时代带来的灾难。诚如庾信《伤心赋》中所说：“天下丧乱，王室板荡，生民涂炭。兄弟则五郡分张，父子则三州离散。地鼎沸于袁曹，人豺狼于楚汉。”吕安的《骷髅赋》则又形象地给我们描述了这种“生民涂炭”的情状：“踌躇增愁，言游旧乡。惟遇骷髅，在彼路旁。余乃俯仰咤叹，告于昊苍：此独何人，命不永长，身销原野，骨曝大荒？”如此描写荒野饿殍的景象，这在赋史上可谓是第一次。稍后的颜延之，曾写过一篇《行殣赋》，其内容也大致与《骷髅赋》相同。这一切表明，魏晋南北朝的赋家已步出汉大赋的樊篱，而真正走向广漠的社会人生。

二、诚与国共忧患，悲有志不得展

魏晋南北朝时期的作家中，很多人都有一种强烈的忧患意识。他们关心现实，忧虑民生，更盼望着能与国分忧解难。潘岳《哀永逝文》说：“忧患众兮欢乐尟”；谢惠连《秋怀》诗也言及：“平生无志意，少小婴忧患”；素有雄心大志，渴望建功立业的曹植，更一再表示：“志欲自效于明时，立功于圣世”，“诚与国分形同气，忧患共之”（《求自试表》）；“闲居非吾志，甘心赴国忧”（《杂诗》）。但是，他的理想始终未能实现，反倒屡遭贬徒，以至最后抑郁忧愤而死。他的赋，大多表现了他的期盼、失落和愤闷，具有很高的审美价值。

“亮吾志之不从，乃拊心以叹息”。他有满腔热血，却得不到理解，满腹经纶却无处施展，悲伤之情，遂油然而生：“内纡曲而潜结，心怛惕以中惊。匪荣德以累身，恐年命之早零。”曹植还有一篇《白鹤赋》，同样抒发了他心中的不平与苦闷。身陷罗网的白鹤，虽“含奇气”，“皓丽”无比，但“遘严灾而逢殃”之后，也只得“抑吞声而不扬”：“恒鼠伏以穷栖，独哀鸣而戢羽。”充满了一种强烈的孤独感和失落感。这种孤苦悲哀的情绪，在其《离缴雁赋》及《鹞雀赋》中，也有类似的表现。他的《神龟赋》也是借神龟的不幸遭遇发泄自己的郁结和不平，寄寓了作者的身世之感，表达了曹植理想破灭后的一种哀怨和愤懑。

王粲与曹植的心灵有相通之处。他也极富才学和理想。但他避难荆州依附刘表十多年，却一直未被重用。这使王粲心中十分痛苦与不安。其《登楼赋》说：“遭纷浊而迁逝兮，漫逾纪以迄今。……惟日月之逾迈兮，俟河清而未极。冀王道之一平兮，假高衢而骋力。惧匏瓜之徒悬兮，畏井渫之莫食。”本想登楼“销忧”，但登高远望的结果，反而更“气交愤于胸臆”：功名未就，有家难归，遂使得他“心凄怆以感发兮，意忉怛而憯恻”，以至“夜参半而不寐兮，怅盘桓以反侧”。应玚的《愍骥赋》，也通过“良骥之不遇”的描写抒发了自己怀才不遇、抑郁气愤的情怀。良骥“愿浮轩于千里兮，曜华轭乎天衢。……展心力于知己兮，甘迈远而忘劬”，盼望着能一展才力，但“悲当世之莫知”。虽身怀“殊姿”又有“抱精诚”“抱天飞”的本领，却无人赏识。因此，若“制衔辔于常御”“安获骋于遐道”。

这种抒发自己忧思报国情怀，而又有志不得展的赋篇，犹如同时期的诗歌创作一样繁富。除上述之外，另如曹植的《鹖赋》《蝉赋》《九愁赋》《潜志赋》，阮籍的《鸠赋》《猕猴赋》，夏侯湛的《猫兔赋》，陆机的《述思赋》《感时赋》，潘尼的《怀恨赋》，张华的《鹪鹩赋》，鲍照的《舞鹤赋》等等，可以说，都属于同一种思绪，同一种情调，同一种苦闷，同一种哀伤。

三、情怅恨而顾望，心郁结其不平

魏晋南北朝赋中，曾出现大量描写妇女或与女子有关的篇章。或揭示妇女的悲惨遭遇，对她们的不幸寄以同情；或表现男女间的爱慕与思念，对他们的无法结合乃至理想的破灭深致叹惜。……总之，这里展现的是一种怅恨之情，忧伤之情。这是文学创作出现的一种新气象。两汉之际，儒学独尊，纲常名教甚严，妇女在社会上根本没有地位。建安以后，随着儒学的衰微和个体意识的增强，一些多愁善感的文人开始注意到女子的内心世界。于是，赋坛上便出现了很多反映妇女生活情感的篇章。曹丕有一篇《出妇赋》，便抒写了一妇女因无子而被休弃的哀怨：

> 思在昔之恩好，似比翼之相亲。惟方今之疏绝，若惊风之吹尘。夫色衰而爱绝，信古今其有之。伤茕独之无恃，恨胤嗣之不滋……信无子而应出，自典礼之常度。悲《谷风》之不答，怨昔人之忽故。被入门之初服，出登车而就路。遵长涂而南迈，马踌躇而回顾。野鸟翩而高飞，怆哀鸣而相慕。……情怅恨而顾望，心郁结其不平。

从中我们仿佛看到一位内心充满怅惘与痛苦的弃妇一步三回首离去的情景。确实令人伤心不已。曹植与王粲都曾写过同一题目的赋，其意与曹丕之作大体相似，表现了弃妇那种“摧颓而失望”的“冤结”和“愁苦”。

《寡妇赋》则是曹丕写另一部分妇女的不幸的。这篇赋原为阮瑀遗孀而作。赋中写道：“历夏日兮苦长，涉秋夜兮漫漫。去秋兮就冬，改节兮时寒。水凝兮成冰，雪落兮翻翻。伤薄命兮寡独，内惆怅兮自怜。”一年四季，风霜雪雨，寡妇都在凄苦艰辛中熬过。描写此类题材的同名作，魏晋赋家中还有王粲、丁廙、潘岳等。他们的作品，皆从不同角度抒发和描摹了这群不幸妇女“忉怛”“摧心”（潘岳语）、“憯结”“凄怆”（王粲语）的悲切心情。

应玚的《正情赋》，曹植的《感婚赋》《愍志赋》《静思赋》，陈琳的《止欲赋》《神女赋》，王粲的《闲邪赋》《神女赋》，张华的《感婚赋》《永怀赋》，陶潜的《闲情赋》等等，则又把我们带向另外一种情感世界：丽质绰约的年青女郎，对爱情充满了渴望，但拘于礼防，又无良媒，因而，心愿无法得到满足，理想难以得到实现，于是充满忧思与哀怨，饱含作者无限惋惜和感伤。如王粲《闲邪赋》："发棠棣之春华，当盛年而处室。恨年岁之方暮，哀独立而无依。"阮瑀《止欲赋》中的淑女，亦绝代佳丽，多愁善感："颜炯炯以流光，历千代其无匹。……伤匏瓜之无偶，悲织女之独勤。"曹植的《愍志赋》，又写了一个因"时无良媒"、迫于礼法而"遂行适人"的少女的哀怨。这类作品的典型是曹植的《洛神赋》。作者以其酣畅的笔墨、饱满的激情、丰富的想象，讴歌了一位理想的女性，并表达了自己的思念和爱慕之情。正是这位洛神，"华容婀娜，令我忘餐"，但"恨人神之道殊"，到头来，仅留下"遗情想象""泪流襟之浪浪"，到了失魂落魄的境地。

此外，梁元帝的《荡妇秋思赋》及庾信的《荡子赋》等，则又向人们诉说了夫妻分离、男人远去而妻子独守闺房的愁怀："荡子之别十年，倡妇之居自怜。登楼一望，惟见远树含烟。平原如此，不知道路几千？……相思相望，路远如何！鬓飘蓬而渐乱，心怀愁而转叹。"思妇登楼，极目远望：天苍苍，夜茫茫，浪迹天涯的夫君，几时能回乡？日复一日，年复一年，使她望眼欲穿，黯然神伤。

"凡斯种种，感荡心灵，非陈诗何以展其义？非长歌何以骋其情？"（钟嵘《诗品序》）那些弃妇的哀怨，寡妇的孤苦，思妇的愁叹，还有少女的顾影自怜、男女间爱情的无法实现等等，无不饱含着作者的忧思和伤感。

四、叹天地之悠悠，嗟人生之短暂

动荡的时代，不幸的遭际，使魏晋南朝文化时期的人逐步从汉代儒学观念的束缚中解放出来。他们开始考虑人生的真谛，反思自己存在的价值。个体觉醒了。

这首先表现在：他们开始重视自己生前与身后的名声。曹丕《与王朗书》便称:“生有七尺之形,死唯一棺之木,唯立德扬名,可以不朽。”其次是任情不羁。或唯己之好尚是从,或尽情地享受人生。《世说新语·任诞篇》就曾言到“阮籍遭母丧”后,在晋文公处,照样“饮酒食肉”,置世俗的那些礼法于不顾,而且“神色自若”。这种任性纵情的思想,在当时文学作品中也有一定的反映。谢惠连《秋怀诗》云:“未知古人心,且从性所玩。宾至可命觞,朋来当染翰。”潘岳也说:“人生不能行乐,死何以虚谥为?”(《笙赋》)所以,应及时“浮杯乐饮”,“顿足起舞”,除了“人生安乐,孰知其佗?”(《闲居赋》)这种态度,自然包含有他们对人生的无限眷恋和对人性的真切体认。但是,当体会到生之可贵的时候,那么生之悲哀也便接踵而至。此时的许多作家都流露有人生短促的感慨。

陆机的赋篇颇具有代表性。他在《文赋》中便提出“遵四时以叹逝,瞻万物而思纷”,而尤为“悲落叶于劲秋”,这是因为“秋”往往与凋零、衰亡有关。刘公幹《赠五官中郎将》即有“秋日多悲怀”句,潘岳也曾“以秋兴命篇”写作《秋兴赋》,同是“嗟秋日之可哀”的。陆机的《叹逝赋》,则把这一感伤的情绪发挥到了极致:

> 伊天地之运流,纷升降而相袭。日望空以骏驱,节循虚而警立。嗟人生之短期,孰长年之能执。……悲夫!川阅水以成川,水滔滔而日度。世阅人而为世,人冉冉而行暮。

他还有一篇《大暮赋》更径直发问:“夫何天地之辽阔,而人生之不可久长?”陆云《岁暮赋》也说:“感万物之既改,瞻天地而伤怀。”在这种咏物感叹中,强烈抒发了一种生命短促、人世无常的悲哀。它在建安后相当一段时间内,几乎成为整个时代的代表性情调。

魏晋南北朝的文人,在这同一哀伤、同一感叹、同一种思绪、同一种音调的吟咏中,最终似乎从人世沧桑中悟出了一点生命的真谛,这就是永恒的“自然”。他们把世间万物的生衰消亡视为宇宙间的唯一存在:“伊天地之运流,纷升降而相袭。……经终古而常然,率品物其如素。譬日及之在条,恒虽尽而弗寤。虽不寤其可悲,心惆焉而自伤。亮造化之若兹,吾安取夫久长?”(陆机《叹逝赋》)

认为人生也不过是自然的一部分:“浑万象以冥观,兀同体于自然。”(孙绰《游天台山赋》)自然界的一切,无不瞬息万变、转眼即逝,而人的生死得失,自然也应“终之以达”:“乐莫甚焉,哀莫深焉”。(陆机《大暮赋》)遗憾的是,“愍流俗之未悟,独超然而先觉。”(成公绥《啸赋》)诚如陆机《感丘赋》中所说:“仰终古以远念,穷万绪乎其端。伊人生之寄世,犹水草乎山河。……伤年命之倏忽,怨天步之不几。虽履信而思顺,曾何足以保兹?普天壤其弗免,宁吾人之所辞?”很显然,这已不仅是对年华易逝和人生短暂的感伤了,而是对整个现实存在的一种悲观了。这是一种更深层次的忧思!是一种宇宙本体意义上的忧思。当然,这种意识的产生,和正始以后玄学的盛行有密切关系。王弼的《老子》第二十九章注就曾提出“万物以自然为性”“圣人达自然之性”的理论。当文学家把这一理论溶入自己人生观和文学篇章中的时候,便必然表现为一种独特的思考与创造。

五、忧思精神的成因

魏晋南北朝赋中的这种特定精神现象——忧思的情调,究竟是如何形成的呢?笔者以为大致有以下几个方面因素。

其一是动荡不安的社会局势。魏晋南北朝时期,中国长期陷于纷争和战乱之中。社会动荡不安,百姓苦不堪言,文人亦朝不保夕。赋家们深感生不逢时,世事艰危,遂写出了大量忧国忧民、悲天悯人的抒情篇章。

其二是思想意识的重大转变。两汉时期,汉武帝“卓然罢黜百家,表彰六经”(《汉书·武帝纪》)。自司马相如起,汉赋便始终囿于经学的束缚之中,“或以抒下情而通讽喻,或以宣上德而尽忠孝,雍容揄扬”,“润色鸿业”(班固《两都赋序》)。至东汉末年,随着社会的急遽转变,思想领域也呈现出多元化趋势,儒学遂渐渐失去其独尊的地位。汉末魏晋的思想学术,初为刑名家说,表现为人物才性品评的理论;正始以后则发展为以老庄思想为基础的玄学。这为士人个体意识的觉醒起了极大的推动作用。尤其是玄学，其重在“得意”“忘形”（《晋书·阮籍传》），追求玄远超脱，崇尚自然，不守名教，这都是与儒学经义格格不入的；人们醉心于饮酒服药，纵情任性，倾慕隐居，希企能增加自己生命的长度和密度，这都是个性独立的鲜明标志。这种思想表现在文学作品中，便是对自身遭际的咏叹和以迁逝流转为中心的感伤主义情调的弥漫。

其三是文人地位的提高和文学创作的独立。两汉时期，由于皇权政治的干预、利禄之途的诱惑，文人不过是朝廷的倡优和弄臣，根本没有自己独立的人格。汉末建安以后，文人的地位有了显著改变和提高。“魏武以相王之尊，雅爱诗章；文帝以副君之重，妙善辞赋；陈思以公子之豪，下笔琳琅：并体貌英逸，故俊才云蒸。”（《文心雕龙·时序》）邺下诸子与曹丕交往甚密：“行则连舆，止则接席，何曾须臾相失？”（曹丕《与吴质书》）而曹植与文士们更是形影不离，“常好人讥弹其文，有不善者应时改定”（曹植《与杨德祖书》）。他们之间是君臣关系，更是朋友交谊。与此相一致，文学观念也日趋成熟和独立。曹丕《典论·论文》曾提出“诗赋欲丽”的观点，并把文章视为“经国之大业，不朽之盛事”，一反传统的儒家文学观，摆脱了汉人以经立论的束缚，从而把文学真正纳入独立发展的道路。

其四是文学传统方面的影响。魏晋南北朝赋中忧思情调的形成，与文学传统有着一定的联系。首先，“感于哀乐，缘事而发”（《汉书·艺文志》）的汉乐府民歌，此时便颇受三曹及建安七子等上层文人的重视和青睐。刘勰《文心雕龙·乐府》篇即言道：“魏之三祖……或述酣宴，或伤羁戍，志不出于慆荡，辞不离于哀思。”事实上，“哀思”“慆荡”正是乐府古题的特色。张衡《南都赋》曾有一段对相和歌演奏的描写：“结九秋之增伤，怨西荆之折盘。弹筝吹笙，更为新声。寡妇悲吟，鹍鸡哀鸣。坐者凄欷，荡魂伤精。”这不仅对后来的诗歌创作有影响，魏晋南北朝的赋篇同样受到一些感染。其次，抒情短赋的出现，也并非魏晋南北朝所肇始。实际上，即使在大赋弥漫的汉代，也还有司马迁的《悲士不遇赋》、扬雄的《逐贫赋》、张衡的《骷髅赋》等短制。这对魏晋南北朝的赋家来说，无疑也提供了某些借鉴。再就是拟作风气的盛行。魏晋南北朝时期，尤其是魏晋作家，就同一类题材或同一个题目作文的风气很盛。这可以与前人或时贤的才能一较短长，又是露才扬己的好方法。《文选》潘岳《寡妇赋》注引魏文帝《寡妇赋序》曰："陈留阮元瑜，与余有旧，薄命早亡，故作斯赋以叙其妻子悲苦之情，命王粲等并作之。"《寡妇赋》是如此，其《大暑赋》《骷髅赋》《车渠碗赋》等同样有这种情况。这一拟作风气，至南北朝仍相沿不衰。这就使我们明白了为什么在读魏晋南北朝时期作家的集子时常有同一题材或同一题目的作品出现。这无疑也是此时抒情小赋尤为繁盛的一个重要原因。

原载《复旦学报(社会科学版)》1992 年第 5 期

纸简替代与汉魏晋初文学新变

查屏球

迄今为止，中国文学的物质载体大体上经历了甲骨、金石、竹帛、纸张、印本及电子这几个阶段。每一种文本载体形式的变化，对于各阶段的文学发展均产生了较大的影响。从汉魏到晋初，是中古文学一个重要的转变期，也是文学文本由简册向纸质过渡的转换期，当时文学的走向与文本载体形式转换有着比较明显的关系，其中有很多特殊的现象都可以由此得到解释。

一、简纸并用与简重纸轻的观念

文字载体作为文化传统的主要载体之一，其每种形态的产生虽是生产技术发展的结果，但它的兴替并不完全取决于技术的先进性，更重要的还与人们的文化观念转变相关。纸作为一种新兴的传播手段，曾与简册这种旧的文字载体长期共存过，简纸的替换经历了一个较长的过渡期。

科技史学者根据考古实物考证出，早在西汉武帝时代(公元前 141—87)即有纸了，在西北地区还发现了王莽时代(1—23)的绘有地图或写有文字的纸。①应劭《风俗通义》记："光武车驾徙都洛阳，载素、简、纸经凡二千辆。"刘秀于公元

① 潘吉星《中国科学技术史・造纸与印刷卷》，科学出版社 1998 年版，第 49—58 页。

25 年入洛阳，这些纸书至少应是在王莽朝时就有了。正史正式记载纸的事情是《后汉书·蔡伦传》，时间是公元 105 年。纸史研究者多认为蔡伦不是纸的发明者，只是造纸技术的改良者，对纸的普及起到了相当大的推动作用。但是，由相关文献看，西汉及东汉前期，书籍的主要形式仍是竹简。如《太平御览》卷六〇六引应劭《风俗通》：

> 刘向为孝成皇帝典校书籍二十余年，皆先竹书，改易刊定，可缮写者，以上素也。由是言之，杀青者竹，斯为明矣。今东观书，竹素也。①

皇家图书馆藏书也是先以竹简为稿本，再以帛书作为定本，这是西汉末的事。前些年出土的尹湾汉简，其中俗赋《神乌赋》一卷比较完整地保存当时书的形态，它是西汉王莽朝的民间书籍的一个缩影。又如《后汉书·儒林传》记："董卓移都之际，吏民扰乱，自辟雍、东观、兰台、石室、宣明、鸿都诸藏典策文章，竞共剖散，其缣帛图书，大则连为帷盖，小则制为縢囊。及王允收而西者，载七十余乘。"这些书可以拿去作车篷与布袋，就是因为制作这些书的材料本身就是昂贵的布帛。这也可表明东汉皇家图书馆藏仍以帛书为主，纸书仍是不多的。

其时最重要的书籍应是儒家经籍，而这些书仍是以简册制成的。如《后汉书》卷三九《周磐传》：

> （汉安帝）建光元年……既而长叹："岂吾齿之尽乎！若命终之日，桐棺足以周身，外椁足以周棺，敛形悬封，濯衣幅巾。编二尺四寸简，写《尧典》一篇，并刀笔各一，以置棺前，云不忘圣道。"

安帝建光元年即公元 121 年，这也正是"蔡侯纸"流行的时期，但周磐所用仍是"编简"以及制作简册的"刀笔"。此事足可证明，简册之书并没有随着纸的出现而消失。

朝廷官府正式文书通用简牍，这一情况至东汉末也没改变。如由蔡邕（132—192）《独断》所论公文格式看，当时官府仍流行简册。又如《三国志·张

① 王利器《风俗通义校注》，中华书局 1981 年版，第 494—495 页。

既传》注引《魏略》云："张既，世单家富，为人有仪容，少小工书疏，为郡门下小吏，而家富。自惟门寒，念无以自达，乃常畜好刀笔及版，奏伺诸大吏，有乏者辄给与，以是见识焉。"①此处所记也应是东汉灵帝初期(168—190)的事，当时官府书写用具仍是"刀笔及版"。又如《三国志》卷六四《孙綝传》注引《江表传》言："作版诏敕綝所领皆解散。"②考其时间是孙吴太平三年(258)。关于此事还有实物证据，1996 年在湖南长沙走马楼发掘出东吴简牍十万多片，上面有百万字，多是仓库记账簿籍，也有少部分公文，其中写有汉献帝建安年号与孙权的赤乌(238—251)年号。这十万多片简牍集中堆放在三口井中。这显然不只是为了存放档案。当时正是纸简替代的时期，估计在使用纸本之后，这些竹木文档才会被废弃集中堆放在一起。由此所用孙权年号一事看，简册为纸完全取代是相当迟的，至少晚于"蔡侯纸"一百多年。

简纸共存与简纸替换时间之长，是因为纸作为一种先进传播工具，其高级形态在相当长的时间内仍为少数人掌有。这一点可由蔡伦造纸一事的背景见出。《资治通鉴》卷四八记邓后即位后，"郡国贡献，悉令禁绝，岁时但供纸墨而已"。在她仅限的几样贡品中，纸已列具其中。蔡伦献纸时间也在这一时期，显然他造纸应是出于邓后对纸的特殊要求。这表明，皇宫里用的纸仍是一种比较特殊的书写材料。由当时的科技水平看，造纸术还是一门相当复杂的工艺技术，"蔡侯纸"是由宫廷专门机构研制出来的，也只能是宫廷贵族独享的"专利"。这种先进的造纸技术普及到民间势必需要相当长的一个过程，民间生产纸的工艺较宫廷简单得多，所产的纸质量都不高，书写效果不佳，尚不能取代简册。纸虽是一种新兴的文字载体，但与传统载体简册相比，它制作工艺与生产工具复杂，最初的制作成本并不比简册低，在民间流行的纸想必形制粗糙且易破损。因此，在纸问世之初，人们多将之视为一种非正式的文本载体，并形成了一种观

① 《三国志》卷一五《魏书·张既传》。

② 《三国志》卷六四《吴书·孙綝传》。

念：简重纸轻。如《艺文类聚》卷三一引汉顺帝时的学者崔瑗(78—143)《致葛龚书》："今送《许子》十卷，贫不及素，但以纸耳。"①此处，他将纸与素分开，表明当时珍贵的东西都是写在素上，纸还只是一种次等的记录用具。葛龚是汉安帝时(107—125)的人，此事应在"蔡侯纸"流行二十多年后了，但纸的地位仍是较低的。又如《三国志·魏志》卷二注："胡冲《吴历》曰：'帝以素书所著《典论》及诗赋饷孙权，又以纸写一通与张昭。'"送国君以素书，送大臣则用纸书，这也说明至三国时，仍存在着以纸为贱的观念。又如《北堂书钞》卷一〇四所引《楚国先贤传》云："孙敬以柳简写经本晨夜习诵。"郭璞也曾云："青竹为简以去书虫。"②其时人们在论及正式文本时都好用"简""素"，而不提及"纸"，就是因为纸尚是粗糙之物，还不为人所重。

由现代考古实物看，自王莽新朝之后，用纸的情况明显增多，而且多出现于下层民间中，如在西北几处边防要塞遗址中，多处发现用于写字的纸。这说明这种质量不高的纸，在社会下层流传较广。趋简是多数社会成员的一种本能。对于多数不能享受特权的社会下层吏民来说，它是一种最廉价又是最方便的传播工具。纸的这种地位，决定了它在一开始就与下层文化有着密切的联系，较多地体现了下层俗文化的需求。如"五斗米教"及《太平经》的流行就是一个比较明显的例子。《后汉书·襄楷传》曰："初，顺帝时，琅邪宫崇诣阙，上其师于吉于曲阳泉水上所得神书百七十卷，皆缥白素、朱介、青首、朱目，号《太平青领书》。"这是帛书，但是，后来流传于世的并为张角与襄楷所藏的可能是纸书，否则，很难想象张角在宣传"太平教"时，能很快地将教义及道书传布天下。这可由当时道士用纸一事中得到旁证。《萧氏续后汉书》卷二三记："李意其，蜀郡人，有道术，昭烈欲伐吴，遣人迎之，既至访以吉凶，意其不答，而索纸笔，画兵马器杖十数纸已，便一一手裂之，又画一大人，掘地埋之，径去。"可见道教徒很早

① 欧阳询《艺文类聚》卷三一，上海古籍出版社1985年版，第560页。

② 以上二条材料均见《北堂书钞》卷一〇四，文渊阁《四库全书》本。

就利用纸作为传播工具。又如在《太平经》卷四中就有“丹书吞字”之说，其事不甚明了，但有可能就是后来道士使用“纸符”之事①。这些都可证明，这种新兴而粗糙的传播工具与民间俗文化有着密切关系。

纸的普遍使用与纸书的流行应是在东汉中后期（2世纪中叶），到汉末（3世纪初）进入了一个大发展时期，并于三国后期（3世纪中叶）完成了简纸的转换。如《艺文类聚》卷五八引《文士传》曰：“杨修为魏武主簿，尝白事，知必有反复教，豫为答数纸，以次牒之而行，告其守者曰：‘向白事，每有教出，相反复，若案此弟连答之。’已而有风，吹纸乱，遂错误，公怒推问，修惭惧，以实答。”此事表明在建安时纸已作为公文用具了。这可能与曹操有意推重纸有关。曹操曾下《掾属进得失令》曰：“自今诸掾属侍中、别驾，常以月朔各进得失，纸书函封主者，朝常给纸函各一。”②经董卓之乱后，维持原有简帛制度想必有困难，在这一背景下，纸的作用则突显出来。纸从原先次要的文本载体一举上升为主要的正式载体，开始成为人们记录文字与传播信息的主要工具。在当时魏、蜀、吴三地以及各类公私活动中都已普遍运用纸了。此类事例较多，兹不赘列。

由上可见，纸作为一种新型的文本载体，在其初，只有少部分人享用它的高级形态；流行于民间的只是粗糙之物，其便利性与简陋、低廉是联系在一起的，因而并不能取代简册的所有功能。旧的载体工具已凝固在了一种文化传统，与权力制度、正统地位联成一体。新兴载体工具在与旧的载体共处时，它们往往因处于“异端”地位而被忽视，并与一些非正统的文本关系更密切。唯有到了东汉末传统崩溃之时，文本载体才加快了新旧替换的进程。

二、纸本的便利与写作思维方式及文学价值观的变化

在现存文献中，傅咸《纸赋》最早论及简纸转换一事：

---

① 见《太平经》卷一〇八《庚部之六》以及卷八七与卷九二。

② 《汉魏六朝百三家集》卷二三《魏武帝集》，文渊阁《四库全书》本。

盖世有质文则治，有损益故礼随时变，而器与事易。既作契以代绳兮，又造纸以当策。夫其为物，厥美可珍，廉方有则，体洁性真，含章蕴藻，实好斯文，取彼之淑，以为此新，揽之则舒，舍之则卷，可屈可伸，能幽能显。[若乃六亲乖方，离群索居，鳞鸿附便，援笔飞书，写情于万里，精思于一隅。]①

傅咸是晋初人，经历过由简到纸的转变，对纸写这种新型载体的优越性感受颇深，因而具体描写出了纸的新型功能以及对文学创作的影响。这种影响主要体现在以下几个方面。

第一，纸取代简释放了写作空间，使创作思维获得了极大的自由。如傅咸赋中所述，当人们在脱离了笨重的简册木牍而使用轻便的纸张时，感到原藏于心底与吟于口中的东西都可以一下涌现于纸卷之上，人们可以不受简册空间拘束，尽兴地挥洒才情。由具作写作过程看，纸取代简之后，写作的思维方式发生了很大的改变。在纸前时代，简册刮削不易，素帛成本昂贵，手持刀笔的作者在简册之上写作仅能作一些局部修改，很难进行大幅度的改动，反复打草稿几乎是不可能的事。每一次正式写作多是一次性的，难以重复。因而，他们于正式写作前，多有长时间的构思腹稿的过程，即将每一个字都想好之后才能落笔成文。如《西京杂记》："司马相如为《上林》《子虚赋》，意思萧散，不复与外事相关，控引天地，错综古今，忽然如睡，焕然而兴，几百日而后成。"又《后汉书・王充传》记王充在写作时："乃闭门潜思，绝庆吊之礼，户牖墙壁，各置刀笔。"这种长时间思维活动对写作长篇作品来说是很艰苦的。如王充《论衡・对作》自言："愁精神而忧魂魄，动胸中之静气，贼年损寿，无益于性。"又桓谭《新论・祛蔽》言："余少时见扬子云之丽文高论，不自量年少新进，而猥欲逮及。尝激一事而作小赋，用精思太剧，而立感动发病，弥日瘳。子云亦言：成帝时，赵昭仪方大幸。每上甘泉，诏令作赋，为之卒暴，思虑精苦，赋成遂困倦小卧，梦其五脏出在地，以手收而内之。及觉，病喘悸，大少气，病一岁。由此言之，尽思虑，伤精神

① 《艺文类聚》卷五八，方括号内文字据《汉魏六朝百三家集》卷四六补入，文渊阁《四库全书》本。

也。"这些都反映了以简册写作时的思维活动是在一种很紧张的心理状态下进行的。因此,这一时期的文学作品或篇制不长,或如《子虚》《上林》《两京赋》之类作品,篇制虽长,但多排比成文,缺少变化,少了一种既一气贯穿而又跌宕起伏的文气。显然,这类作品多是分几次成文的,写作思维是断续的。作者由于过多考虑成熟的表达方式,也阻塞了内在之意的自然流露。以纸写作则有所不同,纸本简便且成本较低,作者可随意书写,将所思所想尽现于纸,并能完稿之后,反复修改,以求逐字之工。且纸本展舒方便,作者可于一纸之上展现全文内容,保持了思维的连续性,因而能有一种整体观,更重文气的流畅。曹丕《典论·论文》中的"文气"之说,之所以在这一时期出现,可能多少与纸简转换这一背景有一定的关系。写作工具的改进,作者突破了"慎重落笔"的心理障碍,写作思维更加自然流畅,作者可以用最快的手段捕捉到瞬间的心理反应与创作冲动,其内在之"意"向外在之"文"的转换变得更加直接与方便,这除了扩大了作品的容量之外,更扩大了创作思维的自由度,释放了作者的内在情思。写作思维方式的这种变化,应是纸本写作对简素写作一个最具革命性的改变。

《文心雕龙·神思》云:"淮南崇朝而赋骚,枚皋应诏而成赋,子建援牍如口诵,仲宣举笔似宿构,阮瑀据案而制书,祢衡当食而草奏。虽有短篇,亦思之速也。"淮南王刘安作《离骚》传注,不应是为文之例;史称枚皋思速所作,多应时短篇,少有佳作。刘勰在书中言及才速者多指曹植、王粲、阮瑀、祢衡等汉魏之士。他们身处简纸转换期,既受过传统的构思训练,又得纸写之便利,故更能表现出"倚马可待"的才思。又《后汉书·祢衡传》载:"黄祖长子射,时大会宾客,人有献鹦鹉者,射举卮于衡曰:'愿先生赋之,以娱嘉宾。'衡揽笔而作,文无加点,辞采甚丽。"点者,以笔灭字也,是简册写作涂记的方式,祢衡不用此法,一举成文。纸写释放了作者写作心理,这才有可能训练出一气呵成的写作技能。如此为文的方法与速度,对于用惯简牍写作的人来说,无疑是个奇迹,所以关于这方面的传说在这一时期也就比较多。这一现象也是当时写作方式变化的反映。

第二,纸与简、素相比,纸质轻便,改善了文本传播的条件,如傅赋所言,它能在短时间内将个人的情思传到远方，在千里之外，借一纸书信如同面晤。这种交流的便利与自由，大大促进了文人间的交流，以至这一时期文学发展有一个明显的倾向，即书信体文学比较发达，文学的私人化色彩愈发明显。在简纸并用年代，以纸写成的文字是非正式的文本，起初多被广泛运用于私人间的书信中。汉末之后，文人间的书信文献明显增多了，其原因就在于纸的流行与普及。此前文人作品的发表与传播多是借助公务与礼仪活动。公开发表的散文，除赋之外，只是章、表、疏、议之类议事之作或碑、铭之类应用性文字，纯粹私人性的文字很少。纸写的普及，带来了通信的方便，这也为文人发表私人性文字与表现个人才情提供了一个更为方便的渠道。这种便利大大激发了文人的表现欲与创作欲。文人们对这种用新兴载体写成的书信怀有莫大的兴趣。如唐代李贤注《后汉书·窦章传》曰："融集与窦伯向书曰：'孟陵奴来，赐书，见手迹，欢喜何量见于面也。书虽两纸，纸八行，行七字。'"窦章与马融通信可能是汉顺帝时代(126—144)的事，这还是纸写方式流行不久的事。马融在信中表达了一种因此而产生的一种极度兴奋的心情，他详细介绍了这封信的格式，很可能是因为其时纸制书信还比较少见。又如张奂《与阴氏书》言："笃念既密，文章灿烂，名实相副，奉读周旋，纸弊墨渝，不离于手。"[①]张奂卒于光和四年(181)，此信也当写于纸流行不久时。由张奂的表述看，虽然纸的质量不高，他仍非常喜欢这类书信。又如《三国志》卷七记陈琳《与臧洪书》言："又言告绝之义，非吾所忍行也，是以捐弃纸笔，一无所答，亦冀遥忖其心。知其计定，不复渝变也。重获来命，援引古今，纷纭六纸，虽欲不言焉得已哉。"[②]这可能是汉献帝建安元年(196)之前的事。一封信长达六张纸，若使用竹简这是不可想象的事。纸的便捷，使得文人激发出前所未有的写作热情，以至用纸传情成为一时风尚。

有一个材料可以说明当时书信体文学发达的情况。汉灵帝光和元年(178)

---

① 《艺文类聚》卷三一，《太平御览》卷五九五，文渊阁《四库全书》本。

② 《三国志》卷七《魏书·臧洪传》。

专设“鸿都门学”,《后汉书》卷六〇称:“初,帝好学,自造《皇羲篇》五十章,因引诸生能为文赋者。本颇以经学相招,后诸为尺牍及工书鸟篆者,皆加引召,遂至数十人。”《后汉书·杨赐传》记杨赐批评汉灵帝言:“又鸿都门下,招会群小,造作赋说,以虫篆小技见宠于时。”袁宏《后汉纪》也记:“初置鸿都门生,本颇以经学相招,后诸能为尺牍词赋及工书鸟篆者至数千人。”①鸿都门学,是一个与太学相似的一个学校。此处除了收罗各类经生与书法、绘画等艺术人才外,还集中了一批善于尺牍辞赋的文人。尺牍成为朝廷学府专设之科,尺牍之才已似太学生一样,由朝廷招募,可以想见这种文体在当时流行之广,影响之大。尺牍原先是专门写在书版之上的一种文体。但是,我们由尺牍之文如此流行的状况来推断,这种尺牍应已经超出公文范畴,它已与“造作赋说”联系起来了,似乎是一种可自由发挥的书信体散文。这种文体的流传,显然与纸的普及是相关的。由《后汉书·蔡伦传》记载看,大规模生产纸的部门是由宦官控制的,鸿都门学正是由宦官控制的与太学相对抗的又一学府,如此多的绘画、书法之才集中于此,自然需要大量的纸,尺牍之才集中于此,也应与此相关,可以说私人化的尺牍文应是在纸这样一种新型传播工具刺激下而盛极一时的。

书信体发达的创作趋势至汉魏之际形成了一个高潮,文人书信明显增多。这种创作活动给文坛带来最明显的变化就是文学的抒情性大大增强了。如曹植、曹丕与杨德祖、吴质等的往返通信就体现了这一走向。曹植《与吴质书》:“天路高邈,良久无缘,怀恋反侧,如何如何,得所来讯,文采委曲,晔若春荣,浏若清风,申咏反复,旷若复面,其诸贤所著文章想还所治,复申咏之也,可令憙事小吏,讽而诵之。”②吴质《曹答曹植书》:“信到,奉所惠贶,发函伸纸,是何文采之巨丽,而慰喻之绸缪乎。”③他们已感受到这种纸写书信拉近了人与人之间的距离,可以使分居各方如同对面一样,直接抒发情感。他们都以极度兴奋的心情

① 袁宏《后汉纪》卷二四,文渊阁《四库全书》本。

② 《曹子建集》卷九,文渊阁《四库全书》本。

③ 《文选注》卷四二,中华书局1977年版,第595页。

享受着纸写的便利。这种语言在纸前时代是很少见到的。纸的流行带来了文字交往的方便，具有书信功能的交往诗也随之流行起来。如建安七子间交往诗及同题之作尤多，如曹植《赠丁仪王粲诗》，繁钦《赠梅公明诗》，邯郸淳《答赠诗》，刘桢、徐幹《赠五官中郎将四首》及曹丕、王粲、陈琳的《柳赋》等。这种交往诗应是书信体文学发展的另一种表现，如刘桢《赠徐幹诗》："猥蒙惠咳吐，贶以雅颂声。"此处就表达了能读到对方作品的兴奋。《古诗十九首》中有言："客从远方来，遗我一书札。"汉乐府《饮马长城窟行》："客从远方来，遗我双鲤鱼。呼儿烹鲤鱼，中有尺素书。"这些诗中所讲的书信材料仍是"札"与"素"，据此可推断它们可能是纸流行前的作品。纸的流行当使这种具有书信色彩的诗歌创作活动变得更加频繁，纸写文本的传递成了此后文人发表作品的主要方式。后人视陆机"诗缘情而绮靡"之说为文学史一转捩点，若考虑到纸写文学这一背景，也可以说文学的"缘情"之门是由书信体文学开启的，推其源仍与纸写这一新型传播形式的流行有关，陆机之论可视为对这类作品特征的总结。

第三，纸本的流传方式的变化还对人们的文学观念的转变产生了影响。如同傅咸所述，一个人身处僻陋之所，即便职微阶低，借纸抄的传写，也可名传天下。个人作品发表与传播的简便与自由，大大激发了文人的创作热情，也使人更加推重文学的神奇效能，进而对文学的价值有了新的认识。曹丕《典论·论文》云："盖文章，经国之大业，不朽之盛事。年寿有时而尽，荣乐止乎其身，二者必至之常期，未若文章之无穷。是以古之作者，寄身于翰墨，见意于篇籍，不假良史之辞，不托飞驰之势，而声名自传于后。"此论已被现代学者视为魏晋文学自觉的一个宣言，其立论的中心就是强调了文学可以作为人的一种独特的生存方式，提升人的生命价值。"翰墨"与"篇籍"可以超越他人的评价与权位的局限，让自己思想意识得以"自传"，从而实现了对有限生命的超越。如果考虑到曹操重视用纸之事及建安时代纸写文学大兴这一事实，我们有理由推断文学传播的发达与进化是生成曹丕这一观点的现实基础。纸写的传播效应，可让人们直接感受到生命的"不朽"。因此，从某种程度上说，文本载体的进化与转换也是造成邺下风流的一个物质基础。

传播工具与传播内容是互动的，人的传播需求推进了传播技术的进化，而先进的技术又能推动传播内容的发展。从汉魏到晋初，纸作为一种更加简便的文本载体工具代替了笨重的简册与昂贵的素帛，在某种程度上也是出于人们表情达意的需求；而纸本书写与传播的便利又给人们带来了更大的创作与发表的自由，它从作品产生与发表两方面改善了文学的形成方式、生存条件，进而激发了人们的创作热情，并形成了新的文学价值观。这些对当时人来说，可能是不自觉的，但应是一个必然的事实。

三、文本形制之变与文体论的发达及用典之风

魏晋之后，文学批评日趋发达并在中国文论史上形成了第一个高潮期，其中一个中心议题就是关于“文体论”的讨论。这一状况的形成，应是文本的简纸替换引发的文体变异的结果。纸被普遍运用后，文本的载体空间扩大了，文本的表达形式也相应发生了变化，这必然带来了文体的变化。相对于此前已经规范化的简帛文本而言，初期的纸写文本是非规范的，纸写文体相对自由的表达方式，破坏了原有的简帛文本的规范，而由于长期不为人所重，其自身也处在无规则的状态，这则需要重新确立与纸写时代各类文体相适应的新的文体规范。

蔡邕《独断》是一部专论朝廷典章规范之作，由其论简册一事看，简牍文体规范中的很多内容是根据简牍形制与空间而制定的，王充、蔡邕在论及诏策时，首先强调的就是它的制作方式与行文格式。

王充《论衡·量知篇》云：

截竹为筒，破以为牒，加笔墨之迹，乃成文字。大者为经，小者为传记。断木为椠，析之为板，力加刮削，乃成奏牍。

蔡邕《独断》云：

策书，策者，简也。《礼》曰：“不满百丈，不书于册。”制长二尺，短者半

之。其次一长一短两编，下附篆书。起、年、月、日，称皇帝命诸侯王、三公，其诸侯王、三公之薨于位者，亦以策书。诔谥其行而赐之，如诸侯之策。三公以罪免，亦赐策，而以隶书，用尺一木，两行，唯此为异也。

这两则材料表明空间的大小、形制的长短，是各简牍文本的重要区别。简牍文体形式就是根据简牍空间设计的，如《后汉书·循吏传》记：光武帝刘秀倡导“俭约”之风，“其以手迹赐方国者，皆一札十行，细书成文”。这种“一札十行”的“尺一诏”，显然是由版片的空间决定的。纸写文体则不受这种限制，卷舒轻便的纸张可以充分延展，形制、篇幅及行文风格都会与简牍文本有所不同。这种新情况在东汉时并没有引起人们的争议。这也是因为纸写文本还没有完全取代简牍文，新型的传媒工具尚没有影响到简牍的正统地位。如蔡邕在《独断》中论述了策、制、诏、章、奏、表、议七种公文文体，并未涉及其时方兴的纸写文本的特点。建安之后，曹魏集团有意识推重纸的作用，提高纸写文本的地位。纸写文本大兴，传统的文体规范又已不适应流行的纸写文本特点。辨明各类文体特色，是习文者首要之务。曹丕《典论·论文》曰：“奏议宜雅，书论宜理，铭诔尚实，诗赋欲丽。”他论述了四个种类八种文体的基本特色，所论也较简要，但体现了在纸本流行之时，一种辨明文体的需求与意识。其时应在建安十三年(212)前。①到了晋太康时，陆机《文赋》则言：“诗缘情而绮靡，赋体物而浏亮。碑披文以相质，诔缠绵而凄怆。铭博约而温润，箴顿挫而清壮。颂优游以彬蔚，论精微而朗畅。奏平彻以闲雅，说炜晔而谲诳。”他不仅增加了碑、箴等文体，而且对各类文体作了更具体的说明。《文赋》的写作时间，可能比《典论·论文》晚了近半个世纪。在这段时间里，纸写的各类文体已得到充分的发展，各类文体的界限与功能更加清楚了，所以，他才可以作出比曹丕更具体的论断。这些文体虽然在纸前时代就一直存在，但是，对于它们的分类，除了使用功能有别之外，载体材料的不同也是分类的自然标准。如碑、铭、箴、策等起初都由石质碑柱、青铜

---

① 参见郭绍虞主编《中国历代文论选》第一册，上海古籍出版社 1979 年版，第 159 页。

器皿、玉木版片等不同的书写材料来确定各自的特色，到了纸写时代，这些文字多是写于纸上，较少受书写材料的空间限制，篇幅明显增大，自然突破了原有的文字规范、格式、结构，以至混淆了各类文体差别，因此，有必要强调各自的特色与功能。另外，纸写的流行使文字交流更为普及，书面语言在表达形式上更为自由，书面文本的功能与适用范围也扩大了许多，进而形成了很多新型文体。无论是旧有文体的变化，还是新文体的涌现，都需要制定新的文体规范。

挚虞的《文章流别论》约晚于陆机《文赋》三十年左右①，当时纸写的文体自然更加成熟定型，故其研究也更加全面与深入，并能作出专著。《晋书·挚虞传》称："虞撰《文章志》四卷，注解《三辅决录》，又撰古文章，类聚区分为三十卷，名曰《流别集》各为之论，辞理惬当，为世所重。"其文体论之所以为当世所重，就在于它适应了人们对通行的纸写文本在文体上规范化的需求。在他之后，李充又作《翰林论》，其书虽佚，但由现存的相关材料看，分类更细，并多以魏晋人作品作为范例加以论述。我们将两书相关论述与陆机所论比较一下，不难见出其中的发展轨迹。

《文章流别论》曰：

> 夫古之铭至约，今之铭至繁，亦有由也。质文时异，则既论之矣。且上古之铭，铭于宗庙之碑，蔡邕为杨公作碑，其文典正，末世之美者也。
>
> 哀辞者，诔之流也。崔瑗、苏顺、马融等为之，率以施于童殇夭折不以寿终者。建安中文帝、临淄侯各失稚子，命徐幹、刘桢等为之哀辞。哀辞之体以哀痛为主，缘以叹心之辞。

《翰林论》曰：

> 容象图而赞立宜，使辞简而义正，孔融之赞杨公亦其义也。
>
> 研求名理而论难生焉，论贵于允理，不求支离，若嵇康之论，成文者矣。②

① 陆侃如《中古文学系年》系此事于太安元年(302)，人民文学出版社 1985 年版，第 800 页。

② 《太平御览》卷五九〇、五九六、五八八、五九五。

两书所论都指出文体古今之变问题，挚虞还指出了“质文时异”与书写材料的关系。当时文体论的这些特点，都是与纸简替换这一背景相关的。除碑文外，他们多列举魏晋时的作品为例，显然这些在纸本流行后出现的文章更能代表当时流行文体的特点。如徐幹、孔融、嵇康等人的文章篇制都较长，都有下笔不休的特点，这些都具有明显的纸本文体的特色。

在竹帛时代，书籍制作比较复杂，书籍非人人皆有，知识的传承主要是采取师徒间口耳相传的方式，进入有纸时代之后，文人著书与发表条件得到改善，书籍总量有大幅度的增长，除了章句、注疏、集解之类增多之外，个人专著成倍上升。①其中与文学关系密切的集部书与类书就是在这一时期开始出现的。在刘向编辑的《七略》中有“诗赋略”一类，相当于后代的集部书，数量并不多。《隋书·经籍志》曰：“别集之名，盖汉东京之所创也。”别集之名，其起源或早于东汉，而大量别集的出现应是纸流行之后的事。魏虽承汉末大乱，但借助着纸写之便，在不长时间内又聚集起大量书籍。梁阮孝绪《七录序》记：“魏晋之世，文籍逾越，皆藏在秘书、中、外三阁。魏晋秘书郎郑默删定旧文。时之论者谓为朱紫有别。”郑默《中经簿》改变了刘向《七略》的图书分类，变六类为四类，并将文人诗文集单独列为一类，这显示出当时集部书急速增加的情况。大规模编纂总集，是晋初之事。《隋书·经籍志》叙总集曰：“总集者，以建安之后，辞赋转繁，众家之集，日以滋广，晋代挚虞，苦览者之劳倦，于是采摘孔翠，芟剪繁芜，自诗赋下，各为条贯，合而编之，谓为《流别》。”别集概念的确立与总集的流行进一步提升了文学的地位，强化了文学在士人知识体系中的独立性。

随着书籍的增多，文人的知识量与知识结构也发生了很大变化。对类书的需求就是在这一背景下产生的，最初的类书编纂活动可能发生在建安年间。《三国志·魏志》卷二记：“初（文）帝好文学，以著述为务，自所勒成垂百篇。又

① 关于这一点，清水茂先生有较具体的研究，此处从略。参见清水茂《纸的发明与后汉的学风》（《清水茂汉学论集》，中华书局2003年版，第22—36页）。

使诸儒撰集经传，随类相从，凡千余篇，号曰《皇览》。”《三国志·杨俊传》注引《魏略》曰：“魏有天下，拜（王）象散骑侍郎，迁为常侍封，列侯，受诏撰《皇览》，使象领秘书监。象从延康元年始撰集，数岁成，藏于秘府，合四十余部，部有数十篇，通合八百余万字。”这是一部规模相当大的类书，也是简牍时代很难想象的事。魏晋之后，文人用典成风，这一现象的形成与纸书流行及书籍增多相关。类书的出现也是这一文风的反映。这一点可由左思作《三都赋》一事见出。《晋书·左思传》言：“复欲赋三都，会妹芬入宫，移家京师，乃诣著作郎张载，访岷邛之事，遂构思十年，门庭藩溷皆着笔纸，遇得一句，即便疏之，自以所见不博，求为秘书郎。”广泛收集资料是左思写作过程中一项主要工作，《三都赋》完成后，当时的学问家张载、刘逵为之作注。皇甫谧赞其“博物”，卫瓘称：“言不苟华，必经典要，品物殊类，禀之图籍。”这种文章已近似于关于三都的类书了。《晋书》称“豪贵之家竞相抄写，洛阳为之纸贵”。纸写的方便加速了本文传播，它之所以受到人们如此欢迎，也是由于它繁富的用典本身具有类书化的功能。此事说明书籍纸本化之后，人们阅读量大增，审美趣味也相应发生了变化，对文章的知识含量的需求也更高了。

当然，文体论的发达与用典之风的形成主要是文学自身发展的结果，但深究其因，又与简纸替换的技术发展有很大的关系。这些可视为载体技术发展对文学演变的间接影响。如文中用典自有其渊源，书籍的增多、知识量的扩大只是其中一个因素，其与纸简替换的关系不可作机械的理解。

四、文本观念转变、文本形态转型与文本流传的失序

相对于成熟与规范的竹帛文本，新兴的纸写文本长时间是处于边缘化的地位，纸写文本长期与非正式的私人化写作相关，也与世俗化与娱乐性的非正式写作如小说、乐府之类关系密切。纸本成为正式文字载体形式后，人们文本观念改变了，不再视纸本为陋，这也提升了这一类世俗化与娱乐化文学的地位。

汉末之后，艳情诗赋与小说故事都有明显的发展。如杨赐批评鸿都门学时就将“造作赋说”作为一项罪名，他所说的“赋说”，其中应含有俗赋与小说性质的传记。近年的出土文献表明这类作品在很早时期就已产生了。如甘肃放马滩秦墓的《墓主记》及尹湾汉墓中的《乌神赋》，前者近似传奇小说，后者则是有小说色彩的俗赋。但是在传世文献中，这类材料甚少。这表明当时这类作品还是处在极边缘的地位，一直不为文人所重。这一方面是缘于儒家正统化的文学观念，另一方面也是因为受到竹简这种载体的限制，人们还不可能以笨重的竹牍与昂贵的帛书大量传写纯粹娱乐性的小说文字。纸本流行之后，情况便有所不同。如曹植《与杨德祖书》：“今往仆少小所著辞赋一通相与。夫街谈巷说，必有可采，击辕之歌，有应风雅，匹夫之思，未易轻弃也。”这些“街谈巷说”应是当时流行的小说。《三国志・魏志》卷二〇裴注引《典略》云：“(曹植)初得淳，甚喜，延入坐，不先与谈。时天暑热，植因呼常从取水自澡讫，傅粉，遂科头拍袒，胡舞五椎锻，跳丸击剑，诵俳优小说数千言讫。”他能背诵数千言小说，也当是因这类小说在当时已有相当广泛的流传。如邯郸淳就有笔记小说《笑林》传世①。曹植当其面诵读小说，也应是对邯郸淳小说有所知，投其所好。小说一类作品能有如此广泛的传播，想必也是有了纸写方便的缘故。这一推论，与以上所述纸本的地位是相符的。在曹植现存的作品中，如《洛神赋》《寡妇赋》《叙愁赋》《感婚赋》《山妇赋》《静思赋》《愍志赋》等，都是具有一定叙事特色的抒情小赋，含有一定的小说因素。他以自己的辞赋为少小戏作，也缘于取材于这类娱乐性的世俗文本。汉魏小说多已不传，仅存的一些目录已能够让人想象到这类作品流传的状况，如邯郸淳《笑林》三卷，《艺经》，曹丕《列异传》三卷，以及佚名的《李陵别传》《赵飞燕传》《汉武帝内传》等，不一定都是由六朝人杜撰而成。如前所论，相对于传统的主导性的简册文学，新兴的文学载体以及它所承载的内容起

① 参见鲁迅《古小说钩沉》，《鲁迅辑录古籍丛编》第一卷，人民文学出版社1999年版，第106—113页。

初总是与边缘性的俗文化有着密切的关系。可以想象，与纸贱简贵的观念相应，早期的纸写文本多与这种不登大雅之堂的通俗娱乐之作相关，在大量的纸写文本流行之后，先前不为人所重的纸写文体渐渐成为最通行的书写与传播方式，附于纸上的娱乐化通俗化文学的地位自然也上升了。趋简求便往往是世俗化的娱乐方式的一个特点，当其形式被雅化后，其主体内容也得以提升，这是古今雅俗文化轮替的一个通例。小说因纸本地位上升而得以流行，正是其中一例。

纸本原本是非正式写作的产物，本身长期处于无序发展状态，其由边缘状态成为文本载体的中心后，传统的简册都转换成纸本，在这种转换的初期，仍会保留着无序化与非规范性的特点，造成了一些文本流传的失序，使得这一时期文学作品的流传出现了无序化的现象，这主要表现在以下几点：

一是无名氏作品流行。如其时五言诗的流行与发展就颇能反映出这一问题。除了少数几首之外，现存汉代文人五言诗，多出现于东汉中后期，多数是像《古诗十九首》一样是无名氏作品。从诗体形式看，汉代文人五言诗是民间乐府诗不断地被文人化的结果，相对于汉赋与散文而言，五言诗在当时只是通俗读物，是居于正宗文献之外的流行文学，这些多是随意性的娱乐之作，应多不会写在昂贵的帛书上，在纸流行之后多不会写在简牍之上。它主要应是借助纸这种流行文化载体来传播，也应是伴随纸写这一载体的通行而流行起来。如《古诗十九首》，其语言多有歌词的类型化特征，其中还有与汉乐府诗相似的诗句，这些都应是纸本在随意传抄过程留下的痕迹。这些五言诗失名的原因，或是原创者本不是有名的文人，或者不愿将本名与浅俗的纸写文学联系起来。如《古诗为焦仲卿作》一诗，由序看，显然是后人记录与整理的文本。创作的自由与随意往往是杂合在一起的，这类纸本文献其初是不为人所重的，原创、抄写、改写的情况往往会混在一起。

二是托名之作较多。纸写的便利激发了人们制作文本的热情，也带来写作与发表的随意，为求更大的传抄效应，托古、仿古之作也应运而生。其中托西汉人名的尤多，如现存的汉武帝时期的李陵、苏武的诗文，司马迁《报任安书》，班固《汉武帝内传》，刘歆《西京杂记》等。其归属问题，在南朝时即有争论。由语言风格看，这些作品不似西汉之作，也不像西晋后文风。前人多以为是出自汉魏文人之手。今人认为不能排除苏、李写作这些诗的可能性①，笔者以为所论不无道理，更大可能性是这一时期的人改编前人之作后再托名以流行。这种托名与改编，正是纸书初兴之时出现的一种无序化的不规范现象。

三是“伪书”增多。在纸写方式流行之后，将先前的简牍帛书文本转换成纸写文本，应是初期纸本书籍生产的主要内容。如东汉私家藏书以蔡邕为最，《三国志·魏志·钟会传》注引《博物记》：“蔡邕有书近万卷，末年载数车书与粲。”蔡邕写字不用纸，其家藏书应多为竹简书。在董卓之乱中，王粲由关中逃至荆州，再由荆州到洛阳。其书最后能传到王弼手中，这些书，如果全是简册，那是不可想象的事。最大的可能性是，这些书已被纸本化了。此事由蔡琰抄书事可得旁证。《后汉书》卷一一四《列女传·董祀妻传》记：

> （曹操曰）“闻夫人家先多坟籍，犹能忆识之否？”文姬曰：“昔亡父赐书四千许卷，流离涂炭，罔有存者，今所诵忆，才四百余篇耳。”操曰：“今当使十吏就夫人写之。”文姬曰：“妾闻男女之别，礼不亲授，乞给纸、笔，真草唯命。”于是缮书送之，文无遗误。

由蔡文姬纸抄其父藏书一事看，书籍的由简本到纸本的替换工作在汉末魏初已大规模展开了。在这种转换过程中，古老的简牍被废弃了，所有的传统文本都以新的面目出现，自然容易产生失真乃至增伪之事。此前简册主要借师徒关系传授，有着明晰的授受关系。纸书流行之后，抄书成为主要流传手段，书籍传播更趋于商业化，而不再是单纯的学术活动。旧的传承秩序被打乱，伪书也随之多了起来。如王肃伪造《孔子家语》、东晋初梅赜伪造《古文尚书》、郑玄《孝经注》、张湛的《列子注》等。伪书之所以在当时被人接受并流行，一个重要的原因

---

① 章培恒、刘骏《关于李陵〈与苏武诗〉及〈答苏武书〉的真伪问题》，《复旦学报》1998年第2期。

就是简纸转换之后，古书原貌已不为人知。在简纸转换过程中，纸本书籍往往并不是对简册书原样复制，而是根据新的载体形态而有所改变。如在简书时代，经文与注文是分开的，经注合写应是书籍纸本化的结果。又如简与纸的容量不一，分卷方式也不同。这些调整变化往往会导致失真的结果。以前学者多关注作伪者本身的动机，其实，由这些具体情形看，王、梅等人未必是有意作伪。朱熹说："《家语》只是王肃编古录杂记，其书虽多疵，然非肃所作。"又指出："《家语》虽记得不纯，却是当时书。"①这种真伪杂糅的现象就是由文本载体形态转换造成的。

综上所述，纸简的替换对汉魏晋初文学发展的影响是多方面的。先进的书写与传播形式给文人带来更大的写作便利与发表自由，而最初充分发挥这种自由的人是那些不以儒家经学为业的"辞赋文人"，可以说，纸的普及首先推动了这类非正统的著述活动。由尺牍到书信，再到书信式的诗赋及各类书信体文学的繁荣正是纸代简的产物。政治的动荡促成了原先边缘化的纸写文本地位上升，同时，各类纸写读物的流行也加速了以经学为中心的知识体系的瓦解，从而引起整个文体序列与写法方式的变化，魏晋文体论及用典之风就是对这一变化的消化与总结，而娱乐化的小说性的作品出现与大量随意性的文献增多，也正是这一转换的结果。文本载体技术的先进性首先表现在表达的自由度上，实际上，这种进化也是人类心灵释放过程中的一种进化形态，正是在这一层面上，文本载体的进化与文学发展才有着不可分解的联系，而这种自由在初始阶段或多或少地表现为非规范化的状态，这也是值得我们注意的。

原载《中国社会科学》2005 年第 5 期

---

① 《朱子语类》卷一七，文渊阁《四库全书》本。

关于《古诗为焦仲卿妻作》的形成过程与写作年代

章培恒

以现存文献而论,《古诗为焦仲卿妻作》最早见于南朝末期的《玉台新咏》,北宋时所编《乐府诗集》也收入了此诗。一般认为它是汉末建安时期或其稍后的作品。陆侃如先生曾主张其出于南朝,并获得了张为骐先生的支持,但却遭到了绝大多数人的反对(说见下)。我虽不完全赞同陆说,却认为陆先生的意见是很有启发性的。我想,此诗并非一气呵成,而是分阶段累积而成;其中仅有一小部分出于汉代,大部分则出于魏晋及以后。现陈鄙见于后,期望读者加以教正。

一

陆侃如先生于1925年发表《〈孔雀东南飞〉考证》①,以《古诗为焦仲卿妻作》中的某些事物与地域的名称出于魏晋以后为理由,主张此诗应作于南朝。胡适反对这一看法,认为此诗应作于"建安以后不远",但在收入《玉台新咏》以前曾"经过了无数民众的增减修削"。他说:

① 陆侃如《孔雀东南飞考证》,原载《时事新报·学灯》1925年5月7—8日,后收入《陆侃如古典文学论文集》,上海古籍出版社1987年版。

> 我以为《孔雀东南飞》的创作大概去那个故事本身的年代不远，大概在建安以后不远，约当三世纪的中叶。但我深信这篇故事流传在民间，经过三百多年之久（公元二二〇年——公元五五〇年）方才收在《玉台新咏》里，方才有最后的写定，其间自然经过了无数民众的增减修削，滚上了不少的“本地风光”（如“青庐”“龙子幡”之类），吸收了不少的无名诗人的天才与风格，终于变成了一篇不朽的杰作。①

胡适的意思大概是：《古诗为焦仲卿妻作》基本上是汉末魏初（即所谓“在建安以后不远”）人所作，但又经过了“公元二三〇年——公元五五〇年”间“无数民众的增减修削”，诗中的那些魏晋以后才有的事物与地域名称就是这样“增减修削”的结果，但这些并不能改变此诗基本上是汉末魏初人所作的结论。这以后的反对陆说的人也多沿用此说；也可以说这是反对陆说的最重要的依据。尽管胡适这种说法其实是有问题的（见后），但他意识到收入《玉台新咏》的《古诗为焦仲卿妻作》实是在长期流传过程中形成的文本，这一文本乃是经多次“增减修削”的结果，这却是很有见地的。那么，现在是否还保存着《玉台新咏》所收的文本之前的、较接近其原始状态的本子呢？我想，见于《艺文类聚》卷三十二的一首诗就是这样的本子中的一个。现引此诗全篇如下：

> 后汉焦仲卿妻刘氏为姑所遣时人伤之作诗（以上文字特地不代加标点。——引者）曰：“孔雀东南飞，五里一徘徊。十三能织绮，十四学裁衣，十五弹箜篌，十六诵书诗。十七嫁为妇，心中常苦悲。君既为府吏，守节情不移。鸡鸣入机织，夜夜不得息，三日断五匹，大人故言迟。非为织作迟，君家妇难为！妾有绣腰襦，葳蕤金缕光，红罗复斗帐，四角垂香囊，交文象牙簟，宛转素丝绳。鄙贱虽可薄，犹中迎后人。”②

---

① 胡适《跋张为骐〈论孔雀东南飞考证〉》，原载《国学月报》2 卷 12 期，据《陆侃如古典文学论文集·孔雀东南飞考证·附录三》转引。

② 据汪绍楹校本《艺文类聚》卷 32，上海古籍出版社 1982 年新 1 版。

再将《玉台新咏》卷一中《古诗为焦仲卿妻作》[①]的相应部分引录于下：

古诗为焦仲卿妻作并序　无名氏

汉末建安中，庐江府小吏焦仲卿妻刘氏，为仲卿母所遣，自誓不嫁，其家逼之，乃没水而死。仲卿闻之，亦自缢于庭树。时伤之，为诗云尔。

孔雀东南飞，五里一徘徊。"十三能织素，十四学裁衣，十五弹箜篌，十六诵诗书。十七为君妇，心中常苦悲。君既为府吏，守节情不移，贱妾留空房，相见常自稀，彼意常依依。鸡鸣入机织，夜夜不得息，三日断五匹，大人故嫌责。非为织作迟，君家妇难为。妾不堪驱使，徒留无所施。便可白公姥，及时相遣归。"府吏得闻之，堂上启阿母："儿已薄禄相，幸复得此妇。结发同枕席，黄泉共为友。共事三二年，始尔未为久。女行无偏斜，何意致不厚？"阿母谓府吏："何乃太区区。此妇无礼节，举动自专诸，吾意久怀忿，汝岂得自由？东家有贤女，自名秦罗敷，可怜体无比，阿母为汝求。便可速遣之，遣去慎莫留。"府吏长跪告："伏惟启阿母：今若遣此妇，终老不复取。"阿母得闻之，槌床便大怒："小子无所畏，何敢助妇语！吾已失恩义，会不相从许。"府吏默无声，再拜还入户。举言谓新妇，哽咽不能语："我自不驱卿，逼迫有阿母。卿但暂还家，吾今且报府。不久当归还，还必相迎取。以此下心意，慎勿违吾语。"新妇谓府吏："勿复重纷纭！往昔初阳岁，谢家来贵门。奉事循公姥，进止敢自专[②]？昼夜勤作息，伶俜萦苦辛。谓言无罪过，供养卒大恩。乃更被驱遣，何言复来还？妾有绣腰襦，葳蕤自生光，红罗复斗帐，四角垂香囊。箱帘六七十，绿碧青丝绳。物物各自异，种种在其中。人贱物亦鄙，不足迎后人。留待作遗施，于今无会因。"

粗粗一看，很容易认为《艺文类聚》所引此诗是《玉台新咏》的《古诗为焦仲卿妻

① 据《四部丛刊》影印五云溪馆活字本《玉台新咏》引录。因为此本是现存唯一出于南宋陈玉父本的本子，自明末清初以来就备受推崇的寒山赵氏本则不可据。见谈蓓芳《玉台新咏版本考》，《复旦学报(社会科学版)》2004年第4期。

② "止"，原误作"心"，据嘉靖郑玄抚刊《玉台新咏》改。

作》的摘录。但仔细一对，就可知《艺文类聚》此诗出自一个较《玉台新咏》所载之诗为早的文本，而且二本有很大差别。

首先，从诗的标题来看，就可知其依据的是一个较《玉台新咏》所收此诗为早的文本。

《艺文类聚》引录诗歌，皆列举作者的时代、姓名（作者为女性的，则举其丈夫的姓名及其本人的姓）及作品篇名；如“后汉张衡《四愁诗》曰……”（卷 35）“晋王凝之妻谢氏《拟嵇中散诗》曰……”（卷 88）之类，不胜枚举。篇名无考而作者姓名可知的，则称为某朝某人诗，如“梁江洪诗”（卷 27）“晋枣据诗”（卷 28）等；其作者姓名、时代皆无考的古诗，则称《古诗》。根据这样的体例，那么，上引《艺文类聚》的“后汉……”那一段文字实有三种标点法：第一种是：“后汉焦仲卿妻刘氏《为姑所遣，时人伤之，作诗》曰……”其中的“焦仲卿妻刘氏”为作诗者姓名，《为姑……作诗》是标题，刘氏于诗题中写明“时人伤之”，意在表明其姑的这种行为是不合情理的，所以“时人”都为她哀伤。既然如此，《艺文类聚》所引诗就是刘氏自作；而非时代、作者皆无可考的“古诗”。第二种标点法是把“后汉……作诗”就作为标题，这也显然与《玉台新咏》的标题《古诗为焦仲卿妻作》迥异。第三种标点法是：“后汉焦仲卿妻刘氏为姑所遣，时人伤之，作诗曰……”那么，这只是交代作诗缘起，而未标举篇名，那也就意味着此诗在当时尚未被加上《古诗为焦仲卿妻作》或其他的标题，是以只能述其写作缘起，而举不出诗题。所以，无论采取哪一种标点法，《艺文类聚》此诗都是后汉时的作品，而其标题都与《玉台新咏》的《古诗为焦仲卿妻作》不同；甚或该诗根本就没有标题。

造成这种差异的原因，不外两个：第一，《艺文类聚》收载此诗所依据的文献本非《玉台新咏》；第二，《艺文类聚》所依据的其实是《玉台新咏》所载该诗（或与之相同的诗），但在收录时对其标题部分作了相应的改动。但后一种可能性实难以成立。

唐初负责编纂此书的欧阳询为《艺文类聚》所作的《序》说：

> 皇帝命代膺期……爰诏撰其事且文，弃其浮杂，删其冗长。金箱玉印，

> 比类相从。号曰《艺文类聚》，凡一百卷。其有事出于文者，便不破之为事；故事居其前，文列其后。俾夫览者易为功，作者资其用，可以折衷今古，宪章《坟》《典》云尔。

由此可见，《艺文类聚》对其所收录的古代作品，最多只是删弃其“浮杂”“冗长”，却并不为了压缩原文而改换字句（其“文”的部分[①]，更有很多篇是收录全文不加删节的）。倘若《艺文类聚》所收此诗的标题原像《玉台新咏》似地为《古诗为焦仲卿妻作》，那就不会被改换成上述那种样子。何况无论怎么说，总不能把一首诗的标题全部视为“浮杂”“冗长”而删弃掉；再就《艺文类聚》所收诗来看，以《古诗》为标题的不少，紧接此诗之前就列有三首《古诗》（见后），足见《古诗》这个标题并不属于“浮杂”“冗长”之列，所以其标题如原为《古诗为焦仲卿妻作》，最多把“为焦仲卿妻作”六字作为“浮杂”“冗长”而删除，何至连《古诗》的标题也不保存。

也许有人认为：《玉台新咏》中的《古诗为焦仲卿妻作》既有诗题又有《序》，《艺文类聚》在据以引录时，为了节省篇幅，所以把诗题删去，《序》也被改成了写作缘起。但是《艺文类聚》所引之诗把诗题与《序》都收入的并不少，如卷三十一《人部》十五《赠答》中就收有晋傅咸的《答潘尼诗并序》《答栾弘诗并序》，同卷的潘尼《答傅咸诗》也是连《序》一起收的，有的《序》较《古诗为焦仲卿妻作》的还长，如《答潘尼诗》的《序》：“司州秀才潘正叔，识通才高，以文学温雅为博士。余性直而处清论褒贬之任，作诗以见规。虽褒饰之举非所敢闻，而斐粲之辞良可乐也。答之虽不足以相詶报，所盍各言志也。”这样的序可以引录，为什么《古诗为焦仲卿妻作》的序就要改为写作缘起并把诗题也删去呢？何况这样的改动已经是重写而非仅删弃了，违背了《艺文类聚》的上述编撰原则。

由此来看，《艺文类聚》此诗并非据《玉台新咏》所载《古诗为焦仲卿妻作》收录。而且，以现有文献可考者而论，《艺文类聚》所收诗篇凡正文与《玉台新咏》

---

① 《艺文类聚》各门类皆分“文”与“事”两部分，上引关于焦仲卿妻之诗即属于“文”。

所收者相同而标题不同的，其所依据实非《玉台新咏》而为早于《玉台新咏》的文献。以上面提到过的《艺文类聚》中列于此诗之前的三首《古诗》来说，虽然也均见于《玉台新咏》，但除第二首（首句为“上山采蘼芜”）在《玉台新咏》中标作《古诗》外，其第一首（首句为“青青河畔草”）和第三首（首句为“兰若生春阳”）在《玉台新咏》中都标为“枚乘诗”，而《文选》卷二十九收“青青河畔草”一首则标为“古诗”，列于该卷的《古诗十九首》中；又，《文选》卷三十的陆机《拟〈古诗〉十二首》，其中以“嘉树生朝阳”句开端的一首即是拟“兰若生春阳”发端的那一首的（该十二首每首皆有小标题，以表明其为拟《古诗》的哪一首）①，可见该诗在陆机时代即标作《古诗》。《艺文类聚》收此二诗不据《玉台新咏》标作“枚乘诗”而标作《古诗》，自当是《玉台新咏》的时代较后，所以以时代较早的文献为依据。

《艺文类聚》所收此诗，其标题既与《玉台新咏》不同，也许根本没有标题，自也是由于其所依据的为较《玉台新咏》所载《古诗为焦仲卿妻作》更早的文献。

其次，从文字来看，《玉台新咏》此诗较之其以前的文本实已作了较大增润。

这种增润集中表现在《古诗为焦仲卿妻作》的如下十二句：“妾有绣腰襦，葳蕤自生光。红罗复斗帐，四角垂香囊。箱帘六七十，绿碧青丝绳。物物各自异，种种在其中。人贱物亦鄙，不足迎后人。留待作遗施，于今无会因。”而在《艺文类聚》中与此相应的是如下八句：“妾有绣腰襦，葳蕤金缕光。红罗复斗帐，四角垂香囊。交文象牙簟，宛转素丝绳。鄙贱虽可薄，犹中迎后人。”那么，这两种中哪一种更接近其原始面貌呢？

在汉末魏初，妇人被夫家所弃时，其嫁妆是可以带着走的，至少床前帐子之类是可以带走的。②所以《艺文类聚》的那首是说把床帐等三件物品留赠丈夫，供其迎娶新人之用。而《玉台新咏》的那首，却是说把“物物各自异，种种在其中”

① 今传《文选》原作《拟兰若生朝阳》，逯钦立先生辑校《先秦汉魏晋南北朝诗》考定为《拟兰若生春阳》。

② 《艺文类聚》卷二十九曹丕《代刘勋出妻王氏诗》：“翩翩床前帐，可以蔽光辉。昔将尔同去，今将尔同归。缄藏箧笥里，当复何时披。”所说床前帐，就是她带到夫家去的嫁妆；被弃后又带回来。

的“箱帘六七十”全都留在夫家了。既然如此,“绣腰襦”“复斗帐”自然都在这“箱帘六七十”之中,何以要特地提出来置于“箱帘六七十”之前来叙述呢?若说这两件特别珍异,所以特地点出,但在一个有如此富盛的嫁妆的女性眼里,这样的东西应该是很平常的,有什么值得郑重其事地加以强调的呢?何况“斗帐”只是小帐①,更不值得炫耀了。

这种不合情理的叙述方式,显然是因《古诗为焦仲卿妻作》在这里只对其早期文本(也即《艺文类聚》所载者)的“妾有……”等句只作了少量增润而未作根本性的改写所造成的:虽把原文的“交文象牙簟”改成了“箱帘六七十”并加了“物物”两句以显示其嫁妆的富盛,但对“交文”以前的四句则基本仍而不改,以致出现了上述的矛盾;甚至连原有的“宛转素丝绳”也只被简单地改成了“绿碧青丝绳”,使人难以理解这些丝绳与箱帘有什么关系;若理解为这些丝绳是用来捆扎箱帘的②,又不免使人诧异于为什么这些箱帘都不用锁钥而用丝绳捆缚,每开一次都得把丝绳解掉,然后再重新捆好,这位女性何其不惮烦!

总之,若把“箱帘”四句说成是出于原创,那就很难解释其何以会写成这种模样。而“箱帘”四句既然出于后来增改,那么,见于《艺文类聚》的此诗早期文本之“鄙贱”两句在《古诗为焦仲卿妻作》中成了“人贱”四句自然也是后来增改的结果。

若以“妾有……”这一段为例,那么,《古诗为焦仲卿妻作》所多出的,实为原来文本的二分之一(原来八句,增加四句),但其实远远不止;说见后。

第三,就两本所述写作缘由来分析,《古诗为焦仲卿妻作》中逼嫁和夫妇自杀之事恐是后来所增。

《古诗为焦仲卿妻作》的《序》中说“……焦仲卿妻刘氏为仲卿母所遣,自誓

---

① 刘熙著、王先谦撰集《释名疏证补》卷六《释床帐》:“帐,张也,张施于床上也。小帐曰斗帐,形如覆斗也。”上海古籍出版社1984年3月影印光绪二十二年刊本,第291页。

② 北京大学中国文学史教研室选注《两汉文学史参考资料》(中华书局1977年据1962年新1版重印,第547页)即释此句为“那些箱匣都用青色绳子捆扎着”。

不嫁，其家逼之，乃没水而死。仲卿闻之，亦自缢于庭树。时伤之，为诗云尔。”但《艺文类聚》的开端（无论其为标题抑写作缘起）只说“后汉焦仲卿妻刘氏为姑所遣时人伤之作诗”，并无刘氏自誓不嫁、被迫自杀、仲卿也以死殉之事。倘其所依据的文献原也述及此等重大事件，《艺文类聚》编者似无视之为“浮杂”“冗长”而加以删除之理。所以，现在固然无从据此认定《艺文类聚》所依据的文献于写作缘由也未述及逼嫁等事，但却根本不能证明其原已述及此等事件而被《艺文类聚》的编者删掉了——因为前已证明《艺文类聚》此诗所依据的是比《玉台新咏》为早的文献，而《古诗为焦仲卿妻作》则已较此一早期文献作了增润，所以不能因为《古诗为焦仲卿妻作》的《序》已述及这些事件就肯定原来的文献在述及写作缘由时也已有这些事件。换言之，其早期文本的写作缘起中并未述及此等事件的可能性是必须郑重考虑的。而如果原来的文献在叙述写作缘由时并无这些事件，那也就意味着该诗本身原就没有叙述此类事件，《艺文类聚》所收此诗之无这些内容，实非《艺文类聚》编者删削所致。

二

在有了上述的认识以后，也就可以进而检查《古诗为焦仲卿妻作》中叙述逼嫁、自杀等部分是否为此诗的早期文本形成以后由后人所增润的了。

这可分作两个方面来论述。

第一个方面就是陆侃如先生所说《古诗为焦仲卿妻作》中某些事物与地域名称出于魏晋以后的问题，我在这里要特别指出的是：这些都出现于刘氏被逼嫁及其以后的部分，而不见于以前的部分。现在把陆侃如先生已经举出和我所增补的有关例证列后（一、三两条为我所增）：

一、《古诗为焦仲卿妻作》写太守打发人去迎亲时有“青雀白鹄舫”之语。青雀、白鹄皆为船名，见梁元帝《船名诗》：“池模白鹄舞，檐知青雀归。”而东晋郭璞《方言注》说：“青雀，鹢鸟名也。今江东贵人船前作，是其像也。”这就可见青雀舫是郭璞时代的江东贵人所用;若在郭璞以前的江东贵人即已用青雀舫,郭璞只要说“江东贵人船前作,是其像也”就够了,不必特地提出“今江东贵人”。故这种描写不能早于西晋末、东晋初。

二、《古诗为焦仲卿妻作》叙太守家送给刘家的聘礼,有“杂綵三百匹,交广市鲑珍”之句。交、广指交州、广州。广州初设于三国吴黄武五年(226),旋废,复设于永安七年(264)。因黄武五年设立广州后旋即废止,非广州以外的一般人所能知,且如非此诗恰巧写于黄武五年,也不应该使用这一地名。所以,此诗当写于永安七年以后,远非“建安中”了。此点陆侃如先生已经指出。其后逯钦立先生据《诗纪》所收此诗于此句下“(广)一作用”之注,谓“作‘用’者是。钱与杂綵皆是货币,故下言‘交用’也。作‘广’者,后人不谙币制故妄改。”并以此来否定陆先生据“交广”语来论证此诗出于永安七年后的意见。①按,宋本《乐府诗集》及明诸本《玉台新咏》皆作“广”,甚至《诗纪》正文也作“广”,仅《诗纪》所引“一本”作“用”,又不注明“一本”为何本,安能遽据之以改《乐府诗集》《玉台新咏》的宋明各本,且何以证明作“广”是后人妄改?虽然作“交用”也可通,但“交广市鲑珍”(谓其聘礼中有自“交广”所市的“鲑珍”)又何尝不可通?逯先生所言似嫌无据。

三、《古诗为焦仲卿妻作》述焦、刘二人死后所合葬的坟墓情况说:“东西植松柏,左右种梧桐。枝枝相复盖,叶叶相交通。中有双飞鸟,自名为鸳鸯。仰头相向鸣,夜夜达五更。”按,晋干宝《搜神记》载:韩冯夫妇死后,分葬于二墓,“塚相望也。宿昔有交梓木生于二塚之端,旬日而大合抱。屈体相就,根交于下。又有鸳鸯鸟,雌雄各一,恒栖树上,交颈悲鸣”。二者颇为相似,倘非《搜神记》受其影响,就是《古诗为焦仲卿妻作》受《搜神记》的影响。核其实际,当是《古诗为焦仲卿妻作》受《搜神记》影响。因为,在坟墓四周所种植的树,倘非互相“屈体相就”,是不可能“枝枝相复盖,叶叶相交通”的。而树木能这样地“屈体相就”并

---

① 逯钦立《先秦汉魏晋南北朝诗·汉诗》卷十《乐府古辞·古诗为焦仲卿妻作》,中华书局 1982 年版。

非一般人所能想象，作者自当写出其所以会枝枝相盖、叶叶交通的原因；但竟不写。这就意味着作者在写这些诗句的当时《搜神记》所载殉情夫妇坟上的树木“屈体相就”之事已颇流行，故不必再交代焦、刘坟上的树木枝叶何以能如此之故了。——顺便说一下，此诗曾一再用“秦罗敷”的典故，则其暗用《搜神记》事其实也并不值得奇怪。

四、在上引“东西植松柏”等句之前尚有两句：“两家求合葬，合葬华山旁。”陆侃如先生已经指出：据《古诗为焦仲卿妻作》的《序》，这一故事发生在庐江府，而据地志，庐江府并无华山，所以这当是用乐府《华山畿》事。《华山畿》出于南朝宋少帝时，故此种叙述不可能出现在宋少帝时之前。其后反对陆侃如先生这一意见的人说，庐江府可能有名为“华山”的小山，只是地志不载罢了。但地志既然不载，又怎能以这种不能证实的“可能”来否定陆先生之说呢？何况这两句之后的“东西植松柏”本已暗用《搜神记》事，足征其不可能早于东晋，那又凭什么来证明其不可能使用出于宋少帝时的典故呢？

如上所述，《艺文类聚》所引此诗的逼嫁、自杀等事不但为《艺文类聚》所载此诗所无，《艺文类聚》所叙此诗写作缘由也无逼嫁、自杀，所以《艺文类聚》所依据的文本中有无这些部分本是疑问。而从以上例证看来，《古诗为焦仲卿妻作》的这些部分一再出现建安以后乃至宋少帝时的物品和典故，离开“后汉”“建安”很远，自非其时的此诗文本所有。所以，这些部分为后来所加的可能性很大。

现在再考察第二个方面：《古诗为焦仲卿妻作》中的逼嫁等部分与其上文的矛盾。主要有二：

第一，《古诗为焦仲卿妻作》在刘氏被逐归前皆称之为“新妇”①，在被逐归后则称之为兰芝。因而一般都认为她的姓名为刘兰芝。但在太守遣人说媒这一节却有如下的句子：

媒人去数日，寻遣丞请还。说有兰家女，承籍有宦官。云有第五郎，娇

① 新妇在当时并非都用来指称新娶的媳妇。参见《辞海》的“新妇”条。

逸未有婚。遣丞为媒人，主簿通语言。直说太守家，有此令郎君。既欲结大义，故遣来贵门。

这里的“说有”两句与“云有”两句对举。“云有第五郎”既是指来向兰芝求婚的太守家的郎君，则“说有兰家女”自当指兰芝。但这与《古诗为焦仲卿妻作》的《序》所说“焦仲卿妻刘氏……”显然相互矛盾，刘氏家的女子怎能称为“兰家女”呢？

对此，前人有种种说法。或云“兰”为“刘”字之误；但这只是猜测，并无证据。有人说“兰家女”并不是指兰芝，而是另外一家姓兰的女子；但与其上下文又无从联系。所以从目前的文献来看，只能说此处是把兰芝当作了“兰家女”，因而与该诗的《序》相矛盾了。

第二，《古诗为焦仲卿妻作》所述向兰芝求婚的县令公子是“年始十八九”的青年，另一个求婚人——太守的郎君也“娇逸未有婚”，至多不过二十左右。而兰芝是十七岁结婚的（其母说“十七遣汝嫁”），在她被逐离开焦家时，《古诗为焦仲卿妻作》有这样一段描写：“却与小姑别，泪落连珠子。新妇初来时，小姑始扶床。今日被驱遣，小姑如我长。”一个“始扶床”的小孩子长大到跟一个成年女子一样高，总得十好几年。然则兰芝被遣时应已三十岁左右了。为什么十八九岁、二十岁左右的社会地位颇高的未婚男子，要争着向三十岁左右的女子求婚呢？

当然，“新妇初来时”四句不仅与这两位男青年向她求婚之事相矛盾，跟《古诗为焦仲卿妻作》开头部分的刘氏被遣归前焦仲卿所说的“结发同枕席，黄泉共为友。共事三二年，始尔未为久”也是矛盾的。因为今人所常见的影宋本、影汲古阁本《乐府诗集》所载此诗于“新妇初来时”句下均无“小姑始扶床，今日被驱遣”两句，而《玉台新咏》之传世者则无宋、元刊本，而且明刊本中除五云溪馆活字本印行年代不详外，最早的也已是嘉靖本。故传世《玉台新咏》诸本中虽多数有此二句，但研究者一般均据宋刊、汲古阁刊《乐府诗集》认为此两句为后人窜入，非《古诗为焦仲卿妻作》所原有。

然而，谈蓓芳教授最近发现：北宋晏殊（991—1055）所编《类要》的“小姑始扶床”条引用了《古诗为焦仲卿妻作》的“新妇初来时，小姑始扶床”①，可见晏殊所见此诗已有此两句②。既然宋代早期传本《玉台新咏》原有“小姑始扶床，今日被驱遣”两句，而《乐府诗集》的编纂不但远后于《玉台新咏》，而且也后于晏殊，那么，《乐府诗集》之无此二句，自不能否定此二句为《玉台新咏》所原有。至于此二句与“共事三二年”句的矛盾，留待后述。

综上所述，可对《古诗为焦仲卿妻作》的逼嫁、自杀等部分作如下结论：《艺文类聚》据此诗早期（早于《玉台新咏》）文本所录之诗无这些部分犹可诿诸《艺文类聚》的删节，但其所述写作缘由也只说是为“伤”“刘氏为姑所遣”而作，毫不涉及逼婚、自杀等事，就不能不导致如下疑问：该早期文本中到底是否有逼婚、自杀等事？而根据以上考察，在逼婚、自杀等部分中不仅屡次出现建安以后——尤其是东晋及其以后——的物品名、地名和典故，且颇有与其前文矛盾之处，故当是在这一早期文本后陆续增入的。

三

《艺文类聚》所引此诗不仅没有《古诗为焦仲卿妻作》的后半部分，而且该诗的开端部分也有很多为《艺文类聚》所不收。那么，开端部分的诗句究竟是《艺文类聚》所据的文本原来没有的，抑或系《艺文类聚》的编者所删，又是一个重大问题。

在这里必须注意的是：《古诗为焦仲卿妻作》的《序》明明说“焦仲卿妻刘氏，为仲卿母所遣”，但诗的开头部分却是：“鸡鸣入机织，夜夜不得息。三日断五匹，大人故嫌责。非为织作迟，君家妇难为。妾不堪驱使，徒留无所施。便可白公姥，及时相遣归。”她是自己要求遣归的。

---

① 谈蓓芳《玉台新咏版本考》，载《复旦学报（社会科学版）》2004年第4期。

② 《类要》虽未引“今日被驱遣”句，但既有“小姑始扶床”句，自不会没有“今日被驱遣”句，因“小姑如我长”句是各本都有的，晏殊所见本不可能没有，而“小姑始扶床”是不能与“小姑如我长”直接相接的。

接下来的诗句是:“府吏得闻之,堂上启阿母:‘儿已薄禄相,幸复得此妇。结发同枕席,黄泉共为友。共事三二年,始尔未为久。女行无偏斜,何意致不厚?’”联系上文的“便可白公姥,及时相遣归”,此处的“致不厚”也是指其母对刘氏不好,并不是指其要驱遣刘氏。所以,这其实是要求其母对刘氏改善待遇,以打消刘氏“及时相遣归”的要求。

但不料这却遭到了其母的驳斥:“阿母谓府吏:‘何乃太区区。此妇无礼节,举动自专诸,吾意久怀忿,汝岂得自由。东家有贤女,自名秦罗敷。可怜体无比,阿母为汝求。便可速遣之,遣去慎莫留。’”这里分作三层意思。第一层是说自己对刘氏怀忿已久,你在这事情上不能自作主张(指把她挽留下来)。第二层是说你不必怕她走,我为你找一个更好的。第三层是说便可乘此赶快把她打发走,不要留她。这里值得注意的是“便可速遣之,遣去慎莫留”二句。“留”是留下刘氏之意。因刘氏自己提出了遣归的要求,其夫家可有两种对待的办法:一种是就此同意她走,一种是把她留下来。焦母是要焦仲卿采取第一种办法,所以有此二句。

再往下的“府吏长跪告:‘伏惟启阿母:今若遣此妇,终老不复取。’阿母得闻之,槌床便大怒:‘小子无所畏,何敢助妇语!吾已失恩义,会不相从许。’”乃是仲卿以自己今后不复娶来要求(其实是威胁)焦母改变态度,但不被焦母所允许。

就这些叙述来看,焦母并未主动要“遣”刘氏,而是刘氏自己要求遣归,焦母只是并未留她,却顺水推舟地让她走了。

而且,焦母虽然让她走了,却并未正式加以驱遣。因在刘氏走前,焦仲卿对她说:“卿但暂还家,吾今且报府。不久当归还,还必相迎取。”这一建议开始被刘氏拒绝,后来同意了,说是“君既若见录,不久望君来。”倘已正式被驱遣,又怎能轻易回来呢?所以焦母的表态应是“她要走就走好了”之类,并无“走了就不许回来”之类的表态,也即并未正式宣布将她逐归(倘说我的此一推测不确,那么诗中所写焦仲卿的上述建议和刘氏竟然允诺的这些描写,就是与刘氏这个被遣之妇的身份、处境相矛盾的,因而当是后加)。

以上的这些描写，跟《序》所说的刘氏“为仲卿母所遣”是不能协调的。

再看《艺文类聚》的那一首：“……鸡鸣入机织，夜夜不得息，三日断五匹，大人故言迟。非为织作迟，君家妇难为！妾有绣腰襦，……”因为“妾有”以下诸句所言即为留赠丈夫三件物品以供其迎娶后人之事，已是即将离去的临别赠言，所以在“妾有”句之前当已言及其被遣之事，而“三日”四句就正起到了这样的作用，其点睛之笔则是“君家妇难为”——这是已经做不成“君家妇”的哀叹；至于“非关织作迟”一句既透露了她被遣的罪名，又是对这一罪名的抗议。我们也许会感到对其被遣过程的叙述太不充分，但这都是刘氏在遭驱遣后对丈夫的倾诉，她的丈夫当然已经知道她的被遣以及被遣的理由，自不必再予复述。否则，这些话就不是对丈夫说而是对读者说了。当然，如果写作技巧再成熟一些，是会使读者知道得更具体一点的吧，但这是时代的局限。总之，从这些叙述中可知她确是“为姑所遣”，并非自己请求遣归的，与《艺文类聚》所述“为姑所遣”、《古诗为焦仲卿妻作·序》所言“为仲卿母所遣”均相一致。想来《序》中此语原系承早期文本的“为姑所遣”而来，但其诗却已作了很大变动，所以《序》与诗之间有了裂隙。

由此就可明白：《古诗为焦仲卿妻作》的刘氏自己请求遣归既与《艺文类聚》所载该诗早期文本所述“为姑所遣”抵牾，也与《古诗为焦仲卿妻作·序》的“为仲卿母所遣”相矛盾，当是后增；与此相联系的描写当也非原有。①“共事三二年”两句正属于此一部分；其与“小姑”等句的矛盾自也不能证明那二句系后增。

所以，《古诗为焦仲卿妻作》的较原始的文本当与《艺文类聚》所引录者相去不远。其他的都是后来陆续增入的。其中“小姑”等句可能增入较早（因为增入两个青年男子向刘氏求婚的诸段者对“小姑”这样一带而过的描写可能忽略，而若先有了关于求婚的大段描写，则增入“小姑”几句者就不会不注意到刘氏离开焦家时还很年轻，否则不会有两个青年男子先后要求娶她）。

---

① 包括焦仲卿的为此而向焦母请求改善刘氏待遇的几段和仲卿要求刘氏回娘家后再回来的许多描写（因为这是以刘氏还可能回来为前提的）等。

还要补充说明的是:《艺文类聚》所收之诗的写作缘由和《古诗为焦仲卿妻作》的《序》皆明言仲卿妻为刘氏,后来的增入者为什么要使她姓兰名芝呢?想来是因为此诗曾被长期传唱(所以被《乐府诗集》列入《杂曲歌辞》),有许多内容是在传唱过程中被增加的,增加者只注意歌辞,未必留意到本文所附的写作缘起或《序》,以致连女主人公的姓也与缘起、《序》相矛盾了。而且,写及兰芝的几段也可能不是一次增入的,最早增入者也许是把兰芝作为她的名的,后来的增入者却以兰芝为她的姓名了。当然,这些都是推测,唯一可以肯定的是:以她为"兰家女"乃是后人增入的结果。

最后,把我的意见综述如下:《古诗为焦仲卿妻作》是在自东汉(可能为建安时期)至南朝(不早于宋少帝时)的漫长时期里逐渐形成的。其较早的文本,大概就是《艺文类聚》所收载的那种样子;《古诗为焦仲卿妻作》中的刘氏自求遣归以及以此为中心的各种描写和被遣后的逼嫁、自杀等事固为此种文本所无,对她在离开刘家前的精心打扮及其形状的甚为细致的大段描绘与此一文本的粗线条式的叙事方式也难以相容。所以,《古诗为焦仲卿妻作》的创作,虽发端于东汉(可能是建安时期),但其主要部分则完成于魏晋至南朝时期;胡适谓其主体部分完成于汉末魏初,似非确论。此一早期文本的艺术水平大致与《古诗》("上山采蘼芜")相仿佛。从见于《艺文类聚》的那种早期文本,发展到《古诗为焦仲卿妻作》,体现了我国诗歌从魏晋到南朝的巨大进展。假如以上推论可以成立,那么,我们对魏晋,尤其是南朝文学的重大意义实有进一步加以研讨的必要。

原载《复旦学报(社会科学版)》2005年第1期

洛神赋：从文学到绘画、历史[*]

戴　燕

一、问 题 缘 起

魏文帝黄初四年(233)五月，雍丘王曹植奉命与白马王曹彪、任城王曹彰朝拜京都。曹植满心喜悦，把这次获命朝京的机会，比喻为"有若披浮云而睹白日，出幽谷而登乔木"①。然而，当他"轮不辍运，鸾无废声"地抵达洛阳后②，才发现事与愿违，到处碰壁。在洛阳期间，大雨滂沱，伊、洛泛滥，建筑、道路被毁，最出乎意料的，还有曹彰的突然去世③，两个月后，剩下他与曹彪返回各自的封国，又被禁止途中共宿。这一趟省亲之旅彻底打破了他的幻想，他写下《赠白马王彪》的组诗，诉说自己千辛万苦赶到洛阳，不曾想"鸱枭鸣衡轭，豺狼当路衢。苍蝇间白黑，谗巧令亲疏"④，因而倍感凄楚，在诗中，他还流露了"太息将何为，天命与我违"的悲观以及"变故在斯须，百年谁能持"的幻灭情绪⑤。

＊ 作者按：本文的内容，曾在加拿大英属哥伦比亚大学、日本京都大学、上海复旦大学等不同场合报告，受到丘慧芬、陈金华、兴膳宏、小南一郎、平田昌司、木津祐子、宇佐美文理等专家学者的指教，亦曾得到台湾大学陈葆真教授的宝贵意见，在此一并致谢。

① 曹植《谢入觐表》，赵幼文校注《曹植集校注》，人民文学出版社1984年版，第268页。

② 曹植《应诏》，《曹植集校注》，第276页。

③ 《三国志》卷二《魏书·文帝记》，中华书局校点本，第83页。

④ 曹植《赠白马王彪诗》其三，《曹植集校注》，第296页。

⑤ 曹植《赠白马王彪诗》其五、其七，《曹植集校注》，第298、300页。

这一年,曹植三十二岁。此行过后,他还写下一篇《洛神赋》,以对话的方式,讲述第一人称的"余"(君王)离京返国,途经洛河时,与洛河之神宓妃的一场邂逅。《洛神赋》在南朝时就得到很高评价,后来更成为曹植最有名的一篇作品,而洛神,也因此成为家喻户晓的一个女神/女性,在此后一千多年的时间里,不但经常出现在诗词歌赋、小说戏曲等文学体裁中,也出现在其他艺术门类如传统的绘画书法和现代的戏剧影视中,流传广泛,历久弥新,堪称中国文学艺术史上的奇迹。

这样一篇文学史上的经典,自然引来很多关注和解读,层出不穷。在各种解读中,最有歧义的是这篇赋的命意。

早在 1930 年代,沈达材在他的《曹植与洛神赋传说》一书里①,已经就历史上对《洛神赋》的解析作了总结,指出有两种代表性的看法,一种主要出自唐代李善注所引传记,称《洛神赋》是曹植"为着他的爱人甄后写的",另一种主要出于清代于光华的《文选集评》、丁晏的《曹集诠评》等,以为《洛神赋》是"为思君恋主"所写,沈达材自己的意见是:"感甄也不是,思君也不是。"②到了 1940 年代,则有郭沫若、逯钦立、缪钺等人发表论文,各陈己见。在《论曹植》的文章中,郭沫若对"寄心君王,托之宓妃洛神,犹屈、宋之志"的说法提出质疑,认为这是故意在道德上拔高曹植以打压曹丕,而曹植是"不怎么高明"的,《洛神赋》也"大有毛病","前后矛盾,脉络不清"③。可是,逯钦立的意见刚好相反,他是将《洛神赋》放入从宋玉、张衡、蔡邕到陶潜的这样一个脉络中,指出"托好色之不成喻好修之不成而敷陈其悲观主义者",正是这一脉共有的文学传统,"上自楚《骚》下至陶赋,盖无不同"④。而缪钺别出心裁,在肯定曹植"有难言之隐,而托于美人

① 沈达材的《曹植与洛神赋传说》(上海华通书局 1933 年版)是最早本着胡适所倡导"怀疑的精神"来研究《洛神赋》传说是如何"层积堆累"的一部现代学术著作,它在梳理辨正唐代李善以来的各家观点、在考订宓妃与洛神的关系及《塘上行》的作者、在指出"感甄说"的谬误并《洛神赋》对后世文艺的影响等方面,都有卓越的见识。

② 沈达材《曹植与洛神赋传说》,《自序》第 1 页;第 70 页。

③ 郭沫若《论曹植》(1943),载氏著《历史人物》,人民文学出版社 1979 年版,第 107—133 页。

④ 逯钦立《〈洛神赋〉与〈闲情赋〉》,原载《学原》第二卷第八期(1948),转引自《逯钦立文存》,中华书局 2010 年版,第 599 页。

香草之篇”的前提下,指出既然《赠白马王彪》传达的是生离之悲,那么《洛神赋》一定是“假《骚辩》之体,迷离之辞”,抒写死别之痛,赋中“盛写洛神之美”,也是为了彰显曹彰的“英姿卓荦,超凡逸群”①。缪钺的分析虽证据不足,但他想要避开“美人香草之喻”历史争论的用意却十分明显。从以上代表性的论述中则可以看到,《洛神赋》的寓意究竟是什么,不仅历史上没有定论,现代研究者也歧见迭出。

研究早期的文学作品,由于文献不足,经常有这样的麻烦,即以《洛神赋》为题材的传世绘画和书法,也难免类似真伪、断代不确定的问题。这里要特别指出的是,与此相关的艺术史领域近年来有一些变化,而这些变化,对于文学史的研究应该有相当启发。2007 年发表在同一期刊物上的陈葆真和石守谦的论文,都是将《洛神赋》的图卷与文学文本及书法结合在一起,得出了有意思的结论,比起四十年前俞剑华之论“《洛神赋图》是顾恺之所画曹子建《洛神赋》的连环图画”②,他们的研究都要深入细致得多。陈葆真的论文《从辽宁本〈洛神赋图〉看图像转译文本的问题》将同题的图与赋相对照,一一指出绘画是怎样通过其形制、构图、图像造型来转译一篇富有韵律感的抒情短赋的,怎样转述赋的故事情节、文字意象和美学特质③,为跨界到文学的绘画史研究,做了很好的示范。而石守谦的论文《〈洛神赋图〉:一个传统的形塑与发展》则特别着意于以《洛神赋》为题的文学作品与绘画、书法作品的互动,考察它们在宋代共同构成的整体形象及其在以后的发展④,对沟通绘画、书法和文学领域也有很好的尝试。

本文就是在吸取了上述文学史、艺术史等相关研究成果及方法的基础上,

① 缪钺《〈文选〉赋笺》,原载《中国文化研究汇刊》第七卷(1947),转引自《中外学者文选学论集(上)》,中华书局 1998 年版,第 94—101 页。

② 俞剑华、罗尗子、温肇桐编著《顾恺之研究资料》,人民美术出版社 1962 年版,第 191—195 页。

③ 陈葆真《从辽宁本〈洛神赋图〉看图像转译文本的问题》,原载《美术史研究集刊》2007 年第 23 期,收入邹清泉主编《顾恺之研究文选》,上海三联书店 2011 年版,第 124—158 页。

④ 石守谦《〈洛神赋图〉:一个传统的形塑与发展》,原载《美术史研究集刊》2007 年第 23 期,收入邹清泉主编《顾恺之研究文选》,第 96—123 页。

结合文献与图像资料，所作进一步的讨论：

第一，《洛神赋》是如何借助宓妃的传闻与神女的文学书写，创造出文学上的洛神形象的。

第二，《洛神赋图》卷是如何将文学的洛神敷写为图像，而使洛神借由新媒介得到更广泛传播的。

第三，在图像的洛神所具有直观性优势的逼迫下，文学的洛神又如何去到历史中发掘资源，以重塑自己"身世"的方法，回到读者视野当中。

第四，成为艺术经典的洛神，如何再度"变身"，从而获得它在社会大众中的持久影响力。

借由以上问题的梳理，本文将重新探讨《洛神赋》的所谓"寓意"，以及这一"寓意"在阅读史中的演变。

二、洛神前传：宓妃与神女

在《洛神赋序》中，曹植写道："黄初三年，余朝京师，还济洛川。古人有言，斯水之神名曰宓妃。感宋玉对楚王说神女之事，遂作斯赋。"①简短的序文，交待《洛神赋》有两个灵感来源：一个是传说中的洛河之神，一个是宋玉讲述的神女故事。在这里，因此有必要首先检讨这两个灵感的源头，看它们怎样启发了《洛神赋》的写作。②

先来看"斯水之神名曰宓妃"。

汉代（前206—220）以来，一个流行的说法就是洛河之神为宓妃。但"宓妃"的名字，出现在文献中，起码早于曹植出生前五百年左右。在《离骚》里，屈原

① 曹植《洛神赋》，《曹植集校注》，第282页。按："黄初三年"是"黄初四年"之误，见《文选》李善注，但近人李辰冬、洪顺隆等皆主"四年"，详见洪顺隆《洛神赋创作年代补考》，氏著《辞赋论丛》，台北文津出版社2000年版。

② 按照沈达材的说法，"《洛神赋》在体裁上，是摹仿《神女赋》的；而事实上的根据，便是依托着一个什么宓妃神女来做幌子"（《曹植与洛神赋传说》，第71页）。

(前 353—前 276)已经写到宓妃:

朝吾将济于白水兮,登阆风而緤马。忽反顾以流涕兮,哀高丘之无女。溘吾游此春宫兮,折琼枝以继佩。及荣华之未落兮,相下女之可诒。/吾令丰隆乘云兮,求宓妃之所在。解佩纕以结言兮,吾令蹇修以为理。纷总总其离合兮,忽纬繣其难迁。夕归次于穷石兮,朝濯发乎洧盘。保厥美以骄傲兮,日康娱以淫游。虽信美而无礼兮,来违弃而改求。/览相观于四极兮,周流乎天余乃下。望瑶台之偃蹇兮,见有娀之佚女。吾令鸩为媒兮,鸩告余以不好。雄鸠之鸣逝兮,余犹恶其佻巧。心犹豫而狐疑兮,欲自适而不可。凤凰既受诒兮,恐高辛之先我。/欲远集而无所止兮,聊浮游以逍遥。及少康之未家兮,留有虞之二姚。理弱而媒拙兮,恐导言之不固。世溷浊而嫉贤兮,好蔽美而称恶。闺中既以邃远兮,哲王又不寤。怀朕情而不发兮,余焉能忍与此终古!①

这一段,诗人写自己周游求索,寻找佳偶。其中提到四(五)位女性:一是昆仑山的神女,诗人渡白水而登昆仑,却发现阆风上并没有神女,故谓"哀高丘之无女";二是宓妃,因为见不到高丘神女,诗人在仙宫折了玉树的花,命令云神丰隆去找伏羲之女宓妃,又请伏羲的臣下蹇修为自己做媒,然而,宓妃暧昧的态度最终叫他失望。三是有娀氏佚女,诗人在天上周游了一圈,才来到人间,看见瑶台上的有娀氏美女,想要鸩去做媒,鸩说她不好,雄鸠愿去说合,诗人嫌轻佻,自己去吧又不合适,正在犹豫之间,凤凰受帝喾之托,向美女求婚。传说中,有娀之女与帝喾结婚,生契而为商朝之祖。四是有虞国两个女儿二姚。夏朝少康在父亲夏相被杀后,逃亡有虞国,娶了国王的两个女儿二姚,并借助有虞的力量杀死尧,而恢复夏朝。诗人说此前他也想要找二姚,却一直担心媒人笨拙、不牢靠。

总之,高丘之女、宓妃、有娀氏女和二姚这四(五)位女性都是诗人心目中的

① 金开诚、董洪利、高路明《屈原集校注》,中华书局 1996 年版,第 98 页。

佳偶，也都求之不得，其中，宓妃的个性最特别，她“信美而无礼”，令诗人沮丧，因而放弃对她的追求[①]。诗人所渡白水是源出昆仑的水系、所登阆风是昆仑山的地名，诗中写到宓妃住的穷石，是昆仑四水之一弱水的发源地，宓妃濯发的洧盘源出崦嵫山，由此可见，早期关于宓妃的神话，与西方昆仑山有密切的联系。[②]

《离骚》以后，宓妃经常出现在汉代作品里。比如司马相如（约前179—前118）的《上林赋》说：

> 若夫青琴、宓妃之徒，绝殊离俗，姣冶娴都，靓庄刻饬，便嬛绰约，柔桡嫚嫚，妩媚孅弱；抴独茧之褕袘，眇阎易以戌削，媥姺徶㣯，与世殊服；芬香沤郁，酷烈淑郁；皓齿灿烂，宜笑的皪；长眉连娟，微睇绵藐；色授魂与，心愉于侧。[③]

上林苑在长安以西，是汉武帝依秦时旧苑扩建。司马相如鼓吹它的壮丽阔大，声色娱乐诱人，为天子所享，青琴、宓妃就在其中。与《离骚》所写不同的是：第一，这里提到有青琴、宓妃两位神女。[④]第二，它更着力于刻画两位神女的超凡脱俗之美：先是一幅全景扫描，写她们雍容娴雅的神态、刻意修饰的妆容和柔软苗条的身形，接着写她们长裙飘逸、行步婆娑的动态，最后推出她们芳香浓郁、笑靥如花、明眸皓齿、目光迷离的特写。第三，基于以上热情洋溢的赞美，带出青琴、宓妃与“我”两情相悦的结局，将温馨甜美的气氛推向高潮。青琴与宓妃，对应着子虚口中云梦的“郑女曼姬”[⑤]，相较于楚王之所有，表示天子拥有的一切都更具压倒性的优势。宓妃在这里可以理解为神女，也可以理解为最优秀的女

---

① 王逸注：“宓妃，神女，以喻隐士。”吕延济注：“宓妃，洛水神，以喻贤臣。”（游国恩著《离骚纂义》，《游国恩楚辞论著集》第一卷，中华书局2008年版，第301页）。

② 据《屈原集校注》对白水、阆风、穷石、洧盘的注释（第102—111页）。按：传说宓妃是伏羲之女，而据吕思勉考证，“古代帝王，踪迹多在东方，而其后率傅之于西，盖因今所传者，多汉人之说，汉世帝都在西，因生傅会也。而伏羲之都邑，亦不能外此”，所以伏羲之迹，曾移至秦陇之间（《伏羲考》，《吕思勉读史札记（增订本）》，上海古籍出版社2005年版，第26页）。

③ 引自张连科笺注、吴云校审《司马相如集编年笺注》，辽海出版社2007年版，第42页。

④ 《史记》卷一一七《司马相如列传》，宋裴骃《集解》引《汉书音义》曰：“皆古神女名。”唐司马贞《索隐》引伏俨曰：“青琴，古神女也。”如淳曰：“宓妃，伏羲女，溺死洛水，遂为洛水之神。”

⑤ 司马相如《子虚赋》，《司马相如集编年笺注》，第10页。

性，她代表的是天子的无边权力。

其后，扬雄（前53—前18）的《甘泉赋》《羽猎赋》也写到宓妃。《甘泉赋》说：

想西王母欣然而上寿兮，屏玉女而却宓妃。玉女无所眺其清卢兮，宓妃曾不得施其蛾眉。方揽道德之精刚兮，眸神明与之为资。[①]

甘泉宫在咸阳淳化县西北的甘泉山上，扬雄随汉成帝前往祭祀。这一段讲祭祀前的斋戒，要尽力排除玉女、宓妃的干扰，以道德自持，以神明为资。西王母和玉女在神话中都属昆仑一系[②]，同在《离骚》中一样，宓妃也是这一系统神话中的女神。[③]

如果说以上诗赋表现出宓妃仍是一个属地不那么确定的女神的话，到了扬雄《羽猎赋》写"鞭洛水之宓妃，饷屈原与彭、胥"[④]，不但用了《离骚》的典故，拿宓妃给屈原享受，还明明白白交代了宓妃属于洛水。[⑤]

而与此同时，刘向（约前77—前6）模仿屈原的《九歌》写作《九叹》，其中《愍命》一节表扬过去的政治清明，是既能够"放佞人与谄谀兮，斥谗夫与便嬖。亲忠正之悃诚兮，招贞良与明智"，又能够"逐下袟于后堂兮，迎宓妃于伊洛"，与今日之芳菲变腐物，而使人"哀余生之不当兮，独蒙毒而逢尤"全然不同[⑥]，之所以说到"迎宓妃于伊洛"，也说明宓妃不但来自伊、洛，又还是清明廉洁的政治的象征。

需要补充说明的是，洛河中有女神（嫔）的传说，最早也是见于屈原的描写，他在《天问》里说："帝降夷羿，革孽夏民。胡射夫河伯，而妻彼洛嫔。"传说有穷国君羿打败夏启之子太康，为害夏民，又射河伯，强娶了河伯的妻子，因而帝降

---

① 张震泽校注《扬雄集校注》，上海古籍出版社1993年版，第62页。

② 小南一郎《中国的神话传说与古小说》，孙昌武译，中华书局1993年版，第58页。

③ 参见张震泽校注《扬雄集校注》，第65页。

④ 张震泽校注《扬雄集校注》，第106页。

⑤ 刘勰曾批评"子云《羽猎》'鞭宓妃以饷屈原'，张衡《羽猎》'困玄冥于朔野'，娈彼洛神，既非魍魉，惟此水师，亦非魑魅，而虚用滥形，不其疏乎"（范文澜注《文心雕龙注·夸饰》，人民文学出版社1958年版，第608页）。

⑥ 洪兴祖《楚辞补注》，白化文等点校，中华书局1983年版，第302页。

夷羿于下国，为民除患。这里说到河伯妻子“洛嫔”，东汉王逸以为就是指宓妃，而“羿又梦与雒水神宓妃交接”，不过，游国恩已予以辨正，指出“河伯娶妇，战国已然。至以雒嫔为宓妃，则后人附会之说”①。这是对的，洛神与宓妃两个形象是渐渐地合二为一，到了东汉建都洛阳以后，传说中的宓妃，才与洛河越来越联系在一起。

说宓妃成为公认的洛水之神，而与东汉建都洛阳有关，最显著的一个例子是张衡(78—139)的《东京赋》。《东京赋》叙说“昔先王之经邑”，也就是周成王的早年营建东京洛阳，写到择地的过程时说：

> 泝洛背河，左伊右瀍，西阻九阿，东门于旋。盟津达其后，太谷通其前。回行道乎伊阙，邪径捷乎轘辕。太室作镇，揭以熊耳。底柱辍流，镡以大岯。温液汤泉，黑丹石缁。王鲔岫居，能鳖三趾。宓妃攸馆，神用挺纪。龙图授羲，龟书畀姒。②

“宓妃攸馆”③，是说宓妃在此定居。这一段讲以洛阳为都，除了在自然环境上有优势，还能得到神灵的庇护，这已经由大鲔鱼游来、宓妃定居于此、龙马传八卦给伏羲、神龟负文赐大禹等表示吉祥的灵异现象验证过了。宓妃，当然也是洛阳的护佑之神。

张衡还有《思玄赋》，一如屈原的《离骚》和扬雄的《甘泉赋》，写到玉女、宓妃、西王母这一昆仑系统的神仙组合，不同的只是宓妃有了明确的属地：

> 载太华之玉女兮，召洛浦之宓妃。咸姣丽以蛊媚兮，增嫮眼而蛾眉。舒妙婧之纤腰兮，扬杂错之袿徽。离朱唇而微笑兮，颜的砾以遗光。献环琨与玙缡兮，申厥好以玄黄。虽色艳而赂美兮，志浩荡而不嘉。双材悲于不纳兮，并咏诗而清歌④。

---

① 游国恩著《天问纂义》，《游国恩楚辞论著集》第二卷，中华书局2008年版，第213—218页。

② 费振刚、仇仲谦、刘南平校注《全汉赋校注》，广东教育出版社2005年版，第678页。

③ 李善注张衡《东京赋》谓“《楚辞》曰：‘迎宓妃于伊洛。’王逸曰：‘宓妃，神女，盖伊洛之水精。’”(李善注《文选》卷三，中华书局影印本1977年版，第54页)

④ 张震泽校注《张衡诗文集校注》，上海古籍出版社1986年版，第224页。

赋家写自己上天入地,去银台拜望西王母,西王母很高兴,太华山的玉女和洛浦的宓妃也都尽显其袅娜妙曼,以美玉丽服来表达她们的好意,可是"我"却有更高的志向而不能够接受,不得已伤了两位女神的心,"我"也来不及回复她们的咏诗清唱,便踏上征程,沿着黄河去向昆仑,登上阆风之城。在这里,宓妃不但归于洛浦,还同太华之玉女一样,与第一人称的"我"有了相当丰富的思想情感交流,也正是由于这一点,《思玄赋》才表现出《离骚》一样的情怀,"洛浦之宓妃"也显现出人性的光彩。

但是,尽管在东汉的一些作品里,宓妃已被确定无疑地描写成洛水之神,然而在很多记载中,她还往往与青琴、玉女并列,只是诸神女中的一位,比如边让(?—约 208)的《章华台赋》就说"招宓妃,命湘娥,齐倡列,郑女罗"[①],以宓妃、湘娥与齐倡、郑女并称,似乎就因为宓妃、湘娥都是水中的女神。

直到比曹植写《洛神赋》早约七十年,蔡邕(133—192)写了一篇《述行赋》,其中提到宓妃,相当值得注意。

根据《述行赋序》的介绍,延熹二年(159)秋,因宦官徐璜向朝廷报告蔡邕擅长鼓琴,陈留太守派他赴京,可是走到偃师时,他生了病,不得已返回。《述行赋》写就是这样一次旅行,因此一开头说的是:"余有行于京洛兮,遘淫雨之经时。"在道路泥泞不堪、坐骑盘桓不前的窘况下,作者"心郁伊而愤思",而夜宿大梁(今开封),回望过去,也浮想联翩,"行游目以南望兮,览太室之威灵。顾大河于北垠兮,瞰洛汭之始并",由此产生"美伯禹之所营""悼太康之失位"的慨叹。凄风苦雨中,"仆夫疲而劬瘁兮,我马虺颓以玄黄",作者解鞍下马:

哀衰周之多故兮,眺濒隈而增感。忿子带之淫逆兮,唁襄王于坛坎。

---

① 《全汉赋校注》,第 900 页。据《章华台赋序》,楚灵王游云梦泽,谓"盛哉斯乐,可以遗老而忘死也"。大臣椒举心知陈蔡将有图谋,遂作赋讽谏。赋中说楚的先王逐渐建设强大的国家,于是日理万机,夜设欢宴,"携窈窕,从好仇,径肉林,登糟丘,兰肴山竦,椒酒渊流",在清池里饮酒,微风中行舟,登上瑶台四顾,希望以此解忧。"于是招宓妃,命湘娥,齐倡列,郑女罗",让她们展喉长歌,繁手妙舞,极尽欢乐。天明之后,灵王却抚剑叹息:"处理国之须才,悟稼穑之艰难。美吕尚之佐周,善管仲之辅桓。将超世而作理,焉沉湎于此欢。"因此改弦更张。

悲宠嬖之为梗兮，心恻怆而怀惨。操方舟而溯湍流兮，浮清波以横厉。想宓妃之灵光兮，神幽隐以潜翳。实熊耳之泉液兮，总伊瀍与涧濑。通渠源于京城兮，引职贡乎荒裔。①

蔡邕此行，是在灰心、疲惫、愤懑的状态下，与黄初四年曹植离京时的心境相仿佛，都怀有对朝中谗佞之人的极度不满。蔡邕以“想宓妃之灵光兮，神幽隐以潜翳”，也就是代表美好、清明的护佑之神宓妃的潜匿、隐伏，来暗示现实的黑暗，而曹植在遭遇到一连串的挫折之后，于返国途中，临洛河而触景生情，想起宓妃，又何尝不是基于同样的感受？②

对于曹植来说，宓妃，这位洛河的庇护之神，因此是美丽、吉祥、清明的象征，但也是可遇不可求，正如他在《赠白马王彪》诗中也写到的：“苦辛何虑思，天命信可疑！虚无求列仙，松子久吾欺。变故在斯须，百年谁能持。离别用无会，执手将何时？”③仙人也罢，神女也罢，都非凡人所能企及，人神道殊，结局只能是“悼良会之永绝兮，哀一逝而异乡”④。

其次，来看所谓“宋玉对楚王说神女之事”。

宋玉对楚王说神女，事出署名为宋玉的两篇作品《高唐赋》《神女赋》。⑤《高唐赋》写的是宋玉与楚襄王游于云梦之台，面向高唐之观，宋玉对襄王说起从前楚怀王游高唐的故事：楚怀王困倦而昼寝，梦见巫山之女“愿荐枕席，王因而幸之”，其后为之立庙，号为“朝云”，赋的很大篇幅是在描写高唐的自然环境。而《神女赋》则是写楚襄王听了宋玉之赋高唐，梦中恍惚遇见神女，醒来对宋玉感

① 蔡邕《述行赋》，《全汉赋校注》，第 912 页。

② 据曹耀湘《读骚论世》说，《洛神赋》就是依据前文所引《天问》“胡射夫河伯，而妻彼雒嫔”的王逸注而来的，“射河伯、妻雒嫔，言羿不独虐害万民，且能凌侮神祇也。妻宓妃事，与宋玉赋高唐神女事相类，以见其荒淫无度，妖异乘之而起”（转引自《游国恩楚辞论著集》第二卷《天问纂义》，第 217 页）

③ 曹植《赠白马王彪》其七，《曹植集校注》，第 300 页。

④ 曹植《洛神赋》，《曹植集校注》，第 284 页。

⑤ 宋玉之赋，经清代崔述考辩，几乎全被认定为伪作。《文选》卷十九所收宋玉《风赋》《高唐赋》《神女赋》《登徒子好色赋》，也或疑为汉武帝以后作品，参见马积高《赋史》第二章《先秦辞赋》三《宋玉和〈九辩〉等作》，上海古籍出版社 1987 年版，第 38—42 页。

叹:“茂矣美矣,诸好备矣。盛矣丽矣,难测究矣。上古既无,世所未见。瑰姿玮态,不可胜赞。”然后,由宋玉记录下神女的状貌以及与之相遇的情形,赋的相当大篇幅也是在描绘神女,写神女的样态、行止,写神女与楚襄王的交往:

夫何神女之姣丽兮,含阴阳之渥饰。被华藻之可好兮,若翡翠之奋翼。其象无双,其美无极。毛嫱鄣袂,不足程式,西施掩面,比之无色。近之既妖,远之有望。骨法多奇,应君之相。视之盈目,孰者克尚。

这样一个美丽富态的神女,又还是“他人莫睹,王览其状”,难怪楚襄王会产生“性和适,宜侍旁,顺序卑,调心肠”的幻想。

女神的体貌丰满庄重,面庞温润如玉,她的五官精致,她的气质优雅,她的举止大方,她的步态雍容:

貌丰盈以庄姝兮,苞温润之玉颜。眸子炯其精朗兮,瞭多美而可观。眉联娟以蛾扬兮,朱唇的其若丹。素质干之醲实兮,志解泰而体闲。既姽婳于幽静兮,又婆娑乎人间。宜高殿以广意兮,翼放纵而绰宽。动雾縠以徐步兮,拂墀声之珊珊。①

这一段对神女的描写,如楚襄王向宋玉讲述的他遇见神女的那一刹那,“其始来也,耀乎若白日初出照屋梁。其少进也,皎若明月舒其光”,有近景、远景,有静态、动态,层次分明,动静相间。

但是,接下来写神女与楚襄王的会见,起初是神女若有所动,随之彷徨不定:“意似近而既远兮,若将来而复旋。”然后,由于双方互表爱慕,“精交接以来往兮”,襄王“心凯康以乐欢”,却不料神女突然变卦,露出一副不可侵犯的表情,同时“摇佩饰,鸣玉鸾,整衣服,敛容颜,顾女师,命太傅,欢情未接,将辞而去”。而楚襄王挽留无效,独自“回肠伤气,颠倒失据”,“惆怅垂涕,求之至曙”。这一段,把楚襄王与神女的相会写得一波三折,楚襄王对神女的欲望,与这种欲望相对照的神女的喜怒无常、无从把握,都被刻画得丝丝入扣。就楚襄王而言,神女

① 宋玉《神女赋》,《文选》卷十九,第267—268页。

的诱惑无法抵挡，可是神女又终归“不可乎犯干”，欲罢不能，却又求之不得，恰如《离骚》所写与“吾”若即若离的宓妃。

而这样一个神女，几乎就是《上林赋》中的宓妃与《离骚》中的宓妃二者的结合，取前者的容颜、后者的性情。当然，以“神女”为唯一的主角，将笔墨全部倾注在神女身上，这一点是《神女赋》独有的。尽管“神女”不是宓妃，可是它通篇聚焦于一个神女的写法，对曹植后来写作《洛神赋》很有影响。

另外必须要提到的是，《神女赋》说楚襄王不能够如愿与神女结合，最大的障碍，在于他们之间“交希恩殊”，也就是人神阻隔，由此，神女在关键时刻毁约，令楚襄王不知所措，所以，“神独亨而未结兮，魂茕茕以无端”。“交希恩殊”，在《洛神赋》里，便是“人神之道殊”。在这一点上，《神女赋》也影响了《洛神赋》的故事结构。流波所及，如王粲、陈琳等人的《神女赋》《止欲赋》，还有沈约的《丽人赋》、江淹《丽色赋》等都采用了这个套式。①

最后，《神女赋》采取的楚襄王与宋玉对话的方式，也为曹植所继承，但《神女赋》是由宋玉来转述楚襄王所经历一切的，而在《洛神赋》里，“余”既是君王、亲历者，也兼任“描述者”，这种亲口道出的方式，无疑增加了叙述内容的真实性。

三、洛神赋：无望之爱与取梦通灵

曹植现存作品里，有一组《画赞》，据赵幼文考证，大约作于建安十八年(213)。这一年，邺都修筑宫室②，如左思《魏都赋》所写，其中“丹青焕炳，特有温室。仪形宇宙，历像贤圣。图以百瑞，綷以藻咏”③。所谓“藻咏”，据李善注，“鸣

---

① 宋代陈师道《后山诗话》说：“宋玉为《高唐赋》，载巫山神遇楚襄王，盖有所讽也。而文士多效之者，又为传记以实之，而天地百神举无免者。”(何文焕辑《历代诗话》上，中华书局 1981 年版，第 305 页)

② 《三国志》卷十五《魏书·梁习传》，中华书局校点本，第 469 页。

③ 左思《魏都赋》，李善注《文选》卷六，中华书局影印本，第 100 页。

鹤堂之前,次听政殿之后,东西二坊之中央有温室,中有《画像赞》”,便是这里的《画像赞》,而今本题名为《画赞》的曹植这一组作品①,很可能就是为这温室里的圣贤像所题写。所以,《画赞》首篇即为《庖犠赞》:“木德风姓,八卦创焉。瑞龙名官,法地象天。庖厨祭祀,网罟鱼畋。瑟以象时,神德通玄。”从对伏羲的熟悉程度看,曹植对传说中的伏羲之女宓妃②,应该也不陌生。

因此黄初四年,当曹植经过洛河的时候,有关宓妃的传闻自然浮现于脑海,这个传闻与宋玉的神女故事嫁接,就有了新的“河洛之神”。

《洛神赋》通篇以第一人称叙写,简短的《序》除外,可以分为五个小段落③:

A. 从“余从京域,言归东藩”开始,简单交待出京道路、行至洛川的时间(32字),便立刻切入“睹一丽人,于岩之畔”(12字)的正题,又由和御者的对话,说明她就是河洛之神宓妃(50字)。

B. 以回答御者的方式“余告之曰”,细述余所见宓妃,由远及近、由内而外、由静至动地刻画她惊人的艳丽。先写她的形貌、衣着:

> 其形也,翩若惊鸿,婉若游龙,荣曜秋菊,华茂春松,(14字)仿佛兮若轻云之蔽月,飘遥兮若流风之回雪。(18字)远而望之,皎若太阳升朝霞,迫而察之,灼若芙蓉出渌波(22字)。襛纤得衷,修短合度,肩若削成,腰如约素,延颈秀项,皓质呈露,芳泽无加,铅华弗御。云髻峨峨,修眉联娟,丹唇外朗,皓齿内鲜,明眸善睐,靥辅承权,环姿艳逸,仪静体闲。柔情绰态,媚于语言,奇服旷世,骨像应图。(80字)披罗衣之璀粲兮,珥瑶碧之华琚。戴金翠之首饰,缀明珠以耀躯。践远游之文履,曳雾绡之轻裾。(36字)

再写她的行为举止:

---

① 赵幼文《曹植集校注》,人民文学出版社1984年版,第69页。

② 宓妃为伏羲女,见第15、17页,《史记·司马相如传》引如淳注,这是汉代人的看法。游国恩《离骚纂义》以为既云宓妃,当是伏羲之妃,不为女,可聊备一说。(《游国恩楚辞论著集》第一卷,第304页)

③ 洪顺隆《论〈洛神赋〉》(收入洪氏《辞赋论丛》,文津出版社2000年版,第98—127页)、陈葆真《从辽宁本〈洛神赋图〉看图像转译文本的问题》都为《洛神赋》划分段落,本文略有不同。

微幽兰之芳蔼兮，步踟蹰于山隅。于是忽焉纵体，以遨以嬉。左倚采旄，右荫桂旗。攘皓腕于神浒兮，采湍濑之玄芝。(40 字)

C. 为美丽、活泼的宓妃所吸引，“余”表达了爱慕之意，宓妃也给以承诺，这时“余”却担心起来，不敢逾矩。从“余情悦其淑美兮”到“申礼防以自持”，这一节写“余”始而欣悦冲动、后又前瞻后顾的心理，一波三折，细腻温婉(96 字)。

D. 自“于是洛灵感焉”，接下来写宓妃“神光离合，乍阴乍阳”的反应，她的惊诧、失望(52 字)，然后写她召集湘江二妃、汉滨游女等女神嬉戏清流，采明珠，拾翠羽，吟咏啸歌，“华容婀娜，令我忘餐”(114 字)，也令各种水中生灵动容(52 字)。这一节载歌载舞 120 个字的描写，高潮迭起。但忽然大幕落下，宓妃“越北沚，过南冈”，依依不舍地含泪而去(100 字)。

E. 自“忽不悟其所舍”，转而写“余”的落寞、惘然，以至“揽骈辔以抗策，怅盘桓而不能去”结束全篇(88 字)。

A、C、E 三节涉及“余”的内容大约 300 字，主要是叙事，推动情节的发展。而 B、D 两节合计将近 500 字，集中写宓妃的样貌、举止，是平面描绘，有很强的画面感。

《洛神赋》的这种结构、写法，恰如曹植自述，曾受到宋玉的影响。因为《神女赋》首开正面描写神女的先例，到了《洛神赋》，河洛之神宓妃的独立形象与完满个性更加清晰①，虽然在这个洛神身上，还糅合了各种版本的宓妃的点点滴滴，也不乏《离骚》《上林赋》等作品遗留的痕迹，可是，一个美丽贤淑、聪颖灵动的女神/女性形象毕竟呼之欲出。

需要补充说明的是，《洛神赋》的出现，并不只是简单地对《神女赋》或其他作品的效仿。②正像刘勰的观察，建安作家往往“怜风月，狎池苑”③，对女性的

---

① 参见洪顺隆《论洛神形象的袭用与异化——由〈洛神赋〉到明清戏曲小说的脉络》，原载《“国立”编译馆刊》第十八卷二期(1990)，收入氏著《辞赋论丛》，第 178—223 页。

② 参见拙文《从〈文选情赋〉看，情为何物？》，《九州学林》2005 年秋季号，香港城市大学出版社。

③ 范文澜注《文心雕龙注》卷二《明诗》，人民文学出版社 2001 年版，第 66 页。

形态和心理揣摩细致、体察入微,而曹植这样的人,本来也就习惯于同女艺人亲密相处①,还有过不少女性题材作品的创作练习,如其现存的赋作《愍志赋》《静思赋》与诗作《闺情》《美女篇》《弃妇篇》等,因此,才能写出《洛神赋》这样堪称完美的作品。后来沈约评价说:"以《洛神》比陈思他赋,有似异手之作。"②把《洛神赋》抬得很高,但以此贬低曹植的其他作品,也并不公允。

且看曹植在《静思赋》中描写女性的段落:"夫何美女之娴妖,红颜烨而流光,卓特出而无匹,呈才好其莫当。性通畅以聪慧,行孅密而妍详。"还有《七启》:"然后姣人乃被文縠之华袿,振轻绮之飘摇,戴金摇之熠耀,扬翠羽之双翘。挥流芳,耀飞文,历盘鼓,焕缤纷。长裾随风,悲歌入云。跂捷若飞,蹈虚远蹠,陵跃超骧,蜿蝉挥霍,翔尔鸿翥,濈然凫没。纵轻体以迅赴,景追形而不逮。飞声激尘,依威厉响,才捷若神,形难为象。""红颜宜笑,睇眄流光"。前者写"美女"的静态,后者写"才人妙伎"的动态,与《洛神赋》相比,它们自然更像片断的素描,不过可以想见,如果没有这样的写作基础和练习,要一气呵成地写出《洛神赋》,恐怕十分困难。

从《洛神赋》与曹植其他作品的对照中,还可以看到曹植在写恋爱及女性方面的特点。他笔下的爱情,大多是单向的、无望的,如《洛神赋》写"余"爱上宓妃,却找不到媒人说情,"余情悦其淑美兮,心振荡而不怡。无良媒以接欢兮,托微波而通辞",与《感婚赋》之写"悲良媒之不顾,惧欢媾之不成"③,《愍志赋》之写"或有好邻人之女者,时无良媒,礼不成焉"以及"哀莫哀于永绝,悲莫悲于生离"的情节④,就颇相似,都是说没有媒人代为沟通,自己的愿望便无从传达。还有像《静思赋》写"夫何美女之娴妖,红颜晔而流光。卓特出而无匹,呈才好其莫当。性通畅以聪惠,行孅密而妍详。荫高岑以翳日,临绿水之清流。秋风起于

① 参见拙作《卞氏的故事》,《读书》2007年第10期,第77—86页。

② 沈约答陆厥书,《南齐书》卷五二《陆厥传》,中华书局点校本,第900页。

③ 曹植《感婚赋》,《曹植集校注》,第31页。

④ 曹植《愍志赋》并序,《曹植集校注》,第32页。

中林，离鸟鸣而相求。愁惨惨兮增伤悲，予安能乎淹留”①，也传达着一种因为仰慕而带来的深深自卑。而这一点，与他苦于政治上不能一展宏愿、有着难以摆脱的挫折感也恰好一致，如他在《赠白马王彪》诗中写自己的归藩之路：“清晨发皇邑，日夕过首阳。伊洛广且深，欲济川无梁。泛舟越洪涛，怨彼东路长。顾瞻恋城阙，引领情内伤。”也是心情低落而幽怨。

当然，与《洛神赋》相类似的作品，在曹植同时代还有不少，有题作《神女赋》，也有题作《止欲赋》的，沈达材以来的研究都曾有所论及。需要指出的是，这类同题作品有一个共同点，就是它们都有一个类似宋玉《神女赋》“其夜王寝，果梦与神女遇”的情节设置，都写到男女之间的“取梦通灵”。

“取梦通灵”的情节，在班固的《汉书》里已经有过。《汉书》记载孝武帝思念已故李夫人，听信方士“能致其神”的话，张灯设帐陈酒肉，等到夜里，他自己躲在旁边帐中，“遥望见好女如李夫人之貌”，却是不能靠近，因而倍增相思，写诗作赋以为悼念。②虽然汉武帝不是在梦里见到李夫人，不过选择在夜间，同时只可见不可触碰，已有似真非真的梦幻效果。

后来，蔡邕在《检逸赋》里写心悦淑丽：“情罔写而无主，意徙倚而左倾。昼骋情以舒爱，夜托梦以交灵。”③再往后，杨修《神女赋》写：“余执义而潜厉，乃感梦而通灵。”④徐幹《喜梦赋》写：“昔嬴子与其交游于汉水之上，其夜梦见神女。”⑤陈琳《止欲赋》写“余”有求于东滨之“逸女”，可是受困于“道悠长而路阻，

---

① 曹植《静思赋》，《曹植集校注》，第 37 页。

② 《汉书》卷九七《外戚传上》，第 3952 页，中华书局点校本。司马迁《史记》所记载略异，其谓汉武帝所幸王夫人卒，齐人“少翁以方术盖夜致王夫人及灶鬼之貌云，天子自帷中望见焉”，“文成言曰：‘上即欲与神通，宫室被服不象神，神物不至。’乃作画云气车，及各以胜日驾车辟恶鬼。又作甘泉宫，中为台室，画天、地、泰一诸神，而置祭具以致天神。”（司马迁《史记》卷十一《孝武帝本纪》，中华书局校点本，第 458、459 页。王夫人，张守节《正义》曰“《汉书》作李夫人”）。根据韦宾的研究，少翁说“不象神，神物不至”，表明汉代绘画对神仙形象的描绘，有着交通人与神也就是“通神”的作用（韦宾《汉魏六朝画论十讲》第一讲《汉代造像巫术通神观念考察》，中国社会科学出版社 2009 年版，第 11 页）。

③ 蔡邕《检逸赋》残篇，《全汉赋校注》，第 944 页。

④ 杨修《神女赋》，《全汉赋校注》，第 1024 页。

⑤ 徐幹《喜梦赋序》（残篇），俞绍初辑校《建安七子集》卷四，第 154 页。

河广漾而无梁。虽企予而欲往,非一苇之可航”,不得已伤心就床:“忽假瞑其若寐,梦所欢之来征。魂翩翩以遥怀,若交好而通灵。”[①]都是托梦通灵。而阮瑀的《止欲赋》写“予”一心向往“淑女”,明知思之不能得,依然“还伏枕以求寐,庶通梦而交神”,不料“遂终夜而靡见,东方旭以既晨”[②],却未能达成心愿,结果出人意外。还有,王粲的《闲邪赋》是以一个错过婚期的“丽女”的口吻,写她的寂寞无助、孤立无依,“排空房而就衽,将取梦以通灵。目炯炯而不寐,心忉怛而惕惊”[③],角度也十分独特。

值得注意的,就是这样一种“取梦通灵”的情节,仿佛现实中不能成就的恋爱,要靠梦来达成。[④]清代顾春说“那曹子建的《洛神赋》、元微之的《会真记》,皆因是有所慕而无所得,才写得那样迷离惝恍,这便是痴情了”[⑤],讲的便是这层意思。陈寅恪在分析唐代元稹的《会真记》时,曾指出《会真记》的“真”就是“仙”的意思,“会真”即是“遇仙”“游仙”,他说这个题材,实际是一种与道教相关的类型故事,“六朝人以侈谈仙女杜兰香、萼绿华之世缘,流传至于唐代,仙(女性)之一名,遂多用作妖艳妇人,或风流放诞之女道士之代称,亦竟有以之目倡伎者”[⑥]。陈寅恪的这一解释,主要针对六朝隋唐时期的小说,然而这样一种故事模式,从《汉书》《神女赋》《洛神赋》这一类著作来看,至少在汉代时,已见诸赋、史等文章体裁。

那么,《洛神赋》有没有道教的背景?

曹植作有《辩道论》,其中说他们父子兄弟都不信那些“虚妄”的“神仙之书、道

---

① 陈琳《止欲赋》,俞绍初辑校《建安七子集》卷二《陈琳集》,中华书局2005年版,第38页。

② 阮瑀《止欲赋》,俞绍初辑校《建安七子集》卷五《阮瑀集》,第163页。

③ 王粲《闲邪赋》,俞绍初辑校《建安七子集》卷三《王粲集》,第100页。

④ 取梦通灵,似乎是古人普遍的想法,例如谢朓在《思归赋》里写“望大夏而长思”,就有“虽曲街之委陋,犹寤寐而见之。况神交而通梦,眇河汉于佳期”(曹南融校注集说《谢宣城集校注》,第15页)的描写,“况神交而通梦”,就是说梦与神通。

⑤ 草堂居士订谱、云槎外史填词《桃园记》,收入黄仕忠等编《日本所藏稀见中国戏曲文献丛刊》第一辑第五册,广西师范大学出版社2006年版。

⑥ 陈寅恪《元白诗笺证稿》第四章《艳诗及悼亡诗》附《读莺莺传》,第107页。参见刘隆凯整理《陈寅恪〈元白诗证史〉讲席侧记》,湖北教育出版社2005年版,第15页。

家之言”，曹操做魏王后，曾把一批著名的方士拘禁起来，就是防止他们挟道术“欺众”“惑民”。但是文中也说，他亲眼看见郗俭绝谷百日而行步起居自若，也见到左慈“修房内之术，差可终命”，于是，了解到辟谷“不必益寿，可以疗疾，而不惮饥馑焉”，明白“自非有志至精”，也不可能行房中术，所以，盲目追求“得道化为仙人”不免荒诞，可是善于养生，自能终其天年。①这一篇辩驳道教方士的文章，后来被佛教的信仰者刘勰批评为“体同书抄：言不持正，论如其已”②，也就是说它立论不够明确、是非不够了然，不过，这倒反映出曹植的内心，在这一问题上的暧昧与含糊，虽然不信奉，可是也不排斥。实际上，曹操本人就是“好养性法，亦解方药”的，他向皇甫隆讨教过养生之法③，他的义子何晏更是服寒食散而首获神效的。所以，唐长孺分析他拘禁方士之举，“未必完全为了防止他们‘欺众惑民’”，因为在他的乐府作品里，就很有些“具有神仙思想，歌咏服药长生”的。④

唐长孺提到的曹操乐府作品，包括《气出唱》三首、《精列》等。值得注意的是，这些游仙诗都写到过仙人、玉女，如《气出唱》的“行四海外，东到泰山。仙人玉女，下来翱翔。骖驾六龙饮玉浆”（之一）以及“酒与歌戏，今日相乐诚为乐。玉女起，起舞移数时”（之二）⑤。传为曹丕撰著的《列异传》，也记述有很多“鬼物奇怪之事”⑥。类似的题材及写法，亦为曹植所继承，今存曹植集里，有不少题为《游仙》《升天行》之类的游仙诗。其中像《仙人篇》就写得酣畅淋漓、大有气魄，诗中还出现了各路神仙：

仙人揽六局，对博太山隅。湘娥拊琴瑟，秦女吹笙竽。玉樽盈桂酒，河

---

① 曹植《辩道论》，《曹植集校注》，第186—189页。

② 范文澜注《文心雕龙注·论说》，第328页。

③ 曹操《与皇甫隆令》：“闻卿年出百岁，而体力不衰，耳目聪明，颜色和悦，此盛事也。所服食施行导引，可得闻乎？若有可传，想可密示封内。”（《千金方》卷八一，转引自《曹操集译注》，中华书局1983年版，第212页）

④ 唐长孺《魏晋期间北方天师道的传播》，载氏著《唐长孺社会文化史论丛》，武汉大学出版社2001年版，第145页。

⑤ 曹操《气出唱》之一，《曹操集译注》，第1页。

⑥ 曹丕《列异传》，见《隋书》卷三三《经籍志·杂传类》，中华书局校点本，第980、982页。

伯献神鱼。四海一何局!九州安所如?韩终与王乔,要我于天衢。万里不足步,轻举陵太虚。飞腾逾景云,高风吹我躯。回驾观紫薇,与帝合灵符。阊阖正嵯峨,双阙万丈余。玉树扶道生,白虎夹门枢。驱风游四海,东过王母庐。俯观五岳间,人生如寄居。潜光养羽翼,进趋且徐徐。不见轩辕氏,乘龙出鼎湖。徘徊九天上,与尔长相须。[①]

从仙人、湘娥、秦女、河伯到韩终、王乔,从紫薇、阊阖到王母庐,神仙世界在他的笔下绮丽热烈、令人销魂,全然不像他在《辩道论》中说的那样:“夫帝者,位殊万国,富有天下”,“何顾乎王母之宫、昆仑之域”,“三鸟被致,不如百官之美”,“素女嫦娥,不若椒房之丽”[②]。正是在这样的熟悉道教神仙世界的前提下,才有可能写出《洛神赋》里的洛神以及众神仙。无论相信神仙的存在与否,这些知识储备,这些笔墨训练,都为曹植最终完成《洛神赋》奠定了基础。

曹植以后,被视为其五言诗继承者的陆机,在《前缓声歌》里也这样写到过宓妃:

游仙聚灵族,高会层城阿。长风万里举,庆云郁嵯峨。宓妃兴洛浦,王韩起太华。北征瑶台女,南要湘川娥。肃肃宵驾动,翩翩翠盖罗。羽旗栖琼鸾,玉衡吐鸣和。太容挥高弦,洪崖发清歌。献酬即已周,轻举乘紫霞。揔辔扶桑枝,濯足汤谷波。清辉溢天门,垂庆惠皇家。

诗写众仙高会,很像曹植《仙人篇》里的气氛,而其中明明白白写到宓妃来自于洛浦,未见得就没有《洛神赋》的影响。

四、洛神赋图:画家的观望

晋宋以来,《洛神赋》深受欢迎,一方面是为诗赋作家所效仿,另一方面,是成为一些绘画、书法作品的素材。

---

① 曹植《仙人篇》,《曹植集校注》,第263页。
② 曹植《辩道论》,《曹植集校注》,第189页。

以《洛神赋》为摹本的文学创作，现存最早的是谢灵运的《江妃赋》。[①]这一篇赋，今本非为完篇，但从余下的残篇断简中，依然可见它在描写江妃的容貌姿态、举止情状时，模仿《洛神赋》的痕迹，也可以看到类似《洛神赋》里的“余”在恋爱中表现出来的那种忐忑不安、依依不舍：

《招魂》定情，《洛神》清思。覃曩日之敷陈，尽古来之妍媚，矧今日之逢逆，迈前世之灵异。小腰微骨，朱衣皓齿。绵视腾采，靡肤腻理。姿非定容，服无常度。两宜欢颦，俱适华素。于时升月隐山，落日映屿，收霞敛色，回飙拂渚。每驰情于晨暮，矧良遇之莫叙。投明璫以申赠，觊色授而魂与。嗟佳人之眇迈，眺霄际而告语。惧展爱之未期，抑倾念而暂伫。天台二娥，宫廷双媛，青袿神接，紫衣形见。或飘翰凌烟，或潜泳浮海，万里俄顷，寸阴未改。事虽假于云物，心常得于无待。况分岫湘岸，延情苍阴，隔山川之表里，判天地之浮沉，承嘉约于往昔，宁更贰于在今。倘借访于交甫，知斯言之可谌。兰音未吐，红颜若晖。留眄光溢，动袂芳菲。散云辔之络绎，案灵辎而徘徊，建羽旌而逶迤，奏清管之依微。虑一别之长绝，眇天末而永违。[②]

其后，江淹(444—505)的《水上神女赋》明显继承了《洛神赋》的叙述模式：先写到江上丈人游宦荆吴，“忽而精飞视乱，意徙心移。绮靡菱盖，怅望蕙枝。一丽女焉，碧渚之崖，暧暧也，非云非雾，如云如霞”[③]，这一场景，毫无疑问来自《洛神赋》的“于是精移神骇，忽焉思散，俯则未察，仰以殊观。睹一丽人，于岩之畔”。然后写水上神女的样貌：“红唇写朱，真眉学月。美目艳起，秀色烂发。窈窕暂见，偃蹇还没。冶异绝俗，奇丽不常。”举止：“或采丹叶，或拾翠条。守明玑而为誓，解琅玕而相要。”最后是“情乍合而还散，色半亲而复娇”。或采取《洛神赋》的手法，或选用《洛神赋》的典故。江淹另外还有一篇《丹砂可学赋》，在写到服食丹砂后的游仙经历时说：“却交甫之玉质，笑陈王之妙颜。”[④]所谓“笑陈王”，

---

① 参见洪顺隆《论〈洛神赋〉对六朝赋坛的投映》，氏著《辞赋论丛》，第157—160页。

② 谢灵运《江妃赋》，严可均校辑《全宋文》卷三一，中华书局，第2609页。

③ 胡之骥注《江文通集汇注》卷一，中华书局点校本1984年版，第24页。

④ 《江文通集汇注》卷一，第48—49页。

就是用了《洛神赋》的典故，意思是说自己不会像曹植那样被宓妃迷惑。

南朝时喜爱《洛神赋》的作家很多。谢朓《七夕赋奉护军王命作》写七夕之夜，“君王壮思风飞，冲情云上”，就有“哂阳云于荆梦，赋洛篇于陈想”，“洛篇”，是指《洛神赋》[①]。而据洪顺隆说，江淹的《丽色赋》、沈约的《丽人赋》和《伤美人赋》、袁伯文的《美人赋》也都是《洛神赋》的投射[②]。此外，不独萧统在《文选》卷十九“情赋”的类目下收入《洛神赋》[③]，萧统的父亲萧衍对王羲之法书中的《洛神赋》也有很高评价，称“逸少有名之迹不过数首:《黄庭》《劝进》《像赞》《洛神》”[④]，他还有《戏作》一诗，其中也写到曹植笔下的洛神:“宓妃生洛浦，游女出汉阳。妖闲逾下蔡，神妙绝高唐。绵驹且变俗，王豹复移乡。况兹集灵异，岂得无方将。长袂必留客，清哇咸绕梁。燕赵羞容止，西妲惭芬芳。徒闻殊可弄，定自乏明珰。”[⑤]萧统的兄弟萧绎在谈到宋文帝儿子刘铄时，还曾以《洛神赋》为标准，称:“刘休玄少好学，有文才，尝为《水仙赋》，当时以为不减《洛神》，《拟古》诗时人以为陆士衡之流。余谓《水仙》不及《洛神》，《拟古》胜乎士衡矣。”[⑥]说明在萧氏父子心中，《洛神赋》的地位很高。

扬雄曾说作赋“必推类而言，极丽靡之辞，闳侈钜衍”[⑦]，《文心雕龙·诠赋》也说:“赋者，铺也，铺采摛文，体物写志也。”[⑧]都是讲赋有排比铺陈、状物如绘的特点。汉魏赋作家而又擅长绘画的人，似乎也很不少。据《历代名画记》记载，

---

① 曹南荣校注集说《谢宣城集校注》，上海古籍出版社 1991 年版，第 23 页。

② 洪顺隆《论〈洛神赋〉对六朝赋坛的投映》，氏著《辞赋论集》，第 160—172 页。

③ 《洛神赋》现存最早的版本，就是梁昭明太子(501—531)撰三十卷《文选》所收。据《隋志·总集类》，《文选》编撰前，曾有刘义庆(403—444)撰《集林》181 卷(梁 200 卷)、《集林钞》11 卷，同时还有沈约(441—513)撰《集抄》10 卷、丘迟(464—508)撰《集钞》40 卷(亡)，这些总集都有可能收入《洛神赋》。《隋志》另外还著录有孙壑注《洛神赋》一卷，据此可以想见《洛神赋》在南朝流传的情形。《文选》而外，初唐欧阳询撰《艺文类聚》(汪绍楹校，上海古籍出版社 1982 年版)卷八《水部》上“洛水”也录有《洛神赋》的正文节略(162 页)、卷七十九《灵异部》下“神”引序并正文节略(第 1351 页)，亦可证其在唐以前的流传。

④ 梁武帝与陶弘景书，陶弘景著《陶弘景集校注》，王京洲校注，上海古籍出版社 2009 年版，第 78 页。

⑤ 吴兆宜注、程琰删补《玉台新咏笺注》卷七，穆克宏点校，中华书局 1985 年版，第 272 页。

⑥ 许逸民校笺《金楼子校笺》卷三《说蕃》，中华书局 2011 年版，第 654 页。

⑦ 扬雄《自序》，张震泽校注:《扬雄集校注》，上海古籍出版社 1993 年版，第 415 页。

⑧ 《文心雕龙注·诠赋》，第 134 页。

张衡就是“善画”之人，能用脚画动物：“昔建州蒲城县山有兽名‘骇神’，豕身人首，状貌丑恶，百鬼恶之。好出水边石上，平子往写之，兽入潭中不出，或云：‘此兽畏人画，故不出也，可去纸笔。’兽果出，平子拱手不动，潜以足指画兽。今号为‘巴潭兽’。”蔡邕也“工书画”，能画人像，传说汉灵帝诏令他为赤泉侯杨喜一家五代将相画像，他又画又写，号称画、赞、书“三美”①。

曹植是否能画，尚未见有文献记载，但他作过《画赞》，也就是为画像题词，已如上述。在《画赞序》中，他说：

> 盖画者，鸟书之流也。昔明德马皇后美于色，厚于德，帝用嘉之！尝从观画，过虞舜庙，见娥皇、女英。帝指之，戏后曰：‘恨不得如此人为妃！’又前见陶唐之像。后指尧曰：‘嗟乎！群臣百僚恨不得戴君如是。’帝顾而笑。故夫画，所见多矣。上形太极混元之前，却列将来未萌之事。观画者，见三皇五帝，莫不仰戴。见三季暴主，莫不悲惋。见篡臣贼嗣，莫不切齿。见高节妙士，莫不忘食。见忠节死难，莫不抗首。见忠臣孝子，莫不叹息。见淫夫妒妇，莫不侧目。见令妃顺后，莫不嘉贵。是知存乎鉴者何如也。②

由此可见，他对绘画有着深切的了解③，而《画赞》之作，也基本上是以文字形式来说明画面，或者补充未能形诸画面的内容，如《女娲赞》说：“古之国君，造簧作笙。礼物未就，轩辕纂成。或云二皇，人首蛇形；神化七十，何德之灵。”④人首蛇形的女娲像，据现存图像资料看，在当时确实非常流行。⑤

文学与绘画的密切关系，建立于汉代以来文人越来越多的两方面的参与，

---

① 张彦远《历代名画记》卷四，俞剑华注释，上海人民美术出版社1964年版，第86—87页。

② 《曹植集校注》，第67页。丘巨源《咏七宝扇诗》，逯钦立《先秦汉魏晋南北朝诗·齐诗卷二》，中华书局，第1406页。景山树，典出《诗经·商颂·殷武》：“涉彼景山，松柏丸丸。”景山指帝后登高远眺处，河洛神则是用了《洛神赋》的典故。

③ 据《历代名画记》卷四记载，曹魏时的画家有曹髦、杨修、桓范、徐邈四人，杨修“与陈思王友善”（第88页）。

④ 《曹植集校注》卷一，第70页。

⑤ 周锡馥在《论“画赞”即题画诗》一文中说，曹植的《升天行二首并序》也可能是因观画而写的诗（《文学遗产》2000年第3期）。

一方面,作家观画写出铭颂诗赞,另一方面,画家根据歌诗辞赋敷衍成绘。《历代名画记》说东汉刘褒(汉桓帝时人)曾依《诗经·大雅》的《云汉》与《邶风》的《北风》作画,栩栩如生:"画《云汉图》,人见之觉热;又画《北风图》,人见之觉凉。"[①]魏晋期间,《诗经》也一直是绘画的重要题材,像西晋的卫协就画过《毛诗北风图》《毛诗黍离图》,晋明帝司马绍(298—325)也画过《豳风七月图》《毛诗图》。值得注意的是,这一时期,像《史记》《上林苑》等并非那么古老的作品,甚或嵇康诗这样的当代作品,也被纳入为绘画的选题,卫协画《诗经》,同时还画过《上林苑图》和《史记伍子胥图》,晋明帝也同时作有《史记列女图》《息徒兰圃图》《洛神赋图》,而东晋的画家顾恺之则作有《陈思王诗》图[②]。

从《历代名画记》的记载,可以知道依照《洛神赋》绘制《洛神赋图》,最早的一位作者,便是晋明帝司马绍[③]。尽管晋明帝的《洛神赋图》早已亡佚,今天所传署名顾恺之作的《洛神赋图》也被证明都是宋人的摹本[④],是十二世纪古老想象与当代奇想的结合[⑤],但是,丘巨源《咏七宝扇》诗中的"画作景山树,图为河洛神"[⑥],仍可证明南朝时确有以《诗经》《洛神赋》为主题的画作,而从它们的绘为扇面来看,"《洛神赋》图"很有可能还与"《诗经》图"一样为世人所喜爱。

顾恺之是卫协的弟子,有"三绝"即才绝、画绝、痴绝之名。《晋书》本传说他

---

① 《历代名画记》卷四,第85—86页。按,《诗经·大雅·云汉》有"赫赫炎炎,云我无所""汉魃为虐,如惔如焚"句,《邶风·北风》有"北风其凉,雨雪其雱"句(高亨《诗经今注》,《高亨著作集林》第三卷,清华大学出版社,第511、82页)。

② 《历代名画记》卷四,第92—107页。顾恺之所绘《陈思王诗》,据郭若虚《图画见闻志》,又题作《清夜游西园图》,当是从曹植《公宴》诗:"公子敬爱客,终宴不知疲。清夜游西园,飞盖相追逐。"(俞剑华等编《顾恺之研究资料》,北京人民美术出版社1962年版,第198页)

③ 《历代名画记》卷四,第93页。参见陈葆真:《从辽宁本〈洛神赋图〉看图像转译文本的问题》,载邹清泉主编:《顾恺之研究文选》,第127页。

④ 参见韦正《从考古材料看传顾恺之〈洛神赋图〉的创作年代》、陈葆真《从辽宁本洛神赋图看图像转译文本的问题》,均载邹清泉主编《顾恺之研究文选》。

⑤ 参见石守谦《〈洛神赋图〉:一个传统的形塑与发展》,载邹清泉主编《顾恺之研究文选》。

⑥ 丘巨源《咏七宝扇诗》,吴兆宜注、程琰删补《玉台新咏笺注》卷四,中华书局1982年版,第155页。按,景山树,典出《诗经·商颂·殷武》:"涉彼景山,松柏丸丸。"(《诗经今注》,第604页)河洛神,当用《洛神赋》之典。

“尤善丹青，图写特妙，谢安深重之，以为有苍生以来未之有也”①。他的画在当时就很珍贵，传说他“曾以一厨画寄桓玄，皆其绝者，深所珍惜，悉糊题其前。桓乃发厨后取之，好加理复。恺之见封题如初，而画并不存，直云：‘妙画通灵，变化而去，如人之登仙矣’”②。还有传说，讲他“为人画扇，作嵇阮而都不点睛。送还，主问之，顾答曰：‘那可点睛，点睛便语’”③。这种重神气、略形迹的画法，在中国人物画史上是一个极大的贡献④，在当时，则颇能迎合崇尚“无”的思潮、趣味，所以，后人将《洛神赋图》归在这位大名鼎鼎的画家名下，是有意地借重他的名声和地位，更何况，如《历代名画记》所记载，他也确实根据曹植的诗作过画。

当东晋南朝，《洛神赋》作为文学经典而被称赞、被效仿的时候，画家也视它为绘画的素材。但尽管赋本身就有绘画的特性，曹植也属懂画之人，然而《洛神赋》毕竟是文字，不是图像。绘画转写文字之赋，与单纯的文学模拟因此又不相同。

陈葆真曾以带有赋文的《洛神赋图》的辽宁本为依据，讨论过图像如何转译文本的问题，辽宁本的特色在于有图有赋文，因此，她说：“将《洛神赋》全文分作许多长短不一的段落，分别与相关的图像结合，而共组成一幕幕图文并茂，而且结构分明的图卷。这些赋文的作用，既可作为图像的旁白，又可加强图文互动的视觉效果，更可为画面的内容标出章节段落，使它成为一出连续的图画剧，表现出故事情节的进行和气氛的转变。”⑤就是说，当赋文与图相配合，文字不仅能够解释，也能够强化图的效果。石守谦也就赋向图转化时起的变化做过分析，他说：《洛神赋》描写洛神之美的句子，超过全文的五分之一，其余五分之四的文字都在处理“凡人—神仙”的关系，但在绘画中，这个比例有所调整，画家刻意避开文字在形容女性美上的优势，反而创造出赋里面较少形容的有关神仙的景

---

① 《晋书》卷九二《顾恺之传》，中华书局标点本。

② 余嘉锡笺疏《世说新语笺疏(修订本)》，上海古籍出版社 1996 年版，第 386 页。

③ 沈约《俗说》，《太平御览》卷七〇二《服用部四·扇》，中华书局影印本，第 3133 页。

④ 参见童书业《论六朝人像画的技术》(1947)，载《童书业绘画史论集下》，中华书局 2008 年版，第 526—528 页。

⑤ 邹清泉主编《顾恺之研究文选》，第 129 页。

物,如屏翳、女娲、云车、龙、鲸等等,造成奇幻之感,另外,分离、怅归的情节,也被扩充至占有二分之一的篇幅①。

陈、石两篇论文在分析赋转化为图方面,有很多精彩的段落和观点,令人深受启发。不过,这两篇文章的侧重点还是在图,图是核心,但如果站在赋的角度,需要讨论的就是《洛神赋图》如何敷衍《洛神赋》?换句话说,就是画家眼里的《洛神赋》究竟如何?

这里以同为宋人模拟南朝本的故宫绢本《洛神赋图》为依据。②

这是一幅长 572.8 厘米、高 27.1 厘米的画卷,从右向左打开,象征着时间和空间的伸展。画中的人物、车船、动物都面向前方,脸朝左侧,呈前进的姿态,衣服的裙裾则多向右也就是向后飘,仿佛逆风而行。水波从左向右流,部分树的枝叶也向右摆,床榻、伞盖、雉尾扇等物件也都略微左倾。整个图卷分为六块:

a. 为两名侍从拉着三匹马,右下方的两匹马中,一匹头向后仰、一匹低头觅食,左上方行走在坡上的一匹马翻转倒地,代表人困马乏。接着是一群九人站立在河边,中间靠前的是君王模样的人③,眼睛朝前平视。

b. 与君王视线平行的左前方,是洛神紧靠着左边的山立于河中④,河水没过脚面。洛神高高的双髻,披着彩色罗衣,裙裾飘逸向右,左手握圆扇,正身而脸向右扭,与帝王视线相接。⑤在她身旁高高低低的山峦上,左有杨柳,右有菊花,她的头顶上空是一团云气,右面是腾空的飞龙与两只展翅的飞鸟,左面是圆圆的太阳。接下来是一连串在水面上形态各异的洛神:俯首而捋袖的洛神,左旗右旃的洛神,为湘妃和汉滨游女追随的洛神,有侍从相伴上岸的洛神。⑥

---

① 邹清泉主编《顾恺之研究文选》,第 106—107 页。

② 《中国美术全集 2 绘画编》,第 130—131 页。参见韦正文,第 85—95 页。

③ 俞剑华认为,曹植手扶侍臣且形体较他人为大的画法,与阎立本《历代帝王图》、敦煌壁画唐代所画维摩文殊问答中的帝王画法一般无二。见《顾恺之研究资料》,第 192 页。

④ 据顾森说,《洛神赋图》在山、水、树的处理上,颇取法四川德阳出土的汉画砖《采莲图》,水面广阔,源出是群山,山上有林木。见氏著《秦汉绘画史》,人民美术出版社 2000 年版,第 239 页。

⑤ 俞剑华说画中妇女的纤腰长身,完全是六朝风度。见氏著《顾恺之研究资料》,第 194 页。

⑥ 或以为此处有残缺,参见辽宁本《洛神赋图》,见袁根有、苏涵、李晓庵《顾恺之研究》,民族出版社 2005 年版,第 97 页。

c. 君王坐在床榻上若有所思，侍从举着雉尾扇站立在后，洛神立于左侧前方，眼神也向下，是与帝王交谈的样子。

d. 接下来，洛神的左上侧是张着大嘴的风神屏翳，下方是踏着波浪的川后。再往前是冯夷击鼓。

e. 君王目送洛神，洛神蹲身跨在鸟背上做准备入水的姿态。再往前便是洛神驾六龙奔驰而去，大鱼和鲸鲵踊跃在车子周围。[①]

f. 君王乘大船过河。[②]上岸以后，独坐床榻。随后驾车而去，君王扭头向右后，流连忘返的样子。

这六块画面，对应着《洛神赋》上述五个段落的内容，随着画卷的展开，故事也慢慢推进。但值得注意的是：

第一，在整个画卷中，洛神大多是在水里，而帝王几乎都在陆地的，“人神之道殊”，一望可见，其间，洛神两度登岸，与帝王相对，是为人神之交流。陆地与河流，是这长卷不断变换的两个场景，它们的交替出现，不仅呼应着《洛神赋》的主题，叙述了帝王邂逅洛神，却又得而复失的经过，也使整个画卷富于变化和节奏。由于画面上这种场景的变换和分配，《洛神赋》的五个段落，在绘画中变成了六块，增加的第五块(e)，相当于赋中“陈交接之大纲”的内容。

第二，对洛神形貌举止的描写，在《洛神赋》中占有较大篇幅，这是文字不得已的地方，而到了《洛神赋图》里，那些经过翻来覆去、重重叠叠文字描写的内容，只需要一个固定空间、一个简单平面即可展示。但相反的是，在《洛神赋》里作为叙述文字、一笔带过的“余”(君王)的活动和心理，形诸图画，也不得不占有相应的空间和篇幅，于是，君王的身形与洛神相仿佛，君王形象在画卷中的鲜明、突出，达到了与洛神平分秋色的程度。这一点，图与赋有很大不同。

---

① 俞剑华认为飞龙驾车、翠葆飘扬的景象，在汉代画像石和敦煌西魏窟顶壁画中可见，属于传统题材，也是流行画法。见俞氏等编著《顾恺之研究资料》，第193页。

② 石守谦说这只大船的结构与北宋大型河船若合符节，很接近传为郭忠恕的《雪霁江行》(11世纪)，是宋人想象六朝时代的明证。(邹清泉主编《顾恺之研究文选》，第105页)

第三，在《洛神赋》转写为《洛神赋图》的过程中，原来赋里只有一个主角洛神，发展到图里，变成了洛神和“余”（君王）两个。因为赋是用第一人称写的，叙述者“余”可闻不可见、隐身而无形，然而，图要表达《洛神赋》所讲述“余”和洛神的关系，就不能不将“余”形诸图像，使叙述者的“余”由隐而显，由无形而有形。

尽管《洛神赋图》取材并且忠实于《洛神赋》，可画家依然有他的“第三只眼”，从事所谓“二度创作”。画家不但能依靠文字描绘出洛神的形象，也能在没有文字依傍的情况下，描绘出创造了洛神的赋作家，并使赋作家与他书写的对象，出现在同一时空里、同一画面上。

从《洛神赋》到《洛神赋图》，就这样，“她”和“余”的故事，变成了“她”和“他”的故事。

五、甄氏与曹植，嵌入历史

当绘画把《洛神赋》变成石守谦所谓“可见的形象”之后，赋这一文学体裁本来唤起形象的功能，自然被绘画所取代，这势必影响到《洛神赋》的传播。到了唐代，一方面由于诗赋取士的需要，《文选》成为士人举子必读的诗文范本①，可以想见，《洛神赋》也得以借此流传，可是另一方面，种种与历史相关的传闻附会于《洛神赋》，又赋予《洛神赋》新的传奇色彩。《文选》李善（约 630—689）注胡克家重雕尤袤本所引《记》一则②，便是有趣的例子。

---

① 王应麟《困学纪闻》卷十七《评文》：“少陵有诗云‘续儿诵《文选》’，又训其子精熟《文选》理，盖选学自成一家……故曰‘《文选》烂，秀才半’。熙、丰之后，士以穿凿谈经，而选学废矣。”（孙通海校点《困学纪闻》，辽宁教育出版社 1998 年版，第 325 页）

② 唐代“文选学”兴，李善以前，隋的萧该撰有《音义》，为当时所贵，萧该是梁鄱阳王萧恢之孙（隋书儒林传）。初唐曹宪也撰有《音义》，江淮间为《文选》学者，本之于此，以后许淹、李善、公孙罗相继教授，其学大兴。李善注《文选》，现存尚有敦煌唐抄本，唐末李匡乂《资暇集》说“世传数本李氏文选，有初注成者，覆注者，有三注、四注者，当时旋被传写之。其绝笔之本，皆释音训义，注解甚多”。据李善《上文选注表》，他完成六十卷的注本是在唐高宗显庆三年（658）九月十七日，“诏藏于秘阁”。

在李善注胡刻本《洛神赋》的作者曹子建名下，引《记》说[①]：

魏东阿王汉末求甄逸女，既不遂，太祖回与五官中郎将。植殊不平，昼思夜想，废寝与食。黄初中入朝，帝示植甄后玉镂金带枕，植见之，不觉泣。时已为郭后谗死，帝意亦寻悟，因令太子留宴饮，仍以枕赉植。植还，度轘辕，少许时，将息洛水上。思甄后，忽见女来，自云："我本托心君王，其心不遂，此枕是我在家时从嫁，前与五官中郎将，今与君王。遂用荐枕席，欢情交集，岂常辞能具。为郭后以糠塞口。今被发，羞将此形貌重睹君王尔。"言讫，遂不复见所在。遣人献珠于王，王答以玉佩。悲喜不能自胜，遂作《感甄赋》，后明帝见之，改为《洛神赋》。

涉及《洛神赋》写作背景的这一则传闻，早有人觉得很不可信。宋代刘克庄《后村诗话》卷一就说："《洛神赋》，子建寓言也。好事者乃造甄后事以实之，使果有之，当见诛于黄初之朝矣。唐彦谦云：'惊鸿瞥过游龙去，虚恼陈王一事无。'似为子建分疏者。"[②]卢弼《三国志集解》也认为，曹植生于初平三年，建安九年甄氏嫁给曹丕的时候，他才13岁，怎么可能对长他十岁的甄氏一往情深?[③] 缪钺则征引前人之说，以为此注原非李善援引而是后人附入，并证以元稹"思王赋《感甄》"、李商隐"宓妃留枕魏王才"的诗句，得出"感甄"传闻出自唐人小说的结论。[④]

传闻不足信。但是，这一则传闻起于唐代，它带出的信息尤其值得注意，因为它将作者曹植对号入座，变成《洛神赋》里的"君王"，确认了赋中第一人称的"余"便是作者本人的事实。这可以看做是，在《洛神赋图》中表现出来的那种画

---

① 《文选》上册，第269页，中华书局影印胡克家重雕南宋尤袤本。但据考证，此非李善所引，而是尤袤(1127—1202)本添加进去的。参见小尾郊一、富永一登、衣川贤次编《文选李善注引书考证》(上册)："梁氏(按，指梁章钜《文选旁证》)云：何曰：魏志无子建求甄逸女事。胡氏(按，指胡克家《文选考异》)云此二百七字，袁本、茶陵本无，二本是也。此因世传小说有《感甄记》，或载于简中，而尤延之误取之耳，盖实非善注。"(日本，研文出版社1992年版，第194页)

② 刘克庄《后村诗话》卷一，王秀梅点校，中华书局1983年版，第11页。

③ 卢弼《三国志集解》卷五《甄皇后传》，第179页、卷十九《陈思王传》，中华书局排印本2006年版，第484页。

④ 缪钺《〈文选〉赋笺》，转引自《中外学者文选学论集(上)》，第95页。

家特有的观望方式,也就是把赋作者及其书写对象放在同一画面上的叙述方式,现在,出现在了对《洛神赋》文字的解读当中。

与此同时,这一则传闻又将洛神比附为历史上的真实人物、曹丕的夫人甄氏,并为此制造出甄氏与曹植的一段恋情。①

据陈寿《三国志》记载,甄氏家世吏二千石,其父甄逸为上蔡令。汉末建安中,她先是嫁给袁绍之子袁熙,建安九年,曹操攻占邺城,她又被许配给曹丕,生下曹叡和东乡公主。建安二十五年,曹丕即位为文帝,日益宠幸助他谋取大位的郭氏,甄氏时出怨言,"帝大怒,(黄初)二年六月,遣使赐死,葬于邺",而立郭氏为皇后。但曹丕在位不过七年,曹叡对母亲却是始终不能忘怀,在他即位为明帝后的十余年间,一而再再而三地举办各种悼念仪式、追思活动②,令甄氏一直活在人们记忆之中。

正是在这种氛围里,有关甄氏、特别是她冤死的传闻越来越发酵,同时夹杂着对于曹丕的谴责的声音。如陈寿在《三国志·方技传》里就说:曹丕这边下令处死甄氏,那边就"夜梦青气自地属天"。去问占梦的周宣,周宣告诉他:"天下当有贵女子冤死。"曹丕很后悔,派人追赶送信的使者,但是已经来不及。③这还是对曹丕有所回护的记述,而像《三国志》裴松之注所引几则传闻,就都很浓厚的感情色彩:

《魏略》:"熙出在幽州,后留侍姑。及邺城破,绍妻及后共坐皇堂上。文帝入绍舍,见绍妻及后,后怖,以头伏姑膝上,绍妻两手自搏。文帝谓曰:

① 沈达材已指出《洛神赋》的这一传说,过去"挟着曹植与甄后在历史上的地位以自重而流行"(《曹植与洛神赋传说》,第11页)。

② 《三国志》卷五《魏书·后妃传》,第159—164页。《晋书》卷九《礼》上:"文帝甄皇后赐死,故不列庙。明帝即位,有司奏请追谥曰文昭皇后,使司空王朗持节奉策告祠于陵。三公又奏曰:'自古周人归祖后稷,又特立庙以祀姜嫄。今文昭皇后之于后嗣,圣德至化,岂有量哉!夫以皇家世妃之尊,神灵迁化,而无寝庙以承享祀,非以报显德,昭孝敬也。稽之古制,宜依周礼,别立寝庙。'奏可,太和元年二月,立庙于邺。四月,洛邑初营宗庙,掘地得玉玺,方一寸九分,其文曰'天子羡思慈亲'。明帝为之改容,以太牢告庙。至景初元年十二月己未,有司又奏文昭皇后立庙京师,永传享祀,乐舞与祖庙同,废邺庙。"(第602页)。

③ 《三国志》卷二九《方技传》,第810页。

'刘夫人云何如此？令新妇举头！'姑乃捧后令仰，文帝就视，见其颜色非凡，称叹之。太祖闻其意，遂为迎取。"

《魏略》："明帝既嗣立，追痛甄后之薨，故太后(郭氏)以忧暴崩。甄后临殁，以帝属李夫人。及太后崩，夫人乃说甄后见谮之祸，不获大敛，被发覆面，帝哀恨流涕，命殡葬太后，皆如甄后故事。"

《汉晋春秋》："初，甄后之诛，由郭后之宠，及殡，令被发覆面，以糠塞口，遂立郭后，使养明帝。帝知之，心常怀忿，数泣问甄后死状。郭后曰：'先帝自杀，何以责问我？且汝为人子，可追雠死父，为前母枉杀后母邪？'明帝怒，遂逼杀之，敕殡者使如甄后故事。"①

如果拿这些传闻，与刘义庆所编《世说新语》的有关记载再相比照，就可以知道被曹丕从袁熙那里夺来、而后逼迫致死的甄氏，在后世获得了极大的同情，甚至于赞美：

《惑溺一》："魏甄后惠而有色，先为袁熙妻，甚获宠。曹公之屠邺也，令疾召甄，左右白：'五官中郎已将去。'公曰：'今年破贼正为奴。'"刘孝标注引《魏氏春秋》："五官将纳熙妻也，孔融与太祖书曰：'武王伐纣，以妲己赐周公。'"

《言语十》"刘公干以失敬罹罪"注引《典略》："建安十六年，世子为五官中郎将，妙选文学，使桢随侍太子。酒酣坐欢，乃使夫人甄氏出拜，坐上客多伏，而桢独平视。他日公闻，乃收桢，减死输作部。"②

而在这些传闻里面，曹丕显然是一个有负于甄氏的失德之人：

《言语十三》注引《魏本传》：曹叡"以其母废，未立为嗣。文帝与俱猎，见子母鹿，文帝射其母，应弦而倒。复令帝射其子，帝置弓泣曰：'陛下已杀其母，臣不忍复杀其子。'文帝曰：'好语动人心。'遂定为嗣，是为明帝。"

---

① 《三国志·后妃传》，第160、164—165页。

② 余嘉锡笺疏《世说新语笺疏(修订本)》，第915、70页。

《贤媛四》:"魏武帝崩,文帝悉取武帝宫人自侍。及帝病困,卞后出看疾。太后入户,见直侍并是昔日所爱幸者。太后问:'何时来邪?'云:'正伏魄时过。'因不复前而叹曰:'狗鼠不食汝余,死故应尔!'至山陵,亦竟不临"。①

徐陵所编《玉台新咏》收有署名甄皇后的一首《塘上行》,以女性口吻诉说受诽谤而遭丈夫遗弃的幽怨:

蒲生我池中,其叶何离离。傍能行仁义,莫若妾自知。众口铄黄金,使君生别离。念君去我时,独愁常苦悲。想见君颜色,感结伤心脾。念君常苦悲,夜夜不能寐。莫以豪贤故,弃捐素所爱。莫以鱼肉贱,弃绝葱与薤。莫以麻枲贱,弃绝菅与蒯。出亦复苦愁,入亦复苦愁。边地多悲风,树木何修修。从君致独乐,延年寿千秋。②

这首清调曲,据说魏晋时经常被演奏,有人以为是曹操的作品,不过多数人相信它为甄氏临终所作。③它就像一篇内心独白,与传闻中甄氏的遭遇恰相吻合,构成了后人心目中甄氏形象的内在心理部分。

而当曹丕建安二十二年立太子之前,对他最构成威胁的就是同母弟曹植,尽管按照曹丕的说法,是已经去世的曹昂、曹冲才有机会继任:"家兄孝廉,自其分也。若使仓舒在,我亦无天下。"④曹植少年时,曾被曹操看做是"儿中最可定大事"者⑤,最为宠爱,只因他自己没有把握住机会,不像曹丕"御之以术,矫情自饰,宫人左右,并为之说,故遂定为嗣"。曹植错失良机后,并没有丧失政治热情,因此曹丕在位,对曹植严加防范,逼迫他"十一年中而三徙都",直到曹叡登

① 余嘉锡笺疏《世说新语笺疏(修订本)》,第73、689页。

② 徐陵编,吴兆宜注,程琰删补《玉台新咏笺注》卷二,穆克宏点校,中华书局1985年版,第56—57页。并见郭茂倩编《乐府诗集》卷三十五《相和歌辞》十,中华书局,第521—522页。

③ 参见黄节《汉魏乐府风笺》卷十一,《黄节汉魏六朝诗六种》,人民文学出版社2008年版,第126页。但据沈达材考证,它非甄后所作(《曹植与洛神赋传说》,第32—33页)。

④ 《三国志》卷二十《魏书·武文世王公传》注引《魏略》,第581页。

⑤ 《三国志》卷十九《魏书·陈思王传》注引《魏武故事》载令,第558页。

基，也不曾给曹植一点机会。①

曹植与曹丕之间这种政治对手的“相煎何太急”的关系，在当时及日后都是被热议的话题，加上传说中甄氏与曹丕的恩恩怨怨，曹植、甄氏两个政治上同样被“牺牲”的人物，两个在与曹丕的关系中同样的弱势之人，自然而然被归到一起，并被演义出共患难式的恋情。②

唐代李商隐作《东阿王诗》：“国事分明属灌均，西陵魂断夜来人。君王不得为天子，半为当年赋洛神。”又作《代魏宫私赠诗》：“来时西馆阻佳期，去后漳河隔梦思。知有宓妃无限意，春松秋菊可同时。”都是基于这样的想象。

裴铏的《传奇》也收入类似的讲述③，见于其中《萧旷》一篇④。这一篇讲唐代大和年间，处士萧旷自洛东游，于月朗风清之夜：

闻洛水之上，有长叹者，渐相逼，乃一美人。旷因舍琴而揖之曰：“彼何人斯?”女曰：“洛浦神女也。昔陈思王有赋，子不忆耶?”旷曰：“然。”旷又问曰：“或闻洛神即甄皇后，谢世，陈思王遇其魄于洛滨，有之乎?”女曰：“有之，妾即甄后也，为慕陈思王之才调，文帝怒而幽死，后精魄遇王于洛水之上，叙其冤抑；因感而赋之，觉事不典，易其题，乃不缪矣。”俄有双鬟，持茵席、具酒肴而至。谓旷曰：“妾为袁家新妇时，性好鼓琴，每弹至《悲风》、《三峡流泉》，未尝不尽夕而止。适闻君琴韵清雅，愿一听之。”旷乃弹《别鹤操》及《悲风》，神女长叹曰：“真蔡中郎之俦也!”问旷曰：“陈思王《洛神赋》如何?”旷曰：“真体物浏亮，为梁昭明之精选尔。”女微笑曰：“状妾之举止云‘翩若惊鸿，婉若游龙’，得无疏矣?”旷曰：“陈思王之精魄，今何在?”女曰：“见为遮须国王。”⑤

---

① 《三国志》卷十九《魏书·陈思王传》，第557页。

② 参见拙作《半为当年赋洛神》，《书城》2014年第6期。

③ 裴铏，唐代晚期人，懿宗咸通、僖宗乾符年间为官。参见周楞伽辑注《裴铏传奇·前言》，上海古籍出版社1980年版。

④ 《萧旷》，原载《太平广记》卷三一一，篇末注云出《传记》，周楞伽谓“记”字当“奇”之误。一本又题作《洛浦神女感甄赋》(周楞伽辑注《裴铏传奇》，第84页)。沈达材引，题作《洛神传》，作者薛莹。(第12页)

⑤ 周楞伽辑注《裴铏传奇》，第80页。

随后引入洛浦龙君之处女织绡娘子,与萧旷缱绻永夕。鸡鸣,萧旷与二女作别,神女以明珠翠羽二物、龙女以轻绡一匹相赠,“超然蹑虚而去”。

这里借萧旷在洛水所遇美人之口,一一道出甄皇后的身世,曹丕如何有负于她、她对曹植如何仰慕,曹植又怎样写赋,特别交代甄皇后善于鼓琴、昭明《文选》收入《洛神赋》,还有曹植为遮须国王,真真假假、虚虚实实,在赋的文本与各种历史记载、传闻之间,弥缝着无边的奇思妙想,使《洛神赋》仿佛背靠着一个真实、复杂、神秘的历史,因而有了历史的凭据和深度,也有了新的解释空间。

沈达材举出汪道昆(1525—1593)的杂剧《洛水悲》,洪顺隆在《论洛神形象的袭用与异化——由〈洛神赋〉到明清戏曲小说的脉络》中举出清代黄燮清的传奇之作《凌波影》,都是这一系统的代表作品,而清代乐均的小说《宓妃》和管世灏的《洛神》也在此一系列。①

《洛水悲》演义宓妃和陈思王的恋爱,情节完全照搬《洛神赋》,只是洛神初上场便称:“妾身甄后是也,待字十年,倾心七步。无奈中郎将弄其权柄,遂令陈思王失此盟言。嘉偶不谐,真心未泯。后来郭氏专宠,致妾殒身,死登鬼录,谁与招魂?地近王程,宁辞一面,将欲痛陈颠末,自分永隔幽明,毕露精诚,恐干禁忌,如今帝子已度伊阙,将至此川,不免托为宓妃,待之洛浦。”陈思王上场,则是完全按照《洛神赋》的描写,行到杨林歇息,望见洲上丽人,形容以“翩若惊鸿……”两人相见,曹植问:“吾闻洛水之神,乃伏羲之女,名曰宓妃,不知是否?”然后自语道:“你看宓妃容色,分明与甄后一般,教我追亡抚存,好生伤感人也。”两人以佩玉、明珠相赠,洛神凄怆告别:妾身“虽以私心自效,终难以遗体相从”②。

黄燮清的《凌波影》与《洛水悲》剧情相似,开头都是甄后(剧中称“娘娘”)自诉对陈思王的“只有情难变,一往而深,但觉江河浅”,在川上等待。③

郭沫若1943年写作《论曹植》,文章的宗旨是要替曹丕翻案,他说:托梦荐

① 洪顺隆《辞赋论丛》,第184—202页。

② 汪道昆《洛水悲》一卷,王世懋评《盛明杂剧》1925年影印本。

③ 黄燮清填词的《凌波影》,又名《宓妃影传奇》,碧梧山庄石印本1911年。

枕之类的说法确是怪诞,不近情理,可是曹植“对这位比自己大十岁的嫂子曾经发生过爱慕的情绪,大约是无可否认的事实吧。不然,何以会无中生有地传出这样的‘佳话’?甄后何以又遭谗而死,而丕与植兄弟之间始终是那样隔阂?”[①]这仍然是把《洛神赋》当史料,从所谓历史的角度去解读,却没有意识到对于《洛神赋》的这种“历史解读”,偏偏是混淆了历史与文学,混淆了史事与传闻。

1955年,北京电影制片厂拍摄梅兰芳主演的京剧《洛神》,在片头,以如下文字介绍剧情:

> 甄后世袁绍之媳,被魏文帝曹丕俘虏,立为甄后,但甄后对文帝无感情,却因文帝的弟弟曹子建才华绝世暗中相爱。事被文帝知道,收甄后处死,并将子建贬往远方。数年之后,文帝悔念往事,将甄后遗物‘金缕玉带枕’赐予子建。子建携枕返郡,途经洛川,夜宿馆驿,梦见仙女相告约明日川上相会。仙女即是甄后,神光离合,蹁跹歌舞;相见悲喜交集珍重而别。(本剧从“梦会”起至“洛川歌舞”止。)

正如沈达材的感慨:“我们可以知道《洛神赋》的传说,影响于后来的文艺界的是何等的伟大!”[②]在现代人眼里,《洛神赋》讲述的就是曹植与甄氏恋爱的故事。而在现代艺术史家的叙述里,《洛神赋图》也几乎是被当成洛神与曹植的邂逅图,画卷中“君王”的形象,往往都用“曹植”或“陈思王”来称呼。

六、神女之变异[③]

当《神女赋》被解读为曹植与甄氏的故事,洛神对应甄氏,君王对应曹植,当这种对应的关系一旦构成,《洛神赋》便被强行嵌入到历史也或者说历史的传闻

---

① 郭沫若《历史人物·论曹植》,人民文学出版社1979年版,第123页。

② 沈达材《曹植与洛神赋传说》,第26页。

③ 洪顺隆在《论洛神形象的袭用与异化》一文中已从主体、情节、语言等方面谈到洛神形象的异化和分歧,如其论《萧旷》是将《洛神赋》的求女神话异化为婚外情的象征,洛神变成报恩施情的女主人,不过他的论述有很不清晰的地方。

之中,成了历史叙述的一个部分。

而成为历史叙述的一个部分,固然可令《洛神赋》的史料价值提高,但无形中损害了洛神的传奇色彩,特别使《洛神赋》因其虚构性而给人带来的想象空间被大大压缩。

所以在东晋南朝期间,有关神女,其实还存在着另外一种传说。如干宝《搜神记》里的《天上玉女》①,就讲了魏晋间的一个神女故事:

曹魏嘉平年间,济北国从事掾玄超夜独宿,梦到有神女来,自称天上玉女,姓成公,字知琼,早失父母,天帝哀其孤苦,遣令下嫁。连续三四天后,知琼白天出现了,"驾辎軿车,从八婢,服绫罗绮绣之衣,颜姿容体,状若飞仙。自言年七十,视之如十五六女"。知琼携了壶榼(ke,酒具)、青白琉璃器具和珍奇的食物、酒,与玄超共饮食,说:我见遣下嫁,"不能有益,亦不能为损,然往来常可得驾轻车、乘肥马,饮食常可得远味异膳,缯素常可得充用不乏。然我神人,不为君生子,亦无妒忌之性,不害君婚姻之义"。另有诗二百余言相赠,表达"神仙岂虚感,应运来相之"之意,并有所注《易》,玄超"能通其旨意,用之占候"。如此七八年过去,玄超也娶了妻子。知琼夜来晨去,倏忽若飞,人知能闻其声音、见其蛛丝马迹,但看不到本人。后来玄超经不住问询,泄露其事,玉女说:"我神人也,虽与君交,不愿人知。而君性疏漏,我今本末已露,不复与君通接。积年交结,恩义不轻,一旦分别,岂不怆恨!势不得不尔,各自努力。"酒后赠诗一首,把臂告辞。玄超"忧感积日,殆自委顿"。五年以后,玄超作为使者到洛阳,走在鱼山下,远远望见前面的车马似是知琼,赶上一看,果不其然。"披帷相见,悲喜交切",两人同乘抵洛阳,和好如初。太康中仍在,只是逢三月三、五月五、七月七、九月九、旦十五才来会面。

在这个故事里,神女成公知琼与玄超之间的感情,有赖于轻车肥马、远味异膳、绫罗绮绣这些物质,很实在,也很世俗,可是也很牢固,他们分别数年,依然

① 李剑国《唐前志怪小说辑释》,上海古籍出版社1986年版,第221—223页。

能够互相信任、重归于好。故事的基调，与《洛神赋》全然不同，有一种类乎民间的朴实。

而在段成式《酉阳杂俎》中一个名为“妒妇津”的故事里，也讲到西晋泰始年间，有个叫刘伯玉的人，常在家里诵读《洛神赋》，并感慨叹息：“娶妇得如此，吾无憾焉！”他的妻子却是个厉害的妒妇，听罢嫉妒心大发说：“你何以得水神美而欲轻视我，我死，何愁不为水神？”当晚跳河，七天后托梦给刘伯玉，说自己变成了水神，吓得刘伯玉终身不敢渡河①。

这个故事，也以其民间式的谐谑风格，瓦解了对于《洛神赋》的政治化、历史化的诠释，并且流传很广。明代许自昌以为“经史子部譬犹膏粱，一饱即置，而山蔬野蔌，觉齿颊间多未经之味，更堪咀嚼耳”，编《捧腹集》，收入“可以涤尘襟、醒睡目”的“解颐捧腹之事、恍忽诡异之语”，就有《酉阳杂俎》里的这一故事，评曰“请妒妇悉为水神如何”②。《西湖二集》讲到女性的嫉妒和争宠，就引出“妒妇津”的故事，说到其后有美貌妇人渡津，段氏必兴风作浪以阻之时，还增加了一个所谓“当时语”谓：“欲求好妇，立在津口。妇人水傍，好丑自彰。”③

蒲松龄（1640—1715）《聊斋志异》里的《甄后》④，更是讲了一个荒诞的故事：

洛城刘仲堪，少钝而淫于典籍，恒杜门攻苦，不与世通。一日方读，忽闻异香满室，少间珮声甚繁，惊顾之，有美人入，簪珥光采，从者皆妆。刘惊伏地下，美人扶之曰：“子何前倨而后恭也？”刘益惶恐曰：“何处天仙，未曾拜识，前此几何有侮？”美人笑曰：“相别几何，遂尔懵懵！危坐磨砖者，非子耶？”乃展锦荐，设瑶浆，捉坐对饮，与论古今事，博洽非常。刘茫茫不知所对。美人曰：“我止赴瑶池一回宴耳，子历几生，聪明顿尽矣！”遂命侍者以汤沃水晶膏进之。刘受饮讫，忽觉心神澄澈。既而曛黑，从者尽去，息烛解襦，曲尽欢好。未曙，诸姬已复集，

① 段成式《酉阳杂俎·诺皋记》。

② 许自昌辑《捧腹集》卷五，许元恭校，明万历刻本，第464页。

③ 《西湖二集》卷十一《寄梅花鬼闹西阁》，明崇祯刊本，第505—506页。

④ 张友鹤辑校《聊斋志异会校会注会评本》卷七，上海古籍出版社1978年版，第981—984页。

美人起,妆容如故,鬓发修整,不再理也。刘依依苦诘姓字,答曰:“告郎不妨,恐益君疑耳。妾,甄氏,君,公干后身。当日以妾故罹罪,心实不忍,今日之会,亦聊以报情痴也。”问:“魏文安在?”曰:“丕,不过贼父之庸子耳。妾偶从游嬉富贵者数载,过即不复置念。彼囊以阿瞒故,久滞幽冥,今未闻知。反是陈思为帝典籍,时一见之。”旋见龙舆止于庭中,乃以玉脂合赠刘,作别登车,云推而去。刘自是文思大进,然追念美人,凝思若痴。于是,家中有一老妪代为传书,美人便送给他一位容色绝世的佳妇,此妇人自称铜雀故妓。一天,有瞽媪牵黄犬乞食,黄犬将妇人的罗衿咬碎。妇人对刘说:“犬乃老瞒所化,盖怒妾不守分香戒也。”以后刘母有所怀疑,让术士作法,妇人失踪。

这个荒诞不经的故事,把刘桢、曹操及曹操著名的铜雀妓都牵扯其中,给了《洛神赋》一个最离奇、最不可思议的解说。

原载《文史哲》2016年第2期

“潘岳两次婚姻说”辨疑

周兴陆

西晋潘岳善于哀诔之文，传世有几种悼念亡妻杨氏的作品，凄怆哀婉，是“悼亡”的名篇，于是关于潘岳的婚姻状况也就引起了文学史家的兴趣。然而由于年代久远，文献散落，就存世的文字来看，关于潘岳婚姻的记载有凿枘之处。如杨氏的侄子杨经（字仲武）英年早逝后，潘岳作《杨仲武诔》[①]，其中明确记载：“子之姑，余之伉俪焉，往岁卒于德宫里。丧服周次，绸缪累月。苟人必有心，此亦款诚之至也。不幸短命，春秋二十九，元康九年夏五月己亥卒。”后文又说：“德宫之艰，同次外寝。惟我与尔，对筵接枕。自时迄今，曾未盈稔。”意即姑侄相继去世，时间未间隔一年，因此可以肯定潘岳妻杨氏去世在元康八年（298）。潘岳的《悼亡赋》（《文选》未收）一般被认为是悼念亡妻杨氏之作，首二句：“伊良嫔之初降，几二纪以迄兹。”意思是杨氏与他结婚，到去世时将近二十四年。向上推算，则他们结婚是在274年左右，这时潘岳已经二十八岁。但是潘岳的《怀旧赋》开篇说：“予十二而获见于父友东武戴侯杨君。始知名，遂申之以婚姻。”[②]意谓潘岳十二岁的时候，就得到父执辈东武戴侯杨肇的赏识，许以婚姻。潘岳十二岁就被许以婚姻，到二十八岁才结婚，这不合常理。

---

① 萧统《文选》第6册，上海古籍出版社1986年版，第2445页。

② 《文选》第2册，第730页。

日本学者兴膳宏首先提出疑问：“尽管可以想见岳自十二岁时与杨肇见面，瞩望将来不久即与其女草订婚约，而结婚却远在十五年之后。虽因父去世而要服丧，但为何迟至此时，今不详。”[①]兴膳宏面对这个问题只说“今不详”，近年来，国内的学者试图对这个“不详”的问题加以解释，寻求合理的解答，如胡旭、王海兵《潘岳三考》怀疑《悼亡赋》中“二纪”之“二”为“三”之讹[②]，这样就把他们结婚的年龄再往前推十二年，似乎比较合理，但这只是提出“怀疑”，缺少证据。

在2005年“文选学”国际学术研讨会上，王晓东提出“潘岳两次婚姻说”[③]。此说的主要文献依据是《艺文类聚》中挚虞的《新婚箴》和潘岳的《答新婚箴》。他认为二人赠答是就潘岳再婚而言的：“潘岳与《杨仲武诔》提及的仲武之姑杨氏成婚之前，尚有一次婚姻。”

其实，挚虞的《新婚箴》和潘岳的《答新婚箴》，都不是新材料。陆侃如《中古文学系年》将它们系于泰始八年(272)[④]，即他认为的潘岳娶杨肇女儿的那一年，时潘岳新婚；兴膳宏则系于杨氏去世后，在《潘岳年谱稿》里将它们编在元康九年，即潘岳妻子去世的第二年，并提出“同某氏女再婚”的疑问。可能是这一疑问启发了王晓东的“再婚说”。如果潘岳第一次婚姻不是杨氏，那么就与《怀旧赋》中所谓十二岁受到杨肇的赏识而许以婚姻不一致了。于是王晓东大胆地推测潘岳“他的元配很可能也是杨肇的女儿”，并推测称为“大杨氏”“小杨氏”。尽管这种先后娶人家姐妹为妻在历史上不乏其例，但潘岳是不是如此，从现有的文献中完全看不出来。潘岳先后写过十余篇与妻子、妻族杨氏有关的诗文，没有任何一处能够看出潘岳先后娶了杨氏姐妹。如果真的有这样的关系，在大量的文字中无一处流露出来，倒是很奇怪的。

---

① 兴膳宏《潘岳年谱稿》，戴燕选译《异域之眼——兴膳宏中国古典论集》，复旦大学出版社2006年版，第14页。

② 胡旭、王海兵《潘岳三考》，《江苏教育学院学报》2002年第9期。

③ 王晓东《潘岳的婚姻及其相关作品献疑》，《中国文选学》，学苑出版社2007年版，第330—339页。又见王晓东《潘岳研究》，上海古籍出版社2011年版，第34—41页。

④ 陆侃如《中古文学系年》，人民文学出版社1985年版，第652页。

最近，顾农发表了《潘岳的婚姻史与相关作品》，认同“潘岳两次婚姻说”并作了修正，指出王晓东提供的论据都可以作出另外的解释：潘岳的第一任夫人不是杨肇的女儿，“为何许人，现在无从知悉”①。但若不是杨肇的女儿，那么潘岳《怀旧赋》中提到自己十二岁得到杨肇的赏识而许以婚姻该怎么解释呢？如果这个许诺后有变故而不果，那又怎么可能在若干年后又把自己的女儿嫁给丧妻的潘岳呢？这些疑点并没有解决。

上述种种矛盾和疑点，都迫使我们去重新检视潘岳的诗文，对“两次婚姻说”也不能盲目地相信，而应该立足于文献考辨去审视它。萧统《文选》中收录潘岳的《怀旧赋》《寡妇赋》和《杨仲武诔》《悼亡诗三首》，文字是可靠的；对潘岳婚姻状况的记述是前后合榫，没有矛盾的。《怀旧赋序》曰：

> 余十二而获见于父友东武戴侯杨君。始见知名，遂申之以婚姻，而道元、公嗣，亦隆世亲之爱。不幸短命，父子凋殒，余既有私艰，且寻役于外，不历嵩丘之山者，九年于兹矣。今而经焉，慨然怀，乃作赋。②

东武戴侯杨君，是指杨肇，潘岳的岳父。据潘岳的《杨荆州诔》，杨肇卒于咸宁元年(275)。“九年于兹矣”，可见《怀旧赋》作于太康五年(284)。杨肇之子杨潭，即潘岳的内兄，卒于咸宁四年(278)③。所以潘岳说：“不幸短命，父子凋殒。”前后记载都能呼应。最关键的是《怀旧赋序》第一句，潘岳称十二岁时得到父执辈的杨肇的赏识，许以婚姻。赋正文里说：“余总角而获见，承戴侯之清尘。名余以国士，眷余以嘉姻。”正是一样的意思。

大约过不了几年，潘岳与杨肇的女儿就结婚了。据《离合诗》，杨氏名“容姬”。按照当时的习惯，男子约十七岁，女子约十五岁，便可成婚。潘岳和杨氏年龄差不多，相差不会太大。这一点可以从潘岳《寡妇赋》的记载得到证明：

---

① 顾农《潘岳的婚姻史与相关作品》，《文学遗产》2013年第4期。

② 董志广校注《潘岳集校注》，天津古籍出版社2005年版，第90页。

③ 潘岳《杨仲武诔》说杨潭之子杨经卒于元康九年，春秋二十九，八岁丧父。据此推算杨潭卒于此年。

> 乐安任子咸有韬世之量，与余少而欢焉，虽兄弟之爱，无以加也。不幸弱冠而终，良友既没，何痛如之！其妻又吾姨也，少丧父母，适人而所天又陨。①

任子咸，即任护。《文选》李善注引贾弼之《山公表注》曰："杨肇次女适任护。"杨肇至少有两个女儿：长女嫁潘岳，次女嫁任护，可知潘岳和任护年龄差距也不会太大。这与潘岳《寡妇赋》里说任护"与余少而欢焉"、逾于兄弟之爱的记述是合拍的。如果按照目前有的研究者的说法，潘岳和杨氏结婚时已二十八岁，而杨氏才十四岁，那么杨氏妹妹的丈夫任护与潘岳的年龄也会相差十几岁，形如父子，那怎么能说"与余少而欢焉，虽兄弟之爱，无以加也"？王晓东《潘岳的婚姻及其相关作品献疑》说潘岳作《寡妇赋》不会早于晋武帝太康元年(280)冬。太康元年时，潘岳已经三十四岁，而任护刚弱冠(二十岁)即卒，两人相差这么大，怎能说"与余少而欢焉"呢？

潘岳与杨容姬结婚以后，虽然有过分别，但是恩恩爱爱，夫妻感情甚笃。到了元康八年(298)潘岳五十二岁时，妻子杨氏去世了，年约四十七八岁。次年杨氏的侄子杨经也死了，潘岳作《杨仲武诔》记载得非常清楚，该文收入《文选》，是值得信赖的。这样去梳理一下，可见关于潘岳和杨氏婚姻的记述是头绪清晰，没有问题的。

问题出在《悼亡赋》。因为《悼亡赋》开篇二句曰："伊良嫔之初降，几二纪以迄兹。"嫔谓亡妻，初降谓结为婚姻。二纪为二十四年。这二句说到潘岳写《悼亡赋》时，妻子杨氏嫁来已经近二十四年了。从元康八年(298)上推二十四年，在咸宁元年(275)左右，时潘岳已经二十八九岁，这便与《怀旧赋序》记载相矛盾。因此，胡旭曾怀疑"二纪"是"三纪"之误。其实《悼亡赋》的真实性，值得怀疑：

第一，萧统《文选》收录了潘岳的《怀旧赋》《寡妇赋》《哀永逝文》《悼亡诗》，

---

① 《潘岳集校注》，第95页。

唯独没有选录这篇《悼亡赋》，不是很奇怪的事吗？从情感意蕴和辞采艺术来说，《悼亡赋》毫不逊色，为什么萧统没有选呢？传世《悼亡赋》文章最早见于《艺文类聚》卷三四，《北堂书钞》卷九三也选了一句。

第二，即使这篇《悼亡赋》是真实的话，也只是一个残篇，而非全文。颜之推《颜氏家训·文章第九》曰：

> 陈思王《武帝诔》，遂深"永蛰"之思；潘岳《悼亡赋》，乃怆"手泽"之遗：是方父于虫，匹妇于考也。①

颜之推指出文章的瑕疵，列举两个例子。曹植《武帝诔》中曰："潜闼一扃，尊灵永蛰。"颜之推批评曹植不该把父亲去世比作昆虫的蛰伏。后一例子是说潘岳悼念亡妇的赋中不该用"手泽"一词，因为据《礼记·玉藻》"父没而不能读父之书，手泽存焉尔"，手泽是专指父亲所遗留之物，而不能用于夫妻之间。但是查传世的《悼亡赋》无此句，可见传世的《悼亡赋》是个残篇。潘岳文章残佚的不止一篇。刘勰《文心雕龙·指瑕》曰："潘岳为才，善于哀文。然悲内兄，则云'感口泽'；伤弱子，则云'心如疑'。"心如疑，是指潘岳《金鹿哀辞》中"将反如疑"一句；但"悲内兄，则云'感口泽'"，无从查考，可见潘岳有悲内兄（当指杨潭）之文，然已佚失。

第三，甚至我们有理由怀疑这篇《悼亡赋》是南朝人拟作的。如其中"入空室兮望灵座，帷飘飘兮灯荧荧"等句与潘岳的《悼亡诗》《哀永逝文》中一些语句非常相近。"遭两门之不造"、"垂明哲乎嘉礼"，文字与挚虞《新婚箴》"今在哲文，遭家不造"也具有相关性。即使《悼亡赋》出自潘岳之手，从这文字的相关性，可以推知挚虞《新婚箴》是作于潘岳的妻子杨氏元康八年（298）之后，而不能作为潘岳二十八岁左右再婚的依据。

时贤提出"潘岳两次婚姻说"，唯一的根据是挚虞和潘岳的赠答《新婚箴》。其实对于这两篇文章不可呆看，先引出二文：

---

① 颜之推著、王利器集解《颜氏家训集解》，中华书局1993年版，第280页。

挚虞《新婚箴》

今在哲文，遭家不造。结发之丽，不同偕老。既纳新配，内芬外藻。厚味腊毒，大命将夭。色不可耽，命不可轻。君子是惮，敢告后生。①

潘岳《答挚虞新婚箴》

先王制礼，随时为正。府从企及，岂乖物性。女无二归，男有再聘。女实存色，男实存德。德在正色，色在不惑。新旧兼弘，义申理得。然性情之际，诚难处心。君子过虑，爰献明箴。防微测显，文丽旨深。敬纳嘉诲，敢酬德音。②

有人据“敢告后生”一句认为当指潘岳年富力强之时，作为“再婚”说的依据。其实挚虞生年虽然不能确考，但与潘岳年岁相仿，不管在什么时候都没有资格称潘岳为“后生”。这一赠一答的两篇文章，读起来倒更像是游戏笔墨，就像稍后孔稚圭的《北山移文》。王运熙先生曾推测说：“《北山移文》只是文人故弄笔墨、发挥风趣、对朋友开开玩笑、谑而不虐的文章。”③不能真的理解为孔稚圭写此文讽刺周颙出仕。后世如朱庆余的《闺意·上张水部》“洞房昨夜停红烛”，张籍的《节妇吟·寄东平李司空》“恨不相逢未嫁时”，也是这一类游戏笔墨；其中有另外一层含义，即以婚姻关系比喻仕途。挚虞《新婚箴》的真实意旨可能是在警诫潘岳从一个政治势力转向另一个政治势力，将会遭遇不测；而潘岳的《答新婚箴》的意思一方面是说身不由己，另一方面是说自己立德不败。联系二人的性格和经历来看，赠答《新婚箴》主旨为政治隐喻完全是可能的。《晋书》本传谓挚虞“素清贫”，潘岳“性轻躁，趋世利”④；构陷愍怀太子的文章出于潘岳之手，而时挚虞入秘书监，挚虞完全可能是借《新婚箴》对潘岳提出警诫。如果真的照字面意思理解是挚虞劝潘岳不要续弦沉迷女色，哪有在人家刚刚“遭家不造”的时候

① 严可均《全上古三代秦汉三国六朝文》，中华书局1958年版，第1904页。
② 《潘岳集校注》，第143页。
③ 王运熙《孔稚圭的〈北山移文〉》，《王运熙文集》，上海古籍出版社2012年版，第2册，第64页。
④ 房玄龄等《晋书》卷五一《挚虞传》、卷五五《潘岳传》，中华书局1974年版，第1427、1504页。

就诅咒他“大命将夭”的？

持“潘岳两次婚姻说”的研究者面临的一个工作，是潘岳的悼亡和关乎妻族的诸多作品在大杨氏/小杨氏或者杨氏/非杨氏之间如何分配的问题。其实，所谓的“潘岳两次婚姻”，不过是推测甚至想象出来的。特别是“第一任夫人”完全无从说起，只是因为前后的一段时间对不上而虚填起来这么个人物，因此在分配诗文吟悼对象的时候，大多数还是分给了后面的那个一起生活时间长的“杨氏”。王晓东的文章把《金鹿哀辞》分给了前面的第一任杨夫人，并很慎重地怀疑《内顾诗》二首是潘岳于泰始二年（266）随父赴琅玡内史任时作，意即《内顾诗》“内顾”的可能是第一任大杨氏。顾农的文章则把王晓东的怀疑坐实，认为《内顾诗》是潘岳为第一任夫人写的，“应作于潘岳新婚之后不久远游他父亲潘芘任职处琅玡之时”。这是没有证据的推测之辞。现先引出《内顾诗》二首：

> 静居怀所欢，登城望四泽。春草郁青青，桑柘何奕奕。芳林振朱荣，渌水激素石。初征冰未泮，忽焉袗絺绤。漫漫三千里，迢迢远行客。驰情恋朱颜，寸阴过盈尺。夜愁极清晨，朝悲终日夕。山川信悠永，愿言良弗获。引领讯归云，沉思不可释。
>
> 独悲安所慕？人生若朝露。绵邈寄绝域，眷恋想平素。尔情既来追，我心亦还顾。形体隔不达，精爽交中路。不见山上松，隆冬不易故。不见陵边柏，岁寒守一度。无谓希见疏，在远分弥固。①

关于二诗的创作背景，没有多少外证材料，只能基于对诗歌本身的分析。陆侃如《中古文学系年》将二诗系于太康七年（286）潘岳转怀令，是可信从的。潘岳《在怀县作二首》之二曰：“我来冰未泮，时暑忽隆炽。”与《内顾诗》之一“初征冰未泮，忽焉袗絺绤”二句相应，吟咏的都是初至怀县的时节。潘岳此前在河阳时，离黄河近，《河阳县作》有“洪流何浩荡”“登城望洪河”等句；但怀县离黄河较远，《在怀县作二首》之一有“登城临清池”句，与《内顾诗》中“登城望四泽”也是

① 《潘岳集校注》，第252—253页。

相呼应的。《内顾诗》之一曰“静居怀所欢”,《在怀县作二首》之二“小国寡民务,终日寂无事”,也就是“静居”的意思。此时潘岳四十岁,所以《内顾诗》有“人生若朝露”的慨叹。如果说《内顾诗》作于远游琅玡之时,那时潘岳还是二十岁左右的青年人,心高气傲(曾挞辱孙秀,招致晚年灭门之灾),不大可能发出“人生若朝露”的感慨。综合起来看,《内顾诗》还是以作于转任怀县令后不久为恰当。

至于《金鹿哀辞》中的幼女金鹿,也没有理由说是“大杨氏”所生,因为按照王晓东的说法,“晋武帝泰始九年左右,大杨氏卒;一年后,潘岳续娶小杨氏”,“《金鹿哀辞》作于晋武帝泰始九年(273)左右”①。这一年,潘岳二十七岁。但《金鹿哀辞》曰:“良嫔短世,令子夭昏。既披我干,又剪我根。块如瘣木,枯荄独存。”潘岳把自己比喻为“瘣木”、“枯荄”②,这似乎并不是年轻的潘岳的口气。而在大家都一致认为是悼念元康八年(298)去世的杨氏《悼亡诗三首》之三中有“落叶委埏侧,枯荄带坟隅”。五十余岁的潘岳悼念亡妻,心气衰微,故自比为“落叶”“枯荄”,这与《金鹿哀辞》中自比为“瘣木”“枯荄”是一样的,差不多作于同一时期。应该是在元康八年杨氏去世后不久,幼女金鹿也夭折了,故作《金鹿哀辞》,所以金鹿还是这个元康八年去世的杨氏所生。既然潘岳任何诗文的指涉对象都不是所谓的第一任夫人,那么提出“两次婚姻说”对于研究潘岳诗文又有多少意义呢?

最后归总一下结论:潘岳一生只经历过一次婚姻:即在十二岁时得到父执杨肇的赏识,随后不久,与杨肇大女儿杨容姬结婚。两人年岁相差不大,情爱甚笃。他们夫妇生有二女一子,弱子和小女儿先后夭折。③大女儿至潘岳被刑时已经出嫁。④夫妻俩曾有过短暂的分别,但是“在远分弥固”⑤,伉俪情深,共同生活了约三十五年。至元康八年(298),杨容姬去世,潘岳撰写了若干篇《悼亡诗》和

① 王晓东《潘岳的婚姻及其相关作品献疑》,《中国文选学》,第 333—334 页。

② 郭璞注《尔雅·释木第十四》:“瘣木,谓木病尫伛、瘿肿,无枝条。”(中华书局 1985 年版,第 108 页)

③ 参见潘岳《金鹿哀辞》和《伤弱子辞》,《潘岳集校注》,第 161—162 页。

④ 《晋书·潘岳传》:“兄弟之子,已出之女,无长幼一时被害。”(第 5 册,第 1507 页)

⑤ 潘岳《内顾诗》,《潘岳集校注》,第 253 页。

《哀永逝文》，情思悲怆，感人至深，在当时和后世得到人们的传诵。但是，由于残篇甚至是伪作的《悼亡赋》文字的误导，加之误读了挚虞、潘岳两篇本旨在隐喻仕途的《新婚箴》，时贤推想出“潘岳两次婚姻说”。不论“两次婚姻”是娶了大、小杨氏，还是一他姓、一杨氏，都不能圆通地解释涉及潘岳婚姻关系的材料。

这个话题本来是由外国学者引起的，人家提个疑问，打个问号，我们就把它坐实，画上了句号。这种跟着人家跑的学风，值得深思！尤其是研究中华传统文化，需要有自主意识。对于外来学说——不论是东洋还是西洋的，都要多加检视，不能盲目相信。

原载《文学遗产》2015 年第 2 期

陶渊明诗歌的语言特色和当时诗风的关系

王运熙

关于陶渊明诗歌的语言特色和他当时诗歌风气的关系问题，近来在不少古典文学著作中常常发生一种误会，本文打算提出来商榷一下。

高等教育出版社出版的《中国文学史教学大纲》中揭示陶诗的艺术特色时说："在骈俪盛行的时代，陶渊明独能创作那样质朴优美的诗歌和那些优秀的散文，具有非常进步的意义。"余冠英先生在他的《汉魏六朝诗选》的前言中说："他（指陶潜）的诗是当时形式主义风气的对立面。他不讲对仗，不琢字句，'结体散文'，只重白描，一一和当时正统派文人相反。"谭丕模先生在他的《中国文学史纲》（人民文学出版社 1958 年版）中说："在陶渊明的时代，一般诗人的风尚，不是'文章殆同书钞'（钟嵘《诗品序》），便是'情必极貌以写物，辞必穷力而追新'（刘勰《文心雕龙・明诗》）。只有陶渊明不随波逐流，傲然独往，高度地发挥他的独创精神和独创能力。"这些意见的共同点是肯定陶诗的语言特色和当时诗歌崇尚骈俪和辞藻的风气相对立，表现出独创性。

陶诗语言具有很大的创造性，那是没有疑问的；但说陶诗的语言特色和当时诗歌崇尚骈俪和辞藻的风气相对立，就须要商榷了。诚然，整个魏晋南北朝是骈俪文风盛行的时代，但这段时期很长，其中也有曲折和变化，不能一概而论。与陶渊明同时代的著名诗人谢灵运、颜延年的确崇尚骈俪，堆砌词藻；但他们两人毕竟是陶渊明的后辈，创作活动主要在刘宋初年元嘉时期。陶渊明的创作活动主要在东晋末年，入宋以后，他活得并不长久，其创作活动已是尾声了。显然，陶渊明诗歌的风格在晋代已经形成，他在创作上是不可能有意识地和颜、谢相对立的。谭丕模先生引《诗品序》《文心雕龙·明诗》篇所说的诗风，原书也是指颜、谢以后的现象，与东晋末期无关。

陶诗风格形成的东晋末期的诗风究竟如何呢？《诗品序》说得很明白：

> 永嘉时贵黄、老，稍尚虚谈，于时篇什，理过其辞，淡乎寡味。爰及江表，微波尚传。孙绰、许询、桓、庾诸公诗，皆平典似道德论，建安风力尽矣。先是郭景纯用儁上之才，变创其体；刘越石仗清刚之气，赞成厥美。然彼众我寡，未能动俗。逮义熙中，谢益寿（谢混小字）斐然继作。元嘉中有谢灵运，才高词盛，富艳难踪，固已含跨刘、郭，凌轹潘、左。故知陈思为建安之杰，公幹、仲宣为辅；陆机为太康之英，安仁、景阳为辅；谢客为元嘉之雄，颜延年为辅。斯皆五言之冠冕，文词之命世也。

按照《诗品》的说法，自西晋末年以来，以迄东晋，玄言诗流行，它的特点是“理过其辞，淡乎寡味”“平典似道德论”，恰恰和崇尚骈俪辞藻的风气相反。在这段时期中，虽有郭璞、刘琨以至东晋末期安帝义熙年间（即陶渊明的主要活动时代）谢混等人的创作特出流俗，但只是少数人的现象，未能形成风气；直至谢灵运出来，风气才大变，钟嵘认为他的成就可以上接陆机、曹植（刘琨、郭璞的诗，我们现在看来并不很华美，但比当时流行的玄言诗已算是很有文采的了）。

对这一段时期诗歌历史发展作这样的评述，并不是钟嵘一人之见，当时人们大抵都有这种看法。例如：

> 沈约《宋书·谢灵运传论》：“自建武（东晋元帝年号）暨乎义熙，历载将百。虽缀响联辞，波属云委，莫不寄言上德，托意玄珠。遒丽之辞，无闻焉耳。仲文（殷仲文）始革孙、许之风，叔源（谢混字）大变太元之气。”
>
> 萧子显《南齐书·文学传论》：“江左风味，盛道家之言，郭璞举其灵变，许询极其名理，仲文玄气，犹不尽除，谢混情新，得名未盛。颜、谢并起，乃各擅奇。……”

> 《文心雕龙·时序》篇:“自中朝贵玄,江左称盛,因谈余气,流成文体。是以世极迍邅,而辞意夷泰。诗必柱下之旨归,赋乃漆园之义疏。”
>
> 檀道鸾《续晋阳秋》:“至过江,佛理尤盛。故郭璞五言,始会合道家之言而韵之。询(许询)及太原孙绰,转相祖尚,又加以三世之辞,而诗骚之体尽矣。询、绰并为一时文宗,自此作者悉体之。至义熙中,谢混始改。”(《世说新语·文学》篇注引)

综合以上引文,可见整个东晋时代是玄言诗的时代,它的内容专谈哲理,语言枯燥,“遒丽之辞,无闻焉耳”。直至东晋末年的谢混,风气始有改变,但只是一个开头,“得名未盛”。直至谢灵运出来,玄言诗在诗坛的长期统治地位才被打倒。所以《文心雕龙·明诗》篇又说:“江左篇制,溺乎玄风。嗤笑徇务之志,崇盛亡机之谈。……宋初文咏,体有因革,庄老告退,而山水方滋。”陶渊明既然是谢灵运的前辈,他的创作活动主要在东晋末期,那时还是玄言诗的时代,那时玄言诗的基础虽然已经开始动摇,但还没有失去统治力量,还没有让位于后出的山水诗。陶诗的语言风格,还是在玄言诗流行的环境中形成的。玄言诗既然并不崇尚骈俪辞藻(玄言诗的风格,看现存孙绰的诗和当时兰亭集会时诸人的诗作即可明白),因此上面所举的著作以为陶诗语言特色与当时形式主义诗风对立之说,就无法成立了。

对于当时流行的玄言诗,陶诗是受到它的影响的。在这方面,朱自清先生的意见比较中肯。他在为《陶渊明批评》一书(萧望卿著)所作的序中说:

> 陶诗显然接受了玄言诗的影响。玄言诗虽然抄袭老庄,落了套头,但用的似乎正是“比较接近说话的语言”。因为只有“比较接近说话的语言”,才能比较的尽意而入玄;骈俪的词句是不能如此直截了当的。那时固然是骈俪时代,然而未尝不重“接近说话的语言”。《世说新语》那部名著便是这种语言的记录。这样看,渊明用这种语言来作诗,也就不是奇迹了。他之所以能够超过玄言诗,却在能摆脱那些老庄的套头,而将自己日常生活体验化入诗里。

所以我们只能说，陶渊明以来的一段长时期内，由于崇尚骈俪辞藻的诗歌盛行，陶诗没有受到当时人们的重视；却不能说陶诗的语言风格和当时诗风（玄言诗风）有意识地相对立。

最后要补充一点，即玄言诗中也有一部分讲对仗的，如孙绰的《兰亭》和《秋日》；但这只是部分现象，其他诸家的《兰亭》诗就大多不讲对仗。而且这种对句也很质朴，缺少文采，情况正跟陶诗中的一部分对偶句相像，跟重视藻饰的作品是大不相同的。

殷仲文、谢混生活于东晋末叶义熙年间，与陶渊明同时。殷仲文的《南州桓公九井作》诗、谢混的《游西池》诗，均见《文选》卷二十二，虽胜于玄言诗，但和陶诗的成就不能相比。丁福保《全晋诗》尚有殷仲文诗一首（残阙）、谢混诗两首，比《文选》所选者更差。平心而论，陶诗语言尽管受到玄言诗影响，但他用朴素而口语化的诗笔，"将自己日常生活体验化入诗里"，诗歌形象鲜明，耐人咀嚼，全然改变了玄言诗"理过其辞，淡乎寡味"的现象，在东晋末叶，他是冲破玄言诗传统取得突出成就的大诗人。殷仲文的诗，"玄气犹不尽除"；谢混诗歌，成就也不突出。但后来评论家钟嵘、沈约、萧子显、檀道鸾论及当时诗歌，都不提陶诗而推殷、谢（或只推谢混一人）。究其原因，一方面是由于南朝文人重视骈俪辞藻，陶诗语言质朴自然，"世叹其质直"（《诗品》），在南朝不为一般文人所重视，影响亦小。另一方面，殷仲文、谢混的诗，则比较讲究对仗辞藻，"义熙中，以谢益寿（混）、殷仲文为华绮之冠"（《诗品》），成为后来谢灵运的前驱，所以得到南朝许多文人的注意和肯定。轻陶诗，重殷、谢，显然反映了南朝文人在文学欣赏和评论上的偏见。

1961 年初稿，1979 年 6 月稍作修改

原载《光明日报》1961 年 5 月 7 日《文学遗产》副刊第 362 期

尘网中：陶渊明走向田园的侧影

陈引驰

一、引　言

陶渊明在传统诗歌史上有着崇高的地位，从最初钟嵘《诗品》之仅列中品，随着时间流逝，逐渐取代之前"于文章也譬人伦之有周孔"[①]的曹植和并世的谢灵运，成为唐代之前最大的代表诗人。诗人最主要的贡献何在？

陶渊明在中国文学史上的伟大贡献是创辟了"田园"这一诗歌类型，并以此构成了"田园境界"。所谓的"田园"，在他之前的文学中，不是没有表现，比如《诗经》中即有诸多农事诗，呈现了农时节令与劳作、生活之图景。至东汉后期的赋作及子书之中涉及田园生活之书写渐形，如张衡之《归田赋》[②]与仲长统《昌言》[③]。在

① 曹旭《诗品集注》，上海古籍出版社2011年版。

② 《归田赋》"游都邑以永久，无明略以佐时。徒临川以羡鱼，俟河清乎未期。感蔡子之慷慨，从唐生以决疑。谅天道之微昧，追渔父以同嬉。超埃尘以遐逝，与世事乎长辞。于是仲春令月，时和气清；原隰郁茂，百草滋荣。王雎鼓翼，鸧鹒哀鸣；交颈颉颃，关关嘤嘤。于焉逍遥，聊以娱情。尔乃龙吟方泽，虎啸山丘。仰飞纤缴，俯钓长流。触矢而毙，贪饵吞钩。落云间之逸禽，悬渊沉之鲨鰡。于时曜灵俄景，系以望舒。极般游之至乐，虽日夕而忘劬。感老氏之遗诫，将回驾乎蓬庐。弹五弦之妙指，咏周、孔之图书。挥翰墨以奋藻，陈三皇之轨模。苟纵心于物外，安知荣辱之所如。"〔梁〕萧统：《文选》，中华书局1977年版。

③ 《昌言》："使居有良田广宅，背山临流，沟池环布。竹木周布，场圃筑前，果园树后。舟车足以代步涉之艰，使令足以息四体之役。养亲有兼珍之膳，妻孥无苦身之劳。良朋萃止，则陈酒肴以娱之；嘉时吉日，则烹羔豚以奉之。蹰躇畦苑，游戏平林，濯清水，追凉风，钓游鲤，弋高鸿。讽于舞雩之下，咏归高堂之上。安神闺房，思老氏之玄虚；呼吸精和，求至人之仿佛。与达者数子论道讲书，俯仰二仪，错综人物。弹南风之雅操，发清商之妙曲，逍遥一世之上，睥睨天地之间。不受当时之责，永保性命之期。如是，则可以陵霄汉、出宇宙之外矣，岂羡夫入帝王之门哉！"孙启治《昌言校注》，中华书局2012年版。

相当程度上，那是以现实中的庄园为基础所拟构的图景。至于陶渊明，乃给予田园较为充分之书写，此后至于唐宋，田园歌咏遂不绝如缕。

陶渊明之能臻于开启性地位，乃在于他赋予田园以意义，成为人生和生命之依托寄寓、安身立命之所。从诗人的现实生活、人生追求和诗学成就而言，“田园”成为凝聚诗人方方面面的焦点。

然而此一高远之境界如何构成？与其现实经验有何关联？回应此等问题，须具体考究其出处得失。诗人究竟为何退出仕途、归隐田园呢？后世最多记忆的是他最后在彭泽弃官而去的情形。但是，这背后的曲折，却存在不同的说法。按照《宋书》是这样的：“郡遣督邮至，县吏白应束带见之。潜叹曰：‘我不能为五斗米①折腰向乡里小人。’即日解印绶去职。”②而据诗人的自叙，则是：“余家贫，耕植不足以自给。幼稚盈室，瓶无储粟。生生所资，未见其术。亲故多劝余为长吏，脱然有怀，求之靡途。会有四方之事，诸侯以惠爱为德。家叔以余贫苦，遂见用为小邑。于时风波未静，心惮远役。彭泽去家百里，公田之利，足以为酒，故便求之。及少日，眷然有归欤之情。何则？质性自然，非矫厉所得；饥冻虽切，违己交病，尝从人事，皆口腹自役；于是怅然慷慨，深愧平生之志。犹望一稔，当敛裳宵逝。寻程氏妹卒于武昌，情在骏奔，自免去职。仲秋至冬，在官八十余日。”③当然可以说不耐官场仪节与本性自然之间有相关性，但显然，对离职具体的缘由说法确是不同。④

更加值得注意的是，这其实不是陶渊明第一次而已是第五次也就是他一生中最后的一次离职而去。诗人的现实经历由其出处观察之，则先后曾有江州祭酒、桓玄麾下任职、刘裕之参军、刘敬宣之参军及彭泽令共五段仕途经历。

---

① “五斗米”，缪钺有《陶渊明不为五斗米折腰新释》，《历史研究》第1期（1957年2月），论定“五斗米”“与当时县令俸禄绝无关系”，而是一般性地指饱食；而杨联陞《论东晋南朝县令俸禄的标准——〈陶潜不为五斗米折腰新释〉质疑》，收于《杨联陞论文集》（中国社会科学出版社1992年版）不同意缪说，认为“五斗米应是汉以来低级县令的日俸（严格说是半俸）标准”（杨文承同事张金耀博士提示）。

② 〔梁〕沈约：《宋书·隐逸传》，中华书局1974年版，第2287页。

③ 〔东晋〕陶渊明：《归去来兮辞序》，逯钦立：《陶渊明集》，中华书局1979年版，第159页。

④ 冈村繁曾在《陶渊明新论》中提出此一不同，参[日]冈村繁：《陶渊明李白新论》，上海古籍出版社2002年版，第8—9页。

二、仕　　途

如果陶渊明的生卒年依照通常的意见①,那么他第一次出仕在东晋太元十八年(393)29岁时,诗人的《饮酒》其十九:"畴昔苦长饥,投耒去学仕。将养不得节,冻馁固缠已。是时向立年,志意多所耻。遂尽介然分,终死归田里。"②"学仕",即指这一次的出仕。《宋书·陶潜传》记载:"起为州祭酒,不堪吏职,少日自解归。"这时的江州刺史据考是王凝之,逯钦立以为陶渊明不屑于王凝之而离职③;这未必能确定,但这次仕途经历很短是无疑的,而且是他主动离开的。这背后的原因无法很清楚地了解,但由州府辟命在当时的门阀社会背景下,是门第低微的寒素之士④出仕的通常路径⑤,时常也有自负者自标

---

① 陶渊明生卒年历来有争议,然最初的文献如颜延之《陶征士诔》和沈约《宋书·陶渊明传》皆言陶年63,卒于宋元嘉四年(427),由此逆推,则生于晋兴宁三年(365);当代学人如逯钦立(原主52岁说,此据逯钦立《陶渊明事迹诗文系年》,见逯钦立《陶渊明集》,第262—263页)、杨勇等皆持此说《陶渊明年谱汇订》及《陶渊明年寿应为六十三岁考》,俱载龚斌《陶渊明集校笺》,上海古籍出版社2011年版。

② 逯钦立《陶渊明集》,第98页。

③ 参逯钦立《读陶管见·江州祭酒问题》,收于吴云整理《汉魏六朝文学论集》,陕西人民出版社1984年版,第257—259页。

④ "寒素之士",指非皇室贵族亦非高门世族的士人。"寒"所指之"寒门"原相对"势族"而言,《晋书·刘毅传》之"上品无寒门,下品无势族",谓势微位下之门第;"素"之涵义有二,"如与皇室王族对待而言,指异姓高门","如对高门甲族而言,又可用以指门第较低之士族,甚至庶姓寒门"(周一良《魏晋南北朝史札记》"素族"条,中华书局1985年版,第217—218页。)此称"寒素之士","素"取其后一义即"门第较低之士族",这与"寒士"之所指正相吻合,谓"先代官位不显的士人,或者士族中的衰微房分",不过他们"仍是士人,不是寒人","寒士与寒人仍有士庶之别"(参唐长孺《读史释词》"寒士"条,收于唐长孺《魏晋南北朝史论拾遗》,中华书局1983年版,第253—257页。)事实上,陶渊明之身份恰当此"寒素之士"。

⑤ 陶渊明出任之江州祭酒,逯钦立《读陶管见·江州祭酒问题》据沈约《宋书·百官志》"晋成帝咸康中,江州又有别驾祭酒,居僚职之上,而别驾从事史如故,今则无也",推定陶担任的即"别驾祭酒"。敖雪岗:《陶渊明"江州祭酒"辨》,《古典文学知识》2003年第4期,不同意逯的意见,以为"别驾祭酒"之地位在别驾从事史、治中从事史、主簿、西曹书佐、祭酒从事史、议曹从事史和部郡从事史等七种刺史属官之上,并比照陶之外祖孟嘉的仕履经历,认为陶渊明出任的当是别驾祭酒之下的祭酒从事史,而祭酒从事史据《宋书·百官志》"分掌诸曹兵、贼、仓、户、水、铠之属",职事琐屑,所以陶渊明才"不堪吏职"。这一辨析,应该是可以成立的。祭酒从事史,严耕望《魏晋南北朝地方行政制度》,上海古籍出版社2007年版,第171—175页论及,"东晋时代祭酒之职盖已有职事,非如汉、蜀之制为尊老礼贤而设也"。起家从事如此涉及琐务的职位,其家族身份不高,是可以料定的(敖文承门下林晓光博士提示,并相与讨论之)。

位置以示高洁①,而陶渊明或许基于自己不同流俗的自我定位和期许而不耐吏事繁杂,是以甩手而去。

陶渊明的第二次仕途经历,是在兼领江州和荆州刺史的桓玄麾下任职。隆安二年(398),当时青、兖二州刺史王恭与荆州刺史殷仲堪联合对抗朝中摄政的司马道子,刘牢之倒戈致使王恭兵败被杀,桓玄原为殷仲堪前锋,此时得为江州刺史,次年并殷仲堪,再次年为荆州刺史。大约就在这一期间,陶渊明入桓玄麾下任职。隆安四年(400),陶渊明有《庚子岁五月中从都还阻风于规林》诗二首②,诗中的“规林”,应在寻阳附近③,这两篇诗写于诗人“行役”(诗中有“自古叹行役,我今始知之”句)赴都城建康之后返回西行,在离家乡不远处遇风停留之时,由此可知,当时他有世间责任在身。还有一首《辛丑岁七月赴假还江陵夜行涂口》④,诗所涉事实发生在“辛丑岁”即隆安五年(401),诗中又出现“怀役”的字眼(“怀役不遑寐,中宵尚孤征”),则对诗题的理解自然应该是休假之后返还江陵,经过距武昌不远的涂口。⑤销假返江陵,则正是回到隆安三年(399)始任荆州刺史的桓玄府中。这三首诗结合在一起看,可以肯定,大约在隆安五年及之前的两三年,陶渊明在桓玄麾下任职。以隆安四年的《庚子岁五月中从都还阻风于规林》看,他还为桓玄担任了入京使者,逯钦立推测:“据《晋书·桓玄传》,玄‘屡上疏求讨孙恩,诏辄不许。恩逼京师,复上疏请讨之,会恩已走’云云,按《安帝纪》,孙恩陷会稽,在去年(公元三九九)十一月,至丹徒逼近京师,在明年(四〇一)六月,则陶之奉使为玄初次上疏当在本年,其仕于玄,当在去年。”⑥果然如此,则陶渊明赴建康担任的还是颇重要的使命。至于陶渊明最后离开桓玄,倒不像第一次江州祭酒是自行一走了之的情形,应是他母亲当年冬天去世

---

① 参钱志熙《陶渊明传》,中华书局 2012 年版,第 80—81 页所述及所举出的西晋夏统之例。

② 逯钦立《陶渊明集》,第 72—74 页。

③ 参袁行霈《陶渊明集笺注》,中华书局 2003 年版,该诗解题,第 188 页。

④ 逯钦立《陶渊明集》,第 74—75 页。

⑤ 逯钦立《陶渊明集》,第 75 页注 1。

⑥ 逯钦立《陶渊明事迹诗文系年》,收于逯钦立《陶渊明集》,第 268—269 页。

所致,这在诗人的《祭程氏妹文》里说得很明白:“昔在江陵,重罹天罚。”[①]可见,陶渊明是在江陵桓玄荆州刺史门下得到母亲去世消息的。

就在陶渊明离开桓玄返回故乡为母亲守孝之后的两年半时间内,天下的形势发生了巨大的变化:元兴元年初(402)晋安帝下诏罪桓玄,桓玄因率军东下,刘牢之倒戈降桓玄,桓玄顺利攻入建康,杀司马元显,总揽朝政;次年(403)桓玄篡晋,改元建楚;接着的那年(404)年初,刘裕起兵讨伐桓玄,为镇军将军,双方在寻阳附近就有战事,而刘牢之之子刘敬宣为建德将军,任江州刺史,最后桓玄兵败伏诛。在这一连串的变故之中,前半场,诗人是看客,后半场,则进场扮演了一定的角色。《始作镇军参军经曲阿作》:

> 弱龄寄事外,委怀在琴书。被褐欣自得,屡空常晏如。时来苟冥会,踠辔憩通衢。投策命晨装,暂与园田疏。眇眇孤舟逝,绵绵归思纡。我行岂不遥,登降千里余。目倦川途异,心念山泽居。望云惭高鸟,临水愧游鱼。真想初在襟,谁谓形迹拘。聊且凭化迁,终返班生庐。[②]

刘裕住京口,曲阿与之相距不远,诗中写诗人虽怀着留恋,但还是告别故乡,一路向东而去,到刘裕处担任参军了。

在刘裕处一定不久,不知其中的周折如何,下一年(405)初诗人流传下来的一首诗《乙巳岁三月为建威参军使都经钱溪》已表明他担任了建威将军刘敬宣的参军[③]:

> 我不践斯境,岁月好已积。晨夕看山川,事事悉如昔。微雨洗高林,清飙矫云翮。眷彼品物存,义风都未隔。伊余何为者,勉励从兹役?一形似有制,素襟不可易。园田日梦想,安得久离析?终怀在壑舟,谅哉宜霜柏。[④]

---

① 〔东晋〕陶渊明《祭程氏妹文》,逯钦立《陶渊明集》,第191页。

② 逯钦立《陶渊明集》,第71页。

③ 这次从刘裕处转至刘敬宣处,应该也与刘裕有关:元兴元年(402)刘牢之降桓玄后,与其子刘敬宣蓄意袭玄,事败自经(〔唐〕房玄龄《晋书·刘牢之传》,中华书局1974年版,卷84,第2188—2192页),而刘敬宣因而奔北,后作为刘牢之旧部的刘裕起兵平桓玄,“手书召敬宣,即驰还……后拜江州刺史”(〔唐〕李延寿《南史·刘敬宣传》,中华书局1975年版,卷17,第475页);可知二刘之间关系甚为密切。

④ 逯钦立《陶渊明集》,第79页。

就在这个义熙元年(405)的三月，被桓玄废黜的晋安帝反正，刘敬宣上表解职①，陶渊明这次“使都”大约就是为此而去的②。值得注意的是，在这一年左右的时间里，从陶渊明重新出来担任镇军将军刘裕的参军到为建威将军刘敬宣出使赴京的前后两首诗来看，一开始就流露出对离开故园的不舍，所谓“目倦川途异，心念山泽居。望云惭高鸟，临水愧游鱼”；最后则已考虑归去了：“园田日梦想，安得久离析?”

建威将军的参军之任结束之后，陶渊明应该又回到自己的家园，看《归去来兮辞序》表述的“家叔以余贫苦，遂见用为小邑。于时风波未静，心惮远役。彭泽去家百里，公田之利，足以为酒，故便求之”云云，应该是从乡里再次出来任职的；至于这次出仕的目的，他已直说就是为俸禄而去的了。义熙元年的八至十一月间，诗人最后做了 80 天的彭泽令，就弃官而去，完全终结了仕途，从此隐居田园之中了。③

三、背　　景

在上述的五次出仕之中，在桓玄、刘裕麾下之经验乃是与当时历史大动向最有关联的。

(一) 家族

桓玄与他父亲桓温一样，于天下甚具野心。当年桓温之心，可谓路人皆知，以至于其后的佛教文献中也有表露。《法苑珠林》卷 33 引《冥祥记》：

---

① 《南史》记刘敬宣上表自解与刘毅有关：“刘毅之少，人或以雄桀许之。敬宣曰：‘此人外宽内忌，自伐而尚人，若一旦遭逢，当以陵上取祸。’毅闻深恨。及在江陵，知敬宣还，寻知为江州，大骇惋。敬宣愈不自安。安帝反正，自表求解。”〔唐〕李延寿《南史·刘敬宣传》卷 17，第 475 页。

② 参逯钦立《陶渊明事迹诗文系年》，收于逯钦立《陶渊明集》，第 275 页。

③ 陶渊明之生平考订，历来有诸多不同意见，此处大抵依据旧史所述及逯钦立等现代学者的研究(逯钦立《陶渊明事迹诗文系年》，载逯钦立《陶渊明集》；陶之政治参与，袁行霈《陶渊明与晋宋之际的政治风云》，收于袁行霈《陶渊明研究》，北京大学出版社 1997 年版。)综合相关史料加以考述。此节择取最关诗人的部分加以勾勒。

晋大司马桓温，末年颇奉佛法，饭馔僧尼。有一比丘尼，失其名，来自远方，投温为檀越。尼才行不恒，温甚敬待，居之门内。尼每浴，必至移时。温疑而窥之：见尼裸身挥刀，破腹出脏，断截身首，支分脔切。温怪骇而还。及至尼出浴室，身形如常。温以实问。尼答云："若遂凌君上，刑当如之。"时温方谋问鼎，闻之怅然。故以戒惧，终守臣节。尼后辞去，不知所在。①

桓玄继续他父亲的路线，扩大势力，兼领荆州和江州，给予中央极大的压力；陶渊明恰在这个时候出来在桓玄手下做事，且往来桓玄和朝廷之间担任特使，似乎颇关紧要：倘若真如逯钦立所推测，诗人是为桓玄上疏讨孙恩事奔波，那么这后面隐含着桓玄期望由此东下的政治企图，陶渊明至少是受到桓玄相当信任的。

回到那个具体的历史场景，东晋是所谓门阀政治的时代，政治权力是皇帝与几个大家族共享的。桓玄正是在这样的一个格局之中行其野心。陶渊明与桓玄的关系，似乎也很有必要从这样一个视野中加以观测。

桓氏家族之经历如田余庆先生所考，原为东汉大儒桓荣之后，中经曹魏时代曹氏与司马氏之间的激烈斗争，桓范被杀，此后家族孤单势弱，桓彝渡江，为东晋功臣，其子桓温权倾一时，为桓玄最终代晋为楚确立基础。②虽然如此，桓氏当初仍受高门世族之鄙视，《世说新语·方正》记载桓温为儿求王坦之女，王坦之之父王述不允：

王文度为桓公长史时，桓为儿求王女，王许咨蓝田。既还，蓝田爱念文度，虽长大，犹抱着膝上。文度因言桓求己女婚。蓝田大怒，排文度下膝，曰："恶见文度已复痴，畏桓温面？兵，那可嫁女与之！"文度还报云："下官家中先得婚处。"桓公曰："吾知矣，此尊府君不肯耳。"③

王述以桓温为"兵"，是强烈蔑视的表现。

---

① 鲁迅《古小说钩沉》，齐鲁书社1997年版，第294页。

② 田余庆《桓温的先世和桓温北伐问题》，收于田余庆《东晋门阀政治》，北京大学出版社1989年版。

③ 余嘉锡《世说新语笺疏》，上海古籍出版社1993年版，第332—333页。

至于陶氏家族，如陈寅恪先生所考，本出溪族杂处地区“业渔之贱户”，因而士族胜流视同异类①，只是东晋初以军功致显，但仍受歧视，《世说新语·方正》：

王脩龄尝在东山，甚贫乏。陶胡奴(陶范)为乌程令，送一船米遗之。却不肯取。直答语：“王脩龄若饥，自当就谢仁祖索食，不须陶胡奴米。”

余嘉锡针对此故事分析：“疑因陶氏本出寒门，士行(陶侃)虽立大功，而王、谢家儿不免犹以老兵视之。”②

最值得留意的是《世说新语·文学》第97条：

袁宏始作《东征赋》，都不道陶公。胡奴诱之狭室中，临以白刃，曰：“先公勋业如是，君作《东征赋》，云何相忽略？”宏窘蹙无计，便答：“我大道公，何以云无？”因诵曰：“精金百炼，在割能断。功则治人，职思靖乱。长沙之勋，为史所赞。”

而刘孝标注引《续晋阳秋》：

宏为大司马记室参军，后为《东征赋》，悉称过江诸名望。时桓温在南州，宏语众云：“我决不及桓宣城。”时伏滔在温府，与宏善，苦谏之，宏笑而不答。滔密以启温，温甚忿，以宏一时文宗，又闻此赋有声，不欲令人显闻之。后游青山饮酌，既归，公命宏同载，众为危惧。行数里，问宏曰：“闻君作《东征赋》，多称先贤，何故不及家君？”宏答曰：“尊公称谓，自非下官所敢专，故未呈启，不敢显之耳。”温乃云：“君欲为何辞？”宏即答云：“风鉴散朗，或搜或引。身虽可亡，道不可陨。则宣城之节，信为允也。”温泫然而止。

刘孝标且加案语：“二说不同，故详载焉。”无论是如余嘉锡所认为的“二者宜皆有之”③，还是传闻讹异，桓、陶两家故事之间相同或者可以互易，都透露出两家在彼时高门世族视野中彼此地位相侔。

就陶渊明而言，其家族从曾祖陶侃开始，为国家勋臣，到诗人这代(侃生茂，

① 陈寅恪《魏书司马叡传江东民族条释证及推论》，收于陈寅恪《金明馆丛稿初编》，上海古籍出版社1980年版，第80—82页。

② 余嘉锡《世说新语笺疏》，第327页。

③ 以上引文皆余嘉锡《世说新语笺疏》，第273—274页。

茂生逸,逸生潜)[①]已然衰落,作为东晋以来的旧家子弟,陶渊明的自我认同是很以祖先为傲的[②],但实际环境之中则远非其所自是者,如前所述,其不受高门世族之尊重,与桓氏类似。由此进一步来看,他与桓玄的关系乃至立场,其实颇有重叠复合之处。

留意到桓、陶两家的相关,则不能不关注到荆州。荆州在中古时代具有极重要之地位,东晋一代,更可谓举足轻重[③]。其时,刺荆州者前后二十余人,末年乱局时期不计,先后皆为东晋秉执权势之世家大族如王、庾、桓等,"瑯琊王氏……先后刺荆州十年","庾氏以外戚地位,庾亮庾翼兄弟又连据荆州十年",桓玄之前"桓温据荆州近二十年,桓豁十四年,桓冲七年,桓石民五年";而在王氏与庾氏之间,"陶侃镇荆州九年"[④],仅就为时之久,即足与王、庾比肩。就其重要性而言,洪迈《容斋随笔》卷 8"东晋将相"条曾指出:"荆州为国西门,刺史常督七八州事,力雄强,分天下半。自渡江讫于太元,八十余年,荷阃寄者,王敦、陶侃、庾氏之亮、翼、桓氏之温、豁、冲、石民,八人而已,非终于其军不辄易,将士服习于下,敌人畏敬于外。"[⑤]陶侃亦足与王、庾、桓诸氏相较。作为陶氏家族历史上最为杰出的人物,陶侃正是陶渊明最为崇仰的先祖。或许还可以提到,长期据有荆州者,除庾氏兄弟作为外戚,作为皇室势力,与据中枢之王导形成抗衡,性质有所不同,王敦、桓温乃至后来的桓玄,皆有不臣之意、之行,即如陶侃,《晋书》卷 66 本传之末亦记曰:

> 或云"侃少时渔于雷泽,网得一织梭,以挂于壁,有顷雷雨,自化为龙而去"。又梦生八翼,飞而上天,见天门九重,已登其八,唯一门不得入。阍者

---

① 陶渊明之父名,史书无载,宋李公焕引陶茂麟《家谱》称"父名逸",但后世有争议;龚斌据所见各谱认作陶敏。龚斌《陶渊明集校笺》,第 530 页。

② 参其《命子》诗,逯钦立《陶渊明集》,第 27—29 页。

③ 参傅乐成《荆州与六朝政局》,收于傅乐成《汉唐史论集》,联经出版 1977 年版;周一良《魏晋南北朝史札记》"东晋南朝地理形势与政治"条,中华书局 1985 年版,第 75—77 页;章义和《地域集团与南朝政治》第四章《荆州势力的兴起与南朝政治》,华东师范大学出版社 2002 年版。

④ 计年参周一良《魏晋南北朝史札记》"东晋南朝地理形势与政治"条,第 76 页。

⑤ 〔南宋〕洪迈《容斋随笔》,中华书局 2005 年版,第 105 页。

以杖击之,因坠地,折其左翼。及寤,左腋犹痛。又尝如厕,见一人朱衣介帻,敛板曰:"以君长者,故来相报。君后当为公,位至八州都督。"有善相者师圭谓侃曰:"君左手中指有竖理,当为公。若彻于上,贵不可言。"侃以针决之见血,洒壁而为"公"字,以纸裛手,"公"字愈明。及都督八州,据上流,握强兵,潜有窥窬之志,每思折翼之祥,自抑而止。①

陶侃或许是列位据有荆州之豪强中,其意其行最为隐晦的。不过,他的"每思折翼之祥,自抑而止"与桓温之"故以戒惧,终守臣节"(前引《冥祥记》),多少有依稀类似之处。这些传闻甚至可能的联想,作为陶氏后人的陶渊明似不容不知,至少因为陶侃,他应该不会为此对桓温有特别的恶感吧。

在陶渊明一生仰慕家族人物之中,除了曾祖陶侃,还有外祖父孟嘉。孟氏为武昌地方望族,乃当时名士,娶陶侃第十女,孟所生第四女即陶渊明之母孟氏②。他与桓温之间的密切关系,是陶渊明《晋故征西大将军长史孟府君传》的重要内容:

君色和而正,温甚重之。九月九日,温游龙山,参佐毕集,四弟二甥咸在坐。时佐吏并着戎服。有风吹君帽堕落,温目左右及宾客勿言,以观其举止。君初不自觉,良久如厕。温命取以还之。廷尉太原孙盛,为咨议参军,时在坐,温命纸笔令嘲之。文成示温,温以着坐处。君归,见嘲笑而请笔作答,了不容思,文辞超卓,四座叹之。

始自总发,至于知命,行不苟合,言无夸矜,未尝有喜愠之容。好酣饮,逾多不乱,至于任怀得意,融然远寄,傍若无人。温尝问君:"酒有何好,而卿嗜之?"君笑而答曰:"明公但不得酒中趣尔。"又问听妓,丝不如竹,竹不如肉,答曰:"渐近自然。"③

这些深为后世称叹的孟嘉言行,都发生在他与桓温之间。诗人为外祖所作

---

① 〔唐〕房玄龄《晋书》,中华书局 1974 年版,第 1779 页。

② 据〔东晋〕陶渊明《晋故征西大将军长史孟府君传》:"娶大司马长沙桓公陶侃第十女","渊明先亲,君之第四女也",逯钦立《陶渊明集》,第 169、171 页。

③ 同上,第 170、171 页。

的这篇传,依照逯钦立的意见,是隆安五年(401)陶母孟氏去世之后,诗人居忧期间所写;《传》中有"渊明先亲,君之第四女也。凯风寒泉之思,实钟厥心。谨按采行事,撰为此传。惧或乖谬,有亏大雅君子之德,所以战战兢兢若履深薄云尔"的话,应该是有道理的。而这一时期,如之前曾述及的,局势发生了巨大变化,桓玄挥戈东下,直至最后代晋而立;以此为背景看,陶渊明写此《传》时的心意如何,虽难把握,实可玩味。《传》中记:

> 光禄大夫南阳刘耽,昔与君(案指孟嘉)同在温府,渊明从父太常夔尝问耽:"君若在,当已作公不?"答云:"此本是三司人。"为时所重如此。[①]

诗人直接涉及外祖政治上可能的前途地位,似乎果然有些敏感;致有学者犀利地点出:"陶渊明早不为孟嘉立传,晚不为孟嘉立传,恰恰在桓温之子桓玄继承父志夺去中央政权最为得意之时来写这份传,并且强调自己的外祖父与桓氏家族的密切关系,要说一点潜台词都没有大约是不合实际的,其中很可能埋伏着深刻曲折的政治计算。"[②]即使这么推拟有过度之嫌,但考虑到陶渊明曾仕于桓玄门下,刚因母丧而离开,确实逗人浮想联翩。至少,这时候曾仕于桓玄的诗人,渲染外祖孟嘉与桓温的密切关系,足以显示他对自己家族与桓氏家族关系的深怀关切。

以此回顾,当初陶渊明之仕于桓玄,应该是颇自然的一个选择吧。

(二)信仰

观照陶渊明与桓玄的关系,还可以从他们的思想和信仰方面着眼。

陶渊明(365—427)与桓玄(369—404)可谓是同代人,他们都接受了当时一般士族教育,而拥有相类似的文化教养。陶渊明自己说过是"少年罕人事,游好在六经"[③]、"诗书敦宿好"[④],而桓氏家族初以儒学立身,桓玄甚受桓温宠爱,传统之教养可想而知。桓玄与当时庐山高僧慧远颇有交往,其间行迹之交错与思

---

① 逯钦立《陶渊明集》,第171页。

② 顾农《从孔融到陶渊明——汉末三国两晋文学史论衡》,凤凰出版社2013年版,第669页。

③ 〔东晋〕陶渊明《饮酒十六》,逯钦立:《陶渊明集》,第96页。

④ 〔东晋〕陶渊明《辛丑岁七月赴假还江陵夜行涂口》,逯钦立:《陶渊明集》,第74页。

想之交锋,也都可以窥见桓玄传统儒学之立场。《高僧传·慧远传》:

后桓玄征殷仲堪军经庐山,要远出虎溪,远称疾不堪,玄自入山。左右谓玄曰:"昔殷仲堪入山礼远,愿公勿敬之。"玄答:"何有此理?仲堪本死人耳。"及至见远,不觉致敬。玄问:"不敢毁伤,何以剪削。"远答云:"立身行道。"玄称善。①

江州刺史桓玄攻杀荆州刺史殷仲堪,事在隆安三年(399)十二月,当时陶渊明很可能已在桓玄麾下。传中提及殷仲堪入山见慧远事,在太元十七年(392)赴荆州刺史任途中,殷仲堪依《世说新语》的表达是"精核玄论"的,与慧远所论乃《易》;②而今桓玄与慧远之交锋,据《孝经》"身体发肤,受之父母,不敢毁伤,孝之始也"发问:"不敢毁伤,何以剪削"?慧远"少为诸生,博综六经"③,随即以《孝经》之下文"立身行道,扬名于后世,以显父母,孝之终也"作答:"立身行道。"他们之间所论的是从传统立场上往往而有的对佛教僧人落发出家的质疑与回护。桓玄的这个批评立场,在后来劝慧远罢道书中继续有其表达:

夫至道缅邈,佛理幽深,岂是悠悠常徒,所能习求?沙门去弃六亲之情,毁其形骸,口绝滋味,被褐带索,山栖枕石,永乖世务,百代之中,庶或有一仿佛之间;今世道士,虽外毁仪容,而心过俗人。所谓道俗之际。可谓学步邯郸,匍匐而归。先圣有言:"未知生,焉知死?"而令一生之中,困苦形神,方求冥冥黄泉下福,皆是管见,未体大化。迷而知反,去道不远,可不三思?运不居人,忽焉将老,可复追哉!聊赠至言。幸能纳之。④

桓玄劝慧远罢道事,《高僧传·慧远传》是紧接着桓玄入庐山见慧远而记述的:"玄后以震主之威,苦相延致,乃贻书骋说,劝令登仕。远答辞坚正,确乎不

① 〔梁〕释慧皎《高僧传》,中华书局1992年版,第219页。

② 《世说新语·文学》记叙了慧远与殷仲堪的对话:"殷荆州曾问远公:'《易》以何为体?'答曰:'《易》以感为体。'殷曰:'铜山西崩,灵钟东应,便是《易》耶?'远公笑而不答。"余嘉锡《世说新语笺疏》,第240—241页。

③ 〔梁〕释慧皎《高僧传》,第211页。

④ 李小荣《弘明集校笺》,上海古籍出版社2013年版,第621页。

拔,志逾丹石,终莫能回。"[①]所谓"震主之威",应该是指桓玄并灭殷仲堪之后,兼领荆州和江州刺史,据有东晋大半天下之后而未至攻入建康杀司马道子父子之时,也就是说在隆安四年(400)至元兴元年(402)二月之间的事。只要桓玄和慧远的这番罢道和拒绝的往还不是发生在隆安五年(401)的冬日以后,那么陶渊明当时还在荆州桓玄那里,或许也晓得这前后的经过。

除了这样持传统儒家的立场对佛教提出异议,桓玄对慧远的争辩,也颇运用到玄学论说,他本就是一位善文能辩的玄谈高手[②]。这与陶渊明似亦可比观,陈寅恪先生《陶渊明之思想与清谈之关系》即细致分析了陶渊明发展嵇康、阮籍以来的自然观,因而"绝不发见其受佛教影响"[③]。桓玄与陶渊明近似,其批评慧远之佛教主张,往往汲取玄学自然之说。《弘明集》卷五有慧远《明报应论》一篇,碛砂藏本篇题下有"答桓南郡",则是回答桓玄问难之文字;且以"桓南郡"言,则此论当作于隆安三年(399)年底桓玄初入庐山见慧远至元兴元年(402)二月桓玄东下建康之间。此中慧远之论辩姑不论,仅看文中保存的桓玄的问难,以见其质疑佛教之立场:

---

① 〔梁〕释慧皎《高僧传》,第 219 页。

② 《世说新语·文学》:"桓南郡与殷荆州共谈,每相攻难。年余后,但一两番。桓自叹才思转退。殷云:'此乃是君转解。'"刘孝标注引《隆安纪》:"玄善言理,弃郡还国,常与殷荆州仲堪终日谈论不辍。"余嘉锡《世说新语笺疏》,第 243 页。

③ 该文载陈寅恪《金明馆丛稿初编》,第 217 页。陶渊明之家族,与慧远及佛教亦可谓宿有因缘,《高僧传·慧远传》载:"昔浔阳陶侃经镇广州,有渔人于海中见神光,每夕艳发,经旬弥盛。怪以白侃,侃往详视,乃是阿育王像,即接归,以送武昌寒溪寺。寺主僧珍尝往夏口,夜梦寺遭火,而此像屋独有龙神围绕。珍觉驰还寺,寺既焚尽,唯像屋存焉。侃后移镇,以像有威灵,遣使迎接,数十人举之至水,及上船,船又覆没,使者惧而反之,竟不能获。侃幼出雄武,素薄信情,故荆楚之间,为之谣曰:'陶惟剑雄,像以神标。云翔泥宿,邈何遥遥。可以诚致,难以力招。'及远创寺既成,祈心奉请,乃飘然自轻,往还无梗。方知远之神感,证在风谚矣。"(〔梁〕释慧皎《高僧传》,第 213—214 页。)至于庐山之佛教,陶侃之子陶范亦有功焉,《高僧传·慧远传》:"欲往罗浮山,及届浔阳,见庐峰清静,足以息心。始住龙泉精舍。……时有沙门慧永,居在西林,与远同门旧好,遂要远同止。永谓刺史桓伊曰:'远公方当弘道,今徒属已广而来者方多。贫道所栖褊狭,不足相处如何。'桓乃为远复于山东更立房殿,即东林是也。"(〔梁〕释慧皎:《高僧传》,第 212 页。)这位慧远的"同门旧好"慧永,当初即因陶范而居停庐山西林寺:"伏膺道安法师。素与远共期,欲结宇罗浮之岫,远既为道安所留,永乃欲先逾五岭。行经浔阳,郡人陶范苦相要留,于是且停庐山之西林寺,既门徒稍盛。又慧远同筑,遂有意终焉。"(〔梁〕释慧皎:《高僧传》,第 232 页。)由是可知,慧远之停驻庐山,形成佛教一大胜境,陶氏与有功焉。

问曰：佛经以杀生罪重，地狱斯罚；冥科幽司，应若影响。余有疑焉。何者？夫四大之体，即地水火风耳，结而成身，以为神宅，寄生栖照，津畅明识。虽托之以存，而其理天绝，岂唯精粗之间，固亦无受伤之地。灭之，既无害于神，亦由灭天地间水火耳。

又问：万物之心，爱欲森繁，但私我有己，情虑之深者耳。若因情致报，乘感生应，则自然之道，顺何所寄哉？①

问曰：若以物情重生，不可致丧。则生情之由，私恋之惑耳。宜朗以达观，晓以大方，岂得就其迷滞以为报应之对哉！②

其中第一问，借佛教四大聚合之说，基于形神分离的立场，质疑佛教杀生罪重的观点；第二问则以人之情虑为"自然"；最后一问，主张以"达观"对治情恋执著而反对谈报应。桓玄持论所据，大致可睹。

元兴元年（402），桓玄二月东下，三月攻入建康，总揽朝政，四月提出沙门礼敬王者之议，与"八座"往复论辩，并传书慧远，慧远因作《答桓太尉书》（载《弘明集》卷12），做出抗辩。元兴三年（404），慧远作《沙门不敬王者论》五章，末云："晋元兴三年岁次阏逢，于时天子蒙尘，人百其忧，凡我同志，佥怀缀旒之叹，故因述斯论焉。"③是则此论当完篇于桓玄败后。④此文开篇回顾桓玄《与八座书》：

与八座书云："佛之为化，虽诞以茫浩，推乎视听之外，以敬为本，此出处不异。盖所期者殊，非敬恭宜废也。老子同王侯于三大，原其所重，皆在于资生通运，岂独以圣人在位，而比称二仪哉？将以天地之大德曰生，通生

---

① 李小荣《弘明集校笺》，第281—282页。

② 同上，第287页。

③ 同上，第272页。

④ 然《沙门不敬王者论》五章非成于一时，则可断言。如《弘明集》卷12载《桓太尉答》一篇，始曰："知以方外遗形，故不贵为生之益；求宗不由顺化，故不重运通之资。又云：'内乖天属之重，而不违其孝；外阙奉主之恭，而不失其敬'"（同上注，第694页）云云，此数语见《沙门不敬王者论》"出家第二"："出家则是方外之宾，迹绝于物。其为教也。达患累缘于有身，不存身以息患；知生生由于禀化，不顺化以求宗。求宗不由于顺化，则不重运通之资；息患不由于存身。则不贵厚生之益。此理之与形乖，道之与俗反者也。……是故内乖天属之重，而不违其孝；外阙奉主之恭，而不失其敬。"（同上注，第258页）则慧远此章成篇在前而为桓玄所见者。

理物,存乎王者,故尊其神器,而礼寔惟隆,岂是虚相崇重,义存弘御而已?沙门之所以生,生资国存,亦日用于理命,岂有受其德而遗其礼,沾其惠而废其敬哉?”①

与此相应,“求宗不顺化第三”中的“问”,显然是敷衍自桓玄的《与八座书》中的论说,因而此章大致可以确认为慧远对桓玄的回应:

> 问曰:寻夫老氏之意,天地以得一为大,王侯以体顺为尊。得一,故为万化之本;体顺,故有运通之功。然则明宗必存乎体极,体极必由于顺化,是故先贤以为美谈,众论所不能异。异夫众论者,则义无所取,而云不顺化,何耶?②

桓玄的观点,基于《老子》,“同王侯于三大”见诸25章“道大,天大,地大,王亦大,域中有四大,而王居其一焉”,“天地以得一为大”衍自29章“天得一以清,地得一以宁,神得一以灵,谷得一以盈,万物得一以生,侯王得一以为天下贞”,这显然体现了与佛教不同的取资于老庄道家玄学的消息;再则,问难者主张“顺化”即顺随自然大化,对佛教“不顺化”不能理解、接受;而慧远表达的佛教的立场,在“出家第二”中已有清楚的显示:

> 达患累缘于有身,不存身以息患;知生生由于禀化,不顺化以求宗。求宗不由于顺化,则不重运通之资;息患不由于存身,则不贵厚生之益。此理之与形乖,道之与俗反者也。③

慧远之言,在于解释佛教认识到人生之患累在于人身,因而不能保养身体的方式止息患累,而万物之生由于自然之化,故此便不能顺随自然大化去求得最后的宗极;欲求得人生的宗极,便不能顺随自然大化,不能珍重物质之资和养生之厚:最后他明确指出佛教的观念和方式是与世俗和形质的追求正相反的。这是慧远展示给桓玄的非常关键的分歧所在,而“顺化”,不仅是桓玄质疑慧远

① 李小荣《弘明集校笺》,第254页。

② 同上,第259页。

③ 同上,第258页。

的要点，它也是陶渊明思想的核心："纵浪大化中"①是陶渊明基本的人生态度，也是他人生乐处的根本，所谓"聊乘化以归尽，乐夫天命复奚疑"②。

从与慧远的思想关系，大致可以说陶渊明与桓玄有相当接近之处，而结合前文讨论的陶、桓两家，在当时社会尤其是高等世族眼光中的地位，两人之间应该是有相当的切近的基础的。

四、心　　态

相比较与桓玄的关系，陶渊明对刘裕观感应属不佳，其第三次出仕为时很短，至久不过一年，虽然不知道其间经历了怎样的曲折，诗人由刘裕处转至刘敬宣处，但必不如当初离开桓玄是为母丧的客观情势所致。考陶集中诗人对于刘裕之态度，素不以之为是。

以往对陶、刘之间关系的关注，多围绕刘宋代晋。这自是有理由的。义熙十三年(417)，刘裕北伐，破长安，时任江州刺史檀韶遣羊长史赴关中称贺，陶渊明有《赠羊长史》一首：

> 愚生三季后，慨然念黄虞。得知千载外，正赖古人书。圣贤留余迹，事事在中都。岂忘游心目，关河不可逾。九域甫已一，逝将理舟舆。闻君当先迈，负疴不获俱。路若经商山，为我少踌躇。多谢绮与角，精爽今何如?紫芝谁复采，深谷久应芜。驷马无贳患，贫贱有交娱。清谣结心曲，人乖运见疏。拥怀累代下，言尽意不舒。③

诗之主意，渐渐显露。虽然"九域甫已一"是值得庆贺的，陶渊明也表示"逝将理舟舆"愿往游观，但后文则专注于商山四皓之隐居避世，似乎言不及义。后

---

① 〔东晋〕陶渊明《形影神》，逯钦立《陶渊明集》，第37页。

② 〔东晋〕陶渊明《归去来兮辞》，逯钦立《陶渊明集》，第162页。陈寅恪已特别点出慧远的"不顺化以求宗"，"与渊明所得持任生委运乘化乐天之宗旨完全相反"(陈寅恪《陶渊明之思想与清谈之关系》，收于陈寅恪《金明馆丛稿初编》，第203页。)袁行霈《陶渊明、谢灵运与慧远》也提及："陶渊明顺化，慧远不顺化，对人生的基本态度不同。"收于袁行霈《陶渊明研究》，第175页。

③ 逯钦立《陶渊明集》，第65页。

世注家，结合后三年刘裕代晋的史实，多解为诗人对易代之敏感："天下分崩，而中州贤圣之迹，不可得而见。今九土既一，则五帝之所连，三王之所争，宜当首访，而独多谢于商山之人，何哉？盖南北虽合，而世代将易，但当与绮、角游耳。远矣深哉！"[①]后来，陶渊明回顾晋亡，所责难也主要在刘裕而不及桓玄[②]。归隐田园之后，陶渊明依然与当时的仕途中人保持一定的联系与来往，而较为令人瞩目的几位之中，陶渊明的"态度颇不相同。陶引为知己的是颜延之和殷晋安，可以接近的是王弘，反感拒斥的是檀道济"，其中的缘由很大程度上可能是因为他们与刘裕的关系存在疏远亲近之别：远刘者，渊明与之近；近刘者，渊明与之远[③]。这在某种程度上也可窥见诗人对刘之恶感。

除了这些直接涉及政治现实、世代变局的方面，由前文陶渊明与桓玄的比对反观诗人与刘裕，他们之间的隔膜，可想而知是甚为显著的：在信仰和思想方面，刘裕出身行伍，不存在任何深刻的教养、传统和认同[④]；刘裕也没有任何门阀社会的家族背景，其崛起完全出自武力及功业。在世族意识上，陶渊明近桓玄而远寄奴；在自身家族作为东晋勋旧的立场上，陶或更偏向晋室；因偏向晋室，对寄奴之碾平桓玄或许一时之间能认可，元兴三年(404)至义熙元年(405)间入其门下为参军多少表示他不是完全不能接受刘裕在那一历史时刻的作为，则似

---

① 汤汉《陶靖节先生诗》卷2，收于龚斌《陶渊明集校笺》，第155页。

② 不妨提出一个细节，《述酒》题下之注文，逯钦立以为涉及桓玄与刘裕，而袁行霈驳之甚辩，参袁行霈《陶渊明集笺注》，中华书局2003年版，第292—293页。

③ 参袁行霈《陶渊明与晋宋之际的政治风云》的分析，收于袁行霈《陶渊明研究》，第95—97页。

④ 不论刘裕与桓玄，即以其后与其相争之刘毅言，二人之间亦有文化上的优劣之别，《晋书》卷85《刘毅传》："初，裕征卢循，凯归，帝大宴于西池，有诏赋诗。毅诗云：'六国多雄士，正始出风流。'自知武功不竞，故示文雅有余也。"〔唐〕房玄龄《晋书》，中华书局1974年版，第2210页。刘裕在文化上的弱势，即他本人亦能认可，当二刘争竞之时："裕素不学，而毅颇涉文雅，故朝士有清望者多归之，与尚书仆射谢混、丹阳尹郗僧施，深相凭结。僧施，超之从子也。毅既据上流，阴有图裕之志，求兼督交、广二州，裕许之。毅又奏以郗僧施为南蛮校尉后军司马，毛修之为南郡太守，裕亦许之，以刘穆之代僧施为丹阳尹。毅表求至京口辞墓，裕往会之于倪塘。宁远将军胡藩言于裕曰：'公谓刘卫军终能为公下乎？'裕默然，久之，曰：'卿谓何如？'藩曰：'连百万之众，攻必取，战必克，毅固以此服公。至于涉猎传记，一谈一咏，自许以为雄豪；以是搢绅白面之士辐凑归之。恐终不为公下，不如因会取之。'裕曰：'吾与毅俱有克复之功，其过未彰，不可自相图也。'"《晋纪三十八》，"安帝义熙八年"，收入〔北宋〕司马光《资治通鉴》，中华书局1956年版，卷116，第3649—3650页。

是又偏向次等士族之刘寄奴矣[①]；而之后对寄奴之渐行坐大，想必渐难接受。这种拒斥，应该也包含了两个层面，一是基于勋旧家族的政治态度，二是虽实出身单微衰落之家族而往往自负高标的文化立场；或者说，陶渊明之于晋室，非仅政治之忠诚，而有世家勋旧之复杂感受为基础。以往学人往往由陶渊明之忠于晋室立说，或以诗人另有超然怀抱而反对之[②]，聚讼纷纭。其实不必以其他时代的忠君观念来看待，彼时风尚承魏晋易代以来的观念，忠义节操无以特立，如萧子显所说“名为魏臣，实为晋有”（《南齐书·褚渊传论》），并不以忠君为极则，东晋门阀政治的格局中皇家与门阀世族共治，皇权之神圣性不可与异代同观焉。再则，即对于政治之大事件，其反应可以是政治的，然亦或许可以不是纯然政治的，而同时可以是立足于家族的、文化的。

晋宋之际的大变局，即就篡晋者言，从世家桓玄到低级士人刘裕乃一时代转型之体现。陶渊明作为东晋勋臣之后裔，所受的教育和早年的实践，都是要入世有所作为的；而他与类似阶级的桓玄关系被迫中断，与刘裕则不能投缘，在这两位当时叱咤风云的人物之间，有世族和低等士人的不同，诗人身当此历史转型的关头，对新的历史动向是不合契的：陶渊明于世族至低等士人之转变自是不奈；而以勋旧家世故，于篡晋之趋向亦难随附，构成双重的不合时宜。由此而言，则陶渊明之退出官场，固有家族地位不致显达之可能性及对于乱世之厌倦，则眼见寄奴之强大，不奈世间阶级与风习之转趋，也是观察陶渊明退隐田园

---

① 陈寅恪《述东晋王导之功业》（收于陈寅恪：《金明馆丛稿初编》）以刘裕为次等士族；祝总斌《刘裕门第考》（收于祝总斌：《材不材斋史学丛稿》，中华书局2009年版）详考刘裕家族及婚姻家族、出任官位类型，指出刘裕为低级士族（祝文承同事张金耀博士提示）。

② 至于现代如汪精卫《读陶随笔》第四则：“顾亭林曰：‘有亡国，有亡天下。易姓改号，谓之亡国；仁义充塞，至于率兽食人，谓之亡天下。国家兴亡，其君与臣肉食者谋之；天下兴亡，匹夫之贱，与有责焉尔矣。’此非今之言，古之君子，固已言之矣。由今言之，则亭林所谓亡国者，谓之易朝；而所谓亡天下者，则为亡天下焉耳。《述酒》一篇，痛零陵之被酖，韩子苍发其微，汤东磵畅其恉，诚可谓异代知音。然腐者踵之，则陶公之诗，篇篇皆《述酒》也。然则陶公所耿耿者，惟在易朝而已，天下国家，非所关怀，其亦浅之乎测陶公矣乎。又况附会穿凿，其究竟必堕入恶道。钱谦益注杜诗‘遥怜小儿女，未解忆长安’，谓讥刺肃宗、张后之不念太上皇也。子美有知，必唾其面。”《古今》第29期（1943年8月16日）。至于汪氏如此持论的可能动机，参拙文《读〈读陶随笔〉》（曾发表于2014年4月复旦大学“文学批评与语文学”工作坊及5月香港中文大学“今古齐观”国际学术研讨会）。

不能不加以注意的大的历史背景。

此后,陶渊明对于自己的归隐田园的种种自我诠说,从自然本性立说,承庄生玄学之绪,固然是其学问思理有以致之,实亦是现实中挫败之人生经验的转化与提升。陶的自我转化和提升,塑造了他在当时的现实和此后的历史上的自我形象,是他借文字而实现了自我的完成。

五、田　　园

陶渊明在现实的挫败经验之下,归隐田园,并因而转化、提升之,一再为自己的选择做出解释,其所依据之理由则根基于道家之自然人性之说,固是玄学系统有以致之,因建立起田园之境界。

陶渊明是中国古代最伟大诗人之一。当时,陶渊明是一个主流外的诗人,但他是一个超乎时代局限的伟大诗人。如 Ben Johnson 论 Shakespeare 一样,他属于一切时代而不仅一个特定的时代;中国诗人理解他得花费好几百年的时间。

陶渊明重新走过从汉魏之际“古诗十九首”以来的思考生死、时间的精神轨迹。他的《杂诗》说:“人生无根蒂,飘如陌上尘。分散逐风转,此已非常身。……盛年不重来,一日难再晨。及时当勉励,岁月不待人。”[①]生命有限,汉末诗人曾以音乐、友情、爱、求仙、功名等办法解脱,然而,阮籍一一作了否定。[②]陶渊明对此也有深入思考,结晶便是《形影神》这组诗。

“形”指出死亡不可免,不如及时行乐。《形赠影》:“天地长不没,山川无改时。草木得常理,霜露荣悴之。谓人最灵智,独复不如兹……我无腾化术,必尔不复疑。愿君取吾言,得酒莫苟辞。”[③]人生如草木霜露一样有枯荣之时,不似天

---

① 逯钦立《陶渊明集》,第 115 页。

② 参拙文陈引驰《庄学生命观及文学中的反对与理解》,收于拙著《文学传统与中古道家佛教》,复旦大学出版社 2015 年版,第 241—253 页。

③ 逯钦立《陶渊明集》,第 35—36 页。

地山川之长存永恒。这是一种传统的在生死大关面前持及时行乐观念的选择。

“影”则是事业名声的代表，是说个体生命的外射延续。《影答形》：“存生不可言，卫生每苦拙。诚愿游昆华，邈然兹道绝。与子相遇来，未尝异悲悦。憩荫若暂乖，止日终不别。此同既难常，黯尔俱时灭。身没名亦尽，念之五情热。立善有遗爱，胡为不自竭。酒云能消忧，方此讵不劣。”[①]饮酒自乐不如身后之名有益。

《神释》则提出了更高的人生归宿，它指出“形”“神”的不足：“日醉或能忘，将非促龄具？立善常所欣，谁当为汝誉？”它的理想境界是：“纵浪大化中，不喜亦不惧，应尽便须尽，无复独多虑。”[②]人应当归依自然迁化，这是庄学的真精神，也是玄学的新成果。它打破了生死这一大关，一举将过去焦虑的情绪、悲观之心情扬弃化解。陶渊明是一个真正的深思有得的诗人，他对人生得出了自己的结论。

然而这组诗完全是细致的思理，并无特殊的形象性，可说就是玄言诗；但它较之一般作品解答了一个更大的关键性的问题。陶渊明在玄理上对人生和生命做出自己的回答，这并不是全部，实践的方向也是一个重要的方面：理念上的解脱有待现实的解脱来确认。陶渊明的实践方向就是田园生活，换句话说，他的田园生活是其实践自己理念的场所。

陶渊明归隐田园之后的生活如何呢？

陶渊明在《宋书》中归入《隐逸传》，他是一个隐士，这是历史上当时给他的定位。隐士，在古代有许多类型。对时代不满，于是转向山野岩穴，这很多；有些则是为养名求官，所谓“终南捷径”；当然还有后来王维那样的“吏隐”。陶渊明的特别之处是归隐“田园”，我们也都称他“田园诗人”。

“田园”，对陶渊明有核心的意义。那么，不妨来看陶渊明之“田园”的究竟。

首先，“田园”与“山水”不一样：陶渊明是生活在“田园”之中的，而那个时代

---

① 逯钦立《陶渊明集》，第 36 页。

② 同上，第 37 页。

另一位著名的诗人谢灵运则向“山水”进发，是去探寻和发现，这中间有一个很大的区别。惟其身在“田园”之中，“田园”是诗人真切的生活环境，陶渊明的“田园”所内含的层面和意义，较之谢灵运的“山水”要丰富而复杂。

其次，那么对于陶渊明的“田园”，不妨更细地加以区分，看出其间的轻重之别。我们看陶渊明《归园田居》其一的形容：

少无适俗韵，性本爱丘山。误落尘网中，一去三十年。羁鸟恋旧林，池鱼思故渊。开荒南野际，守拙归园田。方宅十余亩，草屋八九间。榆柳荫后檐，桃李罗堂前。暧暧远人村，依依墟里烟。狗吠深巷中，鸡鸣桑树颠。户庭无尘杂，虚室有余闲。久在樊笼里，复得返自然。[①]

其中刻画的多是乡居村落的景致，如“方宅十余亩”以下数行；而“开荒”则需要到另外的所在。陶渊明也会去参加劳作，这当然很了不起，但这并不是必须的，因为他有仆人，《归去来兮辞》里写他回到家时，“僮仆欢迎，稚子候门”，这些僮仆就是为他承担家事包括农事的人员。从陶渊明的诗里来看，诗人更多地是去附近游玩，与人聊天喝酒，读书看画等。当然，农事的艰难，陶渊明是有认识的；极端的状况下，也会缺粮乞食，但这主要是后期困顿至极端时的状态，并不是诗人归隐所预期的生活。[②]所以，在这样的生活中，陶渊明之重点是家园中的自然之乐，而不是田亩上的劳作之苦：

乃瞻衡宇，载欣载奔。童仆欢迎，稚子候门。三径就荒，松菊犹存。携幼入室，有酒盈樽。引壶觞以自酌，眄庭柯以怡颜。倚南窗以寄傲，审容膝之易安。园日涉以成趣，门虽设而常关。策扶老以流憩，时矫首而遐观。云无心以出岫，鸟倦飞而知还。景翳翳以将入，抚孤松而盘桓。

归去来兮，请息交以绝游。世与我而相违，复驾言兮焉求？悦亲戚之情话，乐琴书以消忧。农人告余以春及，将有事于西畴。或命巾车，或棹孤舟。既窈窕以寻壑，亦崎岖而经丘。木欣欣以向荣，泉涓涓而始流。善万

① 逯钦立《陶渊明集》，第 40 页。

② 当然由此更细致观察陶渊明如何面对渐渐来临的困窘，也是一个很有意义的课题，这里暂且不表。

物之得时，感吾生之行休。①

可以说，在诗人这里，“园”是胜于“田”的，后者不是他生活的重心所在。读《归园田居》其三，可以知道诗人的耕作并不成功，但他也不那么在乎，“但使愿无违”：

种豆南山下，草盛豆苗稀。晨兴理荒秽，带月荷锄归。道狭草木长，夕露沾我衣。衣沾不足惜，但使愿无违。②

“愿”是最重要的，那么“愿”是什么呢？换句话说，诗人在田园之中得到怎样的领悟呢？回到前边的《归园田居》第一首，里边讲到“性本爱丘山”，讲到“复得返自然”。这是陶渊明在归隐之后一再为自己讲说的人生抉择的意义所在，他因此而“悟以往之不谏，知来者之可追”（《归去来兮辞》）。进而，《归园田居》第一首里的“自然”是什么意思呢？这是从《老子》那里来的概念，所谓“自然而然”。诗中有“羁鸟恋旧林”提到“鸟”之归林，这在陶渊明的笔下是经常出现的意象，《归去来兮辞》中也有“鸟倦飞而知还”的句子，最为有名的还要数《饮酒》其五：

结庐在人境，而无车马喧。问君何能尔？心远地自偏。采菊东篱下，悠然见南山。山气日夕佳，飞鸟相与还。此还有真意，欲辨已忘言。③

“鸟”成为一种象征，代表着生活依循自然之节律。这也构成了陶渊明一再申言的田园的意义，这个自然的生活状态是诗人所好的，合其本性的，所以他要回归田园。这个道理和嵇康在《与山巨源绝交书》里讲的道理是一致的，所谓“循性而动，各附所安”。

嵇康身当曹魏皇室与司马氏集团之间惨烈的政治争斗，他自有而其政治立场，也多少在言行之中有所流露乃至表达；然而，在他的文字比如《与山巨源绝交书》里，现实的层面基本是被滤去的，他建构起来的是一个基于庄学玄理的论述，即“循性而动”。④类似地，陶渊明在归隐田园之后，不再多谈政治现实，不再

① 逯钦立《陶渊明集》，第161页。

② 同上，第42页。

③ 同上，第89页。

④ 参拙文《“循性而动”：庄学与中古文学的一个侧面》，收于拙著《文学传统与中古道家佛教》，第227—240页。

议论那个时代的历史困局。诗人去历史化地构成了一个归隐田园的意义方向,这是他对现实生活处境的转化和提升。①“田园”不仅是陶潜选择的隐退的客观世界,也是寄托其理想与精神之所,即安身立命之所,故曰“境界”。相形而言,谢灵运的山水诗表现的亦是诗人寻找迥异于仕途的出口,但山水并不是谢安身立命之所在。

这一转化、提升,正见出陶渊明乃据其文字重新检点自己的人生,塑造自己的生命旅程,建立自己形象之成绩。由此亦可知,当时历史、政治之大关节中渺无分量之文人,在历史过程之中以文字构造自我和当下的意义,而自致不朽之成功。

这个提升,构成了陶渊明的“田园”在后世的主要意义。我们关心的往往不是那个具体的历史情境,而是由此产生的精神方向。在这个意义上,文学比政治更久长,而陶渊明的文字塑造了自己在历史上的形象。

最后,可以提到陶渊明合乎中国文化的一大特点。正是在“田园”的生活中,诗人实现了中国文化很高的一个境界,即有高远的理念和觉悟,而同时在具体的普通的生活中实现它。由于有高远的理想,这一行为不再简单而有意义;而通过行为,理想也不复虚幻,而是切实可以日常实践的。陶渊明或许外在形象无异于普通农人,但内心的自觉使他真切把握生命的意义而与众不同。这就是所谓“极高明而道中庸”(《中庸》)。于此,后来的禅家和理学家都体认并实践之;陶渊明堪为诗人中的典型,他早就实现了这个典范。

原载《政大中文学报》第 23 期,2015 年 6 月

---

① 在某种意义上,陶渊明对自己生活意义的阐说和提升,如同王国维去世之后黄节和陈寅恪等对其意义从殉清到殉纲纪到殉文化的阐发过程,后者参拙文《“论学论治,迥异时流”》,载拙著《彼岸与此境》(山东友谊出版社 1997 年版),尤其第 262—263 页及第 267 页之注 7、注 8。

陶渊明“回归自然”的思考

——兼及中西“回归自然”论

徐志啸

生活在中国东晋时代的诗人陶渊明，由于社会条件的恶劣与个人生世经历的坎坷，在创作中鲜明地表现了“回归自然”的倾向与心声。最能体现诗人向往自然，力图“回归自然”的诗作，是《归园田居》，其中写道：“少无适俗韵，性本爱丘山。误落尘网中，一去三十年。羁鸟恋旧林，池鱼思故渊，开荒南野际，守拙归园田。……久在樊笼里，复得返自然。”诗人在诗中明确表白了自己本性即爱自然（丘山），自幼无“适俗”之念，只是由于外界因素而误落“尘网”，而今弃官复返故居，如鸟儿逃脱“樊笼”，深感“复得返自然”后的愉悦与欣慰。这说明，诗人向往、追求的是摆脱了尘世羁绊与人间缴绕的“自然”田园生活，他厌恶官场的污浊，将之比拟为束缚人行动的“尘网”“樊笼”。在回到日夜想望的园田故居后，虽然诗人常要“晨兴理荒秽，带月荷锄归”，过上了近乎普通劳动者的生活，但他却并不怨恨，也不苦闷，而是“忧道不忧贫”“解颜劝农人”“虽未量岁功，即事多所欣”，心甘情愿地“聊为陇亩民”。陶渊明的这种向往“回归自然”以及回归自然后的实际心态与表现，在《饮酒》诗中又一次作了坦露：“结庐在人境，而无车马喧。问君何能尔，心远地自偏。采菊东篱下，悠然见南山。山气日夕佳，飞鸟相与还。此中有真意，欲辩已忘言。”这首诗中，诗人将自然界的菊、山、鸟都和谐地与“我”融为一体，使人与自然形成了“物我合一”。从诗章可见，诗人同大自然的关系，显然不是旁观者、占有者，也不仅仅是欣赏者，而成了大自然中的一员，他没有专门去描写山川之美，去叙述从山川之美中获取的感受，而是山川田园自然而然地存在于他的情感变化之中，心灵与自然达到了交流与和谐，融为了一个整体，从而铸成了永恒的真实。①

陶渊明为什么要“回归自然”？从他在《饮酒》诗中的“自白”可以见出，他要逃离污浊、混乱、充满争斗的现实人世，寻求另一种世界，在这个世界中，没有人与人之间的尔虞我诈、你争我夺，没有官场上的种种丑恶，没有战争、赋役、贫困与饥饿，一切都显得那么“自然而然”，一切都按着人们最原始的理想、愿望生活，如同诗人在《劝农》诗中所写：“悠悠上古，厥初生民，傲然自足，抱朴含真。”化作具体的图景，也即《桃花源记》中展示的画境：“……土地平旷，屋舍俨然。有良田、美池、桑竹之属，阡陌交通，鸡犬相闻。其中往来种作，男女衣着悉如外人。黄发垂髫，并怡然自乐。”画境中的人们与世隔绝，“不知有汉，无论魏晋”，他们“相命肆农耕，日入从所憩。桑竹垂余荫，菽稷随时艺。春蚕收丝麻，秋熟靡王税。……童孺纵行歌，斑白欢游诣。……怡然有余乐，于何劳智慧。奇踪隐五百，一朝敞神界。……”诗人在这里鲜明地指出，人人劳动的共耕制——具有原始社会共耕制特点的社会，是桃源人幸福生活的源泉，是区别于现实“尘世”的根本所在。这种客观上否定现实，憧憬原始公社生活，同诗人其对社会上“无君无臣论”为代表的农民社会理想有相合之处，葛洪《抱朴子·诘鲍篇》中所载鲍敬言之论，即反映了这种理想：

> 曩古之世，无君无臣。穿井而饮，耕田而哺，日出而作，日入而息。势力不萌，祸乱不作，干戈不用，城池不设。民获考终，机心不生，含哺而熙，鼓腹而游。安得聚敛以夺民财！安得严刑以为坑葬！

可见，陶渊明向往、追求的“自然”，实际上同老庄所倡导的“自然”“无为”的原始理想世界有相通之处，老子欲绝世间文明，以复归于无为自然之境，追求真

① 参见罗宗强《玄学与魏晋士人心态》，浙江人民出版社 1991 年版，第 343 页。

率自然，“复归于朴”（《老子·二十八章》），庄子也主张返璞归真，《至乐》篇云：“大道无为而自然”，《渔父》篇云：“真者，所以受于天也，自然不可易也。故圣人法天贵真，不拘于俗。”老庄哲学的追求任自然以适情，也即达到“与道为一”的境界，实际上就是“物我合一”“物我一体”，很显然，陶渊明是吸取了老庄这一崇尚上古、傲然自足、抱朴含真的自然观，“惟求融合精神于运化之中，即与大自然为一体”①。只是比起老子的“小国寡民”理想，陶氏似又有所不同，他更多地提倡“无君无臣”“自然无为”。

在倡“自然无为”方面，陶渊明是极力主张从“心为形役”中解脱出来，返复到“随心所欲”天地之中的，《归去来兮辞》中他明确写道：“富贵非我愿，帝乡不可期。……聊乘化以归尽，乐夫天命复奚疑。”诗人坦率承认，自己之所以“尝从人事”，乃“口腹自役”，不得已而为之，至于缘何“眷然有归欤之情”——乃“质性自然，非矫励所得。”很显然，陶渊明之“回归自然”，乃本性所致，他企图使人相信，只有“自然无为”，才可让人从中获取乐趣与慰藉。这种反对“心为形役”、力主“自然无为”，与庄子影响恐怕是分不开的，庄子对“人为物役”表示了极大的异议，他主张“不物于物”，要求恢复、回归人的“本性”，回到人类的远古社会——最原始的自然之中，“当是时也，山无蹊隧，泽无舟梁；……同与禽兽居，族与万物并……民居不知所为，行不知所之，含哺而熙，鼓腹而游。”（《马蹄》）“卧则居居，起则于于，民知其母，不知其父，与麋鹿共处，耕而食，织而衣，无有相害之心，此至德之隆也。”（《盗跖》）此描述本身虽有美化成分，却流露了显而易见的对现实世界的强烈不满——正是因着对社会黑暗、不平等、人性贪婪、无耻等的不满与反感，才会提出回到原始自然状态——人类的起始阶段——“回归自然”。可见，庄子的“回归自然”与陶渊明有相通之处，或者进一步说，陶渊明在这方面显然受到了庄子的影响（“故渊明之为人实外儒而内道，舍释迦而宗

① 陈寅恪语，引同前。

天师者也"[①])。从反对"心为形役"看,庄子的倾向是鲜明的,他特别强调个体身心的存在"不为形役",《让王》篇说:"今世俗之君子,多危身弃生以殉物,岂不悲哉?"《齐物论》篇说:"终身役役而不见其成功,茶然疲役而不知其所归,可不哀邪!人谓之不死,奚益!其形化,其心与之然,可不谓大哀乎?人之生也,固若是芒乎?"在庄子看来,人劳碌奔忙终生而"心为形役",是毫无意义的,是可悲的,这就自然引向了人格的独立、人格理想的追求与精神自由,《逍遥游》可说是这一点上的充分展示。[②]陶渊明的"不为五斗米折腰",强调自我人格的独立,也正是在这一点上有着典型表现——"不为形役";从魏晋时代来看,不仅陶渊明,其他士大夫们,包括阮籍、嵇康等,其实都具有这种"桀骜不驯"之性格,只是采取的行为方式有所不同而已,其实质,都是对"物役"的反抗,都是求摆脱束缚与羁绊后的超脱。

不用说,陶渊明的"回归自然"确实存有庄子影响的成分,但细究起来,两者的差异还是明显的。特别需要指出的,虽然陶氏与庄子都是因着对现实世界的不满而欲"回归自然",但毕竟庄子是更多地对社会发展和旧秩序、旧制度崩溃而伴生的物质文明进步有着反感与不满,认为现实社会的种种罪恶与不平等是由于社会物质文明进步造致,因而主张回到原始文明、原始状态,这从他在《庄子》中多次形象对比地描绘上古原始时代文明的词句中可以见出,《胠箧》篇曰:"夫弓弩毕弋机变之知多,则鸟乱于上矣;钩饵网罟罾笱之知多,则鱼乱于水矣;削格罗落罝罘之知多,则兽乱于泽矣;……"《马蹄》篇曰"当是时也,山无蹊隧,泽无舟梁;……同与禽兽居,族与万物并,……含哺而熙,鼓腹而游。"这方面,陶渊明就显然难以见出,他更多地是冲着社会黑暗与官场现实的丑恶。

由庄子的厌恶物质文明进步而发出"回归自然"呼声,我们自然联想到了西方的类似现象。十八世纪的法国杰出思想家让·雅克·卢梭在这方面也有类

① 陈寅恪《金明馆丛稿初编·陶渊明之思想与清谈之关系》,上海古籍出版社 1980 年版,第 205 页。

② 参见李泽厚《中国古代思想史论·庄玄禅宗漫述》,人民出版社 1986 年版。

同主张与表现。卢梭在他的《论科学与艺术》及《论人间不平等的起源和基础》两篇著名论文中,旗帜鲜明地谴责了建立于不平等、不正义基础上的现代文明,提出了把原始宗法式生活加以理想化的“自然人”理论,号召“回归自然”。卢梭的这一“回归自然”口号,也是冲着当时社会的战争、贫困与灾难,是对封建制度、封建社会的否定,这种否定,与中国的庄子有某些类似,即在否定社会黑暗与灾难的同时,也否定了伴随社会发展而生的物质文明,认为科学、艺术、文化等使人类堕落,是造致社会灾难的祸根,而原始宗法式社会才是理想社会,在那个社会中,人与人之间平等、自由,没有私有制,没有伪善、奢侈等罪恶。卢梭的早期诗篇中,写到了歌颂和平的乡村劳动、颂扬简单道德规范宗法生活等内容,其中融合了宗法关系理想、孤独生活期待与怀疑现实真实生活的内涵。在卢梭看来,原始状态或自然状态的特点,是使人类平等,并能由此产生纯朴的风俗,在那样的条件下,人类不知道什么是文明,也不知道什么是社会罪恶,这才是人类的“黄金时代”。罗曼·罗兰在《卢梭评传》中说:“……他最伟大的教师并不是任何一种书籍,他的教师是自然,从幼年起他便热爱自然。……自然渗透了他整个生命……这在他较晚的生活中显得特别明显,且使他和东方的大神秘主义者呈现异样相似之点。”这话明确地指出了卢梭之所以崇尚鼓吹“回归自然”的原由,说明一方面他自幼即热爱自然,喜爱并向往田园生活,另一方面,他主观上认为人类在求生存求进步过程中会人为地产生不平等现象,而自然界却很少有不平等现象,从而竭力提倡“回归自然”;这就同中国陶渊明的“性本爱丘山”“复得返自然”几乎可合拍了。巧的是,卢梭也像陶渊明一样,在作品中讴歌大自然,赞美大自然怀抱中的生活,而这些作品也正诞生在他隐居于巴黎近郊蒙莫朗西森林附近期间,简朴的隐居生活,催他陆续写下了《新爱洛绮斯》《爱弥儿》等作品。在《新爱洛绮斯》中,卢梭用了很大篇幅描写了阿尔卑斯山和莱蒙湖的景色,辞句中充溢着热烈奔放的情感,例如:“我终于清清楚楚找到真正的原因了。正是因为我处在纯洁的空气中,我的心情才有所改变,我才恢复了丧失已久的内心平静。……离开了人类蜗居之处,向高处走,我们就好像放下了一切卑鄙的感情和尘俗的思想。当我们越来越接近苍穹的时候，我们的心灵仿佛为它们的永不变质的纯洁所感染，严肃而不忧郁，心平气和而不懒散……总而言之，这里的风景具有一种不可思议的、人间少有的、悦人心目的美。人们忘了一切了，忘了自己，不知身在何处。”“这里……山坡碧绿，草木盛开，这一切构成一幅使人心荡神怡的图画。这里，所有的土地都播了种，每一块地都是富饶多产的，从事农业、牧业、葡萄种植的人出一分力就有一分收获，没有贪婪的税吏来吞噬他们的果实。”①这些段落词句，是否有一种类似陶渊明诗文中的情感与描摹的感觉？同样的赞美自然，同样的宣扬自然之美，同样的借自然之美宣泄情感。从卢梭的创作看，他最鲜明的特色是：热爱、向往自然（田园）生活，赞扬（崇尚）自我，推崇情感的流露，这三点，如果撇开具体内容，似与陶渊明的创作特色有着异曲同工之妙——尽管文化背景、历史条件，乃至创作主旨不一。

毫无疑问，无论中国还是西方，“回归自然”的口号，都蕴含了两种成分：反对、厌恶社会现实，追求精神解放与自由的成分，和逃避现实，让历史倒退的成分；这两种成分，无论庄子、陶渊明，还是卢梭（以及卢梭影响下的欧洲其他思想家、文学家）都共同存在，他们不同程度地对社会的黑暗、不平等发出了憎恨与厌弃之言，也不同程度地对社会进步发展、物质文明发达的结果表示了愤慨——因为这种结果腐蚀了人类，毁灭了人类最初的善良、平等与幸福，因而，他们倡导与呐喊“回归自然”，回到原始文明、回到原始状态的“自然”，也就顺理成章了。应该指出，他们的不满与愤慨是值得肯定的，至少就所指出的罪恶与不平等而言；而他们的抗议与号召本身又是消极倒退的，甚至是历史前进的反动；这中间，陶渊明的“回归自然”政治哲理色彩似乎更淡些，而文学成分更浓些，比起庄子和卢梭，他更少一些思想家的因子——或者毋宁说他压根就不是一位思想家，只是其文学作品中所反映的思想能同思想家的理论吻合或找到渲

① 原载《世界文学》1962年第9期，吴达元译。

染的影子。卢梭的“回归自然”在西方引起了不小反响，英国的湖畔派诗人华兹华斯、柯尔律治等人即是代表，他们不仅曾离群索居，寄情山水，写下了歌咏大自然的诗章，还同时号召人们丢弃虚伪的文明，“回归自然”，返回到大自然怀抱之中。当然与卢梭比较，华兹华斯等人的“回归自然”并非回到原始文明、原始状态的“自然”，也不是提倡“自然无为”、厌恶物质文明，而是宣扬逃离现实斗争环境，追求纯朴自然境界，从大自然中寻找乐趣与欢愉，以避开现实社会的纷扰与喧嚣。

看来，“回归自然”是中西文学创作中一个带有比较共同性的口号与命题，其表象是文学作品中所反映表现的回到大自然、回到原始自然，而其内涵实质则因着中西文学家所处时代文化背景的差异、各自主观意图旨向的差异而表现出不同，但它们又不约而同地呈现了“合拍”——一致的不满现实、一致的充满情感——用陶渊明《饮酒》诗中的话来说，是“此中有真意，欲辩已忘言”。

原载《云梦学刊》1994 年第 2 期

东晋玄言诗与佛偈

陈允吉

中国文学史上所谓的“玄言诗”，就它特殊的界定含义来说，乃指产生于东晋中期，并在作品中间大量敷陈玄学义理，以致造成其内容与当时流行之清谈混同莫分的诗歌。与这类作品相伴随着的那股创作潮流，是东晋玄谈引发出来的消极结果，纵尝一度笼罩诗坛，然又明显带有后续力不足之征候，反映了当时士流力图将玄理简单地移植到诗歌里面的一次不成功的尝试。

玄言诗着重表现玄理，题材偏狭专门，但并非绝不旁及其他方面的内容。它们时而兼包某些自然景物描摹，于中宣泄诗人的遗世情思，因此被个别研究者认为是山水田园诗发生、形成过程中“一个关键的逻辑环节”①。倘论及其基本特征，则总是以述说形而上的玄虚哲理为其主要职志，“虽各有雕采，而辞趣一揆”②，“莫不寄言上德，托意玄珠”③，从本质上看，玄言诗是属于谈论至道本体的哲学诗，“直接论道而不藉助于象征手段”④。它们将理旨的推演置于首要地位，黜落寻常、直观的形象绘写，因其语意晦涩，令人不堪卒读。这种屡为后人诟病的诗风，大兴于东晋玄学清谈的高潮当中，上踵南渡初际游仙诗的尾闾，

---

① 陈顺智《魏晋玄学与六朝文学》第八章《东晋玄言诗论》。

② 刘勰《文心雕龙·明诗篇》。

③ 沈约《宋书》卷六十七《谢灵运传论》。

④ 王葆玹《正始玄学》第八章《正始玄学的认识论》。

下启义熙以还山水诗之端绪，自东晋成帝咸康年间起，前后风靡了六七十年左右。此中牵涉到的作家，包括王、谢、桓、庾、许、孙、张众多名门胜流，兼有不少僧徒介入，其中最有代表性的诗人，则是许询、孙绰和支遁。他们沆瀣一气，递相仿效，共同推演出了一个诗歌崇尚玄理、举陈要妙的局面。

尽管玄言诗盛行时间不长，旋即淹没在山水诗推逐竞涌的潮头中间。它们的出现是中国诗歌长河中一段小小逆折，隐匿着水底不同方向潜流的冲碰撞击，殊难单用诗人一时的爱好来解释。这么多述理诗作到东晋中期一齐破门而出，并于数十年内成为"江左风流"形诸文字的一大标志性事物，必定有其赖以生起的各种现实依据和特定时代条件，这是无待烦言即能为人们所明了的。

一

关于玄言诗兴起之缘由，见诸六朝时代的史籍及文学批评著作，实不乏名家撰述为之探因立说。如刘勰《文心雕龙》之《明诗》《时序》各篇，于兹即具多处评说，其《时序篇》曰：

> 自中朝贵玄，江左称盛，因谈余气，流成文体。是以世极迍邅，而辞意夷泰，诗必柱下之旨归，赋乃漆园之义疏。

又钟嵘《诗品序》云：

> 永嘉时，贵黄老，稍尚虚谈，于时篇什，理过其辞，淡乎寡味。爰及江表，微波尚传，孙绰、许询、桓、庾①诸公诗，皆平典似《道德论》，建安风力尽矣。

按：彦和、仲伟以上论述，悉皆注意两晋士人清谈在玄言诗形成过程中所起的主导作用，这一判断抓住事物产生的基本原因，业已成为该类作品探涉者的一致共识。今考魏晋间名士阐发玄学思想，其早先不外乎通过口头清谈、援笔作论

① 桓、庾，胡适《白话文学史》以为指桓温、庾亮，一说指桓伟、庾友、庾蕴、庾阐。

及注释疏解《易》《老》《庄》等几种形式。其中唯独清谈“剖玄析微，宾主往复，娱心悦耳”[1]，具备着拓展学说的方法论品格，兼乎预与人数颇众而与当时名士的日常生活靠得很紧。返观玄言诗呈现的那种优游不迫、随感而发的说理特色，也比较容易和清谈达成衔接与贯通。要担当将渊玄义旨扩大到文学领域中去的任务，恐怕就非其莫属了。既然玄言诗所写的东西和清谈内容并无多大区别，则二者关系之密切固属毋庸置疑。

然而，刘、钟两位批评家就此发表的议论，不过是“游目骋怀”式的感触所得，毕竟语焉不详。他们仅仅指出了玄言诗的兴起同清谈有关，却没有接着回答读者会理所当然地提出的一个疑问：即在同样盛行清谈的条件之下，因何玄言诗未曾生成于曹魏、西晋，而偏要迟至东晋中期方才出现？再说他们论及西朝、江东玄风之因循变演，有些提法犹与当时实际情况未必完全符契，更没有就参合于这股潮流内各种因素的相互关联进行认真检讨，充其量只是叙其大略而已。光凭上文所引的这么几句话，读者仍无法了知事情的来龙去脉。

与《文心雕龙》《诗品》简单的述评相比，针对这个问题做过较为翔实确切之阐介者，尚有《世说新语·文学篇》“简文称许椽云”下，刘孝标注引檀道鸾《续晋阳秋》的一条记载，其云：

> (许)询有才藻，善属文。自司马相如、王褒、扬雄诸贤，世尚赋颂，皆体则《诗》《骚》，傍综百家之言。及至建安，而诗章大盛。逮乎西朝之末，潘、陆之徒虽时有质文，而宗归不异也。正始中，王弼、何晏好《庄》、《老》玄胜之谈，而世遂贵焉，至过江佛理尤盛[2]。故郭璞五言始会合道家之言而韵之。询及太原孙绰转相祖尚，又加以三世之辞，而《诗》《骚》之体尽矣。询、绰并为一时文宗，自此作者悉体之。至义熙中，谢混始改。

---

① 颜之推《颜氏家训》卷三《勉学》。

② 至过江佛理尤盛，余嘉锡《世说新语笺疏》据《文选集注》卷六十二公孙罗引檀氏《论文章》改为“至江左李充尤盛”。按倘从余校，似突出李充于玄言诗形成过程中之地位太过，且无其他史料可资佐证。第论《世说》刘注通行本之标点句读，则确乎疑窦丛生。今特于此句下改用句号，而其前句“世遂贵焉”下改成逗号，殆整段文义即涣然冰释矣，非必待校勘后方能解决者。谨陈管见，以质正于硕学方家。

檀道鸾其人未见正史记载，生平事迹颇难稽考，但他处世时代肯定要比刘勰、钟嵘更早些。余嘉锡先生《世说新语笺疏·文学第四》案及此条注释，至谓《宋书·谢灵运传论》暨《诗品》所涉东晋玄言诗之叙述，皆一并导源于《续晋阳秋》上述这些观点。而比照沈约、刘勰、钟嵘等辨析晋宋诗歌源流因革的诸家说法，“檀氏此论实首发其蕴矣”，以故《续晋阳秋》这一条记载参照、运用价值殊高，宜当列为研究玄言诗生成原委的重要背景材料。

诚如余嘉锡先生所言，《世说》刘注引檀道鸾著《续晋阳秋》的这段话钩贯线索，校核异同，从源流上来观察晋宋诗歌的发展动向，对许询、孙绰玄言诗什兴盛之端委、中途介入因素及演成之全过程，都作了切中肯綮的论列，极其富于启迪意义。综观个中檀氏执持之要旨，约略有三端：其一，着重指出玄言诗与我国《诗》《骚》以来诗歌传统之歧异，从根本上来说实为一体制问题。他在这段材料中间，反复强调“皆体则《诗》《骚》”“而《诗》《骚》之体尽矣”“自此作者悉体之”，其用语不惮复沓如是，盖亦致意再三焉尔，目的是要引起人们对这种诗歌体制上的分歧加以重视。其二，认为东晋玄言诗思想内容上的早源，应追溯到曹魏正始年间王、何玄学，嗣后“《庄》《老》玄胜之谈”益为世人崇奉，及至永嘉南渡而势焰愈炽。东晋初年诗歌受玄谈之熏染灼烙尤胜西朝，文士撰作颇好以点缀《老》《庄》理语炫耀自鬻，乃是确定无疑的事实。因此起自正始及至南渡初际，这一长段时间皆可视为酝酿、滋生玄言诗的准备阶段。其三，寖至许询、孙绰等辈，一方面“转相祖尚”曹魏、西晋以来清谈旧习，另一方面又加以“三世之辞”，所作诗什遂“平典似《道德论》”，一变而以演绎抽象玄学义理为主。对于当时正在逐渐加深融会玄理程度的诗歌来说，这种“三世之辞”实为前所未有的新因素，洎乎它们的干预介入，终至造成了东晋中期整个诗坛沉溺玄风的局面。

参据《续晋阳秋》这条记载的抉示，可知关于玄言诗起因问题的探讨，除了要顾及玄学清谈对它所起的诱发作用外，还不能忽略“三世之辞”此项特殊因素的存在。而所谓“三世之辞”云云，从一般意义上说，那无非是指从天竺传来的佛陀言教。释迦牟尼站在“缘起论”的立场上观察世界人生，喜欢用过去、现在、未来三世代表一切事物的无限因果连续，同样可用来说明有情众生的业感转世轮回，故人们通常把佛教称作“三世说”。余嘉锡先生《世说新语笺疏》亦谓：“《文选抄》引‘三世’上有‘释氏’二字。”这表明将“三世之辞”理解为佛的说教，不会引起任何歧义。

佛教传入我国，当然是在西汉、东汉之交，至东晋已有近三百年。但在它初到中国的这个阶段里，作为一种势单力薄的外来事物，尚不能大显身手，需要依附于此方的鬼神方术，后来又充当玄学的附庸，俾为自身谋得一块生存立足之地。大致在永嘉南渡之前，它对本土固有文化还缺乏足够的影响力。东晋王朝建立在一场深重浩劫之余，离乱漂荡倍增人们空幻的厌世情绪，现实苦难触发起无数士庶皈依宗教的热情。佛教本身亦因译经渐具规模、僧伽组织越加健全和本地沙门人数激增等原因而获得很大发展，开始走上独立传播的道路，其活跃程度远非昔日的状况可比。正如汤用彤先生《汉魏两晋南北朝佛教史》所说：“东晋之世，佛法遂深入中华文化。”①这一形势变迁，广泛牵动着世人的精神生活，及于哲学理论范畴，则集中地反映在佛教般若学对东晋玄学的渗透上面。是时众多释徒从容参与清谈，文人士子倾心攀缘佛教，构成了空前热烈的文化交流景观。“夫《般若》理趣，同符《老》《庄》；而名僧风格，酷肖清流，宜佛教玄风，大振于华夏也。”②可以毫不夸张地说，晋室南渡在中国思想史上划出了一条明确的分界线，其前后玄学清谈所寓托的内涵即有显著不同。刘师培先生《中国中古文学史讲义》指出：西晋玄学所言之名理“尚不越《老》《庄》”，逮及东晋士大夫之谈玄便“均以佛理为主”，而文人所作诗歌也随之益增“析理之美”③。许询、孙绰号称“一代文宗”，集诗人、名流和居士于一身，剖析他们所表现的哲学思想，浮屠成分要明显超过《庄》《老》旧学。孙绰著有《道贤论》和《喻道论》，旨在用佛理统摄与调和儒、道思想。许询尝立寺奉佛于山阴，并在会稽

① 汤用彤《汉魏两晋南北朝佛教史》第十二章《传译求法与南北朝之佛教》。

② 汤用彤《汉魏两晋南北朝佛教史》第七章《两晋际之名僧与名士》。

③ 刘师培《中国中古文学史讲义》第四课《魏晋文学之变迁》。

王斋头任法师支遁的都讲，两人对答论难，咸以精熟内典著称。而名僧支遁尤开东晋时代风气之先，洵为当时援佛入玄的带头人物，又是许、孙等人精神上的导师。他结合般若即色论树立《庄》学新义，所撰《逍遥游论》《即色玄游论》标揭妙理，警动世俗，成了江东一代胜流从事清谈的理论基准。据《晋书·谢安传》及《王羲之传》载，支遁曾与谢安、王羲之、孙绰、李充、许询共寓居会稽，“出则渔弋山水，入则言咏属文”“皆以文义冠世”。侪辈继郭景纯游仙诗融会道家神仙言后，转而吸收释氏“三世之辞”，寄兴趣于创撰抽象说理的篇制方面，致使这类冲虚平典之作大行于时。我们顺着东晋整体文化运动的趋势作些审度，即不难了然玄言诗的生起与兴盛，确与佛教之深入本土文化结构这个大背景有关。

二

进入九十年代以来，研治魏晋玄学与文学已成为中哲史及古典文学界关心的热点，呈献的学术著作亦相当丰硕。举凡罗宗强先生的《魏晋玄学与士人心态》、陈顺智先生的《魏晋玄学与六朝文学》、孔繁先生的《魏晋玄学与文学》、卢盛江先生的《魏晋玄学与文学思想》，均涉足这块园地作过辛勤耕耘，可谓各有胜解和创获。爰及江左玄言诗与释氏之关系，则上述诸家大多靡遑论述，唯卢著《魏晋玄学与文学思想》作了一些触涉。卢盛江先生不赞成说玄言诗受到过佛教的影响，并致力对檀道鸾《续晋阳秋》的看法提出质疑，问题是他所持的论据尚较薄弱，故显得说服力不强。至于论文方面，笔者以为张伯伟先生《玄言诗与佛教》一篇很可注意。该文在察看中印文化交流的宽阔视野下面，广搜遗佚，详加征核，利用佛典、外书众多材料，细致研讨当时“佛学与玄学”“佛理诗与玄言诗”之间的浸润互融现象，对缘乎外来佛教因素之介入、造成玄言诗生起的有利时机和条件这一客观情势，作了充分和切实可信的说明。佛理诗与玄言诗是东晋中期并生同荣的两类诗作，了达其间的交关相通和浸润互融，无疑就是把握到了佛教与玄言诗发生关系的一条渠道。基于此文取材富赡，立论有据，其于本题考索所开掘的深度确比前人成果进了一层。通过张伯伟先生的这番研究，玄言诗之生成乃很大程度上得力于佛教在中土的深入传播，已是无可怀疑的事实了。探明此点，实即弄清东晋玄言诗兴起之契机是也。

但弄清玄言诗产生的契机，并非意味着对它起因探索的终了，甚至还不能说已经摸透了问题之症结所在。如玄言这一类诗体生成于我国历史上某个时期，堪谓与此事相关诸元聚成一股合力作用的结果，不仅需由时代思想文化大环境为它营造适宜的时机和条件，并且总得有一个异常直接而又积极活动着的近因来催促它尽快分娩出世。到了东晋时代，决定玄言诗能否生起的关键，事实上已不是思想意识形态而在于诗体问题。所以这个可为玄言诗的形成起到直接促进作用的因素，根据檀道鸾《续晋阳秋》揭示的线索来推断，理应在明辨玄言诗与我国《诗》《骚》体制迥然互异的基础上，到同它关系至为密切的佛教“三世之辞”里去找寻。

众所周知，中国文学《诗经》与《楚辞》两大渊薮，向为此邦人士撰作美化文追求的理想目标，亦是震旦诗歌百代尊崇的不祧之祖。征诸华土自古相承的观点，诗主要是用来抒情言志和赋物造形的，而没有赋予它演绎抽象义理的功能。先秦两汉时代的散文可兼容文学和哲学等不同内涵，但哲学思想却进不了诗歌这块宝地。此种传统观念因袭弥久，体现到一代又一代诗人的创作中间，例能显示出其巨大惯性。如是之定势的不易改变，与其归因于诗人的主观感情倾向，毋宁说是民族文化本身具备的特质使之然。就像汤用彤先生在《魏晋玄学与文学理论》一文中所云：

> 各种文化必有其特别具有之精神，特别采取之途径，虽经屡次之革新与突变，然罕能超出其定型。①

如两汉赋颂、建安诗歌之亲近《风》《雅》、取法《楚辞》自不必细说，即持追新多变

---

① 汤用彤《魏晋玄学与文学理论》，收入作者《理学·佛学·玄学》一书。

的西晋、永嘉诸作来考察，纵然其间或少或多挟带一些渗杂玄理的文句，第论其篇帙之大体面貌，实与《诗》《骚》的法度格局相去未远。接下去谈到郭璞的游仙诗，其“会合道家之言”无需讳饰。不过这些篇什所写的事物，大旨不出轻举陟天、徜徉蓬壶之类，非常注意描绘灵界仙境的神异景象，“特其文采独高，彪炳可玩”①，同前者一样不离开抒情状物，以兹“辞多慷慨，乖远玄宗”②，并非重在演绎《老》《庄》抽象哲理。可见我国诗歌连绵迁延至晋室偏安之初，不管其局部艺术特征之变化如何层出不穷，总的说来还没有超越出传统《诗》《骚》体制的轨辙。

要说事情的突变，就发生在东晋中期。尔时庾阐、支遁、王羲之、许询、孙绰、桓温、庾亮、湛方生、张翼等辈继起，以佛玄兼通之清谈家身份操纵文坛，他们不满足于在作品中夹杂几处玄理文句，变本加厉地把诗歌当做直接谈玄论道的工具。有了此种作诗观念的转变，玄言诗才有可能跟着兴起。这群道俗文士俱蓄高世之心，弥善恬淡之辞，“乃谈玄以制诗”，一味求索不可凑泊的宇宙至理和本体，所使用的语言亦益趋质木平典。这样写出来的作品，徒具韵文躯壳，其内容枯涩幽奥，殆与哲学著作等而无异。它们与中国原有的缘情体物之作比较，相距何啻千里之遥，难怪檀道鸾要感叹“《诗》《骚》之体尽矣”了。玄言诗在佛教开始深入华夏文化之际登上诗坛，算得上是我国文学史上一次短暂的诗体鼎革，诸如此类与此方传统习惯背道而驰的大胆改作，在缺乏外来事物沟通的情况下是殊难达成的。当时经翻译过来的大量天竺佛偈，业已具备了对本地诗歌潜移默化的能力，完全可充当许、孙、支遁等创作说理篇章的蓝本。这种诗体上的参照和借鉴，就是催促玄言诗成熟分娩具有关键意义的直接动因。

“佛偈”是“佛经偈颂”的简称，其梵语原文 Gāthā 的音译叫“伽陀”或“偈陀”，意译则为“颂”，隐包着“联美辞而歌颂”之义。我国古代佛教徒习惯上说的

① 余嘉锡《世说新语笺疏·文学第四》。

② 钟嵘《诗品》中。

“偈颂”和“诗偈”，均系利用梵汉对举方法合成的翻译名词。夫释尊说法并用韵、散，采取韵文形式来结句表述的便是“伽陀”，它与散文形式之“修多罗”（Sūtra）即“长行”配合相间，成为构筑起佛经文体互为依辅的两大支柱。《出三藏记集》卷七引佚名《法句经序》云：“偈者结语，犹诗颂也。是佛见事而作，非一时言，各有本末，布在众经。”又《大唐西域记》卷三“醯罗山等地”条释“颂”字云：“旧曰偈，梵文略也。或曰偈陀，梵音讹也，今从正音，宜云伽他。伽他者，唐言颂。”现在我们自佛经内所见之偈颂，即释迦牟尼及其徒众们持以弘法和唱诵的宗教作品，其梵偈多数以四句为一首，每句包括八个音节，并饶有声韵节奏之美，悉可摄入管弦付诸赞叹歌咏。无如它们做为直接宣说佛教思想的手段，大略均被用来表现哲学概念和佛理思辨，殊乏抒情气息和形象描绘，给人的印象自然枯燥晦涩，实在看不出有多少文学性。这些充斥着幽奥哲理的诗颂生长在南亚次大陆，说来并不很奇怪。因为爱好渊玄漠冥的沉思正是印度先民的特有脾性，古天竺诗歌丰富的哲理意蕴，在《梨俱吠陀》《薄伽梵歌》中同样得到过鲜明体现。佛偈如是重视抽象义理的探究演述，非常深刻地染上了印度诗歌从本以来就有的印记。

肇自东汉末年，佛偈就随着经典传译进入华土，仅举其时支娄迦谶所译的几部大乘经典，其间译出之偈颂段落即未尝少见。嗣经三国西晋支谦、支恭明、康僧会、竺佛念、竺法护、竺叔兰等一大批译师的努力，迄至东晋初叶，佛偈出译之数量已甚可观，其译文形式也很快被固定下来。为与中土流行的诗歌篇句结构保持一致，它们分别被译成三言、四言、五言、六言、七言、八言等各种句式，以五言偈颂最居显要地位；而梵偈四句一首的结构特点，也刚好与本地诗歌不谋而合。整个魏晋南北朝时代翻译的佛典，五言偈颂之多要大大超过另外几种伽他译文句式的总和，譬如东晋时代新译出的《中论》《百论》《阿毗昙心论》等论书要籍，乃一概以五言偈的形式结句谋篇。汉译佛偈内容上的抽象费解照旧未变，而梵偈原来具有的音节调谐之美，却在转梵为华的译述过程中丧失殆尽，加上翻成汉语的偈颂文字每句末尾都不押韵，念诵起来佶屈拗口诚属无可避免的了。

这些从他国传来的新事物“似诗非诗”，最初完全运用于僧徒布道场合，罕与本地的士大夫发生实际接触。那些熟读《诗》《骚》的文士偶或一见，也不会将它们当做文学作品来认真看待。尽管模仿佛偈的梵呗很早就在一定民间范围内流传，但对于文人诗的影响却蔑闻于此际。到了东晋中期，上述隔阂一下子被佛教迅猛发展的势头所捅破，佛偈的传播空间得到大大拓展。这时众多诗坛名流，可通过阅读内典、参预译事、座下听经、裁制呗赞等各种途径，领受厥类印度诗歌翻译文体的浸习熏陶。谢灵运《山居赋》叙及东晋、刘宋间道俗安居讲经之情状，即有一段有声有色的描述：

> 安居二时，冬夏三月，远僧有来，近众无缺。法鼓朗响，颂偈清发，散华霏蕤，流香飞越。析旷劫之微言，说像法之遗旨。[①]

其下康乐又自注云：

> 众僧冬、夏二时坐，谓之安居，辄九十日。众远近聚萃，法鼓、颂偈、华、香四种，是斋讲之事。析说是斋讲之议。乘此之心，可济彼之生。南倡者都讲，北机者法师。

按：谢客《山居赋》之述作，当值宋文帝世诗人罢守永嘉后闲居会稽之次。即在这以前数十年，正好支遁、许询亦尝于此为会稽王斋筵开讲《维摩诘经》，许询南倡为都讲，支遁北机任法师。据说晋简文帝司马昱曾亲临这次斋会，而其余座下的听经者，又大多是笃好谈论佛玄、雅善言咏属文的道俗之士，他们肯定也经历过这种“法鼓朗响，颂偈清发”的热烈场面。彼时佛偈风靡传诵之盛，淄伍白衣与其关系之密，藉兹乃可见出一斑。

晋室南渡之初，江左诗坛形势一度不很明朗。自西朝起始玄学思想对文人诗的感染影响，至此正在日益增强其渗透的力度，但碍于“体则《诗》《骚》”这一牢固的观念，过江诸彦还没有直截了当拿诗来谈玄说理，但像以往那样不断向

---

① 严可均辑《全宋文》卷三十一。

作品里加添些玄理文句的做法，却已经走到了尽头。郭璞《游仙诗》委实是东晋玄风甚嚣尘上的产物，唯作者一碰到诗体问题上的障塞，宁愿回归到《庄》《骚》中去激发超现实幻想的灵感，以致他笔下所描绘的神仙境界，反而与清谈家瞩望的目标拉开了距离。既然传统《诗》《骚》体制挡住了创作追求新变的要求，如果没有新因素的介入，玄学清谈就难能自发“流成文体”。恰恰就在此时，佛偈作为一种刚被注满活力的外来事物于社会上周遭流布，它们大摇大摆地闯进华夏文化的殿堂，无疑给那些想把诗歌变成说理工具的人们带来惊喜。这些译成汉语的偈颂，本身就是诗歌演绎抽象哲学义理的现成样品，其内容殊易与佛玄结合的清谈义旨感触融通，从篇句结构上看也和中土诗歌大略相当。只要参照其模样稍加改头换面，在天竺瓶子仿制品中装入“葡萄酒渗水”的饮料，就决然能写出一反《诗》《骚》传统，转而以冥搜至道本体为其主要职志的玄言诗来。若兹借鉴、移植外来诗体之改造制作过程，放到当时佛教强有力影响的文化背景下来审察，显得至为顺理成章。

三

玄言诗依靠“三世之辞”佛偈的加入而诞生，但这种借鉴和移植做得十分粗糙，严格地讲它们只能算是“依葫芦画瓢”的产物，还远未达到真正中国化的程度。这样的作品虽可在东晋士族阶层的圈子内盛极一时，终因悖于国情而缺乏感人的力量，过不了多少时间即告偃旗息鼓。一旦时风转移，就成了论诗家不断讥弹的话柄，流传至今的篇什亦寥寥无几。章炳麟《辨诗》有谓：“世言江左遗彦，好语玄虚，孙、许诸篇，传者已寡。”[①]余嘉锡《世说新语笺疏》论及兴公、玄度诗，也说它们“沿袭日久，便无异土饭尘羹”，“良由依人作计，其精神不足以自

① 章炳麟《辨诗》，收入《中国近代文论选》下册。

传，可无庸为之叹惜矣”①。这么多原作的湮没散失，自然会给后人探究玄言诗增加许多困难。就以许询、孙绰的玄言诗章来说，纵经许文雨、余嘉锡、逯钦立诸家细心辑逸，数量依然少得可怜，甚至想要找一二首他们的代表作来做些具体分析，竟然成了一件谈何容易的事。

稍有不同的倒是支遁咏制的诗什，依赖佛书的记录整理，幸运地留存下来一部分完整作品可供检阅。大概出于他属方外人的考虑，故一般史料及诗论列举玄言诗的代表作家，大率只及许询、孙绰，较少提到他的大名。其实支遁才藻警绝，作诗造诣甚高，慧皎《高僧传》尝称“凡遁所著文翰集，有十卷盛行于世”②。他在玄言诗兴起这股潮流中扮演的角色，其重要性绝不亚于许、孙两家。郑振铎先生的《插图本中国文学史》在纵论江左诗歌蒙受的印度影响时，就指出“支遁在诸和尚诗人里是最伟大的一位”，他沉浸于哲理之中的诗作“是我们所未之前见的”③。而清末民初著名学者沈曾植先生，也曾高度评价支道林于晋宋诗歌史上的地位，明确地将他视为开谢灵运风气的先驱人物。沈氏《王壬秋选〈八代诗选〉跋》又云：“支、谢皆禅玄互证，支喜言玄，谢喜言冥，此二公自得之趣。”④试取支遁保存至今的作品略事窥探，疑未尝不可测知一些关于玄言诗与佛偈之间传递往来的消息。

查考道宣《广弘明集》卷三十《统归篇第十》，计存录支遁之五言诗共一十八首。此中《四月八日赞佛诗》一首，《五月长斋诗》一首，《八关斋诗》三首，《咏禅思道人诗》一首，即属人们通常说的“佛理诗”。另如《咏怀诗》五首，《述怀诗》二首，《咏山居》一首，乃是典型完篇的“玄言诗”。其他还有几首兼述佛玄理旨，并尊“玄圣”“释迦”，很难确定究竟应该把它们划入哪一类。按所谓“佛理诗”和“玄言诗”区分界别之标准，主要不是看作者身份，而取决于作品演述的思想内

---

① 余嘉锡《世说新语笺疏·文学第四》。

② 释慧皎《高僧传》卷四《支遁传》。

③ 郑振铎《插图本中国文学史》第十四章《南渡及宋的诗人们》。

④ 沈曾植《海日楼题跋》卷一，转引自张伯伟《山水诗与佛教》一文。

容。东晋之世释徒高咏《庄》《老》玄言，才士敷演瞿昙微旨的情形比比皆是，故支公集中同时收入佛理、玄言两方面的篇章，适足见出其时上流社会的精神生活趋向。

为对支遁这两类作品取得一些实际了解，于兹各录一首爰作例证：

三春迭云谢，首夏含朱明。祥祥令日泰，朗朗玄夕清。菩萨彩灵和，眇然因化生。四王应期来，矫掌承玉形。飞天鼓弱罗，腾擢散芝英。缘澜颓龙首，缥蕊翳流泠。芙渠育神葩，倾柯献朝荣。芬津霈四境，甘露凝玉瓶。珍祥盈四八，玄黄曜紫庭。感降非情想，恬泊无所营。玄根泯灵府，神条秀形名。圆光朗东旦，金姿艳春精。含和总八音，吐纳流芳馨。迹随因溜浪，心与太虚冥。六度启穷俗，八解濯世缨。慧泽融无外，空同忘化情。

——《四月八日赞佛诗》

端坐邻孤影，眇罔玄思劬。偃蹇收神辔，领略综名书。涉《老》咍双玄，披《庄》玩太初。咏发清风集，触思皆恬愉。俯欣质文蔚，仰悲二匠徂。萧萧柱下迥，寂寂蒙邑虚。廓矣千载事，消液归空无。无矣复何伤，万殊归一途。道会贵冥想，罔象缀玄珠。怅怏触水际，几忘映清渠。反鉴归澄漠，容与含道符。心与理理密，形与物物疏。萧索人事去，独与神明居。

——《咏怀诗》五首之二

上引二诗一佛一玄，皆出自综揽内学、名书的支公之手，真可谓无独有偶。它们体制同为述理篇制，双数句均注意押韵并一韵到底，论诗歌语言风格之肖似亦如出一辙。所不同者《赞佛诗》之说理尚多借用佛像仪形、法会气氛来作烘托，到下半首才完全讲抽象的东西；而《咏怀诗》则几乎全部是在演述形而上的哲理，尤能体现出玄言诗的典型形态。同时它们各自应用的概念、术语也多少有些差异，如前者好言“四王”“六度”“八解”“四境”“菩萨”“化生”，后者乃云“双玄”“二匠”“柱下”“蒙邑”“玄珠”“罔象”。但这中间并没有一条绝对的界限，双方所用的术语无妨互相套用，倘若将这一边的语词移到那一边，照样不会产生突兀的感觉。譬如《赞佛诗》中就有“玄根泯灵府”这一具有浓重玄学气息的句子，反之《咏怀诗》里“心与理理密，形与物物疏”两句，也甚为显著地反映出佛教般若思想熏灼的痕记。推而广之，说到这两首作品所分别代表的佛理诗和玄言诗，它们中间可予沟通互融的迹象一定多得不胜枚举。

张伯伟先生《玄言诗与佛教》一文列举出大量事实，用以说明佛理诗和玄言诗之间的浸润融通，“从一个侧面展现了中土文化和外来文化的互相接触、互相交融”。笔者非常赞同他的主张，但需要补充强调一下的是，这种浸润互融之所以表现得如此普遍，根本原因要归结到它们诗体来源上的一致性。我们不应忽略，凭借着模拟佛偈，再加上句尾叶韵所形成的佛理诗，其出世时间不早不晚同玄言诗一样是在东晋中期，更何况这两类诗什的作者又往往莫分彼此。打个譬仿，就好像一胎孪生孕育成的两兄弟，非但面貌酷似，气息亦复相通，你中有我而我中有你。那末，玄言诗亦曾受到过佛偈翻译文体的沾溉，不正是事物变演发展逻辑之必然吗？

有关本文论题的探溯，远在半个多世纪前，黄侃先生《诗品讲疏》谈到东晋玄言诗，即有一段发人深思的评述，他说：

> 若孙、许之诗，但陈要妙，情既离乎比兴，体有近于偈语，徒以风会所趋，仿效日众。

而后黄氏撰作《文心雕龙札记》至《明诗篇》，又重新转录《诗品讲疏》这几句话，还特意将“偈语”一词改为“伽陀”(Gāthā)，使之愈加清晰醒目。所谓“情既离乎比兴，体有近于偈语”，表明他考虑问题的重点也是放在诗歌体制上面。据此可以了知，那时黄季刚先生对玄言诗与佛偈的亲缘关系，早就有所觉察。当我们通过以上一连串论证之后，回过头来重温一下他的遗言，便益发感到这位前辈学者识度的精审超拔了。

原载《复旦学报(社会科学版)》1998 年第 1 期

吴声西曲杂考

王运熙

一、引　　言

历来正统的文人学士们，一向认六朝的清商曲为卑下猥琐的靡靡之音，因而对它们忽视、蔑弃，不暇也不屑下一番史实的考证。“五四”以后，这观念转变过来了，吴声、西曲在文学史中获得了很高的评价，被珍视为古代民歌中的瑰宝。然而，正因为简单地认为它们是纯粹的民歌，而忽略了实际上是经过贵族阶级加工过的乐曲，它们的作者往往是一些文人学士、达官显宦，它们的创制和发展，和贵族阶级的享乐生活有着密切相关的联系，因此，吴声、西曲中至今还存在着不少未被弄清楚的问题，须要予以考订。

首先是作者问题，一向流传着一些谬误的、模糊的见解。《督护歌》的作者，应该属诸宋孝武帝刘骏，但往往被误为宋武帝刘裕。淹贯如杨慎，尚且说：“《丁督护歌》云……二辞绝妙。宋武帝征伐武略，一代英雄，而复风致如此，其殆全才乎！”(《词品》卷一)《长史变歌》的作者王廞，事迹明具于正史，博雅如朱乾，尚且说：“王廞事俟考。”(《乐府正义》卷一〇)此外如《前溪歌》的作者，误沈充为沈玩，起源于校勘的粗疏，到底竟成“以伪代真”的状态了。

其次是本事问题。吴声、西曲的各曲调，开始往往有着一个本事，见于《宋书·乐志》《古今乐录》等书。后世谈六朝乐府的，其所撷取的资料，鲜能出其范围。事实上,《乐志》等的记载,有些委实太简单了。例如《长史变歌》的本事,《宋书·乐志》等仅仅说:“《长史变》者,司徒左长史王廞临败所制。”这么概括的叙述,假如不参证其他的记载,怎能明了这事的原委呢?又怎能深切了解现存《长史变歌》的内容呢?其他如《督护歌》《襄阳乐》《杨叛儿》等歌曲,《乐志》等虽有较详的本事记述,但《宋书》《南史》等却有更为丰富的史料保存着,我们为什么不拿来参考呢?

以上是本篇比较致力的两个问题。此外尚有一些较为零碎的疑难,如鬼唱《子夜》,产于怎么样的一种社会环境;《读曲》的辞义如何解释;《碧玉歌》《莫愁乐》中的主角碧玉和莫愁,是怎样的人物:这里都企图着有较好的说明。虽然限制于现存史料的缺乏,个人材力的薄弱,未能都有圆满无憾的解答,但总算也阐明了一部分的真相。

现存吴声、西曲歌词的内容,往往与《宋书·乐志》等所记的本事不合,近人治文学史的,往往根据这一点来认定《乐志》等的记载为不可靠。本篇钩稽史料,证实了前人记载的可靠性。至于现存歌词内容往往与本事不合,则是因为现存歌词不一定是原作,它们只在声调上与原作保持联系。关于这一点,本书《论六朝清商曲中之和送声》篇有较详的论述,请读者参看。

二、前溪歌考

《前溪歌》七首,作者相传是晋代的沈充。《晋书·乐志》说:“《前溪歌》者,车骑将军沈充所制。”(《通典·乐典》《通考·乐考》同)但《宋书·乐志》却说:“《前溪歌》者,晋车骑将军沈玩所制。”沈充变成沈玩了。因为《宋书》著作时代早于《晋书》,后人从它的很多,《通志·乐略》、左克明《古乐府》、冯惟讷《古诗纪》以及近人丁福保的《全晋诗》都作沈玩。其实作沈玩是错误的。第一,沈充《晋书》明明有传,沈玩并无其人。第二,较《宋书》时代更早的刘宋山谦之《吴兴记》也说:“晋车骑将军沈充作《前溪曲》。”(《吴兴记》有范声山辑本)第三,《宋书》(卷六十三)《沈演之传》说:“高祖充,晋车骑将军、吴国内史。”连《宋书》自己也作沈充了。

《晋书·乐志》大部分以《宋志》作蓝本的,我们认为《宋志》原来也一定是作沈充的。但为何讹“充”为“玩”呢?这也有其理由。《旧唐书·音乐志》说:“《前溪》,晋车骑将军沈琓所制。”(《新唐书·礼乐志》同)这给了我们一个极好的启示。案《广韵》:“琓,昌终切,耳玉名也,通作充。”可见“充”“琓”无别。我相信车骑将军本来的名字是沈琓,后人省作沈充,而“玩”,却是“琓”的形近致讹字。这我还可以找出一个旁证来。《晋书》卷七《成帝纪》:“咸和五年二月,以尚书陆玩为尚书左仆射。六年八月,以左仆射陆琓为尚书令。”又(七七)《陆玩传》称:“玩字士瑶。……王敦请为长史。”卷七六《顾众传》却说:“敦长史陆琓。”可见“琓”“玩”两字,颇容易搅错的。

沈充的生平事迹见《晋书》(卷九八)本传,今节录如下:“沈充,字士居,吴兴武康人(此句据《沈劲传》补)。少好兵书,颇以雄豪闻于乡里,(王)敦引为参军。充因荐同郡钱凤。凤字世仪,敦以为铠曹参军。数得进见。知敦有不臣之心,因进邪说,遂相朋构,专弄威权,言成祸福。遭父丧,外托还葬而密为敦使,与充交构。……明帝将伐敦,遣其乡人沈祯谕充,许以为司空。……充不纳。率兵临发,谓其妻子曰:男儿不竖豹尾,终不还也。及败归吴兴,亡失道,误入其故将吴儒家。……儒遂杀之。充子劲,竟灭吴氏。劲见《忠义传》。”《晋书》记充事迹很简略,这里不妨补叙一下。《晋书》(卷三七)《谯闵王承传》:“王敦表以宣城内史沈充为湘州(元帝不许)。”这是充在王敦反叛前的官职。《晋书》(卷六)《元帝纪》:“永昌元年春正月戊辰,大将军王敦,举兵于武昌,以诛刘隗为名,龙骧将军沈充,帅众应之。”《建康实录》卷五:“永昌元年戊辰,大将军荆州牧王敦,举兵反于武昌。……遣龙骧将军沈充都督吴兴等诸军事。”这是充在敦反叛时的官职。《世说新语·规箴篇》注引《晋阳秋》:“敦克京邑,以充为车骑将军,领吴国内史。”这是充在敦攻克京邑后的官职。此后到明帝时败亡,充大概就一直居此职,所以一般呼为车骑将军。《隋书·经籍志》别集类于“大将军王敦集”下,自

注:“梁有《吴兴太守沈充集》二卷,亡。”吴兴恐是吴郡之误。晋代以内史治王国,与太守有别,但史书例多通用。如张茂本是吴国内史(《元帝纪》:“敦将沈充陷吴国,吴国内史张茂遇害。”本传作吴兴内史,误),《晋书》卷九六茂妻《陆氏传》却说:“茂为吴郡太守。”其例正同①。

现存《前溪歌》七首,《乐府诗集》卷首总目录题作“无名氏”。今将歌辞录于下面:

忧思出门倚,逢郎前溪度,莫作流水心,引新都舍故。

为家不凿井,担瓶下前溪,开穿乱漫下,但闻林鸟啼。

前溪沧浪映,通波澄渌清,声弦传不绝,千载寄汝名,永与天地并。

逍遥独桑头,北望东武亭,黄瓜被山侧,春风感郎情。

逍遥独桑头,东北无广亲,黄瓜是小草,春风何足叹,忆汝涕交零。

黄葛结蒙茏,生在洛溪边,花落逐水去,何当顺流还,还亦不复鲜。

黄葛生烂熳,谁能断葛根,宁断娇儿乳,不断郎殷勤。

郭《乐府》又载梁武帝内人包明月《前溪歌》一首:

当曙与未曙,百鸟啼窗前,独眠抱被叹,忆我怀中侬,单情何时双?

歌中屡屡提到的前溪,便是沈充家乡的河流。胡仔《苕溪渔隐丛话》后集卷二说:“于竞《大唐传》:‘湖州德清县南前溪村,则南朝集乐之处。今尚有数百家习音乐,江南声伎,多自此出,所谓舞出前溪者也。’《复斋漫录》言:‘陈刘删诗:山边歌《落日》,池上舞《前溪》。唐崔颢诗:舞爱《前溪》妙,歌怜《子夜》长。按智匠《古今乐录》:晋车骑将军沈充(《太平御览》卷五七三引《古今乐录》,“充”也误作“玩”)作《前溪曲》,非舞也。’盖复斋不见于竞《大唐传》,故不知舞出前溪耳。”德清县毗邻武康县,前溪实是武康县的水。至于说《前溪》是舞曲,唐郗昂的《乐府

① 《太平御览》卷七六六引《述异记》,载有关于沈充的一段传说,附录于此:“武康徐氏,宋(当作“晋”)太元中病疟,连治不断。有人告之曰:可作数团饭出道头,呼伤死人姓名云:为我断疟,今以此团与汝。掷之径还,勿反顾也。病者如言,乃呼晋车骑将军沈充。须臾,有乘马导从而至,问汝何人而敢名官家,因缚将去。举家寻觅经日,乃于冢丛棘下得之。绳犹在,时疟遂获痊。”

解题》早就说过"《前溪》，舞曲也"(《乐府诗集》卷四五引)了。

《前溪歌》在南朝为著名的舞曲，贵族常常演唱，其名词屡见当时诗篇中。演唱舞曲，需要大队歌妓，非有雄厚的资财不可，故一般地形成为豪贵权势的娱乐品。沈氏本为吴兴大族(《晋书》卷五八《周札传》："钱凤说王敦曰：今江东之豪，莫强周、沈。"又沈约《宋书·自叙传》，述沈氏宗族源流最详明)，《晋书》(卷二六)《食货志》称："吴兴沈充又铸小钱，谓之沈郎钱。"沈充在经济条件上够得上拥有大量歌妓。《资治通鉴》卷九二称："充等并凶险骄恣，大起营府，侵人田宅，剽掠市道。"(永昌元年)可知他非常注意于物质的享受。从谢灵运的《东阳溪中赠答》，从嘉兴人制作《阿子歌》的记载(见《乐府诗集》卷四五引《乐苑》)，我们知道现在的浙江北部和中部地区，民间吴歌也是相当流行的。沈充创制的《前溪歌》，可以设想一定受到他家乡民歌的启发和影响；擅长音乐的沈充[①]，以土著的身份，开风气之先，来创制一种吴声的新舞曲，正是很自然的事。晋曹毗《箜篌赋》云："发愁吟，引吴妃，《湖上》飒沓以平雅，《前溪》藏摧而怀归。"很足以想见吴妃曼声哀唱《前溪》时的情景。

宋乐史《太平寰宇记》(卷九四，湖州武康县)于前溪及《前溪歌》有更详尽的记载："前溪在县西一百步。前溪者，古永安县(《宋书》卷三五《州郡志》："武康，吴分乌程、馀杭立永安县，晋武帝太康元年更名。")前之溪也。今德清县有后溪。晋时邑人沈充家于此溪，乐府有《前溪曲》，则充之所制。其词云：'当曙与未曙，百鸟啼忩忩。'[②]后宋少帝续为七曲。其一曲曰：'忧思出门户，逢郎前溪渡，莫作流水心，引新多舍故。'"我们再看北宋景德年间湖州摄长史左文质纂的《吴兴统记》上说："乐府有《前溪曲》，充自制词云：'当曙与未曙，□鸟啼忩忩。'后宋少帝续为七曲，其一云：'忧思出门户……'"这大约是抄《太平寰宇记》的(左书今佚，见谈钥《吴兴志》引)。而南宋谈钥的《嘉泰吴兴志》于卷二〇物产

---

① 虞汝明《古琴疏》："沈琉琴曰霜霄铁马。"(《说郛》卷一〇〇)

② 沈充原作只此两句。后包明月《前溪歌》增为五句。"忩"的异体"悤""怱"与"窗"的异体"窓""窻""牎"形近易误，故包明月歌词的"忩忩"，遂被后人臆改为"窗前"，但"前"字与下"依""双"不协韵。

“葛”下面也说：“宋少帝《前溪曲》：黄葛生烂熳。……今山间多有之。”想来也是祖袭《寰宇记》的。

这里更发生一个问题：即郭《乐府》认为无名氏所作的《前溪歌》七首，是否可能是宋少帝的作品？乐史生于北宋初年，较郭茂倩早上一百年光景，他的话必有所据。

《宋书·少帝纪》称少帝被废时，皇太后下令数其过失，内中有“至乃征召乐府，鸠集伶官，优倡管弦，靡不备奏”等语，可知宋少帝是喜爱弦歌声伎的。又《乐府诗集》（卷四六）引《古今乐录》称：“《懊侬歌》，宋少帝更制新歌三十六曲。”是少帝确曾自制新歌；现存《懊侬歌》十四首中，想来有少帝的作品在内。再有，《玉台新咏》卷一〇近代吴歌九首，第五首即《前溪》“黄葛结蒙茏”篇，《玉台》不著作者，但既曰“近代吴歌”，恐非沈充之作。由上数点，我认为，说现存《前溪歌》七首是宋少帝的作品，大致是可信的。这里需要说明，所谓宋少帝制的新歌曲，其歌词不一定是宋少帝的创作，而更可能是把民歌采撷和润色。上层阶级采撷、润色民歌，把它谱入音乐，就可称为“制作”。臧质制《石城乐》，刘诞制《襄阳乐》，都是其类。

《宋书·少帝纪》称帝“穿池筑观，朝成暮毁，征发工匠，疲极兆民。……时帝于华林园为列肆，亲自酤卖，又开渎聚土，以象破冈埭（《建康实录》卷二：‘孙吴赤乌八年八月，凿句容中道至云阳西城，以通吴会船舰，号破岗渎，上下一十四埭，通会市，作邸阁。’），与左右引船呼唱，以为欢乐。夕游天渊池，即龙舟而寝”。我们推想华林园中也应当有一条叫作前溪的河水，那位荒唐的幼年君主，当时一定仿效着车骑将军的办法来娱乐自己的。

三、子夜歌考

《子夜歌》的作者，相传是一位名叫子夜的女子。

《宋书·乐志》：“《子夜歌》者，有女子名子夜造此声。晋孝武太元中，琅邪王轲之家，有鬼歌《子夜》。殷允为豫章时，豫章侨人庾僧虔家，亦有鬼歌《子夜》。殷允为豫章，亦是太元中[①]，则子夜是此时以前人也。”

《古今乐录》：“《子夜歌》，古有女名子夜造此歌。”（《初学记》卷一五、《御览》卷五七三同引）

《晋书·乐志》：“《子夜歌》者，女子名子夜造此声。孝武太元中，琅邪王轲之家，有鬼歌《子夜》，则子夜是此时人也。”

《旧唐书·音乐志》：“《子夜》，晋曲也。晋有女子夜造此声[②]，声过哀苦，晋日常有鬼歌之。”

《古今乐录》《晋书·乐志》《旧唐书·音乐志》的记载，大约都本于《宋志》，但《宋志》又本自他书：

刘敬叔《异苑》卷六：“晋孝武太元中，琅玡王轲之家，有鬼歌《子夜》。殷允为章郡，侨人庾僧度家，亦有鬼歌《子夜》。”（《津逮秘书》本）

《御览》（卷五七〇）引《晋书》：“孝武太元中，琅玡王轲之家，有鬼歌《子夜》。殷允为章郡，侨人庾僧度家，亦有鬼歌《子夜》。殷允为章郡，亦是太元中，则子夜是此时以前人也。”[③]

鬼歌《子夜》，看去未免荒诞，但六朝小说家言，尽多鬼怪唱歌的记载，当时风气如此，不足多怪。《续搜神记》（卷六）有鬼唱《懊恼歌》的叙述：

庐江杜谦为诸暨令，县西山下有一鬼，长三丈，着赭衣袴布（原作“在”，据别本改正）褶，在草中拍张[④]。又脱褶掷草上，作《懊恼歌》，百姓皆看之。

---

① 殷允《祭徐孺子文》：“惟太元六年冬十月，试守豫章太守殷君……”（《艺文》卷三八，《御览》卷五二六）

② 这句子如点为“晋有女子，夜造此声”，意义便不同了。这样解释，虽非作者原意，却颇可通，详见下文。

③ 余嘉锡先生《寒食散考》说：“张聪咸《经史质疑》之《与阮侍郎论晋逸史例》云：梁陈以下至唐初，凡引史者单称《晋书》，皆臧氏（臧荣绪）书也。其说至确。《太平御览》沿袭《修文殿御览》之旧，故不出臧氏姓名。”（《辅仁学志》第七卷第一、二期合刊）

④ “拍张”，或本作“相张”，非。拍张系当时武戏之一种。南朝王敬则善拍张，见《南齐书》《南史》本传。

（《津逮秘书》本）

著名的琴曲《宛转歌》，相传也是女鬼所歌。

《事类赋注》（卷一一）引《世说》："王敬伯尝泊洲渚中，升亭而宿。是夜月华露轻，敬伯泠然鼓琴，感刘惠明亡女之灵。须臾女至，就体如平生。敬伯抚琴歌曰：低露下深幕，垂月照孤琴，空弦益宵泪，谁怜此夜心。女和之曰：歌宛转，情复哀，愿为烟与雾，氛氲君子怀。"（《御览》卷五七七引《晋书》同。《续齐谐记》述此更详，歌词亦异，见《乐府诗集》卷六〇引。）

以下几节鬼怪唱吴歌的故事，都出于六朝人的笔记小说。

《异苑》卷八："晋怀帝永嘉中，徐奭出行田，见一女子，姿色鲜白，就奭言调。女因吟曰：畴昔聆好音，日月心延伫，如何遇良人，中怀邈无绪。奭情既谐，欣然延至一屋，女施设饮食而多鱼，遂经日不返。兄弟追觅至湖边，见与女相对坐。兄以藤杖击女，即化成白鹤，翻然高飞。奭恍惚年余，乃差。"（《津逮秘书》本）

《甄异传》："河南杨丑奴，常诣章安湖边拔蒲。将暝，见一女子，衣裳不甚鲜洁，而容貌美，乘船载莼，前就丑奴。家湖侧，逼莫不得返。乃停舟寄住，借食器以食，盘中有干鱼生菜。食毕因戏笑，丑奴歌嘲之，女答曰：我在西湖侧，日莫阳光颓，托荫遇良主，不觉宽中怀。俄灭火共寝，觉其臊气，又手指甚短，乃疑是魅。此物知人意，遽出户，变为獭，径走入水。"（《广记》卷四六八引。《御览》卷九八〇、卷九九九，《类聚》卷八二叙事略同而无歌）

《幽明录》："句章人至东野还，暮不至门，见路旁有小屋灯火，因投寄宿止。宿有一小女，不欲与丈夫同处，呼邻家女自伴，夜共弹琴箜篌。至晓，此人谢去。问其姓字，女不答，弹弦而歌曰：连绵葛上藤，一缓复一絙，欲知我姓名，姓陈名阿登。"（《御览》卷五七三、《书钞》卷一〇六同引。又《御览》卷八八四引《续搜神记》末尾尚有一段，云："明至东郭外，有卖食母在肆中，此人寄坐，因说昨夜所见。母闻阿登，惊曰：是我女，近亡，葬于郭外。"）

同上："元嘉中，泰山巢氏先为相县令，居在晋陵。家婢采薪，忽有一人追之,如相问讯。遂共通情,随婢还家,仍住不复去。巢恐为祸,夜辄出婢;闻与婢讴歌言语,大小悉闻。不使人见,见形者唯婢而已。每与婢宴饮,辄吹笛而歌,歌云:闲夜寂以清,长笛亮且鸣,若欲知我者,姓郭名长生。"(《广记》卷三二四,《事类赋注》卷一一,《类聚》卷四四,《御览》卷五八〇)

同上:"东阳丁哗出郭,于方山亭宿。亭渚有刘散骑遭母丧于京,葬还,夜中忽有一妇自通云:刘郎患疮,闻参军能治,故来耳。哗使前,姿色端媚,从婢数人。命仆具肴馔,酒酣,叹曰:今夕之会,令人无复贞白之操。丁云:女郎盛德,岂顾老夫?便令婢取琵琶弹之,歌云:久闻所重名,今遇方山亭,肌体虽朽老,故是悦人情。放琵琶上膝抱头,又歌曰:女形虽薄贱,愿得忻作婿,缱绻观良觌,千载结同契。声气婉媚,令人绝倒。便令灭火,共展好情,比晓忽不见。吏云:此亭旧有妖魅。"(《广记》卷三六〇)

这些充满神秘气氛的传说,说明封建社会中人民因被剥夺接受教育的机会,文化程度低下,某些地方显得愚昧落后,形成了浓厚的迷信风气,以致在恋爱故事上面罩上一重神秘的网;而知识分子更凭借、仿拟这类传说,寄托性的渴望于虚幻的想象上面。但透过这重神秘的网,我们一方面可以看出,恋爱在封建社会中是不自由的,所以产生了"子夜鬼悲歌"(李商隐诗)、鬼唱《懊恼歌》的传说;一方面可以看出,农民(徐奭、杨丑奴)因生活贫苦,往往没有能力娶妻,因此幻想获得非人间的、善良而美丽的女性作为自己的伴侣。

《南史》(卷二二)《王俭传》云:"齐高帝幸华林宴集,使各效技艺:褚彦回弹琵琶,王僧虔、柳世隆弹琴,沈文季歌子夜来(《南齐书》卷二三《王俭传》无"来"字),张敬儿舞。""子夜来"三字是《子夜歌》的和声,也即是《子夜歌》的主要声调(参看本书《论六朝清商曲中之和送声》篇)。《子夜歌》的名称,由和声"子夜来"三字而来,古籍所谓"晋有女子名子夜造此声"云云,恐系附会之谈。《子夜歌》的创始者,大约是晋代的一位无名女子。这女子是多情的,她在夜间等候她的欢子降临,不幸她的欢子竟是一位负情郎。她失望了,她唱着哀苦而充满渴望的歌——子夜来!《子夜歌》道:"夜长不得眠,明月何灼灼,想闻散唤声,虚应空中诺!"正仿佛表达着这种焦灼苦痛的情绪。《乐府》(卷七五)杂曲歌辞有《起夜来曲》,题解引《乐府解题》曰:"《起夜来》,其辞意犹念畴昔,思君之来也。"宛如叙述着《子夜歌》产生的故事。很可能的,《起夜来曲》正是从《子夜歌》演化出来的呢。《唐书》称《子夜》"声过哀苦",我们相信它的音调一定非常缠绵悱恻,以致激动了无数人的心灵,被无数人传诵摹仿,用来宣泄自己的情感、苦闷。这情歌作者的名字既已无法查考,而其主要声调是"子夜来",那么就把她唤作子夜吧。

附说一　辨郑樵《乐略》将《子夜》《白纻》二曲合一之误

郑樵《通志·乐略》认为《子夜》《白纻》两曲本是一曲,因时代不同,分化为二。他在论《白纻歌》时说:"《白纻歌》,其音入清商调,故清商七曲有《子夜》者,即《白纻》也。在吴歌为《白纻》,在雅(疑当作晋)歌为《子夜》,梁武令沈约更制其辞焉。"又说:"《白纻》与《子夜》,一曲也。在吴为《白纻》,在晋为《子夜》,故梁武本《白纻》而为《子夜四时歌》。后之为此歌者,曰《白纻》则一曲,曰《子夜》则四曲。今取《白纻》于《白纻》,取《四时歌》于《子夜》,其实一也。"在论《子夜歌》时说:"《子夜》,亦曰《子夜吴声四时歌》,亦曰《子夜吴歌》。晋有女子名子夜,作是歌。……《子夜》之音,同于《白纻》,皆清商调也。故梁武本《白纻》而为《子夜吴声四时歌》,明此《子夜》亦有晋声者,其实不离清商。"他更在述清商三十三曲时概括地说:"《白纻》,吴舞;《子夜》,晋曲;《吴声四时歌》,梁曲。"他认为三者实是一曲,仅仅因为朝代不同而分化为三个名称罢了。

郑氏之说,实在未之深考。《白纻》《子夜》,虽然同属清商,同出吴地,然而《白纻》为七言体的杂舞曲,《子夜》为五言体的吴声歌曲,二者绝不相同,《乐府诗集》分得明明白白。梁武令沈约改《白纻》而作《四时白纻歌》,亦为七言;《子夜》别有变曲《子夜四时歌》,一名《吴声四时歌》,亦为五言:两者亦绝不相同。郑樵的错误,在将《白纻》的变曲《四时白纻歌》同《子夜》的变曲《子夜四时歌》,由于名称的类同,混淆不分,因此遂产生《子夜》出于《白纻》的说法。正因他误认《四时白纻歌》同于《子夜四时歌》,因此就错认《子夜四时歌》为"梁曲",其实它在梁代以前，早产生了。再有，《子夜四时歌》虽然出自《子夜》，但并非即是《子夜歌》。郑氏说："《子夜》，亦曰《子夜吴声四时歌》。"视二者为一，也是错的。（虽然他下面仍把《子夜》和《吴声四时歌》分为两曲，那不过迁就不同时代而已。）郑氏既以《四时白纻歌》《吴声四时歌》为一，又以《吴声四时歌》《子夜歌》为一，自然会达到《白纻》《子夜》合一的结论。

上面说过，《四时白纻歌》《子夜四时歌》名称的类同，是郑氏致误的基本原因。此外，我疑心他没有细读《通典》和《旧唐书·音乐志》关于清乐的叙述，因而受到了它们的愚弄。《通典》（卷一四六）云："清乐，其辞存者，有……《白纻》《子夜》《吴声四时歌》……等三十二曲。"这里无意中将《白纻》与《子夜》《吴声四时歌》前后连属，已经易使郑氏误认三曲中间具有联系性了。但《通典》于以上三曲的区别，叙述还颇清晰。它将清乐分为"杂歌曲"和"杂舞曲"二部，叙《子夜》于杂歌曲，叙《白纻》于杂舞曲，分界甚明。在叙《白纻》时道："《白纻舞》……疑是吴舞也。梁武帝又令沈约改其辞，乃有《四时白纻之歌》，约集所载是也。"又在总叙清乐时注称："其《吴声四时歌》《雅歌》《春江花月夜》，未详所起，余具前歌舞杂曲之篇。"也并未将《白纻四时歌》与《吴声四时歌》混同起来。《旧唐书·音乐志》叙述清乐三十二曲，次序与《通典》相同，但下面分述各曲起源时，不将杂歌曲与杂舞曲分为二部，而合并叙述。于《白纻》云："《白纻》，沈约云：纻本吴地所出，疑是吴舞也。梁武又令约改其辞，其（疑当作"为"）《四时白纻之歌》，约集所载是也。今中原有《白纻曲》，辞旨与此全殊。"接着叙《子夜》云："《子夜》，晋曲也。晋有女子夜造此声；声过哀苦，晋日常有鬼歌之。"下面接叙《前溪歌》，而于《吴声四时歌》并未提起。这样骤然看去而不加细察，就会容易误解《白纻》、《子夜》二者有关；而《吴声四时歌》即是《白纻四时歌》，所以《唐志》不另叙述了。

附说二　说语尾"来"字

《南史》（卷二二）《王俭传》云："齐高帝幸华林宴集，使各效技艺。褚彦回弹琵琶，王僧虔、柳世隆弹琴，沈文季歌子夜来，张敬儿舞。""子夜来"三字是《子夜歌》的和声，也即是《子夜歌》的主要声调。在其他吴声、西曲的和送声中，以“来”字为语尾的很多，如“夜夜望郎来”（《乌夜啼》）、“襄阳来”（《襄阳乐》）、“欢将乐共来”（《三洲歌》）、“圣德应乾来”（《襄阳蹋铜蹄》）、“白日落西山，还去来”（《西乌夜飞》）等都是。“来”字有些地方还是动词，如“子夜来”“夜夜望郎来”；有些地方则已变为纯粹的语尾助词，如“圣德应乾来”“还去来”。

范成大《吴郡志》卷二说：“吴语谓来为厘，本于陆德明。贻我来牟、弃甲复来，皆音厘。德明吴人，岂遂以乡音释注，或者古本有厘音耶？”按“贻我来牟”句，见《周颂·思文》篇，“来牟”，《汉书·刘向传》引《诗》已作“厘辫”，不始于陆德明。“来”字作语尾助词用，也不始于吴语，如《孟子》“盍归乎来”（《离娄》），《庄子》“尝以语我来”（《人间世》），但到吴歌中方始被广泛地使用。除上面所举和送声的例子外，他如梁武时童谣：“城中诸少年，逐欢归去来！”《梁鼓角横吹曲·黄淡思》：“绿丝何葳蕤，逐郎归去来！”又《隔谷歌》：“救我来！救我来！”梁鼓角横吹曲是吴语的译歌，性质自无殊乎吴歌。吴歌中以“来”字作语尾的这么多，其原因大约缘于它的余音很长，用在句尾很富于韵味。

案《广韵》，“来”字属“咍”韵，“厘”字属“之”韵。近代的古音学者，自段玉裁以至章炳麟、黄侃，都证明“咍”“之”两韵，在古音本属一部。又古“来”字常与“思”协韵，如：

《易·咸》九四：“憧憧往来，朋从尔思。”

《诗·邶风·终风》：“莫往莫来，悠悠我思。”

《邶风·雄雉》：“瞻彼日月，悠悠我思，道之云远，曷云能来？”

《王风·君子于役》：“日之夕矣，牛羊下来，君子于役，如之何勿思？”

《郑风·子衿》：“青青子衿，悠悠我思，纵我不往，子宁不来？”

《九歌·湘君》：“望夫君兮未来，吹参差兮谁思。”

《九歌·山鬼》：“被石兰兮带杜衡，折芳馨兮遗所思，余处幽篁兮终不见天，路险难兮独后来。”

《左传·宣公二年》：“宋城者讴曰：于思于思，弃甲复来。”

《懊侬歌》:“发乱谁料理,托侬言相思,还君华艳去,催送实情来。”

《华山畿》:“夜相思,风吹窗帘动,言是所欢来。”

“思”字也属“之”韵,故“思”“来”二字,在古韵为一部,可以通押。

以“思”字为语尾助词,《诗经》中已有之。

《周南·汉广》:“南有乔木,不可休思;汉有游女,不可求思。汉之广矣,不可泳思;江之永矣,不可方思。”

《周颂·赉》:“文王既勤止,我应受之,敷时绎思。我徂维求定,时周之命,於,绎思。”

我们不妨说《诗经》的“思”、六朝乐府的“来”,在声韵上是一个系统的语尾助词。

四、子夜变曲考

所谓《子夜》变曲,是指《子夜四时歌》及《大子夜歌》《子夜警歌》《子夜变歌》诸曲调。《乐府诗集》(卷四四)《子夜歌》题解引吴兢《乐府解题》曰:“后人更为四时行乐之词,谓之《子夜四时歌》,又有《大子夜歌》《子夜警歌》《子夜变歌》,皆曲之变也。”变曲是指从旧有曲调中变化出来的新声,故古人往往以新声变曲连称:

《汉书·外戚传》:“李延年知音善歌舞,每为武帝作新歌变曲,闻者莫不感动。”

潘岳《笙赋》:“新声变曲,奇韵横逸。”

《宋书》(卷九三)《戴颙传》:“颙为衡阳王义季鼓琴,并新声变曲,其《三调》《游弦》《广陵》《止息》之流,皆与世异。”

《南史》(卷一五)《徐君蒨传》:“颇好声色。……文冠一府,特有轻艳之才,新声巧变,人多讽习。”

《子夜四时歌》是从《子夜歌》变化出来的新声,所以是《子夜》的变曲。吴声、西曲中的变曲尚有下列数种:

(一)《欢闻变歌》《欢闻歌》的变曲。

(二)《华山畿》《懊侬歌》的变曲。《古今乐录》:"《华山畿》者,宋少帝时《懊恼》一曲,亦变曲也。"(《乐府》卷四六引)

以上吴声

(三)《莫愁乐》《石城乐》的变曲。《古今乐录》:"《莫愁乐》者,亦因《石城乐》而有此歌。"(《初学记》卷一五)《旧唐书·音乐志》:"《莫愁乐》,出于《石城乐》。"

(四)《采桑度》《三洲歌》的变曲。《旧唐书·音乐志》:"《采桑》,又因《三洲曲》而生此声也。"

以上西曲

吴声曲调中有所谓《六变》者,因与《子夜变歌》有关,这里不妨探讨一下。《六变》的名称最初见于《宋书·乐志》,其说云:

《六变》诸曲,皆因事制歌。

《长史变》者,司徒左长史王廞临败所制。

《读曲歌》者,民间为彭城王义康所作也。其歌云:死罪刘领军,误杀刘第四,是也。

《宋志》叙述吴声歌曲,至《读曲歌》而止。其曰:"《六变》诸曲,皆因事制歌。"曰"诸"曰"皆",可知《六变》当指六种曲调。《长史变》《读曲歌》两调,《宋志》虽未明言为《六变》的两种,但一般地可信为属诸《六变》。理由是:一,《长史变》题名有"变"字;二,《长史》《读曲》二者,都合于"因事制歌"的说法。但我所不解于《宋志》者亦有两点:一,《宋志》何以仅叙《六变》的两调?二,"因事制歌"的界说,并不能完全表达出《六变》的特色,而与其他歌曲有所区别;因为像《六变》上面的《团扇》《督护》两曲,依《宋志》的叙说,也都是因事而制歌的(《阿子》《欢闻》《懊侬》,先有童谣,后生事件,可算不同)。

《宋志》对《六变》叙述既不清楚,智匠的《古今乐录》未能弥补这个缺憾。《乐府诗集》(卷四四)引《乐录》云:

> 吴声歌，其曲有《命啸》《吴声》、游曲、《半折》《六变》《八解》。……吴声十曲：一曰《子夜》，二曰《上柱》，三曰《凤将雏》，四曰《上声》，五曰《欢闻》，六曰《欢闻变》，七曰《前溪》，八曰《阿子》，九曰《丁督护》，十曰《团扇郎》。……游曲六曲：《子夜四时歌》《警歌》《变歌》，并十曲中间游曲也。《半折》《六变》《八解》，汉世已来有之。……

《乐录》的话更使人糊涂，它说"《六变》，汉世已来有之"，即根本与《宋书·乐志》"吴歌杂曲并出江东"的话相矛盾，吴声歌曲固然也有利用汉代旧曲的（如《凤将雏》），但《六变》诸曲，照《宋志》叙述看，要为晋、宋以来的新歌。《乐录》所谓"汉世已来有之"，大约仅指《半折》《八解》而言，否则就讲不通；除非别有《六变》，与《宋志》所说《六变》诸曲无关，这似乎也不可能。

上面《乐录》并未说明《六变》的名目，而《欢闻变》属于《吴声》十曲，《子夜变》属于游曲六曲，似乎不属于《六变》。但《乐府诗集》（卷四五）《子夜变歌》题解云：

> 《宋书·乐志》曰："《六变》诸曲，皆因事制歌。"《古今乐录》曰："《子夜变歌》，前作'持子'送，后作'欢娱我'送。《子夜警歌》无送声，仍作变，故呼为变头，谓《六变》之首也。"

这里《乐录》又认为《子夜警歌》《子夜变歌》是《六变》之两种，而且《警歌》又呼为变头。其他四变是什么呢？《乐录》未予说明。据《乐府诗集》题解所引，《乐录》仅称《华山畿》为变曲（文见上引），但未称为《六变》之一。它对《长史变》《读曲》两调，也并无任何说明。而且，《子夜警歌》《变歌》若是《六变》之两曲，又与《宋志》"皆因事制歌"的界说不合。总之，这篇糊涂账，自沈约经释智匠到郭茂倩，一直没有说清，我们现今也无法判定。还是抛开《六变》不谈，专谈《子夜》的变曲吧。

先说《子夜四时歌》，它简称《四时歌》，如《古今乐录》云："《四时歌》，出于《子夜》。"（《初学记》一五、《御览》五七三引）《玉台新咏》卷十近代吴歌九首中有《子夜四时歌》四首，也径以《春歌》《夏歌》等为题名。它又称《吴声四时歌》，《通典》(一四五)说:“《吴声四时歌》,未详所起。”按《乐录》云:“《四时歌》出于《子夜》。”《乐府解题》也说:“后人更为四时行乐之词,谓之《子夜四时歌》。”则《四时歌》为《子夜》的变曲甚为明白,不得云“未详所起”了。

在《子夜四时歌》产生之前,吴地的民歌,大约原有叫作《四时歌》的,后来《子夜》的声调盛行,文人乐工们就用它来制造《子夜四时歌》的乐曲了。现存《子夜四时歌》共七十五首,《春歌》《夏歌》各二十首,《秋歌》十八首,《冬歌》十七首。我们推想《秋》《冬歌》或许残缺了,因为《四时歌》原本应以四首为一整套的;而且整数的八十首歌词应分为二十套,每套包括春、夏、秋、冬四首,现在的并合,恐也出于后人之手。这种一整套的歌谣,前乎此的有王道中、陆机的《百年歌》[《初学记》卷一五:“《百年歌》,晋王道中(《御览》卷五七三作“冲”)、陆机并作。”王作今佚],后乎此的有西曲的《十二月折杨柳歌》,陈伏知道的《从军五更转》,以及隋炀帝的《十二时歌》(见《隋书·音乐志》,词今佚),而《四时歌》除掉《子夜四时歌》外,尚有梁沈约的《四时白纻歌》。这些整套的歌谣,无疑地渊源于民间的小调,采为乐曲,是后来的事。唐代的民歌和佛曲中间,也还有《五更转》《十二时》的名目,这些小调,不可谓非源远流长了。

民间的《四时歌》的产生时代,想必很早;但《子夜四时歌》既然出于《子夜》,自较《子夜》的产生时代要晚些。现存《子夜四时歌》,《乐府诗集》泛称“晋宋齐辞”,其中实有可确指时代与作家的作品,下面三首,应当是宋明帝时之作:

适忆三阳初,今已九秋暮,追逐《泰始乐》,不觉华年度。(《秋歌》)

草木不长荣,憔悴为秋霜,今遇泰始世,年逢九春阳。(同上)

蹑履步荒林,萧索悲人情,一唱《泰始乐》,枯草衔花生。(《冬歌》)

这与西曲《来罗》之一,歌词中均有“泰始”字眼:

白头不忍死,心愁皆敖然,游戏泰始世,一日当千年。(《来罗曲》)

“泰始”是刘宋明帝的年号。案《宋书·乐志》(四)有宋明帝及虞龢所制《宋泰始歌舞曲词》十二曲,其第四曲《通国风》有云:“泰始开运超百王。”第十曲《宋世大雅》有云:“宋世宁,在泰始。”上面几首《四时歌》,与此当是同时的作品。

我疑心这几首含有“泰始”字眼的《四时歌》及《来罗曲》，原名当为《泰始乐》，后来始被采入《四时歌》《来罗曲》的。这有性质相同的歌词可作证明。宋鲍照有《中兴歌》（孝武帝时作）十首（《乐府诗集》卷八六杂歌谣辞），录其含有题名者如后：

千冬迟一春，万夜视朝日，生年值中兴，欢起百忧毕。（其一）

中兴太平运，化清四海乐，祥景照玉台，紫烟游凤阁。（其二）

九月秋水清，三月春花滋，千金逐良日，皆竟中兴时。（其七）

穷泰已有分，寿夭复属天，既见《中兴乐》，莫持忧自煎。（其八）

襄阳是小地，寿阳非帝城，今日《中兴乐》，遥冶在上京。（其九）

萧齐则有武帝时的《永明乐》。《南齐书·乐志》曰：“永明（“明”，原误作“平”，据《乐府》卷七五引文校正）《乐歌》者，竟陵王子良与诸文士造奏之，人为十曲。道人释宝月辞颇美，上常被之管弦，而不列于乐官。”释宝月词今不存，今存者，有谢朓、王融的各十首，沈约的残存一首，均见《乐府诗集》（卷七五）杂曲歌辞，录其含有题名者如下：

帝图开九有，皇风浮四溟，永明一为乐，《咸池》无复灵。——谢朓（其一）

彩凤鸣朝阳，玄鹤舞清商，瑞此《永明曲》，千载为金皇。——同上（其十）

西园抽蕙草，北沼掇芳莲，生逢永明乐，死日生之年。——王融（其十）

很显明地，我们可以看出，《中兴歌》《泰始乐》《永明乐》，正是一系列的乐曲。《中兴歌》第十首所谓“襄阳是小地，寿阳非帝城”的“襄阳”“寿阳”，实际是指西曲中的《襄阳乐》和《寿阳乐》。《宋书·乐志》叙述舞曲歌词道：

宋明帝自改舞曲歌词，并诏近臣虞龢并作（案即指《泰始歌舞曲辞》十二曲）。又有西伧、羌胡诸杂舞。随王诞在襄阳，造《襄阳乐》；南平穆王为豫州，造《寿阳乐》；荆州刺史沈攸之又造《西乌夜飞曲》：并列于乐官，歌词多淫哇不典正。

刘宋以后，吴声、西曲昌盛，贵族多竞造新声乐曲，宗室诸王既各制新乐如《襄阳乐》《寿阳乐》等，中央朝廷，也就有《中兴歌》《泰始乐》等性质相类的制作。《襄阳乐》《寿阳乐》《泰始歌舞曲辞》都是舞曲，《中兴歌》《泰始乐》《永明乐》，比类而言，也应当是舞曲。这里更有一值得注意的现象，即鲍照的《中兴歌》十首，前四首咏春，第五、七两首咏秋，第十首咏冬，虽不具备四时，已有《四时歌》倾向。推想起来，《泰始乐》的情况恐亦相同，其被采入《子夜四时歌》，应当即基于此种内容的共通性。

《子夜四时歌》不但采用《泰始乐》，其《冬歌》第十四曲云："白雪停阴冈，丹华耀阳林，何必丝与竹，山水有清音。"系截取左思《招隐诗》第一首第五、六、九、十诸句而成。左思的《招隐诗》，是六朝传诵的名篇，王子猷雪夜访戴之前，"四望皎然，因起彷徨，咏左思《招隐诗》"(《世说新语·任诞篇》)。梁昭明太子"尝泛舟后池，番禺侯轨盛称此中宜奏女乐。太子不答，咏左思《招隐诗》曰：'何必丝与竹，山水有清音。'侯惭而止"(《梁书》卷八《昭明太子传》)。其被截取，殆非偶然。又《冬歌》第十三曲首二句："何处结同心，西陵松柏下。"撷取著名的《钱塘苏小小歌》。至于第十六曲"果欲结金兰"一首，明刻本《玉台》卷十作梁武帝，则又羼入梁代之作了。总观《子夜四时歌》，我们有这样一个感觉，就是它的歌词不及《子夜》《读曲》来得质朴真率。从它采撷《泰始乐》、《招隐诗》的事例推测，我们相信它的歌词大部分当出于贵族文人之手，而被润色的民歌分量恐相当少。

《大子夜歌》两首，词云：

> 歌谣数百种，《子夜》最可怜，慷慨吐清音，明转出天然。
>
> 丝竹发歌响，假器扬清音，不知歌谣妙，声势出口心。

赞美《子夜》音调的美妙，与《子夜歌》的纯粹抒写感情者不同。郑振铎先生说："《大子夜歌》只有二首，似即为《子夜》诸歌的总引子。未必是民歌的本来面目，大约是当时文士们写来颂赞《子夜》诸歌的。"(《中国俗文学史》第四章《六朝的民歌》)下二语很中肯，至于说《大子夜歌》系《子夜》诸歌的总引子，则有可商；我认为这不是引子而是送声。《乐府诗集》(卷三〇)相和歌辞平调曲题解引《古今乐录》曰：

> 凡三调歌弦一部竟，辄作送歌弦，今用器又有《大歌弦》一曲，歌“大妇织绮罗”，不在歌数，唯《平调》有之，即《清调》“相逢狭路间，道隘不容车”篇后章有“大妇织绮罗，中妇织流黄”是也。张录(张永《技录》)云：“非管弦音声所寄。”似是命笛理弦之余，王录(王僧虔《技录》)所无也。亦谓之《三妇艳诗》。

《大子夜歌》的“大”，正与此处《大歌弦》的“大”字相同，意谓“命笛理弦之余”的送声。按《清调·相逢行》(《乐府诗集》卷三四)后章云：“大妇织绮罗，中妇织流黄，小妇无所为，挟瑟上高堂，丈人且安坐，调丝方未央。”所谓小妇，盖为唱歌理弦的人写照，与上文叙述故事有别，其内容也很与《大子夜歌》近似。我们不妨说，《大子夜歌》是《子夜》诸歌的《大歌弦》。

《大子夜歌》《警歌》《变歌》三种变曲，《乐府诗集》排在《子夜四时歌》后面，它们前面是唐代陆龟蒙的《四时歌》拟作。南宋宝祐(理宗)时叶茵为龟蒙辑《甫里先生诗文集》，没有看清楚，一并把《大子夜歌》等收入集内，《全唐诗》袭其讹而不改。

据《古今乐录》，《子夜四时歌》《警歌》《变歌》，合称游曲六曲，是吴声十曲中间的游曲。《大子夜歌》专作《子夜歌》的送声，游曲六曲，虽出于《子夜》，却兼派十曲的用途。游曲的性质、地位，前人没有说明；推想起来，其意义犹如现今的插曲。吴声十曲很长，连续唱时，中间需要歇息；在这空隙的交替阶段，由乐人唱一些歌词较短，内容较为不同的游曲，也是很自然的事情吧。

五、碧玉歌考

《乐府诗集》卷四五有无名氏《碧玉歌》五首，词云：

> 碧玉破瓜时，郎为情颠倒，芙蓉陵霜荣，秋容故尚好。

碧玉小家女，不敢攀贵德，感郎千金意①，惭无倾城色。

碧玉小家女，不敢贵德攀，感郎意气重，遂得结金兰。

碧玉破瓜时，相为情颠倒，感郎不羞郎，回身就郎抱。

杏梁日始照，蕙席欢未极，碧玉奉金杯，渌酒助花色。

其中第一首与第四首，第二首与第三首，格调相同，仿佛《诗经》的叠章，歌词亦较真率，当是原作。末首《玉台新咏》卷一〇作梁武帝诗，亦颇可信。又有唐李暇仿作一首：

碧玉上宫妓，出入千花林，珠被玳瑁床，感郎情意深。

现存《碧玉歌》，统统抄在上面了。《乐府》无名氏五首中，第二、第四两首，亦见徐陵《玉台新咏》卷一〇，题作《情人碧玉歌》，孙绰作。《古今乐录》亦云："《碧玉歌》，晋孙绰作。"(《初学记》卷一五、《御览》卷五七三引)第四首，《艺文类聚》(卷四三)亦作晋孙绰《情人诗》。徐陵等说是孙绰的作品，想当有据。《乐府诗集》却不题作孙绰作，其题解引《乐苑》(《通志·艺文略》第二："《乐苑》五卷，陈游撰。")之说云："《碧玉歌》者，宋汝南王所作也。碧玉，汝南王妾名，以宠爱之甚，所以歌之。"照这说法，《碧玉歌》的创始者是刘宋的汝南王，在孙绰之后。如《乐苑》的说法可靠，《玉台》的说法当然不能成立。然而事实上，"宋并无汝南王，《乐苑》之说，自属无稽"(萧涤非先生《汉魏六朝乐府文学史》)。按《通典·乐典》："《碧玉歌》者，晋汝南王妾名，宠好，故作歌之。"《乐苑》的记载，当即本诸《通典》②，其"宋"字实为"晋"字之误。既是"晋汝南王"，孙绰是晋人，那末他可以为汝南王的爱妾作歌，两说不但不相排斥，而且可以互相补充。

碧玉的名字，在六朝人的诗作中常被提及。如：

谢朓《赠王主簿》："清吹要碧玉，调弦命绿珠。"

① 杨慎《升庵诗话》卷三："《碧玉歌》，一名《千金意》。"当由此句而来。《通志·乐略一》佳丽四十七曲："《情人桃叶歌》，亦曰《千金意》。"恐误。

② 《乐府诗集》卷七九引《乐苑》曰："《堂堂》，角调曲，唐高宗朝曲也。"又卷八十引《乐苑》曰："《大酺乐》，商调曲，唐张文收造。"可知陈游为李唐以后人，在杜佑之后。

王僧儒《为人有赠》:"碧玉与绿珠,张卢复双女。"又《在王晋安酒席数韵》:"讵减许飞琼,多胜刘碧玉。"

梁简文帝《鸡鸣高树颠》:"碧玉好名倡,夫婿侍中郎。"

梁元帝《采莲曲》:"碧玉小家女,来嫁汝南王。"(此诗附在《采莲赋》后,《乐府诗集》卷五十"汝南"误作"江南")

庾信《结客少年场行》:"定知刘碧玉,偷嫁汝南王。"又《奉和赵王美人春日》:"直将刘碧玉,来过阴丽华。"

徐陵《杂曲》:"碧玉宫妓自翩妍,绛树新声自可怜。"

从这些诗句,可知碧玉姓刘,本小家女,嫁为汝南王宫妓。她非常娴于歌舞,为汝南王所宠爱,因此诗人将她与绛树(曹丕宫妓)、绿珠相比。

碧玉是晋汝南王爱妾,可无问题,但晋代汝南王有好多位,碧玉的情人是哪一位汝南王呢?《通典》并未说明①,《太平广记》(卷三二一)引刘宋戴祚《甄异传》,记载着歌女碧玉的一段故事,极堪注意。原文如下:

金吾司马义妾碧玉,善弦歌。义以太元中病笃,谓碧玉曰:吾死,汝不当别嫁;嫁,当杀汝。曰:谨奉命。葬后,其邻家欲取之。碧玉当去,见义乘马入门,引弓射之,正中其喉。喉便痛亟,姿态失常,奄忽便绝。十余日乃苏,不能语,四肢如被挞损。周岁,始能言,犹不分明。碧玉色甚不美,本以声见取,既被患,遂不得嫁。

我疑此碧玉即是《碧玉歌》的主人,司马义即是汝南王。案《晋书》(卷五九)《汝南王亮传》:"统薨(《晋书》八《穆帝纪》:"永和十一年春正月甲辰,侍中汝南王统薨。"),子义立,官至散骑常侍。"是东晋汝南王有名司马义者,这是第一点。又《晋书》(卷九)《孝武帝纪》:"太元十四年八月,汝南王羲薨。"羲即义,形近而讹。司马义的卒年,据《晋书》为太元十四年,《甄异传》称"义以太元中病笃",时间相合,这是第二点。碧玉娴于歌舞,已见上述,《碧玉歌》云:"惭无倾人色。"其特点

① 逯钦立先生《古诗纪补正叙例》引《通典》作"汝南王亮",未知所据何本。

与《甄异传》“碧玉色甚不美，本以声见取”的记载符合，这是第三点。司马义临死叮嘱碧玉不可改嫁，正是“宠爱之甚”(《乐苑》)的一种表现，这是第四点。

地志中关于汝南王住址的记载，也颇足注意。《景定建康志》(卷一九)《山川志》云：“汝南湾，在城东八里，当秦淮曲折处。”《六朝事迹》：“晋汝南王渡江，因家于此，遂名汝南湾。”《建康实录》卷九：“案地图名，东冶在汝南城东南。……汝南，即晋汝南王初过江，家于此也。”汝南湾、汝南城这类名胜古迹，多么和王献之的桃叶渡相像！我们设想汝南王这一家族必定非常注意于物质生活的享受，司马义则更是当年的一位风流人物；而作为“上宫之妓”的“小家碧玉”，一定助长了他奢华生活的趣味。诗人拿她和金谷楼中的绿珠相比，真是十分贴切的。

《乐录》《玉台》都说《碧玉歌》的作者是孙绰。《晋书》卷五六《孙绰传》称：“绰性通率，好讥调。”因而学习吴歌写作《碧玉歌》。案《建康实录》卷八简文帝咸安元年云：“是岁散骑常侍领著作孙绰卒，时年五十八。”或许有人会疑问孙绰死得这么早，是否可能为司马义的爱妾碧玉作歌？这也不成问题。司马义虽卒于孝武太元中，在孙绰之后，他的继位，却在穆帝永和十一年(公元355)，下距简文咸安元年(公元371)孙绰去世，中间长达十六年，孙绰为什么不可能为司马义的爱妾碧玉作歌呢？

碧玉的名声一大，叫碧玉的女子就多起来。“菖蒲传酒座欲阑，碧玉舞罢罗衣单。”(梁简文帝《对烛赋》)陈后主有《寄碧玉诗》五言四句一首。李唐“武后时补阙乔知之有妾曰碧玉，美而善歌舞”(《白孔六帖》卷六一引《朝野佥载》)。这与名叫莫愁的女郎不止一位，正相类似。

六、团扇歌考

《团扇歌》的作者是吴声歌曲中最搅不清的一个问题。关于它的记载，始见于《宋书·乐志》：

《团扇歌》者，晋中书令王珉与嫂婢有情，爱好甚笃，嫂捶挞婢过苦。婢素善歌，而珉好捉白团扇，故制此歌。（《晋书·乐志》同）

《宋志》不录《团扇歌》原词，也未确言《团扇歌》是王珉嫂婢之作。这到智匠的《古今乐录》就详细多了。《乐府诗集》（卷四五）引《古今乐录》说：

《团扇郎歌》者，晋中书令王珉捉白团扇，与嫂婢谢芳姿有爱，情好甚笃。嫂捶挞婢过苦，王东亭（名珣，珉之兄）闻而止之。芳姿素善歌，嫂令歌一曲，当赦之。应声歌曰：白团扇，辛苦五（疑当作"互"）流连，是郎眼所见。珉闻，更问之：汝歌何遗？芳姿即改云：白团扇，憔悴非昔容，羞与郎相见。后人因而歌之。

嫂婢名芳姿，歌词两首，都是《宋书》所没有的。所谓"后人因而歌之"的作品，据《乐府诗集》，共有八首：

七宝画团扇，灿烂明月光，饷郎却暄暑，相忆莫相忘。

青青林中竹，可作白团扇，动摇郎玉手，因风托方便。

犊车薄不乘，步行耀玉颜，逢侬都共语，起欲著夜半。

团扇薄不摇，窈窕摇蒲葵，相怜中道罢，定是阿谁非？

御路薄不行，窈窕决横塘，团扇鄣白日，面作芙蓉光。

白练薄不着，趣欲着锦衣，异色都言好，清白为谁施？

手中白团扇，净如秋团月，清风任动生，娇声任意发。

团扇复团扇，持许自遮面，憔悴无复理，羞与郎相见。

其中第七首，由《乐府》卷首总目录，可知是王金珠所作（《玉台新咏》卷一〇以为梁武所作）。其他七首的作者，《乐府》均题"无名氏"。第二、第八两首，曾慥《类说》卷五一引《古乐府》以为是沈约所作。但第一、二、八三首，亦见《玉台新咏》，而被署作《桃叶答王团扇歌》（《艺文类聚》卷四三同。第一首，《初学记》卷二五作王献之桃叶《团扇歌》）。据《古今乐录》说，桃叶是王献之的爱妾，献之曾作《情人桃叶歌》两首赠送给她（亦载《玉台新咏》）。《团扇歌》第一、第二、第八三首，照《玉台》的说法，便是桃叶答赠之作，这样团扇郎的对象也是献之而不是王珉了。纪容舒《玉台新咏考异》卷一〇说：

> 《乐府》所列《团扇歌》古词八首，内第七首署王金珠，余皆无名，其第八首末二句与谢芳姿歌（按见上引《古今乐录》）大同小异，似衍谢歌而为之，均无桃叶之说。然《初学记》《艺文类聚》，皆初唐之书，去孝穆时不远，已皆载为桃叶，与此书（按指《玉台新咏》）同。盖妇人女子之作，词人喜传为佳话，辗转附会，往往失真，传闻异词，历代皆有；孝穆所据，又当别有一本，今则不可考耳。

说明《团扇歌》作者的纠缠原因，颇合情理。又据《晋书》（卷六五）《王珉传》说："珉字季琰，少有才艺，善行书。……辟州主簿，举秀才，不行。后历著作、散骑郎、国子博士、黄门侍郎、侍中，代王献之为长兼中书令。二人素齐名，世谓献之为大令，珉为小令。"原来两人在当时声名相亚，更加上与婢妾恋爱的风流事迹又相仿佛，怪不得传说要混起来了。

《宋书·乐志》、《古今乐录》等书称"王珉好捉白团扇"，白团扇是六朝士大夫喜欢服用的器物之一，史籍常有记载：

> 《南史》（卷三三）《范晔传》："晔谋逆被系，上（文帝）有白团扇甚佳，送晔令书出诗赋美句。晔受旨援笔而书曰：去白日之炤炤，袭长夜之悠悠。上循览凄然。"
>
> 《南史》（卷三八）《柳恽传》："恽早有令名，少工篇什。为诗云：亭皋木叶下，陇首秋云飞。琅邪王融，见而嗟赏，因书斋壁及所执白团扇。"
>
> 《南史》（卷四九）《王摛传》："王俭尝使宾客隶事，多者赏之。事皆穷，唯庐江何宪为胜，乃赏以五花簟、白团扇。"
>
> 《南史》（卷五一）《梁临川王宏传》："正信被宏钟爱，然幼不慧。常执白团扇，湘东王取题八字铭玩之，正信不知嗤之，终常摇握。"
>
> 《南史》（卷五三）《梁豫章王综传》："综致意尚书仆射徐勉，求出镇襄阳。勉未敢言。因是怒勉，饷以白团扇，图《伐檀》之诗，言其贿也。"

从此种叙述，可知六朝士大夫不但好捉白团扇，而且爱将诗赋美句书写在白团扇上面。我们想象王珉、王献之那么样的风流人物,同样不但喜捉白团扇,而且必定把自己的佳句尤其为爱妾所做的情歌题到白团扇上边的。《团扇歌》虽起源于王珉、谢芳姿,但白团扇既是六朝人通用之物,那么后人所制的《团扇歌》,表面虽是“拟古”之作,但赠遗的对象,乃是不妨因人而异的。

《团扇郎》歌在南北朝时代颇为流行。《乐府诗集》(卷四四)吴声歌曲题解引《古今乐录》,谓梁时所用有“吴声十曲”,为《子夜》《上柱》《凤将雏》《上声》《欢闻》《欢闻变》《前溪》《阿子》《丁督护》《团扇郎》。又《洛阳伽蓝记》(卷四)载,河间王元琛婢能歌唱《团扇歌》《陇上声》,可见《团扇郎》不但为南朝后期梁代宫廷演唱,并且传至北朝,为北朝贵族所喜爱。

七、长史变歌考

《宋书·乐志》说:“《长史变》者,司徒左长史王廞临败所制。”《晋书·乐志》同。《乐府诗集》卷四五引《宋志》,司徒上面有一“晋”字(《通典·乐典》、《旧唐书·音乐志》并有“晋”字)。王廞是晋人,《宋书》遗“晋”,确是疏忽。作者为王廞,诸书都无异辞。廞,《晋书》有传,附见卷六五《王导传》下面,照录于下:

> 荟(王导子)子廞,历太子中庶子,司徒左长史。以母丧居于吴。王恭举兵,假廞建武将军、吴国内史,令起军助为声援。廞即墨绖合众,诛杀异己,仍遣前吴国内史虞啸父等入吴兴、义兴聚兵,轻侠赴者万计。廞自谓义兵一动,势必未宁,可乘间取富贵。而曾不旬日,国宝赐死,恭罢兵符,廞去职。廞大怒,回众讨恭。恭遣司马刘牢之距战于曲阿,廞众溃,奔走,遂不知所在。

此外《宋书》(卷六三)《王华传》、《魏书》(卷九六)《司马睿传》、周祗《隆安记》(《世说·任诞篇》注引),俱有相同的记载,此处从略。现在让我们看看《长史变歌》的三首本辞:

> 出侬吴昌门,清水绿碧色,徘徊戎马间,求罢不能得。

口和狂风扇，心故清白节，朱门前世荣，千载表忠烈。

朱桂结贞根，芳芬溢帝庭，陵霜不改色，枝叶永流荣。

同本事对看，真是再也明白不过的。“出侬吴昌门”，这时他居丧在吴；“朱门前世荣”，指祖父导的功业；“徘徊戎马间，求罢不能得”“口和狂风扇，心故清白节”，充分地透露出追悔莫及的心理。

《世说新语·任诞篇》有廞的一段记载：“王长史登茅山，大恸哭曰：琅邪王伯舆（刘注引《王氏谱》：廞字伯舆），终当为情死。”我疑心这两句也是吴歌。何以见得呢？《宋书·乐志》说：“《读曲歌》者，民间为彭城王义康所作也。其歌云：‘死罪刘领军，误杀刘第四’是也。”其质朴的形式太相像了。按《晋书》廞传，刘牢之败廞于曲阿，在今丹阳县，茅山即在附近，这两句歌可能与《长史变》是同时之作，或即《长史变》的逸曲。“终当为情死”，大概是指助王恭起兵那回事吧。

八、懊侬歌考

《懊侬歌》一作《懊憹歌》，又作《懊恼歌》。“侬”“憹”“恼”三字声音相同，可以通用。钱大昕《十驾斋养新录》卷一九说：“《南史·王敬则传》有‘懊憹’字。《一切经音义》：‘懊憹’今皆作‘恼’，同奴道反。懊憹，忧痛也。予谓‘农’‘恼’声相近。《诗》：‘遭我乎猺之间。’《汉书》‘猺’作‘嶩’。”可证。胡文英《吴下方言考》说：“懊憹，音凹猺。《素问》：‘甚则瞀闷懊憹。’案懊憹，心中怫郁也。吴中谓所遇者拂意而奇曰懊憹。又张仲景《伤寒论》：‘心中懊憹。’”是“懊憹”一词，六朝以前，吴地已很习用了。

《乐府诗集》（卷四六）引《古今乐录》说：

《懊侬歌》者，晋石崇、绿珠所作，唯“丝布涩难缝”一曲而已。后皆隆安初民间讹谣之曲。宋少帝更制新歌三十六曲。齐太祖常谓之《中朝曲》。梁天监十一年，武帝敕法云改为《相思曲》。

这段引文有两个错误。其一，第二句石崇下漏一“为”字，遂使后人将石崇的作品认为绿珠所作。实则《乐录》明有“为”字：

> 《初学记》（卷一五）引《古今乐录》：“《懊恼歌》，晋石崇为绿珠作。”
>
> 《太平御览》（卷五七三）引《古今乐录》：“《懊侬歌》，石崇为绿珠作，古有‘丝布涩难缝’一曲而已。”

宋乐史的《绿珠传》也说：“崇又制《懊恼曲》以赠绿珠。”后人径从《乐府诗集》作绿珠，未免太失察了[①]。其二，齐太祖当作宋太祖。《太平御览》（卷五七三）引《古今乐录》，“齐”作“宋”。《宋书·乐志》径称太祖，《宋志》记本朝事迹，当然不须冠“宋”字。

被认为石崇所作的一曲，歌词如下：“丝布涩难缝，令侬十指穿，黄牛细犊车，游戏出孟津。”近人往往不甚相信这真是西晋的作品，我却以为颇可信，理由如下：

（一）宋太祖把它唤做《中朝曲》。中朝是江左以后称西晋的名词，如《晋书》（卷八八）《孝友传序》：“晋氏始自中朝，逮于江左。”《晋书》（卷八〇）《王献之传》：“时议以为羲之草隶，江左中朝，莫有及者。”《通志·乐略》（一）：“三调者，乃周房中乐之遗声。汉、魏相继，至晋不绝。永嘉之乱，中朝旧曲，散落江右，而清商旧乐，犹传江左，所谓梁宋新声是也。”中朝既是西晋的称呼，《中朝曲》自当是西晋的作品。

（二）据《世说新语·排调篇》所载，晋初中州人士，对吴人的《尔汝歌》已熟闻其名，可见吴歌当时已流传于北地。喜爱音乐的石崇，得风气之先，来一下仿制，也是很自然的事。又据《晋书》（卷三三）崇本传，称崇曾为南中郎将荆州刺史，又为征虏将军，假节监徐州诸军事。荆、徐接近江南，当然更易感染吴地风气。

---

① 《通典》《旧唐书》均称“丝布涩难缝”一曲为“石崇、绿珠所作”，王灼《碧鸡漫志》也曰：“绿珠自作《懊侬歌》。”我以为此篇歌词当为石崇所作，在被诸管弦时绿珠参加了工作。其情况正如梁武帝的几首《子夜四时歌》（见《玉台》卷一〇），曾经他内人王金珠配合音乐，有的集子（如《乐府诗集》）就径署作者为王金珠。

（三）诗中“游戏出孟津”一句，灼然居住洛阳者的口气。如属江左辞人之作，决不如此。

石崇作《懊恼歌》，由上三证，大致可无疑议。但《懊恼曲》的普遍流行，却在隆安以后。《宋书·五行志》说：“晋安帝隆安中，民忽作《懊恼歌》。其曲中有‘草生可揽结，女儿可揽抱（“抱”，《晋书·五行志》作“撷”，与“结”叶韵）’之言。桓玄既篡居天位，义旗以三月二日扫定京都。玄之宫女及逆党之家，子女伎妾，悉为军赏。东及瓯、越，北流淮、泗，皆人有所获焉。时则草可结，事则女可抱，信矣。”吴声、西曲的一部分曲调，最初往往起源于相传与政治有关的民间讹谣，《阿子》《欢闻》《欢闻变》《读曲》《杨叛儿》《襄阳蹋铜蹄》等都是，《懊恼歌》也是其例。但这种传说往往多五行家一类的附会之谈，不可征信。例如《懊侬歌》，它是早在隆安以前流行吴地的情歌。晋初，石崇偶然仿作了一曲赠给他的爱妾绿珠。这其后，《懊侬歌》应当一直流行于江南的民间。等到桓玄失败以后，好事者就找到了“草生可揽结，女儿可揽撷”两句寻常的情歌来同当前的政治事实比附起来。但《宋书·五行志》的叙述说明了一种事实，就是从隆安以后，《懊侬歌》才开始得到贵族文士们充分的注意，被大量采撷改制而成重要的乐曲。

九、丁督护歌考

《丁督护歌》，《乐府诗集》共著录六首，前五首宋武帝作，末一首梁武内人王金珠作。现在一并录在下面：

督护北征去，前锋无不平，朱门垂高盖，永世扬功名。

洛阳数千里，孟津流无极，辛苦戎马间，别易会难得。

督护北征去，相送落星墟，帆樯如芒柽，督护今何渠？

督护初征时，侬亦恶闻许，愿作石尤风，四面断行旅。

闻欢去北征，相送直渎浦，只有泪可出，无复情可吐。

黄河流无极，洛阳数千里，辘轲戎旅间，何由见欢子？

除第一首外，都是女子送情人的口气，而情人是做“督护”这官的。其中第四、第六两首，被选于《玉台新咏》（卷一〇），题作宋孝武帝作。孝武帝名刘骏，是宋武帝（刘裕）的孙子。《通典·乐典》载《督护歌》第四首，却云宋武帝作；《旧唐书·音乐志》抄《通典》，又云宋孝武帝作；郭茂倩引《旧唐书》，又变成宋武帝了。究竟是哪一个对呢？《宋书·乐志》说：

> 《督护歌》者，彭城内史徐逵之为鲁轨所杀，宋高祖使府内直督护丁旿收敛殡霾之。逵之妻，高祖长女也。呼旿至阁下，自问敛送之事。每问，辄叹息曰：丁督护！其声哀切，后人因其声广其曲焉。

这是《督护歌》最早的记载。既然说“后人因其声广其曲”，当然不会是宋高祖（武帝）的作品了。《南史·武帝纪》称：“帝清简寡欲，后庭无纨绮丝竹之音。初朝廷未备音乐，长史殷仲文以为言。帝曰：日不暇给，且所不解。仲文曰：屡听自然解之。帝曰：政以解则好之，故不习耳。”这么一位与音乐绝缘的人物，是不会制造《丁督护》乐曲的。而且《丁督护歌》本事，说他女婿阵亡，他恐怕也没有心情以此制造乐曲。而孝武却正是一位喜作五言四句这种新体诗的作者。除《督护歌》外，《玉台》尚载有他的《拟徐幹〈自君之出矣〉》一首，又《南史》（卷一六）《王玄谟传》载他为玄谟作的《四时诗》一首。故我以为《玉台新咏》列《督护歌》为孝武之作，当有所据。

《督护歌》本事征诸史籍，彰彰可考。《宋书》（卷七一）《徐湛之传》说：

> 父逵之（原作“达之”，误。殿版《宋书》有考证），尚高祖长女会稽公主，为振威将军，彭城、沛二郡太守。高祖诸子并幼，以逵之（原作“达之”）姻戚，将大任之，欲先令立功。及讨司马休之，使统军为前锋，配以精兵利器，事克，当即授荆州。休之遣鲁宗之子轨击破之于阵，见害。追赠中书侍郎。

《宋书》卷二《武帝纪》也有相同的记载：

> （晋安帝义熙）十一年正月，公收（司马）休之子文宝、兄子文祖，并于狱赐死，率众军西讨。……三月，军次江陵。初雍州刺史鲁宗之常虑不为公所容，与休之相结；至是率其子竟陵太守轨会于江陵。江夏太守刘虔之邀

之，军败见杀。公命彭城内史徐逵之、参军王允之出江夏口，复为轨所败，并没。

案《晋书·职官志》："郡皆置太守，诸王国，以内史掌太守之任。"《晋书》《宋书》等内史、太守都混言，不止徐逵之一例。丁督护其人，也有其他方面的记载：

《宋书》（卷二）《武帝纪》："诸葛长民将谋作乱。帝自江陵还东府，长民到门，引前，却人闲语。已密命左右壮士丁旿等自幔后出，于坐拉焉。长民坠床，又于地敺（当是"殴"之误）之，死于床侧。舆尸付廷尉。旿骁勇有气力，时人为之语曰：勿跋扈，付丁旿。"（节录）

《宋书》（卷四八）《朱超石传》："高祖乃遣白直队主丁旿率七百人及车百乘于河北岸上，去水百余步为却月阵。"

《宋书》称逵之妻（会稽公主）的哭声哀切，也是很有根据的。《宋书·徐湛之传》说：

会稽公主，身居长嫡，为太祖（宋文帝）所礼；家事大小，必咨而后行。西征谢晦，使公主留止台内，总摄六宫。忽有不得意，辄号哭，上甚惮之。初高祖微时，贫陋过甚，尝自新洲伐荻，有纳布衫袄等衣，皆敬皇后手自作。高祖既贵，以此衣付公主曰："后世若有骄奢不节者，可以此衣示之。"湛之为大将军彭城王义康所爱，与刘湛等颇相附协。及刘湛得罪，事连湛之。太祖大怒，将致大辟。湛之忧惧无计，以告公主。公主即日入宫，既见太祖，因号哭下床，不复施臣妾之礼，以锦囊盛高祖纳衣掷地以示上曰："汝家本贫贱，此是我母为汝父作此纳衣；今日有一顿饱食，便欲残害我儿子！"上亦号哭，湛之由此得全也。

又《宋书》（卷六八）《彭城王义康传》载称：

会稽长公主，于兄弟为长，太祖至所亲敬。义康南上后久之，上尝就主宴集甚欢。主起再拜稽颡，悲不自胜。上不晓其意，自起扶之。主曰："车子岁暮必不为陛下所容，今特请其生命。"因恸哭。上流涕举手指蒋山曰："必无此虑，若违今誓，便是负初宁陵（武帝墓）！"即封所饮酒赐义康，并书曰:“会稽姊饮宴忆弟,所馀酒今封送。”车子,义康小字也。

会稽公主的善于恸哭,想来必为当时朝野所习知,其被演为歌曲,正复无足怪了。

督护本指收尸人丁旿,徐逵之是西征,而今《督护歌》却云“督护北征去”,与本事大相径庭,这是因为后起的歌词,仅仅根据原来的声调而不是事迹来创作的缘故。徐逵之、会稽公主是孝武的姑父、姑母。孝武对亲族很残忍,曾杀其叔父义宣,杀其兄弟四人;因此,在他姑母是非常悲痛的事,却被他演成娱乐的乐曲。但上面《丁督护歌》词五首,却不一定纯粹是孝武的创作,而可能包含着被润色了的民歌(第四首尤可能)。六朝战争频繁,女子送情人出征应当是很寻常的事,被采入《丁督护》乐曲的歌谣,在一定程度上是反映了她们的哀怨的。

十、读曲歌考

《读曲歌》的记载,始见于《宋书·乐志》:

《读曲歌》者,民间为彭城王义康所作也。其歌云:死罪刘领军(按指领军将军刘湛),误杀刘第四(义康行四。刘第四,《通典·乐曲》作刘四弟),是也。

《古今乐录》的说法却又不同:

《读曲歌》者,元嘉十七年,袁后崩,百官不敢作声歌,或因酒宴,止窃声读曲细吟而已,以此为名。

《乐府诗集》卷四六说:“按义康被徙,亦是十七年。”两事虽发生于同一年份,但彼此毫不相关。吴声歌曲,大多起于民间的谣曲,《宋书》之说,似较可信。但现存《读曲歌》,已非本辞,故在歌词内容上,也找不到更坚强的证据。

《古今乐录》解释“读曲”的字义为“窃声读曲细吟”,也颇可商。《玉台新咏》卷十著录“柳树得春风”一首,题作“独曲”。我疑心原本当作“独曲”,而“独曲”的意义则为徒歌(吴昌莹《经词衍释》卷六云:“徒与独声近,而义亦相通。”),其词义相当于“但歌”。《宋书·乐志》云：“《但歌》四曲，出自汉世。无弦节。作伎，最先一人倡，三人和。魏武帝尤好之。时有宋容华者，清彻好声，善唱此曲，当时特妙。自晋以来，不复传，遂绝。”《正韵》：“但，徒亶切，音诞，徒也。”《但歌》即徒歌，故作伎时没有弦节。曹魏的《但歌》到晋以后已失传，我们不能说《独曲》即是《但歌》的后身，但《独曲》的词义相当于《但歌》或徒歌，却可获得证据。

（一）“但”“独”声相同，俱舌音定母字，义亦相通，如“非但”即“非独”。故《经词衍释》卷六云：“特，独也，特训为独，则独自训特也、但也。”自注：“此义《释词》（按指王引之《经传释词》）不载。”

（二）《通典》卷一四五“歌”部云：“齐有朱顾仙善声（按当作“善歌吴声”）《读曲》，齐武朱子尚又善歌，二人遂俱蒙厚赉。”又云：“梁有韩法秀，又能妙歌吴声《读曲》等，古今独绝。”按《通典》“歌”部所述，大抵都是古代的善于讴歌者，如春秋、战国时之秦青、韩娥、王豹、绵驹，汉时的虞公、李延年等。《通典》的这些记载本诸《宋书·乐志》。《宋志》于叙论这些能歌者后，结论说：“若斯之类，并徒歌也。”而《通典》“朱顾仙”节上面，就是《但歌》的记述（文同《宋志》），可见《独曲》也是它们一类。另一方面，数量庞大的《读曲歌》，在当时没有列入吴声十曲之内，大约就是因为吴声十曲都是配合丝竹的乐曲，和《读曲》并非同类。

（三）《古今乐录》说：“袁后崩，百官不敢作声歌，或因酒宴，止窃声读曲细吟而已。”古代丧服中不许奏丝竹之乐，所以他们只能细吟读曲。《乐府诗集》卷四六载有《读曲歌》的一段故事：“南齐时，朱硕仙（《通典》作“顾仙”）善歌吴声《读曲》。武帝出游钟山，幸何美人墓，硕仙歌曰：一忆所欢时，缘山破芿荏，山神感侬意，盘石锐锋动。帝神色不悦曰：小人不逊，弄我。时朱子尚亦善歌，复为一曲云：暖暖日欲冥，观（当作“欢”）骑立踟蹰，太阳犹尚可，且愿停须臾。于是俱蒙厚赉。”这是较上节所引《通典》更为详尽的叙述，值得注意的，两人唱歌时没奏什么乐器。以上二事都证明《读曲》是徒歌。

《读曲歌》现存八十九首，数量在吴声各曲中首屈一指，其原因或许即由于后人将注重清唱的歌词，通统归在《读曲》这一题目下面的缘故。《读曲歌》歌词特别凄婉哀厉，其中有一部分，我疑心在最初是被当作挽歌的。六朝人本极喜欢挽歌，例如：

《太平御览》（卷五五二）引《续晋阳秋》曰："袁山松作《行路难》，辞句婉丽，听者莫不流泪。羊昙善倡乐，桓伊[①]能挽歌，时称为三绝。"

又引同书曰："武陵王晞未败四五年，喜为挽歌，自摇铃，使左右和之。"

又引谢绰《宋拾遗录》曰："颜延之在酒肆，裸身挽歌。"（节录）

又引《宋书》（卷六九《范晔传》）："晔夜中酣饮，开北牖，听挽歌为乐。"（节录）

又引《梁书》（卷五〇《谢幾卿传》）："谢幾卿与庾仲容二人意相得，肆情诞纵，或乘露车，历游郊野，醉则执铎挽歌，不屑物议。"（节录）

也有到死者坟头去歌哭的风气：

《御览》（卷四九七）引《俗记》："宋祎死后，葬在金城南山，对琅琊郡门。袁山松为琅琊太守，每醉，辄乘舆上宋祎冢，作《行路难》歌[②]。"

《南史》（卷一七）《刘德愿传》："德愿性粗率，为孝武狎侮。上宠姬殷贵妃薨，葬毕，数与群臣至殷墓。谓德愿曰：卿哭贵妃若悲，当加厚赏。德愿应声便号恸，抚膺擗踊，涕泗交流。上甚悦，以为豫州刺史。又令医术人羊志哭殷氏，志亦呜咽。他日，有问志：卿那得此副急泪？志时新丧爱姬，答曰：我尔日自哭亡妾耳。"

《南史》（卷四七）《崔祖思传》："祖思，叔父景真，子元祖，有学行，好属文。武帝取为廷昌主帅，从驾至何美人墓，上为悼亡诗，特诏元祖使和，称以为善。"

《读曲歌》的起源，不管是为彭城王义康抑是袁后，总之都有对死者表哀悼的意

① "桓伊"，原作"桓宣"，《世说·任诞篇》刘注引《续晋阳秋》作"桓伊"，据改。桓伊是著称江左的善歌者。

② 《行路难》曲，《乐府诗集》编入杂曲歌辞，其词哀伤，接近挽歌。《世说·任诞》："袁山松出游，好令左右作挽歌。"（刘注引裴启《语林》同）此处"挽歌"疑即指《行路难》。

思，最初很可能是吴声中的挽歌。即从现存《读曲歌》的歌词中，我们也可找得一些与死丧有关的名物。第一，《读曲歌》中含有“碑”“石阙”等名词的诗句特多，例如：

打坏木栖床，谁能坐相思，三更书石阙，忆子夜啼碑。

奈何许，石阙生口中，衔碑不得语。

闻乖事难怀，况复临别离，伏龟语石板，方作千岁碑。

“碑”和“石阙”，都是墓前的饰物。《水经注·颍水篇》云：“蔡冈上有平阳侯相蔡昭冢。冢有石阙，阙前有二碑。”所谓“伏龟”，便是负碑的赑屃。《本草》云：“赑屃，大龟蠵蠵之属，好负重，或名蚆蝮。今石碑下龟趺，象其形。”东汉以来，坟墓上树立碑阙的风气极盛，至晋勿衰。《宋书·礼志》(二)说：“汉以后天下送死奢靡，多作石室、石兽、碑、铭等物。建安十年，魏武帝以天下雕弊，下令不得厚葬，又禁立碑。……后复弛替。晋武帝咸宁四年，又诏曰，石兽碑表，既私褒美，兴长虚伪，伤财害人，莫大于此，一禁断之。……元帝大兴以后，禁又渐颓，大臣长吏，人皆私立。义熙中尚书祠部郎中裴松之又议禁断，于是至今。”但《隋书·礼志》说：“梁天监六年，申明葬制，凡墓不得造石人、兽、碑，惟听作石柱，记名位而已。”须要重申禁令，可见宋、梁之间，造立碑阙的风气，依然勿衰哩！况且吴歌中不少作品出自贵族之手，在他们，碑阙本是不禁的。①

第二，《读曲歌》更两次说到方相：

诈我不出门，冥就他侬宿，鹿转方相头，丁倒欺人目。

语我不游行，常常走巷路，败桥语方相，欺侬那得度。

按《周礼·夏官》云：“方相氏，掌蒙熊皮，黄金四目，玄衣朱裳，执戈扬盾，帅百隶而时难，以索室驱疫。大丧，先柩。及墓入圹，以戈击四隅，驱方良。”其功能在

---

① 《南齐书》卷二二《豫章文献王嶷传》：“上数幸嶷第。宋长宁陵墜道出第前路，上曰：我便是入他家墓内寻人。乃徙其表阙麒麟于东岗上。麒麟及阙形势甚巧，宋孝武于襄阳致之。后诸帝王陵，皆模范而莫及也。”观此可见南朝贵族崇尚碑阙之风尚。关于六朝碑阙赑屃等遗迹图像，可参看朱偰先生：《建康兰陵六朝陵墓图考》(商务印书馆出版)。

于驱鬼，故汉魏南北朝人送葬多用之；人将死之前，也常会碰到方相作怪。正史和小说中有许多记载，略举数例如次：

> 《太平御览》（卷五五二）引蔡质《汉官仪》："阴太后崩，前有方相及凤凰车。"
>
> 同上引《晋公卿礼秩》曰："上公薨者，给方相车一乘，安平王孚薨，方相车驾马。"
>
> 《晋书》（卷七〇）《卞壸传》："初卞粹（壸父）如厕，见物若两眼，俄而难作。"
>
> 《太平广记》（卷三二一）引《甄异传》："庾亮镇荆州，登厕，忽见厕中一物如方相，两眼尽赤[①]，身有光耀，渐渐从土中出。庾乃攘臂，以拳击之，应手有声，缩入地，因而寝疾，遂亡。"
>
> 又（卷一四一）引《续异记》："零陵太守广陵刘兴道，罢郡住斋中，安床在西壁下；忽见东壁边有一眼，斯须之间便有四；渐渐见多，遂至满室；久乃消散，不知所在。又见床前有头发，从土中稍稍繁多，见一头而出，乃是方相头，奄忽自灭。刘忧怖，沈疾不起。"
>
> 《异苑》（卷四）："永初中北地傅亮为护军，兄子珍住府西斋，忽夜见北窗外树下有一物，面广三尺，眼横竖，状若方相。珍遑遽以被自蒙，久乃自灭。后亮被诛。"

以上仅为方相记载的一部分，由此已可见六朝人生活与方相的密切关系。

当然，上面所引的一些《读曲歌》，本身不一定都是挽歌。但由于它最初是挽歌，因而使用了这么一些与死丧有关之物；后来虽发展成为普通的情歌，还是在一定分量上沿用着这些名词。这样讲，不能算是附会之谈吧。

---

① 《事物纪原》卷九"魌头"条："世以四目为方相，两目为魌头。按汉世逐疫用魌头，亦《周礼》方相之比也。"

十一、襄阳乐考

《乐府诗集》(卷四八)《襄阳乐》题解云：

> 《古今乐录》曰："《襄阳乐》者，宋随王诞之所作也。诞始为襄阳郡，元嘉二十六年，仍为雍州刺史，夜闻诸女歌谣，因而作之，所以歌和中有'襄阳来夜乐'之语也。"……《通典》曰："裴子野《宋略》称晋安侯刘道产(今本《通典》"产"作"彦"，误)为襄阳太守，有善政，百姓乐业，人户丰赡，蛮夷顺服，悉缘沔而居，由此歌之，号《襄阳乐》。"盖非此也。

《襄阳乐》的兴起有两种说法：一随王诞作，二襄阳百姓歌诵刘道产的政化而作。按今本《通典》(卷一四五)并列两种说法，并未确定何说为正确，刘道产一说也不声明引自裴子野《宋略》，岂今本已与宋时不同？《旧唐书·音乐志》于列随王诞一说后，始云："裴子野《宋略》称晋安侯刘道产(原误作"彦")为雍州刺史，有惠化，百姓歌之，号《襄阳乐》，其辞旨非也。"《乐府诗集》定为随王诞作，当是根据《唐志》的。

《旧唐书》以"其辞旨非也"一语推倒百姓歌诵刘道产政化一说，未免武断。《襄阳乐》歌词，歌咏襄阳一带商业的繁盛，何尝不可说是刘道产的政化呢？《襄阳乐》与刘道产的关系，不单裴子野《宋略》有记载，《宋书》(卷六五)《刘道产传》也说：

> 元嘉七年，征为后军将军。明年，迁竟陵王义宣左将军咨议参军，仍为持节督雍、梁、南秦三州，荆州之南阳、竟陵、顺阳、襄阳、新野、随六郡诸军事，宁远将军，宁蛮校尉，雍州刺史，襄阳太守。善于临民，在雍部政绩尤著，蛮夷前后叛戾不受化者，并皆顺服，悉出缘沔为居。百姓乐业，民户丰赡，由此有《襄阳乐》歌，自道产始也。十三年进号辅国将军。十九年卒，追赠征虏将军，谥曰襄侯。道产惠泽，被于西土，及丧还，诸蛮皆备衰绖号哭，追送至于沔口。

然则不能说《襄阳乐》与刘道产无关。但《宋书·乐志》又说：

> 随王诞在襄阳，造《襄阳乐》；南平穆王为豫州，造《寿阳乐》；荆州刺史沈攸之又造《西乌飞》歌曲：并列于乐官，歌词多淫哇不典正。

《宋书》的话是否互相矛盾呢？《唐志》否定了刘道产一说，《乐府诗集》以为别有一种没有传下来的百姓歌诵刘道产的《襄阳乐》。我却认为两说二而为一，《襄阳乐》本是歌咏刘道产政化的民谣，在刘道产时代，它还不过是一种徒歌，等到随王诞来做雍州刺史，然后把它改制成为乐曲；就列于乐官的《襄阳乐曲》说，当然是随王诞的制作了。《南史》（卷三八）《柳元景传》说：

> 先是，刘道产在雍州有惠化，远蛮归怀，皆出缘沔为村落，户口殷盛。及道产死，群蛮大为寇暴。孝武西镇襄阳，义恭荐元景，乃以为武威将军、随郡太守。及至，广设方略，斩获数百，郡境肃然。随王诞镇襄阳，元景徙为后军中兵参军。

《宋书》（卷七七）《沈庆之传》说：

> 雝州蛮又为寇，庆之以将军太守复与随王诞入沔。既至襄阳，率后军中兵参军柳元景等……二万余人伐沔北诸山蛮。……蛮被围日久，并饥乏，自后稍出归降。

随王诞镇襄阳时节，正是刘道产以后襄阳经群“蛮”之乱，重趋安定繁盛的当儿，他夜中听到的歌谣，当然就是从前的襄阳民谣了。

十二、莫愁乐考

《旧唐书·音乐志》说：“《莫愁乐》，出于《石城乐》。石城有女子名莫愁，善歌谣；《石城乐》和中复有莫愁声①。故歌云：莫愁在何处？莫愁石城西，艇子打

① 《乐府诗集》卷四八引旧《唐志》“莫”作“忘”，《初学记》卷一五、《御览》卷五七一、《事类赋注》卷一一引《古今乐录》均作“忘”。“莫”“忘”均唇音字，古音义相通（“莫”属明母，重唇音，“忘”属“微”母，轻唇音。古无轻唇音，故“忘”亦属“明”母）。

两桨，催送莫愁来。”《莫愁乐》歌词，现存两首，一首如上，另一首云：“闻欢下扬州，相送楚山头，探手抱腰看，江水断不流。”

《莫愁乐》出于《石城乐》，石城，《通典》《唐志》都说在竟陵，《石城乐》本是竟陵的民谣，臧质为竟陵郡守时改制成为乐曲的。《水经注》“沔水宜城县”条说：“沔水又南径石城西，城因山为固，晋太傅羊祜镇荆州立。晋惠帝元康九年，分江夏西部，置竟陵郡(按在今湖北省钟祥县)，治此。”是石城是竟陵的郡治所在。

“《石城乐》和中复有莫愁声”，是说《石城乐》的和声中有“莫愁”两字。按《五色线》卷下引智化(当作“匠”)《古今乐录》曰：“《莫愁乐》者，本石城乐妓，而有此歌。石城西有女子名莫愁，善歌谣，且《在(当作“石”)城乐》中有妾莫愁声，因名此歌也。”(《津逮秘书》本)根据这段较为清晰的引文，我们对《莫愁乐》的来源大致可以确定：在石城西面，有一位善于唱歌的乐妓，唱着风行的《石城乐》曲；那乐曲的和声是“妾莫愁”，因此人家就唤这位歌妓为莫愁；而且更改创(或许是她自己所改创)一种新的变曲来适应她的歌唱，这变曲便是《莫愁乐》。这情形和《子夜歌》非常相像，《子夜歌》的和声是“子夜来”，晋代的一位女子创出了这种声调，子夜也就成为她自己的名字。

宋曾三异《因话录》“莫愁”条说：“予尝守郢(宋郢州在今湖北省钟祥县)，郡治西偏临汉江上，石崖峭壁，可长数十丈。两端以城续之，流传此为石头城。莫愁名见古乐府，意者是神仙。汉江之西岸，至今有莫愁村，故谓艇子往来是也。莫愁像有石本，衣冠甚古，不知何时流传？郢中倡女常择一人，名以莫愁，示存古意，亦僭渎矣。”(涵芬楼印原本《说郛》一九)曾氏所述莫愁古迹，足供我们参考，但他的判断却错了，莫愁正是倡女而非神仙。

自从竟陵的莫愁出了名，别处地方就也有名叫莫愁的女子出现。洪迈《容斋三笔》卷一一“两莫愁”条说：

> 莫愁者，郢州石城人。今郢有莫愁村，画工传其貌，好事者多写寄四远。《新唐书·乐志》(一二)曰：“……石城有女子名莫愁……”是也。李义山诗曰：“……如何四纪为天子，不及卢家有莫愁！”此莫愁者洛阳人。梁武

帝《河中之水歌》曰："河中之水向东流，洛阳女儿名莫愁。莫愁十三能织绮，十四采桑南陌头，十五嫁为卢家妇，十六生儿字阿侯。……人生富贵何所望，恨不早嫁东家王"者是也。卢氏之盛如此，所云"不早嫁东家王"，莫详其义。近世周美成乐府《西河》一阕，专咏金陵，所云"莫愁艇子曾系"之语，岂非误指石头城为石城乎！

洛阳的莫愁仅是名字的类同，当然与竟陵的莫愁无涉。竟陵的石城，当然也无涉于南京的石头城。但石头城往往被简称石城，诸葛亮所谓"钟山龙蟠，石城虎踞"，左思《吴都赋》所谓"戎车盈于石城"，都指金陵的石头城，因此金陵也就有了莫愁湖。清吕燕昭《重刊江宁府志》卷七说："莫愁湖，在江宁水西门外。《寰宇记》：昔有妓卢莫愁家此，故名。按此说不见他书，疑只是流俗附会之谈耳。"[①]将竟陵的莫愁搬到金陵，又送给她洛阳的姓，已极附会。清人马士图的《莫愁湖志》更为之曲解说："梁武帝歌，盖言莫愁本洛阳女，远嫁金陵之卢家为妇，譬犹水流向东，无返之日，知洛阳、金陵，只一莫愁也。"(《金陵莫愁考》)真是穿凿附会之至了。

十三、杨叛儿考

《杨叛儿歌》的本事，《古今乐录》记载如下：

《杨叛儿歌》，南齐有杨旻母为师，入宫，童谣呼为杨婆儿。"婆"转为"叛"。(《初学记》卷一五、《御览》卷五七一)

《通典》(卷一四五)有更详的记载：

《杨叛儿》，本童谣也。齐隆昌时，女巫之子曰杨旻，随母入内，及长，为太后(《乐府》卷四九引《旧唐书》作"何后")所宠爱。童谣云：杨婆儿，共戏

① 清金鳌《金陵待征录》："宋元志无言莫愁湖者，言之，自《应天志》(明万历五年王一化等纂)始。《吕志》谓见《太平寰宇记》，《记》无此文也。"按周邦彦《西河》词咏金陵云："断崖树，犹倒倚，莫愁艇子曾系。"可见金陵莫愁的传说是颇早的。

> 来所欢。语讹，遂成杨叛儿[①]。(《旧唐书·音乐志》同，但“叛”作“伴”)

杨旻和何后的故事，正史也有记载。《南齐书》(卷二〇)《郁林王何妃传》说：

> 后禀性淫乱，为妃时便与外人奸通，在后宫，复通帝左右杨珉之，与同寝处，如伉俪。珉之又与帝相爱亵，故帝恣之。

《南史》(卷一一)《齐郁林王何妃传》的叙述更为详尽：

> 妃禀性淫乱。……有女巫子杨珉之亦有美貌，妃尤爱悦之，与同寝处，如伉俪。及太孙(即郁林王)即帝位，为皇后。……杨珉之为帝所幸，常居中侍。明帝为辅，与王晏、徐孝嗣、王广之面请，不听，又令萧谌、坦之固请。皇后与帝同席坐，流涕覆面，谓坦之曰：“杨郎好年少，无罪过，何可枉杀?”坦之耳语于帝曰：“此事别有一意，不可令人闻。”帝谓皇后为阿奴，曰：“阿奴暂去。”坦之乃曰：“外间并云，杨珉之与皇后有异情，彰闻遐迩。”帝不得已，乃为敕。坦之驰报明帝，即令建康行刑。而果有敕原之，而珉之已死。(《魏书》卷九八《萧道成传》同)

杨珉之就是杨旻(《魏书》作“杨珉”)，“珉”“旻”同音，六朝人单名后常加“之”字，其双名尾部的“之”字，则往往被省略。[②]

这里有一个疑问，即歌咏萧齐宫廷事迹的《杨叛儿歌》，其产生地点当在宫城左近，怎能算作西曲呢？西曲中有本事可考的，如《石城》《莫愁》《乌夜啼》《襄阳乐》《估客乐》《三洲歌》《西乌夜飞》《襄阳蹋铜蹄》等曲，都名副其实地肇端于西部地区，仅有《杨叛儿》的本事产生于宫廷，这怎么解释呢？原来，在隆昌以

---

① 今本《旧唐书》作：“杨婆儿，共戏来。而歌语讹，遂成杨伴儿。”但《乐府诗集》引《唐书》亦同《通典》。《通志·乐略》、《御览》卷五六八引《乐志》，童谣歌词均作“杨婆儿，共戏来”。

② 《晋书》卷七七《顾悦之传》：“顾悦之字君叔。”《世说·言语篇》注引《中兴书》曰：“悦字君叔。”《南史》卷四七《胡谐之传》载范柏年詈谐之云：“胡谐是何傒狗，无厌之求！”《文心雕龙·史传篇》：“王韶续末而不终。”王韶即王韶之。陈寅恪先生《崔浩与寇谦之》一文有曰：“六朝天师道信徒之以‘之’字为名者颇多，‘之’字在名中，乃代表其信仰之意，如佛教徒之以昙或法为名者相类。东汉及六朝人依《公羊春秋》讥二名之义，习用单名。故‘之’字非特专之真名，可以不避讳，亦可省略。六朝礼法，士族最重家讳，如琅玡王羲之、献之父子，同以之为名，而不以为嫌犯，是其最显著之例证也。”(《岭南学报》第十一卷一期)按南朝巫师多信天师道，杨旻及其母大约也是天师道信徒。

前,民间已有《杨叛儿》的歌谣了。《南史》(卷二六)《袁廓之传》说:“于时何涧亦称才子,为文惠太子作《杨畔儿歌》,辞甚侧丽,太子甚悦。廓之谏曰:‘夫《杨畔》者,既非典雅,而声甚哀思。殿下当降意《箫韶》,奈何听亡国之响!’太子改容谢之。”按文惠太子死于永明十一年,在隆昌之前。文惠生时已有人仿作《杨叛儿歌》,可见隆昌以前,它早已流行好久了。又《南史》(卷五)《郁林王本纪》说:

> 郁林在西州,令女巫杨氏祷祀,速求天位。及文惠薨,谓由杨氏之力,倍加敬信,呼杨婆。宋氏以来,人间有《杨婆儿哥》,盖此征也。(《魏书·萧道成传》同)

原来《杨叛儿》被认为是谶兆式的童谣,在本事发生前许久就产生了的。《杨叛儿歌》既然很早产生于宋代,它原初当是西部地区的民间情歌,同杨旻的事迹无涉。近人张亮采先生《中国风俗史》(三编一章十三节)云:“按今江西湖南,俗呼男女轻佻为阳畔,呼物不坚实而外华美为阳畔货。”张氏以为这一俗语即是六朝以来流传至今的,这意见是颇可信的。“杨叛”在六朝时代大约已是称呼轻佻男女的俗语,《杨叛儿歌》则当是男女相谑的情歌;恰巧后来在萧齐的宫廷中,发生了杨婆儿杨珉的恋爱故事,由于声音的类同,五行家遂把两件事情比附起来。按歌词云:“《杨叛》西随曲。”可见它原是西随地方的民歌。《南齐书》(卷一五)《州郡志》(下)说:“司州东随安左郡有西随县。”李兆洛《历代地理志韵编今释》卷二云:“按当在湖北德安府境。”其产地与西曲中心地带江陵,距离不甚相远。

原载《六朝乐府与民歌》,上海文艺联合出版社 1955 年版

清 乐 考 略

王运熙

一、绪　　论

（一）清乐的范围

清乐是清商乐的简称，它是汉魏六朝时代俗乐的总名。宋沈括《梦溪笔谈》卷五说："唐天宝十三载，以先王之乐为雅乐，前世新声为清乐，合胡部者为宴（燕）乐。"这里所谓雅乐是指先秦之乐，清乐是指汉魏六朝的音乐，宴乐是指隋唐时代盛行的从西域传入的音乐。在文学方面，配合清乐歌唱的歌词便是汉魏六朝的一些乐府歌辞，主要是相和歌辞和清商曲辞。这些歌辞是乐府歌辞中最精彩的一部分。

清乐及其歌辞，依照时代前后，可分两个阶段。前一个是汉魏阶段，是清商旧乐阶段；后一个是六朝阶段，是清商新声阶段。《隋书·音乐志》（下）说："清乐，其始即清商三调是也，并汉以来旧曲。乐器形制，并歌章古辞，与魏三祖所作者，皆被于史籍。"这里所说的汉代古辞与曹魏三祖的作品，是清商旧曲，其歌辞主要就是《乐府诗集》中的相和歌辞。《旧唐书·音乐志》（二）说："清乐者，南朝旧乐也。永嘉之乱，五都沦覆。遗声旧制，散落江左。宋、梁之间，南朝文物，号为最盛，人谣国俗，亦世有新声。"这里所说的遗声旧制是指清商旧曲的声制，而所谓宋、梁之间的新声，便是清商新声，其歌辞主要就是《乐府诗集》中的清商曲辞。

汉魏时代的国都在北方，所以清商旧曲盛行于北方。晋代南渡，清商旧曲的一部分声制被带至江左，随着时代、地域、人情好尚的不同，从清商旧曲，渐渐蜕变出适合演唱江南民歌的新的声调，这样便形成了清商新声。

清乐主要的乐曲，除汉魏的相和歌和六朝的清商曲外，较重要的便是鞞、铎、巾、拂等杂舞曲。杂舞曲汉代已有，当时与相和歌同属黄门鼓吹乐（参考本书《说黄门鼓吹乐》篇），但当时大约还不列入清商。到南北朝，杂舞曲列为清乐的一部分，则史有明文。如《魏书》卷一〇九《乐志》说："初高祖讨淮汉，世宗定寿春，收其声伎，江左所传中原旧曲《明君》、《圣主》（均鞞舞曲）、《公莫》（巾舞曲）、《白鸠》（拂舞曲）之属，及江南吴歌、荆楚四（当作西）声，总谓清商。至于殿廷宴飨，则兼奏之。"隋唐时代的清商乐，承南北朝之遗规，主要包括相和歌、杂舞曲及清商曲三大部分。

（二）清乐的特点

清乐是汉魏六朝时代的俗乐。一切俗乐的特点是声音清越，哀怨动人。清乐也是如此。这种特点跟雅乐的所谓和平中正之音互相对立。《乐府诗集》卷六一杂曲歌辞题解有一段话，很好地说明了俗乐的这种特点，抄录如下：

> 自晋迁江左，下逮隋唐，德泽寖微，风化不竞，去圣愈远，繁音日滋。艳曲兴于南朝，胡音生于北俗，哀淫靡曼之辞，迭作并起，流而忘反，以至陵夷。原其所由，盖不能制雅乐以相变，大抵多溺于郑卫，由是新声炽而雅音废矣。昔晋平公悦新声，而师旷知公室之将卑。李延年善为新声变曲，而闻者莫不感动。其后元帝自度曲被声歌，而汉业遂衰。曹妙达等改易新声，而隋文不能救。呜呼！新声之感人如此，是以为世所贵。虽沿情之作，或出一时，而声辞浅迫，少复近古。故萧齐之将亡也，有《伴侣》；高齐之将亡也，有《无愁》；陈之将亡也，有《玉树后庭花》；隋之将亡也，有《泛龙舟》。所谓烦手淫声，争新怨衰，此又新声之弊也。①

---

① 杂曲歌辞中绝大部分歌辞风格同于相和歌辞、清商曲辞，只因某些根本未入乐，某些虽入乐而后世曲调不明，故郭茂倩另立一类以统摄之。

郭氏所谓新声，即指俗乐。李延年、汉元帝所制的新声主要是相和歌；“兴于南朝”的艳曲主要是清商曲中的吴声歌曲和西曲，《伴侣》《玉树后庭花》《泛龙舟》等都是吴声、西曲的曲调。相和歌、吴声、西曲是汉魏六朝清乐的主要部分，它们的特点正是“争新怨衰”，以致被视为亡国之音。

清乐之具有此种特点，跟它使用的乐器是分不开的。雅乐乐器主要用金石，故声音庄重；清乐则用丝竹。《宋书·乐志》(三)说：“相和，汉旧歌也，丝竹更相和。”《大子夜歌》：“丝竹发歌响，假器扬清音。”这说明清乐乐器用丝竹。《乐记》：“丝声哀，竹声滥。”《吴越春秋·王僚使公子光传》：“金石之清音，丝竹之凄唳，以之为美。”这说明丝竹在发音上具有哀怨的特色。

对具有此种特点的清乐，历代统治阶级中的一部分正统派，往往采取鄙视排斥的态度，把它叫作“郑卫之音”或“亡国之音”。但大部分的统治阶级人士，还是喜欢它的。因为他们在娱乐方面需要新鲜动人的俗乐，雅乐是无法满足他们的。早在先秦时代，齐宣王就“直好世俗之乐”(《孟子·梁惠王》下)；魏文侯“端冕而听古乐，则唯恐卧，听郑卫之音则不知倦”(《礼记·乐记》)。汉魏六朝统治阶级的大部分人士，对音乐的态度也是如此。《汉书·礼乐志》记载西汉时代俗乐昌盛，即使哀帝废罢乐府，而“豪富吏民，湛沔自若”。《南齐书》卷四六《萧惠基传》说：“自宋大明以来，声伎所尚，多郑卫淫俗；雅乐正声，鲜有好者。”可见一斑。

(三)清商一名的涵义

中古的俗乐为何称作清商曲，清商一名的涵义如何，是值得探讨的问题。

案《魏书·乐志》：“神龟二年，陈仲孺言：依琴五调调声之法，以均乐器，其瑟调以角为主，清调以商为主，平调以宫为主。五调各以一声为主，然后错采众声，以文饰之。”近人梁启超、陆侃如以为清商一名，当即由“清调以商为主”而来。陆侃如说：“我们想，大约因为清调以商为主，便举一以概其余。”但他接着说：“这不过是一种臆测，确否不可知。”(旧版《中国诗史》卷上第四篇四章)

我以为清商一名，古人常泛指声调凄清的俗乐，其范围包括颇广，“清调以商为主”之说，恐不足信。况且陈仲孺说的是北魏情况，汉魏是否如此，也很难说。案近人陈思苓《楚声考》(见《文学杂志》第三卷第二期)解清商一名，颇为合理，兹节录其说于下：

> 音清之调，系采用清声之律。《乐记》郑玄注：“清谓蕤宾至应钟，浊谓黄钟至仲吕。”按《礼记·月令》自蕤宾至应钟，含有商、徵、羽三声，其中又以商声居首。此三声既同属清音，且能因变化而产生。《淮南子·墬形训》：“变徵生商，变商生羽。”

陈氏以为清商一名，由此而起。上面说过，清商曲是中古时代谣俗之曲，其特点是声调清越，故陈氏的解释，我以为相当可信。

《淮南子·本经训》高诱注：“商清宫浊。”声调清越是商声的特色。又案《礼记·月令》，商声应秋天，商声的清越正与凉秋的节候相应。《说文》：“商，秋声也。”《文选·古诗十九首》之一：“清商随风发，中曲正徘徊。”李周翰曰：“清商，秋声也。”商声不但清越，而且哀伤。蔡邕《释诲》：“宁子有清商之歌。”《文选》成公绥《啸赋》李善注说：“《淮南子·道应篇》曰：戚饭牛车下，望桓公而悲，击牛角而疾商歌曲。宁戚卫人，商金声清，故以为曲。”清越哀伤，正是谣俗之曲的特色。正因从这样意义上来理解清商，所以清商一名，出现颇早。如宁戚的商歌，又如贾谊《惜誓》：“二子拥瑟而调均兮，余因称乎清商。”到了汉魏，把出自街陌谣俗的三调唤作清商三调，当也由于它们具有一般俗曲的特色。

二、清商旧曲

(一) 概说

汉自武帝开始采集俗乐的工作。《汉书·礼乐志》说：“至武帝乃立乐府，采诗夜诵，有赵代秦楚之讴。”各地俗乐与民间歌谣从此大量流入乐府。此后直至哀帝罢乐府。其间诸帝，都颇爱好俗乐，因此乐府人员，甚为庞大。哀帝罢乐府时，孔光、何武奏称乐府员工“大凡八百二十九人，其三百八十八人不可罢，可领属太乐。其四百四十一人不应经法，或郑卫之声，皆可罢”（《汉书·礼乐志》）。其罢免的四百四十一人中，有竽工员一人，琴工员三人，柱工员一人，绳弦工员四人，郑四会员六十一人，张瑟员七人，安世乐鼓员十九人，沛吹鼓员十二人，族歌鼓员二十七人，陈吹鼓员十三人，商乐鼓员十四人，东海鼓员十六人，长乐鼓员十三人，缦乐鼓员十三人，治竽员五人，楚鼓员六人，常从倡三十人，常从象人四人，诏随常从倡十六人，秦倡员二十九人，秦倡象人员三人，诏随秦倡一人，雅大人员九人，楚四会员十七人，巴四会员十二人，铫四会员十二人，齐四会员十九人，蔡讴员三人，齐讴员六人，竽瑟钟磬员五人，师学七十人。其中大多数是演唱各地俗乐的人员。

西汉乐府所演唱的各地俗乐乐章，据《汉书·艺文志》所载，有下列诸种：吴楚汝南歌诗十五篇，燕代讴雁门云中陇西歌诗九篇，邯郸河间歌诗四篇，齐郑歌诗四篇，淮南歌诗四篇，左冯翊秦歌歌诗三篇，京兆尹秦歌诗五篇，河东蒲反歌诗一篇，洛阳歌诗四篇，河南周歌诗七篇，周谣歌诗七十五篇，周歌诗二篇，南郡歌诗五篇。这些歌诗现在绝大部分已告亡佚，现存汉代俗乐歌诗大抵是后汉的产品（参看本书《汉代的俗乐和民歌》篇第三节）。

现存汉魏清乐乐章，主要见于《乐府诗集》的相和歌辞一类。相和歌辞，《乐府诗集》分为十项：(1)相和六引，(2)相和曲，(3)吟叹曲，(4)四弦曲，(5)平调曲，(6)清调曲，(7)瑟调曲，(8)楚调曲，(9)侧调曲，(10)大曲。其中“平调、清调、瑟调，汉世谓之三调”（《旧唐书·音乐志》），简称清商三调。以上十项歌曲，以相和曲、清商三调、楚调五种的曲调为最多，歌词也最繁富。大曲是曲前有艳、曲后有趋、结构较为复杂的乐曲，其音调则同于瑟调，故“大曲十五曲，沈约（《宋书》）并列于瑟调”（《乐府诗集》卷二六）。相和歌各项曲调的分别，是音乐上的问题；今日古谱已失，我们除掉知道它们所用乐器有所相同外，很难从歌词方面辨明它们的分野，只有结构复杂的大曲才是例外。

乐府歌辞中有不少汉魏时代的杂曲歌辞，其歌词风格，与相和歌颇为类似，在当时当亦属于相和歌。后因年代久远，不明属于何种曲调（有些根本未入乐)，遂被列入杂曲。例如《羽林郎》《焦仲卿妻》。

杂舞曲也属于清乐。产生于汉魏的杂舞曲有下列诸种:(1)《巴渝舞》曲，(2)《鼙舞》曲，(3)《铎舞》曲，(4)《巾舞》曲(一名《公莫舞》曲)。其乐章均不多。

除相和、杂曲、杂舞曲外，尚有一部分琴曲也属于清乐，例如唐时尚演唱的《白雪曲》。《旧唐书・音乐志》说:“自周隋以来，惟弹琴家犹传楚汉旧声及清调、瑟调、蔡氏杂弄。”《新唐书・礼乐志》说:“唯琴工犹传楚汉旧声，及清调、蔡邕五弄、楚调四弄，谓之九弄。”由此可见清商曲常被弹琴家演奏，故与琴曲关系较密切。

(二) 相和一名的涵义

《宋书・乐志》(三)在著录相和歌辞之前有这样一段叙述:

> 但歌四曲，出自汉世。无弦节，作伎，最先一人倡，三人和。魏武帝尤好之。时有宋容华者，清澈好声，善倡此曲，当时特妙。自晋以来，不复传，遂绝。相和，汉旧歌也。丝竹更相和，执节者歌。本一部，魏明帝分为二，更递夜宿。本十七曲，朱生、宋识、列和等复合之为十三曲。

但歌与相和连在一起叙述，二者关系必甚密切。二者原来都是民间的俗歌曲，其主要区别仅在但歌唱时无弦节，相和则有丝竹伴奏。

相和一名的涵义，据《宋志》，是由于“丝竹更相和”而来。《汉书・礼乐志》:“初高祖过沛，作‘风起’之诗，令沛中僮儿百二十人习而歌之。至孝惠时，以沛宫为原庙，皆令歌儿习吹以相和。”(节录)这里也以管乐器来和歌。但歌的“一人倡，三人和”，是用人声来和，自与用乐器来和不相同。按张衡《西京赋》:“发引和，校鸣葭。”引和即是相和歌(详下节)。薛综注云:“发引和，言一人唱余人和也。”我以为相和一名，原当泛指“一人唱余人和”而言，其用以和者可以是人声，可以是丝竹声，也可以是人声与丝竹声兼有;《宋书・乐志》的界说似较狭窄。汉代的相和歌本渊源于先秦的俗曲，它的“一人唱余人和”的方式，在先秦的楚歌中已经如此，宋玉《对楚王问》中说:“国中属而和者。”是人声相和。其后演为乐曲，就配上乐器了(参看下面第 6 节《相和歌与楚声》)。

(三)“引”与“和”

相和歌中有相和引,它与此外的相和歌常并称为引和。张衡《西京赋》:“发引和,校鸣葭。”(薛综注:“发引和,言一人唱余人和也。”)《宋书·律历志》:“晋太始十年,中书监荀勖,中书令张华,令郝生鼓筝,宋同吹笛,以为杂引相和诸曲。”歌时先唱引,后唱和。故夏侯淳《笙赋》云:“初进《飞龙》,重继《鹍鸡》,振引合和,如合如离。”又嵇康《琴赋》:“《飞龙》《鹿鸣》《鹍鸡》《游弦》。”李善注:“《汉书》:房中乐有《飞龙》章。古相和歌有《鹍鸡》曲。”李善说《鹍鸡》为相和歌是对的。《乐府诗集》卷二六相和曲题解说明相和曲“古有十七曲,其《武陵》《鹍鸡》二曲亡”,可证。李善说《飞龙》是“汉房中乐”之一章,却是错的,《飞龙》是《飞龙引》,是相和引之一。

《乐府诗集》相和六引中虽无《飞龙引》,但琴曲歌辞中却有《飞龙引》(见卷六〇),此琴曲中之《飞龙引》即相和之《飞龙引》。何以见得呢?第一,上面说过,当时一部分琴曲亦属清乐,故琴曲曲调常与相和相通。例如相和六引中的《箜篌引》,据《乐府诗集》卷五七琴曲歌辞题解,原为琴曲九引中之一。第二,《乐府诗集》卷四一楚调曲题解引《古今乐录》说:“又有但曲七曲:《广陵散》《黄老弹》《飞龙引》①《大胡笳鸣》《小胡笳鸣》《鹍鸡游弦》《流楚窈窕》,并琴、筝、笙、筑之曲。”《广陵散》《大胡笳鸣》《小胡笳鸣》均属琴曲②,可推知《飞龙引》也是其类。它既与相和的《鹍鸡游弦》并列,自可作为相和引之一。第三,傅玄《琵琶赋》云:“启《飞龙》之秘引兮,送奇妙于清商。”(《初学记》卷一六)明白指出《飞龙》是“引”。《乐府诗集》相和歌辞首列相和六引,其后是相和曲,大约也是按照演奏乐歌的原来次序的。

(四)相和歌与清商三调

相和歌是一个大类的名称,如上所述,它又包括了相和六引、相和曲等十项

---

① “龙”字原缺,今补入。

② 《乐府诗集》卷五九琴曲歌辞《胡笳十八拍》题解云:“《琴集》曰:《大胡笳》十八拍,《小胡笳》十九拍,并蔡琰作。”

曲调。梁启超在《中国之美文及其历史》一书中认为相和与清商是两类歌曲，清商三调不应当包括在相和之内（见《古歌谣及乐府》篇第三章），黄晦闻已辨其非（见《与朱自清先生讨论乐府清商三调书》，载《清华周刊》第三九卷八期）。这里再提出两点，以补充黄说。

（一）《宋书·律历志》："晋太始十年，中书监荀勖，中书令张华，令郝生鼓筝，宋同吹笛，以为杂引相和诸曲。"案《宋书·乐志》（三）："清商三调歌诗，荀勖撰旧词施用者。"荀勖的主要工作是制作清商三调歌曲，《宋书·律历志》仅云杂引相和，不提及清商三调，即因三调包括在相和之中的缘故（参见本章第 10 节）。

（二）《隋书·经籍志》有《三调相和歌辞》五卷。审其题名，三调当为相和的一部分。因为假使如梁氏所说，相和三调为两类，相和为汉旧歌，时代在前，清商三调是魏晋乐曲，时代在后，则此书题名应为相和三调歌辞，而不是三调相和歌辞。

（五）侧调曲

《乐府诗集》卷二六相和歌辞题解云："侧调者生于楚调。"但《乐府诗集》相和歌辞类实际并无侧调曲歌辞一项。仅卷六二杂曲歌辞《伤歌行》题解云："《伤歌行》，侧调曲也。"但列入杂曲而非相和，未知何故。案《文选》六臣注《伤歌行》题注："吕向曰：侧调。"《乐府诗集》当本此。《乐府诗集》注明为侧调曲者，仅《伤歌行》一首。

谢灵运《会吟行》："六引会清唱，三调伫繁音。"李善注："沈约《宋书》曰：第一平调，第二清调，第三瑟调，第四楚调，第五侧调。然今三调盖清、平、侧也。"案今本《宋书·乐志》仅有平调、清调、瑟调、楚调（前三者合称清商三调），并无侧调。《乐府诗集》卷二六相和歌辞题解说："平调、清调、瑟调、楚调、侧调，所谓清商正声，相和五调伎也。"侧调既与平、清、瑟、楚并称相和五调，但今本《宋书》竟无侧调曲一项，《乐府诗集》仅有《伤歌行》一首，且列入杂曲而非相和，均颇不可解。《四库提要》说《宋书》"至北宋已多散失"，今本《乐志》难保没有残缺。

李善说唐时三调指清、平、侧，也是对的。案宋王灼《碧鸡漫志》卷五"清平乐"条说："盖古乐取声律高下合为三，曰清调、平调、侧调，此之谓三调。明皇止令就择上两调（案指玄宗命李白为《清平调》词一事），偶不乐侧调故也。”（《知不足斋丛书》本）可为佐证。又沈括《梦溪笔谈》卷五说：“古乐有三调声，谓清调、平调、侧调也。”凌廷堪《燕乐考原》卷一说：“侧调即《宋书》之瑟调。”案“侧”“瑟”声近；王灼、沈括均解音律，两人谈古乐三调，仅举清平侧，而不提及瑟调。因此，凌氏的话或许是可信的。《文选》六臣注《君子行》题注：“吕向曰：瑟有三调：平调、清调、侧调。”此说恐不足据。

《初学记》卷一六引《琴历》云：“琴曲有长清、短清、长侧、短侧、清调等。”其详不可知。

（六）相和歌与楚声

汉乐府的相和歌曲，最初原是各地的俗歌曲，所谓赵代秦楚之讴。各地的俗歌曲，在先秦时候已很昌盛了。《楚辞·大招》：“代秦郑卫，鸣竽张只。”《礼记·乐记》：“郑音好滥淫志，宋音燕女溺志，卫音趋数烦志，齐音敖辟乔志，此四者，皆淫于色而害于德，是以祭祀弗用也。”《汉书·礼乐志》：“桑间濮上、郑、卫、宋、赵[①]之声并出。”指的都是先秦时代的各地俗乐。汉代的相和歌，当然就是先秦时代的这种俗乐的继续和发展。

各地的俗乐、楚声在相和歌中的地位显得重要，作用也特别大。《汉书·艺文志》著录的各地歌谣数量，其中吴楚汝南歌诗十五篇，较一般为多。相和歌中有楚调曲，是楚声。《乐府诗集》卷二六说：“楚调者，汉房中乐也。高帝乐楚声，故房中乐皆楚声也。”又《旧唐书·音乐志》述唐代清乐状况时说：“惟弹琴家犹传楚汉旧声及清调、瑟调、蔡邕杂弄。”以楚汉连称，可见楚声与汉相和歌的密切关系。楚声在相和歌中的地位重要、作用特别大，大约有两个原因。其一，是先秦时楚地俗乐非常发达，民间和歌之风甚盛，我们可于《楚辞》及宋玉《对楚王问》文中的描叙见之。其次，是由于汉代统治者的故乡在楚地的沛，“凡乐，乐其所生”（《汉书·礼乐志》），故西汉帝王均喜欢楚歌。这两种原因都不能不大大地影响于相和歌。底下

① 《汉书补注》引王念孙《读书杂志》曰：“《汉纪》赵作楚，是也。”

我们再从相和歌中体制方面的某些特点来说明楚声对它的影响。

（一）大曲的艳与趋、乱 《乐府诗集》卷二六："诸调曲皆有辞有声，而大曲又有艳、有趋、有乱。艳在曲之前，趋与乱在曲之后，亦犹吴声、西曲前有和后有送也。"考《宋书·乐志》著录大曲共十五曲，其中四曲有艳有趋，一曲有艳，二曲有趋。此七曲大曲中有题名为"艳歌"者三首：《艳歌罗敷行》《艳歌何尝行》"飞来双白鹄"篇、《艳歌何尝行》"何尝快，独无忧"篇。题名"艳歌"，当即以曲前具有艳辞之故。案歌曲之有艳与趋，乃楚地歌曲的特点之一。左思《吴都赋》："荆艳楚舞，吴愉越吟。"刘渊林注："艳，楚歌也。"崔豹《古今注》："《吴趋曲》，吴人以歌其地也。"战国时吴地为楚所有，故其地歌曲也属广义的楚歌。

《宋志》所录大曲无乱，所载陈思王《鼙舞歌》五篇，二篇有乱。又《乐府诗集》瑟调曲《孤子生行》也有乱。乱与趋性质相同，均在歌曲末尾。乱辞是楚歌结拘上的特点之一，是很明显的，《离骚》《九章》中《涉江》《哀郢》《抽思》《怀沙》诸篇和《招魂》均有乱辞。乐府楚调曲《白头吟》原有乱辞，也是一种佐证①。

大曲的特点是结构比较复杂，其音调则同于瑟调，故"大曲十五曲，沈约并列于瑟调"(《乐府诗集》卷二六)。上面考证瑟调当即是侧调，侧调生于楚调；这样，大曲受楚歌影响较大，是很自然的事情。

（二）和送之声 《乐府诗集》说大曲前有艳后有趋，情况相当于吴声、西曲之前有和后有送。事实上，相和歌也有和、送之声。相和一名，原本指群相唱和的意义，已如上述。《乐府诗集》卷三八瑟调曲《上留田行》，有曹丕、谢灵运所作六言歌诗各一首，每句后有"上留田"三字。《续汉书·五行志》有东汉灵帝时的《董逃歌》(三言)一首，每句后有"董逃"二字。陆机的《日重光行》则在每句之前有"日重光"三字。"上留田""董逃"与"日重光"，都是和声。《乐府诗集》卷三〇

① 《乐府诗集》卷四三大曲题解："《宋书·乐志》曰：'大曲十五曲：十五曰《白头吟》。'其《白头吟》一曲有乱。"(节录)检今《宋书·乐志》及《乐府诗集》卷四一《白头吟》辞均无乱辞，想系未录，与《宋志》不录《罗敷行》《艳歌何尝行》之艳辞同例。《乐府诗集》大曲题解又说："按王僧虔《技录》：《白头吟》在楚调。"《乐府诗集》即据《王录》编《白头吟》入楚调。

引《古今乐录》说："凡三调歌弦一部竟，辄作送歌弦。今用器又有大歌弦一曲，歌'大妇织绮罗'，非管弦音声所寄，似是命笛理弦之余。亦谓之《三妇艳》诗。"（节录）所谓送歌弦、大歌弦，即是送声。

这种和送之声，疑也起源于楚歌。楚人和歌风气之盛，从宋玉《对楚王问》一文可以概见。又案《淮南子·说山训》："欲美和者，必先始于《阳阿》《采菱》（均楚歌）。"高诱注："《阳阿》《采菱》，乐曲之和声。"以"阳阿""采菱"二字为和声，正跟"上留田""董逃""日重光"的情况相似。送声跟乱均在歌曲末尾，性质相同，我颇疑心它是一个东西。清蒋骥《山带阁楚辞余论》（卷上）说："余意：乱者，盖乐之将终，众音毕会，而诗歌之节，亦与相赴，繁音促节，交错纷乱，故有是名耳。孔子曰：洋洋盈耳。大旨可见。"这解释很精确可信。后汉马融《长笛赋》描绘演奏俗乐送声时的情景有云："曲终阕尽，余弦更头。繁手累发，密栉叠重，踾踧攒仄，蜂聚蚁同，众音猥积，以送厥终。"由"余""送"等字眼，可知它即是送歌弦。其"众音猥积"的情况，正跟蒋骥所释乱的内容符合。但此种送声，为三调所共有，不像乱那样一般地属诸大曲（不是大曲的曲调有时也有乱，如上所说的鼙舞歌）。

（七）三调与房中乐

拿《诗经》相比，相和歌正是"国风"一类的歌谣。故郑樵《通志·乐略》将相和歌列入"风雅正声"。清朱乾《乐府正义序》也说："以三百篇例之，相和杂曲，如《诗》之风。"前人有清商三调出于周房中乐的说法，大约即是基于此种理由而言的。如《旧唐书·音乐志》（二）说："平调、清调、瑟调，皆周房中曲之遗声，汉世谓之三调。"清朱嘉徵解释它说："唐《乐志》曰：三调皆周房中之遗声，其风之遗乎？"（《乐府广序》卷一《汉风序》）

什么是周房中乐呢？《仪礼·燕礼》："若与四方之宾燕，则有房中之乐。"郑玄注云："弦歌《周南》《召南》之诗，而不用钟磬之节。谓之房中者，后夫人之所讽诵，以事其君子。"可见房中乐即是周、召二南，为"国风"之一部分，与三调都是出于民间的东西，性质相同，所以说三调是房中的遗声。

三调与房中乐除渊源相同(出自民间)外,其所用乐器与用途也相同。乐器方面,二南为弦歌之乐,不需钟磬,与三调的“丝竹相和”相合。用途方面,房中乐宾燕用之,故一名燕乐①;三调相和歌,汉世属于黄门鼓吹乐,是“天子宴群臣所用”(蔡邕《礼乐志》)之乐(参见本书《说黄门鼓吹乐》篇),二者在宫廷中的用途也相同。以上两特点(乐器、用途)是跟第一点(渊源)密切联系着的。因为二者都是出于民间的乐曲,性质轻松活泼,故用管弦乐器;因为它们性质轻松活泼,故被统治者用以娱乐嘉宾。

前人说三调出于房中,大约即是由于上面所说的二者相同之点。至于二南多四言,三调多五言,二者声折自不会尽同。要之前人所谓三调出于房中的说法,犹如《汉书·艺文志》所谓“某家者流出于某官”一样,主要就其性质的类同言,不必有亲子式的承递关系的。

(八)曹魏清商乐的昌盛

东汉的清商曲发展至曹魏,更趋昌盛。

曹魏的几位帝王,都极喜欢清商乐。《魏志·武帝纪》注引《曹瞒传》:“太祖好音乐,倡优在侧,常以日达夕。”曹操死时,对伎乐还恋恋不舍,下遗令曰:“吾婢妾与伎人皆勤苦,使着铜雀台,善待之。……月旦十五日,自朝至午,辄向帐中作伎乐。”(《魏志·武帝纪》注引)曹丕《燕歌行》有云:“援琴鸣弦发清商。”《宋书·乐志》(三)说:“相和,本一部,魏明帝分为二,更递夜宿。”

曹魏三祖(曹操、曹丕、曹叡)不但酷爱清商乐,而且亲自制作了不少歌词配合音乐演唱。《三国志·魏志·武帝纪》注引《魏书》称曹操“登高必赋,及造新诗,被之管弦,皆成乐章”。曹丕、曹叡,亦复如此。《宋书·乐志》(三)所著录的相和三调歌辞,除“汉世街陌谣讴”的古辞外,大抵都是他们三人的作品。《宋书·乐志》(一)说:“又有因弦管金石造歌以被之,魏世三调歌辞之类是也。”主

① 《周礼·磬师》:“教缦乐燕乐之钟磬。”郑注:“燕乐,房中之乐,所谓阴声也。”按郑玄《仪礼注》说房中乐“不用钟磬之节”,与《磬师》“教燕乐之钟磬”似相矛盾。贾公彦《仪礼疏》释之曰:“房中乐得有钟磬者,待祭祀而用之,故有钟磬也。房中及燕,则无钟磬也。”

要就是指他们的作品。统治者这样大量自制歌辞，这种情况是汉代所没有的。这种情况说明清商俗曲在上流社会中已经取得了正统的地位。

由于最高统治者的爱好清商乐，曹魏中央机构开始有清商专署的设立。《魏志·齐王芳纪》注引《魏书》称芳"每见九亲妇女有美色，或留以付清商"，下面并提到清商令令狐景、清商丞庞熙。这种清商乐专署为后代所沿袭。由于最高统治者在制作歌辞方面的倡导作用，曹魏的贵族文士往往写作相和歌辞，例如曹植、陈琳、阮瑀、左延年等，都有述作。曹植所作的数量尤多。

南朝王僧虔在论清商乐时曾经说："今之清商，实由铜雀；魏氏三祖，风流可怀。"(《宋书·乐志》一)这几句话很好地说明了曹魏统治者在清商乐发展史上所起的作用。

(九)西晋清商乐的雅化

由于清商曲的特殊发展，从曹魏开始有清商乐专署的设立。这制度被保存于西晋。西晋武帝也酷爱声乐，史称"世祖(武帝)平皓，纳吴妓五千，是同皓之弊"(《御览》卷九六引谢灵运《晋书·武帝纪论》)。当时由著名的大臣荀勖管理乐事。在荀勖的指导下，晋代乐官对清商曲有一番新的整理。荀勖自著《律笛》一文(见《宋书·律历志》《晋书·律历志》)，说明根据古代乐律制定新笛的理论。俗乐是燕享之乐，"飨宴殿堂之上，无厢悬钟磬，以笛有一定调，故诸弦歌皆从笛为正"(《宋书·律历志》)。荀勖既制定新律笛，于泰始十年，"令郝生鼓筝，宋同吹笛，以为杂引相和诸曲"(同上)。荀勖对相和清商三调歌诗，曾加整理。《宋书·乐志》(三)说："相和，汉旧歌也。本十七曲，朱生、宋识、列和等复合之为十三曲。"又云："清商三调歌诗，荀勖撰旧词施用者：平调五曲，清调六曲，瑟调八曲。"又《宋书·乐志》(一)云："魏晋之世，有孙氏善弘旧曲①，宋识善击节倡和，陈左善清歌，列和善吹笛，郝索(即上郝生)善弹筝，朱生善琵琶，尤发新声。"

① 所谓"善弘旧曲"，疑即《文心雕龙·乐府篇》的"左延年闲于增损古辞"("左"原作"李"，据唐写本改)之比，是将古辞增损以便配合乐谱歌唱的意思。

朱生、宋识、列和、郝索等都是荀勖手下的著名乐工，相和清商的演奏人材：清歌的，击节的，弹弦乐器的，吹管乐器的，撰乐谱的，这里都具备了，在荀勖的领导下，完成了整理清商曲的工作。

源于民间风谣的汉代黄门俗歌曲，经过曹魏三祖的提倡和创作，已经升入贵族文学之林。再经过荀勖的一番根据古乐乐理的大整理，就更为雅化了。荀勖把清商三调在声调上唤作正声、下徵、清角，总称正声。[①]由是后代遂唤清商乐为正声伎，如刘宋张永《元嘉正声伎录》，所录的即为相和三调等歌词；郭茂倩也说："平调、清调、瑟调、楚调、侧调，所谓清商正声，相和五调伎也。"（《乐府诗集》卷二六）由俗乐到正声伎，这是多么大的一种变化！它说明了清商曲的雅化，也开始了它的衰老。

（十）清商旧曲的衰亡

清商旧曲从汉代到曹魏西晋，是日趋发展的时代，走的是上坡路；自五胡乱华、晋室南渡以后，是日趋衰亡的时代，走的是下坡路。

《隋书・音乐志》（下）说：

> 清乐，其始即清商三调是也。并汉来旧曲。乐器形制，并歌章古辞，与魏三祖所作者，皆被于史籍。属晋朝迁播，夷羯窃据，其音分散。苻永固平张氏，始于凉州得之。宋武平关中，因而入南，不复存于内地。

从《隋志》的记载，可知清商旧曲的乐器形制等，因五胡之乱而散落，直到宋武北伐，始被比较完整地带至南方。南朝张永撰有《元嘉正声伎录》[②]，王僧虔撰有《大明三年宴乐伎录》[③]，两书都著录了不少相和歌曲。这是宋武平关中以后的

---

① 《隋书・音乐志》（下）："荀勖论三调为均首者得正声之名。"凌廷堪《燕乐考源》卷一："荀勖笛律，正声、下徵、清角三调，盖即清商三调而易其名耳。"

② 元嘉，宋文帝年号。《隋书・经籍志》经部乐类："梁有《元嘉正声伎录》一卷，张解撰，亡。""解"系"永"之讹。张永，《宋书》卷五三、《南史》卷三一有传。

③ 大明，宋孝武帝年号。《隋书・经籍志》集部总集类："梁又有《伎录》一卷，亡。"姚振宗《隋书经籍志考证》卷五二说："此一卷或即王僧虔书。"是。张、王二录唐人撰《隋书》时已亡，《乐府诗集》系根据《古今乐录》转引。

情况，在这以前的东晋，宫廷中演唱相和歌的情况，因记载缺乏，已不能详。

相和旧曲的乐器形制等虽然被带至南方，南朝宫廷中虽然仍旧演唱相和旧曲，但它们毕竟已经衰老了，已经丧失了初期的新鲜活泼的生命力，不能继续满足上层阶级的娱乐要求。发源于南方民间的生气蓬勃的清商新声——吴声歌曲和西曲，就在这样的情况下，逐渐取代了相和旧曲的地位。《南齐书》(卷四六)《萧惠基传》说："自宋大明(孝武年号)以来，声伎所尚，多郑卫淫俗，雅乐正声，鲜有好者。惠基解音律，尤好魏三祖曲及相和歌，每奏辄赏悦，不能已也。"所谓"郑卫淫俗"，即指吴声、西曲。萧惠基赏悦的魏三祖曲及相和歌(指汉代古辞)，原本于汉代的俗乐，曾被当时大儒扬雄、班固等人所鄙夷讥斥的，现在已被史家目为曲高和寡的"雅乐正声"了。同时代的王僧虔曾经发了复兴三调的宏愿，他在顺帝昇明二年上书道：

> 今之清商，实由铜雀。……自顷家竞新哇，人尚谣俗，务在噍危，不顾律纪，流宕无涯，未知所极，排斥典正，崇尚烦淫。……臣以为宜命典司，务勤课习，缉理旧声，迭相开晓，凡所遗漏，悉使补拾，曲全者禄厚，艺敏者位优。(《宋书·乐志》一)

据《南史》(卷二二)《王僧虔传》："僧虔解音律，以朝廷礼乐，多违正典，人间竞造新声，时齐高帝辅政，僧虔上表请正声乐，高帝乃使侍中萧惠基调正清商音律。"是僧虔的理论曾付诸实施，而主其事者，即为赏悦古乐的萧惠基。又《梁书》(卷二一)《柳恽传》："恽既善琴，尝以今声转弃古法，乃著《清调论》，具有条流。"王僧虔、萧惠基、柳恽的这些复古理论和努力，都不能挽救清商旧曲的无可避免的衰亡。

据《乐府诗集》所引陈释智匠《古今乐录》的记载，晋代荀勖所撰《荀氏录》①

---

① 原书久佚，《乐府诗集》径称《荀氏录》，不著撰人。梁启超云："《古今乐录》曾引《荀录》语，系由(王僧虔)《伎录》转引，想为荀勖所著。"(《中国之美文及其历史》)今考《伎录》称《荀氏录》所记清商三调：平调十二曲，传者五曲；清调九曲，传者五曲；瑟调十五曲，传者九曲。《伎录》所称"传者"之曲调，皆见于《宋书·乐志》。其所谓"不传者"之曲调，《宋志》均无。(其中清调《苦寒行》曹叡《悠悠篇》一曲，《伎录》云不传，亦见《宋志》，系例外。)而《宋志》在著录清商三调歌词时说："荀勖撰旧词施用。"可见《荀氏录》即荀勖所撰。

所载三调歌诗，王僧虔《大明三年宴乐伎录》称它们已有半数光景“不传”；而王录所载瑟调曲歌诗，至陈释智匠著《古今乐录》时代[①]，其“不传”“不歌”者，又达半数。从这种记载，我们大体上可以看出清商旧曲逐渐衰亡的现象。到了唐代，连六朝新兴的清商新声（吴声、西曲等）都走向衰亡，至于平调、清调、瑟调，则已有声无辞（《通典》卷一四六），名存实亡了。

三、清商新声

（一）概说

六朝的清商新声，主要即是《乐府诗集》中的清商曲辞。《乐府诗集》分清商曲辞为下列六类：（1）吴声歌曲，（2）神弦歌，（3）西曲，（4）江南弄，（5）上云乐，（6）雅歌。

吴声、神弦、西曲三类的主要曲调产生时代较早，大约在东晋、宋、齐三代。其曲调大抵渊源于江南民间，歌辞也有许多是民歌。因此它的特点是新鲜活泼，朴素自然。吴声、西曲绝大部分是情歌，体制大概为五言四句。二者在清商曲中曲调最多，歌辞最富，是最重要的部分。神弦歌也产生于吴地，原可视作吴声的一部分，只因内容专门颂述神祇，与吴声之为普通风谣者有异，所以自成一部。它的体制也不及吴声、西曲整齐，每首不常为四句，每句字数比较参差，有三言、四言、五言、六言各种句式。

江南弄、上云乐、雅歌的产生时代较晚，其曲调产生于梁代，歌辞都是梁武帝和他的臣下的作品。因为都是贵族文士的作品，所以显得很文雅，风格与前面三类大不相同。江南弄内容也讲情爱，上云乐则讲道家神仙之事。二者都是长短句，文词缠绵婉约，江南弄曾被后人视作词曲之祖。雅歌系梁代君臣对酒

---

① 《隋书·经籍志》经部乐类：“《古今乐录》十二卷，陈沙门释智匠撰。”王应麟《玉海》引《中兴书目》：“《古今乐录》，陈光大二年僧智匠撰，起汉迄陈。”原书赵宋后已佚，有清王谟《汉魏遗书钞》、马国翰《玉函山房辑佚书》等辑本，但俱不完备。

设乐、宾主规戒的庙堂之作。共五曲，每曲四言十二句。文词典雅，效《诗经》雅颂体，风格与其他各类迥不相同。《旧唐书·音乐志》说："又闻清乐唯雅歌一曲，辞曲而音雅。阅旧记，其辞信典。"这种正统的评价显示了雅歌的特点。

东晋、宋、齐三代是吴声、西曲的产生和发展的时期，是清商新声的繁荣时期。梁武帝根据西曲改制江南弄、上云乐，开始把清商新声雅化了。陈后主、隋炀帝也制作了若干吴声歌曲，但风格与前期的吴声大不相同，反与梁代的江南弄、上云乐接近。因此，梁、陈、隋三代，可说是清商新声的转变时期。唐代燕乐昌盛，清乐逐渐澌灭，是清商新声的沦亡时期。

除《乐府诗集》中清商曲辞外，六朝清商新声，还包括一部分杂曲歌辞、杂舞曲辞和琴曲歌辞。杂曲歌辞如《自君之出矣》。产生于两晋南朝的杂舞曲有《拂舞歌》和《白纻歌》。唐代清乐中有《明君曲》，用石崇《王明君词》，《旧唐书·音乐志》说："此中朝（指西晋）旧曲，今为吴声，盖吴人传受讹变使然。"石崇词《乐府诗集》编入相和歌辞吟叹曲。又考《乐府》卷五十九琴曲歌辞有《昭君怨》《明妃怨》，郭茂倩说："按琴曲有《昭君怨》，亦与此（指石崇《王明君词》）同。"（《乐府》卷二九）本篇上文曾说明琴曲与清商旧曲关系较密切，它跟清商新声，当亦如此。《乐府》卷六〇有唐张籍《乌夜啼引》，属琴曲。《乌夜啼》原是西曲歌，此点亦可作二者关系较密切的证明。

吴声、西曲和神弦歌的各种情况，我在《六朝乐府与民歌》一书中谈得较详细，这里不再论述。

（二）江南弄、上云乐

在《六朝乐府与民歌》一书中，我曾经说明吴声的主要曲调产生于晋、宋两代；西曲的主要部分舞曲，产生于宋、齐、梁三代，而又以宋、齐两代为多，梁代的只有《襄阳蹋铜蹄》一曲。《乐府诗集》称无名氏的《子夜歌》《子夜四时歌》为"晋宋齐辞"，《玉台新咏》《乐府诗集》著录的梁武帝的《子夜四时歌》等作品，文词都比较"雅"，缺少民歌的活泼天真的味道，这使我们有理由相信现存吴声、西曲歌词，绝大部分是晋、宋、齐三代被采入乐的民歌以及上层阶级摹仿民歌的作品。

为什么到了梁代，上层阶级制作吴声、西曲的风气突然衰退了呢？梁元帝《金楼子·箴戒》篇说："齐武帝有宠姬何美人死，帝深凄怆。后因射雉，登岩石以望其坟，乃命布席奏伎，呼工歌陈尚歌之，为吴声鄙曲。帝掩叹久之，赐钱三万，绢二十匹。"这是很重要的资料。梁代的最高统治者虽然也并不出自名门大族，但他们"崇尚儒雅"，正统气味较强，跟宋齐的君主是有所不同了。他们开始讨厌民间的俗曲了。抱着这样的态度，于是梁武、昭明他们便去另外制作那"文雅"的江南弄、上云乐，简文他们便去写宫体诗去了。陈后主经过宫体诗的洗礼，再来写吴声歌曲，风格也就跟过去大不相同。

江南弄、上云乐是梁武帝及其臣下根据旧有的乐曲而改制成的新声。《古今乐录》说："梁天监十一年冬，武帝改西曲制江南弄、上云乐十四曲。江南弄、上云乐各七曲。"(《乐府诗集》卷五〇引)《通典》(卷一四五)说："梁有吴安泰善歌，后为乐令，精解音律，初改四(当作西)曲，别为('为'字据文意添入)江南、上云乐。内人王金珠善歌吴声、四(当作'西')曲，又制江南歌，当时妙绝。今(当作'令')斯宣达选乐府少年好手，进内习学。"可知梁武帝的制作江南上云乐，实出于当时乐人吴安泰、王金珠等的努力。

关于江南弄、上云乐，我们有须注意者三点：第一，《乐录》《通典》俱称江南弄、上云乐系改制西曲而成，今考江南弄七曲中的《江南弄》一曲，上云乐七曲中的《方诸曲》，其和声都根据西曲中的《三洲曲》改制而成。《三洲曲》的和声，特别婉媚曲折，这优点被江南弄、上云乐承袭着。第二，江南弄的句法为七、七、七、三、三、三、三言，其第三句末三字与第四句全同，在修辞上采用着上下递接互相复叠的格式。这种辞格，我认为系受到当时杂舞曲辞《拂舞歌》《淮南王曲》以及《杯槃舞歌》的影响，《淮南王》《杯槃辞》句式也是三、七言相杂，而江南弄也是舞曲，说二者有关，当不是臆测(参见本书《杂舞曲辞杂考》篇)。第三，江南弄、上云乐同外国音乐与宗教有着密切的关系。梁武帝利用《三洲》韵和改制江南弄、上云乐，曾得当时名僧释法云的帮助。法云当是谙熟梵音的沙门，梁武本人又极崇信佛法，我们可以推知江南弄、上云乐，必定受到印度及西域音乐的影响。《隋书·音乐志》(上)称:“(梁武帝)笃敬佛法,又制《善哉》……等十篇,名为正乐,皆述佛法。又有法乐童子伎、童子倚歌、梵呗,设无遮大会则为之。”这些佛曲今已无存。上云乐则为歌颂神仙的道家乐曲。《隋书·音乐志》(上)称“梁三朝乐第四十四设寺子导安息孔雀凤凰文鹿胡舞登连上云乐歌舞伎”①,将胡舞与上云乐连在一起演唱,显示出上云乐与外国歌舞关系较密切。总上所说,可见江南弄、上云乐在当时乐府中实是一种新颖的创制,它采撷了吴声、西曲、杂舞曲以及外国音乐的优点,造成声调曲折、句法参差的新声。

(三)陈、隋两代的吴声歌曲

《隋书·音乐志》(上)称“陈后主又于清乐中造《黄鹂留》及《玉树后庭花》《金钗两臂垂》等曲,与幸臣等制其歌辞,绮艳相高,极于轻薄。男女唱和,其音甚哀”。陈后主所制乐曲,除《黄鹂留》等三曲外,尚有《春江花月夜》《堂堂》(见《旧唐书·音乐志》二)、《临春乐》(见《陈书》卷七《张贵妃传》)等曲。今歌词存者,仅有后主自制的《玉树后庭花》一曲,七言六句,二句一用韵。此外仅存“璧月夜夜满,琼树朝朝新”二句,乃江总所作的残句。②从这些仅存的歌词,我们大致可以看到,后主新声的特点是:一,风格上继承了萧梁宫体诗的“绮艳相高,极于轻薄”的特色,辞藻富丽,与东晋、宋、齐时代质朴自然的吴歌,大相径庭。二,形式也不限于五言四句,后主的《玉树后庭花》便是七言六句的。

隋炀帝继陈后主之后,创制了不少新的乐章。《隋书·音乐志》(下)说:“炀帝大制艳篇,辞极淫绮。令乐正白明达造新声,创《万岁乐》《藏钩乐》《七夕相逢乐》《投壶乐》《舞夕同心髻》《玉女行觞》《神仙留客》《掷砖续命》《斗鸡子》《斗百草》《泛龙舟》《还旧宫》《长乐花》及《十二时》等曲③,掩抑摧藏,哀音断绝。”《乐府诗集》(卷四七)吴声歌曲部分,仅著录他的《泛龙舟》一曲,其余的大约早已亡佚了(有些可能根本有声无辞)。《泛龙舟》曲歌词一首,七言八句,风格与陈后主

---

① 今本《隋书》“导”作“遵”,此从郭《乐府》引文。

② 《南史》(卷一二)《张贵妃传》引此二句,不言作者,《大业拾遗记》以为江总所作。

③ 《七夕相逢乐》,《通典》作《七夕乐》、《相逢乐》二曲,恐非。《投壶乐》一曲,《乐府》引文误漏。

及唐人作品为近，而和早期吴声、西曲歌词不同。

按《隋书·音乐志》(下)称"大业中，炀帝乃定清乐、西凉、龟兹、天竺、康国、疏勒、安国、高丽、礼毕，以为九部。"上文所引炀帝所造《万岁乐》《泛龙舟》等乐曲名目，《隋志》叙在龟兹乐题目下面，似乎这些乐曲当列入龟兹乐而非清乐。但《通典》《旧唐书》叙述《泛龙舟》曲，说它在唐代隶属于清乐，郭茂倩据以编入吴声歌曲。郑樵《通志·乐略》(一)亦将《泛龙舟》曲名编入清商曲，又于清乐之末，分叙西凉等八部乐，将《万岁乐》《泛龙舟》等名目列入龟兹乐，又解释这种自相抵牾的情况道："唐高祖即位，仍隋制，亦设九部乐。……其实皆主于清商焉。"这种说法终觉牵强。然而，隋炀帝虽然出自北方，后来统一江左，久住江都，喜作吴语[①]；其生活作风与陈后主有极相类似之处；再说他的《泛龙舟》曲，不特歌词有吴侬软语之感，且系"幸江都宫所作"(《通典》)，我们由此可以推测它必然受着吴声歌曲的影响。

自北朝起，清乐与胡乐渐有合流的倾向。《隋书·音乐志》(中)说："北齐杂乐有西凉、鼙舞、清乐、龟兹等。后主唯赏胡戎乐，耽爱无已。于是繁手淫声，争新哀怨。后主亦自能度曲，亲执乐器，悦玩无倦，倚弦而歌。别采新声为《无愁曲》，音韵窈窕，极于哀思。"(节录)《隋志》说后主"唯赏胡戎伎"，其新制的《无愁曲》，应当受到胡乐的很深影响。我在《论六朝清商曲中之和送声》(见《六朝乐府与民歌》)一文中曾经考证后主的《无愁曲》是南朝清乐《莫愁乐》的变曲。然则《无愁曲》当系清乐与胡乐的混合产品。隋代许多典章制度，直接承袭北朝，音乐亦然。炀帝所制的《泛龙舟》，很可能跟《无愁曲》一样，是清乐与胡乐的混合产品。日人林谦三氏在《隋唐燕乐调研究》一书中说："白明达当是龟兹人，龟兹王白姓，见《魏书·西域传》《隋书·龟兹传》《唐书·西域传》《悟空入竺记》等书。"(见第二章第一节注一)又说："《泛龙舟》本来是清乐，它是白明达所造，恐与龟兹乐有关系。"其说颇可信。清乐与胡乐的混合，说明了胡乐势力的日趋强大，侵入清乐

---

① 《通鉴》卷一八五："高祖武德元年，隋炀帝至江都，荒淫益甚。见天下危乱，意亦不自安。常夜置酒，仰视天文，谓萧后曰：外间大有人图侬，然侬不失为长城公，卿不失为沈后，且共乐饮耳。"

的范围，最后合胡部的新声，终于取清乐地位而代之。

(四) 清商新声的沦亡

隋代统一南北，传自西域流行北方的龟兹乐已较南方的清乐占了优势。到了唐代，胡乐系统的燕乐更蓬勃发展，成为俗乐的主要部门，清乐更走入消沉没落之路。《通典》(卷一四六)记载这种情况道：

> 清乐先遭梁陈亡乱，所存盖鲜，隋室以来，日益漏缺。大唐武太后之时，犹六十三曲。今其辞存者，有(1)《白雪》、(2)《公莫》、(3)《巴渝》、(4)《明君》、(5)《明之君》、(6)《铎舞》、(7)《白鸠》、(8)《白纻》、(9)《子夜》、(10)《吴声四时歌》、(11)《前溪》、(12)《阿子歌》、(13)《团扇歌》、(14)《懊侬》、(15)《长史变》、(16)《督护歌》、(17)《读曲歌》、(18)《乌夜啼》、(19)《石城》、(20)《莫愁》、(21)《襄阳》、(22)《栖乌夜飞》、(23)《估客》、(24)《杨叛》、(25)《雅歌》、(26)《骁壶》、(27)《常林欢》、(28)《三洲采桑》、(29)《春江花月夜》、(30)《玉树后庭花》、(31)《堂堂》、(32)《泛龙舟》等，共三十二曲。[①]《明之君》、《雅歌》各二首，《四时歌》四首，合三十七曲。又七曲有声无辞：《上林》《凤曲》[②]《平调》《清调》《瑟调》《平折》《命啸》等，通前为四十四曲存焉。……沈约《宋书》恶江左诸曲哇淫，至今其声调犹然。观其政已乱，其俗已淫，既怨且思矣；而从容雅缓，犹有古士君子之遗风，他乐则莫与为比。……自长安以后，朝廷不重古曲，工伎转缺，能合于管弦者，唯《明君》《杨叛》《骁壶》《春歌》《秋歌》《白雪》《堂堂》《春江花月夜》等，共八曲。旧乐章多或数百言，时《明君》尚能四十言，今所传二十六言，就中讹失，与吴音转远。刘贶[③]以为宜取吴人，使之传习。开元中，有歌工李郎子，郎子北人，声调已失，云学于俞才生，江都人也。自郎子亡后，清乐之歌阙焉。……自周、隋以来，管弦杂曲将数百曲，

① 各曲题上的序次数字由我加入。《通典》："《三洲歌》者，诸商客数由巴陵三江口往还，因共作此歌。又因《三洲曲》而作《采桑》。"似将二曲并而为一，否则总数应为三十三曲。

② 《凤曲》，《旧唐书·音乐志》、《唐会要》(卷三三)俱作《凤雏》，即《凤将雏曲》。《旧唐书》《唐会要》于《明君》《明之君》二曲中间，增入《凤将雏曲》，与下文《凤雏》分为二曲，非。

③ "刘贶"二字，据《旧唐书·音乐志》补入。

多用西凉乐，鼓舞曲多用龟兹乐，其曲度皆时俗所知也。唯弹琴家犹传楚汉旧声，及清调、瑟调、蔡邕五弄调，谓之九弄，雅声独存。非朝廷郊庙所用，故不载。

唐代清乐之渐趋澌灭情况，于此约略可见。声乐成为"古曲"，必不为追求享乐的贵族统治阶级所喜爱，"朝廷不重古曲"，岂独唐代为然。然而那些过时的古曲，却为正统的士大夫所重视，即使歌辞被目为哇淫的吴声、西曲，也被《通典》的作者杜佑称赞为"从容雅缓，犹有士君子之遗风，他乐则莫与为比"了。

六朝的清商新声，仿佛重演着汉魏清商旧曲的发展过程：民间—贵族—灭亡。最初，人民创造了新鲜的有生命的歌曲，宣泄着他们的思想、情感；然后，这种新形式被贵族阶级所采用，产生了不少富有生气的作品；最后，这些乐曲逐渐雅化，终至失去了新鲜活泼的内容和形式，于是连贵族们也厌弃它了，只剩下一些爱古的文人学士们在惋惜、感慨。

1953 年写毕

原载《乐府诗论丛》，古典文学出版社 1958 年版

范蔚宗谋反一事辨正

汪涌豪

对范晔的《后汉书》，历代论家评价都很高。认为《史》《汉》以后当首推《后汉书》。但对范晔的人品，却自来有争议。特别是在他是否参与谋反这个问题上，有许多不同的说法。现在学界一般采用清人的论断，认为范晔颇能以气节自励，不可能参与谋反。清王鸣盛《十七史商榷·范蔚宗以谋反诛》、陈澧《东塾集·申范》，傅维森《缺斋遗稿·书宋书范晔传后》和李慈铭《越缦堂读书记·后汉书》等文章，以范晔为必不反，所执的理由，大致有以下几点：

一、范晔与文帝君臣之际相处甚欢，文帝爱其才，故深加委任，恩宠备加，以至于有过不罪，所以范晔不可能忽持戈相向，甘冒不韪，参与谋反。二，当日义康执政，范晔以饮食细过为所黜逐，其怨义康必甚，故不可能再效忠义康，身殉其事。三、谢综与孔熙先秘议谋反，告于范晔，范轻其小儿，故不以上闻，非同为逆乱。其身陷大戮，以反叛罪见杀，实群小嫉才倾陷所致。《宋书》依据当时锻炼之辞书之，不足深信。四、范书贵德义，抑势力，进处士，黜奸雄。论儒学则深美康成，褒党锢则推崇李、杜，宰相无多述而特表逸民，公卿不见采而多尊独行。立言若是其人可知，故犯上作乱必不为也。

考之史实，我们发觉上述这些说法均不能成立。范晔出身在“世擅儒学”的士族大家，博通经义，少擅文名。入仕后仕途坦达，累官至左卫将军、太子詹事。“名爵期怀，于例非少”，确实称得上“嘉遇”。但问题是文帝并不真正器重他，只是见他才艺可施，故收其所长，加以荣爵，所谓“以卿觕。有文翰，故相任擢”（《宋书·范晔传》）。尚书仆射殷景仁死后，文帝委任他和沈演之、庾炳之共掌朝政。他对沈、庾两人以国器视之，对范晔只取其“才应通敏，理怀清要。”（《宋书·沈演之传》）。“时晔与演之并为上所知待，每被见多同，晔若先至，必待演之；演之先至，常独被引。”可见，他只爱范晔的文才，并不认为范可当重任。显然，这使一向自视很高，“耻作文士”“无意于文名”的范晔很不服气，所以“自谓才用不尽，常怏怏不得志”（《资治通鉴》卷123“元嘉十七年”）。后徐湛之上表告他“富贵情深，自谓任遇未高，遂生怨望，非唯攻伐朝士，讥谤圣时，乃上议朝廷，下及。藩辅，驱扇同异，恣口肆心”，不尽是捏造。又，他持身不谨，“薄情浅行，数犯名教，为士流所鄙”（《资治通鉴》卷123“元嘉十七年”）。曾因携伎妾奔母丧，为御史中丞刘损弹奏。且好财货，衣裳、器服莫不增损制度，并皆珍丽。妓妾盛饰，母却寒俭；弟子冬无被，叔父单布衣。不仅如此，他还不检内行，一向有闺庭议论（《宋琐语·词赡》称他是专在女性面前献媚的“雄狐”）。故虽门胄清华，却被排斥不得与皇家通婚。这也增加了他对文帝的不满。王鸣盛以为“当日江左门户高于蔚宗者多，岂皆连姻帝室者，而蔚宗独当以此为怨，亦非情理”，其实这话问得很没来由。诚然，当日没与皇室连姻的士族多得很，但那是因宋时高门如林，势不能家家都和为数不多的皇室成员结亲，而非如范晔那样，因品行不端而见弃于皇室。此其一。

其二，范晔早年任义康的冠军参军，后历官至尚书吏部郎，元嘉九年贬宣城太守。以后复起，累官至左卫将军、太子詹事，由此引起“谗夫侧曰”（《资治通鉴》卷124“元嘉二十二年”），同僚见嫉是可能的。他又恃才傲物，目无旁人，曾作《和香方序》，于满朝权贵如庾炳文、何尚之、沈演之、羊玄保、徐湛之等遍加讥刺，自然嫉恨者多。但据此说他的罪名是出于这些人的构陷，却只是猜度之辞，无史料证明。当日义康与文帝有隙，后义康因结党擅权遭贬，与之相结者不是遭贬，就是被杀，与之过从较密者也都引起文帝及周围权臣的注意。范晔谋乱真迹有显于外者，何尚之、沈演之见其意趣神色有异常之属，所以告于文帝，这是事实；但他们并没有乘机加害他，置他于死地的图谋。如何尚之只是建议文帝将他“出为广州”，怕他“在内衅成，不得不加以铁钺，屡诛大臣，有亏皇化”（《南史·何尚之传》）。以后范晔下狱，对尚之郑重相托，“弟就死之后，犹望君照此心也”。倘事属尚之等人构陷所致，范晔怎会这么做。又，他曾说于“庾尚书无恶”。可见，他虽依才使气臧否过这些人，但与之并无宿怨，所以群小构陷一说不能成立，何尚之等人告其谋反言必有据。事实上文帝对之也早有觉察，只是“鉴于始诛刘湛等，方欲外升后进，晔事迹未彰，便豫相黜斥，万姓将谓卿等不能容才，以我为信受谗说。但使其知如此，不忧致大变也”（同上）。文帝既能以容才戒人，又能以拒谗律己，即使有小人构陷，当不至于不加分析地听信。再说事涉谋反，文帝怎能不深加追究，倘无实据，则诬陷之人必自取败。

其三，再以范晔谋反一事本身而言，《宋书》《南史》记载得很清楚，他是谋反集团的主要人物之一，“凡诸处分，符檄书疏，皆晔所造及治定”。事发后，他先是想推罪于熙先，说自己受人诬引，待文章出示其手笔，才服罪。或以为他与义康有隙，当不能死其事。但从他代义康作《与湛之书》中所说的“往日嫌怨，一时豁然”中可见，他与义康此时已互相取得了谅解。揆之情理，我们以为这是可能的。一则范晔父子与义康关系非同一般。当日文帝杀徐羡之，任王弘为司徒，录尚书事，参国政。时义康为荆州刺史，镇扬州，是范泰劝说王弘召其入京共掌朝政。范晔本人早年投到义康门下任参军，得重用，义康对他有知遇之恩。以后虽遭贬黜，但在别人丧母之际听挽歌为乐，所行过分，宜乎义康恼怒。以后，谢综为义康记室参军，自豫章还，申义康意于他，“求解晚隙，复敦往好”（《资治通鉴》卷124“元嘉二十二年”），他也就不再计较了。二则他本不满文帝。义康与文帝有隙，欲倒文帝，此共同的利益也使他忘掉过去的一段恩怨，重新和义康站在一起。史书于此有明确交代，揆之情理也可理解，所以清人的这个说法不能成立。又，或以为蔚宗知谢、孔等秘议谋反，因轻其小儿，所以才未告发。但谢、孔两人都是才气纵横且政治经验丰富的人，特别是孔熙先“博学文史，兼通数术，有纵横才志”“文史星算，无不兼善”（同上），文帝惊其才，曾怪何尚之处铨衡而不识人。并说：“以卿之才而滞于集书省，理应有异志，此乃我负卿也”（《宋书·范晔传》）。这样的人，哪是以浮躁狂颠而求倖进的小儿？所以，以范晔自辩之辞作其不反的依据，也不能使人信服。王、李诸人还对《宋书》记事提出疑问。诚然，《宋书》纪事未必件件属实，齐武帝对沈约修史多有干涉，自会使《宋书》的真实性受到一定影响。但在记范晔等谋反一事上，沈约写得详细，且有条理，并不如李越缦所说的“游移其辞，本无显据”，王鸣盛认为其“全据当时锻炼之辞而书之”，也毫无根据。沈约不会无故贬抑范晔，倘说他这样做是为了惩奸邪、窒乱阶，那同是谋反之人，他对孔熙先的记叙何以这么留有余地，并且字里行间流露着惋惜之情。因此我们觉得，在没有确切史料证明范晔不反的情况下，《宋书》以及以后《南史》《通鉴》的记载还是必须尊重的。

其四，王、李诸人用《后汉书》之崇儒学、进处士、振清议来说明范晔不反，也大可商榷。在《后汉书》中，这一历来为人称道的内容主要见于《儒林》《党锢》《独行》《逸民》诸传。在这些篇章，范晔推崇陈藩、李膺，杜密和范滂等人的气节忠义，称他们是足以“树立风声，抗论惛俗”的“忠贤”（《后汉书·陈蕃传论》）。贬抑宦官，称为“孽党”。以梁冀为“贼臣”，以不敢与恶势力斗争，屈从梁冀的胡广为“粪土”（《后汉书·李固杜乔传论》）。且写得激昂慷慨，哀感顽艳，富有感情。范晔的这种态度显然是正确的，以此说他是个有正义感的向往先哲品格的人也可以，但不能把这一点说得太过，更不能由此而抹杀许多客观存在的事实，说他不反。重视一个人的气节在汉代是为人普遍崇尚，且为统治者竭力提倡的时代风气，也是后世封建士大夫、文人引以为榜样，并诉诸实践的理想人格。特别是东汉以后，统治者鉴于西汉末士大夫依附王莽，无所执持，鲜有操守的情况，所以“尊崇节义，敦厉名实”（《日知录·两汉风俗》）。一方面表彰一批王莽时隐居山林高蹈不仕的节士如逢萌、周党、王霸、严光等人；一方面行荐举、征辟以激励人心，故当时出现士大夫人人以气节自励的情况。这一些，我们可从《东观汉记》中看到。《东观汉记》是在皇帝控制下，于国史馆内修的东汉一代国史，故它不但神化刘汉政权，歌颂皇帝功德，还特别注意表彰忠贞节义之士，贬抑与汉争天下的群雄。以后荀悦的《汉纪》承此意，以“达道义”“彰法式”“著功勋”“表贤能”“通古今”为写史的出发点(《汉纪序》)。这两部书特别是《东观汉记》给后世史家影响很大。据《隋书·经籍志》记载，在范晔前修后汉史的共有十三家，除袁宏、张璠两家的《后汉纪》为编年体外，其余十一家皆为纪传体，而《东观汉记》居其首。陈寿《三国志》和范晔《后汉书》都是以它作主要材料，它的观点必然会对陈、范两人有影响。崇尚节气，敦励名节既为历来的封建士大夫、文人所称道、效仿，且《后汉书》取材主要得益于很注重张扬节气忠义的《东观汉记》，因此范晔之褒奖节士砥砺名实是很自然的事。由此不能马上得出他也是一个以气节自励的人，更不能得出他必不谋反的结论。再说，他对儒学、儒生和处士并不是一概肯定的。他以为：“夫物之所偏，未能无蔽，虽云大道，其碍或同”(《方术列传》)，故指出“《诗》之失愚，《书》之失诬”，对儒家经典并不盲从。对东汉儒林“分争王庭，树朋私里，繁其章条，穿求崖穴，以合一家之说”的陋习也很不满，并引扬雄的话，笑他们迂腐(《儒林列传》)。至于对那些声名很高，以逸民自居的人，他指出除一部分遁世避祸的人之外，一般都是些“纯盗虚声，文不能演义，武不能死君，钓采华名，庶几三公之位”的禄利之徒，东汉君主优待他们，是以“养不宾之士”表自己是明王圣主，目的在“举逸民天下归心”(《逸民传序》)。故上下相欺，酿成风气。他还指出东汉名士“刻情修容，依倚道艺，以就声价”(《方术列传》)，这些未始不可看作他对东汉风气的否定。故不能坚执《后汉书》进处士、振清议这个内容来证明范晔不反。

不仅如此，我们还要进一步指出，就范晔本人来说，他对名节是不甚重视的。范晔所处的时代是一个动荡的时代，是士族由道德沦丧走向没落的时代。不像东汉之时士族还是一个新兴的上升阶层，士大夫还讲孝义，重直节，讲“修己致禄”，以此光大门庭，保持旌望，砥砺人心，维持风气。南朝的士族却不同，他们只知干禄而不重修身，故整个社会放诞任达成为风气，上自皇室，下至豪门，都存在这种情况，处在这种时代风气中的范晔自然就不把名节看得很重。

如前所说，他好货（孔熙先就是藉此接近他的）、好色，至于孝更谈不上。不仅如此，他对当时一些有清名的人多有讥刺。何尚之“立身简约，车服率素，妻亡不娶，又无姬妾。执衡当朝，畏远权柄，亲故一无荐举”（《南史·何尚之传》），范晔却讥之以“寒蘁虚燥”。羊玄保“廉守寡欲”，“不营财利，产业俭薄”（《南史·玄保传》），范晔讥之以“枣膏昏钝”。沈演之“情好举才，伸济屈滞，而谦约自持。上赐女伎，不受”（《南史·沈演之传》），范讥之以“詹唐粘湿”。可见，他于名节并不看重，更没有受其约束。只凭《后汉书》诸传推断其不反不能服人。王鸣盛还以范晔世擅儒学，本人也博涉经史善为文章作他不反的理由，更是大而无当。尚儒学习经史是封建社会每个文士必受的基础教育，于反不反无必然联系。至于他祖上世擅儒学，更不能说明什么问题。倘非得那么说，那下面的史实又提出了反证：就范泰来说，他固然博通经史，但并不就是一个以气节自励的人，他“好酒，不拘小节，通率任心，虽公坐，笑言不异私室……然短于为政”，且“任心行止，不关朝廷”。死后，初议赠开府，殷景仁认为“素望不重，不可拟议台司”（《南史·范泰传》）。倘说他之擅儒学对范晔有影响，那么是否也可以说范晔之“行己任怀”是来自于他的遗传呢？所以王鸣盛的这条理由也难成立。

接着，让我们来正面看范晔对谋反一事持什么态度，这对弄清他究竟反不反很关键。《后汉书》中许多传论为我们提供了这方面的材料。作为一个有政治经验的史学家，范晔对历史上朝代更替政权交移有自己的理解，他并不认为一个王朝可以一姓万祀，所以并不一味惋惜王朝的覆灭，而总是客观地分析这种更替交移的客观原因。在《宦者列传》中他写道：“自古丧大业、绝宗禋者，其所渐有由矣。三代以嬖色取祸，嬴氏以奢虐致灾，西京自外戚失祚，东都缘阉尹倾国，成败之来，先史商之久矣。”他还进一步提出，倘一个政权腐败之极的时候，新政权取而代之是必然的，算不得违背仁义忠信。他在《李杜传论》中把这一点讲得很清楚，在这篇素来被人拿来作为范晔忠义证据的篇章中，他对李固、杜乔的评价的确很高，认为他们的仁义忠信足以维持人心，转移风气，但他并不坚执孟子的舍生取义一说，认为“若义重于生，舍生可也；生重于义，全生可也”，倘“上以残暗失君道，下以笃固尽臣节，臣节尽而死之”，固然有“杀身以成仁”之美誉，但倘离而去之，也不为“求生以害仁”。基于这样的认识，他在分析汉魏之交天下纷争的动乱时局时最大程度上做到了客观公正。在《儒林列传》中他说：“自桓、灵之间，君道秕僻，朝纲日陵，国隙屡启，自中智以下，靡不审其崩离。而权强之臣，息其窥盗之谋，豪俊之夫，屈于鄙生之议者，人诵先王言也，下畏逆顺势也。至如张温、皇甫嵩之徒，功定天下之半，声驰四海之表，俯仰顾盼，则王业可移，犹鞠躬昏主之下，狼狈折札之命，散成兵，就绳约，而无悔心。暨乎剥挠自报，人神数尽，然后群英乘其运，世德终其祚。”据章怀太子注，“昏主”谓献帝也，“群英”则指袁术、曹操之属。在范晔看来，东汉之亡是明摆着的事，重臣夺权也势在必然，而皇甫嵩身为车骑将军，兼任冀州刺史，诸州军事悉为其所统，犹匍匐于昏主下，实在是很不值得的事。在《皇甫嵩传》中，他还全部抄录了阎忠的干说之辞，当日阎忠曾以“竖宦群臣，同恶如市”“昏主之下，难以久居”和“既朽不雕，衰世难佐”劝嵩“移宝器于将兴，推亡汉于已坠”。他这一番说辞与范晔主张的如出一辙，因此范晔将之尽录于书中不是偶然的。在《荀彧列传》中他又说，“方时运之迍邅，非雄才无以济其溺，功高势强则皇器自移矣”。在《刘焉袁述吕布列传》中，他还表达了一个很通脱的见解：“夫地广则骄尊之心生，财衍则僭夺之情用，固亦恒人必至之期也。”并对刘璋有财力而放弃成都，投降刘备，从而失去争夺天下的机会，表示了无限的惋惜，全没有以夺天下为违义谋乱的迂腐观念。更明显的是他对当日与光武争天下的群雄能公正评价。此前，班固在兰台修《世祖本纪》，将刘玄、刘盆子、公孙述、隗嚣等人斥出列传，另列“载纪”一体载之。《东观汉记》承此例，对他们也严霜相加，多有裁抑之词。范晔却不这样，他将这些人都载入列传，并予以客观地评价，有的还是较高的评价。他如称赞隗嚣“其道有足怀者，所以栖有四方之桀，士至投死绝亢而不悔者矣”（《隗嚣列传》），不以成败论英雄。

正是有这种通脱的思想作基础，所以他在晋王朝行将灭亡之时分化出来，投奔刘裕。时刘裕权势正盛，任义康为相国掾，督领豫、雍等州军事。安帝义熙十年，晋雍州刺史任他为主簿，他不就职，却入奔义康，任冠军参军。后义康为彭城王，晔入为兵部员外郎，旋出为荆州别驾从事。范晔既会脱离晋王朝而事易姓，为何不可能做背文帝而立义康的事呢？再说历来犯上作乱都是以成败论的，成者为王败者贼，刘裕的天下就是从晋那里犯上作乱来的。他征讨桓玄，荡平慕容超、卢循等割据势力，意并不在兴复晋室，所以杀安帝，立其弟为傀儡，以后又以禅让名夺权。至于整个东晋南北朝，篡弑废立之事就更屡见不鲜了。就以刘宋而言，刘裕死后，帝室内部矛盾趋于公开化，不久就发生了权臣徐羡之废少帝义符，迎立文帝义隆这样的事。在这种环境下，如范晔这样一个耻作文士、自视甚高的人，眼见不能在文帝手下驰骋才智，投入到义康门下，有什么不可能？且他为人又"进利"（《南史》），本传说他"利害相倾"，不甘寂寞，力主进取。在《独行列传》中，他曾引孔子的话说："与其不得中庸，必也狂狷乎"，又说："狂者进取，狷者有所不为也，此盖失于周全之道，而取诸偏至之端也。然则有所不为，亦将有所必为者矣。既云进取，亦将有所不取者矣。"义康自入朝掌政以来，"事决自己，生杀大事，皆以录命断之"，且好接引"位卑人微"之士，故一时"权倾天下"，朝臣如刘湛、刘斌、王履、刘敬文和孔胤秀皆依附在其门下（见《南史》本传）。范晔与他素有旧，拥戴他是顺理成章的事。为求一逞己志，即使有"狂衅取灭"之虞也在所不惜，所谓"既云进取，亦将有所不取者矣"。再者，当日文帝与义康的矛盾日趋激化，那些依附义康的人或被贬，或被杀，前面提到的刘湛，就是因为与义康相结，最后以"合党连群，扬扇同异"的罪名被杀的（见《宋书·刘湛传》）。刘湛与义康的关系和范晔与义康的关系很相似，他"阶藉门荫，少叨荣位"，在义康为冠军将军豫州刺史时，就代为职掌府州军事。以后"义康擅势专朝，威倾内外，湛愈推崇之"（同上），最后因义康败露被收付廷尉，死在太子詹事任上。这对范晔不会没有触动，所谓物伤其类不免同悲也。也所以，时人常将他们放在一起评论，如裴子野就说他们两人"皆忸志而贪权，矜才以徇逆，累叶风素，一朝而陨，向之所谓智能，翻为亡身之具矣"（《资治通鉴》卷124"元嘉二十二年"引)。《宋书》也将两人之传归在一卷,实际上是视两人为一路,故传末"利令智昏"的评语,不专指刘湛,也包括范晔在内。

从上述数端可见,范晔参与谋反是必有的事,史书记载不诬;清人辩解之辞,因无显据,故不能成立。

原载《上海师范大学学报》1988年第2期

孔稚圭的《北山移文》

王运熙

孔稚圭的《北山移文》是我国古代骈文中的一篇名作，著名的选本《昭明文选》《六朝文絜》都加以选录。《古文观止》于六朝文选录极少，于东晋只取王羲之、陶渊明两家，于宋、齐、梁、陈四代只取《北山移文》一篇，可见对它的重视。解放后我国一些古典文学史研究专著，对骈文很少齿及，但于此文特垂青睐。高等教育出版社出版的《中国文学史教学大纲》说这篇文章“对于当代的假名士、伪君子，作了尖锐的讽刺与抨击，揭露了他们的丑恶面貌”。北京大学1955级同学所编《中国文学史》（修订版）说：“作品有力地斥责了周颙‘身在江海之上，心系魏阙之下’的思想行为，而且有很高的艺术性。全篇行文，都很合山灵口吻，处处把自然景物人格化，使讽刺尖锐有力，而且生动活泼，趣味横生。”

最近重读《北山移文》，发现过去人们对这篇文章的内容和作者创作意图的解释，有可以令人怀疑之处。

《文选六臣注》吕向解释此文写作背景说：“钟山在都（指建康，今南京）北。其先周彦伦（周颙的字）隐于此山，后应诏出为海盐县令，欲却过此山。孔生乃假山灵之意移之，使不许得至。”这样说，好像周颙原来隐居钟山，后来方始应诏出仕，故孔稚圭作移文讽刺。吕向之说，为后来许多人们所采用，但考之事实，其说却并无根据。《南齐书》卷四一《周颙传》历载颙前后仕履非常详尽，他在宋明帝元徽初年曾为剡令，齐高帝建元初为长沙王参军、后军参军、山阴县令，却不云曾为海盐县令。《文选》李善注于《移文》“张英风于海甸，驰妙誉于浙右”句下的注释，即以山阴当“浙右”，可见为海盐县令一说之不确。这还是小事。《南齐书·周颙传》记载周颙为官时，“于钟山西立隐舍，休沐日则归之”。这里问题就大了。首先是周颙在钟山立隐舍，是在他的生活后期，已在浙右为官之后。其次是他的立隐舍，并不是不做官，只是“休沐日则归之”——在假日休憩而已（《南齐书》关于周颙的记载，《南史》卷三四《周颙传》完全相同）。所以清代张云璈的《选学胶言》，就根据《南齐书》否定了吕向的说法，认为周颙“未尝有隐而复出之事”。这样看来，说《北山移文》是讽刺欺世盗名的假隐士出山，不是落空了吗？这是可疑者一。

《北山移文》描写周颙出仕后的情况道：

> 至其纽金章，绾墨绶，跨属城之雄，冠百里之首。张英风于海甸，驰妙誉于浙右。……常绸缪于结课，每纷纶于折狱，笼张、赵于往图，架卓、鲁于前录，希踪三辅豪，驰声九州牧。

本文宗旨既然在讽刺周颙出仕，为什么对周颙的政治生活又用一种赞赏的语句去描写，称之为“张英风”“驰妙誉”，而且治绩架于汉代的张敞、赵广汉、卓茂、鲁恭等这些良吏之上呢？这是可疑者二。

《南齐书》卷五四《杜京产传》有这样一段有关孔稚圭的记载：

> 永明十年，稚圭及光禄大夫陆澄、祠部尚书虞悰、太子右率沈约、司徒右长史张融表荐京产曰：“窃见吴郡杜京产，洁静为心，谦虚成性。……泰始之朝，挂冠辞世，遁舍家生，隐于太平。葺宇穷岩，采芝幽涧。耦耕自足，薪歌有馀，确尔不群，淡然寡欲。麻衣藿食，二十馀载，虽古之志士，何以加之！谓宜释巾幽谷，结组登朝，则岩谷含欢，薜萝起忭矣。”不报。

这篇荐表是孔稚圭带头写的，故严可均《全齐文》即系在稚圭名下。很奇怪，这篇文章一方面赞美杜京产隐遁山林，安于贫素，一方面又要他出山而仕，最后“岩谷含欢，薜萝起忭”两句，意思恰恰和《北山移文》中“林惭无尽，涧愧不歇，秋桂遣风，春萝罢月”诸句截然相反，使人疑心不可能出于一人之手。既然孔稚圭要杜京产出山而仕，为什么对周颙的这类行动要大加讽刺呢？这是可疑者三。

以上这些疑问应该如何解释呢？细读《南齐书》中的《周颙传》和《孔稚圭传》，我觉得以下几点情况值得注意：

第一，是周颙和孔稚圭两人的生活道路和情况很接近。六朝时代知识分子有一种风气，就是一边做官，一边度度隐逸生活，周颙和孔稚圭都属于这一类人物。史载周颙自青年时解褐为官起，直至死亡，一生一直在做官。但又喜过隐士生活，除在钟山“立隐舍”外，《南齐书》又载他“清贫寡欲，终日长蔬食，虽有妻子，独处山舍。卫将军王俭谓颙曰：‘卿山中何所食？’颙曰：‘赤米白盐，绿葵紫蓼。’文惠太子问颙：‘菜食何味最胜？’颙曰：‘春初早韭，秋末晚菘。’”至于孔稚圭，《南齐书》卷四八本传也记载他从青年时解褐为官起，直至病死，也是一生不间断地做官，但又爱隐逸生活，“不乐世务，居宅盛营山水，凭几独酌，傍无杂事。门庭之内，草莱不剪，中有蛙鸣。或问之曰：‘欲为陈蕃乎？’稚圭笑曰：‘我以此当两部鼓吹，何必期效仲举。’”（《南史》卷四九《孔稚圭传》略同）对隐士杜京产，周、孔两人都很欣赏，《南齐书·杜京产传》说“孔稚圭、周颙、谢瀹并致书以通殷勤”。

第二，周、孔两人的知交朋友相同。《南齐书·孔稚圭传》说“稚圭风韵清疏，好文咏，饮酒七八斗。与外兄张融情趣相得。又与琅邪王思远、庐江何点、点弟胤，并款交”。《南齐书·周颙传》记载颙“兼善《老》《易》，与张融相遇，辄以玄言相滞，弥日不解”。又曾写信给何点（《南史》及《广弘明集》作何胤），劝他吃素。何胤曾向颙要他收藏的卫恒散隶书法，他没有答应。可见两人与张融（当时著名的风流旷达文士）、何点、何胤兄弟（当时著名隐士）都颇友好。

第三，周、孔两人在生活上都富有风趣，擅长言辞。上引孔稚圭的“两部鼓吹”的故事是很著名的。至于周颙，史载他“辞韵如流，听者忘倦”。何胤向他求卫恒散隶书法时，打算以倒薤书交换，“颙笑而答曰：‘天下有道，丘不与易也。’”他与何胤俱精信佛法，文惠太子问他们两人造诣谁胜，“颙曰：‘三涂八难，共所未免，然各有其累。’太子曰：‘所累伊何？’对曰：‘周妻何肉（是说自己娶妻，何胤吃荤)。’”

《南齐书》没有直接记载周、孔两人是知交,但从以上第一、二两点,我们认为周、孔两人既然生活情况如此相似,知交朋友又相同,两人在朝廷时必定有较好的友谊,至少不至反唇相讥。再结合第三点,我们推测《北山移文》只是文人故弄笔墨、发挥风趣、对朋友开开玩笑、谑而不虐的文章。这样理解作者的创作意图,前面的三点疑问也就可以解释了。第一点,既然是开开玩笑,文章内容与周颙出处细节是否贴合,就可不必顾及;第二点,既然是谑而不虐,褒贬兼具自也无妨;至于第三点的矛盾,就更不成问题了。

假如以上的考证可以成立的话,我认为:这篇文章内容固然对南朝士大夫知识分子表面崇尚隐居,实际企羡爵禄的生活状态和精神面貌有所反映,但对它的思想性不宜作过高的、不切实际的评价。

毫无疑问,《北山移文》在南朝骈文中是一篇艺术成就很高的作品。全篇写人写景,形象鲜明,生动突出;语言优美,富有诗意。

全文可分三段,善于通过对比法和拟人法刻画人物和景象。第一段从开头到“何其谬哉”,以抒情笔调发议论,把隐士分为三类,以前两类真隐士和第三类假隐士作对比,反衬出假隐士的可鄙可怜。本段中没有直接提出周颙,但已渲染出一种谴责、慨叹的气氛,为下文作张本。第二段从“呜呼! 尚生不存”到“驰东皋之素谒”,详细描写周颙“变节”过程,是全文重点。上半段写周颙在山中时情状,其始至时是“风情张日,霜气横秋”,气概极高;等到朝廷征聘诏书一来,就“焚芰制而裂荷衣,抗尘容而走俗状”,与过去判若两人。通过前后对比的夸张描写,深刻地揭露了假隐士的虚伪面貌。下半段写周颙出山后情状:一方面是周颙做地方官,政务繁忙,声名煊赫;另一方面是山中景象,幽寂荒凉,无人赏玩,且受附近诸山嘲弄。一方面是得意热闹;另一方面是失意落寞。生动的对比,有力地写出了周颙的负心和北山的蒙耻。本文全篇假山灵口气行文,是拟人法;本段更把山中许多具体景物人格化,如“风云凄其带愤”诸句,“使我高霞孤映”诸句,“故其林惭无尽”诸句,把它们凄怆落寞、蒙耻深重的精神状态刻画得非常细致深入，大大地增强了这篇文章的抒情气氛和感染力量。第三段从“今又促装下邑”到结尾，在第二段周颙负心、北山蒙耻的基础上提出勒移本旨。篇幅虽短，但语气坚决有力。仍用拟人法，表现了山林的果毅行为。最后以“请回俗士驾，为君谢逋客”两句作结，令人有笔力千钧之感。

这篇文章属对精工，文辞华美，声调和谐，它的语言形式的完整，达到了南朝骈文的高峰。孙月峰评它说：“六朝虽尚雕刻，然属对尚未尽工，下字尚未尽险，至此篇则无不入髓，句必净，字必巧，真可谓精绝之甚。此唐文所祖。”于光华《文选集评》引）许梿《六朝文絜》也说：“此六朝中极雕绘之作，炼格炼词，语语精辟。……当与徐孝穆《玉台新咏序》并为唐人轨范。”都指出了这种特色。作者孔稚圭生于南齐永明时代，当时声律论已经形成（周颙就是声律论的提倡者），骈文语言的对仗、辞藻、用典、声律诸要素，在这时已经完全具备。语言形式如此完整、为唐代骈文开路的《北山移文》在这个时候出现，不是偶然的事情。骈文形式过于完整，容易产生雕琢、呆板的缺点。本篇却没有这个毛病，用词造句，非常精致，但又注意清新自然，不堆砌辞藻，给人以生动灵活的感觉。全篇除四言句、六言句外，错综运用着三言、五言、七言等各种句法。除对偶语句外，穿插了若干单行的关连语句，如“吾方知之矣”“固亦有焉”等等。在句与句中间，成功地运用了一些虚词来联系，孙月峰评为“精神唤应，全在虚字旋转上”，许梿评为“其妙处尤在数虚字旋转得法”。以上几方面都使这篇文章增加了灵活性，避免了骈文特别是四六文常见的呆板缺点。

本文全篇用韵，采用辞赋体裁。我国古代游戏文章常采用韵文体，有它的传统，看《文心雕龙·谐讔》篇和《骈体文钞》中的“杂文”一类，便可明白。文中使用五、七言诗歌句法，更增加诗的味道。文中深慨隐士出山，用拟人法写山中景物神态，抒情气氛已极浓厚，加上形式上的诗歌因素，使它整个成为一篇美妙的抒情诗。相传宋代王安石特别欣赏“使我高霞孤映，明月独举，青松落荫，白云谁侣”四句，它的形象鲜明，语言优美，富有诗意，令人想起丘迟《与陈伯之书》的名句：“暮春三月，江南草长，杂花生树，群莺乱飞。”

《南齐书·孔稚圭传》说："太祖（齐高帝）为骠骑，以稚圭有文翰，取为记室参军，与江淹对掌辞笔。"可见其文才为当时统治者所如何重视。《北山移文》和江淹的《恨赋》《别赋》，都可以说是骈体文的杰作，代表了当时骈文艺术的最高成就。

原载《文汇报》1961年7月29日

重读《世说新语》札记

蒋　凡

一、言“孝”没“忠”说魏晋

高贵乡公薨，内外喧哗。司马文王问侍中陈泰曰：“何以静之？”泰云：“唯杀贾充以谢天下。”文王曰：“可复下此不？”对曰：“但见其上，未见其下。”

这则故事，见于《世说新语·方正》第八则，年轻时读来，味道平平，未见其佳；而在几十年后重读，一旦熟悉历史，上挂下联，旁敲侧击，一时顿悟，立感怵目惊心，在读者面前呈现了一场鲜血淋漓的历史惨剧。

史上司马篡魏开晋，以杀害魏帝曹髦为公开的信号。司马文王，指当时的晋王、相国、大将军司马昭，他在甘露五年(260年)，派其心腹中护军贾充，率骑督成倅成济兄弟，敢犯天下之大不韪，以利矛贯帝，公然弑君，故朝野舆论哗然。高贵乡公，指当时的魏帝曹髦(241—260年)，他登基前于正始五年封高贵乡公，弑后无谥号，故史借以称名。据《三国志·魏书》本纪，称其少年夙成，聪明好学，思有作为。但是朝廷内外早就布满了司马集团的爪牙，君权旁落，并非朝夕。虽然时乖运背，亦在料中，但被公然弑杀于军前，却也出人意料而吓人一跳。故事中“内外喧哗”四字，以简约的语言，不仅渲染了当时举国汹汹的紧张气氛，而且说明了弑君不忠行为震撼了传统道德支柱“忠孝”观念所带来的严重后果，因而迫使有恃无恐的司马昭，也不得不思考“何以静之”的问题。当日的司马昭，大权独揽，生杀予夺，皇帝都敢杀，那么取一臣子性命，犹如踩死一只蚂蚁似的，什么感觉都没有。但是侍中陈泰，却敢于当廷面折，所谓“但见其上，未见其下”，贾充之上，当然是司马昭了，故其言外之旨，是说司马昭无法推卸其弑君不忠的罪责，其风骨凛然，气贯长虹，敢于矛头直指司马昭。这是何等的勇气与胆识，无疑是在捋虎须。果然，不久陈泰即“呕血而死”——被迫自杀，故《世说新语》作者以之入“方正”门而加以旌扬。

这则故事，言约旨远，艺术上耐人寻味，有关陈泰和司马昭的心理，刻画也颇细致生动。但更重要的是，它说明了思想道德标准随时代而变化，虽有陈泰之辈为传统“忠孝”观念献出了生命，但却大势所趋而徒唤奈何。魏晋时代，篡弑相继，愈演愈烈，如曹魏篡汉，司马篡魏，无所不用其极。这对于以“忠孝”为核心的传统道德观念，产生了强烈的冲击。在汉代，“忠孝”常是连称，封建的“忠”与“孝”，基本上是一致的，求忠臣必于孝子之门，提倡“孝”就是为了忠于君。故汉帝死后谥号多冠以“孝”字，如“孝文帝”“孝景帝”“孝武帝”“孝宣帝”之类，以资号召。颂美忠孝双美的盛世，形成了传统道德观念的重要支柱。但是，若在日常行为实践中，一旦忠孝不能两全而发生矛盾时，汉人常选择先忠后孝。如《后汉书·独行·赵苞传》载，汉灵帝时，辽西太守赵苞率众与鲜卑入寇者战，寇劫其母及妻子为人质，苞于两军阵前对母慷慨流涕曰：“昔为母子，今为王臣，义不得顾私恩、毁忠节。”于是挥师破敌，母及妻子皆为敌所害。不过，这一“忠孝”观念发展至三国时代已有变化。《三国志·魏书·邴原传》裴注引《原别传》云，问君父同时有笃疾，但救命药丸仅一枚，先救君，或先救父？“太子（按：指曹丕）咨之于原，原悖然对曰：‘父也！’太子亦不复难之。”此事于邴原，或为潜意识的冲口而出，但“悖然”二字，又传达其真实情感。原来，三国时士人脑海中的忠君思想，已日趋淡薄了，故曹操父子着手篡汉，也不仅是一己之私。这就为魏晋的篡弑不忠行动，作了早期的思想准备。曹操并非没有篡汉自立之意，但当条件未成熟时，他并不急于发动。建安二十四年，吴主孙权上书称说天命，劝曹操取汉自立为帝，曹操却当众扬其书曰："是儿欲踞吾著炉上邪！"（《三国志》本纪裴注引《魏略》）时候未到，他还是安稳地做他那独揽朝纲的汉丞相，但思想舆论，早在宣传准备之中。故曹丕能顺利地篡汉建魏，实现乃父之夙愿。后来司马篡魏，即步其后尘，借鉴了前朝的历史经验。既然君位可篡而得，故篡位者羞于言"忠"。因此，司马开晋，只能提倡"以孝治天下"（见《世说新语·任诞》第二则）①，表面上似乎在发扬传统道德观念，实际上缺"忠"之"孝"，只是一片伪善的道德遮羞布，而与汉儒不同。弑人君主，羞于言"忠"，弑杀魏帝曹髦的事件，就是直接的导火线。

但是，言"孝"而无"忠"，在封建时代，对于国家朝廷来说，终究是缺乏思想信念，丧失了某种道德支撑。晋时士大夫的道德观，无忠君之心者仍可合法存在，仍然做他的官，思想极其混乱。西晋士人领袖王衍，为乞命而劝胡人石勒取晋自立为帝。其厚颜无耻，丧失民族气节，实际早由晋主开其端。故晋武帝司马炎驾崩前后，王公贵族已在为争夺帝位而相互厮杀，演出了一幕又一幕惊心动魄的历史悲剧。或许是与丧失了那和国家民族命运相关的忠君道德有关，武帝尸骨未寒，立即八王乱起，热热闹闹，你方唱罢我登场，直杀得斗转星移，天昏地暗，尸横遍野，赤地千里，结果是皇帝宝座谁也没抢到，倒是把一个好不容易一统天下的大好河山，沦丧于胡人铁骑蹂躏之下，悲哉！

在这则故事中，陈泰表面是批判贾充弑主之不忠，要求杀之以谢天下。实际上他心里明白，贾充不过是司马集团的爪牙和实行者，司马昭如果杀了贾充这一得力干将，那么又有谁肯出来为司马篡魏效劳呢？很明显，陈泰的矛头，直指当时掌权的最高统治者司马昭，因为民间早已传闻："司马昭之心，路人皆知。"后来，司马昭果然取贾充以下的成济兄弟作替罪羊，诛灭九族，虽然手段极其残忍，但却无济于事，仍然难堵悠悠众口。据《晋书·庾纯传》，十年后，庾纯

---

① 〔晋〕潘岳《藉田赋》云："夫孝者，天之性，人之所由灵也。昔者明王以孝治天下，其或继之者，鲜哉希矣！逮我皇晋，实光斯道，仪刑孚于万国，爱敬尽于祖考。故躬稼以供粢盛，所以致孝也……能本而孝，盛德大业至矣哉！"（《晋书》卷五十五《潘岳传》称引，中华书局排印本，第1502页）

在朝廷公宴之上，借酒骂座，呵斥位高权重的贾充说："天下凶凶，为尔一人！"并直前斥其弑主之不忠曰："高贵乡公安在？"这不是偶然地揭其历史疮疤烂账，而是对于"以孝治天下"而缺乏"忠君"意识的一种批判。于此可见，陈泰虽死，但是薪尽火传。统治者的思想，也难以一手遮天，它阻止不了历史的反思。

二、皆大欢喜说王导

王丞相拜扬州，宾客数百人并加沾接，人人有说（悦）色。唯临海一客姓任，及数胡人为未洽。公因便还过任边，云："君出，临海便复无人。"任大喜说（悦）。因过胡人前，弹指云："兰阇，兰阇！"群胡同笑，四坐并欢。（《世说新语·政事》第十二则）

这则简短的故事，初看未奇，但若细加咀嚼，则如食橄榄，回味无穷。王丞相，指王导（276—339年），出身山东琅邪王氏，在重门阀的士族社会中，出身极其高贵。在历史上，他又是东晋的开国元勋、一代名相。像他这样有身份有地位的名士，为什么在宴会上却要与数百宾客一一周旋、亲自交谈呢？其中奥妙，思想起来，大有学问。

西晋自武帝驾崩之后，旋即八王乱起，以五"胡"乱华而迅即覆灭。于是当时的有识之士如王导等，力促司马南渡，开国江南，是为东晋。故事发生于东晋草创之际，作为晋元帝司马睿的腹心股肱，当时王导官拜右将军、扬州刺史、监江南诸军事。原来，元帝渡江之后，建都建业（今江苏南京），属扬州地区。扬州下辖丹阳、吴郡、会稽、永嘉、临海等十余郡。王导身为扬州刺史，实是京畿地区的军政长官，位高权重，责任很大，北御胡骑，内卫京师，安定国家，繁荣经济，集于一身。但当时国家草创，偏安江左一隅，立脚根基未固，可说是内忧外患，困难重重。北边中原沦丧，"胡"骑南侵，形势岌岌可危。而在江南内部，由于门阀社会传统陋习，中原士族一贯歧视江南士人，由此而经常发生南北士人的对抗，甚至引发了大规模的武装暴乱，社会极其动荡。这对于初建的东晋朝廷，无疑是火上浇油、雪上加霜。在此国家民族存亡之秋，为了生存和发展，当务之急是切实地在江南站稳脚跟，然后再图恢复。为此，作为当时国策设计师的王导，主张尽可能地团结江南的知识分子和广大民众，稳定局势，实现国家内部相对的安定与团结，以便同心建国，共御强敌。在这一建国方略的指导下，王导不能不一改传统士族陋习，因而思想及行为也随之产生了相应的变化。

两晋门阀社会，即在统治阶级内部，也是严于士庶之别。比如王导侄孙王献之，就因史家、文士习凿齿不是出身于士族名门，不肯与之同坐一条板凳议事，其严于士庶的矫饰，连谢安也看不惯。事见《世说新语·忿狷》第六则。而在王导官拜扬州刺史的宴会上，来宾数百，又岂能个个出身于高门士族？但王导见识远胜献之，他敢于打破陈规陋习，数百宾客，不问士庶，“并加沾接，人人有说色”。这在士族社会中是很不容易的，可说是经历了一场思想“革命”。不仅如此，王导还很善于揣摩客人的心理。临海姓任的客人及数胡人，因为尚未被王导“沾接”——即沾润接待，心里不快。王导在热闹的应酬中，并未昏了头，而是“因便”自然地到了任某身边，“君出，临海便复无人”，说你姓任的是临海最杰出的人物，令人歆羡。听了这样赞美，任某怎能不欢笑呢？又王导与胡人，非我族类，更无亲故，但他同样没有忘记，因便来到胡人身旁，放下了士人大官的架子，沿用胡人习惯，弹指说话。“弹指”这一细节很生动，事虽小而意义大，一下子把王导这个中原士族领袖与胡人的距离拉近了许多，自然消除了隔阂。“兰阇”何谓？朱熹《朱子语类》以为是“胡语之褒誉者”，其猜测大致不爽。今人余嘉锡《笺疏》引王伯厚言，以为即佛语中的“兰若”，并引慧琳《一切经音义》云：“阿练若，或云阿兰若，或但云兰若，此土义译寂静处……远离喧噪，牛畜鸡犬之声寂静，安心修习禅定。”余氏据此揭示了王导的良苦用心：“盖赞美诸胡僧于宾客喧噪之地，而能寂静安心，如处菩提场中。然则已之未加沾接者，正恐扰其禅定耳。群胡意外得褒誉，故皆大欢喜也。”借胡僧梵语来颂美群胡是喜爱清寂的得道高僧，故群胡欢天喜地，笑声发自内心。于此可见，百忙之中不忘细务，王导不仅是一个胸襟广阔的政治家，更是一个聪明的心理专家。洞人肺腑，以诚相接，故易见功。《晋阳秋》称："王导接诱应会，少有牾者。虽疏交常宾，一见多输写款诚，自谓为导所遇，同之旧昵。"信然。能获士心，则何事不竟其功？王导的"统一战线"经验，值得后人玩味。

这则故事，言约旨远，成功地刻画了王导这个成熟政治家的形象。王导一改中原士人的傲慢与偏见，纡尊降贵，不耻下问，类似"弹指"的生活细节，生动地描绘了王导的宽广胸怀，又隐约透露了他那团结南北士人精英、实现国内民族和解的建国方略。当时的统治者，如能像王导待客那样各自"多输写款诚"，则广大民众就能和朝廷国家保持一致，以实现团结救国的复兴大计。遗憾的是，如王导者太少，悲哉！

三、清谈风流数王谢

王右军与谢太博共登冶城。谢悠然远想，有高世之志。王谓谢曰："夏禹勤王，手足胼胝；文王旰食，日不暇给。今四郊多垒，宜人人自效。而虚谈废务，浮文妨要，恐非当今所宜。"谢答曰："秦任商鞅，二世而亡，岂清言所致邪？"（《世说新语·言语》第七十则）

故事中的王右军，即王羲之。谢太傅，指谢安。二人是东晋时代王谢家族中的杰出代表。唐刘禹锡《乌衣巷》诗云："朱雀桥边野草花，乌衣巷口夕阳斜。旧时王谢堂前燕，飞入寻常百姓家。"其诗语致深婉，含蓄蕴藉，抚今思昔，叹惜魏晋风流已逝，以致其沧桑之慨。其实，从物质上看，六朝金粉如梦；但从精神上言，则魏晋风流犹存。读者只要细读《世说新语》，自可有悟。名士清谈玄理，也是魏晋风流的重要内容之一。

故事发生的时代背景史有三说：一是《晋书》载于谢安执政之际，按其时羲之已死多年，其误可知；一是《晋略列传·谢安传》作"咸康中庾冰强致之"时，考冰执政为咸康五年（339 年），时谢安虚龄二十，羲之长其十七岁，似不必如此规劝一个尚未涉世的青年；一是今人余嘉锡《笺疏》推测，"是永和二、三年（346 年、

347年)间右军为护军时事。安石虽累避征辟,而其兄仁祖方镇历阳,容有下都之事,且年事既长,不能无意于当世,故右军有此言耳。过此以往,则右军入东,不至京师矣”。余说甚是。

东晋士族之中,王、庾、桓、谢四大家族相继执国政柄,而名士风流,尤以王、谢为最。在当时的门阀社会中,出身名门望族,就意味着享有政治经济诸般特权,士族子弟必然是国家栋梁,前途似锦。当时谢安虽然尚未登仕,但早已因其道德学问誉满人口,国人寄以“公辅之望”。谢安隐居会稽时,与王羲之及道士许询、僧人支遁友善,“出则渔弋山水,入则言咏属文”(《晋书》本传)。羲之与安知己,爱之甚深,故借批评其清谈之误,力劝谢安出仕,为国分忧,以便肩荷重任,解民倒悬。原其本意,发自善心。但其所议论,谢安不敢苟同,因而引发了一场关于清谈玄理的是非功过的自由论争。羲之的批评,实际上成为后来顾炎武辈“清谈误国”论之先导。这就涉及了对于当时玄学清谈理论实质的评价问题,故谢安认为不可不辩。

谢安本人善玄理,能清言,当时与刘惔、王濛鼎足而三称名家,见《世说新语·品藻》第八十四则。他少年时即向阮裕请教艰深难懂的先秦名家经典《白马论》(《世说新语·文学》第二十四则),后来又与玄学名家支道林、许询、王濛等聚会,清谈《庄子·渔夫》篇,借题发挥玄理,洋洋洒洒“作万余语”,才峰秀逸,“四坐莫不厌心”(同上《文学》第五十五则)。出于对玄家清谈精神实质的深切了解,故用明白而简洁的语言,回答了友人的挑战。羲之所称“虚谈废务,浮文妨要”,如果是针对当时士族贵要不务世事,不以国计民生为重的历史现象而言,这是当日的实际情况;但若把这一国家政治危机仅仅归罪于玄家之清言,则又不合历史实情。当时的玄家是否整天空谈而不干实事?他们如果不是还有其他原因,仅仅是思想争鸣和理论探索,真有那么大的能量,会把国家推向灭亡的无底深渊吗?如东晋开国名相王导,也是颇富玄理修养的清谈名家,《世说新语·文学》第二十一则载其善谈“声无哀乐”“养生”“言尽意”三理,皆是当日玄学重要命题。王导执政,循玄理而行道家之政,为东晋开国奠定了坚实的思想基础。国家获得了生存和发展。事实说明，清谈玄理，何尝误国？殷鉴不远，事实俱在，故谢安不同意羲之的分析与估计。羲之借史譬喻，谢安也针锋相对地以史为例来加以批驳。秦重法家，腹诽有罪，焚书坑儒，禁绝百家争鸣，根本不允许任何清言，为什么一样由强致衰，急遽直下，二世即亡呢？谢安反问道："岂清言致患邪?"这一历史反思，很有说服力，说明了一个国家民族的兴衰，原因复杂，而不应该把清谈与亡国直接画上等号。在这一问题上，王、谢相比，谢安的思考更深入更全面，更能把握思想理论发展的脉搏跳动。谢安明玄理而善清言，有助其政绩。他执政时，前秦苻坚百万大军压境，国人惊惶，而"安每镇以和靖，御以长算。德政既行，文武用命，不存小察，弘以大纲，威怀外著，人皆比之王导，谓文雅过之"(《晋书》本传)。由此可见，淝水之战的胜利，绝非偶然。正因有王导、谢安之辈玄家名流执政，努力王事，东晋王朝延长了上百年的寿命。王、谢喜清谈而精玄理，为魏晋的名士风流增添了光彩的一笔。谁说清谈废务妨要？历史凿凿，不辩自明，千余年盛传不息的"清谈亡国"论，可以休矣！

原载 1999 年 10 月 2 日《文汇读书周报》

《世说新语》及刘孝标注与魏晋传记学

羊列荣

梁启超说："两晋六朝，百学芜秽，而治史者独盛，在晋尤著。"①这个看法不太严谨，但史学之盛确实是这个时期学术的特点，而"在晋尤著"，其实又主要是就传记学而言的。

《世说新语》(下文简称"《世说》")是魏晋传记学发展的一个成果。据余嘉锡索引、刘孝标注征引文献，种类以别传为最多，有九十余篇；其次为谱记、家传，近五十种；此外还有二十五六种的分类总传(指《名士传》《孝子传》等)，以及四种纪传体《晋书》等。可以说是涵盖了魏晋以来所有传记文体，其征引次数也占总次数的六成以上。刘孝标不仅构建了一个解读《世说》的传记学语境，也揭示了《世说》编撰的传记学基础。《世说》与其他传记学著述共享史料，形成源流相承的关系，如刘知幾以为唐修《晋书》有采自《世说》者(《史通·采撰》)，或者如余嘉锡所说二者"同出一源"②，总之，这种关系把《世说》明确地定位于传记学的历史中。至于其旁收博采，诸多文献借以留传；取精用宏，可谓传记文笔的吉光凤羽，则又不待赘论了。

---

① 梁启超《中国历史研究法》，《梁启超史学论著四种》，岳麓书社 1985 年版，第 122 页。

② 余嘉锡《世说新语笺疏》，上海古籍出版社 1993 年版，第 428 页。

一

传记学是建立在人物中心史学观的基础上的，而强化此观念的是人物品鉴风尚。刘勰《文心雕龙·史传》中曾比较编年体与纪传体的不同，说：

> 观夫左氏缀事，附经间出，于文为约，而氏族难明。及史迁各传，人始区分（按："分"字据杨明照《校注拾遗》补），详而易览，述者宗焉。

二者体例异同，固不止此一端，而刘勰特注目于氏族与人物，表明他的史学视角是以人物为中心的。其谓纪传体优于编年体而为述者所宗，乃揭明魏晋史学的基本趋向。不过，编年体在当时还是有相当的地位。刘孝标征引最多的孙盛《晋阳秋》、檀道鸾《续晋阳秋》都是编年体。正如周一良所指出，这个时期的纪传体和编年体是两者并重，唐以后纪传体才被视为正宗。刘勰的说法似乎不合史实，其实他所指的"述者"，主要侧重于骤兴于魏晋的传记作者，所以周一良以为这是"说明这时期杂传类著作蜂起的原因"①，但刘勰之意，只是揭橥魏晋传记学的渊源所自，其"蜂起的原因"则在品鉴之风的盛行。

汤用彤说："溯自汉代取士大别为地方察举，公府征辟，人物品鉴遂极重要。"②魏初清谈，上承东汉清议，"均以综核名实为归"，对于政治人伦，较为关注。③正始以后，乃"趋于虚无玄远之途，而鄙薄人事"④。《世说·言语》篇有一段记载，略可窥见此风气的转向：

> 刘尹与桓宣武共听讲《礼记》。桓云："时有入心处，便觉咫尺玄门。"刘曰："此未关至极，自是金华殿之语。"

所谓"金华殿之语"，依余嘉锡的解释，是指"儒生为帝王说书之常谈"⑤。但朝廷

---

① 周一良《魏晋南北朝史论集》，北京大学出版社 1997 年版，第 391 页。

②③④ 汤用彤《魏晋玄学论稿》，《汤用彤全集》第四卷，河北人民出版社 2000 年版，第 9—10、12、14 页。

⑤ 余嘉锡《世说新语笺疏》，第 123 页。

的讲学，终不远于朝政，所以汤氏把“金华殿之语”理解为“与政治人事有关”的谈论①，这是往深处讲。刘惔对于“金华殿之语”的态度，反映出品鉴风气久变之后，崇尚玄理而与现实政事保持距离，已成两晋士人的流行趣尚。

在此趋势中，人物品鉴的功能发生了重大变化。品鉴本是服务于地方察举、公府征辟，所以其对象必然是见在的人物，如余嘉锡所说：“凡题目人者，必亲见其人，挹其风流，听其言论，观其气宇，察其度量，然后为之品题。”②但品题中也常论及古人以作比较。《品藻》篇载：

> 庾道季云：廉颇、蔺相如虽千载上死人，懔懔恒如有生气。曹蜍、李志虽见在，厌厌如九泉下人。

庾龢品题的对象不是“千载上死人”廉、蔺，而是“见在”的曹、李。同篇载世人将“思纬淹通”的殷浩比于羊祜，与之同例。此是由今而古，品鉴的对象已不限于见在者。《容止》篇“王右军见杜弘治”条注引《江左名士传》曰：

> 永和中，刘真长、谢仁祖共商略中朝人士。或曰：“杜弘治清标令上，为后来之美，又面如凝脂，眼如点漆，粗可得方诸卫玠。”

刘、谢等人品西晋名士而及于杜乂，是由古及今，与庾龢品曹、李不同例。明周婴说：“《世说·赏誉》《品藻》止于魏晋两朝，因曹蜍、李志而及廉、蔺，因《高士传》而出井丹。若尚论古人，羌无义例。”（《卮林》卷一）如果是指品鉴的对象，那么“止于魏晋两朝”的说法就不正确。虽说《高士传》是嵇康所作，但王氏兄弟品论的不是嵇康，而是其作品中的人物，这分明已是“尚论古人”。又如：

> 刘丹阳、王长史在瓦官寺集，桓护军亦在坐，共商略西朝及江左人物。（《品藻》）
>
> 孙兴公、许玄度共在白楼亭，共商略先往名达。（《赏誉》）
>
> 商略古贤，显默之际，辞旨劭令，往往有高致。（《赏誉》“谢公曰长史语

① 汤用彤《魏晋玄学论稿》,《汤用彤全集》第四卷，第 14 页。

② 余嘉锡《世说新语笺疏》，第 448 页。

甚不多"条注引《王濛别传》)

那么"尚论古人"在清谈中不仅可以是独立的主题,而且也日趋普遍。这种以非见在人物为对象的品鉴,已不具有察举征辟的政治功能,而转入传记学的领域了。

清谈与传记学由此形成一种互相促进的关系。清谈家需要具备广泛的知识素养,包括传记学在内。如《文学》篇载惠远提出"《易》以感为体",殷仲堪说:"铜山西崩,灵钟东应,便是《易》邪?"据刘孝标注,仲堪的话出自《东方朔传》(别传)或《樊英别传》。清谈家熟悉传记学的好处,当然不止于获得一些谈资。同篇又载:

王敬仁年十三,作《贤人论》。长史送示真长,真长答云:"见敬仁所作论,便足参微言。"

《贤人论》讨论何谓"贤人",实与人物评价的标准有关,可视为传记学理论。刘惔说"足参微言",可见传记学理论裨益于参悟清谈玄言,比殷仲堪熟用传记之语又更进了一步。同篇又载:

谢万作《八贤论》,与孙兴公往反,小有利钝。谢后出以示顾君齐,顾曰:"我亦作,知卿当无名。"

据注引《谢万集》所载,《八贤论》叙论八位人物,四显四隐,其旨"以处者为优,出者为劣"。孙绰反对这个标准,认为"体玄识远者出处同归"。顾夷也不看重谢万的观点。士人对于人物品评的理论思考,无疑会使他们在清谈中获得优势,同时,清谈家们的往反攻难,也促进传记学理论的发展与深化。《高士传》《名士传》这些分类总传的创作,正离不开这种理论的引导。

清谈以品藻人物为主题,成了传记史料的重要来源。如谢安道江北事,袁宏据之以作《名士传》(《文学》),便是一例。这些传记著述又在清谈风尚的推动下流传开来。《文学》篇载:

裴郎作《语林》,始出,大为远近所传。时流年少,无不传写,各有一通。

据《轻诋》篇"庾道季诧谢公曰"条注引《续晋阳秋》:"晋隆安中,河东裴启撰汉魏以来迄于今日，言语应对之可称者，谓之《语林》。时人多好其事，文遂流行。”以汉魏晋为时段，以“言语应对”为内容，表明《语林》的叙述对象主要就是清谈人物。这一类人物散记（包括志人与志怪二体）皆由清谈传闻直接生成，在内容上正与清谈传闻相类，并不追求人物履历的完整性，作者撰写的动机以及“时流年少，无不传抄”的理由，都不一定在传记学本身，但是它们为完整的人物传记提供了具体素材，在传统传记学中也一直被当作“逸史”而发挥着“补其遗逸”的作用（刘知幾《史通·采撰》）。所以不论《语林》《世说》，抑或《搜神》《幽明》，都是传记学的一个部分。《隋志》把《世说》等著录于子部小说类，今人更将志人志怪二体与唐传奇等并归于“小说”范畴，然而特就动机上说，捃拾名人逸事的人物散记，与“可以见史才”“议论”的唐传奇颇为不同，所以陈寅恪把后者看作“新兴之文体”[①]，便是有区别之意。且“唐人乃作意好奇”（胡应麟《少室山房笔丛》卷三十六），已然趋于自觉虚构之途，如《东阳夜怪录》称“成自虚”，《玄怪录》有“元无有”，但魏晋时人们对于散记却是有真实性要求的。《轻诋》篇载谢安贬斥裴启杜撰其言，“于此《语林》遂废”，说明人们对于这类著述“好像很排斥虚构”[②]。这种真实性要求，是基于史学的立场。孙星衍《孙氏祠堂书目》将《世说》等列入史学传记类，梁启超《新史学》列入杂史琐记类[③]，都是有独到见解的。

品鉴之风提升了传记作者的评论意识。论体乃“弥纶群言，而研精一理者也”（《文心雕龙·论说》），随着玄风盛行，而延及传记学领域。《轻诋》篇载王坦之著《沙门不得为高士论》，辨“高士”“沙门”，主要讨论抽象的人物理论，与王修《贤人论》相类。《文学》“王逸少作会稽”条注所引《道贤论》，“以七沙门比竹林七贤”，已涉及具体人物的评论，与谢万《八贤论》相类。戴逵的《竹林七贤论》与上述论体有所不同，更接近于纪传体，所以也称作《七贤传》，但既以“论”为题，

---

① 陈寅恪《元白诗笺证稿》，生活·读书·新知三联书店2001年版，第4—5页。

② 鲁迅《六朝小说和唐代传奇文有怎样的区别——答文学社问》，《鲁迅全集》第6卷，人民文学出版社1981年版，第323页。

③ 梁启超《新史学》，《梁启超史学论著四种》，第241页。

则其意不专在传叙，刘勰说“辨史则与赞评齐行”(《文心雕龙·论说》)，大概就是指这种文体。当时以“论”为体的人物评传还不太多，刘勰的《论说》也没有具体列举。但注重人物评价并探讨其标准，是魏晋传记学迈出的重要一步。

传统的评论文体是赞。它在纪传体中是依附于传的，两晋时开始摆脱附属的地位。《品藻》篇载：

> 王子猷、子敬兄弟共赏《高士传》人及赞。子敬赏“井丹高洁”，子猷云：“未若长卿慢世。”

《高士传》与传统纪传体并无不同。一般而言，说“传”则“赞”已在其中，但这里之所以要把“赞”分提出来说，是因为王氏兄弟对于赞有特别的关注，其对话即涉及赞的内容。傅畅的《晋诸公赞》，又名《晋诸公叙赞》(《晋书·傅畅传》)。从“叙赞”之名来看，其体例与纪传体相同，但不说“传”而说“叙赞”，刘孝标则径称为“赞”，说明时人对于赞已有所侧重。顾恺之有《画赞》，刘孝标征引的内容皆为传叙；又有《书赞》，《雅量》篇“夏侯太初尝倚柱作书”条即取材于此，也是传叙的内容。《假谲》篇“愍度道人始欲过江”条注引孙绰的《支愍度赞》为八句四字韵文，属传统赞体。且不论这些赞文是否传赞结合，就以“赞”为题上看，至少在观念上赞已被视为独立之一体。据旧题陶潜《群辅录》记载：“(竹林七贤)袁宏、戴逵为传，孙统又为赞。”孙氏的赞已是独立之作，又是前承袁、戴二氏之传的，那么传与赞之间实际上形成了一种彼此分离而又相互结合的关系，借陈寅恪的话说，是“共同机构”①。此亦可印证于《世说》与注。如《雅量》篇“王夷甫尝属族人事”条注曰：“王夷甫盖自谓风神英俊，不至与人校。”王衍被族人举樏掷面，转身即车中照镜，若无其事，刘孝标乃一语点破其心机，“自谓”二字，用得极有深意。《识鉴》篇“王大将军既亡”条注曰：“昔郦寄卖友见讥，况贩兄弟以求安，舒非人矣！”王舒将投奔于他的王含父子沉于江中，无情至极，刘孝标遂讥之“非人”。或引他书以为品鉴，如《方正》篇载孔坦疾笃，庾冰为之流泪，坦有“作儿女

---

① 陈寅恪《元白诗笺证稿》，第5页。

子相问”之叹。孝标引王隐《晋书》曰：“坦方直而有雅量。”是称赞其心忧天下的情怀。《规箴》篇载王衍“口未尝言钱字”，王隐《晋书》曰：“夷甫求富贵得富贵，资财山积，用不能消，安须问钱乎？而世以不问为高，不亦惑乎？”可谓一针见血，故孝标引以为评。义庆叙事于前，孝标品评于后，正类似于袁、戴二传之于孙统之赞。评论固不离于传叙，但既有其独立于传叙的作者，亦必有其独立于传叙的立场，这与纪传体的赞依附于传，已有明显的不同。

二

前述刘勰比较纪传、编年二体，以谓编年之体“氏族难明”，纪传之文则“详而易览”，故“述者宗焉”。宗与不宗，实为门阀社会意识形态对于史学的一种选择。门阀意识是传记之学兴起的另外一个主因，而传记创作的内容也不能不为之所制约。《赏誉》篇的一段文字耐人寻味：

> 谢胡儿作著作郎，尝作《王堪传》。不谙堪是何似人，咨谢公。谢公答曰：“世胄亦被遇。堪，烈之子，阮千里姨兄弟，潘安仁中外。安仁诗所谓‘子亲伊姑，我父唯舅’。是许允婿。”

谢安似是答非所问，难怪刘辰翁说“谢公似不通”。这条文字归入“赏誉”门，但“赏誉”究在何处，也令人疑惑。须知谢安的答复有其特定的语境。著作郎制度建于晋惠帝元康二年，“著作郎始到职，必撰名臣传一人”(《晋书·职官志》)。为“名臣”作传，必侧重其政治上的才能与功绩，所以这个制度最初还是继承了东汉清议之风的。但在门阀社会中，“名臣”的政治地位与名望，实以其族亲背景为根基。王、阮、潘、许，无一不是当世名流，这个中外亲姻的关系网络，既是王堪“被遇”的资格，亦为其荣耀所在。这是为之作传不得不先知的内容。谢安向谢朗灌输的是一种“门阀社会传记学”。

“亮识流品，谙悉人物”(《宋书·王僧绰传》)，本是选官的才能，而“门阀社会传记学”既要求从人物的族亲关系中去考量其地位与名望，则史官也必具同样的素质。《赏誉》篇载：

> (张天锡)闻皇京多才，钦慕弥至。犹在渚住，司马著作往诣之。言容鄙陋，无可观听。天锡心甚悔来，以遐外可以自固。王弥有俊才，美誉当时，闻而造焉。既至，天锡见其风神清令，言话如流，陈说古今，无不贯悉。又谙人物氏族中表(按：原作“中来”，此据李慈铭说改)，皆有证据。天锡讶服。

张天锡“闻皇京多才”，从凉州来到京师，目的是结识名流，而关键又在了解各种人物的社会关系。这就是他与司马著作交往的动机之一。张天锡觉得司马著作“无可观听”，而同样著作郎出身的王珉却“谙人物氏族中表，皆有证据”，令天锡“讶服”。史官的有无才具，亦由此分出。

从主体到文体，都要适应门阀社会意识形态的要求。钱穆说：“直迄近代，方志、家谱，代有新编，成为中国史书中重要两大部门，而人物传记一项，则终不能与魏晋南北朝时代竞秀争胜。故知人物传记之突出独胜，正亦为此时代一种特殊精神所寄也。”①其实人物传记与方志、家谱都是这个时代“特殊精神”的表达形式(“所寄”)。所谓“特殊精神”，具体主要指门阀意识。

郡书的产生，与东汉中叶地方世族势力的兴起有关。《德行》篇载：

> (陈仲举)为豫章太守，至，便问徐孺子所在，欲先看之。主簿白：“群情欲府君先入廨。”陈曰：“武王式商容之闾，席不暇暖，吾之礼贤，有何不可！”

按陈蕃于永寿年间出任豫章太守(据程炎震说)，当时徐稚年近六十，算得上“耆旧”了。后来顾邵“起家为豫章太守，下车祀先贤徐孺子之墓”(《三国志》本传)，此时徐稚已是豫章“先贤”。二位异地任职，皆以“礼贤”为先务，实有其深层的政治意义。东汉中后期地方世族势力日益坐大，地方治理亦必借重于当地世族，而表彰当地的“耆旧”“先贤”，也就成为朝廷加强与世族合作的一种方式。

---

① 钱穆《略论魏晋南北朝学术文化与当时门第之关系》，《中国学术思想史论丛》卷三，安徽教育出版社2004年版，第133页。

地方“耆旧”“先贤”的情况，通常由上计吏上报郡太守或朝廷。郭宏担任颍川郡上计吏时，朝廷就向他询问了“颍川风俗所尚，土地所出，先贤、将相、儒林、文学之士”(《御览》卷四百六十三引谢承《后汉书》)。这些内容缉成计簿，也就成了郡书。袁汤任陈留太守，令户曹吏“追录旧闻”，编成《陈留耆旧传》(袁宏《后汉纪·桓帝纪》)。这部《耆旧传》呈进朝廷，也就相当于计簿。所以说东汉上计制是郡书编撰的制度基础，而地方世族的兴起则是其社会原因。

官方主持修撰郡书，势必引起士人对于区域文化的特别关注。孔融与陈群论“汝颍优劣”，列举汝南历史人物(论见《艺文类聚》卷二二)，就是在这个背景下发生的。士人的乡土文化意识也由此加强。这也是钱穆所谓“特殊精神”的内涵之一。这种意识表现于清谈，就是“矜其乡贤，美其邦族”(《史通·杂述》)。《言语》篇载：

> 王武子、孙子荆各言其土地人物之美。王云：“其地坦而平，其水淡而清，其人廉且贞。”孙云：“其山嶵巍以嵯峨，其水泙渫而扬波，其人磊砢而英多。”

太原晋阳王氏与太原中都孙氏都是当世大族，王济、孙楚二人称扬其州郡地理人物，实为炫示本族形成的文化根基。盖灵秀之水土，必有代兴之人杰，此即世族发祥与发展的文化依凭，而世族亦因有此深厚的根基，而拥有相应的文化优势。这就是世族的乡土文化意识。又如江南吴郡，山清水秀，其地有顾、陆、朱、张之族，堪称“人杰地灵”。《赏誉》篇载：

> 有人问秀才：“吴旧姓何如?”答曰：“吴府君圣王之老成，明时之俊乂。朱永长理物之至德，清选之高望云云。凡此诸君，以洪笔为钼耒，以纸扎为良田，以玄默为稼穑，以义理为丰年，以谈论为英华，以忠恕为珍宝。著文章为锦绣，蕴五经为缯帛，坐谦虚为席荐，张义让为帷幕。行仁义为室宇，修道德为广宅。”

秀才，即蔡洪，吴郡人。他自己不属于旧姓，但吴郡的文化优势，也同样能给他带来优越感。刘知幾说：“汝颍奇士，江汉英灵，人物所生，载光郡国。故乡人学者，编而记之。”（《史通·采撰》）州郡之内，不分世族和非世族，人人皆可分享“载光郡国”的文化荣耀。由此出现私撰郡书，而其功能也与官修郡书不同。

刘知幾说郡国之书“务欲矜其州里”（《史通·采撰》），是就私撰郡书而言。在“矜其州里”的表象中，世族与非世族所要寄寓的“特殊精神”其实是有所差别的。比如陆凯、顾夷等吴郡旧姓的后人，其《吴先贤传》或《吴郡记》所表达的乡土意识，乃与本族所处的现实地位直接关切，自无异于王、孙二人的“各言其土地人物之美”。蔡洪虽居身于盛产望族的吴郡，却要通过地缘关系将此现实优势转化为他的乡土优越感。习凿齿出生于襄阳，郡内无大族，则较之蔡洪，其乡土意识的形成又少了可以凭借的现实优势。《言语》篇载：

> 王中郎令伏玄度、习凿齿论青、楚人物。

伏滔的籍贯平昌古属青州（据《尚书·禹贡》），襄阳则属楚地。所以二人“论青、楚人物”，实为州郡文化的高下之争。齿凿说本郡“未有赤眉、黄巾之贼”，分明带些挖苦的口气，因为樊崇和张角都是青州人。伏滔自叙说：“滔与相往反，凿齿无以对也。”（注引《伏滔集》）则知凿齿最终是落了下风。此事当发生在伏、习二人共事于桓温府的时候。那时凿齿正年轻气盛，内心已蕴结强烈的乡土意识，而这正是其《襄阳耆旧记》的创作动力。又《忿狷》篇载：

> 王令诣谢公，值习凿齿已在坐，当与并榻。王徙倚不坐，公引之与对榻。

凿齿出身不恶，但在王献之眼里，终是寒门中人，宜其不愿与之同榻共坐。孙绰尝与凿齿共语，说：“‘蠢尔蛮荆’，敢与大邦为仇。”（《排调》）虽为排调，仍不免盛气凌人。凿齿自比为刘景升却随处感受到世家大族的挤排，那么通过《耆旧记》的撰写来揄扬州郡文化传统，以弥补现实的劣势，就成为他的一种心理需求了。

相对于郡书，家传与世族的关系更为紧密。《规箴》篇载：

> 孙皓问丞相陆凯曰：“卿一宗在朝有几人？”陆曰：“二相、五侯、将军十余人。”皓曰：“盛哉！”陆曰：“君贤臣忠，国之盛也；父慈子孝，家之盛也。今政荒民弊，覆亡是惧，臣何敢言盛？”

孙、陆对话，涉及魏晋世族极为关切的一个问题，即何为“家之盛”。陆凯认为有“国之盛”才有“家之盛”，世族当依附皇权。但魏晋之世，皇权渐衰，势力日增的世族需要确立新的立身之道。《德性》篇载陈寔从诸子侄造访荀淑父子，“太史奏真人东行”。太史竟然为此事上奏，其中虚实，可不置论，既流传于魏晋，则必在当时有典型的意义。钱穆指出：

> 陈、荀相会此一事，所以引起后人向往重视而传述不辍者，正为此两家各有贤父兄贤子弟，而使此两家门第能继续存在不敝不败之故。①

满门贤俊，这是世族不依附于皇权而能保持兴盛的根本。正始间人士以五荀方五陈，以八裴方八王(《品藻》)，此荀、陈、裴、王所以能成为一时之名氏。诸葛三兄弟，“并有盛名”，时人以龙、虎、狗称美之(《品藻》)，故后世以为“东南淑气萃于诸葛一门”(全祖望《书诸葛氏家谱后》)。《晋书·庾冰传》：“亮以名德流训，弟冰以雅素垂风，诸弟相率，莫不好礼，为世论所重。亮以为庾氏之宝。”故知世族之所以为世所重者，在于它有一种风范，以及具此风范的父兄子弟。这就是世族的主体，庾亮所说的“庾氏之宝”。谢家之“宝”则为“一门叔父”“群从兄弟”，此道韫之所矜怛者(《贤媛》)。张舜徽说：“为家传者，意在夸其氏族。”②而其所夸尚者，无非是世族代以相传的主体，陆机所谓“咏世德之骏烈，颂先人之清芬”(《文赋》)。

谱学家传之学盖始盛于东晋。颜之推《观我生赋》自注曰：“中原冠带随晋渡江者百家，故江东有百(家)谱。”则世族南迁，实为谱学家传之兴的重要契机。刘孝标注引家传五部，除《李氏家传》不能确定外，其余四部皆非东晋以上之作。其中《褚氏家传》，作者褚觊生平不详，据《赏誉》“张华见褚陶”条注引《家传》言褚陶事，陶卒于永康元年，此后便是十多年的八王、五胡之乱，则《家传》当成于褚氏南迁之后。《隋书·经籍志》中著录二十八部家传，成书于东晋

① 钱穆《略论魏晋南北朝学术文化与当时门第之关系》，《中国学术思想史论丛》卷三，第 144 页。

② 张舜徽《史学三书平议》，中华书局 1983 年版，第 57 页。

以前的也不过是两三部。吕思勉以为,“士流播迁,皆失其所”,“乃不得不高标郡望,以自矜异”①。但北方世族侨居江左,远离其发祥生长之地,所以他们“以自矜异”者乃是家传,而“高标郡望”的则是未失文化根基的南方世族,如谢承、陆凯、顾夷、贺循等皆有地志郡书之作。然而东晋当权世族,先后为琅琊王氏、颍川庾氏、谯国桓氏、陈郡谢氏与太原王氏,都是北方世族,可见南方世族并没有取得政治优势,这就显得世族主体的传承比文化根基更为重要。《排调》篇载:

诸葛令、王丞相共争姓族先后,王曰:“何不言葛王,而言王葛?”令曰:“譬言驴马,不言马驴,驴宁胜马邪?”

王导身居相位,诸葛恢亦地位亲显,故得以并称。他们根据自己的地位来解读“王葛”,而争论的起点却是“姓族先后”。北方世族之间的家世比较,内含着政治上的较量。《简傲》篇载:

谢万在兄前,欲起索便器。于时阮思旷在坐,曰:“新出门户,笃而无礼。”

谢氏虽然也是北方世族,但先世无闻,在旧族眼中不过是“新出门户”,所以阮裕毫不掩饰自己的优越感。桓氏的情况与谢氏相似,桓温虽位高权大,但王述拒绝与之联姻(《方正》)。“亡祖先君,名播海内,远近所知”(《赏誉》),王述所以自傲者以此,正如当年陆机凭着“我父祖名播海内,宁有不知”而无惧乎卢志(《方正》)。承胤久远,先祖尊显,会让世族自觉高人一等。这也是门阀社会中家传的意义。

别传的产生,与魏晋士人之个体意识的增强分不开,但入传者绝大多数都是世族中人,故知别传之盛必依托于门阀社会。刘知幾说:“高门甲族,世多髦俊。邑老乡贤,竞为别录。”(《史通·烦省》)此谓别传之作,意在称扬世族个体,与家传炫耀世族主体便有所不同。《品藻》篇载:

王修龄问王长史:“我家临川,何如卿家宛陵?”长史未答。修龄曰:“临

① 吕思勉《两晋南北朝史》下,上海古籍出版社 2005 年版,第 860 页。

川誉贵。”长史曰：“宛陵未为不贵。”

王胡之以为王羲之“誉贵”，而王濛不甘承认。品定王羲之与王述二人的高下，其背后却是琅琊王氏与太原王氏这两个簪缨世家相互之间的地位攀比与较量。人们通过世族代表人物来丈量世族地位的高度。《赏誉》“谚曰”条注引檀道鸾《续晋阳秋》：

时人为一代盛誉者，语曰：“大才槃槃谢家安，江东独步王文度，盛德日新郗嘉宾。”

这三人都是桓温当政时极有影响力的人物，遂为世人所注目，而有谚语流传于前，又有别传流行于后(《谢安别传》见《御览》卷三百八十引)。他们都是世族中的领袖人物，决定着世族的名望地位。比如郗超，在其身前身后，郗家地位截然不同，以至于王氏兄弟对其母舅前恭而后倨(《简傲》)，足见世族领袖人物，其个人地位所达到的高度，亦即此世族地位所达到的高度。《赏誉》篇载：

会稽孔沈、魏颉、虞球、虞存、谢奉，并是四族之隽，于时之桀。

所谓“族之隽”与“时之桀”，各有其定位，一在世族，一在社会。领袖人物必是二者的统一。在门阀社会中，“族之隽”可依托其世族的地位而成为“时之桀”，“时之桀”可扩张其世族的权势而成为“族之隽”。别传中的“族之隽”越多，说明此世族的政治势力越大；家传中的“时之桀”越多，说明此世族的社会名望越高。反之亦然。《文学》篇载：

袁宏始作《东征赋》，都不道陶公。

陶侃为一代名臣，地位与声望俱高，所以有别传行世。但陶氏式微之后，袁氏作《东征赋》竟“不道陶公”。以此例之，陶氏入别传者必是寥寥无几。虽有一部《陶氏家传》，却不足让陶氏成为当世望族。

三

由于品鉴之风与门阀意识的推动，“晋代著书，繁乎著作”(《文心雕龙·史

传》),但也随之出现较大的流弊。刘勰在《史传》中首先指出:

> 盖文疑则阙,贵信史也。然俗皆爱奇,莫顾实理。传闻而欲伟其事,录远而欲详其迹,于是弃同即异,穿凿旁说,旧史所无,我书独传。此讹滥之本源,而述远之巨蠹也。

“文疑则阙”,即《穀梁传》(桓公五年)所言“信以传信,疑以传疑”。这是史学的基本精神,但在魏晋之世,却为一大习气所损害,那就是“俗皆爱奇”。

“爱奇”是指对逸事奇闻的特别兴趣,具体地说,就是以史不及书的传闻为重要的素材来源,却常常不能有慎于传疑的精神,所以《隋志》说杂传多是“率尔而作,不在正史”。《文学》篇载:

> 袁彦伯作《名士传》成,见谢公。公笑曰:“我尝与诸人道江北事,特作狡狯耳!彦伯遂以著书。”

谢安谈论西晋人物事迹,“特作狡狯”而已,不必一一皆有实据。袁宏采以著《名士传》,又岂能免于舛误。如《方正》篇载夏侯玄拒与钟会相交,郭颁《世语》、孙盛《晋阳秋》并载其事,而袁宏“不依前史,以为钟毓”(刘孝标按语)。这正是他掇拾传闻而致误的例子。

名士雅会清谈,自无暇于征实。此传闻产生之一因。如裴启《语林》一类散记,“大为远近所传”(《文学》),又为传闻流播的媒介。《轻诋》篇载:

> 庾道季诧谢公曰:“裴郎云:‘谢安谓裴郎乃可不恶,何得为复饮酒?’裴郎又云:‘谢安目支道林,如九方皋之相马,略其玄黄,取其俊逸。’”谢公云:“都无此二语,裴自为此辞耳。”庾意甚不以为好,因陈东亭《经酒垆下赋》。读毕,都不下赏裁,直云:“君乃复作裴氏学。”于此《语林》遂废。今时有者,皆是先写,无复谢语。

依谢安的说法,裴启是做了假的。庾龢“意甚不以为好”,似未认同谢安。《语林》收录王珣《经黄公酒垆下赋》,称“甚有才情”(《文学》)。谢安与王珣不平,对这篇作品不置一词,转而戏称庾龢“作裴氏学”,《语林》或因此受到牵连也未可知。但无论如何,“此二语”的可靠性已值得怀疑。“于此《语林》遂废”,《支遁传》作者又岂能不知，却仍引用“九方皋之相马”一语（注引），盖因品鉴之妙，而不忍割爱。《伤逝》篇载王戎经黄公酒垆下过，感叹“今日视此虽近，邈若山河”。据余嘉锡推断，此事也是出于《语林》。[①]注引《竹林七贤论》：

俗传若此。颍川庾爰之尝以问其伯文康，文康云：“中朝所不闻，江左忽有此论，皆好事者为之也。”

按《世说》取材于《七贤论》者不少，如《任诞》篇“刘伶病酒”条注引：“见《竹林七贤论》。”庾亮之语既见载于此书，则刘义庆必知王戎之事不实，盖亦因其语颇能传写伤逝之情，而仍加采用，可谓取奇而舍真。

刘勰强调“文疑则阙”，是深知传闻之弊，但传闻却是魏晋传记学的重要史料基础。《世说》所依文献，多得于传闻。《赏誉》篇载司马越诫训世子以王承为师，“或曰”以王承、赵穆、邓攸为师；《政事》篇载有人阁柱题诗以讽山涛，“或云潘尼作之”。“或曰”“或云”，《世说》两存之，有传疑之意，这是它的谨慎处。然而《方正》篇载匡术劝酒，孔群用“鹰化为鸠”一语讥之，他处又载孔群因同一语而触怒匡术，几被手刃。所言不异，而结果不同。《赏誉》篇两载钟会评裴楷、王戎语，情形各异，而别处又作武陔之语。传闻异辞，必有一伪，刘义庆疏于勘正，以致一事两载，或事同人异。魏晋以来“传疑”精神的流失，由此可见一斑。但传闻对于史学的干扰，由来已久。《汉书·东方朔传》曰：“世所传他事皆非也。”颜师古注：“谓如《东方朔别传》及俗用五行时日之书皆非实事也。”班固是以“疑以传疑”的态度对待传闻的，而在师古看来，盛行于魏晋的别传也可以置于其批评的范围。赞曰：“后世好事者因取奇言怪语，附著之朔，故详录焉。”这是要通过本传让世人判断出有关传闻的真伪，但《东方朔别传》流传于魏晋的事实，表明传记学并没有朝“实录”的方向发展。如《规箴》篇叙汉武帝乳母求救于东方朔一事，以及《文学》篇“殷荆州曾问远公”条注引《东方朔传》的内容，都是源于“奇言怪语”，所以《汉书》不载。

① 余嘉锡《世说新语笺疏》，第636页。

“爱奇者闻诡而惊听”(刘勰《文心雕龙·知音》),故“爱奇”之甚,则为“好怪”。“奇”止于人事,而“怪”则涉乎鬼神。《汉书·王莽传》称王莽“好怪”,颜师古注曰:“莽性好为鬼神怪异之事。”则在汉代其风已盛。汉世之末,不惟有神仙之道及谶纬之学行于世,小乘佛教也渐渐传开,人们对于鬼神灵异更有一种坚信不疑的观念。志怪之书以此而兴。《排调》篇载:

干宝向刘真长叙其《搜神记》,刘曰:“卿可谓鬼之董狐。”

作为《搜神记》的作者,干宝当知其作在分量上自不能与董狐比配,所以“鬼之董狐”便成一句戏语。但在当时志怪之书与“国史之方册”虽有轻重之别,却无真伪之殊,故刘惔之语不入“轻诋”之门。而且传记学浸染“好怪”之风,往往“杂以虚诞怪妄之说”(《隋志》)。若说当时作者多少都带有一些“鬼之董狐”的品味,也不为过。

人事杂以鬼神,志怪通于志人,为当时传记之文的普遍特点。《隋志》把志怪之书著录于史部杂传类,也可以说是这一事实的反应。《方正》篇“卢志于众坐”条记陆机“鬼子敢尔”一语,注引《孔氏志怪》说明“鬼子”其出处。余嘉锡说:“此殆刘义庆著书时之所加。义庆尝作《宣验记》《幽明录》,固笃信鬼神之事者。其于干宝辈之书,必读之甚熟,故于《世说》特著此语,以形容士衡之怒骂,而不悟其言之失实也。”①《伤势》篇载王子猷子敬俱病笃之事,注引《幽明录》以为参证,余嘉锡又说:“孝标取以为注,以为实有此事,不免为其所欺矣。”②以今视古,固然如此,但在当时的观念中,志怪并非凭虚造事,所以志人与志怪的内容既可以相互参证,又未始不可以相通。《巧艺》篇载钟会学荀济笔迹而骗走其宝剑,荀勖在钟宅门堂画钟繇像而使其宅空废。注引《孔氏志怪》曰:

于时咸谓勖之报会,过于所失数十倍。彼此书画,巧妙之极。

此数语与正文上下顺承,可以肯定其《志怪》中“于时”以上的情节与《巧艺》篇所叙相同,所以注文略之。当时占卜堪舆之学盛行,有人相羊祜父墓而祜掘其墓,

①② 余嘉锡《世说新语笺疏》,第 302、645 页。

郭璞为王导卜卦而震柏粉碎，事在“奇”“怪”之间，故并载于《世说》《幽明》。此皆志人与志怪相通之例。

但刘义庆又谨于志人与志怪的分别。嵇康身后有许多灵异传说，《幽明》有载，而《世说》不取。《伤逝》篇写王氏兄弟手足情深，《幽明录》中却窜出一位作预言的道士来（注引）。“人命应终”之语，时人“怪其虚诞”（注引《幽明录》语）；“人琴俱亡”之恸，情真莫非自然。故《世说》去彼取此。又有同叙一事者，如《雅量》篇载太元末年出现长星一事，《幽明录》中最后多了两句话：

> 取杯酬之，帝亦寻崩也。①

有此末句，叙的就是一次感应事件。《世说》以“何时有万岁天子”之叹收结，写的就是孝武帝的触景生情了。前者已涉于灵异，而后者不外乎世情。《世说》取材慎重若此，在“好怪”风气中，客观上维护了史学的本质。

摭拾传闻，糅杂神怪，此为魏晋传记学之一弊。刘勰《史传》又指出了另一弊：

> 勋荣之家，虽庸夫而尽饰；迍败之士，虽令德而常嗤。吹霜煦露，寒暑笔端，此又同时之枉，可为叹息者也。

刘勰将此归纳为“任情失正”四字。《政事》“陈仲弓为太丘令”条，注曰：“后汉事贾彪有此事，不闻寔也。”此必有史料的依据，所以范晔《后汉书·党锢传》也作贾彪。“好事者”移花接木，叙为陈寔之事，余嘉锡怀疑是“陈氏子孙剽取旧闻，以为美谈”②。这就是刘勰说的“传闻而欲伟其事”。《文学》篇又载一事：

> 郭象者，为人薄行，有俊才。见秀义不传于世，遂窃以为己注。……今有向、郭二《庄》，其义一也。

《晋书·郭象传》与此同。但注所引“秀本传”及《晋书·向秀传》都未说有窃注之事。向、郭注《庄》，《四库提要》已证其异同。所谓“其义一也”，恐有夸诬之嫌。考《赏誉》篇“郭子玄有俊才”条注引《名士传》：“（郭象）自黄门郎为太傅主

---

①② 余嘉锡《世说新语笺疏》，第379、164页。

簿，任事用势，倾动一府。”荀晞曾上表斥之(《晋书·荀晞传》)。陶范未必果得罪于清议，却从袁宏赋不及桓彝之事中生出一段裹挟袁氏、白刃加其身的传闻(《文学》篇)，何况郭象操弄权势，“素论去之”(《晋书》本传)，自矜清流者“摈之不以为气类，以示流品之严”①，而造此窃注之说以攻讦之，不更在情理之中？

殷浩说刘惔“标同伐异”(《轻诋》)，然而汉末以来，士风已然。东汉清议，除了正始年间“趋于虚无玄远之途”(汤用彤语)之外，“汉末俗弊，朋党分部”(葛洪《抱朴子·自叙》)，遂至于“品藻乖滥”(《抱朴子·名实》)，也是一个重要的变化。《赏誉》载汝南谢甄称同郡许劭兄弟为“二龙”，又评弱冠时的许虔：

> 正色忠謇，则陈仲举之匹；伐恶退不肖，有范孟博之风。

按《品藻》篇“庞士元至吴”条注引蒋济《万机论》曰：“许子将褒贬不平，以拔樊子昭而抑许文休。”又葛洪《抱朴子·自叙》曰：“许子将之徒，以口舌取戒，争讼论议，门宗成仇。”则不惟许氏“伐恶”实为“伐异”，谢氏品论亦不免为“标同”。可见汝南月旦之评，已成党伐之具。世族之间，互相标榜，如王羲之称祖约“没世不复见如此人”，程炎震以为“感其奖誉之私”②；谢安品王述“举体无常人事”，刘孝标以为“太傅虚相褒饰”。一族之内，更相奖掖，如庾亮评庾敳“常自神王”，王羲之道王临之“章清太出”。此皆两晋常态，《赏誉》一篇，其例甚多，不胜枚举，无怪乎余嘉锡感叹：“晋人之赏誉，多不足据。”③由人及文，也往往“会己则嗟讽，异我则沮弃”(《文心雕龙·知音》)，如《文学》篇载庾亮“以亲族之怀”，谬赞庾阐《扬都赋》“可三《二京》，四《三都》”。这也正是刘勰力倡文学批评要“无私于轻重，不偏于憎爱”(《知音》)的缘故。

当此之时，“士人往往饰容止、盛言谈，小廉曲谨，以邀声誉”④，这又是品鉴风气的另一个变化。“好尚谈称，为时人所宗”(《言语》篇“诸名士共至洛水戏”条注引《晋诸公赞》)，故朝野谓之“一世龙门”；“神姿高彻，如瑶林琼树”，故时人

---

① 余嘉锡《世说新语笺疏》，第274页。

②③④ 余嘉锡《世说新语笺疏》，第470、476、15页。

叹为“风尘外物”(《赏誉》)。这是士人对于王衍的品鉴,但石勒对他却极为鄙屑:“吾行天下多矣,未尝见如此人!”(《赏誉》“王戎曰”条注引《八王故事》)这并非由于王衍有双重的人格,而是在“鄙薄人事”(汤用彤语)的清谈趣尚中,风度、才性、容止皆足以掩饰其政治品格的低下。王戎遭大丧而“鸡骨支床”(《德行》),“时谈以此贵戎”(注引《晋阳秋》),但身为吏部尚书,他却“未尝进一寒素,退一虚名,理一冤枉,杀一疽嫉”(王隐《晋书》),如此素餐尸位,与其从弟王衍可谓差可比肩。《言语》篇载汝南袁阆“问国士”,而颍川荀爽“先及诸兄”,将“亲亲之义”与举贤不避亲混为一谈。在政治品格被边缘化的同时,为世族利益张目的孝道被中心化了,所以死孝能为王戎邀取声誉,而政治上的无所作为却无损其清名。两晋的人物品鉴,毁誉失实,名实相悖,往往如此。

西晋之初,王沈著《释时论》,痛斥“谈名位者,以谄媚附势;举高誉者,因资而随形”的习气(文见《晋书·王沈传》);东晋之初,葛洪为《名实》之论,指切“窃华名者,蝼蜥腾于云霄;失实贾者,翠虬沦乎九泉”的流俗;迄于齐梁,刘勰犹然叹息“吹霜煦露,寒暑笔端”的时弊。正可谓流风相扇,沉迷不返,而传记之学为之熏染既久,又岂能不臧否任情,抑扬失正!“奸慝惩戒,实良史之直笔”,任情失正则直笔不存,长此以往,“文其殆哉”(《史传》)!此刘勰痛切之论。

“爱奇”“好怪”的史学品味,以及“任情失正”的品鉴之风,都在不同程度上催化了传记写作中想象与虚构的因素。处于兴盛期的文学也在推波助澜。《栖逸》篇载阮籍苏门山中遇真人事,注引《竹林七贤论》:

籍归,遂著《大人先生论》。

按《大人传》所叙人事,除了戴逵《七贤论》,孙盛《魏氏春秋》(刘孝标注引)、孙绰《高士传》(据《水经·洛水篇》注按语)及袁淑《真隐传》(《御览》卷五百十引)等也都有详略不一的记载,可见东晋史家都把《大人传》视为阮籍自传。同篇又载嵇康汲郡山中遇孙登事,注引王隐《晋书》:“孙登即阮籍所见者也。”是又将二事牵而合之,为臧荣绪《晋书》及唐修《晋书》所采用。如此以史家的眼光看待文学,虚构性的题材就辗转成了史料;又以近乎文学的方式来处理史料,传记之文就杂入了想象性的情节。如《自新》篇载戴渊因陆机一语而弃恶从善，其事本于陆机荐表，而情节的结撰略见后世小说家的演义手法。传记的文学化，并不是魏晋史学的优点，却也有功于唐人的"作意好奇"，在这点上又不当"东向而望，不见西墙"了。

原载复旦大学中国古代文学研究中心主办《中国文学研究》
第26辑，复旦大学出版社2015年版

蜂腰鹤膝旁纽正纽辨

杨　明

齐梁声律理论有“八体”之说，“八体”即“八病”。其中平头、上尾、大韵、小韵四种病的解说，历来基本一致；蜂腰、鹤膝、旁纽、正纽四病，后世却有异说，迄今仍未一致。究竟齐梁人对此四病如何解释？本文试图整理有关材料，作一番探索，以供研究者参考。

一、《文镜秘府论·西卷》所引“沈氏曰”即指沈约

首先须寻找齐梁人论及蜂腰、鹤膝、旁纽、正纽的材料。

宋人李淑《诗苑类格》（见《类说》五一引）、魏庆之《诗人玉屑》十一都曾完整地举出八病之名并加简释，且注明“沈约”。但其意盖谓其解说相传来自沈约，不能理解为所述即沈约原话。沈约及其他齐梁人解释八病的话，并未完整地流传下来，但其片言只语，仍保存在《文镜秘府论·西卷》的“文二十八种病”中，弥足珍贵，罗根泽先生《中国文学批评史》曾据以辑出王斌、刘滔、沈氏的病犯说。可惜这些材料似尚未被人们充分利用，而其中“沈氏”更被误解为不是沈约。罗先生也这样认为，他说：“八病虽确乎创始沈约，而沈约所谓八病究竟如何，则无从知道。《秘府论》论病类共举二十八种病……时引沈氏说，但似非沈约。知者，鹤膝病下引沈氏云：‘人或谓鹤膝为蜂腰，蜂腰为鹤膝，疑未辨。’沈约是八病

的创始者，不会有这种疑问。”又说：“沈氏的年代不可知。”

这一判断尚待商榷。“文二十八种病”中的“沈氏曰”，系见于遍照金刚所引用的“或曰”“刘氏曰”。储皖峰先生认为这“刘氏”“当是刘善经”。①据王利器先生《文镜秘府论校注》所引日本抄本，也可证明这“或曰”“刘氏曰”均指刘善经，且其语或许即出于善经所著《四声指归》。②又据中日学者共同的看法，《文镜秘府论·天卷》之“四声论”也是出于《四声指归》。③既然如此，则“文二十八种病”所引“沈氏曰”，与“四声论”中曾提到的沈氏应是同一人。按“四声论”中沈氏凡三见：(一)“宋末以来，始有四声之目。沈氏乃著其谱论，云起自周颙。故沈氏《宋书·谢灵运传》云：‘五色相宣……’”这沈氏显系沈约；所谓“谱论”，指沈约所撰《四声谱》。(二)“魏定州刺史甄思伯，一代伟人，以为沈氏《四声谱》不依古典，妄自穿凿，乃取沈君少时文咏犯声处以诘难之。”按齐梁时有关四声的著作虽有多种，但作者为沈姓者只沈约一人，故这里所谓“沈氏《四声谱》”必定就是沈约《四声谱》。(三)“沈氏《答甄公论》云：‘昔神农重八卦……’”据(二)所说，这“沈氏”自然也是沈约。既然“四声论”中所称沈氏即沈约，则“文二十八种病”中所引“沈氏曰”，当然也就是沈约。其实罗根泽先生也认为“四声论”中的沈氏即沈约，但于“文二十八种病”中的沈氏却又以为不是沈约，这或与当时《秘府论》的研究尚不够充分有关。现在王利器先生校注本的出版，提供了较多的资料，我们便更有根据作出沈氏即沈约的判断。

不过对罗先生“沈约是八病的创始者，不会有这种疑问”之语，尚须作出回答。按后人言八病，皆推始于沈约，其实不能说是沈约个人的创造。钟嵘《诗品序》云：“蜂腰鹤膝，闾里已具。”可见当时一般文人中本已有关于声病的说法，沈约可能做过整理归纳的工作，但并非“创始者”。“文二十八种病”鹤膝条下释云：“蜂腰、鹤膝，体有两宗，各互不同。王斌五字制鹤膝，十五字制蜂腰，并随执

---

① 罗根泽《中国文学批评史》第一册，上海古籍出版社 1984 年版，第 177 页。

② 王利器《文镜秘府论校注》，中国社会科学出版社 1983 年版，第 404 页注①。

③ 罗根泽《中国文学批评史》第一册，第 177 页、王利器：《文镜秘府论校注》，第 74 页注①。

用。”王斌亦齐梁时人。按一般说法，蜂腰为五字内之病，鹤膝为十五字内之病（详见下文）。但当时也另有一说，谓鹤膝为五字内之病，蜂腰为十五字内之病，王斌即取此说，故《秘府论》释云“体有两宗，各互不同”。沈约所谓“人或谓鹤膝为蜂腰，蜂腰为鹤膝，疑未辨”，只不过说明一下存在这种异名同实的情况而已。且刘善经于沈氏此语之下，接着就说：“然则孰谓公为该博乎？盖是多闻阙疑、慎言寡尤者欤？”可知沈氏为一学问广博之名公，这正与沈约的情况相符。

既然“文二十八种病”中的沈氏即沈约，则其语与该章所引齐梁人王斌、刘滔（应作“绍”）论声病语一样，都是今日我们考证八病最可信赖的材料。

二、辨蜂腰、鹤膝

据《文镜秘府论》，蜂腰指五言诗一句中第二、第五字同声调。刘善经举例云：“闻君爱我甘，窃独自雕饰。”君、甘均为平声，独、饰均为入声，皆犯蜂腰。鹤膝则指第五、第十五字同声调。刘善经举例云：“客从远方来，遗我一书札。上言长相思，下言久离别。”来、思均为平声，故犯鹤膝。《诗苑类格》《诗人玉屑》均同此说。

但宋以后的一些诗话中却有异说。如《蔡宽夫诗话》云：

> 声韵之兴，自谢庄、沈约以来，其变日多，四声中又别其清浊以为双声，一韵者以为叠韵，盖以轻重为清浊尔，所谓“前有浮声，则后有切响”是也。王融《双声诗》云：“园蘅眩红花，湖荇晔黄华。迴[①]鹤横淮翰，远越合云霞。”以此求之可见。自唐以来，双声不复用，而叠韵间有。杜子美“卑枝低结子，接叶暗巢莺”、白乐天“户大嫌甜酒，才高笑小诗”之类，皆因其语意所到，辄就成之，要不以是为工也。陆龟蒙辈遂以皆用一音，引“后牖有朽柳”“梁王长康强”为始于梁武帝，不知复何所据。所谓蜂腰鹤膝者，盖又出于

① 原作“迥”，据《诗纪》校正。

双声之变，若五字首尾皆浊音，而中一字清，即为蜂腰；首尾皆清音，而中一字浊，即为鹤膝，尤可笑也。（《苕溪渔隐丛话》前集卷二）

清人仇兆鳌引其说，并举例说张衡诗“邂逅承际会”，是以浊夹清，为蜂腰；傅玄诗“徽音冠青云”，是以清夹浊，为鹤膝。（见《杜诗详注》卷一《郑驸马宅宴洞中》注）则仇氏盖以平声为清，仄声为浊。

罗根泽先生《中国文学批评史》释八病，全据《文镜秘府论》为说。郭绍虞先生则认为《秘府论》对蜂腰、鹤膝的解释不可信，而《蔡宽夫诗话》之说较近沈约原意。①他认为《秘府论》的说法，“（一）与蜂腰鹤膝的名称没有关系。（二）永明体的声律只讲两句间的关系，此却论到三句。（三）后来的律体诗也不以此为病犯”（《中国古典文学理论批评史》上册）。那么，如何理解蔡宽夫所谓“清浊”“轻重”呢？郭先生说：“我以为即以等韵之清浊轻重解释蔡氏之蜂腰鹤膝说，也未尝不可。”这里所谓“等韵之清浊轻重”，当即指将字母区分为清浊。但郭先生更倾向于用平上去入声调之异去解释清浊。他说：“窃以为蔡氏既以轻重为清浊，则其义当即同于沈约之所谓轻重。关于沈约轻重之说当指那时以平上为一类、去入为一类的问题。”（《永明声病说》）因此，他认为仇兆鳌之说是较得蔡宽夫原意的。

我以为罗根泽先生据《文镜秘府论》释蜂腰、鹤膝是正确的，蔡宽夫之说与永明声病说的蜂腰、鹤膝实在并非一回事：

第一，沈约、刘滔释蜂腰，正是指五言诗一句第二、第五字的问题。“文二十八种病”蜂腰条引刘善经语云：

沈氏云：“五言之中，分为两句，上二下三。凡至句末，并须要杀。”即其义也。刘滔亦云：“为其同分句之末也。”

罗根泽先生解释道：“案意谓五言诗之前二字为一短句，后三字为一短句，故第

① 郭绍虞先生的意见，见其所著《中国古典文学理论批评史》上册及《永明声病说》《声律说考辨》《蜂腰鹤膝解》诸文（收于《照隅室古典文学论集》内）。

二字与第五字‘同分句之末’，不宜同声。”其说甚当。刘善经称蜂腰为“一句中之上尾”，也正是此意。因上尾病乃第一句末(第五字)、第二句末(第十字)同声调，而蜂腰系一句内第一分句末、第二分句末同声调，二者有相似之处。又上文已说过，王斌“以五字制鹤膝，十五字制蜂腰”，沈约云“人或谓鹤膝为蜂腰，蜂腰为鹤膝”，可知齐梁时这两种声病虽有互易其名的情况，但总之一为五字内之病，一为十五字内之病，实际上还是一样的。郭先生说“永明体的声律只讲两句间的关系”，恐怕实际情况并非如此。又“文二十八种病”上尾条下引刘滔云：“文事三句之内；笔事六句之中，第二、第四、第六，此六句之末，不宜相犯。”意谓凡论声病，押韵之“文”须注意三句之内，无韵之“笔”则须注意六句之内。鹤膝病(依王斌说则是蜂腰病)正是三句内的问题。总之，依沈约、刘滔、王斌等齐梁人的说法，可判断《秘府论》对蜂腰、鹤膝的解释是正确的。

第二，细审上引蔡宽夫之语，可知他所谓蜂腰、鹤膝并非指声病，而是指一种带有文字游戏性质的诗体。“四声中又别其清浊以为双声，一韵者以为叠韵”，意谓作诗用字不但讲究四声，又区别字母之清浊而为双声诗，使用同一韵部之字而为叠韵诗。他所说的“清浊”，正应以等韵学之清浊即字母之清浊释之。按六朝以来谈声韵者，常言“清浊”二字，但异义纷歧，并无严格用法。但宋代三十六字母之说渐渐流行，于是等韵家用此二字始渐有一致的含义，即用以指字母的清浊。如沈括《梦溪笔谈》卷十五云：“今切韵之法，先类其字，各归其母(即字母)，唇音、舌音各八，牙音、喉音各四，齿音十，半齿、半舌音二，凡三十六，分为五音，天下之声总于是矣。每声复有四等，谓清、次清、浊、平也。”(按：“平”，沈括又称为“不清不浊”。)又《韵镜》也将字母分为清、次清、浊、清浊(即沈括所谓“平”)，其序乃绍兴辛巳(1161 年)张之麟所作，有云“其制以韵书自一东以下，各集四声，列为定位，实以《广韵》《玉篇》之字，配以五音清浊之属”。“五音清浊”即指喉、牙、舌、齿、唇五音字母各分清浊。又郑樵《七音略序》云：“四声为经，七音(按：即唇、舌、牙、齿、喉、半舌、半齿)为纬。……(七音)以三十六为之母，重轻清浊，不失其伦。”上举诸说，大致与蔡宽夫时代相当。(据郭绍虞先生《宋诗话考》，蔡宽夫即蔡居厚，主要活动于北宋末。）蔡氏所谓“别其清浊以为双声”，意即诗中多用相同（或相近）字母的字，亦即多用双声字，此种诗称为双声诗。而因字母皆分清浊，故曰“别其清浊”。如所举王融双声诗，二十字中凡十三字为喉音匣母（蘅、眩、红、湖、荇、黄、迴、鹤、横、淮、翰、合、霞），六字为喉音喻母（园、花、晔、远、越、云），一字为喉音晓母（华）。匣母为浊，喻母为次浊，晓母为清。[①]那末蔡氏所说“盖以轻重为清浊”的“轻重”，是否如郭先生所说“其义当即同于沈约之所谓轻重”呢？亦未必然。按沈约《宋书·谢灵运传论》“两句之中轻重悉异”之语，现代大多数研究者确都以为是指声调而言，但古人言“轻重”也是异义纷纭，未必都与沈约一个意思。即如陆法言《切韵序》所云“支脂鱼虞，共为一韵；先仙尤侯，俱论是切。欲广文路，自可清浊皆通；若赏知音，即须轻重有异”，其清浊、轻重应都是指韵部而言，意谓支与脂、鱼与虞、先与仙、尤与侯诸韵，若为行文押韵之便，自可归并通用；若以仔细辨别字音而言，则应严格区分。所以封演《闻见记》说：“隋陆法言《切韵》……先仙删山之类，分为别韵。属文之士共苦其苛细。国初许敬宗等详议，以其韵窄，奏合而用之，法言所谓‘欲广文路自可清浊皆通’者也。”陆法言时代上去沈约不远，“轻重”的用法已自不同，怎么能说蔡宽夫的用法就一定与沈约相同呢？宋代倒是有用“轻重”指说声母的例子：日本《口游》（成书年代当宋太祖开宝三年）引《反音颂》云：“轻重、清浊依上，平上、去入依下。”上、下分指反切上字与反切下字。按反切之法，切成之字的声母依照反切上字，韵母及声调依照反切下字。可知此处所谓“轻重清浊”系指声母而言。又郑樵《七音略序》所谓“以三十六字为之母，重轻清浊，不失其伦”，亦显然指声母。[②]蔡宽夫所谓“以轻重为清浊”，也正与《反音颂》《七

---

① 钱大昕《十驾斋养新录》五“字母”条论喉音四母云：“影母之字，引而长之，则为喻母。晓母之字，引长之稍浊，则为匣母。匣母三四等字，轻读亦有似喻母者。古人于此四母不甚区别。”钱氏此论为现代学者所肯定。王力先生《汉语史稿》上册第十节说：“喻母依照《切韵》反切上字应分两类，即云类和余类，云类在《切韵》系统中应归匣母。”王融此诗中园、花、晔、远、越、云六字在《切韵》系统中正是云母字。因此，此诗实际上应视为通首皆用匣母字。

② 参考罗常培先生《释重轻》（载《史语所集刊》二本四分）。

音略序》一样，是就声母而言。

那么，蔡氏所谓“蜂腰鹤膝者，盖又出于双声之变”云云，乃是说由双声诗中，又变化出蜂腰诗和鹤膝诗来。若双声诗的一句五字之中首尾用浊声母字，中间一字用清声母字，即为蜂腰诗；反之则为鹤膝诗。他不以此种游戏式的诗体为然，所以说“尤可笑也”。此段话中所说王融双声诗、陆龟蒙叠韵诗，均是游戏诗体。紧接着便说蜂腰鹤膝，也自然是指游戏诗体，不可能忽然又扯到声病说上去。我们顺便再看《诚斋诗话》所载关于蜂腰鹤膝的说法，谓“词源倒流三峡水，笔阵横扫千人军”为蜂腰，“无边落木萧萧下，不尽长江滚滚来”为鹤膝。乍看几乎不知其所云，其实恐也不是指声病，而是指诗体。前一联两句的第四字（“腰”）应仄而平，应平而仄，第六字也相应改变，这是故意打破律句平仄常规的一种诗体。第二联两句的五、六字（“膝”）用叠字，亦有意为之，并非声病。大约当时颇有此类琐屑名目，“蜂腰”、“鹤膝”之称不过是借用齐梁声病说的术语而已。《诚斋诗话》关于蜂腰、鹤膝的说法，可为我们理解蔡宽夫之说提供一点启发。

总之，对于齐梁声律论中蜂腰、鹤膝病的解释，须以《文镜秘府论》所说为准。《蔡宽夫诗话》所载本非指声病，仇兆鳌是误解了蔡氏原意的。至于上文所举郭绍虞先生不信《秘府论》的三点理由，其第二点上文已予以解释，即齐梁人论声病并不限于两句；其第三点，“后来的律体也不以此为病犯”，窃以为由齐梁声病说到唐代律体的成立，有颇长的发展过程，恐不能说后者不以为病的，前者也一定不以为病；其第一点，“与蜂腰鹤膝的名称没有关系”，关于此点，千载之下，只能做一些揣测。蜂之腰两头粗中间细，鹤之膝两头细中间粗，都是两端相同。五言句的二、五两字，相对于第四字，可视作两端；若以三句而言，一、三两句末，相对于第二句末，也可视为两端。其两端同声调，故谓之蜂腰或鹤膝。当然这只是揣测而已。但不甚明了蜂腰鹤膝二病得名的由来，并不妨碍对其实际内容的了解。

三、辨旁纽(大纽)、正纽(小纽)

按《文镜秘府论》所载隋朝、初唐人(刘善经、元兢)的说法,旁纽、正纽均是指一韵之内有不相连的双声字,即都是有关声母之病。这不相连的双声字,若不在“四声一纽”之内,名曰旁纽(如“壮哉帝王居,佳丽殊百城”,居、佳双声,殊、城双声,皆犯旁纽)。若在“四声一纽”之内,名曰正纽(如“我本汉家子,来嫁单于庭”,家、嫁在“四声一纽”之内,以今日语音学术语言之,即其声母、韵母均相同而声调不同,为犯正纽)。后世言旁纽、正纽者,多从此说。但若细按《秘府论》中所载沈氏、刘滔之语,则可知齐梁人所谓旁纽、正纽其实并非如此。

“文二十八种病”旁纽条下引刘氏(善经)语云:

> 沈氏谓此为小纽。刘滔以双声亦为正纽。其旁纽者,若五字中已有“任”字,其四字不得复用“锦”“禁”“急”“饮”“荫”“邑”等字,以其一纽之中,有“金”“音”等字与“任”同韵故也。如王彪之《登冶城楼》诗云:“俯观陋室,宇宙六合,譬如四壁。”即“譬”与“壁”是也。沈氏亦以此条谓之大纽。

又引“或曰”:

> 旁纽者,据旁声而来与相忤也。然字从连韵,而纽声相参,若“金”“锦”“禁”“急”“阴”“饮”“荫”“邑”,是连韵纽之。若“金”之与“饮”、“阴”之与“禁”,从旁而会,是与相参之也。如云“丈人且安坐,梁尘将欲飞”,“丈”与“梁”,亦“金”“饮”之类,是犯也。

这“或曰”显然即刘滔所说的旁纽,亦即沈约所说的大纽。又正纽条下引“或曰”:

> 又一法,凡入双声者,皆名正纽。

此条颇为明白,第一条中“刘滔以双声亦为正纽”一句正可与之印证。合上引三条观之,可知:(一)句中有不相连的双声字,不论在“四声一纽”之中抑或不在“四声一纽”之中,都称为正纽(刘滔)或小纽(沈约)。(二)金、锦、禁、急为“四声一纽”,音、饮、荫、邑为另一组“四声一纽”。此两组声母不同,但韵母相同。若句中已用第一组中之字，便不得再用第二组中的声调不同之字。以现代语音学术语释之，大体上可以说，就是不得用声母、声调均不同而韵母相同之字。否则为犯旁纽（或称大纽）。[①]（三）因此，齐梁人（沈约、刘滔）所谓正纽（小纽）是有关声母之病，它包括了隋朝、初唐人所说的正纽、旁纽。而沈、刘所说旁纽（大纽）则又是另一回事。我们今日若要谈齐梁声病说，自应以沈约、刘滔所说为准。

这里顺便对《诗苑类格》《诗人玉屑》等所载旁纽、正纽之说试加说明。《诗苑类格》云：

> 七曰旁纽，八曰正纽。谓十字内两字双声为正纽，若不共一纽而有双声为旁纽。如流、六为正纽，流、柳为旁纽。

其说颇为费解。“两字双声为正纽”，按理说应包括“四声一纽”内的双声和不共一纽的双声，这正与沈约、刘滔所说一致。但又说“不共一纽而有双声为旁纽”，则又与隋朝、初唐人说法相同，而实已包括于“两字双声为正纽”之中。这岂非不合逻辑？疑是因杂取齐梁说和隋唐说而又不细加分析所致。至于所举病例尤不可解。流、六是不同纽的双声字（即声母同而韵母不同），固与“两字双声为正纽”相合；而流、柳乃共纽双声字，不知为何举作旁纽。《诗人玉屑》云：

> 七曰旁纽，八曰正纽。十字内两字叠韵为正纽，若不共一纽而有双声为旁纽。如流、久为正纽，流、柳为旁纽。

“两字叠韵”，应是大韵、小韵之病，而不是纽病。所举病例，流、久声母、声调均不同，但韵母相同，应属沈约、刘滔所说的旁纽（大纽），而不是正纽。流、柳则应是正纽，而不是旁纽。纪昀《沈氏四声考》说《诗人玉屑》举例有误，认为“流、久当作流、柳，为正纽；流、柳当作流、久，为旁纽”，这说法倒是与齐梁说的旁纽、正纽相合的。看来，《诗苑类格》《诗人玉屑》都因未能将齐梁说与隋唐说细加区别整理，以致错乱而难以究诘。后世言旁纽、正纽者仍常有混乱，如伪托梅尧臣的

① 若已用第一组中之字，又用第二组中不同声调之字，如“金”“饮”之类，为犯旁纽；若用了同声调的字，如“金”“音”之类，则是犯大韵或小韵之病。

《续金针诗格》云：

> 二句中已有“月”字，不得著“鱼”“元”“阮”“愿”字，此是双声，即为旁纽。诗曰：“丈人且安坐，梁尘将欲起。”“丈”“梁”之类，即谓犯耳。

以月、鱼、元、阮、愿为旁纽，系来自“文二十八种病”旁纽条的开头部分。这几个字都是疑母双声字。而所举例子却来自旁纽条所引“或曰”，乃是齐梁人的旁纽说，其中“丈”“梁”并非双声字。二者虽都出于“文二十八种病”的旁纽条下，其实并不一致。《续金针诗格》的撰者将它们合在一处，殊为可笑。但我们只要细读《文镜秘府论》，将齐梁人和隋朝、初唐人对旁纽、正纽的解释分别理清楚，便不难判断后世种种说法的正确或错误了。《文镜秘府论》的重要资料价值，于此也可见一斑。

原载《文史》第28辑，中华书局1987年版

略谈南朝骈文之难读

——以任昉文为例

杨　明

要欣赏和研究骈文，当然第一步是要读懂骈文。在一般读者心目中，骈文是比较难懂的。实际上不能一概而论。王运熙先生曾经指出："提到骈文，我们大概很容易想到《昭明文选》和李商隐《樊南文集》中的许多深奥作品，事实上唐代流行的骈文并非如此，它们多数语言浅显通俗，用典不多，比韩柳等人的古文反而明白浅切，容易为一般人所接受。"①王先生的观点打破了一般读者心目中"骈文总是艰深难读"的成见，但王先生也指出有的骈文，如《昭明文选》和《樊南文集》中不少文章，是不容易读的。《文选》所收骈文，主要是南朝作品。本文就想要以齐梁时期的骈文名家任昉的若干作品为例，粗略地看一下，当时骈文之难读体现在哪些地方。而这些现象，其实也就体现了南朝骈文文辞上的某些特点。为了方便读者，采取引录原文（全文或节录）加以解说的方式（不作全面注释，仅就有关语词文句加以说明），然后作一些简单的归纳。所引任昉之作，均据胡刻本《文选》录入。

① 王运熙《韩愈散文的风格特征和他的文学好尚》，《王运熙文集》第2卷，上海古籍出版社2012年版，第230页。

为齐明帝让宣城郡公第一表〔一〕

臣鸾言：被台司召，以臣为侍中、中书监、骠骑大将军、开府仪同三司、杨州刺史、录尚书事，封宣城郡开国公，食邑三千户，加兵五千人。臣本庸才，智力浅短。太祖高皇帝笃犹子之爱，降家人之慈，世祖武帝情等布衣，寄深同气。武皇大渐，实奉话言。虽自见之明，庸近所蔽，愚夫一至，偶识量已，实不忍自固于缀衣之辰，拒违于玉几之侧。遂荷顾托，导扬末命。〔二〕虽嗣君弃常，获罪宣德，王室不造，职臣之由。〔三〕何者？亲则东牟，任惟博陆，徒怀子孟社稷之对，何救昌邑争臣之讥。四海之议，于何逃责？且陵土未干，训誓在耳，家国之事，一至于斯。非臣之尤，谁任其咎？将何以肃拜高寝，虔奉武园？悼心失图，泣血待旦，宁容复徽荣于家耻，宴安于国危？

骠骑，上将之元勋；神州，仪刑之列岳。〔四〕尚书古称司会，中书实管王言。且虚饰宠章，委成御侮。臣知不惬，物谁谓宜？〔五〕但命轻鸿毛，责重山岳，存没同归，毁誉一贯，辞一官不减身累，增一职已黩朝经。便当自同体国，不为饰让。〔六〕至于功均一匡，赏同千室，光宅近甸，奄有全邦，殒越为期，不敢闻命。〔七〕亦愿曲留降鉴，即垂顺许，巨平之恳诚必固，永昌之丹慊获申，乃知君臣之道，绰有余裕，苟曰易昭，敢守难夺。〔八〕故可庶心弘议，酌己亲物者矣。〔九〕不胜荷惧屏营之诚，谨附某官某甲奉表以闻。臣讳诚惶诚恐。

【解说】

〔一〕齐明帝即萧鸾，齐开国皇帝萧道成侄子，齐武帝萧赜从弟。武帝长子文惠太子早卒，武帝临终，托付次子萧子良与萧鸾共同辅佐太孙萧昭业。昭业嗣位一年，即被萧鸾废为郁林王，另立昭业弟昭文，旋即又废为海陵王，萧鸾即位为皇帝。萧昭业时已加萧鸾中书监、开府仪同三司，萧昭文初立时又加骠骑大将军、录尚书事、扬州刺史，封宣城郡公。此让表即其时所作，乃任昉手笔。萧鸾称帝为后来之事，题目云“齐明帝”，系后人所加。

〔二〕“武皇大渐”至“导扬末命”:“武皇”二句,谓齐武帝萧赜病笃之时,萧鸾曾奉受其遗命。《南齐书·武帝纪》载武帝临终诏曰:“太孙进德日茂,社稷有寄。子良善相毗辅,思弘治道。内外众事,无大小悉与鸾参怀共下意。”缀衣、玉几,均出于《尚书·顾命》,该篇述周成王崩、康王继位事。“缀衣之辰”,指天子临终之际。“玉几之侧”,指新君继位之处。此节意译如下:“武帝病重时,我曾受其遗命。我虽资质庸浅,暗于自见,而愚人亦有偏至之材,偶亦知道应自我称量。可是实在不忍心在君主弥留、新君继位之际固执己见、拒绝接受遗命。于是承当起先王临终的托付,导达显扬其遗命。”这里“虽自见之明,庸近所蔽”与“愚夫一至,偶识量已”之间,有转折关系,而前用“虽”字,后却不用“而”字。“愚夫一至,偶识量已”与“实不忍”之间,也有转折关系,也不用转折语词。这都是所谓潜气内转。两度转折,语意是比较复杂的,骈文一样能表达这样复杂的意思和语气,不过因为是“内转”亦即暗转,所以如果粗粗读过,就不容易体会到了。

〔三〕“虽嗣君”四句:嗣君,指郁林王萧昭业,文惠太子长子。宣德,指文惠太子妃王氏,郁林王即位,尊为皇太后,称宣德宫。萧鸾废郁林王,立海陵王,乃挟宣德太后之令而行之。四句意谓:政局的变故,虽然是由于郁林王不行正道,得罪于宣德太后,但是王室之不幸,也是由于我(萧鸾)的关系。上二句与下二句之间也是转折关系,前用“虽”,后不用“而”,也是潜气内转。

〔四〕“骠骑”至“列岳”:骠骑大将军,汉武帝因霍去病功勋卓著而立此名号以封赐之,位在三公上。东汉窦宪等为骠骑大将军,亦位在三公之上。此云“骠骑,上将之元勋”,意谓骠骑大将军乃上将之建立首功者。神州,此指杨州。纬书有神州乃帝王所居之说,杨州治建康,乃京都所在,故以神州指称杨州。列岳,代指各个地方,也可指地方官长。“神州,仪刑之列岳”,谓杨州帝都,乃各地的榜样,为各地所效法观瞻。后来沈约为梁武帝作《封授临川等五王诏》曰:“神州帝城,冠冕列岳。”意与此相近。那么,似乎该说“列岳之仪刑”才顺当,可是任昉却倒过来说。这样的表达不是没有来由。《大雅·文王》云“仪刑文王”,意谓效法文王之道，以文王之道为法则、为典范，“文王”是“仪形”的对象。后世袭用其语，如《汉书·王莽传》载陈崇奏章，云“仪刑虞周之盛”。但却也有反过来说的，如《后汉纪》载汉和帝策免张酺曰“仪刑百寮”，意谓为百僚作典范，为百僚所取法。又如张华《正旦大会行礼诗》：“仪刑万邦。”其例甚多。任昉的《为范尚书让吏部封侯第一表》也说：“仪刑多士。”《齐竟陵文宣王行状》说：“仪刑国胄。”因此，他这里说“仪刑之列岳”，并非偶然，只是多加了一个“之”字而已。为何加一“之”字呢？当然是为了与上句形成偶对。这个“之”字，我们可以说相当于“于”字，“仪刑于列岳”，句式犹如《大雅·思齐》“刑于寡妻”，但恐怕不如视之为无义的助词。（“之”字释为于，又作助词，均见王引之《经传释词》。）古汉语的词性、语法都较灵活，骈文则比一般的散体更活。

〔五〕“臣知”二句：这是以反诘语气表示递进关系。如果加上连接的词语，可以说成“臣且知其不惬，何况于物议，谁以为宜？”现在不用“且”（或“犹”、“尚”）、“何况”之类，便是潜气内转。凝缩为对称的两句八个字，“臣”“物”都提在句首，对比的语气也就显得更为强烈。

〔六〕“但命轻”至“饰让”：“命轻鸿毛”与“责重山岳”，看似转折关系，其实两句并列，意谓生命则毫不足惜，责任则万不可辞，表示了任职的决心。“辞一官”四句，意谓我承担了这么多官职，即使辞去一项也减少不了负担；已经是违背朝廷的常例了，即使再增加一项也不过如此。那么我就该自视为与国家同为一体，不再推让了。“增一职已黩朝经”，意思比较曲折，为了与上句形成对偶，故而有所省略凝缩，也需要读者寻索意会。清人潘耒以为“已”字是“未”字之误（孙志祖《文选考异》引），但并无版本依据。

〔七〕“至于”至“闻命”：大意是说：至于封为宣城郡公，那么我死也不敢接受。“功均一匡，赏同千室，光宅近甸，奄有全邦”与“殒越为期，不敢闻命”之间，如果加一个“则”字，便容易理解；现在不加，也可说是潜气内转。虽然形式上似乎一气而下，但须体会其间意思和语气的变化。

〔八〕“亦愿”至“难夺”：巨平，指西晋羊祜，魏末封巨平子。晋武帝时加车骑将军、开府仪同三司，祜上表让开府。其表见《文选》卷三十七。永昌，指东晋庾亮，封永昌公，曾上表让中书监。表见《文选》卷三十八。此节大意，是说祈愿皇帝（海陵王）垂顾允许我的请求，我的真诚恳挚的心思不被强行改变而得以实现，那么大家就都知道君臣相处之道是颇为宽宏的，如果臣下的诚意昭然明白，他就敢于坚持，不会轻易被改变。“曲留降鉴，即垂顺许”上面的动词“愿”字，一直贯穿到“丹慊获申”。“曲留”以下凡四句二十二字，都是“愿”的宾语，由单独一个“愿”字领起。此种以一字领起数句的情况，在骈文中也较为常见。骈文的句子一般较短，似乎较难表达复杂的意思，此种情况以数个短句合成大句，就使得复杂的意思也一样能表达出来。如果在“巨平”二句之前用一“使”之类字眼，语意似乎更明白一些，但不用显得更加紧凑，而且有骈文独特的韵味。“乃知君臣之道”以下四句，情况类似，四句都由“知”所领起，都是“知”的宾语。“苟曰易昭”和“敢守难夺”之间，是假设关系，但也不用“则”之类连词，也是潜气内转。

〔九〕“故可庶心”二句：“庶心”二字，颇觉生新，其意不易了解，于是“庶心弘议，酌己亲物”二句亦觉费解。李善无注，刘良注：“酌，度也。”则下句谓量度己心，以亲近他人。而“庶心”之“庶”亦有忖度、念虑意。（朱骏声《说文通训定声》云庶假借为度、虑、覰，庶几即覰覦之意。）则“庶心弘议”或是体察其心而开扩言路之意？谓君臣之际比较宽宏而不严苛，则可达到这样的境地。姑妄言之，质诸高明。

启萧太傅固辞夺礼〔一〕

昉启：〔二〕近启归诉，庶谅穷款，奉被还旨，未垂哀察。〔三〕悼心失图，泣血待旦。君于品庶，示均镕造，干禄祈荣，更为自拔，亏教废礼，岂关视听？所不忍言，具陈兹启。〔四〕昉往从末宦，禄不代耕。饥寒无甘旨之资，限役废晨昏之半。膝下之欢，已同过隙；几筵之慕，几何可凭？〔五〕且奠酹不亲，如在安寄？晨暮寂寥，阒若无主。〔六〕所守既无别理，穷咽岂及多喻。〔七〕明公功格区宇，感通有涂。

若霈然降临，赐寝严命，是知孝治所被，爰至无心，锡类所及，匪徒教义。〔八〕不任崩迫之情，谨奉启事陈闻。谨启。

【解说】

〔一〕萧太傅，即萧鸾。海陵王时进为太傅、领大将军、杨州牧，加殊礼，进爵宣城公为宣城王。不久之后，便即皇帝位。任昉为尚书殿中郎，因父丧去职，萧鸾欲起为建武将军、骠骑记室，昉因尚在服丧期间，再三推辞。此启即当时所作。

〔二〕“昉启”：昉，吕延济注：“昉家集讳其名，但云‘君’，撰者因而录之。”其说是。李善、五臣所见乃“君”字，故吕氏作此解释。今本《文选》作“昉”，乃后人所改。下文“君于品庶”之“君”，指任昉，则保留了原始面貌；而“昉往从末宦”之“昉”，原亦当作“君”。

〔三〕“近启”四句：大意谓不久前上启给您提出诉求，希望谅解我真实哀痛的心情，而得到的回答，并未察知我的悲哀而加以垂怜。上二句与下二句之间为转折语气，也是潜气内转。

〔四〕“君于品庶”至“具陈兹启”：前四句意谓我与芸芸众生一样，干求荣禄，努力自我拔擢，欲求出人头地。后四句意谓亏损礼教，简直不敢入人们的视听之域。所不忍说的话，在这里都陈述出来。上下文之间，乍读似乎文气断裂，不知所云。结合后面的文字细细体会，可知任昉之意，是说自己为了干求荣禄，做了简直不敢对人说、自己也不忍说的亏教废礼的行为，而又不得不在这里向您陈说。到底是什么亏教废礼的行为呢？观下文可知，是说自己以往既收入微薄，又牵于差役，因此未能很好地奉养孝敬父母。任昉说这么一番意思，并非如吕向注所说表示谦虚，而是向萧鸾表示自己后悔、沉痛的心情，祈求对方体谅自己的悲伤，同意他守丧不出的要求。理解这几句话的关键，是要领悟到：所谓“亏教废礼”，乃是“干禄祈荣，更为自拔”所致。因此，前四句与后四句之间，语虽似断，意实相承，读者须上下寻索，仔细体会。孙德谦曾说：“六朝文中，往往气极遒炼，欲言不言，而其意若即若离，急转直下者。……似上下气不联属，六朝文所以不易读也。”[①]这里也算一例吧。

〔五〕“膝下之欢”至“几何可凭”：前二句谓幼时在父母膝下之欢乐，瞬息已逝。后二句谓居丧哀慕，亦为时无多。李善注引《荀子》：“孔子谓鲁哀公曰：‘君入庙而右，登自阼阶，仰视榱栋，俛见几筵，其器存，其人亡。君以此思哀，则哀将焉不至矣。’”（按：见《荀子·哀公》篇。）李注与“几筵之慕”贴合，谓“几筵之慕”乃睹几筵而思其人之意。吕向注云：“言神灵依凭几筵，三年内能几何时也。”则指出正文所言乃居丧之事，可视为对李善注的补充。但李善与吕向都语焉未详，今日读者恐仍不明其意，这里略加说明。按《仪礼·士虞礼》《礼记·檀弓下》，送葬而返，即于殡宫（即死者之正寝）行虞祭之礼，祭时设几筵（筵者，席也）。《檀弓下》“虞而立尸，有几筵”孔疏云：“（士大夫）未葬之前，殡宫虽有脯醢之奠，不立几筵。其大敛之奠，虽在殡宫，但有席而已，亦无几也。……今葬讫，既设虞祭，有素几筵。筵虽大敛之时已有，至于虞祭，更立筵与几相配，故云‘有几筵’。”以后居丧期间诸祭礼，亦设几筵。至除丧，死者之神主（以木为之）迁入祖庙，才不再设祭于殡宫。《左传》僖公三十三年“祔而作主，特祀于主”孔疏引杜预《释例》：“以新死者之神祔之于祖（按：祔者，犹属也。作神主，于祖庙行礼，属之于先祖，排列昭穆之次，名曰祔祭），尸柩既已远矣，神形又不可得而见矣，孝子之思弥笃，彷徨求索，不知所至，故造木主，立几筵，特用丧礼祭祀于寝。”（按：祔祭之后，奉神主入殡宫，俟除丧再迁入祖庙。杜预所言即除丧之前情形。）可说是对“几筵之慕”的确切的解释。“几筵之慕”，乃特指居丧期间之哀慕。任昉意谓居丧之期也很短促，没有多长时期可以寄托哀思。

〔六〕“且奠酹”四句：《论语·八佾》：“祭如在，祭神如神在。子曰：‘吾不与祭，如不祭。’”所谓“如在”，谓死去的亲人如同还在一样，祭祀者如见其形，如闻其声。意思是祭祀必须非常诚敬。“吾不与祭，如不祭”，是说不亲自进行祭祀而由他人代为行之，自己就不能致其诚敬，就如同不曾祭祀一样。任昉说“如在

① 孙德谦《六朝丽指》，王水照编《历代文话》第九册，复旦大学出版社2007年版，第8449页。

安寄”，是说“祭如在”的精神体现在哪里，也就是说怎么能体现自己的诚敬呢，那不就像不曾祭祀一样吗。引用典故，可以用很简短的语汇表示丰富的含意，这是骈文的特点之一，这里很鲜明地体现出来了。“无主”，主谓祭主，主持祭祀之人，祭父则子为祭主。

〔七〕“所守”二句：意谓既然我之坚持不出、再三辞让，就是为此，并无其他原由（也就不必再多说），而且我哀咽欲绝，哪里还能再多说呢。两句之间，意思颇为丰富，语气颇有曲折，读者须细细体会。“咽”字用得很好，表示说到这里，已经悲哀得说不下去了。

〔八〕“锡类”二句：承上言以孝治理天下的做法，不仅仅是空言而已，而且见之于事实。《大雅・既醉》：“孝子不匮，永锡尔类。”“锡类”是缩略之语。缩略古语，也是骈文中所常见的。

王文宪集序（节录）〔一〕

……公之生也，诞授命世。体三才之茂，践得二之机。信乃昴宿垂芒，德精降祉。有一于此，蔚为帝师。况乃渊角殊祥，山庭异表。〔二〕望衢罕窥其术，观海莫际其澜。宏览载籍，博游才义。若乃金版玉匮之书，海上名山之旨，沈郁澹雅之思，离坚合异之谈，莫不总制清衷，递为心极。斯固通人之所包，非虚明之绝境。不可穷者，其唯神用者乎？然检镜所归，人伦以表，云屋天构，匠者何工？〔三〕

【解说】

〔一〕王文宪，南齐王俭，官至侍中、中书监、太子少傅、领国子祭酒、卫军将军，谥文宪公。任昉曾为其丹阳主簿，深受其推重。俭卒后，昉编集其遗文，作此序。原文甚长，今节录若干段落。

〔二〕“公之生也”至“山庭异表”：此下一段谓王俭乃天降贤才，生有异表。又总述其学问广博，心智如神而不可穷。“渊角”二句言其异表：额角似月，鼻高如山，皆为异相。李善注："《论语撰考谶》曰：'颜回有角额，似月形。'渊，水也。月是水精，故名渊。"以渊代月，用意颇曲折，为的是避熟就新。南朝骈文颇多此类，亦《文心雕龙·练字》所谓"爱奇之心"也。

〔三〕"若乃金版"至"匠者何工"：大意谓虽载籍盛多，著述纷纶，深思宏才，怪谈奇思，林林总总，而世之所谓通人，能兼收并蓄之。然而那还并不是心智虚明的最高境界。其不可穷尽的最高境界，应如神之作用，不可思议。而检察其归向，乃超乎人伦之外，如同云屋霞宇，乃天之所构，非匠人所能致力。这是颂赞王俭的聪明智慧。李善注："言金版玉匮之书，无不制在情（按：应作清）衷，为心之极，斯故通人君子或能兼而包之，故非王公之绝境也。然其不可穷而尽者，其唯有神用乎？言难测也。虚明，亦心也。"其说是。"斯固通人之所包"与"非虚明之绝境"两句，对于同一对象，先说是什么，而后说不是什么，前肯定而后否定，是并列关系。如果误会这层关系，将"非虚明之绝境"连下读，理解成"（金版玉匮等等是通人所兼包的学问），是若非心智虚明的最高境界就不能穷尽的，（之所以能穷究）乃是神之作用吧"，似乎也可通，但实非作者本意。那样就将王俭降格为通人了。揆之文义与语势，李善注是最为妥当的。关键是要明确"斯固"二句间的关系。

自咸洛不守，宪章中辍。贺生达礼之宗，蔡公儒林之亚，阙典未补，大备兹日。〔一〕至若齿危发秀之老，〔二〕含经味道之生，莫不北面人宗，自同资敬。〔三〕……

【解说】

〔一〕"贺生"四句：贺循、蔡谟皆东晋大儒。贺氏世代习礼，东晋草创，朝廷礼仪多取决于贺循。蔡谟亦于礼仪、宗庙制度多所议定。"贺生"二句与下文之间是何种关系？是说东晋以来"阙典"至贺、蔡而大备吗，还是说至王俭而大备？也就是说，"兹日"是指东晋之时，还是指王俭之时？光从字面看，似乎是前者。但本文原是称颂王俭的，不是称赞贺、蔡的，王俭也正以"长礼学，谙究朝仪"著称，宋、齐之际萧道成建立齐朝，礼仪制度多取定于他，（见《南齐书》本传，本文后面也有叙述。）因此，这里应是说至王俭时而阙典大备。“贺生”二句是借指王俭，谓王俭制礼，犹如东晋时的贺循、蔡谟；或也可以理解为借贺、蔡衬托王俭，说即使经过了贺、蔡也尚有“阙典”，待王俭始大备。这里也是需要意会，需要仔细体会的。刘师培曾说：“且其（傅亮、任昉）文章隐秀，用典入化，故能活而不滞，毫无痕迹，潜气内转，句句贯通。此所谓用典而不用于典者也。”①刘氏之意，是说用典用得好的话，便可以代替直接的述说，那么文意、文气的进展便内隐而不露。他将此种情况也叫作潜气内转。依其说，本文这里用贺循、蔡谟典故，也不妨说是潜气内转。

〔二〕“齿危发秀”：李善注：“郑玄《礼记注》曰：‘危，高也。’然齿危谓高年也。发秀，犹秀眉也。”（按：人老则眉毛秀出。）若依此注，那么这里也体现了用字追求生新的心理。特别是以“发”代“眉”，尤觉新奇。不过清代学者颇有不同意李善注的。孙志祖《文选李注补正》说“齿危”谓齿将落，不应训“高”。朱珔《文选集释》说“发秀”的“秀”字乃“秃”之形讹，胡绍煐《文选笺证》说“秀”“秃”字古音同部，“发秀”就是“发秃”。姑录以备考。

〔三〕“莫不”二句：北面，谓面向北而尊崇之。人宗，谓人所宗仰者、人之宗师，此指王俭而言。其造语也颇生新。资敬，用《孝经·士章》“资于事父以事君而敬同”之语，而加以缩略。资，取也。谓人们敬重王俭，与《孝经》所谓“资于事父以事君而敬同”相同，取其事父者以事之，也就是说如同敬重父亲一样。

……期岁而孤，叔父司空简穆公早所器异。年始志学，家门礼训，皆折衷于公。孝友之性，岂伊桥梓；夷雅之体，无待韦弦。〔一〕……年六岁，袭封豫宁侯。……初拜秘书郎，迁太子舍人。以选尚公主，拜驸马都尉。元徽初，迁秘书丞。……出为义兴太守。风化之美，奏课为最。还，除给事黄门侍郎。旬日，

① 刘师培《汉魏六朝专家文研究》，王水照编《历代文话》第十册，复旦大学出版社2007年版，第9563页。

迁尚书吏部郎，参选。……俄迁侍中。以愍侯始终之职，固辞不拜。〔二〕补太尉右长史。时圣武定业，肇基王命，寤寐风云，〔三〕实资人杰。……俄迁左长史。齐台初建，以公为尚书右仆射，领吏部。时年二十八。……太祖受命，以佐命之功封南昌县开国公，食邑二千户。建元二年，迁尚书左仆射，领选如故。……太祖崩，遗诏以公为侍中、尚书令、镇国将军。永明元年，进号卫将军。二年，以本官领丹阳尹。……国学初兴，华夷慕义，经师人表，允资望实，复以本官领国子祭酒。三年，解丹阳尹，领太子少傅，余悉如故。挂服捐驹，前良取则；卧辙弃子，后予胥怨。〔四〕……七年，固辞选任，帝所重违，诏加中书监，犹参掌选事。长舆追专车之恨，公曾甘凤池之失。〔五〕……春秋三十有八，七年五月三日，薨于建康官舍。……

【解说】

〔一〕“期岁”至“韦弦”：此下一大段，叙述王俭经历，颂扬其德业，占据了序文的主要篇幅。“孝友”四句，谓孝友和雅之性，出自天然，不须矫厉。桥梓，桥树与梓树。桥树高而仰，梓树卑而俯，商子以此启发康叔、伯禽，使其懂得父子之道。韦弦，韦软而弦急，西门豹性急而董安于性缓，故分别佩韦、佩弦以自警。此处言“桥梓”“韦弦”，都是用典而加以缩略。用“韦弦”语者，任昉之前已有；缩略为“桥梓”而如此用者，似始见于任氏。

〔二〕“以愍侯”二句：愍侯，王俭父僧绰，刘宋时为刘劭所杀害，后追谥愍侯。僧绰被害时为侍中，此言“始终之职”，其实为偏义，取“终”意而已。《南齐书》《南史》的《王俭传》述此事，都说：“以父终此职，固让。”无“始”字。本文作“始终”，不过为凑成偶辞行文方便而已，也颇为特别。

〔三〕“寤寐风云”：寤寐，《关雎》云“寤寐思服”，这里剪截“寤寐”二字，用为朝思暮想之意。风云，用《周易·文言》“云从龙，风从虎，圣人作而万物睹”之语，这里是表示君臣感应遇合的意思。

〔四〕“挂服”四句：赞颂王俭为地方官丹阳尹去职时的清廉和为百姓所恋慕。应注意的是“前良取则”和“后予胥怨”都将词序颠倒了，照理应该是“取则前良”（以前贤为榜样）和“胥怨后予”〔都抱怨为何把我们抛在后头）。这样倒置，读起来就有一种新鲜感。《文心雕龙·定势》说“近代辞人，率好诡巧”，表现之一便是以“颠倒文句”来求得新奇的效果。孙德谦《六朝丽指》举鲍照《石帆铭》“君子彼想”和庾信《梁东宫行雨山铭》“草绿山同，花红面似”以证之。任昉这两句也是其例。“后予”一语系剪截使用《伪古文尚书·仲虺之诰》的典故。（任昉之时并不知其伪，伪《书》盖取自《孟子·梁惠王下》）

〔五〕“长舆”二句：西晋和峤为中书令，很不尊重中书监荀勖，不屑与之同车共乘。而荀勖由中书监改任尚书令，发恨道“夺我凤凰池”（凤凰池指中书省）。王俭为中书监，所以用这两个典故，是很贴切的，但所谓和峤追悔和荀勖甘心，都是史实没有的事，犹如说如果和峤共事的是王俭这样的贤人，他该追憾如此轻慢；如果代荀勖为中书监的是王俭，荀勖也不会怨怒了。这是用典的变化处。

……公铨品人伦，各尽其用。居厚者不矜其多，处薄者不怨其少。穷涯而反，盈量知归。〔一〕皇朝以治定制礼，功成作乐，思我民誉，缉熙帝图，虽张、曹争论于汉朝，荀、挚竞爽于晋世，无以仰摸渊旨，取则后昆。〔二〕……公自幼及长，述作不倦。固以理穷言行，事该军国，岂直雕章缛采而已哉。若乃统体必善，缀赏无地，〔三〕虽楚赵群才，汉魏众作，曾何足云。……

【解说】

〔一〕“公铨品”六句：以下一段是本文的结末部分。“居厚”四句，谓王俭铨选公正而恰当，系从被选者的角度立言。厚薄多少指被选者所获得的官职之高低而言。因其恰当公正，故即使所获少者亦无所怨，而所获多者责任亦重，故亦无所矜喜。涯、量指被选者的器量性分而言。其器量性分被充分发掘利用，故曰穷；其所获已达到器量性分所能容受之最大值，故曰盈。“反”与“归”，谓其受选而归返，是一种形象化的说法。四句含意颇为丰富，值得仔细体会，而表述颇精炼。

〔二〕“皇朝”八句：大意谓萧齐王朝欲制礼作乐，使群臣议论，而众人讨论虽热烈，然而未有能摹取王俭之深意、为后人所取则者。“取则后昆”，意为为后人所取则，其句法亦颇特别。

〔三〕“若乃”二句：吕向注：“统，序也。缀赏，追赏也。无地，不择地，遇之则为胜也。”黄季刚先生《文选平点》云：“统体，即通体也。缀赏无地，言无所不美也。”按：统体即全体，黄先生说是。“缀赏”二字，造语颇生新，似是施以称赏、予以称赏之意。无地，吕向释为不择地，不妥。无地犹言无处，引申为无从、无法意。如《晋书·卫瓘传》瓘等上疏：“魏氏承颠覆之运，起丧乱之后，人士流移，考详无地，故立九品之制，粗具一时选用之本耳。”《宋书·氐胡传》杨难当遣使奉表谢罪：“罪当诛责，远隔遐荒，告谢无地。”萧纲《与智琰法师书》：“现疾未瘳，问津无地，叹恨何已。”缀赏无地，即无得而称、无从称赏之意。谓其佳妙之至，无法以言辞形容也。

天监三年策秀才文三首

问秀才：朕长驱樊邓，直指商郊，〔一〕因藉时来，乘此历运，当扆永念，犹怀惭德。何者？百王之弊，齐季斯甚，衣冠礼乐，扫地无余。斲雕刓方，经纶草昧。采三王之礼，冠履粗分；因六代之乐，宫判始辨。〔二〕而百度草创，仓廪未实。若终亩不税，则国用靡资；百姓不足，则恻隐深虑。〔三〕每时入刍藁，岁课田租，愀然疚怀，如怜赤子。今欲使朕无满堂之念，〔四〕民有家给之饶，渐登九年之蓄，稍去关市之赋。子大夫当此三道，利用宾王，斯理何从，伫闻良说。（其一）

【解说】

〔一〕此第一首，问如何方能发展生产，使国用既丰，百姓亦足。商郊，用《尚书·牧誓》“王（周武王）朝至于商郊”语，其实指齐京城建康郊外，以商代齐。这样做固然表现了喜用典故、追求古雅的审美心理，但在当时，还另有含意。萧衍、任昉原来都是齐臣，取齐而代之，若用“齐”字，等于直言挥师逼近京师，颇觉难以为地。周本臣服于商，武王伐纣乃正义之师，今用殷、周典故，不但便于措辞，且有颂扬萧衍之意。此亦文心深曲处。

〔二〕“百王之弊”至“宫判始辨”：此十句于正面述说仓廪未实、不得不实施征敛之前，先夸示制礼作乐之事。“百王”四句言齐末礼乐制度皆已废弃，“斲雕”以下六句言易代之际经纶制作，其间并无过渡性语词，显得文气紧凑，读时应有所体会。

〔三〕“若终亩”四句：一、二句说若不征收赋税，则国家财用无所取资，三、四句说若百姓(不堪赋税负担而)贫困，则令人同情忧虑。其间“不堪赋税负担”这一层意思没有直接说出来，但读者不难意会。一、二句之间有假设关系，用关联词语“若”“则”，表示得很明白，三、四句之间其实也是假设关系，可是有“则”字而无“若”字，原来第一句前的那个“若”字兼管着第三句。类似情况，读骈文时也当注意。即一副对子，上、下联各自包含两句或两句以上，各自形成具有某种语法关系的复句；而在上联的前面有一个语词，下联相应位置本也应有，却蒙上而省。

〔四〕“今欲使”句：“满堂”是用典的缩略。(《说苑·贵德》：“故圣人之于天下也，譬犹一堂之上也。今有满堂饮酒者，有一人独索然向隅而泣，则一堂之人皆不乐矣。”)“无满堂之念”，即无满堂饮酒一人向隅之忧虑，亦即不担心尚未能做到人人皆乐。用此典使文章具有形象性，且隐含以圣人自居之意。然而如此缩略，今日读者若想不起这个典故，便觉茫然。

问：朕本自诸生，弱龄有志，〔一〕闭户自精，开卷独得。九流七略，颇常观览；六艺百家，庶非墙面。虽一日万机，旱朝晏罢，听览之暇，三余靡失，上之化下，草偃风从，惟此虚寡，弗能动俗。〔二〕昔紫衣贱服，犹化齐风；长缨鄙好，且变邹俗。虽德惭往贤，业优前事。〔三〕且夫搢绅道行，禄利然也。朕倾心骏骨，非惧真龙；辎軿青紫，如拾地芥。而惰游废业，十室而九，鸣鸟蔑闻，子衿不作。弘奖之路，斯既然矣，犹其寂寞，应有良规。(其二)

【解说】

〔一〕此第二首，问如何方能鼓励学子，弘扬学风。“弱龄有志”，“有志”，即“有志于学”之意，亦截割成语之一例。

〔二〕“虽一日”至“动俗”八句：一、二句与三、四句间是转折关系，说虽然政务十分忙碌，但仍抓紧时间学习。前用“虽”而后不用“而”。“上之化下，草偃风从”与“惟此虚寡，弗能动俗”之间，也是转折关系：虽说君上化下如风之动草，但我的好学却未能改变风气。

〔三〕“昔紫衣”六句：谓古时齐、邹之君，其服紫衣、长缨与否的区区癖好，尚且改变风气，我虽德不及昔贤，但提倡学习这样的事情总比是否服紫衣、长缨重要吧。“德惭往贤”与“业优前事”之间，也是转折关系、潜气内转。又，“德惭往贤，业优前事”的行为主体即“朕”，而予以省略，读者须意会得之。又，骆鸿凯云：“‘昔紫衣贱服犹化齐风’云云，字面似承上文，而细绎其意，则已转下，第痕迹灭尽耳。”[①]骆氏意谓已另起话头，另作一段，但并无承启的语词。他说这也是潜气内转的一种表现。孙德谦曾说：“文章承转上下，必有虚字。六朝则不然，往往不加虚字，而其文气已转入后者。……故读六朝人文，须识得潜气内转妙诀，乃能于承转处迎刃而解，否则上下语气，将不知其若何衔接矣。”[②]也就是指此类层次段落之间的衔接转变问题。骆氏的看法盖取自孙氏。

问：朕立谏鼓，设谤木，于兹三年矣。比虽辐凑阙下，多非政要；日伏青蒲，罕能切直。〔一〕将齐季多讳，风流遂往，将谓朕空然慕古，虚受弗弘？然自君临万寓，介在民上，何尝以一言失旨，转徙朔方，睚眦有违，论输左校，而使直臣杜口，忠谠路绝？〔二〕将恐弘长之道，别有未周。悉意以陈，极言无隐。（其三）

---

① 骆鸿凯《文选学附编补·文选专家研究举例·任彦升》，《文选学》，中华书局 1989 年版，第 562 页。

② 孙德谦《六朝丽指》，王水照编《历代文话》第九册，复旦大学出版社 2007 年版，第 8459—8460 页。

【解说】

〔一〕此为第三首，问如何广开言路，使臣下敢于直言进谏。“辐凑”四句，谓虽然献言者众多，但所言多无关于政治之要；虽然常有臣下进谏，但少有能直言无忌者。“辐凑阙下”与“多非政要”为转折关系，前有“虽”字，后无“而”字，乃潜气内转。“日伏青蒲”与“罕能切直”也是转折关系，既无“而”字，也无“虽”字，那是因为上联的“虽”字兼管下联，亦即“日伏青蒲”前应有的“虽”字承上而省了。这与第一首“百姓不足”前省略“若”的情况类似。

〔二〕“自君临万寓”以下直至“忠谠路绝”，凡八个短句（若不计虚字，各句均为四言）。从意义上说，应视为一个复合的大句。用今日语法术语说，“自君临万寓，介在民上”是一个介词结构。“以一言失旨”至“忠谠路绝”六个短句，“以”字与“而”字相呼应，表示因果关系：因为发生了略有不合君上之意便受到责罚的情况，所以使得臣子们杜口结舌，不敢进言。前四句原因部分，“一言失旨，转徙朔方”和“睚眦有违，论输左校”是一副对偶，上下联的两句又各成因果：“一言失旨”和“睚眦有违”是因，“转徙朔方”和“论输左校”是果，但都不出现连接的语词，也可说是潜气内转。在这六句之前，用“何尝”二字表示下面所说情况从来不曾发生过，也就是用反问的形式表示了否定。我们由此可以看到，虽然骈文句子一般较短，往往仅以四字为主干，又有对偶的限制，但一样可以表示复杂的意思和语气。这样的表达少不了必要的关联词语，但骈文中确实关联词语用得较少，因此常常需要读者自己去体会其间的语法关系。

以下就上面所述，作一些归纳说明。

骈文之难读，其实与骈文运用文辞的某些特点有关。关于这方面，孙德谦的《六朝丽指》谈得较多，也较为具体细致。本文上面所述，不过是将孙氏等前辈学者所言，运用于分析任昉作品而已。概括起来，南朝骈文之难读，大约主要有以下数端：

一、多用典故，而或又加以截割缩略。如“孝子不匮，永锡尔类”缩略为“锡类”,“资于事父以事君而敬同”缩略为“资敬”,又如以“有志”二字表示“有志于学”,剪截“寤寐思服”为“寤寐”而表示朝思暮想,缩略“云从龙风从虎”为“风云”而表示君臣遇合,以“桥梓”“韦弦”指说受教改性,以“几筵”代指服丧守孝,以“满堂”代替满堂饮酒一人向隅的故事,等等,都需要读者有充足的知识储备并且善于联想。有时虽用典但对原典进行改造、变化,如说和峤追恨专车、荀勖甘心离开凤池之类,便与史实相反。凡此也需要读者体会。用典多而往往截割缩略,是骈文的特色之一,与其文句趋短而整齐有关。骆鸿凯先生云:“骈文句度既尚整齐,割裂之病,势所难免,斯固未可以寻常文律绳之也。”①钱锺书先生曾说到“语法因文体而有等衰”的现象,指出“韵文之制,局囿于字数,拘牵于声律”,故其文法不同于通常语法或散文之句法②。骈文虽与诗词韵文尚有不同,但比起散文来,也有字数、声律等限制,因而不能以通常的语法看待之。从这个角度说,骈文也可说是具有韵文某些特点的一种文体。

二、从上述任昉作品看,在选字、构成语词、造句方面,都有违反常例、追求生新的情况。例如人的额角成月形,说成“月角”犹可,而偏说是“渊角”。又如“缀赏”“庶心”,也生新而不易确解。“仪刑列岳”,是惯常的句型,为了与上句对称而硬插进一个“之”字。再如“取则前良,胥怨后予”,偏倒置成“前良取则,后予胥怨”。而“取则后昆”,则是“被后人取则”的意思。这些做法,当然增加了阅读的难度。这主要是由于追求新变的心理所造成。南朝骈文此类现象尤为突出,成为风气。任昉所作还不算最甚,鲍照、江淹则可谓典型。刘勰对此种风气甚为不满,称之为“讹势”。《文心雕龙》批判的所谓近代文风,恐怕“讹势”就是其中的主要内容。“若无新变,不能代雄”,求新本是文人的普遍心理,但在语言文辞方面过分而不必要地违背常规,是不足取的。

三、骈文具有“潜气内转”的特点。对此我们稍微多费一些笔墨予以说明。

---

① 骆鸿凯《文选学附编补·文选专家研究举例·任彦升》,《文选学》,中华书局 1989 年版,第 560 页。

② 参钱锺书《管锥编》第一册,中华书局 1979 年版,第 149—152 页。

“潜气内转”，语出繁钦《与魏文帝笺》：“潜气内转，哀音外激。”据学者研究，清人谈艺，颇喜借用此语，遍及于书法、诗文与长短句诸领域。评说骈文者，当始于朱一新《无邪堂答问》。清末民初，李详、孙德谦等也对骈文的这一特点加以讨论，尤以孙氏所论为具体。经过孙氏之手，骈文的这一深层次的艺术特质得到了明确的阐述。[①]

究竟什么是潜气内转呢？

《无邪堂答问》云：“语语续而不断，虽悦俗目，终非作家。……惟其藕断丝连，乃能回肠荡气。……潜气内转，上抗下坠，其中自有音节。”孙德谦承其说而更加具体落实。其《六朝丽指》有《上抗下坠、潜气内转》一节，举刘柳《荐周续之表》：“虽汾阳之举，辍驾于时艰；明扬之旨，潜感于穷谷矣。”上用“虽”字，而于“明扬”句上并无“而”字为转笔。也就是说，在转折关系的句子中，一般该用“虽”和“而”一对连词表示其间关系，但只用“虽”而不用“而”。对此我们可以作两点补充：一是只用“虽”而不用“而”的情况确实很常见，但有时还可以二者都不用。如王僧达《祭颜光禄文》：“服爵帝典，栖志云阿。”伏知道《为王宽与妇义安主书》：“人惭萧史，相偶成仙。”这样，化转折为平列，读来别有韵味。二是除了转折关系，递进、因果、假设等情况也可以省却连词。上文所举任昉文中便有其例，不妨再举两例：孔融《荐祢衡表》：“如得龙跃天衢，振翼云汉，扬声紫微，垂光虹蜺，足以昭近署之多士，增四门之穆穆。”是假设关系，但前有“如”而后无“则”。（若求语气显豁，应在“足以”前加“则”字。）沈约《为武帝与谢朏敕》：“便望释萝袭衮，出野登朝，必不以汤有惭德，武未尽善，不降其身，不屈其志，使璧帛虚往，蒲轮空归。”“以汤有惭德”二句与“不降其身”二句间有因果关系，若在“不降其身”之前加“乃”“便”之类，语气便显豁。这也就是说，潜气内转之“转”，不应理解为仅指今日语法所谓转折关系，而应理解为泛指语气的发展、转变。

---

① 见奚彤云《中国古代骈文批评史稿》第四章第二节“朱一新的骈文批评”“余论：李详、孙德谦的骈文理论”，华东师范大学出版社 2006 年版。又参见彭玉平《词学史上的“潜气内转”说》，《文学评论》2012 年第 2 期。

《六朝丽指》又有《潜气内转妙诀》一节，所说其实是指：当另起话头时，亦即进入别一层次、段落时，虽然意思已经有所进展、转变，但并不用表示承接、转换的语词。刘师培也说到此种情况。其《汉魏六朝专家文研究》说："转折自然，不着痕迹。……其善用转笔者，范蔚宗外当推傅季友、任彦升两家。两君所作章表诏令之类，无不头绪清晰，层次谨严，但以其潜气内转，殊难划明何处为一段何处转进一层。"[①]骆鸿凯曾将潜气内转概括为三点，有所谓"灭转折之迹而以意自周旋"，说的也就是此种情况。[②]有的时候，层次段落之间，意思转换会显得突然、跳跃。《六朝丽指》有《气极遒逸》一节，举北魏孝文帝《与太子论彭城王诏》和谢朓《谢随王赐左传启》，说"似上下气不联属""文气亦不贯穿"。这里孙德谦没有用潜气内转字样，但我们可以认为，这是潜气内转的一种比较特殊的表现。本文所举任昉《启萧太傅固辞夺礼》中"干禄祈荣，更为自拔，亏教废礼，岂关视听？所不忍言，具陈兹启"数语，"更为自拔"与"亏教废礼"之间，转换也颇觉突然。不妨再举两例。陈叔宝《与詹事江总书》："自以学涉儒雅，不逮古人；钦贤慕士，是情尤笃。梁室乱离，天下糜沸。书史残缺，礼乐崩沦。晚生后学，匪无墙面，卓尔出群，斯人而已。"前四句说自己浅学然而好士，接着笔锋一转，说梁末动乱废学，只有此人（指陆瑜）出类拔萃。其间转折即较突然。又如江总《为陈六宫谢表》："或有风流行雨，窈窕初日，声高一笑，价起两环，乃可桂殿迎春，兰房侍宠。借班姬之扇，未掩惊羞；假蔡琰之文，宁披悚戴。"前六句说应是神女般美丽、为人们称颂的女子，才有幸获得宠爱，后四句说自己且惊且羞，感激得无法言表。其间跳跃颇大，省略了"菲姿陋质，蒙此恩宠"之类意思。[③]

朱一新说"潜气内转，上抗下坠，其中自有音节"，所谓"抗坠"，原指歌声之高下抑扬，朱氏这里指诵读之声而言，也可以理解为包含语气、文意之转折变

① 刘师培《汉魏六朝专家文研究》，王水照编《历代文话》第十册，第9572页。

② 参骆鸿凯《文选学附编补·文选专家研究举例·任彦升》，《文选学》，中华书局1989年版，第562页。

③ 余祖坤《论古典文章学中的"潜气内转"》曾据《六朝丽指》说明"潜气内转"的表现，载《中南民族学院学报》第32卷1期，2012年版。

化。古人极重诵读，文气之转变，文意之进展，都通过诵读加以体会，也通过诵读予以表现。《六朝丽指》说到“上抗下坠、潜气内转”时，没有直接说声音如何，但孙德谦也是非常重视骈文的诵读之声的。《六朝丽指》有《宜缓读》《宜轻读》两节，说：“六朝之文，其气疏缓，吾即从而缓读之，乃能合其音节。如使急读，将上下文连接而下，有不知其文气已转者，并有读至终篇，似觉收束不住，此下又疑有阙脱者。”缓读就是为了体会和表现文气的转变。既缓读，也就须轻读。但是，孙氏又说当层次段落转换之际，前一层意思“即应重读顿住”“重读束住”，不然的话，无所区别，“连接上文，意既不合，气亦不贯”。孙氏所说，其实是与文气的暗中转换有关的。由于潜气内转，读起来就不是那么一览即晓，而特别需要一边读一边琢磨品味，当然也就需要缓读、轻读。当那样品味的时候，就会感到一种满足的快感。由于不是一览无余，不是一泻而下，由于缓读、轻读，也就会感到一种含蓄蕴藉、凝炼紧健的美。与散文的晓畅而气盛相对比，更容易有这样的感觉。孙德谦称六朝文之美：“气转于潜，骨植于秀，振采则清绮，凌节则纡徐。”①所谓凌节纡徐，应就是指其句子之间、层次之间转换过渡时内敛而不见痕迹。孙氏又云：“昌黎谓‘唯其气盛，故言之高下皆宜’，斯古文家应尔，骈文则不如此也。六朝文中，往往气极遒炼，欲言不言，而其意则若即若离，急转直下者。”②这是一种凝炼内敛的力量，与古文的奔放盛壮的力量有别。孙氏又称此种气韵为阴柔之气。他说：“尝试譬之：人固有英才伟略，杰然具经世志者，文之雄健似之；若高人逸士，萧洒出尘，耿介拔俗，自有孤芳独赏之概，六朝之气体闲逸，则庶几焉。”③这种阴柔之美，其成因固然不止一端，而潜气内转而形成的语意不甚直率明畅、若即若离、内敛含蓄，应是其中的重要因素。总之，六朝骈文的所谓潜气内转，一方面似乎一定程度上增加了阅读的难度（对于今天的读者尤其如此），但另一方面，却也形成了一种特殊的文章美。

---

① 《六朝丽指自序》，王水照编《历代文话》第九册，复旦大学出版社 2007 年版，第 8423 页。

② 《六朝丽指》，同上，第 8448 页。

③ 《六朝丽指》，同上，第 8431 页。

最后，还应该说明一下：此种潜气内转的情况，在南朝骈文中较为多见，唐以后则未必然。而林纾认为周、秦、两汉之文便是“其曲折皆内转，犹浑天仪，机关中藏，只可意会”①。刘师培则说：“大抵魏晋以后之文，凡两段相接处皆有转折之迹可寻；而汉人之文，不论有韵无韵，皆能转折自然，不着痕迹。……然自魏晋以后，虽名手如陆士衡亦辄用虚字以明层次。降及庾信，迹象益显。其善用转笔者，范蔚宗外当推傅季友、任彦升两家。两君所作章表诏令之类，无不头绪清晰，层次谨严，但以其潜气内转，殊难划何处为一段何处转进一层，盖不仅用典入化，即章段亦入化矣。”②他们说出了关于潜气内转发展状况的某些复杂之处，是值得进一步研究的。比如他们所说六朝以前的“古文”多有“潜气内转”，那么“潜气内转”就不是骈文所专有，我们就该研究此种现象在中国文章发展史上的阶段性，就该思考今天如何看待此种现象。按他们的说法，“潜气内转”主要是中国文章发展前期的现象，那么，或许那未必是当日作者的有意的审美追求，而是文章意脉意识不甚强烈的反映。但是在后人眼里，却形成了一种特殊的韵味，特别的美。（当然，这是就那些实用性的文章而言；艺术性强的文章，作者有意造成意脉的变化吞吐、峰断云连，那也被目为“潜气内转”，那又作别论。）总之，还有许多问题需要研究，而这样的研究必须以大量、深入地研读作品本身为基础。

综上所述，对骈文的某些难读之处加以分析，归纳出一些规律性的东西，不仅有利于理解，而且有助于欣赏。这样的工作，前辈学者已经做了一些，今日正该在其基础上进一步研究。本文稍作尝试，希望得到方家指正。

原载复旦大学中国古代文学研究中心主办《中国文学研究》
第 27 辑，复旦大学出版社 2016 年版

① 林纾《文微·杂评第九》，王水照编《历代文话》第七册，第 6555 页。

② 刘师培《汉魏六朝专家文研究》，王水照编《历代文话》第十册，第 9570、9572 页。

谢灵运之评价与梁代诗风演变

骆玉明　贺圣遂

一

在南朝诗坛上谢灵运曾被看作是个典范性的人物。《宋书》本传说他“每有一新诗至，都邑贵贱莫不竞写，宿昔之间，士庶皆遍，远近钦慕，名动京师。”可见声誉之高。以后齐梁人论及刘宋一代文学，虽每常以颜(延之)、谢并举，但大抵更为推崇谢灵运。不少人的诗歌创作，都受到他的影响。以富于独创性著称的鲍照，有不少篇章是明显地模仿谢灵运的。谢朓的诗也在很大程度上有着谢灵运的影子。《南史》卷三十三说齐武陵王萧晔“学谢灵运体”，《梁书》卷五十称伏挺“善效谢康乐体”，这些都是谢体诗风靡一时的证明。诚然，也有人对谢诗提出过批评，如齐高帝指责谢诗“放荡作体，不辩有首尾”，但从他推崇潘岳、陆机、颜延之来看，似乎也只是不满于谢诗的结构散漫，而且他的批评并未影响到谢诗在一般人心目中的地位。钟嵘《诗品》虽批评谢诗“颇以繁富为累”，却又说：“若人兴高才多，寓目辄书，内无乏思，外无遗物，其繁富宜哉！”

谢灵运受到人们如此尊崇，一方面当然是由于他以大量的山水诗作涤荡了笼罩诗坛百余年的玄言诗风；但另一方面，恐怕也与他高度发展了文人诗的传统有关。在我国，从《诗经》到汉乐府，古诗主要出于民间。它们是口语化的歌唱文学，浅显明白、生动活泼，并具有明快而流畅的音乐节奏。建安时代，在乐府民歌的基础上出现了第一次文人诗创作高潮。但文人文学的正宗，原本是辞赋，所以以曹植、王粲为代表的一批作赋好手，又不免把辞赋的特点带到诗歌中来，讲求藻饰，运用对偶，由此形成建安诗歌的新特征。后人称曹植"词采华茂"（钟嵘《诗品》）、"兼饶藻组之才"（陈祚明《采菽堂古诗选》），其实就是以赋入诗。建安以后诗歌的主流，承曹、王一脉。原出于民间的清商乐，至西晋已被高度雅化（参见王运熙先生《乐府诗论丛》），不再采纳民间歌辞；文人的诗歌创作也就更远地脱离了乐府民歌的传统。晋代留下的诗歌中，乐府诗所占的比例已经大大小于建安诗歌，那些文人拟乐府之作，也大抵缺乏乐府民歌特有的风味。如陆机许多乐府题的诗，从音乐关系看，是"无诏伶人，事谢弦管"（《文心雕龙·乐府》）；从语言风格言，是"缀辞尤繁"（《文心雕龙·熔裁》）。"缛旨星稠，繁文绮合"（《宋书·谢灵运传论》）。与陆机并称被列为西晋文学代表的潘岳，也同样如此。刘宋诗人，以颜、谢并称，标举一代。"谢诗如芙蓉出水，颜如错采镂金"（钟嵘《诗品》所引汤惠休语）。其实，谢诗除了一些天然佳句外，在喜好雕琢辞藻，罗列典故，运用对偶方面，与颜诗并无根本区别。钟嵘评述陆机、谢灵运诗说"源出于陈思"，是有一定道理的。

总之，由曹、王而潘、陆而颜、谢，是自建安迄刘宋诗歌发展的主流派。他们的创作自非单纯沿袭，也各有成就，但基本的趋势，是逐渐脱离乐府民歌的传统，接近辞赋这一文人文学的正宗，愈益逞才华显学问，诗歌因此由浅显通俗演变为典雅深奥；也逐渐脱离音乐和歌唱，而愈益书面化，诗歌因此从歌唱的文学发展为阅读的文学。谢灵运正代表着这样一股潮流，并由于他高华的门第、丰富的才学，以及在山水文学方面的独创性建树，成为南朝诗坛的典范。

二

到了梁代，诗坛上尊谢的风气依然未衰。但同时引人注目地出现了排谢的呼声。这实际上反映了崇尚文人文学传统与要求多少改变这一传统的对立。

两派的代表人物，一是昭明太子萧统，一是萧统的胞弟萧纲（后之简文帝）。

萧统原是京师文坛的领袖。《梁书》本传说他“引纳才学之士，赏爱无倦。恒自讨论篇籍，或与学士商榷古今，闲则继以文章著述，率以为常”。他主持编撰的《文选》，具有对过去文学进行总结的性质，其择取的标准偏于典雅。由此可见他明显地重视文人文学的传统。《文选》第一部分就是赋，所占比例也特别大。在诗歌部分，选入作品最多的，于曹魏为曹植、王粲，于晋为陆机、潘岳及左思，于宋为谢灵运、颜延之。其中尤为特出的是陆机（五十二首）与谢灵运（四十二首）。所选乐府诗中民歌甚为寥寥，大多为文人拟乐府之作。尤其明显的是鲍照的乐府诗，不选其风格近俗的《拟行路难》《梅花落》《白纻歌》等，而选入了模仿谢、陆的较为典雅的五言作品。这大致也是长期以来一般人的文学好尚。

萧纲的文学观向来与乃兄异趣。萧统死后，他来到京城继太子位，不久便对萧统倡导的文风发起了攻击：“比见京师文体，懦钝异常，竞学浮疏，争为阐缓。”（《与湘东王书》）“京师文体”原本为萧统所左右，萧纲矛头所指，不言而喻。他又说：“文学未坠，必有英绝，领袖之者，非弟而谁？每欲论之，无可与语，思吾子建，一共商榷。”（同上）明白地表示要以新的文学潮流主宰文坛。也正因此，他命徐陵编撰了《玉台新咏》，作为《文选》的对立面，张扬新的诗风。书中对萧统诗一首也不选，颇为引人注目。另外，在对谢灵运的评价上，也突出地表现了他们两人文学观的对立。萧纲《与湘东王书》说：“又时有效谢康乐、裴鸿胪文者，亦颇有惑焉。何者？谢客吐言天拔，出于自然，时有不拘，是其糟粕。裴氏乃是良史之才，了无篇什之美。是为学谢不届其精华，但得其冗长；师裴则蔑绝其所长，惟得其所短。”裴子野的文学观在梁人中最近于儒学正统，自然为萧纲所不满。值得注意的是，虽然由于谢灵运久远的名声，萧纲也不得不遮遮盖盖地承认他有其“精华”所在，但其出发点却是反对效仿谢诗，否定谢灵运的典范价值。这与萧统尊谢的态度大相径庭。

对谢灵运作了系统而且更为猛烈的攻击的，是萧纲营垒中的重要人物萧子显。他在《南齐书·文学传论》中总结“今之文章”（即梁代文学），列举各有弊病的三体，首先便是："一则启心闲绎，托辞华旷，虽有巧绮，终致迂回。宜登公宴，本非准的，而疏慢阐缓，膏肓之病。典正可采，酷不入情。此体之源，出灵运而成也。"所谓"疏慢阐缓"，与上述《与湘东王书》攻击"京师文体"及谢诗的基本观点是一致的，就连使用的辞汇也非常相似，这绝非偶合。证以谢灵运著名的《登池上楼》诗，可见一斑。

> 潜虬媚幽姿，飞鸿响远音。薄霄愧云浮，栖川怍渊沉。进德智所拙，退耕力不任。徇禄及穷海，卧疴对空林。衾枕昧节候，褰开暂窥临。倾耳聆波澜，举目眺岖嵚。初景革绪风，新阳改故阴。池塘生春草，园柳变鸣禽。祁祁伤豳歌，萋萋感楚吟。索居易永久，离群难处心。持操岂独古。无闷征在今。

诗中"池塘"两句，盛传不衰，也就是汤惠休比之"芙蓉出水"，萧纲称为出语"天拔"的所在吧。但撇开谢诗在山水题材方面的开创意义不谈，从全诗来看，用典过多，字面生涩，首先给人以不太顺畅的感觉。各层次的衔接也不够紧密，节奏尤其缓慢。开始六句只说了不愿作官，又无法退隐之意。下面"初景""新阳"两句，"祁祁""萋萋"两句，"索居""离群"两句，差不多是完全重复的对句，再加上全诗句式结构缺少变化，更显得板滞。说它"疏慢阐缓"，实在是中肯的。这还是谢诗中的佳篇，其他诗中，更有用典或遣辞生硬而不能成句，结构散漫"不辨首尾"者。清人汪师韩《诗学纂闻》可参阅。

所谓"酷不入情"，是指谢诗缺乏抒情色彩，难以动人。这固然是由于谢诗注重描摹客观景物，而附缀以空洞的玄理，较之建安诗歌，那种强烈的个人感情色彩已大为减弱。同时也毋容否认，是谢诗字句深奥曲折，难以畅达抒情所造成。梁代许多诗人都十分强调诗歌须抒发情感，如萧纲云："性情卓绝，新致英奇。"(《答新渝侯和诗》)徐陵云："含吐性灵。"(《赵国公集序》)萧绎《金楼子·立言》在这方面更为特出。南朝所谓"文""笔"之分，起初只是以有韵无韵为界限，而萧绎则进而把抒情性，看作"文"——即文学的主要标识。他说："吟咏风谣，流连哀思者，谓之文。""至如文者……情灵摇荡。"这反映了当时在文学观方面的重要发展。

与此同时，萧子显还提出了理想的诗歌风格："委之天机，参之史传，应思悱来，勿先构聚；言尚易了，文憎过意；吐石含金，滋润婉切，杂以风谣，轻唇利吻；不雅不俗，独中胸怀。"这是很值得注意的一种主张。萧子显这样的贵族文人，要求文学"不俗"是很自然的，但同时又提出"不雅"，实在是很有些胆识了。它说明萧子显、萧绎，包括萧纲以及他们周围的文人对诗歌音乐性节奏的高度重视；他们所追求的，是一种流利明快、委婉动人的风格。这种新主张的提出，正标志着对传统文人诗风的积极否定。

三

对于谢灵运及其所代表的诗风的否定，对于新的诗歌风格的追求，其根本原因，在于南朝民歌的影响。

王运熙先生《乐府诗论丛》论及乐府沿革时指出：出于民间的清商乐至西晋雅化，晋室南渡后，更趋于衰亡，而产生于南方的民间歌谣——主要是吴声与西曲，逐渐引起统治者的注意和爱好，取代了旧曲在清商乐中的地位。对此，史籍中有许多记载。《南齐书》卷四十六："自宋大明以来，声伎所尚，多郑卫淫俗，雅乐正声，鲜有好者。"卷三十三载王僧虔上表请正乐，先述雅乐散亡销落，而后说："自顷家竞新哇，人尚俗谣，务在噍杀，不顾音纪，流宕无崖，未知所极，排斥正曲，崇尚烦淫。"尽管有王僧虔那样的正统派极力要以雅乐来排斥俗乐，但实际上从娱乐享受的需要出发，统治者还是更喜爱生动活泼的俗乐，而讨厌典正刻板的雅乐。曾经装模作样地下令"绝郑卫之声"的梁武帝，也在宫廷中蓄养着吴声、西曲的部伎（分见《梁书·武帝纪》、《南史》卷六十）。婉转动人、流畅明快的南朝民歌之流行，必然会对文人创作带来影响。

事实上，南朝诗歌一开始就走着两条道路。一是以颜、谢为代表，趋向辞赋化、书面化的繁密深重，一是以鲍、汤为代表，趋向民歌化的流畅奔放或浅显俚俗。其中鲍照兼有上述两种风格，汤惠休则更为近俗。所以颜延之轻蔑地称之为“里巷中歌”，显示出雅俗的对立。以后齐梁的著名诗人如沈约、谢朓、王融等都有模仿民歌的作品。他们的诗有的较为明快，有的仍显滞重，但总的说来，比较颜、谢诗风已有很多改变。在这一诗风演变过程中，梁武帝萧衍是个重要人物。据《全梁诗》载，萧衍现存诗作九十一首，其中乐府诗五十四首，大多模仿南朝民歌。如《子夜四时歌》十六首几乎与民歌无所区别。除了仿作以外，他还依照西曲制作了《襄阳蹋铜蹄》《江南上云乐》《江南弄》等新曲。萧纲存诗一百八十首，其中乐府诗八十五首；萧绎存诗一百十七首，其中乐府诗二十一首；萧子显存诗十八首，其中乐府诗十首。此外，徐陵有乐府诗十八首，庾信有二十一首，可见乐府诗创作的一时之盛。虽然，萧纲等人的乐府诗中，有许多并非当时流行的民歌体，而是传统的相和歌辞，但作者既以“吟咏风谣”为诗歌的主要标识之一，它们在风格上自然较多地具有乐府诗的特征，与前此潘、陆、颜、谢等人的拟乐府显然不同。就是在他们非乐府类的诗歌中，也有很多受了民歌的影响。如萧纲的《寒闺》：“绿叶朝朝黄，红颜日日异。譬喻持相比，那得不愁思。”类此五言四句式短诗，萧纲作有五十来首，文辞大多比较清晓，这无疑是从南朝民歌的形式中脱化出来的。当然，萧纲、萧绎等人的诗，一方面接受了民歌的影响，同时也一定程度上继承了文人文学的传统，修饰辞藻，调和四声，并每常涂抹上这一时代尤显特出的富丽华艳的色彩。从注重细致描绘的特点来看，还吸收了赋的因素。不过总的说，他们的诗很少疏慢阐缓、板重生涩的毛病。

从内容上来看，梁代以宫廷为中心的文人创作也受到民歌的影响。现存南朝民歌的绝大部分都以描写男女之情为主要内容，许多人认为这是统治者按照自己的好尚筛选的结果，恐怕并无实据。我们比照冯梦龙收集明代民歌的《山歌》《竹枝》，可知南方民歌本有好言情的特点。再说北朝民歌也是保存在梁鼓角横吹曲中的，内容比较多样，照样为梁人接受，并无删改之迹。南朝民歌中的情诗，有的写得含蓄委婉，也有不少写得较为直露。如《子夜歌》中：“绿揽迮题锦，双裙今复开。已许腰中带，谁共解罗衣。”《子夜四时歌》中：“春风复多情，吹我罗裳开。”“含笑帷幌里，举体兰蕙香。”这些绮艳之辞经女伎以靡曼之声演唱于耳旁，摇荡于心中，对文人岂无熏染？事实是，鲍照诗中已有了艳情成分，至谢朓、沈约而愈甚。谢诗《赠王主簿》：“轻歌急绮带，含笑解罗襦。”《听妓》：“欢乐夜方静，翠帐垂沉沉。”沈诗《六忆》：“解罗不待劝，就枕更须牵。复恐旁人见，娇羞在烛前。”都不难看出与民歌的关系。到萧纲、萧绎的文学集团，更把艳情诗的写作推向极端。梁代许多文人诗受民歌影响，也就注重情感的表达，抛弃了传统的文人诗喜欢逞弄才学的前轨。他们强调文学的抒情特征，并不只限于男女欢爱、相思离别之情，而是包括各种个人的、人生的情绪，只是在男女之情方面显得最为特出。南朝文人向来执著于人生和命运，总是多愁善感。如临别例须垂涕，竟使无泪者难堪（钱锺书先生《管锥编》二一五辑有多例）。江淹的《恨赋》《别赋》以抒情见长，但描绘的不是实在的遭遇，而是综括许多历史事例来表现人生的悲哀。许多“月露之形，风云之状”的描摹，其实往往表现着物我的感照，多少总含有抒情的意味。这也许就是“亡国之音哀以思”吧。

四

对传统的文人诗风的否定和对新诗风的追求，给梁代诗坛带来了新的面貌。这从《玉台新咏》中也可以得到证明。《玉台新咏》的编排，是以诗型区分的。卷一至卷八是五言诗，卷九是七言（包括杂言），卷十是五言四句的短诗（即后来的五绝）。这是一种全新的编排方式，它说明：在民歌的影响下，五言短诗和七言诗这两种新的诗型已经充分发展，足以区别于传统的五言诗形式而独成一体了。

七言诗比五言诗更为舒展，更富于音乐感，因而也就更易于取得和婉动人的效果。到了梁代，七言诗突然蓬勃发展。仍以丁福保所辑为据来统计，萧衍有十一首（包括包含七言句的杂言诗，下同），萧纲二十三首，萧绎十三首，萧子显十首，沈约十八首（大多为入梁后作），徐陵、庾信各三首，张率九首，此外吴均、刘遵、王筠、刘孝威诸人都有一些，可见七言诗创作的兴盛。这些诗主要是乐府体，包括旧相和歌中的《燕歌行》，舞曲歌辞中的《白纻歌》，西曲中的《乌栖曲》《乌夜啼》《江南弄》等。也有小部分非乐府诗。看来萧纲、萧绎、萧子显他们是特别偏爱七言诗的。《玉台新咏》的编选宗旨，是收集艳情诗，但第九卷七言部分收诗范围却较宽，甚至连汉桓帝时童谣（“大麦青青小麦枯”）那样与艳情绝无关系的作品也收入了。有些乐府题传统上是五言的，他们却杂入七言诗句，以加强诗歌的变化和节奏感（如萧纲和萧子显的《从军行》）。他们还把七言的形式扩大到乐府体以外，像萧子显的《春别》四首，萧纲《和萧侍中春别》四首，萧绎《春别应令》四首（这是一组唱和诗），这对后人无疑有启迪性的意义。最有意思的是他们还把七言诗用于赋的创作，像萧绎《荡妇秋思赋》的结尾：

> 秋风起兮秋叶飞，春花落兮春日晖。春日迟迟犹可至，客子行行总不归。

又如庾信《春赋》的开头：

> 宜春苑中春已归，披香殿里作春衣。新年鸟声千种啭，二月杨花满路飞。河阳一县并是花，金谷从来满园树。一丛香草足碍人，数尺游丝即横路。

这些不是很够得上“吟咏风谣，流连哀思”吗？而且，梁代小赋很多都是诗化了的。从魏晋以降诗歌的辞赋化到梁代辞赋的诗歌化，实在是一种饶有趣味的演变。

从乐府民歌中演化出的梁代文人七言诗，对整个七言诗的发展有着重要意义。它扩大了七言诗的阵营，使之成为堪与五言诗比肩的重要形式。从梁人创作中产生了一种篇幅较长，句式整齐，隔句押韵，数句一转韵的极富于音乐感的七言歌行体（如前举萧绎《燕歌行》），以后成为陈、隋和唐人常用的一种形式，如卢照邻《长安古意》、张若虚《春江花月夜》、高适《燕歌行》等，均由此出。庾信在梁代所作《乌夜啼》已经形成七律的雏形。唐代一些七律，还是与乐府不分的。汪师韩《诗学纂闻》说：“七言律，即乐府也。《旧唐书·音乐志》载享龙池乐章十首……皆七言律诗也。沈佺期'卢家少妇'一诗，即乐府《独不见》，陈标《饮马长城窟》，亦是七言律诗……"这仍是南朝习惯的沿袭。此外，梁代君臣所作《乌栖曲》多首及《春别》唱和诗十二首，都是七言四句，虽然在声律气格上与唐人七绝相去尚远，但七绝最基本的格式，却不能不说是由此奠定的。

综上所述，我们从对谢灵运评价的改变可以看出梁代诗风的一个重要演变。这个演变改变了诗歌辞赋化、书面化的趋向，重又把文人诗歌创作与乐府民歌的风格相结合，使诗歌的语言接近口语，较为明白易懂，并恢复了诗歌的音乐感；对后来的唐诗发展也留下了明显的印记。唐诗取之于齐梁诗歌的成分(尤其在艺术形式上)其实远出于其他任何时代。李白虽然说过"自从建安来，绮丽不足珍"的大话，然而他吸收南朝文人乐府特点的作品又岂在少数？李贺的许多诗篇，更明显有出于宫体之处。就是以凝练警策为目标自诩"熟精文选理"的杜甫，也还"杂徐、庾之流丽"(元稹《唐故检校工部员外郎杜君墓系铭》)。

原载《复旦学报(社会科学版)》1983 年第 6 期

重评梁代后期的文学新潮流

——以萧纲、萧绎为中心

谈蓓芳

自唐代以来，以萧纲、萧绎为代表的文学潮流一直受到指责。唐初所修《隋书》的《文学传序》对齐代和梁初的文学虽有好评，但对梁代后期的文学却颇肆挞伐，并且把萧纲、萧绎作为罪魁祸首。这以后，对齐、梁文学的评价越来越低，施予二萧的抨击也就日益严厉。然而，这一文学潮流真该受到这样的指责么？这种指责的依据又是什么？以马克思主义为指导，就此作进一步的探讨，实在很有必要。

一

这一文学潮流具有明确的指导思想。那就是萧纲、萧绎的如下意见：

> 立身之道与文章异。立身先须谨重，文章且须放荡。（萧纲《诫当阳公大心书》）

> 吟咏风谣，流连哀思者，谓之文。……至如文者，惟须绮縠纷披，宫徵靡曼，唇吻遒会，情灵摇荡。（萧绎《金楼子·立言》）

比较起来，萧纲所说的"文章且须放荡"是一个意义更为重大的原则。然而，由于古今语异，现代的不少研究者对于"放荡"一词存在着误解，似乎那是一

种很要不得的东西。日本学者林田慎之助氏在《南朝文学放荡论的美意识》一文中①,引用了以下几个实例:

指意放荡,颇复诙谐。(《汉书·东方朔传》)

物皆自用,则孰是孰非哉?故虽放荡之变,屈奇之异,曲而从之。(《庄子·齐物论》郭象注)

少机警,有权数,而任侠放荡。(《三国志·魏书·武帝纪》)

(刘伶)肆意放荡,以宇宙为狭。(《世说新语·文学篇》注引《名士传》)

从这些实例来看,当时所谓的"放荡",与今天所说"生活放荡"的"放荡"是有区别的,与"淫荡"当然更不是一回事。林田氏说,这些例子中的"放荡""都含有放任的意义,在用于精神的场合,则应解作放任感情"。我想,他的解释是对的。如再参以齐高帝对萧晔的一首"学谢灵运体"的诗歌的评价——"见汝二十字,诸儿作中最为优者。但康乐放荡,作体不辨有首尾"②,当更能明白"放荡"还有不为作品形制上的常规所束缚之意。

从汉代起,占据统治地位的儒家思想给文学加上了种种桎梏,即使是"变风",也被释为"发乎情,止乎礼义"(《诗大序》)。而萧纲提出的"文章且须放荡",则要求文学纯粹以作家自己的感情为依归,反对任何来自其他方面的束缚。这在中国古代文学史上,真是石破天惊之论。朱东润先生《中国文学批评史大纲》称赞萧纲此说"真近代论文所称浪漫之极致也",确是精当不易之论。可惜的是:朱先生的这个见解并未引起应有的重视。

然而,对于文学来说,仅仅要求作家在思想上不受束缚是不够的,还必须有更具体的标准。萧绎《金楼子·立言》所提出的,就属于这一类。"绮縠纷披",本指人的服饰华美,这里借指作品的形式美好;"宫徵靡曼",指音律谐和而动听;"唇吻遒会",指语言有力而恰当;"情灵摇荡",指心灵受到感动。那么,以怎

---

① 见日本《东方学》第27辑。

② 《武陵昭王晔传》,见《南齐书》卷三十五,中华书局1972年版。

样的内容来感动心灵呢？那就是他在上文提到过的“流连哀思”。“流连”一词见于《孟子·梁惠王》下，为沉迷于快乐而不能自拔之意，所谓“流连荒亡，为诸侯忧。从流下而忘反谓之流，从流上而忘反谓之连。……先王无流连之乐”。很明显，孟子对“流连之乐”是持否定态度的。“哀思”见于《礼记·乐记》：“亡国之音哀以思。”在一般情况下，这种“哀以思”的作品也是受到排斥的。而按照萧绎的意见，文学作品却必须从这种违反“中和”原则的、强烈到近于沉迷的快乐或强烈的悲哀、愁思出发，并具有完美的艺术形式，从而使读者的心灵受到震撼。

应该指出的是，萧绎所说“至如文者，惟须绮縠纷披……”中的“惟须”，如果译成白话，就是“只要……就够了”。换言之，在他给“文”所下的定义中，是完全不考虑作品的政治内容和伦理、道德内容的，这与传统的文学观——包括在他以前不久所出现的《文心雕龙》中的“宗经”“征圣”的理论——大异其趣，从而也必须具有不受传统价值观念束缚的“放荡”的勇气。可以说，萧绎的上述观点，乃是以“文章且须放荡”为前提的。另一方面，萧纲既然提出“文章且须放荡”，其所期望于文章的感情自必与传统的价值观念多少存在违异之处，否则就没有提出此点的必要；他在《与湘东王书》中说：“至如近世谢朓、沈约之诗……斯实文章之冠冕，述作之楷模。”而谢、沈的作品，确都具有“绮縠纷披，宫徵靡曼，唇吻遒会，情灵摇荡”的特点，缺乏政治内容和伦理、道德内容。所以，他和萧绎在文学上实在是志同道合，难怪他在给萧绎的信中要说这样的话了：“文章未坠，必有英绝，领袖之者，非弟而谁？每欲论之，无可与语。思吾子建，一共商榷。……相思不见，我劳如何！”[①]二萧的文学理论绝不是突然出现的。早在建安时期，曹丕在《典论·论文》中就有“文以气为主”及“诗赋欲丽”之说，被鲁迅称为“为艺术而艺术”的主张[②]。其后，陆机在《文赋》中又把诗的性质规定为“缘情而

① 《与湘东王书》，见《梁书》第四十九卷，中华书局1974年版。

② 《魏晋风度及文章与药及酒之关系》，见《鲁迅全集》第三卷，人民文学出版社1981年版，第504页。

绮靡”，把比较抽象的“气”转化为较具体的“情”。这都具有重视文章的艺术美而轻视内容的倾向。但孟子早就倡导“养气”——人格修养或道德修养，把“文以气为主”纳入“养气”说的范畴原也无所不可（后世的不少文学批评家就是这样做的）；衡以《诗大序》的“发乎情，止乎礼义”之论，陆机所标榜的“缘情”虽没有要求“止乎礼义”，但也没有明确地指出不必“止乎礼义”；所以曹丕和陆机的观点跟以儒家思想为主的传统文学观尚未形成不可调和的矛盾。而且，即使在南朝时期，把这两者调和起来的努力也是极为明显的，《文心雕龙》就是这样的典型。萧统的文学思想在很大程度上是跟刘勰一致的。作为皇太子的萧统，同时又是文坛的领导者，从而使这种文学思想一度成为当时文坛的主流，而萧纲和萧绎则把文学引向了与传统主流派相违异的方向，把曹丕、陆机的理论发展为与传统的文学观——并且是唐代以后愈益加强的文学观——直接对立的理论。

那么，二萧的文学观念在我国文学史上有什么意义呢？

首先，我国占主导地位的传统文学观强调教化、讽谏，强调政治的和伦理、道德的内容。这固然使文学能在某种程度上触及一些社会情况，似乎很符合文学反映现实的要求；不少研究者也就是因此而把我国的传统文学观与现实主义理论混淆起来的。然而，问题不在于写什么，而在于怎样写。这种传统文学观所强调的教化、讽谏，是以传统的价值观念为指导的。

然而，正如恩格斯所指出的：“每一种新的进步都必然表现为对某一神圣事物的亵渎，表现为对陈旧的、日渐衰亡的、但为习惯所崇奉的秩序的叛逆。”①在剥削阶级占统治地位的社会里，任何进步的事物对传统观念来说都只是恶，从而必然受到排斥。但若以二萧的观念为依据，则一方面由于“文章且须放荡”而得以导致以某种进步观念为指导的作品——我国古代诗歌中非常杰出的《古诗

① 《路德维希·费尔巴哈和德国古典哲学的终结》三，见《马克思恩格斯选集》第四卷，人民文学出版社 1972 年版，第 233 页。

为焦仲卿妻作》不被收入萧统的《文选》，但却保存在与二萧的文学思想相一致的收录“艳歌”的《玉台新咏》中①，就是明证；另一方面，由于作品必须从强烈的感情出发，这就有可能在某种程度上冲破传统价值观念的束缚，获得积极的内容（例如，杜甫的《自京赴奉先县咏怀五百字》，与其说是传统文学观的产物，毋宁说是其激情的产物）。

其次，在二萧看来，离开了艺术美，文学就不成其为文学。这不仅纠正了在汉代占统治地位的儒家思想轻视乃至排斥艺术美的偏向，发展了曹丕“诗赋欲丽”的观点，而且明确地指出了文学本身的，也即不同于意识形态其他领域的特征，这就使文学得以在顺应自身特性的道路上较快地行进。

二

作为上层贵族和短命的皇帝，二萧当然不可能理解广大人民群众被压迫和剥削的痛苦，因而其作品对此全未涉及。但是，他们却真实而深刻地表现了他们所具有或所能感受的喜悦和悲哀，从而显示了人生的某些方面的样相。——人生的内涵本来是极其丰富和广泛的，它包含着各色各样的人物的遭际和欲求。而且，由于他们并不着眼于作品的政治内容和伦理、道德的内容，所写的只是他们在日常生活里的平凡的体验；这些体验越是平凡，也就越容易与其他阶层的人相通，从而也就越能够成为引起共鸣的人生样相。

在诗歌中，他们赞赏并歌唱美好的自然景色、园林，繁华的都市，出色的歌舞，漂亮的青年女性甚至娈童。他们力图描摹对象的美，并把自己的感情揉合于其中。

> 高轩聊骋望，焕景入川梁。波横山渡影，雨罢叶生光。日移花色异，风散水纹长。（萧绎《晚景游后园诗》）

---

① 徐陵《玉台新咏·序》称此书“撰录艳歌，凡为十卷”。

洛阳佳丽所，大道满春光。游童初挟弹，蚕妾始提筐。金鞍照龙马，罗袂拂春桑。玉车争晚入，潘果溢高箱。（萧纲《和湘东王横吹曲三首·洛阳道》）

可怜称二八，逐节似飞鸿。悬胜河阳伎，闇与淮南同。入行看履进，转面望鬟空。腕动苕华玉，衫随如意风。上客何须起，啼乌曲未终。（萧纲《咏舞诗二首》之二）

佳丽尽关情，风流最有名。约黄能效月，裁金巧作星。粉光胜玉靓，衫薄拟蝉轻。密态随流脸，娇歌逐软声。朱颜半已醉，微笑隐香屏。（萧纲《美女篇》）①

在这些作品里，读者所首先体会到的是他们的生活趣味。在这样的趣味里，没有传统的文学观所推崇的高尚的情操、宏大的理想、对社会的关心等等，有的只是十分平凡的关于享乐的欲望。以《晚景游后园诗》来说，就与陶渊明的田园诗、谢灵运的山水诗和谢朓的写景诗大异其趣。陶渊明和谢灵运的作品所表现的，与其说是田园和山水本身，毋宁说是他们的人格力量或思想境界。谢朓的“绿草蔓如丝，杂树红英发”（《王孙游》）、“馀霞散成绮，澄江静如练”（《晚登三山还望京邑诗》）等名句，则是以一种高于自然的立场，对景物加以重新组合，赋予新的形象的结果。而《晚景游后园诗》的作者，不过是以玩赏者的身份仔细地观察景物，把他所观察到的细微的变化几乎是如实地告诉读者，同时也就传达了他在观察过程中所获得的愉快。可以说，观察和愉快也正是一般人在玩赏自然景色时所常有的态度和感受；对这些人来说，玩赏自然景色不过是生活中的一种享乐。至于陶渊明、谢灵运和谢朓，在从自然界获得其诗歌所表述的那些感受时，却更多地是在思考。在上引的其他三首诗里，这种享乐的特点更为明显。《洛阳道》所欣赏的是阔绰的“游童”、穿着罗衣的“蚕妾”，以及妇女们对漂亮男子的爱慕。《咏舞诗》所欣赏的是优美的舞姿。《美女篇》所欣赏的则是

① 所引四首，分别见逯钦立辑校《先秦汉魏晋南北朝诗》下册，中华书局1983年版，第2053、1911、1942、1908页。

美女的容貌、服饰、歌喉和醉态。作者不但自己为这些所陶醉，而且还力图以此来感染读者，使读者也从中体会美和愉悦。

对这些作品最为省力的否定，就是当时广大人民群众极其贫困，不但看不到美女和歌舞，也没有“后园”可供玩赏，因而这样的内容是与人民群众格格不入的，这些作品纯粹是剥削阶级的腐朽艺术。实际上，问题不在于某种生活是否为当时广大人民所能享受，而在于这种生活是否为广大人民所需要。凡是人类所需要的一切，尽管开始时往往只能为少数人所有，但随着社会的发展，就必将为多数人甚至全体所共享。在今天，游玩风景区（包括园林）、观赏歌舞和时装模特儿表演的，绝大多数不都是劳动人民么？享乐本来是人的合理要求，马克思、恩格斯曾明确指出：“……关于享乐的合理性等等的唯物主义学说，同共产主义和社会主义之间有着必然的联系。”①所以，二萧的这种从享乐出发的对某些生活现象的描绘和赞赏，正是人生的一个正常的方面（尽管那些舞伎和美女在当时处于被侮辱和被损害的地位，但作品既未涉及，读者自也不会计及），这也就是我们今天读起来还能感到美和愉悦的原因。

以这样的态度来写诗，自晋室南渡以后才渐渐兴起，至齐、梁时代而形成高潮。在这过程中，二萧的作品以其独特的艺术成就，对高潮的到来起了有力的推动作用，使此类诗篇进一步获得了生命力。他们的作品之最引人注目的，是描写的细腻。例如，树叶在雨后由于润泽而发出特殊的光彩（“雨罢叶生光”）；在不同的光线下，花的颜色会随之变换（“日移花色异”）：这是前人所从未写到过的，揭示了自然界的一些尚未被充分注意的美。读过诗句，再结合自己的经验仔细回想一下，人们不仅会惊异于作者观察的精细，也会为自然界的多姿多彩而赞叹的吧！至于“入行看履进，转面望鬟空。腕动苕华玉，衫随如意风”“粉光胜玉靓，衫薄拟蝉轻。密态随流脸，娇歌逐软声”之类的诗句，也都是在细腻的描绘中充分显示出舞伎和美女的可爱。顺便提一下，以写女性体态之美为主

① 《神圣家族》第六章，人民出版社1958年版，第166页。

要特征的艳诗，虽然始于沈约（沈约去世时，萧纲还只有十岁）等前辈诗人（包括其父亲萧衍），但与二萧比较，他们的描绘就要算粗略或抽象了。

当然，正像人生并不只是享乐一样，二萧的诗也绝不只是享乐的产物，其中包含着很多哀愁甚或痛苦：既有自己的，也有旁人的。其主要内容，是寂寞，孤独，年光的易逝，愿望与现实的乖违，对被迫分袂的昔日恋人的悲伤的思念。

衔苔入浅水，刷羽向沙洲。孤飞本欲去，得影更淹留。（萧纲《咏单凫诗》）

游戏长杨苑，携手云台间。欢乐未穷已，白日下西山。（萧纲《游人诗》）

烛暗行人静，帘开云影入。风细雨声迟，夜短更筹急。能下班姬泪，复使倡楼泣。况此客游人，中宵空伫立！（萧绎《夜宿柏斋诗》）

高楼三五夜，流影入丹墀。先时留上客，夫婿美容姿。妆成理蝉鬓，笑罢敛蛾眉。衣香知步近，钏动觉行迟。如何舞馆乐，翻见歌梁悲？犹悬北窗幌，未卷南轩帷。寂寂空郊暮，非复少年时。（萧绎《登颜园故阁诗》）①

这样的哀愁甚或痛苦，本来是人生所难以避免的，但在我国古代诗歌中，类似的感情直到《古诗十九首》才开始出现，至阮籍《咏怀诗》而获得重大发展。而二萧的诗则较之前人又有了新的特色和成就。

大致说来，《古诗十九首》是舒缓甚或散漫的，二萧则是集中的。例如《古诗十九首》中的第十九首：

明月何皎皎，照我罗床帏。忧愁不能寐，揽衣起徘徊。客行虽云乐，不如早旋归。出户独彷徨，愁思当告谁？引领还入房，泪下沾裳衣。②

此诗与《夜宿柏斋诗》都是写游子的孤独之情。它用了六句来写游子的动作；《夜宿柏斋诗》则仅仅“况此客游人，中宵空伫立”两句，但其感情的容量却远远

① 所引四首，分别见《先秦汉魏晋南北朝诗》下册，第1973、1971、2050、2038—2039页。

② 见上书上册，第334页。

超过那六句。这一方面是由于那六句有点原地踏步的味道，后四句并没有把“忧愁不能寐，揽衣起徘徊”两句中所包含的感情深化；另一方面是由于萧绎在写景的时候，已经投入了感情，是他的愁绪和特定的景色相结合的产物，而“明月何皎皎，照我罗床帏”则是极其一般和表面的描写。

至于阮籍的《咏怀诗》，有很多思辨的成分；生活的场景只起陪衬的作用。这跟二萧上述诗篇的植根于具体的生活画面，区别极为明显。如《咏单凫诗》，写凫在茫茫水面上孤独地游水和飞翔，当它将要离去时，看到了水中自己的影子，于是留了下来。全诗由凫的一连串现实的行动所构成，但却显示了多么深沉的孤寂感——它只能与自己的影子为伴，它所要寻找并为之淹留的，最终也不过是自己的影子！而如阮籍《咏怀诗》四十三的“鸿鹄相随飞，飞飞适荒裔。双翮临长风，须臾万里逝。朝餐琅玕实，夕宿丹山际。抗身青云中，网罗孰能制？岂与乡曲士，携手共言誓”①，写的是其幻想中的鸿鹄，写这一切只是托物言志，表现其只有“抗身青云”才能不受网罗钳制的思辨和由此形成的渴望。②

再如《游人诗》，全篇也都是具体的生活画面，前两句写游赏的欢乐，后两句写游兴方浓而白日忽已西下，虽未涉及人的思想，而浓郁的失望之感却渗透于字里行间。——不仅是对这一次游戏的失望，而且是对人生的失望。因为，在中国古代诗歌里，日落西山之类的句子往往具有象征的意义，这是从《离骚》的“日忽忽其将暮”等诗句就开始的传统。所以，诗的最后一句可以理解为生命的结束，也可以理解为一种美好的时期的结束。总之，“未穷已”的欢乐是到此为止，不可能再继续了。所谓“好景不长”，也许就是此诗的题旨所在吧！但无论此诗具有怎样的象征性，最后一句仍然是以一种具体事物的形式出现的。需要

---

① 见《先秦汉魏晋南北朝诗》上册，第 504—505 页。

② 阮籍与此同类的、具有思辨性的诗篇尚有《咏怀诗》二十一、七十九等，也都不是以现实的具体生活画面来表现感情的。有关原文如下：“……云间有玄鹤，抗志扬哀声。一飞冲青天，旷世不再鸣。岂与鹑鷃游，连翩戏中庭！”（二十一）“林中有奇鸟，自言是凤凰。清朝饮醴泉，日夕栖山冈。高鸣彻九州，延颈望八荒。适逢商风起，羽翼自摧藏。一去昆仑西，何时复回翔？但恨处非位，怆恨使心伤。”（七十九）见上书，第 500—501、510 页。

说明的是：这后两句虽蜕化于阮籍《咏怀诗》的第五首“娱乐未终极，白日忽蹉跎”，但“蹉跎”为“失时”（见《说文新附》）之意，远不如“白日西下”似地给人以上述的怵目惊心之感。而且阮诗于此两句后又接以“驱马复来归，反顾望三河”，更使“白日忽蹉跎”成了主要是时间性的过程交代而冲淡了感情色彩。这是因为阮籍此诗本也偏于思辨，而非以表现“娱乐未终极，白日忽蹉跎”的悲哀为主①。

应该说，纯粹或主要以具体生活画面构成的这类作品在二萧以前并不是完全没有，但感情都没有二萧强烈，而且其内涵也都不如《登颜园故阁诗》丰富。——在那样一首篇幅不长的诗中，既有对于当年的恋人和美好情景的生动描写、无限怀念，又有对于今天的物是人非、凄凉寂寞的深沉悲痛；既伤悼美人的不可复见，又哀叹自身的迟暮；而浮生苦短、欢乐转瞬即逝的感慨，则溢于言外。这在六朝的诗歌里，实在是很值得重视的。

三

在对梁代后期的这一文学潮流作了上述粗略的考察以后，就可以进而探讨其在中国文学史上所起的具体作用了。

《隋书·文学传序》：“梁自大同之后，雅道沦缺，渐乖典则，争驰新巧。简文、湘东（即萧纲、萧绎。——引者），启其淫放；徐陵、庾信，分路扬镳。其意浅而繁，其文匿而彩，词尚轻险，情多哀思。格以延陵之听，盖亦亡国之音乎！”可以说，这代表了初唐一般古文家的意见。其后陈子昂在《与东方左史虬修竹篇序》中说：“汉、魏风骨，晋、宋莫传，……齐、梁间诗，采丽竞繁，而兴寄都绝。”李

① 阮籍此诗全文为：“平生少年时，轻薄好弦歌。西游咸阳中，赵李相经过。娱乐未终极，白日忽蹉跎。驱马复来归，反顾望三河。黄金百镒尽，资用常苦多。北临太行道，失路将如何？”（见《先秦汉魏晋南北朝诗》上册，第 497 页）《文选》李善注诠释此篇说：“少年之日，志好弦歌，及乎岁晚旋归，路失财尽，同乎太行之子，当如之何乎？”（见李善注本《文选》卷二十三）

白《古风》说:“自从建安来,绮丽不足珍。”对梁代后期这一文学潮流的否定,自唐代以来几乎成为定论。而所用以否定这一潮流的理论依据,则是儒家功利主义的文学观。

但另一方面,在我国也出现过对儒家功利主义文学观的尖锐批判,那就是鲁迅的《摩罗诗力说》:“如中国之诗,舜云言志;而后贤立说,乃云持人性情,三百之旨,无邪所蔽。夫既言志矣,何持之云?强以无邪,即非人志。许自繇于鞭策羁縻之下,殆此事乎?然厥后文章,乃果辗转不逾此界,其颂祝主人,悦媚豪右之作,可无俟言。即或心应虫鸟,情感林泉,发为韵语,亦多拘于无形之囹圄,不能舒两间之真美;否则悲慨世事,感怀前贤,可有可无之作,聊行于世。倘其嗫嚅之中,偶涉眷爱,而儒服之士,即交口非之。况言之至反常俗者乎?”[①]这就是说,儒家的这种文学观是使文学“不能舒两间之真美”的、十分有害的东西。准此而论,那么与儒家功利主义的文学观相对立的这一文学潮流,倒是多少在我国文学史上起过某种进步作用的了。

恐怕,实际情况也确是如此。

如所周知,唐代是中国诗歌的黄金时代,也是中国文学的黄金时代之一。然而,自安史之乱前后的杜甫作品开始,唐代才有了反映社会矛盾的名作。在这之前,陈子昂虽曾写过《感遇》,但那并不是文学史上的第一流作品。他的最好的诗是《登幽州台歌》。那实在是既无政治内容,又无伦理、道德内容的作品,倒是合乎“流连哀思者谓之文”的标准。王、孟、高、岑之作,除边塞诗另作别论外,也说不上有多少思想性;至于李白,最能代表其诗歌的杰出成就的,乃是《蜀道难》《将进酒》《梦游天姥吟留别》《乌夜啼》《乌栖曲》一类的作品,而不是反映安史之乱、揭露政治腐败的诗篇。换言之,在安史之乱以前的唐代诗人所借以取胜的,主要是丰富、强烈的感情(包括像《登幽州台歌》那样深沉的感慨)和高度的艺术美。而这正是以二萧为代表的潮流所提倡和追求的东西,从而也可说

---

① 见《鲁迅全集》第一卷,第 68—69 页。

是他们的传统的继续。

值得注意的是：连边塞诗也是跟二萧的传统相联系的。例如，萧纲的《从军行》二首、《陇西行》三首、《雁门太守行》二首(《文苑英华》所收)，就都是边塞诗。

贰师惜善马，楼兰贪汉财。前年出右地，今岁讨轮台。鱼云望旗聚，龙沙随阵开。冰城朝浴铁，地道夜衔枚。将军号令密，天子玺书催。何时反旧里，遥见下机来？(《从军行》之一)

陇暮风恒急，关寒霜自浓。枥马夜方思，边衣秋未重。潜师夜接战，略地晓摧锋。悲笳动胡塞，高旗出汉墉。勤劳谢功业，清白报迎逢。非须主人赏，宁期定远封？单于如未系，终夜慕前踪。(《雁门太守行三首》之二)①

诗中除了写边塞战士的艰苦生活外，还写了他们的怀归之情和立功的渴望；在基本内容上，已开唐代边塞诗的先声。当然，就艺术美来说，二萧与唐代诗人似乎存在着差别。但严格说来，这是作家风格的差别。

如果从艺术原则来看，那么，连李白的许多诗都是符合“绮縠纷披，宫徵靡曼，唇吻遒会，情灵摇荡”的要求的。《清平调词》之类不必说，连贺知章大为赞赏，并因此而把李白称为“谪仙人”的《乌栖曲》等诗也是如此。

姑苏台上乌栖时，吴王宫里醉西施。吴歌楚舞欢未毕，青山欲衔半边日。银箭金壶漏水多，起看秋月坠江波，东方渐高奈乐何？②

我们实在很难看出李白此类作品与萧绎的标准之间到底有什么冲突。因此，李白一面固然批判建安以来的“绮丽”，一面却又咏唱“蓬莱文章建安骨，中间小谢又清发”，“解道‘澄江静如练’，令人长忆谢玄晖”，而这个“小谢”——谢玄晖，正是萧纲奉为诗歌楷模的谢朓。这也就从一个方面反映了李白文学观的内部矛盾及其与二萧文学观之间的共同点。顺便提一下，不但《乌栖曲》，而且还有许多其他的李白作品也和二萧诗作一样，是写妇女，同情妇女的。

① 所引二首，分别见《先秦汉魏晋南北朝诗》下册，第1904，1906页。

② 见《李太白全集》卷三，中华书局1977年版，第176—177页。

再从唐诗的艺术成就来看，它在中国诗歌史上的一个重大贡献，就是严羽所谓“羚羊挂角，无迹可求”的“兴趣”的形成。而在二萧的诗中，已有好些作品接近这样的境界。上引的《咏单凫诗》《游人诗》等均是好例。为了说明问题起见，这里再引几首：

弹筝北窗下，夜响清音愁。张高弦易断，心伤曲不遒。（萧纲《弹筝诗》）

可怜片云生，暂重复还轻。欲使襄王梦，应过白帝城。（萧纲《浮云诗》）

游鱼迎浪上，雊雉向林飞。远村云里出，遥船天际归。（萧绎《出江陵县还诗二首》之一）①

所以，如果我们把汉代至唐代的文学从历史发展的角度加以考察，那就可以说：建安是中国文学离开儒家功利主义文学观的开始，而以二萧为代表的文学潮流则是建安以来新的文学思潮合乎规律的演进，并在许多方面为唐代诗歌的辉煌成就奠定了基础。

那么，为什么唐代以来有这么多人要对以二萧为代表的文学潮流进行批判呢？这里牵涉到中国南北文化的异同。以南北朝来说，儒学在北朝的文化中仍有相当重要的地位。隋朝的建立，是北朝统一了南朝。唐朝在基本上乃是隋朝的继续（陈寅恪先生对此已有很详尽的论证②）。因此，唐朝的文化虽是南北合流，但占统治地位的是北方的文化，而在具体实践中，南朝文化仍起着相当大的作用。魏徵主修的《隋书》，在其《文学传序》中对二萧作上述否定，正反映了北南文化的矛盾；而李白在原则上对南朝文化的否定和在具体的创作实践中对谢朓等人的肯定，则反映了唐代文化的上述特点。至于后来对二萧和南朝文学的批判越来越激烈，那是因为从中唐起儒家思想的统治愈益加固的缘故。现代研究者之所以仍对他们采取严厉的态度，一方面固然是传统观念的影响，另一方面恐也含有以讹传讹的成分。例如，有的著作曾将萧绎的《荡妇秋思赋》作为其

① 所引三首，分别见《先秦汉魏晋南北朝诗》下册，第1971、1972、2055页。

② 见陈寅恪先生：《隋唐制度渊源略论稿》三联书店2001年版中的有关论述。

“作风轻艳”的证据，但实际上那篇赋毫无“轻艳”之处；这种论断似乎是研究者把题目中的“荡妇”理解为淫荡的妇女、从而望文生义的结果。而萧绎所说的“荡妇”，乃是荡子之妇，所以赋的一开头就说“荡子之别十年”（“荡子”是指在外漫游的男子）。

也许，有的研究者会提出反驳：难道二萧就没有应该批判之处？难道《娈童》这样的东西也应肯定？难道其作品题材狭隘、不关心社会生活也是优点？我想，我们当然应该依据马克思主义对二萧进行批判；这种批判就是实事求是的分析。恩格斯在《社会主义从空想到科学的发展》中对空想社会主义的批判便是我们的模范。毫无疑问，二萧的文学道路绝不应该成为我们今天的文学方向，他们作品的题材狭隘、不关心广阔的社会生活，不但不应为我们今天所效法，而且早就被唐代诗人所突破。但是，第一，尽管如此，我们仍应肯定其在历史上的作用；在分析古人时，不是把重点放在其没有提出什么，而是着重去注意其提供了哪些前人所没有提出过的新的东西，这也正是马克思主义的要求。第二，他们的作品题材狭隘，不关心广阔的社会生活，是由他们的社会地位所形成的在创作实践上的缺陷，而并不是他们的文学思想的缺陷。由于他们主张文学创作必须有强烈的感情，当一个人接触了广阔的社会生活并产生强烈的冲动时，当然也就可以写出与广阔的社会生活相联系的作品。庾信就是一个例证。他的文学思想是与二萧一致的，但在其生活变化了以后，他的作品就跟二萧有了很大的不同。第三，《娈童》诗之类的作品固然是其历史局限，然而，与其把这作为以二萧为代表的文学流派的局限，还不如把它作为当时上层阶级的共同局限。西晋的张翱早就写过同类的作品——《周小史诗》；而魏晋间的阮籍在《咏怀诗》的“昔日繁华子”一首中，所写的也是娈童，作者也许含有讽刺之意，但讽刺的只是荣华不终，并不是将男色本身作为一种丑恶的事物来否定。换言之，对当时的上层阶级来说，写娈童之美和写美女之美，实在并无多大差别。

原载《上海文论》1989年第5期

萧统诗歌真伪及相关问题

徐　艳　朱梦雯

萧统(501—531)是南朝文学思想研究的重要个案。但目前萧统文学思想研究主要集中于《文选》,其文学创作中体现的文学思想尚未引起足够重视。诗歌创作是萧统文学创作的主要部分,但萧诗创作特征不仅至今未得以深入研究,还因文献问题而存在严重误区①。

现今常被学者使用的萧统文集一般只承认 27 首诗为萧统所作。本文认为,有 34 首诗为萧统所作,另 8 首存疑作品也有重要文献依据为萧统所作。据此,萧统诗歌的整体风貌及其与萧纲诗歌的关系等问题,都将发生很大变化。

一、萧统文集的编撰与流传

萧统文集的首次编撰在普通三年(522 年),萧统 22 岁。刘孝绰《昭明太子集序》有"粤我大梁之二十一载,盛德备乎东朝"云云,又有"谨为一帙十卷,第目如左",可知文集十卷,《录》一卷。萧统卒后,萧纲为编《昭明太子集》二十卷,现存有萧纲《上昭明太子集别传等表》及《昭明太子集序》。《隋书·经籍志》《旧唐

① 田晓菲《烽火与流星——萧梁王朝的文学与文化》罗列了 11 首萧统、萧纲诗在部分文献中的署名歧异,指出这些歧异所带来的认识误区。只是该书"关心的不是这些诗到底是谁所作",而是编辑们选择背后的意识形态内涵,故在文献考订方面尚存在可补充的地方。中华书局 2010 年版,第 99—104 页。

书·经籍志》《新唐书·艺文志》皆著录“梁《昭明太子集》二十卷”，说明至唐代开元年间，萧统文集二十卷本尚存[①]。北宋官修目录《崇文总目》未见著录，《崇文总目》编成于庆历元年(1041)，可以推断，萧统文集二十卷本在此之前已经佚失。

刊刻于南宋淳熙八年的“昭明文集五卷”本，是目前可以得知的最早萧统文集辑佚本。现存萧统文集五卷本主要有明嘉靖三十四年(1554)周满刻本、明辽府宝训堂重梓本、清光绪二十三年(1897)盛宣怀据影宋钞本刊本、民国八年(1919)刘世珩玉海堂覆宋淳熙本四种，这些五卷本都以刊刻于南宋淳熙八年的萧统文集为最终依据，虽因辗转影抄乃至订补而包含不少相异之处(其中以刘世珩本最具宋本原貌[②])，但所收萧统诗文篇目及顺序彼此一致。这些五卷本都收录了袁说友作于淳熙八年(1181)的《昭明太子集跋》：“池阳郡斋既刊《文选》与《双字》二书，于以示敬事昭明之意。今又得昭明文集五卷，而并刊焉。”可见该五卷本在淳熙八年之前已经存在，只是被袁说友得到而加以刊刻。南宋初晁公武《郡斋读书志》未见著录，晁公武《郡斋读书志序》作于绍兴二十一年(1152)。可推断该五卷本大致辑佚于绍兴二十一年至淳熙八年的30年间。南宋末陈振孙《直斋书录解题》卷十六著录“《昭明太子集》五卷”，当为此本。

因五卷本对萧统诗文收录并不完全，所以，其后又有多种辑补，按照时间顺序，为编辑于嘉靖二十三年到三十六年(据张四维《古诗纪序》)的冯惟讷《古诗纪》中的萧统诗集、明钱塘阎光世辑六卷本《昭明太子集》[③]、明张燮《七十二家

---

① 《旧唐书·经籍志》参照《古今书录》，“录开元盛时四部诸书，以表艺文之盛”[《旧唐书·经籍志序》，〔后晋〕刘昫等：《旧唐书》，中华书局1975年版，第1201页)，《新唐书·艺文志》也抄录了这部分图书目录(《新唐书》，〔宋〕欧阳修、宋祁等，中华书局1975年版，第1421—1626页]。

② 《天禄琳琅书目后编》(所录为清乾隆以来乾清宫昭仁殿所藏内府藏书)载“梁昭明太子文集五卷”，云其为“淳熙八年池郡所刻，尚系南渡初传本”。近代著名出版家刘世珩即覆刻此本，刘跋有“今从昭仁殿请出”云云。与刘本相比，周满本多有失真，但周满本及以之为底本的明辽府宝训堂重梓本一直是最通行的萧统文集版本。盛宣怀本为怡府藏影宋钞本，怡府为乾隆兄弟怡亲王弘晓之府，藏有很多珍稀图书，此影宋抄本当为影写天禄琳琅所藏之真宋本而来，文字上较接近刘本。

③ 被叶绍泰收入明末笙台刻本《文选逸集》，后又收入《四库全书》，商务印书馆1986年版。

集》中所收《昭明太子集》①、明张溥《汉魏六朝百三名家集》中的萧统集等，都以五卷本为基础，又参照《玉台新咏》《艺文类聚》《初学记》《文苑英华》《乐府诗集》等总集类书，及《梁书》等正史载录，篇目多有分歧。

二、萧统诗歌真伪考辨

下文将逐一考辨上述诸书收录的萧统诗歌真伪。笔者以为，五卷本及《艺文类聚》《初学记》《类要》《梁书》《文苑英华》《乐府诗集》等唐宋类书、总集、正史载录是萧诗文献的较可靠来源；而《玉台新咏》流传中产生的歧误，及长期以来形成的对萧诗风格的偏见，是造成明代以来萧统诗歌文献淆乱的主要原因。现将前者之载录情况列表如下，皆择其善本为据②。若该诗在上述诸书中没有署名分歧，则认为该诗可确认为萧统所作，共 34 首，见表一：若出现署名分歧，而没有可靠证据，列入存疑，共 8 首，见表二。明代以来的萧诗载录因存在诸多问题，不列入该表。

萧统诗歌主要文献来源载录情况表一(可确认篇目)

	五卷本独有者	他书同录者	该本可补五卷本篇目	关联他本可补五卷本篇目
五卷本	《饮马长城窟行》、《和梁武帝游钟山大爱敬寺》、《咏山涛王戎二首》、《宴阑思旧》、《拟古二首》之一、《貌雪》、《咏同心莲》。(共 8 首)	《将进酒》《长相思》《有所思》《三妇艳》《上林》《相逢狭路间》《赋书帙》《玄圃讲》《东斋听讲》《僧正》《钟山解讲》《咏弹筝人》《开善寺法会》《讲解将毕赋三十韵诗依次用》。(共 14 首)		

① 张燮序曰："近世梓《昭明集》既多混收，更饶漏目，余为驳出而增入之，差得五卷。"将张燮本与五卷本、六卷本的萧统文集对照篇目，可知张燮所说的"既多混收，更饶漏目"，主要指阎光世六卷本。张燮序末题"重光作噩之岁南吕月逸史张燮识"，该序作于天启元年(1621)，六卷本当刊刻于此前。

② 萧统《梁昭明太子集》五卷，民国八年(1919)刘世珩本；欧阳询等《艺文类聚》，影宋绍兴(1131—1162)本，中华书局 1959 年版；徐坚等《初学记》，日本宫内厅书陵部南宋绍兴十七年余十三郎宅刻本；李昉等《文苑英华》(用宋刊 140 卷，余用明刊 860 卷为底本影印)，中华书局 1966 年版；晏殊《类要》，《四库全书存目丛书》影印西安文物管理委员会藏清抄本三十七卷，齐鲁书社 1997 年版；郭茂倩《乐府诗集》影宋刊本，古籍刊行社 1955 年版。

（续表）

	五卷本独有者	他书同录者	该本可补五卷本篇目	关联他本可补五卷本篇目
艺文类聚			《示徐州弟》《示云麾弟》《大言》《细言》《咏照流看落钗》《和湘东王名士悦倾城》《美人晨妆》。（共7首）	《莲舟买荷度》（共1首）（《咏照流看落钗》,《玉台》旧本题作《同庾肩吾四咏二首》之一，另一首为《莲舟买荷度》①，可知亦萧统所作。）
类要			《龙笛曲》（共1首）	《采莲曲》（共1首）（《龙笛曲》在《乐府诗集》中与《江南曲》、《采莲曲》同属《江南弄》三首，其中《采莲曲》为萧统所作，没有署名分歧。）
梁书			《诒明山宾》《饯庾仲容》（共2首）	

萧统诗歌主要文献来源载录情况表二（存疑篇目）

同录而署名不同的文献	玉台新咏（新本）	艺文类聚	初学记	文苑英华	乐府诗集	（汇总）
五卷本	《林下作妓诗》、《拟古二首》之二（窥红对镜敛双眉）②两首署名萧纲	《晚春》署名萧纲	《晚春》署名萧纲；《林下作妓诗》署名萧统	《晚春》署名萧纲；《林下作妓诗》署名萧统		《晚春》《林下作妓诗》《拟古二首》之二（窥红对镜敛双眉）（共3首）

① 《玉台新咏》新本虽未将此二首合为《同庾肩吾四咏二首》，但都归为昭明太子名下。目前尚无可靠证据可怀疑其萧统署名。

② 《玉台》旧本只录有"窥红对镜敛双眉"一首，作"拟古一首"，署名皇太子。或为五卷本《梁昭明太子集》刘世珩本所据之宋本在辑佚时归为一处，故"之二"存疑，可暂不影响"之一"的署名判断。

（续表）

同录而署名不同的文献	玉台新咏（新本）	艺文类聚	初学记	文苑英华	乐府诗集	（汇总）
类要	《有女篇》(《类要》无标题,《玉台》旧本题为《艳歌篇十八韵》)《南湖》《紫骝马》(《类要》题为《紫骊马》)署名萧纲①	《江南曲》《紫骝马》(《类要》题为《紫骊马》)署名萧纲		《江南曲》、《紫骝马》(《类要》题为《紫骊马》)署名萧纲	《艳歌行》(《类要》无标题,《玉台》旧本题为《艳歌篇十八韵》)《南湖》《紫骝马》(《类要》题为《紫骊马》)署名萧纲	《江南曲》《紫骊马》《艳歌篇十八韵》《南湖》(共4首)
文苑英华	《新燕》署名萧纲	《新燕》署名萧纲				《新燕》(共1首)

在以上两个表格中，五卷本是萧诗最重要的文献基础，他书与五卷本相同的篇目不再列出，只列出可增补五卷本的篇目。两者相加，已包含现存相对较可靠文献中所有萧统署名诗作。其中《艺文类聚》所录萧统《春日宴晋熙王》②，可确定为误收，故未录入表格。

除表中所列，还有一些其他文献情况需补充说明：

1. 五卷本与《艺文类聚》收录了萧统绝大部分诗歌，这部分诗歌有可靠文献来源。五卷本与《艺文类聚》所收篇目悬殊很大。《艺文类聚》录萧诗 13 首，其中 8 首五卷本未收。五卷本 25 首中，19 首未见于《艺文类聚》，且其中 8 首为独

① 这 3 首诗在《玉台》旧本中都属于组诗，《艳歌篇十八韵》从于《乐府三首》，又有《蜀国弦歌十韵》《妾薄命篇十韵》。《南湖》从于《雍州曲三首》，又有《北渚》《大堤》。《紫骝马》从于《和湘东王横吹曲三首》，又有《洛阳道》《折杨柳》。但在《玉台》新本中并不属于组诗，《乐府三首》题为《有女篇》《蜀国弦歌》《妾薄命篇》，诸篇并不连在一起，也当然没有《乐府三首》的总标题。《玉台》新本同样没有《雍州曲三首》《和湘东王横吹曲三首》的标题，虽然各首标题一致，且连续著录。故不宜以组诗整体判断作者署名。

② 《古诗纪》卷七十六《春日宴晋熙王》注："考《南史》，梁时无晋熙王，疑《艺文》误也。"后逯钦立《先秦汉魏晋南北朝诗》又注："诗言国难云云，当作于侯景乱梁以后，是时昭明已死，不得有诗。考梁元帝称制江陵，封简文帝子大圜为晋熙王，事见《周书・大圜传》。则此乃元帝之作。是时正值国难，诸王争位，故诗云云。"中华书局 1983 年版，第 1794—1795 页。

有，现已找不到其辑佚来源。五卷本之文、赋与《艺文类聚》篇目也同样悬殊。可见五卷本辑佚者并未以《艺文类聚》为据，而以某种现已佚失之总集为辑佚蓝本的可能性较大[①]。《艺文类聚》成书于唐初武德七年(624)，据《旧唐书·经籍志》，开元年间(713—741)萧统文集二十卷本尚存，《艺文类聚》的编撰当以此为依据。《艺文类聚》在萧统《大言》《细言》后，收录殷钧、王规、王锡、张缵、沈约和诗，这是其依据萧统文集旧本的体现，萧统《答湘东王求文集及〈诗苑英华〉书》自述文集："集乃不工，而并作多丽"，所谓"并作"者，就是指此类和作。将五卷本和《艺文类聚》与《初学记》《文苑英华》《乐府诗集》这些唐宋类书、总集对校，署名冲突者唯有《晚春》《新燕》两首。说明这些唐宋书籍的编撰虽路径不同，但基本同源，流传中偶见误差是极常见的。

2.《玉台新咏》旧本未作为主要文献依据，只在"存疑篇目"栏参照《玉台新咏》新本。现存《玉台新咏》诸本都收有作于南宋嘉定乙亥(1216年)的陈玉父序，其曰："幼时至外家李氏，于废书中得之，旧京本也。宋失一叶，间复多错谬，版亦时有刻者，欲求他本是正，多不获。嘉定乙亥，在会稽，始从人借得豫章刻本，财五卷，盖至刻者中徙，故弗毕也。又闻有得石氏所藏录本者，复求观之，以补亡校脱，于是其书复全，可缮写。"其以三种本子拼凑而"缮写"，该本成为后代人们崇奉的《玉台新咏》旧本的依据。[②]有学者指出，这一旧本系统中的部分诗歌署名存在严重错误，比如，其佚去了梁简文帝的姓名，并使原属简文帝的作品混入了"皇太子"名下。所以，现存《玉台新咏》旧本中只收有"皇太子"的作品[③]。陈玉父写本以三种本子拼凑誊写，佚去梁简文帝的姓名确实是可能的。此外，虽然旧本系统中现存最早、据说是出现在明正德以前的五云溪馆活字本[④]，并未称"皇太子"为梁简文帝；但其他旧本，崇祯二年冯班抄本、崇祯六年赵均刻本、

---

① 梁陈以来，总集的编撰非常盛行，《文选》《玉台新咏》只是当时流传下来的众多总集之一。

② 现存诸旧本系统的《玉台新咏》主要有五云溪馆活字本、赵均刻本、冯班抄本、翁心存抄本，以下旧本系统皆指此四种书。参见吴冠文、谈蓓芳、章培恒师汇校《玉台新咏汇校》，上海古籍出版社2011年版。

③ 谈蓓芳《〈玉台新咏〉版本考——兼论此书的编纂时间和编者问题》，《复旦学报(社会科学版)》2004年第4期，第2—16页。

④ 刘跃进《〈玉台新咏〉版本研究》，《古典文学文献学丛稿》，学苑出版社1999年版，第61页。

清翁心存抄本，都于“皇太子”下注“简文”。人们之所以将“皇太子”看作萧纲，是因《玉台新咏》常被看成徐陵在萧纲为皇太子时，奉萧纲之命而编。但现在这样的看法已受到有力质疑，《玉台新咏》被认为作于陈代①，“皇太子”应指萧统，而不是萧纲。因此，人们曾经普遍认为，现存《玉台新咏》旧本中只收有萧纲作品，而没有萧统作品，这样的观点现在看来已颇为可疑。与旧本不同，嘉靖十九年郑玄抚刊《玉台新咏》(新本)②虽据它本综合整理而成，甚至也包含部分人为改动，却并未在作者中佚去梁简文帝，而是同时收有梁简文帝和昭明太子的诗。故上表在署名存疑统计时暂不考虑《玉台新咏》旧本的情况，而是参考新本。

3.《类要》署名与诸本分歧较大，但因《类要》有重要文献价值，这部分作品可暂存疑。如上文所引陈玉父《玉台新咏》序所云，陈玉父所见《玉台新咏》诸本较散乱；晏殊(991—1055)编撰《类要》至少要早其160多年，所见《玉台新咏》当较完善。《四库全书总目提要》赞《类要》“所载皆从原书采掇，不似他书互相剽窃、辗转传讹”。故其所收诗作之为萧统所作，当确有所据③。还要补充的是，《类要》引《玉台新咏》所收“皇太子”《艳歌篇十八韵》《紫骝马》《南湖》《龙笛曲》之诗句，《类要》所引《玉台新咏》有“皇太子”“梁简文帝”两种署名，因不可能在同一本书中以两种署名指称一个人，所以，“皇太子”显然指萧统。其中《龙笛曲》在《乐府诗集》中与《江南曲》《采莲曲》同属《江南弄》三首，亦署名昭明太子④；但《江南曲》在《艺文类聚》中署名萧纲；《采莲曲》为萧统所作，无异议。故该组诗以分开判断署名为宜:《龙笛曲》《采莲曲》为萧统所作，目前无可靠文献

① 章培恒《〈玉台新咏〉为张丽华所“撰录”考》，《文学评论》2004年第2期，第5—17页。

② 本文“新本”主要指郑玄抚本，新本现存又有嘉靖二十二年杨玄钥本、万历七年茅元祯刻本、天启二年沈逢春刻本，多大同小异。

③ 该书虽因流失而有晏殊四世孙晏袤续加者，都题“四世孙袤补阙”者，而出自《玉台新咏》的萧纲、萧统诸条，都没有此类字样，为晏殊旧文。

④ 但在中华书局1979年出版的《乐府诗集》中，《江南弄》三首署名简文帝，又将昭明太子置于括号内，加注曰:“据《艺文类聚》卷四二、《诗纪》卷六七改。按《玉台》旧刻称简文为皇太子，后人因误为昭明太子。”但《艺文类聚》只收录其中《江南曲》一首。据《乐府诗集》题注，《古今乐录》曰:梁天监十一年冬，武帝制《江南弄》七曲，沈约作四曲。该卷录《江南弄》梁武帝7首，萧统3首，沈约4首，为完全相同的杂言形式，这一组诗当为天监十一年同时所作。

证据可以怀疑;《江南曲》存疑。

《古诗纪》等明代辑佚文集,因多淆乱,不当作为主要文献依据,故未收入两表。《古诗纪》收入五卷本中所有萧统诗歌,又多出《示徐州弟》《春日宴晋熙王》《示云麾弟》《大言》《细言》,据《艺文类聚》补入;《诒明山宾》《饯庾仲容》据《梁书》补入。共 32 首。其中 1 首质疑(《春日宴晋熙王》),4 首(《有所思》《林下作妓诗》《拟古》(窥红对镜敛双眉)、《晚春》)两存,确认者 27 首。

《古诗纪》以《玉台新咏》旧本为作者判断依据,认为其中的"皇太子"是萧纲,从而两存或否定了一些本属萧统的诗歌署名。这在其诗注中可以看得很清楚[①]:

1. 所录五卷本 25 首萧统诗中,4 首作者两存,都附诗注。《有所思》注:"《玉台》作庾肩吾。"[②]《林下作妓诗》注:"《玉台》作简文,《初学》作昭明,《昭明集》亦载。"《拟古》(窥红对镜敛双眉)注:"亦见《昭明集》,《玉台》作简文。"《晚春》注:"此诗《玉台》[③]、《艺文》并作简文,《昭明集》亦载之,然语殊不类也。"《玉台新咏》是怀疑这 4 首署名的首要根据;除《晚春》外,《玉台新咏》更是其他三首作者两存的唯一根据。《晚春》注中还有"然语殊不类"的依据,可见所谓的萧诗风格也开始成为署名判断根据。

2. 在冯惟讷收录的萧纲诗歌中,诗注提到萧纲、萧统两存的共 8 首,除上述同时见于萧统诗的 3 首,又有《江南弄》三首诗注:"《玉台》新本,《乐府》《英华》(笔者注:现存《文苑英华》作简文),并作昭明,今从《艺文》,作简文。按《玉台》旧刻称简文为皇太子,后人遂谬以为昭明,故诸诗系名多错互也。"《美人晨妆》:"《玉台》作简文,《艺文类聚》作昭明,非是。"《和湘东王名士悦倾城》:"《艺文》作

① 本文以嘉靖三十九年刻本为据,后又有万历吴琯刻本(《四库全书》收录),较前者增加了不少诗注。

② 按照冯惟讷的其他诗注,可以看到,其相信《玉台》旧本,而不相信《玉台》新本。但现存诸旧本系统的《玉台新咏》中却未收该诗,只有新本收有该诗,署名庾肩吾。可见冯本诗注中又掺有《玉台》新本的内容。

③ 《玉台新咏》新、旧诸本皆未见该诗。

昭明者非。"《新燕》:"《英华》作昭明者非。"《同庾肩吾四咏》二首:"《玉台》旧本作简文帝,《艺文》作昭明。按肩吾为简文宫臣,当以《玉台》为正。"《玉台新咏》同样是最重要的依据,这在《美人晨妆》《同庾肩吾四咏》二首注中体现得很明显①。《和湘东王名士悦倾城》《新燕》虽未点明判断标准,但二诗实收于《玉台》旧本,《玉台》旧本仍是主要依据。而《江南弄》三首并不收于《玉台》旧本,《艺文类聚》只录其中《江南曲》一首,作简文,但仅凭此,加上冯惟讷坚信的"《玉台》旧刻称简文为皇太子,后人遂谬以为昭明",就足以不顾"《玉台》新本,《乐府》《英华》"皆作萧统的事实,将《江南弄》三首都确定为萧纲所作,同样可见《玉台》旧本的权威——不仅决定其收录的作品,还影响到其未收录的作品。

但正如前文所述,《玉台新咏》在流传中其实已经发生了严重歧误。而如此相信《玉台新咏》旧本,将其中的"皇太子"认定为萧纲,并以此判断萧统诗作篇目,这并非当时的普遍看法,就目前材料来看,《古诗纪》几乎是始作俑者,而刊行于《古诗纪》以前八年的《六朝诗汇》中所录萧统诗歌,即以郑玄抚刊《玉台新咏》为底本。《六朝诗汇》由明张谦辑,明王宗圣增辑,现存嘉靖三十一年金城、陆师道刻本。因未能见到宋本五卷本萧统文集,周满本刊刻又在其后三年,《六朝诗汇》失收了13首五卷本中的萧诗,但多出《示徐州弟》《名士悦倾城》《莲舟买荷度》《照流看落钗》《美人晨妆》《采莲曲》《龙笛曲》《江南曲》《大言》《细言》10首诗,共计22首。这10首中除见于《艺文类聚》的《示徐州弟》《大言》《细言》同被《古诗纪》收作萧统诗歌,其他7首皆被《古诗纪》收作梁简文帝诗。究其原因,在于《六朝诗汇》以《玉台新咏》新本为底本,这7首作品《玉台新咏》新本作昭明太子;而《古诗纪》以《玉台新咏》旧本为据,其中《名士悦倾城》《莲舟买荷度》《照流看落钗》《美人晨妆》在《玉台新咏》旧本中作皇太子,《古诗纪》径改为梁简文帝。《古诗纪》又录《采莲曲》《龙笛曲》《江南曲》而署名梁简文帝,理由已见上述。

《古诗纪》前,《六朝诗汇》尚以《玉台新咏》新本为依据编辑萧统诗歌;而在

---

① 后者"肩吾为简文宫臣",自然也可与萧统唱和,这里不过为附和"《玉台》为正"而已。

《古诗纪》后，其对萧统诗歌署名的判断方式——包括《玉台新咏》旧本的依据和所谓萧统诗歌风格——及署名判断结果，基本占据了主流地位，且有关取向常变本加厉。

就《玉台新咏》旧本依据来看，如《四库全书总目提要》批评《四库全书》所收六卷本《昭明太子集》[①]："诗中《拟古》第二首、《林下作伎》一首、《照流看落钗》一首、《美人晨妆》一首、《名士悦倾城》一首皆梁简文帝诗，见于《玉台新咏》，其书为徐陵奉简文之令而作，不容有误，当由书中称简文帝为皇太子，辗转稗贩，故误作昭明。"口径与冯本完全一致，包括"称简文帝为皇太子"，相信《玉台新咏》旧本而不信新本（《照流看落钗》《美人晨妆》《名士悦倾城》在《玉台新咏》新本中署名昭明）。但冯惟讷尚对《林下作妓诗》《拟古》第二首两存之，《四库提要》则认为这二首之为简文帝所作"不容有误"。

就萧统诗歌风格来看，冯惟讷以后，张燮《七十二家集·昭明太子集序》："昭明所自为撰著，情韵谐秀，体骨高迈。较之诸弟，昭明类松院俊流，隐囊斜映；简文类兰闺艳姬，粉帛顾影；孝元类槐市少年，鞍鞯高步……太子至性绝人，弘慈救世，不待深稽史籍，阅集中亦依稀见之。"所谓"体骨高迈""松院俊流"都对比着萧纲、萧绎，而关联着"至性绝人，弘慈救世"的道德风范。张燮序认为六卷本《昭明太子集》"多混收"，故去除了六卷本作者"两存"的3首诗：《咏新燕》《名士悦倾城》《晚春》，及六卷本较五卷本增辑的《照流看落钗》，揆其原因，当属如冯本《晚春》诗注"语殊不类"，"不类""体骨高迈""松院俊流"的萧统风格。此类认识也体现在张溥《汉魏六朝百三名家集》[②]的萧统题词中："《南史》所云'埋鹅启衅'，'荡舟寝疾'，世疑其诬。于是论昭明者断以姚书为质矣。昭明述作，《文选》最有名，后人见其选，即可以知其志……浔阳陶潜，宋之逸民，昭明既为

---

① 萧统文集五卷本后，冯惟讷本又辑入诗7首，六卷本除全部录入外，增加4首：《照流看落钗》《美人晨妆》《名士悦倾城》《咏新燕》，共计36首，只是认为其中《咏新燕》《名士悦倾城》和原五卷本中《晚春》3首"他本作简文，不可别识，两存之"。

② 该本所收萧统作品，参照张燮本及以前诸本而略有变异。

立传，又特序之。以万乘元良，恣论山泽，唐尧汾阳，子晋洛滨，若有同心。”突出《文选》之“志”、为陶潜立传之“心”，《南史》所载不符这样的道德形象，便成为可疑的①，这与认为有些诗不符萧统诗风而去除同出一辙。

冯惟讷《古诗纪》为逯钦立《先秦汉魏晋南北朝诗》②的底本，在当代研究中仍发挥着无可替代的作用。受其影响，俞绍初《昭明太子集校注》③中，存疑诗作收入“附编”，注语也基本依据《玉台新咏》旧本，判断这些作品（除《春日宴晋熙王》）为简文帝作。④

三、萧统诗歌特征及其与萧纲诗歌关系的重新思考

本文认为现存萧统诗歌有 34 首确认，8 首存疑。与以冯惟讷《古诗纪》为中心的主流意见认可的 27 首相比，加入了《有所思》《照流看落钗》《莲舟买荷度》《和湘东王名士悦倾城》《美人晨妆》《龙笛曲》《采莲曲》7 首；并且认为，另 8 首存疑诗作：《晚春》《林下作妓诗》《拟古二首》之二（窥红对镜敛双眉）、《江南曲》《艳歌篇十八韵》《南湖》《紫骝马》《新燕》，因有重要文献依据，不当轻易否定其为萧统所作。

本文加入的 7 首及存疑的 8 首，除 7 首中之 1 首被人们视为庾肩吾所作，其他都被视为萧纲所作。这种将萧统诗轻易划归萧纲名下的作法，不仅造成了人们对萧统诗歌特征的偏见，也带来二萧诗歌风格具有重要差异的误解⑤，并影响到相关的梁代文学派别、阶段的描述。⑥

---

① 穆克宏《萧统研究三题》认为“蜡鹅”事件是真实可信的。《文学遗产》2002 年第 2 期，第 12—22 页。

② 逯钦立《先秦汉魏晋南北朝诗》唯较《古诗纪》增加了一首附于萧统《七契》后的歌。中华书局 1983 年版。

③ 俞绍初《昭明太子集校注》，中州古籍出版社 2001 年版。

④ 《有所思》在冯本中两存，俞本则未收。

⑤ 章培恒师《〈玉台新咏〉的编者与梁陈文学思想的实际》一文，已对萧统、萧纲文学观念的关系提出与传统看法不同的见解。《复旦学报（社会科学版）》2007 年第 2 期，第 16—21 页。

⑥ 参见林大志《对梁代文学分期问题的思考》一文，该文综述了各家对梁代文学分期的意见，不管是两期说，还是三期说，以及相关的不同派别说，将萧统、萧纲分属不容派别、不同分期，则是共同观点。《浙江社会科学》2009 年第 7 期，第 96—107 页。

写女性的多少是人们常说的二萧诗差异的焦点。传统认为，萧纲所代表的“宫体诗”多写女性，而萧统很少这样的作品。在冯本认可的27首萧统诗中，涉及女性的只有《相逢狭路间》《三妇艳》《饮马长城窟行》《长相思》《咏同心莲》《咏弹筝人》6首，不仅数量少，且大多古朴含蓄。但本文补入的7首全写女性，如此，涉及女性描写的便由原来的6首，变成13首，占总数的三分之一强（13/34）。这并不比萧纲诗的女性作品比例小。[①]另8首存疑诗，除《晚春》和《南湖》，也都写女性。而且，这些诗还不再只是含蓄古朴的女性描写，而有细腻的女性描绘，如补入7首中的《名士悦倾城》有“履高疑上砌，裾开特畏风。衫轻见跳脱，珠概杂青虫”，其描写之细腻和香艳，不亚于被称为宫体诗典型作品的萧纲《咏内人昼眠》之“梦笑开娇靥。眠鬟压落花。簟文生玉腕。香汗浸红纱”云云。

若我们重新审视一下萧统诗歌出现在唐宋总集中的情况，就会发现，在唐宋总集编撰者的心目中，二萧女性题材的诗歌创作情况本就是相当的。《艺文类聚》卷十八有“美妇人”类，录3首以上作品的诗人只有：萧纲4首，萧统3首，庾肩吾3首，刘孝绰5首，其余大多人各1首。其中庾肩吾固然是萧纲近臣，而刘孝绰与萧统文学志趣之相投，应该可以说，当时没有其他臣属可以替代。[②]可见萧统及其臣属描写美妇人之频繁，并不逊色于萧纲及其臣属。而《艺文类聚》的编撰者看到的是宋代就已佚失的二十卷本《昭明太子集》，只是这3首萧统作品《照流看落钗》《名士悦倾城》《美人晨妆》，后人因《玉台新咏》旧本的影响，不再将其看作萧统所作，而归为萧纲。此外，《初学记》卷十五“乐部”列“杂乐”郑声，引梁诗5首：梁元帝《夕出通波阁下观妓诗》、又《和林下作妓应令诗》、昭明太子《林下作妓诗》、沈约《乐将殚恩未已应诏诗》、刘孝绰《同武陵王看妓诗》，萧统和刘孝绰又列其中，梁元帝《和林下作妓应令诗》为和萧统诗，也可见萧统及

① 就逯钦立《先秦汉魏晋南北朝诗》所收萧纲297首诗歌来看，主要写女子的只有95首（其中包含上述6首萧统诗作，以及存疑的另6首），不足三分之一。中华书局1983年版，第1901—1980页。

② 《梁书》刘孝绰本传：“太子起乐贤堂，乃使画工先图孝绰焉。太子文章繁富，群才咸欲撰录，太子独使孝绰集而序之。”中华书局1973年版，第480页。

其臣属在梁代"杂乐"创作中的地位。又,《乐府诗集》卷三十五录刘宋到唐代 21 首《三妇艳》,其中萧统作品历来没有署名疑议。《颜氏家训·书证篇》评该题乐府:"古乐府歌词先述三子,次及三妇。妇是对舅姑之称……近代文士颇作《三妇诗》,乃为匹嫡并耦己之群妻之意,又加郑卫之辞。大雅君子何其谬乎!"萧统诗以"红黛润芳津"描写"小妇",正属"郑卫之辞"。可与上述材料印证的是萧统《铜博山香炉赋》(无署名疑议)之女性描写:"翠帷已低,兰膏未屏……齐姬合欢而流盼,燕女巧笑而蛾扬。"笔触之香艳接近上述萧统的女性描写诗作。

但另一方面,对萧统诗歌高洁道德形象的判断,也非空穴来风。萧统一向对自己的道德形象要求很高,史载很多这方面的轶事。萧纲《昭明太子集序》中描述的"十四德"是很好的概括,第九德还特意强调了萧统之放逐郑卫:"阳阿《渌水》,奇音妙曲,遏云繁手,仰秣来风,靡悦于胸襟,非关于怀抱。事等弃琴,理均放郑。岂同魏两,作歌于《长笛》;终噪汉贰,托赋于《洞箫》。"其应和着《梁书·昭明太子传》的一段记载:"尝泛舟后池,番禺侯轨盛称'此中宜奏女乐'。太子不答,咏左思《招隐诗》曰:'何必丝与竹,山水有清音。'侯惭而止。出宫二十余年,不畜声乐。少时,敕赐大乐女妓一部,略非所好。"萧统二岁立为太子,三岁接受《孝经》《论语》的儒家教育,此类自我道德形象的努力树立正体现着儒家教育的影响。在冯本认可的 27 首诗作中,大部分诗歌正是萧统高尚道德追求的体现。

但这恐怕只是萧统人格形象的一个侧面。《南史·昭明太子传》所记萧统之死,集中体现了萧统不同人格侧面的矛盾及其后果:

> 三年三月,游后池,乘雕文舸摘芙蓉。姬人荡舟,没溺而得出,因动股,恐贻帝忧,深诫不言,以寝疾闻。武帝敕看问,辄自力手书启。及稍笃,左右欲启闻,犹不许,曰:"云何令至尊知我如此恶。"因便呜咽。四月乙巳,暴恶,驰启武帝,比至已薨。①

若与上引《梁书》本传中的文字比照,同样是泛舟后池,后者是赏爱山水清趣而

① 宋王观国《学林》卷三评:"三月未有芙蓉,史误记其月也。"说时间错误固然可以,但因此而全盘否定该材料的真实性却缺乏证据。

拒绝女乐，此处却因“姬人荡舟”而“没溺”，此中悬殊尽可意会。事既败露，萧统如何能不羞耻？所以才“以寝疾闻”，又有“云何令至尊知我如此恶”的呜咽。但“姬人荡舟”真实体现了萧统生活的另一侧面，前述写女性的诗歌就是这一侧面的体现。

除了题材方面的差异，后人还会注意到萧统和萧纲文采方面的差异。萧纲诗作即使在批评者眼里也是“清辞巧制”“雕琢蔓藻”（魏徵《隋书·经籍志》集部论），但后人对萧统诗作语言艺术评价不高，如清代黄子云《野鸿诗的》认为萧统“诗亦暗劣”，现代学者也认为萧统诗才平庸。①

但这样的结论并不符合萧统当代人的评价。当时人评价萧统作品，多赞其文辞之丽。萧子范《求撰昭明太子集表》：“缘情体物，繁弦缛锦，纵横艳思，笼盖词林。”“繁弦缛锦”之“艳思”，是强调其华美词采。王筠哀册言其“缘情绮靡”，语词的“绮靡”特征被突出。萧纲《昭明太子集序》：“如彼羽族，取喻于鸾凤；犹斯女工，方之乎绮縠”，也基于萧统之词采。萧统《答湘东王求文集及〈诗苑英华〉书》：“夫文典则累野，丽亦伤浮，能丽而不浮，典而不野，文质彬彬，有君子之致。”又这样评价自己的文集：“集乃不工，而并作多丽”，可见“丽”仍是萧统及群从的主要追求，只是防范因过多辞采而显得浮泛而已。

冯本认可的27首诗中，就不乏细腻精致的写景之句，如“月落林余影”“风度蜘蛛屋”“落花散远香”“旰云缘宇阴”“风来幔影转，霜流树条湿”等。以细腻描写为特征的佳句更多出现在笔者补入的7首诗中，如“流摇妆影坏，钗落鬓花空”（《照流看落钗》），“荷披衣可识，风疏香不来”（《莲舟买荷度》），“履高疑上砌，裾开特畏风。衫轻见跳脱，珠概杂青虫”（《名士悦倾城》），“散黛随眉广，燕脂逐脸生”（《美人晨妆》），“莲疏藕折香风起”（《采莲曲》）等。在8首存疑诗作中，细腻精巧之句也随处可见，如“泉将影相得，花与面相宜。篪声如鸟弄，舞袖

① 曹道衡、傅刚《萧统评传》认为萧统“诗才似乎并不突出”，南京大学出版社2001年版，第188页。林大志《四萧研究——以文学为中心》认为萧统诗作“缺乏想象力和文采，艺术价值不算出众”，中华书局2007年版，第131页。

写风枝”(《林下作妓》),“风花落未已,山斋开夜扉”(《晚春》),“荷香乱衣麝,桡声随急流”(《南湖》),“入帘惊钏响,来窗碍舞衣”(《新燕》)等。萧统的这些诗句确实符合“繁弦缛锦,纵横艳思”一类评价。《晚春》因细腻写景而被冯惟讷评为“语殊不类”,本无法成立。在他身后,宫体诗语言正是在细腻精致的丽辞创构方面取得了重要成绩,萧统诗中的这些佳句所体现的有关特征是与之一致的。

总的来说,萧统及其诗作属于该时期文化生活和文学追求的主流,儒家思想虽仍是统治者立命之本,但已无法主导时代的新变。可是,与文献的署名歧异相合作,后人从萧统诗作中剥离出一个道貌岸然而文采平常的萧统,并将其置于萧纲的对立面。其中一个重要的原因在于,萧统是《文选》的编撰者,《文选》对后代影响甚巨,是崇尚复古的中国传统诗学的典范,萧统作为撰著者,自然必须是理想人物。而萧纲则因亡国命运,更多负载了梁代文学的所谓堕落的一面,甚至萧统的不符道德规范的诗也归萧纲所有(但那些诗恰是萧统文学水平较高的)。萧统、萧纲常被分为两种文学派别,或两个文学发展阶段,这其实是将两个相濡以沫,并具有相近文学理想的亲兄弟,因政治命运的不同,也因后世政治理想树立及相关的文学典范树立的需要,而生生拆成两种几乎对立的历史形象。历史的重塑常常是惊人的!

说明与致谢:该文由徐艳执笔完成,朱梦雯协助收集整理资料,校对文集。该文曾得到章培恒师多次指点,谨以此文纪念恩师。

原载《兰州大学学报》2012 年第 3 期,收入本书时略有修改。

论梁代诗人萧综

邬国平

一、史家笔下两个萧综

南朝梁与北魏是敌国，经常交战，双方将领逃来逃去的事常有发生。萧综母亲吴淑媛原是齐东昏侯萧宝卷妃子，梁武帝萧衍打败萧宝卷后，归属于梁武帝，七个月之后萧综出生，所以他名义上是梁武帝第二子，实是萧宝卷的遗腹子。南齐被梁取代后，一部分王室成员逃亡到北魏去求生存。萧综在明白了自己的身世以后，于525年利用一次机会叛逃到北魏。由于这种特殊的身份和经历，使萧综在两朝史书里成了一个不同寻常的人物。双方史家记载的萧综，都刻意突出了他精神、生活和遭际的不同侧面，读罢双方的叙述，有时竟让人觉得他仿佛是两个人。参观敌国的史书，每见遇到这类情况双方都总是锱铢必较，一丝不苟。这是史家所怀不同的国家意识所致。①

读过《梁书》《魏书》《南史》和《北史》的萧综传后，不难获得这样的印象：《梁书》《南史》详于萧综在梁朝时的经历，《魏书》《北史》则详于他入魏以后的遭遇。然而假如以为只需要将《梁书》《南史》所载早期的萧综与《魏书》《北史》所载入魏以后的萧综拼接起来就是这个人物的全传，那就想得太简单了。事实上，对

① 这里所讲的"史家"，主要是指《魏书》《梁书》《南史》《北史》原始史料的作者。

于入魏以后的萧综，对立国的双方史家各自精心选择他不同的侧面予以叙述，有的互相矛盾，是无法简单拼接的。史家们借此留给世人和历史一段微言大义。

下面试举数端事实，予以说明：

一、《梁书》萧综本传题作《豫章王综》，不仅使用他的本名，而且名前还冠以梁武帝给予他的封号。而《魏书》的本传附见于《萧宝夤传》之后，传的题目为《从子赞》，显豁表示他与早先降魏的萧宝夤是叔侄关系（萧宝夤是萧宝卷同母弟），这样就将他与梁武帝的父子关系给消解掉了；萧综降魏后改名赞（一作缵），《梁书》《魏书》所记人名不同，使双方尊仰本国的政治意识在这些地方毕露无遗。

二、对于萧综入魏的主观动机，二书的叙述也不一致。《梁书》本传说："闻齐建安王萧宝夤在魏，遂使人入北与之相知，谓为叔父，许举镇归之。会大举北伐，六年，魏将元法僧以彭城降，高祖乃令综都督众军，镇于彭城，与魏将安丰王元延明相持。高祖（即梁武帝）以连兵既久，虑有衅生，敕综退军。综惧南归则无因复与宝夤相见，乃与数骑夜奔于延明。"在这种委曲的叙述风格之下，萧综入魏的动机被解释成似乎是出于"投亲"而不是"叛国"。《魏书》本传则说："值元法僧以彭城叛入萧衍……肃宗遣安丰王延明、临淮王彧讨之，赞便遣使密告诚款……夜出，步投彧军。"①《岛夷萧衍传》也说："及大军往讨，综乃拔身来奔。"②直截了当地道出，萧综是向魏国军队投诚。

三、《梁书》和《南史》本传记载萧综在魏朝的生活经历甚略，却又断言："综在魏不得志。"③《魏书》本传适相反，尽力突出萧综在魏朝所受到的宠遇，说他入魏，"赏赐丰渥，礼遇隆厚"。又叙说他与魏庄帝姊寿阳公主成婚，公主对他忠贞

① 《魏书·萧赞本传》，中华书局 1974 年版，第 1325 页。

② 《魏书》，第 2176 页。

③ 引自《南史·萧综传》，中华书局 1975 年版，第 1318 页。《梁书》本传云："综既不得志。"（中华书局 1973 年版，第 824 页）两书对此的记载完全一致。

不渝，等等。

四、《南史》本传记载萧综入魏后，当梁朝将领陈庆之护送已经归顺的魏北海王元颢还北，一度攻入洛阳时（529 年）[①]，曾写信请求回归南方。“陈庆之之至洛也，送综启求还。时吴淑媛尚在，敕使以综小时衣寄之。信未达而庆之败。”[②]将“送综启求还”一语与《资治通鉴》“陈庆之之入洛也，萧赞送启求还”的记载合观，其意思就更加清楚：陈庆之将萧综请求重新回归梁朝的信送交给了梁武帝。武帝果然令使者给萧综寄去他小时候穿用的衣服，示以亲情和思念，实际上是通过旧物向他传递接纳的心愿。这件事情后来因为魏国军队很快收复洛阳而没有实现。然而，《魏书》和《北史》对此事都付诸阙如。

五、对于萧综之死，《梁书》和《魏书》的记载更是大相径庭。《梁书》本传说：“大通二年（528），萧宝夤在魏据长安反，综自洛阳北遁，将赴之，为津吏所执，魏人杀之，时年四十九。”这条材料不仅告诉人们萧综的死因是追随其叔萧宝夤谋反，而且还将萧综的生卒年定为 480 年至 528 年。《魏书》本传则另有说法：“及宝夤反，赞惶怖，欲奔白鹿山，至河桥，为北中所执。朝议明其不相干预，仍蒙慰勉。建义初，随尔朱荣赴晋阳，庄帝征赞还洛。转司徒，迁太尉，尚帝姊寿阳长公主。出为都督齐、济、西兖三州诸军事，骠骑大将军，开府仪同三司，齐州刺史。宝夤见擒，赞拜表请宝夤命。尔朱兆入洛，为城民赵洛周所逐。公主被录还京，尔朱世隆欲相陵逼，公主守操被害。赞既弃州为沙门，潜诣长白山，未几，趣白鹿山。至阳平，遇病而卒，时年三十一。”《魏书》肯定萧综与萧宝夤反魏的事件“不相干预”，说他死于魏国内乱、被赵洛周逐出齐州城以后（萧综被逐时间是 530 年底，见《魏书·孝庄纪》），死时 31 岁，死因是患病。比较以上两种相异的材料，《梁书》记载粗疏多误而可疑，《魏书》记载翔实，多可采信。萧综是梁武帝第二子，萧统的弟弟，萧纲的哥哥，萧统生于 501 年，萧纲生于 503 年，据此萧

---

① 陈庆之护送元颢入洛阳的时间，《梁书》之《武帝纪》及《胡僧祐传》、《魏书·岛夷萧衍传》、《资治通鉴》卷一五三《梁纪九》也都作中大通元年（529）。

② 《南史·萧综传》，第 1318 页。

综的生年可以大致确定在502年。萧宝夤反逆发生在大通元年(527)冬十月，他失败被杀却在530年夏天。《魏书·孝庄纪》、《资治通鉴》卷一五四《梁纪·高祖武皇帝十》对此皆有明确的记载。萧综既然在萧宝夤"见擒"后为他求情，自己自不可能在528年已经死去。而且这种说法与《梁书·萧综传》载他在陈庆之529年攻入洛阳以后写信"求还"的内容也自相矛盾。[①]《魏书》说萧综在530年内乱中被逐一年多后病死，比较符合情理。现在已经不清楚《梁书》所据有关萧综死事的史料究竟是有其风闻的依据，还是纯粹出于南朝史家的虚构，有一点很显然，南朝史家利用离开事实很远的材料叙述"伪事"，其意图是在于强调萧综本人想参与在魏国谋反，最终被魏人杀害。这样就可以为因萧综奔魏而陷于尴尬的梁朝挣回一些面子，对思念萧综深切而感受着痛苦的梁武帝也能够有所交代[②]，此外，这样叙述对于梁朝官员来说又不失是一次惩戒，可收发一石而收数鸟之效。

对上面南北朝史家记述的萧综行事等方面的差异，可以简要概括如下：南朝史家笔下的萧综，弃梁入魏主观上是为了投亲，他在魏国不得志，打算重返梁朝，甚至《梁书》以为他最终欲参与萧宝夤反魏之变，为此遭魏人杀害。北朝史家笔下的萧综则是另一种形象：他因为自己的身份而痛恨梁朝，选择向魏国投诚，他在魏国受到宠遇，与萧宝夤反魏事件无关，最后在魏国内乱中遭放逐，因病去世。双方史家记述的差异主要集中在敌国之间的一些重要而敏感的问题上，诸如投诚还是投亲、有没有重回故国的企谋、是否参与了在魏国的谋反。双

① 《南史·萧综传》所载与《梁书》不同，《南史》本传说："及萧宝夤据长安反，综复去洛阳欲奔之。魏法度河桥不得乘马，综乘马而行，桥吏执之送洛阳。魏孝庄初，历位司徒、太尉，尚帝姊寿阳长公主。陈庆之之至洛也，送综启求还。时吴淑媛尚在，敕使以综小时衣寄之。信未达而庆之败。未几，终于魏。"(第1318页)以为萧综死于陈庆之败退洛阳(也是发生在529年)以后。此说较《梁书》近实。是李延寿已经发现原来相关的史料记载有误，做了一定修改。

② 梁武帝最清楚萧综是萧宝卷的遗腹子，可是并未因此对他有任何歧视，甚至可以说，还对他寄予了充分的信任，所以才会对他弃梁入魏感到痛苦和意外。《魏书·岛夷萧衍传》："衍初闻之，恸哭气绝，甚为惭惋，犹云其子，言其病风所致。"(第2127页)萧综入魏以后，梁武帝仍对他思念殷殷。甚至萧综死后，"吴人盗其丧，还江东，萧衍犹以为子，祔葬萧氏墓焉"(《魏书·萧赞传》，第1326页)。故胡三省感叹道："赞不以帝为父，而帝犹以赞为子，可谓爱其所不当爱矣。"(《资治通鉴》卷一五四《梁纪十》注，第4796页)

方史家皆出于自己国家的利益和尊严，在这些问题上态度迥然不同。由此显示出双方史家编撰史书的原则是“隐恶扬善”，目的是长吾国志气，灭敌国威风，故而史书失实的情况在所难免。就萧综的传记而言，北朝史家对以上问题的记述相对在更多的方面接近于真实，而南朝史家相对提供的虚假信息量较大，但是，他们记述萧综在魏国有不得志的经历，一度曾欲返归南朝，这些决不会是无根之谈。《资治通鉴》对萧综的经历有较为详明的叙述，所据材料多取诸北朝史书，同时也酌采南朝史书，对二者参观比较而取其可信者，如叙萧综死事用北朝史书的记载，叙他写信“求还”梁朝则用南朝史书的记载①，颇有史识。

二、南北朝史家对萧综诗歌的不同态度

“隐恶扬善”既然是敌对的南朝和北朝史家记述史事所遵循的国家原则，那么渗透于史书内容和精神中的这条原则自然可以被当作判断史书某些内容含义的有效依据。比如，某部分重要而可信的内容出现于一方史书的记载而另一方史书却只字不提，对这种现象一般可以理解为，这部分内容所包含的意义对记述的一方有利而对另一方不利。例如，《梁书·陈伯之传》全文载录丘迟《与陈伯之书》，此信对于策反陈伯之率部脱魏归梁发生了很大作用，而《魏书》《北史》都对此讳莫如深。上述《梁书》《南史》载萧综入魏后曾给梁朝写信请求回归南方，而《魏书》《北史》却全然不谈此事，也是因为这件事产生的影响有利于梁朝，不利于北魏。当然《魏书》《北史》不记载萧综写此信的原因也可以从魏人可能不知情，或者虽然知情却难辨其真伪给予解释。这不能说完全没有可能，然而从《魏书》《北史》只突出萧综在魏国受到优待、从不涉及他在魏期间的不得志来看，指出魏国史家刻意遮蔽了某些不利于他们国家的事实并非悬揣。而从梁朝方面看，史家把萧综写信求归保留为一种史料，显然是因为这件事情对梁朝

① 详见《资治通鉴》卷一五三《梁纪九》、卷一五四《梁纪十》。

有利的缘故。

萧综流传下来的诗歌很少，一共二题八首，其中六首载《梁书》本传，《南史》本传提到了二篇诗歌的题目，未载内容，那原因主要是《梁书》记一朝史事，内容无妨详备，《南史》叙四朝（宋、齐、梁、陈）历史，对内容不免删繁从简，而列传部分大量删削的正是所引用的文章。所以《梁书》收录萧综诗歌，《南史》不收，这与修史者对他作品的认识是否有差异没有关系。再看《魏书》和《北史》，二书根本就没有直接提到萧综这几首诗歌，更不用说引录其诗歌的内容。根据本文上面对互相敌对的南朝和北朝史家出于各自的国家意识、都将"隐恶扬善"作为保存史料和修史的重要原则的分析，自然可以得出如下结论：萧综这些诗歌的内涵必然是有利于梁朝，不利于北魏，这是它们被保留在梁朝的史料中，而未被北魏的官方史料所保存的真正原因。

关于萧综创作二题诗歌的缘起，《梁书》《南史》本传的记载是：

> 初，综既不得志，尝作《听钟鸣》、《悲落叶》辞，以申其志。大略曰……当时见者，莫不悲之。（《梁书》）

> 初，综在魏不得志，尝作《听钟鸣》《悲落叶》以申其志。当时莫不悲之。（《南史》）

二书皆把萧综的二题诗歌视为他在魏国"不得志"的抒情之作。《梁书》《南史》萧综本传虽然没有记载他在魏国如何"不得志"的具体事实，却通过他创作的这些充满不快情绪的诗歌让人联想他的境遇，这作为一种撰写人物传记的方法，也自有其巧妙之处。后人受《梁书》《南史》上述记载的影响，也有类似的说法，如《永乐大典》卷八〇七录有诗话四十九条，其最后一条说："萧综叛奔魏，在魏不得志，作《听钟鸣》《悲落叶》以自悼。"[①]可见后人接受了《梁书》《南史》关于萧

---

① 《永乐大典》卷八〇七所录诗话，也被称为《南北朝诗话》，不著撰人，内容也不全。据钟仕伦推测，"《南北朝诗话》的成书时间，其上限当不会超过南宋淳熙十六年（公元1189），其下限恐在宋末元初"（《南北朝诗话校释·前言》，中华书局2007年版，第5页）。本文引自杨家骆主编《历代诗史长编》之《南北朝诗话》，台湾鼎文书局1971年版。

综写作二题诗歌原因的说法。相对而言，北朝史书根本不谈萧综在魏国“不得志”的事实，也不直接提到他表现这种心情的诗歌作品，就显出了史家遮遮掩掩的修史心态。根据后魏杨衒之撰《洛阳伽蓝记》所载，萧综的诗歌（至少是其中的《听钟鸣》三首）在北朝是有流传的：

> 龙华寺，宿卫羽林虎贲等所立也，在建春门外阳渠南。寺南有租场。阳渠北有建阳里，里内有土台，高三丈，上作二精舍。赵逸云：此台是中朝时旗亭也。上有二层楼，悬鼓击之以罢市。有钟一口，撞之闻五十里。太后以钟声远闻，遂移在宫内，置凝闲堂前，与内讲沙门打为时节。孝昌初，萧衍子豫章王综来降，闻此钟声，以为奇异，遂造《听钟歌》三首，行传于世。①

《四库全书总目提要·洛阳伽蓝记》：“武定五年（547），衒之行役洛阳，感念废兴，因捃拾旧闻，追叙故迹，以成是书。”②杨衒之撰写《洛阳伽蓝记》与萧综在魏生活仅相隔一二十年，其云《听钟歌》（即《听钟鸣》）“行传于世”，当可信。然他以为萧综创作《听钟歌》三首是由于他对洛阳寺钟声感到好奇，这未必有据，也未必可信，因为《听钟歌》强烈抒愁的主题与杨衒之所谓的诗人好奇心难以联系到一起，故杨衒之对萧综创作《听钟歌》原因的概括，其中当是包含着北人的一种忌讳，或者说是另一种形式的国家意识的反映。尽管如此，《洛阳伽蓝记》记述了萧综这三首流露愁绪哀意的诗歌，客观上为后人留下了他在北魏曾经经历精神苦闷和不快的事实，这也证明了北朝史书避而不谈有关情况实为刻意地掩饰，表明在这个方面它不足以构成信史。

今人关于《梁书》所载《听钟鸣》三首另有说法，一种意见认为，它们不是萧综在北魏写的，而是作于梁朝。理由是，“其中有‘二十有余年，淹留在京域’的句子，可见此诗作于梁朝都城建康（今南京）。因为萧综二十三岁投奔北魏，而他在洛阳仅生活了八九年光景”③。还有一种意见则将史书关于此诗作于魏朝

---

① 周祖谟《洛阳伽蓝记校释》卷二《城东》，第72页。

② 永瑢等《四库全书总目》，中华书局1981年版，第619页。

③ 吴锦撰萧综《听钟鸣》鉴赏文章，见《汉魏六朝诗鉴赏辞典》，上海辞书出版社1992年版，第1264页。

的记载和“二十有余年，淹留在京域”句加以综合，提出“颇疑《听钟鸣》《悲落叶》二诗皆作于梁，入魏后改作重订”①。然而，为什么不可以将这二句诗理解为是身在北魏的萧综对自己往昔二十余年金陵生活的追念呢？其实这正是《听钟鸣》三首诗重要蕴涵之所在，也是《悲落叶》三首流露出的强烈心声，萧综所以会做出向梁朝写信请求回归故国的冒险举动，正是这种追念南朝的思绪白热化的一次爆发。史书对萧综向南朝写信“求还”记叙得很简略，使人仿佛觉得这与他全部的行为毫无必然联系，然而，若联系萧综这些诗歌，就不会觉得他采取这种行动有什么突兀，也不会对此感到困惑和费解。所以对于梁朝和北魏双方来说，《听钟鸣》等诗歌无疑是带有政治敏感性内涵的作品。《洛阳伽蓝记》用“闻此钟声，以为奇异”来概括诗人的创作缘起，已是有意地从这一敏感问题上转移开去的表现，而其诗被南朝史书著录，北朝史书却不录，态度迥然不同，正是敌对国双方史家因该作品的敏感性内涵而做出的必然反应。若是萧综创作于梁朝，就无法合理解释这两组诗载于南朝史书而不载于北朝史书的现象。

写到这里，我忽然觉得《魏书》萧综本传出现下面一段话不再是蹊跷的事情。传云：“赞（即萧综）机辩，文义颇有可观，而轻薄俶傥，犹有父之风尚。”（按《北史》萧综本传同）这是该传唯一的一处讥责萧综的文字，批评他文风“轻薄俶傥”，继承了萧衍的“风尚”。史家为什么突然插入这一句贬责萧综文风的话，而且将它与萧衍的“风尚”相联系？其意是否隐含对萧综包括《听钟鸣》《悲落叶》在内的作品的否定？目前由于资料不足，还无法肯定，但是对其可能性也不能轻易地排除。若真的存在这种可能性的话，则北朝史家看似没有直接提到这些诗歌作品，其实还是隐蔽地对《听钟鸣》等敏感的作品表达了自己明确的态度。

三、萧综《听钟鸣》《悲落叶》的抒情性

萧综《听鸣钟》《悲落叶》实在是写得很出色的诗，在当时诗坛是绝少见的作

① 见曹道衡、沈玉成《中古文学史料丛考》“萧综《听钟鸣》《悲落叶》”条，第584—585页。

品，可是我们的文学史不会去提及它们，今天的读者对这些作品几乎一无所知似乎也证明了它们已经被遗忘。后世流传的《听钟鸣》《悲落叶》皆有繁简两种文本，《梁书》萧综本传所载二题，每题各三首，是简的；《艺文类聚》卷三〇、卷八八所载同样的二题，各一首，是繁的。对于二题繁简文本的关系，明人梅鼎祚曾经指出，《梁书》所载二题均非全文，仅是原文大概，《艺文类聚》所载则是全篇，其中《悲落叶》可能由原来不同的二篇组成①。《梁书》引萧综诗既曰“大略”，其非全本的可能性大，梅鼎祚意见可从。然《艺文类聚》所录二首繁本《听钟鸣》《悲落叶》更可能是对两组简本诗歌整合、改编而形成的，简繁本之间并不构成简单的并列关系。②这样看来，我们今天读到的萧综八首诗歌经过改编的二首好像是完整的，其他六首都存在句子阙失的现象。这固然令人遗憾，然而对于一些历史颇久的作品来说发生这类情况也属无奈。古代的诗歌作品出于各种原因被人作了删节，以不全的形式进行流传而得到接受者承认的情况在文学史上也是常见的③，因此我们仍然不妨将萧综《听钟鸣》《悲落叶》当作“完璧”来接受，感受诗人情绪的悲重，格调的忧郁。

先看《听钟鸣》四首：

---

① 梅鼎祚编《古乐苑》卷三八：“按《梁书》二辞各三首，似与《记》(引者按：指《洛阳伽蓝记》)合，但存其略耳。《艺文》、《诗汇》所载与《书》颇异，今附于后。”又于附录《听钟鸣》曰：“此或《听钟鸣》全篇之一。”于附录《悲落叶》曰：“此至‘高下任飘飏’，或是《悲落叶》全篇之一，后云‘悲落叶，落叶何时还’，或别一篇。”(明万历刻本)按《诗汇》指明张谦辑、王宗圣增辑《六朝诗汇》，所收萧综《悲落叶》也来源于《艺文类聚》。

② 如《艺文类聚》所载《听钟鸣》“当知在帝城”、“翩翩孤雁何所栖？依依别鹤半夜鸣”，分别出自《梁书》所载同题第一首“当知在帝城”、第二首“漂漂孤雁何所栖？依依别鹤夜半啼”。《艺文类聚》所载《悲落叶》“悲落叶，联翩下重叠。重叠落且飞，从横去不归”、“悲落叶，落叶何时还？夙昔共根本，无复一相关”，又是出于《梁书》所载同题第一首“悲落叶，连翩下重迭。落且飞，从横去不归”、第三首“悲落叶，落叶何时还？凡昔共根本，无复一相关”。根据这些集诗的痕迹，可以将《艺文类聚》所载繁本二题看作是在《梁书》所载诗篇基础上的一次再创作。而进行再创作的诗人是萧综本人，抑或是别的人，现在已难考证。在找到可供证伪的材料以前，我暂拟将萧综视为进行再创作的人。

③ 如晋帛道猷《陵峰采药触兴为诗》整篇十句，自唐朝以后，该诗就普遍以四句体的形式流传着。类似的例子很多，可参考邬国平著《中国古代接受文学与理论》(黑龙江人民出版社 2005 年版)，第 55—58 页。

听钟鸣，当知在帝城。参差定难数，历乱百愁生。去声悬窈窕，来响急徘徊。谁怜传漏子，辛苦建章台。

听钟鸣，听听非一所。怀瑾握瑜空掷去，攀松折桂谁相许？昔朋旧爱各东西，譬如落叶不更齐。漂漂孤雁何所栖？依依别鹤夜半啼。

听钟鸣，听此何穷极？二十有余年，淹留在京域。窥明镜，罢容色，云悲海思徒掩抑。（以上据《梁书》）

历历听钟鸣，当知在帝城。西树隐落月，东窗见晓星。雾露朏朏未分明，鸟啼哑哑已流声。惊客思，动客情，客思郁从横。翩翩孤雁何所栖？依依别鹤半夜鸣。今岁行已暮，雨雪向凄凄。飞蓬旦夕起，杨柳尚翻低。气郁结，涕滂沱，愁思无所托，强作听钟歌。（此据《艺文类聚》卷三〇“人部十四·别部下·怨”类）①

周一良先生说：古代“寺院报时早用钟而暮击鼓，因有晨钟暮鼓之云”。并引庾信《陪驾幸终南山和宇文内史》诗“山寺响晨钟”、张公憕《隋龙藏寺碑》“夜漏将竭，听鸣钟于寺内”，以为寺院早晨用钟报时之证②。萧综《听鸣钟》“历历听钟鸣，当知在帝城。西树隐落月，东窗见晓星”，正是以夜尽晨临之际寺院的钟声为抒情的引子，自画了一幅失眠者因痛苦而不安的灵魂。诗人笔下的钟声凄清哀戚，徘徊不绝，诗人的心灵也像钟声幽眇地悬于依然罩着夜色的苍穹，绵绵延延，无法平静。他为何百愁丛生？是自感犹如禁苑里“辛苦”打更报时的“传漏子”（小官吏）地位而心理失衡，是对自己“怀瑾握瑜”的才华得不到尊重，无缘“攀松折桂”的郁闷，他真切感受到寄人篱下的滋味，这也就是《梁书》《南史》本传所谓的“不得志”。同时，这种愁也是诗人抒发与“昔朋旧爱”天各一方孤独的痛楚，萧综带着仇痛离开了梁朝，然而他母亲、妻子、儿子不能随他同来北魏，不能来的还有为他所信赖的其他亲友，所以不妨说他又将自己的爱留在了江南，

① 《艺文类聚》，上海古籍出版社 1982 年版，第 539 页。

② 周一良《魏晋南北朝史札记》“《三国志》札记”之“钟鸣漏尽”条，中华书局 1985 年版，第 25 页。

当他以北魏的边缘人角色咀嚼品味生活时，这些爱成为他心灵的最忆，毕竟那是他烙着“二十余年”生活印记的故乡。《艺文类聚》所载之《听钟鸣》径用“客情”解说“愁思”的具体内涵，而欧阳询编《艺文类聚》将它归入“（离）别”部的“怨”类，都是对它很准确的概括。任昉《赋答陆倕知己赋》：“咨余生之荏苒，追岁暮而伤情。测徂阴于堂下，听鸣钟于洛城。”与萧综的深情唱叹相比，就显得浅泛了。

再看《悲落叶》：

悲落叶，连翩下重迭。落且飞，从横去不归。

悲落叶，落叶悲。人生譬如此，零落不可持。

悲落叶，落叶何时还？凡（一说“夙”之误）昔共根本，无复一相关。（以上据《梁书》）

悲落叶，联翩下重叠。重叠落且飞，从横去不归。长枝交荫昔何密，黄鸟关关动相失。夕蕊杂凝露，朝花翻乱日。乱春日，起春风，春风春日此时同。一霜两霜犹可当，五晨六旦飒已黄。乍逐惊风举，高下任飘扬。悲落叶，落叶何时还？夙昔共根本，无复一相关。各随灰土去，高枝难重攀。（此据《艺文类聚》卷八八“木部上·木”类）①

古人咏落叶的作品，有两个鲜明的主题：一是感叹时间、生命流逝，如汉武帝《秋风辞》、曹丕《燕歌行》所咏，陆机《文赋》“悲落叶于劲秋”，陆云《与杨彦明书》“秋风行戒，已悲落叶”，皆是。二是咏唱离别，表达对别后重逢或“叶落归根”的冀望。北朝乐府诗《紫骝马歌辞》：“高高山头树，风吹叶落去。一去数千里，何当还故处？”隋诗人孔绍安《落叶》：“早秋惊落叶，飘零似客心。翻飞未肯下，犹言惜故林。”都是这类例子。此外也有将两个主题结合在一起的，如宋玉《九辩》、刘宋明帝刘彧《步出夏门行》（“商风夕起”）。萧综《悲落叶》是唱叹离别的诗，抒发枝叶一体、落叶归根而不可得的惆怅和郁闷，以及深刻的失落和遗憾情绪，实

① 《艺文类聚》，第 1509 页。

质是表现他在北朝不得志，寄托思亲望归之情，属于第二种主题的作品。诗篇全用比体，借此使诗歌的义域扩大。诗人利用“下”“零落”“飘扬”与“归”“还”“相关”二组蕴义相反的词构成张力，其中第一组词义纵横肆行，第二组词义压抑窘迫，一强一弱，映衬借力，有效地醒豁诗意。诗人明知落叶“从(纵)横去不归”，又偏要问“落叶何时还”，状似痴迷昏乱，以此正见诗人内心情切而悲重。这些都使诗篇的感染力增大。

萧综这二题诗歌的主题是抒发哀怨，思念亲情，具有强烈的抒情特征，是属于那种因“气动、物感”而产生的自然、真切的心声，不是为文造情、为诗而诗，后者通常是文人用来打发多余的时间、消遣闲心思的，萧综则是有真情涌动，不吐露他的心灵将遭受加倍的折磨煎熬，所以才嗟叹之，永歌之，缘此其诗歌徘徊俯仰，文情惊踔。梁朝诗风普遍呈现为清轻纤微、巧琢绮丽，而北朝诗风朴爽简健、气质凝重，双方或文或质，各有偏至。萧综生长于南方，入北魏后又浸习北方艺文风气，他创作的诗歌有声采之美，而又非丰腴没骨，总体特色是辞气相宜，文质相济。如果说“掇彼清音，简兹累句，各去所短，合其两长”①是后人对汇通南北文风的一种理想的话，那么，萧综就是在庾信等人之前使南北文风走向融合的一位早期实践者。

无论《梁书》所载的《听钟鸣》还是《悲落叶》，每一题所包含的三首作品，起结有序，意脉贯通，统一于“失意”“怨愁”大主脑之下，而一首又有一首的情感特征及意义侧重，因此，它们是“有组织”的组诗，与前人偶然合成的组诗有别，从而在更大范围内实现了“一加一大于二”的组诗抒情和审美效应。不仅如此，《悲落叶》直接地赓续《听钟鸣》之二“昔朋旧爱各东西，譬如落叶不更齐”，于是，二题诗歌仿佛原来就是一体化的作品，是一个乐章的两个分节。萧综擅长组诗，擅长从整体着眼缩联诗与诗之间“大家庭”的关系，这正是他诗歌创造力的表现。《听钟鸣》《悲落叶》所以使“当时见者莫不悲之”，其组诗形式所产生的艺

① 《隋书·文学传论》，中华书局 1973 年版，第 1730 页。

术感染的合力作用显然是不可忽略的因素。

四、文学史上一个性格极端复杂的诗人

萧综一生究竟写过多少诗歌，现在不得而知，他流传下来的就是以上介绍的二题八首《听钟鸣》《悲落叶》。在历史上，他的诗歌还是曾经引起过关注的，在《梁书》《艺文类聚》载录其作品之后，宋李昉《文苑英华》、明冯惟讷《古诗纪》、梅鼎祚《古乐苑》、曹学佺《石仓历代诗选》、清人《渊鉴类函》等，或全录或选录了他的作品。不仅如此，后人还模仿他的诗，抒发悲郁之怀。如宋琬被系狱中作《听钟鸣》《悲落叶》二诗，他在《听钟鸣・小序》里说："余览北魏诗有萧综《听钟鸣》《悲落叶》二篇，词甚凄惋。彼以贵藩播越，不失显秩，然尚内不自得，有忧生飘泊之嗟，矧余羁囚，日与法吏为伍？每当宵箭将终，晨钟发响，凄戾之音，心飞魂悏，讵必听猿而涕下，闻琴而累歔哉！岁时晼晚，庭树萎然，爰效其体，以识余之愤懑焉。"[①]囚徒身份的宋琬对萧综诗篇产生共鸣，也可以帮助我们加深对萧综《听钟鸣》《悲落叶》二诗蕴意的理解。

史称萧综"有才学，善属文"[②]，然而在"才学"方面他可能不会比萧统、萧纲、萧绎兄弟突出，可是，与他们相比，萧综有他自己独特的身份背景和生活经历，他的心理及性情诸因素也与他们不同，这些"内因"与他的"才学"相融合，使他的诗歌成就了一种独异的面貌。

萧综小名缘觉[③]，体现了信佛的梁武帝对他未来修得佛道的期望。然而，萧综懂事以后一直为他自己的出身深感困扰、屈辱和痛苦，根本没有什么心思学佛，脑里萦绕的全是叛逆之事。《梁书・萧综传》："初，其母吴淑媛自齐东昏宫

---

① 宋琬《安雅堂全集》卷三，上海古籍出版社2007年版，第168—169页。

② 《梁书・萧综传》，第823页。

③ 此据《洛阳伽蓝记》卷二《城东》。按《世说新语・文学》刘孝标注引《法华经》："三乘者……二曰缘觉乘。""缘觉者，悟因缘而得道也。"（上海古籍出版社1982年影印光绪十七年思贤讲舍刻本，第131页）

得幸于高祖，七月而生综，宫中多疑之者，及淑媛宠衰怨望，遂陈疑似之说，故综怀之。”《南史》对此记载得更加具体：“及综年十四五，恒梦一年少肥壮自挈其首对综，如此非一，综转成长，心惊不已。频密问淑媛曰：‘梦何所如？’梦既不一，淑媛问梦中形色，颇类东昏，因密报之曰：‘汝七月日生儿，安得比诸皇子？汝今太子次弟，幸保富贵，勿泄！’综相抱哭，每日夜恒泫泣。”从此萧综觉得自己是这个家庭的局外人，因此与周围格格不入，当然他也“为（萧）衍诸子深所猜疾”。王世贞描述萧综的心理，并予以同情的理解，说：“彼梁武，父也，亦父仇也；东昏，父也而疑，奈何？”[①]“综事极难处，人至此，岂非不幸耶？”[②]萧综因此与萧统诸兄弟对生活有着完全不同的感受，他看到的是人世更多的邪恶。

于是，他开始磨砺自己，将沙砾撒在屋里的地上，终日赤脚在上面行走，以至足下生胝。他练就一身勇力，能手制奔马。他以此作为谋大事的准备。他变得性情酷忍，虽然母亲已经告诉他真实的出身，“犹无以自信，闻俗说以生者血沥死者骨，渗即为父子。综乃私发齐东昏墓，出其骨，沥血试之。既有征矣，在西州生次男月余日，潜杀之，既瘗，夜遣人发取其骨又试之”[③]。这是较早记载的“亲子鉴定”方术，充满荒诞，而萧综为了用这样的方术来进一步明确自己的血缘，竟不惜杀死亲子，可谓兽性大发，令人发指。他胸口充满复仇的火焰，任南徐州刺史时，下令到处斫伐练树（树名，根叶可入药），因为梁武帝小名练，这绝是匈奴冒顿训练部下以鸣镝射他父亲单于善马的翻版。他终于叛逃了，这是他必然的选择。

怀着仇恨的人是痛苦的，也是不容易满足的。萧综入北魏后对新的现状又开始生厌，他被新的失落感所侵袭，郁郁寡欢。另一方面，从前被他压抑的、不愿正视的梁朝对他亲善的往事却被忆起，被咀嚼，慢慢在他心里变成一种难以抵制的回归的召唤，那里毕竟是他的家，是他的故乡，那里有他的亲人，有他的梦影。即以梁武帝来说吧，哪怕萧综再任性，再荒唐，甚至在他叛逃以后，除了

① 王世贞《弇州山人四部稿》卷一四〇“说部”《札记外篇》，王氏世经堂万历五年刻本。

② 《弇州山人四部稿》卷一六一“说部”《宛委余编》六。

③ 《南史·萧综传》，第1316页。

偶尔、短暂地生生气，对他一直都很宽容。萧综为了自己的血缘身份，感受过人间强烈的仇恨，而在此时，他又啜饮着亲人间的甘美的琼浆。这似乎证明萧综性格仍然是优柔寡断的，这不适合政治，却适合于诗歌，经过大恨又重新燃起爱的火苗，也是最适宜用文学尤其是用诗歌去表现的。叶子飘落了，它还能回到树上吗？《悲落叶》发出的这一声绝唱，是从诗人灵魂里迸发出来的①，在萧衍、萧统、萧纲、萧绎等人的诗歌里是听不到这样的声音的，因为他们对世故人情没有这般透彻骨髓、深切入微的感受。

我们现在似乎对“诗人”已经形成了一些比较固定的概念：他们天资过人，受过良好的教育，有教养，诗书满腹，锦口绣肠，行事飘逸潇洒，不甘心受束缚，包括来自自己的束缚，因此他们心里是不会有死结的；即便这些都不说，至少“诗人”与凶残、兽性、阴谋、心计等等不相关涉。其实不尽然。诗人都是具体的，他们与常人在本质上没有差别，因此也有可能走火入魔，迷狂从恶，如果说有什么不同，或许他们的精神比普通人更复杂，心灵比普通人更敏感，因此更容易遭受伤害，但是又总希望摆脱梦魇，将自己汇入人间纯正的清溪，所以他们常常利用诗歌实现对自我的超越，以达到精神的涅槃。萧综是一个复杂的人，也可以说是一个简单的人，他憎恨恶而借助恶，决绝之后又对从前怀着依依之情。他使我们看到了诗人的多样性情，从成分不单一的土壤长出来的花朵，才可能绽放多姿的异彩，诗歌也是这样。

萧综死后六年，即538年，吴人将他的尸骨从嵩山葬地盗出，带到江东，交给梁朝，萧衍仍把他视为自己的儿子，祔葬于萧氏之墓。萧综在北魏没有后人。

原载《文学遗产》2009年第5期

---

① 后人借鉴萧综《悲落叶》诗，除上举宋琬同题诗外，还有屈大均《梦江南》词：“悲落叶，叶落绝归期。纵使归来花满树，新枝不是旧时枝，且逐水流迟。”（陈永正主编《屈大均诗词编年笺校》，中山大学出版社2000年版，第1310页）词人在后半部分假设叶子回到树上，可是此树已非彼树，想到这一层，它便放弃了回去的愿望，甘愿随水逐流。其意也凄婉，却缺少了萧综原诗因灵魂忏悔而悚栗，以及愿望虽然难遂而又不甘抛弃的悲悔力量。

《颜氏家训·文章》校读札记

张金耀

颜之推《颜氏家训·文章》为南北朝时期文学批评的重要篇什，研究者甚多。阐发其文学观念、论述其批评思想之论著且不论，其文本之校释，自清代赵曦明注、卢文弨补注(见《抱经堂丛书》本《颜氏家训》)经现代周法高《颜氏家训汇注》①(以下简称《汇注》)、王利器《颜氏家训集解》②(以下简称《集解》)以迄于今，代不乏人，后出转精。近年籀读《家训》，一得之虑，书诸简端。今撷取数则，略加点定，敬希方家，有以赐正。

一

> 学问有利钝，文章有巧拙。钝学累功，不妨精熟；拙文研思，终归蚩鄙。但成学士，自足为人。必乏天才，勿强操笔。吾见世人，至无才思，自谓清华，流布丑拙，亦以众矣，江南号为詅痴符。

“詅痴符”一词始见于此。赵曦明注、郝懿行《颜氏家训斠记》、王利器《集

① 周法高《颜氏家训汇注》，“中研院”历史语言研究所1960年第一版，1993年第二版。下文征引据第二版。

② 王利器《颜氏家训集解》，上海古籍出版社1980年版。增补本，中华书局1993年第一版，2013年第二版。下文征引据增补本第二版。

解》、《汉语大词典》有详略不一的解释。

“詅”，衒也，叫卖。“詅痴”，叫卖痴呆。宋元时，苏州一带除夕时有“卖痴呆”之俗。范成大《腊月村田乐府十首》序：“余归石湖，往来田家，得岁暮十事，采其语，各赋一诗，以识土风，号《村田乐府》。……其九《卖痴呆词》。分岁罢，小儿绕街呼叫云：‘卖汝痴，卖汝呆。’世传吴人多呆，故儿辈讳之，欲贾其余，益可笑。”其九《卖痴呆词》曰：“除夕更阑人不睡，厌禳钝滞迎新岁。小儿呼叫走长街，云有痴呆召人买。二物于人谁独无，就中吴侬仍有余。巷南巷北卖不得，相逢大笑相揶揄。栎翁块坐重帘下，独要买添令问价。儿云翁买不须钱，奉赊痴呆千百年。”（《石湖诗集》卷三〇）元人高德基《平江记事》云：“吴人自相呼为呆子，又谓之苏州呆。每岁除夕，群儿绕街呼叫，云：‘卖痴呆，千贯卖汝痴，万贯卖汝呆！见卖尽多送，要赊随我来。’盖以吴人多呆，儿辈戏谑之耳。吴推官尝谓人曰：‘某居官久，深知吴风。吴人尚奢争胜，所事不切，广置田宅，计较微利，殊不知异时反贻子孙不肖之害。故人以呆目之，谓之苏州呆，不亦宜乎！’”苏州地属江南，“卖痴呆”一语或承自南朝时的“詅痴”，但具体含义及使用场合有所改变。

“詅痴”，犹今言丢丑、出洋相、丢人现眼。而“詅痴符”之“符”为何意，诸家未作解释。今按，“詅痴符”之“符”，犹“符箓”之“符”。六朝时天师道盛行，符箓流播。《颜氏家训》中《治家》《风操》即记载当时民间多行“巫觋祷请”，“符书章醮”，“画瓦书符，作诸厌胜”。根据其具体作用，符可分为多种。如葛洪《抱朴子内篇》之《杂应》《登涉》《遐览》诸篇记各种道符，尤其《遐览》载大符五十余种（小符甚多难以尽记），有消灾符、延命神符、治百病符、厌怪符、六甲通灵符等；另还有护身符（《艺文类聚》卷七〇引梁刘缓《镜赋》：“银缠辟鬼咒，翠厄护身符。”）、治癞符（《隋书》卷三四《经籍志三》著录《老子石室兰台中治癞符》）等。“詅痴”与前举“消灾”等均为动宾结构，“詅痴符”可能是仿照“消灾符”等的一种戏谑说法（戏仿，parody）。明人田汝臣《西湖游览志序》：“未浃四旬，勒梓已竟。窃愧才绵识昧，笔削无方。符号詅痴，虚上官之雅意；楮宜覆瓿，贻大方之哂言。”“符号詅痴”，谓符之名为“詅痴”，亦可为证。

“詅痴符”语含嘲讽，《颜氏家训》此处用以讥刺无才思却强操笔而成笑柄之人。后世沿用，如宋王应麟《困学纪闻》卷一七云：“和凝为文，以多为富，有集百余卷，自镂板行于世。识者多非之，此颜之推所谓‘詅痴符’也。”宋吴曾《能改斋漫录》卷一一“宋景文诗尽龙洞之景”云：“三泉龙洞，以山为门，深数十步，复见天日及山水之秀，盖自然而成，非人力也。宋景文公赋诗云（中略）曲尽龙洞之景。利路漕为刻石，仍以石本寄公，公答书云：‘龙门拙句，斐然妄发。阁下仍刊翠琰，示方来，言诗之人，得不笑我哉？江左有文拙而好刊石者谓之詅蚩符，非此谓乎？噱噱！’”“詅蚩符”之“蚩”通“痴”。《后汉书》卷四一《刘盆子传》：“帝笑曰：‘儿大黠，宗室无蚩者。’”李贤注：“《释名》曰：‘蚩，痴也。’”“詅蚩符”即“詅痴符”。以上两例中“詅痴符”，语词虽袭自《颜氏家训》，但意思稍有变化，指文才拙劣而好刊刻行世。

“詅痴”“詅痴符”用于讥讽他人，也可用于自谦自嘲，献丑、露拙也，有多人以之命名自己的著作，性质与“管窥”“续貂”等相同。

（一）宋人李庚诗文集《詅痴符》，二十卷。《直斋书录解题》卷一八：“詅之义，衒鬻也。市人鬻物于市，夸号之曰詅（原注去声）。此三字本出《颜氏家训》，以讥无才思而流布丑拙者。以名其集，示谦也。”书已佚，存楼钥《詅痴符序》，略谓“客有以书一编示余，曰：‘此赤城李公察院所为诗文，名曰《詅痴符》。公亡矣，莫晓其名书之意。’余曰：‘公于书无不读，此名殆不苟也。海邦货鱼于市者，夸诩其美，谓之詅。鱼虽微物，亦然。字书以为詅，衒卖也。颜黄门之推作《家训》，曰：“吾见世人至无才思，自谓清华，流布丑拙，亦已众矣，江南号为詅痴符。”公之意，盖出于此，特谦辞耳。’”（《攻媿集》卷五二）

（二）元明之际祝金诗文集《聆（詅？）痴集》，若干卷。明周叙《祝先生墓表》：“所著诗文有《聆痴》等集若干卷，皆温淳雅正，类其为人。”（明程敏政编《皇明文衡》卷九四）“聆”义为细听，“聆痴”不辞，当作“詅痴”，“聆”为“詅”之形近讹字。另如下述（五）清代佚名小说集《詅痴符》，曾多次遭到禁毁，其书名在道光十八年(1838)江苏按察使裕谦设局查禁淫词小说所开“计毁淫书目单”(余治《得一录》卷一一)和道光二十四年(1844)浙江巡抚、学政等设局查禁淫词小说所开“禁毁书目”(汪棣香《劝毁淫书征信录》)中写作《聆痴符》;而同治七年(1868)江苏巡抚丁日昌查禁淫词小说“计开应禁书目”(《江苏省例藩政》同治七年)才写作《詅痴符》。[①]

(三)明人陈与郊传奇集《詅痴符》。为《樱桃梦》《鹦鹉洲》《麒麟罽》《灵宝刀》四部传奇之总名。有陈氏家刻本,影印收入《古本戏曲丛刊》二集。书前万历甲辰(三十二年,1604)“友人齐悫书于任诞轩”之序云:“予率读至尽,三跋焉。曰:噫!此可谓詅痴符耶!昔颜黄门谓人士自号清华、流布丑拙者曰詅痴符。漫卿之号若此而流布若彼,可谓詅痴符。”“齐悫”及其斋名“任诞轩”都是陈与郊别署之名[②],“漫卿”亦是,此序实为陈与郊托名之自序。因该书名“詅痴符”较为冷僻,后来四库馆臣还特意解释:“语出《颜氏家训》,谓可笑之诗赋也。”(《四库全书总目》卷一七九《隅园集、蘋川集》提要)

(四)清人余心孺文集《詅痴梦草》,十二卷。有康熙燕台刻本。此书“虽无悖逆不法字句,但语多狂瞽”,于乾隆四十年(1775)纂修《四库全书》时遭查禁[③]。国家图书馆幸存此刻本,影印收入《四库禁毁书丛刊补编》。康熙三十八年(1699)《自序》云:“集十二卷,倘达者睹之,如闻呓语,曷胜绝倒喷饭?名曰《詅痴梦草》。詅音令,训自衒卖也。《颜氏家训》曰:人乏天才,勿强操笔。世人无才,自谓清华,流布丑拙,亦已众矣,江南号为詅痴符。予痴不能自治,敢自号为清华,以诗文衒卖,流布其丑耶?犹之置瘵通衢以求良剂,非谬衒其长,实不敢

① 分别见于王利器辑录《元明清三代禁毁小说戏曲史料》(增订本),上海古籍出版社1981年版,第136、122、143页。

② 参徐朔方《晚明曲家年谱·陈与郊年谱》,氏著《徐朔方集》第三卷,浙江古籍出版社1993年版。

③ 参乾隆四十年八月二十六日《广西巡抚熊学鹏奏查缴违碍书籍情形折》、九月二十五日《军机大臣奏行文山西巡抚查缴张泰交〈受祐堂集〉书板片》、闰十月初二日《署理山西巡抚觉罗巴延三奏查获〈受祐堂集〉板片书籍等情折》,分别见中国第一历史档案馆编《纂修四库全书档案》,上海古籍出版社1997年版,第423、444、451页。

讳疾忌医，求痛加针砭于国手，倘蒙大人先生发蒙振聩，一喝醒痴迷，卖此诗文痴癖也。”

（五）清代佚名小说集《誇痴符》，二卷。收入文言短篇小说35篇。因书中多人兽恋与乱伦故事，曾多次列入江苏、浙江禁毁书目，详见上述（二）元明之际祝金诗文集《聆（誇？）痴集》引录。今存嘉庆己巳十四年（1809）序刊本，北京大学图书馆藏①。另北京翰海拍卖有限公司2011年春季拍卖会拍品中有此书。书前耕石农者叙云：“因汰其緐芜，仅存若干首以付梓，作者得毋怨予曰：奈何必欲流布吾丑恶，为愢愢子所笑。”将文稿付梓，流布丑恶，为人所笑，即“誇痴符”也。

（六）清人郑复光光学原理著作《镜镜誇痴》，五卷。自序云：“以物象物，即以物镜镜。可因本《远镜说》，推广其理，敢曰尤贤，誇吾痴焉耳。”书名中第一个“镜”为动词，照、映之义；第二个“镜”为名词，在此指光学仪器、元件。《远镜说》为德国传教士汤若望所著介绍望远镜的专书。

二

吾家世文章，甚为典正，不从流俗。梁孝元在蕃邸时，撰《西府新文》，讫无一篇见录者，亦以不偶于世，无郑卫之音故也。有诗赋、铭诔、书表、启疏二十卷，吾兄弟始在草土，并未得编次，便遭火荡尽，竟不传于世。衔酷茹恨，彻于心髓！操行见于《梁史·文士传》及孝元《怀旧志》。

王籍《入若耶溪诗》云：“蝉噪林逾静，鸟鸣山更幽。”江南以为文外断绝，物无异议。简文吟咏，不能忘之；孝元讽咏，以为不可复得，至《怀旧志》，载于籍传。

以上两段文字均提及梁孝元帝萧绎《怀旧志》，此书早佚。章宗源《隋书经

① 参潘建国《稀见清代禁毁小说〈誇痴符〉》，《文学遗产》2005年第6期；增订稿改题《稀见清代禁毁小说〈誇痴符〉考略》，收入氏著《古代小说文献丛考》，中华书局2006年版。

籍志考证》卷一三、姚振宗《隋书经籍志考证》卷二〇曾予考证，另赵曦明注、刘盼遂《颜氏家训校笺》[①]、陈直《颜氏家训注补正》[②]、王利器《集解》等也有涉及，现今多位学者探求更为深入[③]。兹加综理，并作补充。

《金楼子·著书》中《怀旧志》下原注云："金楼自撰。""金楼子"为梁元帝萧绎自号。战国、秦汉以来，屡见帝王权臣招邀门客文士编纂书籍而署己名[④]。如秦国相邦吕不韦之《吕氏春秋》，西汉淮南王刘安之《淮南子》，三国魏文帝曹丕之《皇览》，南朝宋临川王刘义庆之《世说新语》，南朝齐竟陵王萧子良之《四部要略》，唐代魏王李泰之《括地志》、章怀太子李贤之《后汉书注》，等等。南朝梁代亦如是，如武帝萧衍之《通史》《华林遍略》，安成王萧秀之《类苑》，昭明太子萧统之《文选》，简文帝萧纲之《法宝联璧》《长春义记》，萧绎也有此举。但他对吕不韦、刘安这种著述假手于人的行为非常鄙视和不满，"常笑淮南之假手，每蚩不韦之托人"(《金楼子序》)，"予尝切齿淮南、不韦之书，谓为宾游所制"(《金楼子·立言上》)。自己苦心经营、欲以传世的《金楼子》，自"年在志学，躬自搜纂"(《金楼子序》)，延续三十余年，其间"不令宾客厕之"(《金楼子·立言上》)，全凭自己独立撰述，不让门客幕僚参与，以致外人不晓，误以为"金楼子"是用真金锻造的楼子，前来拜访求借玩赏(《金楼子·立言上》)[⑤]。在《金楼子·著书》中，萧绎对与自己有关的书籍的不同撰著情况，大多加注予以区别：有自撰，如《全德

---

① 刘盼遂《颜氏家训校笺》，《女师大学术季刊》第一卷第二期，1930年6月；收入氏著《刘盼遂文集》，北京师范大学出版社2002年版。

② 陈直《颜氏家训注补正》，收入氏著《摹庐丛著七种》，齐鲁书社1981年版。

③ 参钟仕伦《〈金楼子〉研究》，中华书局2004年版，第272—273页；吴光兴《萧纲萧绎年谱》，社会科学文献出版社2006年版，第411页；许逸民《金楼子校笺》，中华书局2011年版，第1008—1009页；陈志平、熊清元《金楼子疏证校注》，上海古籍出版社2014年版，第803—804页；孙猛《日本国见在书目录详考》，上海古籍出版社2015年版，第800—802页。

④ 参钱锺书《管锥编》第三册《全上古三代秦汉三国六朝文》二三《全汉文卷二六》"门客著书"，中华书局1986年版，第940—942页。傅刚《汉魏六朝著书、编集撰人考论》，《中国文化研究》2000年秋之卷。傅刚《〈昭明文选〉研究》，中国社会科学出版社2000年版，第44—46页。

⑤ 田晓菲《诸子的黄昏——中国中古时代的子书》，《中国文化》第二十七期，2008年；田晓菲《烽火与流星——萧梁王朝的文学与文化》，中华书局2010年版，第60—61页。

志》《荆南志》等书与《怀旧志》一样也是“金楼自撰”,《丹阳尹传》是“金楼为尹京时自撰”,《仙异传》是“金楼年小时自撰”;有合撰,如《长州苑记》系“金楼与刘之亨等撰”;有自为序而交由他人代撰,如《研神记》乃“金楼自为序,付刘瑴纂次”,《补阙子》乃“金楼为序,付鲍泉、东里撰”;有完全交由他人代撰,如《晋仙传》为“金楼使颜协撰”,《奇字》为“金楼付萧贲撰”,《玉子诀》为“金楼付刘缓撰”,《食要》为“金楼付虞预撰”,《梦书》为“金楼使丁觇撰”①。据此体例,《怀旧志》确为萧绎亲撰,而非他人代笔。

《怀旧志》卷数,记载不一。《金楼子·著书》、《梁书》卷五《元帝本纪》作一卷,《隋书》卷三三《经籍志二》、《日本国见在书目录》、《新唐书》卷五八《艺文志二》作九卷。又《南史》卷八《梁本纪下》载萧绎《怀旧传》二卷,《怀旧传》当系《怀旧志》异称。

《怀旧志序》尚存,载《金楼子·著书》、《艺文类聚》卷三四,王利器《集解》据前者引录。据序知《怀旧志》为萧绎感于岁月不停驻、知交半零落,追念已故友人的记录,“备书爵里,陈怀旧焉”。唐人刘知幾将《怀旧志》与王粲《汉末英雄记》、戴逵《竹林名士传》、卢子行(卢思道)《知己传》并列,认为诸书“独举所知,编为短部”,称为“小录”(《史通·杂述》)。清人浦起龙释“小录”云:“此谓私志之书,各录知交,而非正史。”(《史通通释》)

据上引《颜氏家训·文章》两段文字,《怀旧志》记载颜协(颜之推父)操行,并有王籍传,传中录王籍《入若耶溪诗》“蝉噪林逾静,鸟鸣山更幽”两句。颜协任湘东王国常侍,兼府记室。湘东王出镇荆州,转正记室。卒于大同五年(539)(《梁书》卷五《文学列传下·颜协》、《周书》卷四〇《颜之仪传》)。王籍于梁天监中任湘东王咨议参军,随府会稽。湘东王为荆州,引为安西府咨议参军,带作塘令。湘东王集王籍文为十卷(《梁书》卷五〇《文学列传下·王籍》、《南史》卷二

① [日]清水凯夫《文选撰(选)者考——昭明太子和刘孝绰》,《学林》第三期,1984年;收入氏著、韩基国译《六朝文学论文集》,重庆出版社1989年版。傅刚《汉魏六朝著书、编集撰人考论》。傅刚《〈昭明文选〉研究》,第48—50页。

一《王弘附王籍传》),王籍约卒于大同四年(538)①。

而《南史》卷四四《齐武帝诸子列传·竟陵文宣王子良》载萧子良孙萧贲"起家湘东王法曹参军,得一府欢心",侯景之乱时,湘东王萧绎为讨伐檄文,"贲读至'偃师南望,无复储胥露寒;河阳北临,或有穹庐毡帐',乃曰:'圣制此句,非为过似,如体目朝廷,非关序贼。'王闻之大怒,收付狱,遂以饿终,又追戮贲尸。乃著《怀旧传》以谤之,极言诬毁"②。则《怀旧志》非惟思旧,亦是谤书。史载萧绎"禀性猜忌"(《梁书》卷五《元帝本纪》),"性好矫饰,多猜忌,于名无所假人。微有胜己者,必加毁害"(《南史》卷八《梁本纪下》),这则事例也可作一旁证。萧绎驰檄讨伐侯景,时在大宝三年(552)二月(《梁书》卷五《元帝本纪》),《怀旧志》成书当在此之后。

有学者考《怀旧志》时,附列萧绎与刘孝绰书:"近在道务闲,微得点翰,虽无纪行之作,颇有怀旧之篇。"③其意似乎认为其中"怀旧之篇"与《怀旧志》有关。萧绎与刘孝绰书出自《梁书》卷三三《刘孝绰传》,传载员外散骑常侍兼廷尉卿刘孝绰因携妾入官府而其母犹停私宅,遭御史中丞到洽奏劾而被免官,萧绎去信给予慰勉。由萧绎致书和刘孝绰覆书内容来看,事在萧绎由丹阳尹迁转荆州刺史抵达江陵之初,时系普通七年(526)④。萧绎赴任途中因暂无繁杂公务而得享清闲,方有暇动笔作文,"虽无纪行之作,颇有怀旧之篇"。当时萧绎虽已历任会稽太守、丹阳尹、摄扬州刺史、荆州刺史,但年方十九,"怀旧"只是怀念往事旧交,与多年以后《怀旧志》之追忆亡友行历完全不同,二者并无关联。

《金楼子序》云:"裴几原、刘嗣芳、萧光侯、张简宪,余之知己也。"《梁书》卷

---

① 吴光兴《萧纲萧绎年谱》,第 212 页。

② 萧绎《金楼子·立言上》对萧贲之劣迹也有记录:"萧贲忌日拜官,又经醉自道父名。有人讥此事,贲大笑曰:'不乐而已,何妨拜官;温酒之谈,聊慕言在。'了无怍色。贲颇读书而无行,在家径偷祖母袁氏物,及问其故,具道其母所偷,祖母乃鞭其母。出货之,所得余钱,乞问,乃沽酒供醉。本名涣,兄弟共以其愉,因呼为贲。此人非不学,然复安用此学乎?"

③ 见钟仕伦《〈金楼子〉研究》,第 273 页;陈志平、熊清元《金楼子疏证校注》,第 803 页。

④ 詹鸿《刘孝绰年谱》,收入刘跃进、范子烨编《六朝作家年谱辑要》下册,黑龙江教育出版社 1999 年版,第 345—346 页;吴光兴《萧纲萧绎年谱》,第 128—129 页。

五《元帝本纪》、《南史》卷八《梁本纪下》亦载萧绎“与裴子野、刘显、萧子云、张缵及当时才秀为布衣之交”。几原为裴子野表字，嗣芳为刘显表字，简宪为张缵谥号。或将以上两段记载相比照，指出萧光侯即萧子云，光侯为子云失载之谥号。[①]此说不确，光侯实为萧劢谥号（《南史》卷五一《梁宗室列传上·吴平侯景子劢》）[②]。其谥号光侯，当是萧劢袭封父爵吴平侯，谥光，故称光侯或吴平光侯[③]；犹曹植逝前为陈王，谥思，故称思王或陈思王。诸人之中，裴子野卒于中大通二年（530），刘显卒于大同九年（543），张缵卒于太清三年（549）（均见《梁书》《南史》本传），萧劢卒年未见记录，但《南史》卷五一《梁宗室列传上·吴平侯景子劢》载萧劢任广州刺史时，“以南江危险，宜立重镇，乃表台于高凉郡立州，敕仍以为高州”，此后萧劢被征为太子左卫率，卒于回都赴任途中[④]。高州设于大通（527—529）中（《隋书》卷三一《地理志下》合浦郡海康县），萧劢当卒于大通中或此后不久。萧绎为丹阳尹时，萧子云为丹阳尹丞，“深相赏好，如布衣之交”，子云卒于太清三年（549）（《梁书》卷三五《萧子恪附弟子云传》、《南史》卷四二《齐高帝诸子列传上》）。萧绎以裴子野、刘显、萧劢、张缵、萧子云为知己或好友，五人之卒皆在《怀旧志》成书之前，《怀旧志》当有此五人。

另颜协卒后，萧绎“甚叹惜之”，作《怀旧诗》“称赞其美”，兼以伤之。其一章曰：“弘都多雅度，信乃含宾实。鸿渐殊未升，上才淹下秩。”（《梁书》卷五〇《文学传下·颜协》、《周书》卷四〇《颜之仪传》）张缵卒后，萧绎也曾写诗追思，其序曰：“简宪之为人也，不事王侯，负才任气，见余则申旦达夕，不能已已。怀夫人之德，何日忘之。”（《梁书》卷三四《张缅附弟缵传》、《南史》卷五六《张弘策附子

---

① 吴光兴《萧纲萧绎年谱》，第100、307页。另许逸民也以萧光侯为萧子云，见氏撰《金楼子校笺》，第20页。

② 陈志平、熊清元此前已指出，见氏撰《金楼子疏证校注》，第13页。

③ 萧劢称吴平光侯之例，如萧绎《金楼子·聚书》：“又值吴平光侯广州下，遣何集曹沔写得书。”《艺文类聚》卷四八载萧绎《侍中吴平光侯墓志》。《陈书》卷二七《江总传》：“总七岁而孤，依于外氏。幼聪敏，有至性。舅吴平光侯萧劢名重当时，特所钟爱。”

④ 《艺文类聚》卷四八载萧绎《侍中吴平光侯墓志》亦云萧劢“征为太子左卫率，遘疾，薨于道”。

缵传》)萧绎所写追思张缵之诗,可能也是《怀旧诗》。推测萧绎《怀旧诗》与《怀旧志》一样,也涉及多位故友,为组诗,与此前沈约《怀旧诗》(存伤王融、伤谢朓等九首,见《艺文类聚》卷三四)、此后杜甫《八哀诗》等形制相同。

三

《后汉书》:“囚司徒崔烈以银铛锲。”“银铛”,大锲也。世间多误作金银字。武烈太子亦是数千卷学士,尝作诗云:“银锲三公脚,刀撞仆射头。”为俗所误。

“武烈太子”为萧绎长子萧方等,“数千卷学士”指读数千卷书之学士。

据梁阮孝绪《七录序》(《广弘明集》卷三引)、《隋书》卷三二《经籍志一》,南北朝时期皇家中秘藏书数量在一万余卷至三万余卷之间。这一时期私家藏书,张盾、贺拔胜、黎景熙、谢弘微、沈驎士、褚湛之、刘善明、孔休源、李谧、宋繇、阳尼、元顺、杨愔、陆爽等藏书千余卷至数千卷,史传即加载录,可见当时家藏千余卷至数千卷书已属少见;而如陆澄、崔慰祖、沈约、任昉、王僧孺、萧劢、张缅、张缵、元延明、穆子容等藏书万余卷甚至两三万卷,殊为难得。[①]绝无仅有的是萧绎聚书四十年得八万卷,为这一时期见诸记录藏书最多者。萧绎对于书籍执着的迷恋和长期的搜集,外加生为皇子,历履丹阳尹、荆州刺史、江州刺史等显职,又即位为帝的高贵身份以及由此带来的远非一般人可以比拟的巨大便利和充分保障,通过承赐、抄录、购买、受赠、接收、攘夺等多种途径,方才达到如此空前的

---

① 上述各人藏书数量详见史传记载,不必缕举,可参刘汝霖《魏晋南北朝时期的私家藏书》,《图书馆》1961 年第 3 期;傅璇琮、谢灼华主编《中国藏书通史》,宁波出版社 2001 年版,第 121—140 页;陈德弟《魏晋南北朝私家藏书述论》,《图书与情报》2006 年第 1 期;陈德弟《先秦至隋唐五代藏书家考略》,天津古籍出版社 2011 年版,第 35—98 页;陈德弟《秦汉至五代官私藏书研究》,天津古籍出版社 2012 年版,第 148—155 页;范凤书《中国私家藏书史》(修订版),武汉大学出版社 2013 年版,第 20—38 页。

藏书规模①。西汉河间王刘德修学好古，广搜群籍，藏书极丰，可敌汉室，萧绎则宣称“颇谓过之”，认为自己藏书之富已超过朝廷。但据《金楼子·聚书》自述，这些藏书中多有复本，如《五经》《史记》《汉书》《三国志》等书就有来自不同渠道的多种版本。

《颜氏家训·勉学》曰：“观天下书未遍，不得妄下雌黄。”此语表现了颜之推对于校勘书籍的审慎态度，但也从另一方面说明当时书籍总数尚有限，颜氏方出此语。即使如此，由于各种条件的限制，遍观天下书实际上难以实现。对于一般人而言，中秘藏书，当然难得一见；私家藏书，也多不轻相假。由上述公私藏书数量来看，南北朝时能接触并进而阅读数千卷甚至逾万卷书的机会并不太多。故当时读书数千卷或逾万卷，则足以视为博览笃学，往往为世所称，得以载诸典籍。如陶弘景读书“万余卷”（《梁书》卷五一《陶弘景传》、《南史》卷七六《隐逸列传下·陶弘景》），萧绎自称“三十余载，泛玩众书万余矣”（《金楼子·自序》），崔儦“每以读书为务，负恃才地，忽略世人，大署其户曰：‘不读五千卷书者，无得入此室。’”（《隋书》卷七六《文学列传·崔儦》、《北史》卷二四《崔逞附崔儦传》）

是以《颜氏家训》所称“数千卷学士”，犹言博学之士。又《颜氏家训·书证》：“《易》有蜀才注，江南学士遂不知是何人。王俭《四部目录》不言姓名，题云‘王弼后人’。谢炅、夏侯该，并读数千卷书，皆疑是谯周。”“读数千卷书”，即谓读书甚多。

《颜氏家训》另有三处，亦云读若干卷书：

> 虽百世小人，知读《论语》《孝经》者，尚为人师。虽千载冠冕，不晓书记

---

① 参丁红旗《〈金楼子·聚书〉所反映萧绎藏书及齐梁间书籍流通》，《文献》2010年第3期。赵立新《梁代的聚书风尚——以梁元帝为中心的考察》，收入中国魏晋南北朝史学会、武汉大学中国三至九世纪研究所编《魏晋南北朝史研究：回顾与探索——中国魏晋南北朝史学会第九届年会论文集》，湖北教育出版社2009年版；修订稿改题《〈金楼子·聚书篇〉所见南朝士人的聚书文化和社群活动》，收入甘怀真编《身分、文化与权力——士族研究新探》，台大出版中心2012年版。

者,莫不耕田养马。以此观之,安可不自勉耶!若能常保数百卷书,千载终不为小人也。(《勉学》)

有一士族,读书不过二三百卷,天才钝拙,而家世殷厚,雅自矜持,多以酒犊珍玩,交诸名士,甘其饵者,递相吹嘘。(《名实》)

夫学者所以求益耳。见人读数十卷书,便自高大,凌忽长者,轻慢同列,人疾之如雠敌,恶之如鸱枭。如此以学自损,不如无学也。(《勉学》)

据传世载籍与出土墓志的记载,可知魏晋南北朝时习读之书为《孝经》《论语》《诗经》《礼记》《左传》等儒家重要典籍。①尤其《孝经》《论语》《诗经》三种,几乎是当时共同的基础书籍。前引《颜氏家训·勉学》即云“虽百世小人,知读《论语》《孝经》者,尚为人师”,同篇又称士大夫子弟接受教育,“多者或至《礼》《传》,少者不失《诗》《论》”,也说明《论语》《孝经》《诗经》为初阶读物,《礼记》《左传》则为进阶读物。据《隋书》卷三二《经籍志一》,各种注本《孝经》多为一卷,较为通行的郑玄注本《论语》、何晏集解本《论语》均为十卷,《诗》约二十卷(《韩诗》二十二卷,《毛诗》二十卷)。三种书合计约三十余卷。前引《颜氏家训·勉学》所谓“读数十卷书”,大约就是指读过这几种基础书籍而已。若仅“读数十卷书”,便自恃傲物,为学未能得益,反而自损,则不如无学。

读数十卷书,日常生活或勉强够用,甚至还可为人师,但远不足以维持或提升社会阶层。前引《颜氏家训·勉学》“若能常保数百卷书,千载终不为小人也”。句中之“保”,主要意思并非物质形态层面的取得、拥有,而应指文化修养层面的阅读、掌握。只有读数百卷书,才能不作小人(此指仆隶下人),否则“虽千载冠冕,不晓书记者,莫不耕田养马”,源远流长的世家大族,若不读书,也会门户衰微,沦为厮役。另还可补充两例。宋彭城王刘义康不读书,“袁淑尝诣义康,义康问其年,答曰:‘邓仲华拜衮之岁。’义康曰:‘身不识也。’淑又曰:‘陆机入洛之年。’义康曰:‘身不读书,君无为作才语见向。’其浅陋若此”(《南史》卷一

---

① 详参周一良《魏晋南北朝史札记》(补订本)“诵《孝经》”,中华书局2015年版,第43—44页。

三《宋宗室及诸王列传上·武帝诸子》)。袁淑不直接回答刘义康对自己年龄的问询,而代以与自己年龄相仿的东汉邓禹(字仲华)拜大司徒和西晋陆机入洛阳之时。虽说袁淑"博涉多通""纵横有才辩"(《宋书》卷七〇《袁淑传》、《南史》卷二六《袁湛附袁淑传》),但他以前人故实答复刘义康,并非有意刁难,而本为当时文士常用的方式,是他们之间展示甚至比赛学问的"行话",即刘义康所说的"才语",但他因不读书而茫然不解。刘义康权倾朝野,不知谦退,与宋文帝刘义隆渐生嫌隙,改授都督江州诸军事、江州刺史,出镇豫章。文帝遣沙门释慧琳看望,刘义康问是否还能返都,慧琳答:"恨公不读数百卷书。"应是委婉批评刘义康"素无术学,闇于大体"。后刘义康涉嫌谋逆,被贬为庶人,徙付安成郡。刘义康在安成读书("读书",《南史》作"读《汉书》"),见西汉淮南厉王刘长之事,废书叹曰:"前代乃有此,我得罪为宜也。"(《宋书》卷六八《武二王列传·彭城王义康》、《南史》卷一三《宋宗室及诸王列传上·武帝诸子》)[①]宋齐间王僧虔曾撰诫子书勉励诸子勤奋读书,各自努力,"或有身经三公,蔑尔无闻;布衣寒素,卿相屈体。或父子贵贱殊,兄弟声名异。何也?体尽读数百卷书耳"(《南齐书》卷三三《王僧虔传》、《南史》卷二二《王昙首附王僧虔传》)贵贱逆转的差别,就在于是否读数百卷书,与前引《颜氏家训·勉学》"虽百世小人"云云意旨相同。自魏晋以来,玄学大兴,清谈成为贵族交往活动中重要的娱乐和才艺,时论常以清谈之胜负判定人才之优劣,因此《老子》《庄子》《周易》(合称"三玄")及其注疏和论述,成为贵族在儒家经典之外的学习内容。王僧虔的这篇诫子书就是告诫诸子不可未熟读"三玄"及其众家注疏和论述(即此书所称"论注百氏")就贸然清谈,他所说"读数百卷书",除了儒家经典之外,当然还包括这些书籍。[②]

---

① 周一良《魏晋南北朝史札记》(补订本)"陆机入洛之年",第471—472页。

② 参牟润孙《论魏晋以来之崇尚谈辩及其影响》,香港中文大学出版社1966年版;收入氏著《注史斋丛稿》(增订本),中华书局2009年版。[日]安田二郎《王僧虔「誡子書」考》,《日本文化研究所研究報告》第17輯,1981年;收入氏著《六朝政治史の研究》,京都大学学术出版会2003年版。余英时《王僧虔〈诫子书〉与南朝清谈考辨》,《中国文化》第八期,1993年;收入氏著《历史人物考辨》(《余英时文集》第九卷),广西师范大学出版社2006年版。余氏认为"数百卷书"即是"三玄"及其"论注百氏",似不太确切。

综合以上三例，读数百卷书应可视作当时贵族基本文化素养的标准[①]。大约五百年之后的北宋人宋祁训诫诸子须有学问，还称胸中存数百卷书，方能不被人鄙视耻笑："人不可以无学，至于章奏、笺记，随宜为之。天分自有所禀，不可强也。要得数百卷书在胸中，则不为人所轻诮矣。"（《宋景文笔记》卷下）。

读数百卷书，只是具备当时贵族基本文化素养，还难称博学。前引《颜氏家训·名实》所举士族"读书不过二三百卷"，未可言多，以酒犊珍玩求取名士称赏，声价大盛，竟然得以出境充任聘使，但后来终因才薄学浅被人识破。

要之，在颜之推所处时代，以读书数量而论，数十卷略具初等文化；数百卷约当中等文化，为当时贵族基本文化素养的标准；数千卷足称博学；而逾万卷则极为稀见。后来杜甫诗语"读书破万卷，下笔如有神"（《奉赠韦左丞丈二十二韵》），说明读书广博方能下笔自如，虽然唐时书籍数量较前代大为增加，阅读条件较前代有所改观，但"读书破万卷"又谈何容易？对于普通读书人来说，直至印刷术已广泛应用于书籍刊刻而使书籍获取大为便利的宋代及以后，"读书破万卷"才逐渐变得不那么遥不可及。

四

> 何逊诗实为清巧，多形似之言。扬都论者，恨其每病苦辛，饶贫寒气，不及刘孝绰之雍容也。虽然，刘甚忌之。平生诵何诗，常云："'蘧车响北阙'，愦愦不道车。"又撰《诗苑》，止取何两篇，时人讥其不广。

"蘧车响北阙"之"蘧车"，原作"蘧居"。清孙志祖《读书脞录》卷七"蘧车"曰："'蘧居'，'居'字误，当作'车'，盖用蘧伯玉事。何逊《早朝》诗云：'蘧车响北阙，郑履入南宫。'见《艺文类聚·朝会类》《文苑英华》，彭叔夏《辨证》云'集本题作《早朝车中听望》'，是也。'愦愦不道车'，是讥何诗语，然不得其解，岂以'蘧

① ［日］井上进著、李俄宪译《中国出版文化史》，华中师范大学出版社2015年版，第51页。

车'二字音韵不谐亮邪?"陈直《颜氏家训注补正》曰:"《何逊集·早朝车中听望》诗云:'诘旦钟声罢,隐隐禁门通。蘧车响北阙,郑履入南宫。'蘧车用蘧瑗事,郑履用郑崇事。本诗蘧车两字,甚为分明,而刘孝绰谓作蘧居,因指摘何逊诗句未切合车字,或孝绰当日所看传本作蘧居耳。憒字见《玉篇》,训为乖戾也。"周法高《汇注》引洪业曰:"案《列女传·仁智篇》:'卫灵公与夫人夜坐,闻车声辚辚,至阙而止。过阙复有声。公问夫人曰:"知此谓谁?"夫人曰:"此蘧伯玉也。"公曰:"何以知之?"夫人曰:"妾闻礼下公门,式路马,所以广敬也。……蘧伯玉,卫之贤大夫也;仁而有智,敬于事上。此其人必不以闇昧废礼,是以知之。"公使视之,果伯玉也。'夫伯玉之车,至阙而无声。何仲言早朝诗中之车乃响于北阙,是乖戾无礼之车也。故孝绰讥之为憒憒不道之车,不得称蘧车也。"

"蘧车响北阙,郑履入南宫"两句诗中,"蘧车"用蘧瑗(字伯玉)夜间过阙而下车礼敬的慎独恭谨之事(《列女传》卷三《仁智传·卫灵夫人》,上引洪业说已录),"郑履"用郑崇屡次规谏汉哀帝以致哀帝可识其履声的正直敢诤之事(《汉书》卷七七《郑崇传》),二典一车一履,恰好相对。若作"蘧居",则不合。《艺文类聚》卷三九、《文苑英华》卷一九〇、《何水部集》、《汉魏六朝百三家集·何逊集》录此诗,二字也均作"蘧车"。孙志祖校"蘧居"当作"蘧车",是,王利器《集解》已据改。陈直推测刘孝绰当日所见此诗传本作"蘧居",恐未必。疑当是《颜氏家训》原本或传抄本之误。

"车"古有一音与"居"同,皆为鱼部字[①],象棋棋子"车"现仍保留此音。出土文献和传世文献中保留了较多"车""居"音同讹混之例,如《诗·邶风·北风》"携手同车",阜阳汉简《诗经》S045 作"携手同居"。[②]《礼记·礼运》"天子以德为车",郑玄注:"车或为居。"《庄子·徐无鬼》"若乘日之车",陆德明《经典释文》:

---

① 林亦《车字古有"居"音》,《古汉语研究》2001 年第 3 期;孟蓬生《"车"字古音考——兼与时建国先生商榷》,《古籍整理研究学刊》2002 年第 3 期;徐时仪《玄应和慧琳〈一切经音义〉研究》,上海人民出版社 2009 年版,第 362—364 页。

② 文物局古文献研究室、安徽阜阳地区博物馆阜阳汉简整理组《阜阳〈汉简〉诗经》,《文物》1984 年第 8 期;胡平生、韩自强《阜阳汉简诗经研究》,上海古籍出版社 1988 年版,第 6、55—56 页。

“元嘉本车作居。”孟子名轲，其字汉代尚未闻（赵岐《孟子题辞》），魏晋、唐时出现子居、子舆、子车三说，根据名、字意义的关联及居、舆、车意义和读音的关系，孟子当字子舆，因舆、车通用，讹为“子车”；又因车、居音同，讹作“子居”①。敦煌卷子P.3174《古贤集》：“太公往往身不御（遇），八十屠钩自钓鱼。有幸得逢金（今）帝主，文王当唤召同居卜车。”所咏之事为姜太公年老穷困，钓于渭阳，周文王田猎遇之，与语大悦，同车共归（见《史记》卷三二《齐太公世家》）。抄写时本欲写“车”字，却误写为同音的“居”字，发现后于“居”字右侧加一小“卜”号表示删除该字②，再补写“车”字③。《颜氏家训》“蘧车”作“蘧居”，与上举诸例一样，因音同而生讹混。

“憒憒不道车”，孙志祖称是刘孝绰“讥何诗语”。联系上文“刘甚忌之”与下文“撰《诗苑》，止取何两篇”，孙说是。但孙氏自认对“憒憒不道车”语“不得其解”，猜测可能是“‘蘧车’二字音韵不谐亮”。陈直认为刘孝绰所见为“蘧居”，“指摘何逊诗句未切合车字”。揆诸其意，陈氏似将“不道”解作不说出、不提及。洪业指出蘧伯玉知礼，其车至阙无声，但何诗却云“蘧车响北阙”，“是乖戾无礼之车”，故刘孝绰讥之。

今按，洪业之说较为妥帖，兹略加申述。“憒”，《玉篇·心部》释为“乖戾也”，《集韵·麦韵》释为“乖剌也”，反常背理之意。古代汉语中许多名词之前的“不”，相当于“无”，意为没有。如“不翼而飞”“不胫而走”等，另如“不学无术”，“不”“无”对文，意思相同。《汉书》卷四五《息夫躬传》：“躬母圣，坐祠灶祝诅上，

---

① 王瑞来《孟子字辨》，《文汇报》2016年8月12日。

② 古人写字有误，用墨涂去。后来多改为在误字右侧加点（一两点到五六点都有，比较随意），或在误字右侧画一短竖再加点（近似于“卜”形等），表示删除该字。参张小艳《删字符号卜与敦煌文献的解读》，《敦煌研究》2003年第3期。张涌泉《说“卜煞”》，《文献》2010年第4期；增订稿收入氏著《著名中年语言学家自选集·张涌泉卷》，上海教育出版社2011年版；又氏著《敦煌写本文献学》，甘肃教育出版社2013年版，第328—352页。

③ 类似这种先写了读音相同或相近的误字，然后删除，再补书正字的例子还有一些。如敦煌卷子S.1920《百行章一卷》：“至于广学不侍卜仕明朝，侍省全乖色养。”敦煌卷子S.1441《励忠节钞·政教部》：“《史记》云：夫理人者，先诱进以仁义，束缚刑献卜（金耀按：该行天头补写“宪”字），所以总一海之内而整齐万人。”

大逆不道。圣弃市，妻充汉与家属徙合浦。躬同族亲属素所厚者，皆免废锢。”《汉书》卷九七上《外戚列传上》：“元光五年，上遂穷治之，女子楚服等坐为皇后巫蛊祠祭祝诅，大逆无道，相连及诛者三百余人，楚服枭首于市。”同书二传记录近似案件，一用“大逆不道”，一用“大逆无道”，“不道”即“无道”，不守礼法、胡作非为。“憒憒不道车”之“不道”义同，“憒憒不道车”，意为反常背理、不守礼法之车。

齐梁之际，隶事用典，蔚成风气，不仅聚会时以隶事多寡互争高下，而且诗文写作也以用典相尚①。如误用典故，则会遭到诟病，《文心雕龙·指瑕》与《颜氏家训》之《勉学》《文章》中就列举了一些前人和时人误用典故的例子。“蘧车”之典，蘧伯玉乘车至阙，下车礼敬，车停无声，而何逊诗却云“蘧车响北阙”，误用典故，触犯大忌，故刘孝绰以“憒憒不道车”嘲讽。

引文中刘孝绰“又撰《诗苑》”之《诗苑》，周法高《汇注》未出注，王利器《集解》称“《诗苑》未见著录，《隋书·经籍志》：‘《文苑》一百卷，孔逭撰。’据《玉海·艺文志》载《中兴书目》：‘逭集汉以后诸儒文章：赋，颂，骚，铭，评（金耀按《玉海》原文作诔），吊，典，书，表，论，凡十，属目录。’孝绰所撰《诗苑》，当是集汉以来诸家之诗，总此二书，则蔚为文笔之大观矣。范德机《木天禁语》谓：‘唐人李淑有《诗苑》一书，今世罕传。’盖在唐代，孝绰之书已亡，而李淑续作之，然至元时，则李淑之书，一如孝绰之书，俱皆失传矣。”

今按，已有多位学者指出此处刘孝绰撰《诗苑》应即《（古今）诗苑英华》。②

① 参刘师培《中国中古文学史讲义》第五课《宋齐梁陈文学概略》丁《总论》，上海古籍出版社2000年版，第95—96页。王瑶《隶事·声律·宫体——论齐梁诗》，《清华学报》第十五卷第一期，1948年；收入氏著《中古文学史论》，北京大学出版社2014年版。何诗海《齐梁文人隶事的文化考察》，《文学遗产》2005年第4期；氏著《汉魏六朝文体与文化研究》第六章《齐梁文人隶事》，北京大学出版社2011年版，第236—278页。胡宝国《知识至上的南朝学风》，《文史》2009年第4期。

② 参[日]清水凯夫《〈文选〉编辑的周围》，《立命馆文学》第377、378期，1976年；同人《文选撰（选）者考——昭明太子和刘孝绰》，以上二文收入氏著、韩基国译《六朝文学论文集》。[日]冈村繁《〈文选〉的编纂实况与当时对它的评价》，《日本中国学会报》第三十八集，1986年；收入氏著、陆晓光译《文选之研究》，上海古籍出版社2002年版。曹道衡、沈玉成《有关〈文选〉编纂中几个问题的拟测》，赵福海等编《昭明文选研究论文集》，吉林文史出版社1988年版；收入沈玉成《沈玉成文存》，中华书局2006年版。

《隋书》卷三五《经籍志四》、《旧唐书》卷四七《经籍志下》、《新唐书》卷六〇《艺文志四》均著录《古今诗苑英华》，梁昭明太子撰，仅卷数稍异：前者载十九卷；后二者载二十卷，当是并录一卷计算。[①]萧统有《答湘东王求文集及〈诗苑英华〉书》，作于普通三年（522）[②]，当时《诗苑英华》已经编成，“其书已传”。

唐释慧净（或作慧静、惠静）纂辑《续古今诗苑英华》十卷（《旧唐书》卷四七《经籍志下》、《新唐书》卷六〇《艺文志四》作二十卷）。《玉海》五四引《中兴馆阁书目》谓是书“集梁大同至唐永徽”间诗，《郡斋读书志》卷二〇谓“撰辑梁武帝大同年中《会三教篇》至唐刘孝孙《成皋望河》之作”。《续古今诗苑英华》起于梁大同年间（535—546），与萧统所编《诗苑英华》下迄时间（普通三年之前）未能密合。故有学者认为，《古今诗苑英华》是刘孝绰对萧统编《诗苑英华》所作的增补本；另有学者甚至认为，《古今诗苑英华》虽署萧统之名，而实出刘孝绰之手。刘孝绰（卒于梁大同五年[539]）为萧统幕中主要文士，曾奉命为萧统编纂文集并作序，学界一般还认为他是萧统编纂《文选》的主要助手，前述学者的两种看法均有较大可能。因此后世或将《古今诗苑英华》编者径题为刘孝绰。[③] 除《颜氏家训》此处之外，《续高僧传》卷三《释慧净传》引刘孝孙为《续古今诗苑英华》作序曰：“自刘廷尉所撰《诗苑》之后，纂而续焉。”“刘廷尉”即刘孝绰，其曾任廷尉卿。刘孝孙序明确指出《续古今诗苑英华》为《诗苑》续书，而《玉海》五四引《中兴馆阁书目》称《续古今诗苑英华》“以续刘孝孙《古今类聚诗苑》”，误。[④]

王利器《集解》据范德机《木天禁语》载“唐人李淑有《诗苑》一书，今世罕传”，推测刘孝绰撰《诗苑》唐代亡佚，李淑继之续撰《诗苑》，元时失传。此说多

① 此点承本系古典文献学研究生殷婴宁惠告，谨致谢忱。

② 考证见俞绍初《昭明太子萧统年谱》，《郑州大学学报》2000 年第 2 期；又载氏撰《昭明太子集校注》附录，中州古籍出版社 2001 年版。

③ 参于溯《〈古今诗苑英华〉考》，《古典文献研究》第十七辑上卷，凤凰出版社 2014 年版。

④ 关于《续古今诗苑英华》，可参陈尚君《唐人编选诗歌总集叙录》，《中国诗学》第二辑，南京大学出版社 1992 年版；收入氏著《唐代文学丛考》，中国社会科学出版社 1997 年版。傅璇琮、卢燕新《〈续诗苑英华〉考论》，《文学遗产》2008 年第 3 期。

有失误。清代四库馆臣已据晁公武《郡斋读书志》考出《木天禁语》“唐人李淑有《诗苑》一书”句中《诗苑》为《诗苑类格》，撰者李淑为宋仁宗时，并非唐人(《四库全书总目》卷一九七《木天禁语》提要)。今按，李淑字献臣，有传附《宋史》卷二九一《李若谷传》。其撰《诗苑类格》，又称《宝元诗苑类格》《李公诗苑类格》，三卷。《玉海》卷五四“宝元诗苑类格”载此书为宋仁宗宝元二年(1139)“翰林学士李淑承诏编为三卷。上卷首以真宗御制八篇条解声律为常格，别二篇为变格，又以沈约而下二十二人评诗者次之；中卷叙古诗杂体三十门；下卷叙古人体制别有六十七门。”《郡斋读书志》卷二〇云：“宝元三年，豫王出阁，淑为王子傅，因纂成此书上之。述古贤作诗体格，总九十目”。此外《遂初堂书目》、《直斋书录解题》卷二二、《宋史》卷二〇九《艺文志八》等亦著录，列入“文史”或“文说”(含诗话、文评等)类，即后世“诗文评”类之前身。此书元以后不见著录，大约亡于其时。有佚文散见于曾慥《类说》、陈元靓《事林广记》、佚名《锦绣万花谷》、潘自牧《记纂渊海》、王应麟《困学纪闻》、魏庆之《诗人玉屑》、蔡正孙《事林广记》诸书，今有多种辑本。[①]由上述目录解题、所列类别以及现存佚文来看，《诗苑类格》为讲述作诗法式、标准的诗格，并非诗选，当然不可能是刘孝绰撰《诗苑》之续编。

本文初稿原题《读〈颜氏家训·文章〉札记》，系提交第四届“远东文学研究”国际学术研讨会(俄罗斯圣彼得堡大学，2010年6月29日至7月2日)论文，后收入复旦大学中文系编《卿云集三编——复旦大学中文学科发展八十五周年纪念论文集》(复旦大学出版社2010年版)。今作较大增订，并改为今题。

① 参王发国、曾明《李淑〈诗苑类格〉考略》，《西南民族大学学报》2000年第1期。李裕民《〈宋诗话辑佚〉补遗》，《文献》2001年第2期；收入氏著《宋史考论》，科学出版社2009年版。卞东波《李淑〈诗苑类格〉辑考》，《中国诗学》第十辑，人民文学出版社2005年版；收入氏著《宋代诗话与诗学文献研究》，中华书局2013年版。

《先秦汉魏晋南北朝诗》校订释例

陈尚君

我受中华书局编辑部的委托，并得到逯钦立先生著作权人的授权，于近期作《先秦汉魏晋南北朝诗》①（下简称“逯书”）的订补改编工作。有鉴于该书在中国古代文学研究领域的核心地位，以及该书出版以来在国内外学术界的崇高声誉，我谨抱持敬重前哲、尊重学术的态度实施此一工作。经与出版社和著作权人再三协商后，确定了基本的改编方案。目前此项工作进行已经近半，预期在明年上半年完成，在 2008 年即该书初版 25 周年之际出版。修订体例的编定和实施中遇到的困难，远比最初考虑的要复杂得多，以我的学力，许多方面都感到决断和处置为难。谨将目前的考虑和遇到的问题逐一写出，希望听到各位方家硕学的批评指导。

逯书的学术成就学界久有定评，在此谨引我数年前所作一文中的一段话以作为对此书的基本评价：“中华书局出版本书时的《出版说明》中列举了取材广博、资料翔实、异文齐备、考订精审、编排得宜五大优点，刘跃进先生在其所撰《中古文学文献学》②中，从辑录完备、考订精密、体例得宜三方面，指出本书的造诣，对此我都很赞同。我想特别指出的是，旨在网罗一个时期全部作品的断代

---

① 中华书局 1983 年版。

② 江苏古籍出版社 1997 年版。

文学全集的编纂，从明后期发端，到清代趋盛，近几十年来尤为学者所关注。逯钦立先生在编纂《先秦汉魏晋南北朝诗》时，明确坚持寻本溯源的史源意识，指出先唐人文集原编流存于世者为数极少，多数先唐诗歌是由总集、类书、史志、子书、碑石、佛道等类图书的引用而得以保存下来，在流传的过程中不免有各种传误、删节、改写情况的发生，为给读者提供尽可能可靠的作品面貌，采取了会校的方式，为所收全部诗篇逐首注明宋以前典籍中引录的出处。为避繁冗，持从严标明的原则，'凡征引全篇者，以时代为次全部列出。凡节引而有异文可勘者，则附之出处之末，并列举韵数，明其节引范围'①。这样做，学术难度非常大，但对读者来说，则提供了极大的方便。每一首诗下的出处，可以作为判断此诗真伪完残的最直接依据，从中可以了解一首诗的不同流传文本，也可以知道该诗的流布影响情况。在断代文学总集编纂史上，此点虽非本书首创，但贯穿全书，求深求精，是做得最好的一部。"②

就目前所知，逯书初编于1940年到1947年作者就学于北京大学文科研究所和任职于中央研究院历史语言研究所期间，当时两所避地四川宜宾李庄，在战争年代能有此建树，尤令后学感佩；定稿于1961年到1964年逯氏任教于东北师范大学期间，在"文革"前夕的特殊氛围中完成，也堪称难得。由于该书主要编次于社会动荡和剧变时期，定稿距今已经40多年，时代限制约束了他的研究条件，加上最后付型时作者已去世，没有校订，留下问题仍多。刘跃进先生《〈先秦汉魏晋南北朝诗〉编撰方面的一些问题》③一文，分别从句读、校勘、编排、辑逸以及作者小传等方面，作了较客观而细致的分析和订正。前引拙文也指出该书的底本、编次、用书、漏辑等问题。近30年来中国学术的全面发展，为逯书的修订改编提供了充分的学术基础和文献准备。为适应现代学术的需求，逯书

---

① 《先秦汉魏晋南北朝诗·凡例十八》。

② 陈尚君《〈先秦汉魏晋南北朝诗〉再检讨》，香港浸会大学《人文中国》十一辑，上海古籍出版社2005年8月。

③ 《清华大学学报》1989年2期；又收入《结网漫录》，学苑出版社1997年版。

修订的必要性已经毋庸讨论,大约有分歧的是以下两点。一是以逯书为基础修订,还是另起炉灶另外成编。对此我认为,逯书取材丰备,编定谨慎,学术成就久有定评,值得重新做的学术空间很有限,如果仅仅加上逯书限定体例不收的《诗经》《楚辞》和《易林》之类专书,稍作增补纠订,就号称另成全编,实在是不合适的,至少是有失厚道,缺乏对前辈成就和学术规范基本的尊重。因此我认为,该书的新编修订应该以逯书为基础进行。二是修订取何种体例,用通俗一些的话说,是小修小补还是大修大补。就小修小补来说,大约可以保存逯书的基本面貌,吸取学术界已经发表论著中的相关意见,仔细通读一过,适当的复核原书,对其中显而易见的错失进行订正。这样的工作也是有意义的,要做好也不容易。但就学术领域已经取得的成就和今后较长一个时期研究者对于此书的需求来说,如此小修小补显然又是非常不够的。近几十年来,新资料的发现数量巨大,唐以前的大部分著作都有了新的高水平的整理本,基本古籍善本多得影印通行,古籍索引手段也更趋丰富,从基本典籍的人名、引书索引到近年古籍数码化的检索便利,我们现在从事古籍整理的条件,比较逯先生那时无疑更为方便、精密和科学了。以现在的条件来审核前人的工作,当然会见到一些疏忽或错失,但在完全手工操作的情况下,达到如此的成就,更是不能不令人惊叹。今人从事修订,无疑应该追求达到更高的学术目标。我感到幸运的是,以上意见得到中华书局编辑部的支持,逯钦立先生的家人也从尊重学术的立场考虑,慷慨应允由我来执行此项修订工作。

我确定的工作目标是,以现存宋前古籍文献为主要依凭,全面复核逯书的引文,参酌学界已有的成果,全面调查唐前诗歌的存留情况,对逯书作全面的订补改编。而具体的工作程序,则是在将逯书逐卷、逐人、逐诗分开以后,将存世古籍中所引唐前诗与之作逐条的对查校核,是者存之,误者改之,缺者补之,疑者考之。在保留逯书基本框架的同时,追求达到全新的学术面貌。以下谨就修订中涉及的一些主要问题,略述所见。

一、底本确定原则及校勘方法。逯书最初拟作《古诗纪》补正,后虽然改变体例，但全书正文写定和校记表达，并没有作相应调整。也就是说，逯书多数录诗的正文，都是《古诗纪》的文本。即便一首诗有多项唐以前典籍征引的记录，早期记录的诗歌文本也与《古诗纪》有很大不同时，逯书一般只是记录异文，而很少作文本的改动。可以认为，逯书得以完成的一个重要方法，就是以《古诗纪》为依凭以广校群书。然而，《古诗纪》虽然在明代堪称杰出，但其所依据的文本未必尽善，又仍然难以完全避免明人好随意改动古籍的通病，其录文的可信度值得推敲，特别是在全面备校了几乎全部的宋以前古籍以后，这种保留就显得更无必要了。此次修订，除若干种有宋以前人编定别集者外，拟一律改用较早且完整引诗的一书为底本，在文献说明中列为第一，以其他文本为参校，正文和校记都作划一处理。作此改变，以求尽量避免《古诗纪》的未善文本。同时，也考虑到《古诗纪》所据书大多今人得见，且版本要好得多。

逯书采用近似底本式的校勘方式，而且多存《古诗纪》文字。本次校订拟采用接近定本式的校勘方式，对于底本文本的明显误字，有所改动，并说明改动依据。一般不据诗意推测改动。在异文的存录方面，凡各书异文而有差异者，均予存录。对于引录各书由于版本不同而见到的异文，如确属该书流传中的传误或讳改字之类，一般仅从一本，不遍录众本异文。如《文苑英华》宋本和明本的异文，《初学记》宋本和明本的异文，《古今岁时杂咏》明钞本和四库本的异文，均不逐一出校。但如一书而各成面貌者，如《文选》之六臣注、五臣注和李善注本的异文，《玉台新咏》三本的差别，仍予记录。宋以后各书记录的异文校勘记，有特殊意义者存录，但如《文苑英华》和《乐府诗集》之异文，彼此在宋本校勘记中均作了表达，在得知较早异文出处的情况下，就不再保留二书校记中“一作某”之类记录。逯先生保留了《古诗纪》的全部校记，其中大多已经见于宋前古籍，除少书特殊者外，一般也没有存留的必要。

二、用书范围和版本选择。凡具备保存唐前诗歌第一手文献价值的著作，在可以见到范围内者，尽量参用甄选，并努力利用较好版本。凡逯先生已用之书，全部选用善本通校一过。在版本选择方面，有比原编更好版本者，如日本宫内厅藏宋本《初学记》,中华书局影印宋补明本《文苑英华》、日本古典研究会影弘仁本《文馆词林》等,尽量入校;与原编版本有相当的善本者,则选择不同的善本,如《文选》除用胡刻《李善注文选》、《四部丛刊》影印宋刊《六臣注文选》外,还拟参校日本藏宋明州本、台湾藏宋刻五臣注本、影印日本古钞《文选集注》、敦煌吐鲁番本《文选》、日藏旧钞白文本等。有今人学术质量较好的整理本者,如中华书局校点本《二十四史》、《新编诸子集成》以及今人整理本汉魏六朝人文集等,亦尽量参用。原编用版本为最善者,则不变。如此以求更准确反映文本的面貌。凡原编未用之书,则尽量参用,力求完备。

三、改写作者小传。逯书体例中从杨守敬说,以作者卒年作为前后编次的依据,颇有见地。但就诗人小传来说,相对比较简略,缺漏较多,且未注出处,前项编次未得到完整执行。近年在唐前作家生平研究方面,建树最多的大约是曹道衡、沈玉成、刘跃进等先生,其中具有集大成意义的是曹、沈二位合著的《中国文学家大辞典·先秦汉魏晋南北朝卷》以及《中古文学史料丛考》,发明较多,遗憾的是前书也缺乏文献依凭的交待。后者是为前者编写所作的史料考订,大多为细节的研究,具有很高的参考价值。本次拟对诗人小传作全面增订,在传首加注生卒年公元纪年,凡涉及其字里、家世、仕历、著述、生卒等内容,力求简明、准确、完备,并补录文献出处。考虑到本书主要是存诗,因此小传一般不超过百字。

四、逯书补遗及其牵涉到的辨体问题。逯书在作品收录完备方面,接近圆满。逯先生曾说宋以前书都曾通检,是可信的。就笔者所知,他当时能见到的常见书而遗漏者,大约只有《十万卷楼丛书》本五卷本《诗式》和《说郛》所收署名徐炫而实为唐高宗时张洵古撰的《五代新说》,以及当时不甚通行的《吟窗杂录》。他引用过的典籍,录诗之遗珠还有一些,大约在百分之一以内,估计主要还是当时索引手段不够严密,以及他曾以杨守敬《古诗存目》作为主要检索途径所致。遗漏比较大宗的是《道藏》中歌诗,大约总有数百首之多。除了当时《道藏》诸书年代的判定还没有充分展开,我推测还可能有另一方面的原因,即本书定稿于六十年代的特殊时期，当时大讲破除封建迷信，可能有一部分道教歌诗即因此而削除。如北周时期成书的《无上秘要》，逯书数次引到，其年代也确凿无疑，但却漏收了100多首该书收录的道诗，可能就由于此。近几十年新见文献而为逯先生当时未及见者，数量也颇足观。稀见古籍如宋代晏殊编大型类书《类要》37卷，海外佚书如日本正仓院藏传为圣武天皇所书的《杂集》，敦煌、吐鲁番遗书中则有新疆所出晋抄的潘岳诗写本、柏林德国国家图书馆东方部藏东晋毛伯成诗残卷、俄藏敦煌残卷中收录了十六国时期前秦秘书监朱彤、中书侍郎韦谭和阙名秘书郎（很可能是赵整）的三首残诗等。云梦睡虎地秦简《为吏之道》和江陵王家台秦简《政事之常》，都与《荀子·成相辞》形式相近。本次修订时新增诗篇及断句大约超过千则，考虑在正编中统一编入，表达方式一是在新见作者和诗篇上加一个星点，或者仅在目录中加一记识。目的仅为让研究者有所了解，不考虑凸现补订的成绩。

逯书于诗歌辨体认识明确，处置稳妥，可以斟酌者亦多。增订时有所调整者，大致有以下几项。一是在汉末增加“镜铭”一卷，收录类诗之作。以铭为文而不视为诗是六朝以后的认识，汉代只是以适当的韵语刻于镜上而已，其中有数量可观的七言韵文，日本三木太郎《古镜铭文集成》所录，仅此就达上百种，于汉代诗体变化研究关系极大，故拟作另卷收录。二是道藏歌诗颂赞，拟在全面调查后，作适当补充。此部分可补约数百首，诗体形式也极其复杂。存录时当从出世年代和诗体特征两方面作仔细的斟酌。三是佛教偈颂。原则上译经中的齐言文字，无论协韵与否，一概不取。士人与僧人所作，也仅取押韵而具备诗体特征者。其实在六朝时期，对此区分并不十分明显。比如王融《净住子颂》，逯书收录5首，皆五七言押韵类诗之作，《广弘明集》收录31首，凡四言10首、五言10首、七言10首、骚体1首，另敦煌遗书中还存一个残卷。收录对于诗偈研究是有价值的。三是谚语，逯先生收录时有意识地作了选择，删去了一些源出秦汉古籍的俗语。但就《齐民要术》所存农事谚语来分析，大约存取各约一半，似乎没有明确的选录原则。修订时拟尽量补齐，只是渊源有自的套语依然不取。

五、解题文字的调整和重录。逯书在诗题与诗歌之间，包含数项内容。一是诗序，为作者本人所作，数量不多。二是释题，即说明题目来源之文字，具体又可以分为三类，即甲为题目之异文，可归于校勘记；乙是说明题目来源，如齐梁人赋得类诗，多以汉魏人诗句为题，其说明来源之诗句，多数是《古诗纪》所加，属于解释诗题，超越了录诗的范围，但还不是全无意义。拟改移至诗题下。丙是解释乐府诗题之渊源，大部分为移录《乐府诗集》解题文字，且大多没有说明依据，拟一律移到诗后。三是本事，即涉及诗歌写作过程和反响的记录，本书已经作了大量辑录，很大一部分沿用《古诗纪》的节文，也有一部分是逯先生考虑不使原文过长而作的改写。考虑到本书储材备用的学术特点，还是以存录最原始可靠的第一手文献为优。因而在复校原文的同时，拟于此类本事记录一律改用现存最早最完整文献的记录，而不用《古诗纪》以下节录改写的文字。凡涉及本事记录过于冗长，或原文中间部分内容与诗歌无涉者，则有所节录，节录部分分别加注“中略”之类文字以作说明。笔者对此也曾考虑基本不动，另编一本《唐前诗纪事》，但为读者计，还是融入一书为好。

六、互见诗、伪诗和依托诗之甄别处理。唐前诗歌互见情况极其严重，且除少数涉及事实年代可以确定归属外，大多无以明确判定。逯书对此持谨慎取舍的态度，值得赞许，但于一诗分见两位作者，或分属不同时代者，采取在诗末加说明的方式，或分别存录，或仅存一端，虽然考按慎重，立说可参，但由于没有如《全宋词》那样正误两方面皆有所交待，皆可以检索，对于读者来说，仍不太方便。此次修订，除对归属再作推敲外，并拟划一体例，是者在其后说明传误情况，误者则于该作者卷末附列存目表，交待传误情况及判断依凭。另郊庙歌辞作者可知者，本书统一另编，以见一代制度，也是一种处理，修订时仅拟在各相关作者下有所存目。另原书还有一些附见作者和联句作者，逯书均未以作者另外立目，本次均拟单独立目，诗则仅存诗题，避免重复。

逯书于历代存疑诗，持谨慎态度。严格地说，伪诗仅指唐以后人诗而误收入者，总数大约 30 多首，不多。凡有确凿证据者删去，或在该人最后附存并加考证,若其人并无则改在全书末附存说明。

唐前诗的依托情况非常严重,而且很难作确定考证,凡此基本仍循逯书存而不断的体例。先秦诗,逯书一律不以作者标目,态度审慎,最为稳妥,今仍旧编。明显依托者,如唐宋小说录隋炀帝及其周边之诗,逯书确定不收,但仍据《诗话总龟》录侯夫人等诗,其诗来源其实仍为此类小说。此类诗与秦汉时人依托上古诸人性质相类,唯时代稍后,判断较易耳。今拟作附录存录此类诗,略存文献,但与正编有别。小说依托神仙鬼怪诗,仍按照原书体例另列(此部分可补较多)。其他仍存于所托各时代末。时代难以确定者,特别是《道藏》中魏晋以来道书中的歌诗甚多,在书末新增"先唐诗"卷次,收录此类作品。

七、校订意见的表达。一般古籍修订,都采用以原书为底本,存留其面貌,凡有增补改订逐一出校的方法。本书修订时,考虑到修订改动量较大,逐一说明过于烦琐,不少误排漏校,并不是逯先生的错误,逐一指误虽然可以彰显修订者的成绩,但也不免突出原本的愆失,即使当时因为用书版本、检索、考订等条件所限的失误,也不必逐一指斥。后学有所指正主要还在于时代和学术的进步,总有为尊者讳的责任。同时,也考虑到本书毕竟是现代学者做的古籍辑佚编录类的著作,用同一种书或同一版本的录文不会有太多差异,原本有所漏列出处、误录文字之类问题,仅属操作出入,并非学术见解的不同。因此,本次修订不采用凡有改动逐一出校的方法。但如属于学术见解不同者,则一律存录逯先生原来的见解,并申述修订者的意见,分别用逯按和陈按加以区分。新增加的作者和诗篇,仅考虑略存标识或说明,以便学者了解利用。

八、文献征引、引书格式。逯书努力追求存录诗歌原本,引录文献追本溯源,不引第二手或转引文献,去取较严格。但在考按作品时,凡引录前代文献,则有说明,有未说明。如解说乐府本事,多引《乐府诗集》,但因在出处部分已经引录,在解题部分就径录原文,不作说明。引录《古诗纪》也很多。凡可确定者,宜加说明。本次征引今人研究论著者,亦作如此表达。

引书基本保存原格式。变化有二,一是于经、史、子书大多仅录篇名而不录卷数，循旧例耳，今于正史及部分子书，逐一加注卷次，以便复核，多数经、子书则因各本卷次不同，或相沿成习，难以划一，仍仅存篇名。但一书而转引另一书者，逯书大部分未有具体说明。如《太平广记》卷263引《谈薮》，在诗末注“《太平广记》二百六十三”，在附录本事时则作“《谈薮》”，一般读者容易误解。凡此均作适当补充。

九、编次调整。根据以上诸项工作，编次将作适当调整。原编约为135卷，本次将增加到150卷。原书十二编维持不变，新增《先唐诗》一编，收录可以确定唐前作品而时代不能决定者，保存原书依据作者卒年为序的原则，依据考定的作者生平，作相应调整。原书处理有误者，也相对调整。每一诗人下的作品，相对保留原次第，但如果涉及乐府认定的未当、同一首或一组诗分开编次者，也拟作相应调整。

十、改用新式标点。原书采用夹注点断的体例。夹注如改为诗后注，读者清晰一些，但由于两者表达方式不同，改动难度太大，拟仍保存。点断改为新式标点，容易做到。目前考虑采取以下体例：1.诗歌用新式标点，一般在押韵处用句号，不押韵处用逗号。2.尽量不用或少用感叹号、疑问号。3.诗题、诗序、诗歌及其校记部分，不加书名号和引号。解题、本事、考辨文字，则加书名号和引号。4.校记，原书于句末加圈点，与原文大圈小圈重叠，不易读通，拟校记一律改为顶在被校原文下，句末不加句点。诗歌正文用四号字，校记用五号字，字体大小明显，易于区别。

原载《古籍整理研究学刊》2007年第1期

附记：此文刊于十年前。很惭愧的是，由于工作繁剧与本计划实行之困难，加上我本人近年因《全唐五代诗》编纂受到意外的刺激，本书完成一再推迟，且体例上也有变化，即将改变体例而新增的作品另成一别编刊布。希望二、三年后全书能完成刊布。陈尚君2017年9月14日。

编 后 记

《六朝风采远追寻》收录复旦大学中文系、中国语言文学研究所、古籍整理研究所教师论文凡二十九篇。

所谓六朝，原指中国历史上三国吴、东晋、宋、齐、梁、陈六个朝代，它们都建都于建康，即今日之南京。但治文学史者，也用来指汉末建安至隋代统一之前的近四百年历史，这段期间文学发达的朝代主要是三国魏、晋、宋、齐、梁、陈，也正是六个朝代，而在时代的起讫点上与上述那种称呼基本上相当。今之学者多取此义。这样指称，自有其道理。如果用古人惯用的概括的语言，这段时期的文学，是一个由质趋文而臻于极致的发展过程。若按照今天许多学者的看法，这是一个文学自觉意识日益发达而趋于高扬的时代，而且与之相适应的，这个时代的社会、政治、思想等各方面也正具有自己的特点，在中国历史上形成一个相对独立的阶段。本书之所谓六朝，便是这样的含义。

本书所收论文的作者，既有刘大杰、朱东润、刘季高、王运熙、章培恒先生等早已享有崇高声誉的前辈学人，也有活跃于学界和讲坛的许多中年教师。所收录的文章，大体上以具有通论性质者居前，以讨论具体的作家、作品及某些文学现象者置后。这里想提出几点引起读者的注意：

如上文所言，六朝是文学自觉意识高扬的时代。本书首列著名文学史家刘大杰先生的《魏晋时代的文艺思潮》，原为作者《魏晋思想论》的一章。该书写于二十世纪三十年代，在《前言》里，刘先生开宗明义："在中国的政治史上，魏晋时代无疑是黑暗的；但在思想史上，却有它特殊的意义和价值。魏晋人无不充满着热烈的个人的浪漫主义的精神。他们在那种动荡不安的社会政治环境里，从过去那种伦理道德和传统思想里解放出来，无论对于宇宙、政治、人生或是艺术，都持有大胆的独立的见解。”又说：“至于文学思想的发展，魏晋时代是带着革命的意义的，必得经过这个时代，才可走到南朝的唯美主义的路上去。因为当日浪漫主义批评家的努力，从儒家的手下，把文学争夺过来，给予以独立发展的生命的事，我们是必得注意的。”刘先生很明白地指出了魏晋文学的特点及其在文学史上的地位，而且是将文学放在政治、社会、思想的大背景之上加以观察的。在这一章里，刘先生从文学理论和创作各方面加以论述。所谓文学自觉始于魏代的观点，并非刘先生首先提出，但刘先生进行了比较详细的论说。尤其值得注意的，是刘先生从诸多方面论证了魏晋时代人性的觉醒，在《魏晋思想论》中专列《魏晋时代的人生观》加以讨论，并且指出文学的具有革命意义的转变正是以人性的觉醒为基础的。曾有学者以为，要到二十世纪七八十年代，才有人提出魏晋时代是“人的觉醒”的时代并与“文学的自觉”联系起来，其实刘先生早在四十年前就已经展开论述了。

与刘先生类似的观点，也见之于朱东润先生的著述。

朱先生治学面甚广，在古代文史的许多领域内卓有建树，对于六朝文学的研究起步很早，而他倾注大量心血、作为数十年学术研究之中心的，乃是传记文学。先生晚年甚至有“我只是个传记文学家”的自我评价。确实，在朱先生之前，在我国，不见有这样身体力行提倡传记文学的。先生首先从整理和研究古代的传叙文学入手，接着就开始动手进行创作，写了多部历史人物的传记。他整理和研究的成果，就是《八代传叙文学述论》一书。所谓八代，就是汉魏两晋南北朝。本书所录《传叙文学底自觉》即其中的一章，所述为三国时期的作品。先生之所以重视八代作品，是因为他认为这个“时代是不定的，动荡的。社会上充满了壮盛的气息，没有一定的类型，一定的标格。一切的人都是自由地发展。传叙家所看到的，到处都是真性底流露，所以在叙述方面，容易有较好的成就”。

(《八代传叙文学述论》第一章《绪言》)也就是说,人性的发展促成了传叙文学的发展。上述刘先生的表述,偏于理论的阐发;朱先生这部著作,大部分篇幅是对于有关书籍的钩沉索隐和考论,但是所得出的概括性的结论,可说与六朝文学自觉的观点桴鼓相应。

但是,此种肯定六朝文学的观点,却在建国以后古典文学研究领域内被彻底翻转,时间长达数十年之久。那时占主流地位的观点,在"以阶级斗争为纲"思潮的影响下,是以"现实主义"作为标尺去要求古代文学的,认为六朝文学很少反映民生疾苦,缺乏进步理想,形式主义泛滥,大体属于所谓"贵族文学"。直到 1987 年,章培恒先生发表《关于魏晋南北朝文学的评价》,次年又发表《再论魏晋南北朝文学的评价问题》,可说振聋发聩,发生了冲击性的影响。本书即载录《关于魏晋南北朝文学的评价》一文。该文认为,六朝文学最值得注目的一点,是自我意识的加强,这意味着对个人价值的新的认识;六朝文学体现了对个性的尊重,对束缚人性的道德、礼教的冲突。又认为:六朝文学致力于创造新的美,而且取得了相当的成绩。章先生这样的观点是一贯的,它们可说是后来主编《中国文学史》时所提出的一系列指导思想的嚆矢,对于此后这一领域研究的深入具有重要的意义。

下面我们要谈一谈复旦中文系另一位古典文学大家王运熙先生的研究。

王先生的研究领域主要是汉魏六朝和唐代文学,包括这段时期的文学理论批评。王先生的研究成果丰硕,具有非常鲜明的特色。

在汉魏六朝文学范围内,王先生首先是以乐府诗研究而蜚声学界。早在 1948 至 1950 年,先生年仅二十多岁,就写了《吴声西曲杂考》《论吴声西曲与谐音双关语》等多篇论文,后来汇集成书出版,名为《六朝乐府与民歌》。上世纪五十年代前期,又对汉魏六朝音乐的类别、官署设置以及汉乐府歌辞等进行研究,其成果集结为《乐府诗论丛》。这两本书流布很广,影响及于海内外,至今仍然是了解和研究乐府文学的必读文献。本书收录的《吴声西曲杂考》和《清乐考略》,分别选自上述二书,是王先生乐府研究的代表性作品。

王先生的研究，包括乐府研究，都具有严格遵循实事求是原则而文风平实的优点，而尤其值得效法的，是善于发现问题、解决问题，显示出高卓的识力。先生自称心仪于“释古”的态度、方法，好学深思，心知其意。《吴声西曲杂考·引言》云：“历来正统的文人学士们，一向认六朝的清商曲为卑下猥琐的靡靡之音，因而对它们忽视、蔑弃，不暇也不屑下一番史实的考证。‘五四’以后，这观念转变过来了，吴声、西曲在文学史中获得了很高的评价，被珍视为古代民歌中的瑰宝。然而，正因为简单地认为他们是纯粹的民歌，而忽略了实际上是经过贵族阶级加工过的乐曲……因此，吴声、西曲中至今还存在着不少未被弄清楚的问题，须要予以考订。”这就是从人们不经意的地方发现问题。而在解决问题时，对于史料中的记载，王先生不像有的研究者那样，因为与现存歌辞不符便避而不论甚或简单地加以否定，而是充分发掘，予以合理的解释。这样的研究特点，体现在先生许多研究成果中，比如本书所选关于陶渊明诗的语言风貌和《北山移文》意指的两篇，也都是如此。

从本书所录其他学者的论文，既可以不同程度地看到前辈的影响，又能观察到新的开拓，这里不再一一介绍。当然，诸多论文中的观点，也有一些学界会有所争议，那就期待着进一步的讨论和深入。大醇小疵，或亦难免，则欢迎读者的批评指正。

编选者

2016 年 12 月